shiji
wenxue
jingdian

世纪文学经典

铁　凝　著

铁凝精选集

 北京燕山出版社
BEIJING YANSHAN PRESS

出版前言

　　"世纪文学 60 家"书系的创编与推出,旨在以名家联袂名作的方式,检阅和展示 20 世纪中国文学所取得的丰硕成果与长足进步,进一步促进先进文化的积累与经典作品的传播,满足新一代文学爱好者的阅读需求。

　　为使"世纪文学 60 家"书系的评选、出版活动,既体现文学专家的学术见识,又吸纳文学读者的有益意见,我们采取了专家评选与读者投票相结合的方式。我们依据 20 世纪华文作家在中国现当代文学史上的地位与影响,经过反复推敲和斟酌,确定了 100 位作家及其代表作作为候选名单。其后,又约请 25 位中国现当代文学专家组成"世纪文学 60 家"评选委员会,在 100 位候选人名单的基础上进行书面记名投票,以得票多少为顺序,产生了"世纪文学 60 家"的专家评选结果。为了吸纳广大读者对 20 世纪华文作家及作品的相关看法和阅读意向,我们与"新浪网·读书频道"的全力合作,展开了为期两个月的"华文'世纪文学 60 家'全民网络大评选"活动。2005 年 12 月 16 日,读者评选结果在"新浪网·读书频道"正式公布。为了使"世纪文学 60 家"的评选与编选,能够比较客观地反映专家和读者两方面的意见,经过反复协商,最终以各占 50% 的权重,得出了"世纪文学 60 家"书系入选名单。

　　"世纪文学 60 家"书系入选作家,均以"精选集"的方式收入其代表性的作品。在作品之外,我们还约请有关专家、学者撰写了研究性序言,编制了作家的创作要目,为读者了解作家作品、创作特点和其在文学史上的地位,提供必要的导读和更多的资讯。

"世纪文学60家"评选结果

排名	作家	专家评分	读者评分	评选结果	排名	作家	专家评分	读者评分	评选结果
1	鲁迅	100	100	100	31	赵树理	85	55	70
2	张爱玲	100	97	98.5	32	梁实秋	67	71	69
3	沈从文	100	96	98	33	郭沫若	70	65	67.5
4	老舍	94	94	94	33	陈忠实	67	68	67.5
4	茅盾	100	88	94	35	张恨水	64	70	67
6	贾平凹	94	92	93	36	苏童	58	75	66.5
7	巴金	94	90	92	36	冰心	51	82	66.5
7	曹禺	100	84	92	38	穆旦	78	52	65
9	钱钟书	80	99	89.5	39	丁玲	78	47	62.5
10	余华	85	92	88.5	40	顾城	29	95	62
11	汪曾祺	100	76	88	41	舒婷	51	69	60
12	徐志摩	85	89	87	42	张承志	67	51	59
12	莫言	94	80	87	43	王朔	45	72	58.5
14	王安忆	94	77	85.5	44	刘震云	58	58	58
15	金庸	70	98	84	45	韩少功	54	57	55.5
15	周作人	94	74	84	46	阿城	54	56	55
17	朱自清	70	93	81.5	47	张洁	64	44	54
18	郁达夫	78	83	80.5	48	三毛	22	85	53.5
19	戴望舒	94	66	80	49	铁凝	51	53	52
20	史铁生	80	79	79.5	50	张炜	60	40	50
20	北岛	78	81	79.5	50	李劼人	78	22	50
22	孙犁	94	62	78	52	宗璞	64	33	48.5
22	王蒙	78	78	78	53	郭小川	58	36	47
24	艾青	94	60	77	53	柳青	58	36	47
25	余光中	78	73	75.5	55	施蛰存	51	42	46.5
26	白先勇	85	64	74.5	56	张贤亮	42	49	45.5
27	萧红	85	61	73	56	刘恒	64	27	45.5
27	路遥	60	86	73	56	高晓声	45	46	45.5
29	闻一多	78	67	72.5	56	李锐	51	40	45.5
30	林语堂	54	87	70.5	60	徐訏	45	43	44

目 录

启蒙叙事与日常叙事的优美和声

贺绍俊

铁凝现在理所当然是一位著名作家。但对于铁凝我仍然有种种假设：铁凝是 20 世纪 70 年代末 80 年代初闻名于文坛的，假设她晚 20 年出来，一定会是引人注目的"美女作家"。铁凝最初以一篇清纯的《哦，香雪》获得全国短篇小说奖，并确立起自己的单纯可爱的文学形象，很快就成为中国作协年轻的理事。假设她后来的《玫瑰门》、《大浴女》提前一二十年问世，那她一定会成为一名最有影响的反叛性的作家。这种种假设也许十分可笑，但它至少说明了作为作家的铁凝所具备的素质是多方面的，她包含了多种的可能性。

铁凝 1957 年出生在一个艺术家庭，她的父亲铁扬是一名画家，毕业于中央戏剧学院；母亲是一名音乐教师，毕业于天津音乐学院。我不知道艺术素质是不是可以遗传，但这样一个充满艺术氛围的家庭无疑会给铁凝的成长以良好的艺术熏陶。铁凝与文字有一种天然的亲近感，也对自己的文学天赋充满了自信。她对文学的自信使她在十七八岁时就选定了作家的路。18 岁时，铁凝高中毕业，第二炮兵文工团决定招她当文艺兵。在那个年代，当一名文艺兵正是年轻女性最羡慕的职业。但这时候她做出一个惊人的决定，放弃当文艺兵的机会，到农村去做一名知识青年。因为在她看来，要当作家就必须深入生活，她把当知识青年作为深入生活的最好方式。

1975 年至 1978 年，铁凝在河北博野县农村插队。她的社会身份是知识青年，但她内心认同的身份是作家，可以说她从这里自觉地开始了文学的生涯。她先后写出了《不受欢迎的礼物》、《夜路》、《丧事》等短篇小说,发表于《上海文艺》、《河北文艺》等刊物。铁凝走上文学道路的特别方式应该说基本上决定了她最初的文学基调。尽管我们现在关于知青的印象几乎都与伤感、艰苦、悲惨相连,但这些显然都不适合铁凝。她怀揣着一个美丽的秘密,以昂扬、兴奋的情绪面对农村的新鲜场景。加上她自愿下乡的举动契合了当时的政治话语,她被当成宣传的典型。尽管这有些阴差阳错的政治戏谑成分在内,但也使得年轻的铁凝在处理内心自由与社会公共关系的冲突时尽可能寻求一种兼容和变通的方式,这无形中影响到她日后的文学乃至生活的基本走向。

1979 年,铁凝调到保定地区文联《花山》编辑部任小说编辑。环境的改变给铁凝提供了一个积淀农村几年来的生活体验的机会,没有这种积淀,就没有《哦,香雪》在思想和艺术上的成熟。《哦,香雪》发表于 1982 年的《青年文学》第 9 期,并获得该年度全国短篇小说奖。小说没有复杂的故事情节和激烈的矛盾冲突:火车开进了深山沟,现代文明的鸣叫唤醒了藏在山村姑娘心中的精神向往。小说中 17 岁的香雪,走了 30 里的山路,用 40 个鸡蛋换来一个她向往已久的泡沫塑料铅笔盒。这个主题现在看来好像并不新鲜,但对当时禁锢已久的中国文坛来说具有久违的新意。《哦,香雪》的价值主要在于文学史上的突破意义,正如孙犁所言,是一首纯净的诗,也正因其纯净,就显得内涵不够。《哦,香雪》是铁凝的成名作,它在艺术上为铁凝以后的创作铺了一层清丽的底色。

1983 年,铁凝的另一篇获奖小说《没有纽扣的红衬衫》在《十月》杂志上发表。这篇小说的底色仍然清丽,但场景已经转换,由淳朴的田园转到了充满日常生活气息的家庭,但作者仍保持着相同的创作心态。第一,她的创作充分体现自己的青春气息和乐观向上的情绪。第二,她仍然选择自己最熟悉的生活来写。第三,她的创作忠实于自己内心的真实感受,真诚地表达自己的想法。《没有纽扣的红衬衫》里出现的都是中学生最平常的生活:逛街、穿红衬衫、跳绳、学英语、评选三好学生,等等。当时受到社会认同的意识形态化的宏大叙事、政治性义愤、历史批判,在这里统统没有。可以说,这篇小说在当时具有某种"另类"的效果,它为仍然比较狭窄的文学格局打开了一个崭新的空间。它说明,在日常生活中，也同样可以透射出时代的、历史的主题。

到此时，我们已经看到了铁凝创作的两个重要源头：一个是农村生活的经验，一个是家庭生活的经验。她还有一个重要源头的闸门没有打开，这就是她幼年时期在北京生活的童年记忆。这虽然是她早期的生活经验，但由于在她幼小的心灵上刻痕很深，所以对她的创作影响更为久远。尽管这个源头一直没有开闸，但一直在她的内心里积攒着力量，蓄势待发。1984年，铁凝发表了另一篇重要的作品——短篇小说《六月的话题》。小说写S市文化局发生的故事。报纸上刊登了检举揭发局领导不正之风的文章，但人们不知道这位化名"莫雨"的作者是谁。当传达室收到一张"莫雨"的稿费汇款单时，文化局的各色人等是那样害怕、紧张，小小传达室成了世态人心表演的绝妙场所。这篇小说从经验表达和描写内容来说，均不同于她以往表达农村生活和家庭生活经验的小说，这是她的第三个创作源头在不断地积蓄下漫溢出来的结果。这篇小说预示着她的另一个创作高峰即将来临。在这里，得回述一下她童年的一段生活。铁凝出生于北京，5岁时随父母迁到河北省保定市。1966年"文革"开始，父母不得不去"五七干校"，就将两个女儿送至北京姥姥家，当时铁凝才9岁。姥姥的家在北京的一个四合院里，四合院是一种适宜邻里交流、感受生活情趣的民居，但在"文化大革命"那样一个扼杀人性的年代，却变成了一个展露人性阴暗和残酷的裸地。童年的这段经历给年幼的铁凝很大的刺激。这种强烈的刺激，使她在以后的生活中，不仅看到人性的美好，也探寻人性的丑恶，从而成为她的第三个重要的创作源头。并且这个创作源头比她的来自农村生活经验和家庭生活经验这两个源头可能更为重要。因为缺了这个源头，就难有她以后越来越厚重和深刻的创作。

1985年，铁凝当选为中国作家协会理事，从此有了越来越多的社会职务和社会活动。她亲近生活的性格使她能够很完美地适应社会活动；同时，对社会活动的广泛参与又加强了她的社会责任感。这成为了她创作中的一种自主意识，同时也构成她创作的一个基本特征。她的内心自由和文学个性表达很自然地融入了她的社会责任意识，因此我们在读她的作品时，往往能够感受到两个铁凝的重叠：一个是社会化的铁凝，一个是个性化的铁凝。铁凝本人对社会责任有非常精彩的理解，在她看来，社会责任对于作家来说，不是外在的绳索，而是一种强大的创作驱动力。她认为：文学可能并不承担审判人类的义务，也不具备指点江山的威力，但它始终承载理解世界和人类的责任，对人类精神的深层关怀。它的魅力在于我们必须有能力不断重新表达对世界的看法和对生命新的追问；必须有勇气反省内心以获得灵魂的提升。

1986年发表的中篇小说《麦秸垛》则体现了作者强烈的女性意识。小说通过描写麦秸垛周围的几对男女的性爱故事，揭示出女性不过是传宗接代和男人泄欲的工具的悲剧主题。这个主题其实从1983年起就开始在她的思想中跳荡，在此后几年间相继发表的《木樨地》《闰七月》（包括1989年发表的《棉花垛》）等作品中得到了反复表达。20世纪80年代中期以来，中国文坛兴起文化热，继寻根文学之后，又有文化小说的倡导。不少作家追求文本的文化内涵，淡化政治和意识形态，直接叩问人性层面。铁凝写作上的变化不排除受到这种大的创作氛围的影响，但从本质上说铁凝不是一个趋赶潮流的作家，她乐于接受别人有用的东西，也始终保持着自己的个性。应该说，揭示人生、人性的复杂层面，正是她第三个创作源头的基本特征。但寻根文学和文化小说所营造的文化环境，无疑有助于铁凝对自己内心的经验作出方向更为明确的清理。

经历了四五年的酝酿构思和写作，铁凝的第一部长篇小说《玫瑰门》在1988年9月问世。尽管彼时西方女性主义思潮的香风已经拂过了中国文坛，但真正的女性主义文学作品还未成气候，因此铁凝的这部通过一家三代女性及其微妙丑陋关系来表现女性世界复杂的生态与心态的长篇小说就显得格外引人注目。在那个时期，作家们特别是女性作家们主要是从女性立场出发，揭示和批判社会对女性的不公，或者是展示女性丰富美丽的情感世界，《玫瑰门》当然也包含了这方面的内容，但它不仅为女性的不公说话，也毫不留情面地审视了女性自身的弱点。小说着重塑造了司猗纹这个主角，从人性深层展示她的复杂性格，对她的见识、作为、心计、手段作了淋漓尽致的描写。司猗纹曾是一位富家小姐，向往浪漫的人生而不甘于平庸，无情的现实却将她扔进丑恶中蹂躏,这不仅逼得她学会应付丑恶,也使她自己渐渐变得丑恶。她在爱情与性的问题上受到摧残和压抑,她就以一种隐晦和变态的方式进行疯狂的报复。她既是男性权力压迫的受害者,又是对另一个女人行使男性权力的施虐者。铁凝自己这样概括她塑造的这个人物:她无时不在用她独有的活的方式对她的生存环境进行着貌似恭顺的骚扰和亵渎,而她每一个践踏环境的胜利本身又是对自己灵魂的践踏。这种女性角色的塑造体现了一种新的视角。

《玫瑰门》应该说是铁凝创作生涯的一次集大成,是她的三大写作资源汇合、交融之作,也是她的思想开始成熟的标志。这种成熟的标志或者可以界定为她为自己构筑了一个属于自己的精神世界,这个精神世界关注女性的生存方式、生存状态和生命过程。《玫瑰门》通过三代女人——外婆司猗纹、舅妈竹西和外孙女苏眉的生存轨迹的描述,展示了女人与女人之间既相依为命又相互倾轧的人性悲剧。在铁凝的这个以女性组成的精神世界里,既有爱抚也有占有,既有温情也有妒恨,既有忍让也有叛逆,就像波伏娃在《女人是什么》这本书中所剖析的:女人互相认同,所以她们能互相了解;然而由于同样的原因,她们又彼此对立。

铁凝很珍视自己的女性身份,她深爱着女人,正像俗话所说的,爱之深才恨之切。她在审视女性自身时毫不遮掩女性的丑恶,但从小说的表现来看,这种丑恶不是来自女人的天性,而是社会对女人天性的扭曲所造成。在她思索女性生存的写作阶段里,小说中包含着不少女性的隐喻和象征,如象征生殖产道的“玫瑰门”,如“宛若一个坚挺的乳房”的麦秸垛、棉花垛,如不惜用女人贞操来换取生存水源的秀色村的“水井”。这些象征符号的基本意义大致上都指向女性是天赋的、神圣的。所以她将秀色女人的勾引行为写得“光明磊落,直白放肆而又纯净无邪”。在铁凝看来,女人在这个世界上要作出很多的牺牲,问题是,女人的牺牲并不会得到社会或男性的怜悯,铁凝对社会和女性的批判都集中在这一点。如她揭示女人为生存而造成的人性扭曲,在《玫瑰门》中精心塑造了司猗纹之后,在《大浴女》中又塑造了另一个悲剧性的母亲形象章妩;而《永远有多远》中的白大省更具典型意义。作为女人,白大省骨子里想成为“西单小六”那样的女人，享受女人的幸福，但白大省想做一个"好人"，于是她一点点地变了，尽管别人都说她善良，可是她再也得不到女人的幸福。铁凝因此提倡女人的叛逆精神，在批判母亲辈的忍受和扭曲的同时，也塑造年轻一代大胆反叛的女性形象，如《大浴女》中的唐菲、尹小帆。但铁凝并没有超越古典审美，她从本质上说是属于传统的和主流的，她不可能担当彻底反叛所带来的巨大冲突，因此她更认同尹小跳，一位游离于传统与现代之间的形象。

在铁凝的这些小说中，看似在批判女性，其实矛头所指的是社会的不平等，是左右着社会的男权。对于男权批判得最为犀利的要数她写于1993年的《对面》。对于铁凝来说，这也许是在结构和技巧上最为精致的一篇小说。在探讨女性生存问题的写作中，铁凝基本上是以女性叙述的角度出现的，而在这篇小说中，她改变了叙述角度，从一个男性的眼光去看世界：一位想逃避对女人的责任的青年住进了一个无人过问的仓库里，因而窥见一位中年妇女的性爱隐私，这个青年最后以一种突然袭击的方式将妇女的隐私曝光，导致妇女的猝死。小说的形象显出厚度和含蓄，一方面深刻揭露了男性自私、霸道的阴暗心理；另一方面又将女性面对男权狠毒的窥探而无处遁逃的不幸境遇表现得入木三分。铁凝在她的散文中表达过她对父亲对老者的爱，但她对男人始终保持着足够的警惕。在铁凝的作品中，我们几乎找不到一个理想男性形象。或许《大浴女》中的陈在、《秀色》中的李技术还可以算上，但这两个形象明显让我们感到空洞和苍白。即使像陈在这个人物是在尹小跳几经情感坎坷终于有了自己的主见的情况下出现的，作者也着力刻画了两人在一起的理想状态。但就在他们商定结合的时候，尹小跳突然无端由地退缩了。我以为这不是作品中的人物在退缩，从情理逻辑上说，尹小跳不会放过这次命运的安排；说到底这是作者本人的退缩，铁凝对女性生存的困惑并没有彻底释清，她不愿轻易地画上句号。所以她给这个人物起名为"陈在"，这样一种理想式的男性既不会存在于现实，也不会存在于未来，顶多存在于历史之中。

铁凝不是一名自觉的女性主义者或女权主义者，即使我们在她的作品中读到与女性主义相吻合的意象，那也只是她对生活经验的一种观察。更准确地说,她所关注的是人在社会中的关系,最困惑她的是人与人之间沟通的艰难,一个人在这个社会中难以敞开自己的心怀。近几年她的创作也许说明了这个问题,她对女性生存的思考似乎暂时告一段落,她的女性身份也隐退到了身后,在观察社会时更多是以一种非性别的眼光去追问人与人之间的关系。如《有客来兮》(2002年),《谁能让我害羞》(2002年),《逃跑》(2003年)。更为重要的是,铁凝在关注人与人之间的关系网时始终倾注着强烈的人文关怀。在这些小说中,她痛感恶劣的社会规范对人性的伤害、扭曲,她也为一些人热衷于关系网的运作变得麻木不仁感到痛心。当然,在这种人文关怀中她越来越体现出鲜明的平民立场。在面对社会的各种矛盾冲突时,她往往会把更多的理解和宽容放在弱者一方,因此,面对乡村文明和城市文明的对立时,她理直气壮地为乡村说话;在普通百姓与知识分子发生冲突时,她宁可让知识分子多承担一分责任。至于与权势者的矛盾,无论是老百姓还是知识分子,她几乎都是毫不犹豫地站在后者的一边,毫不留情地批判权势者。

最后,我的行文应该归结到铁凝的创作理念及创作意义上来。

铁凝不是一名激进主义者,这跟她的处世哲学有关,也与她的善良之心有关。所以她在文学上没有革命性的举动。革命有时候也意味着破坏,破坏了旧的,才能建设起新的,这并没有错。可是革命之后的建设也许更艰难。中国的当代文学是从现代文学直接延伸过来的,有一种观点认为,现当代文学没有截然意义上的区分。那么,我们就把铁凝经历的文学时代放在20世纪初开始的新文学运动的大背景下来衡量。在这一大背景下看100年来的中国现当代文学发展,我们会发现,100年来的文学现象实在太丰富了;而从另一角度说,这100年来的革命性的举动的确太频繁了。我们在不断破坏旧的,往往是还来不及收拾残局,一个新的革命又开始了。这种充满宏大精神和革命性的启蒙叙事传统,几乎一直是中国现当代文学的主潮。而在这主潮之外涌动着的另一股叙事流——日常生活叙事,过去一度被忽略,被宏大的革命浪潮所遮蔽。由此,我们开始触及了铁凝的意义。铁凝的写作实际上起到了将启蒙叙事与日常生活叙事这两种叙事传统融合为一体的作用。一方面,在她最早接受文学的阶段,启蒙叙事是唯一被赋予合法地位的文学叙事,她是在启蒙叙事的思想氛围中开始文学创作的。从铁凝早期写作《夜路》等作品中就可以看出,她力图使自己的创作与这种思想氛围合拍,她的主题意图十分明显,而且这种主题意图往往与当时的主导的政治话语相一致。另一方面,家庭的熏陶使她对日常生活充满了兴趣,她的和谐的家庭生活又为她的写作累积起一个重要资源,她在写作时就有一种向日常生活靠近的内在倾向。

当然,这两个方面作为铁凝写作的条件还只是一种充分的和必要的条件,并不是说有了这两个条件,铁凝就必然地会摆脱当时的二元对立的思维定势,从而将两种看似水火不相容的文学叙事融合到一起。铁凝还需要一种黏合剂,她毫不费力地得到了这种粘合剂,这就是孙犁的风格。铁凝从小就喜爱孙犁的作品。孙犁帮铁凝打通了两种文学叙事的联系,因为孙犁的写作本身就包含了融会两种文学叙事的因素。孙犁的作品在20世纪40年代以来的以革命叙事为至尊的文学舞台上自成一体。但后来他的路子被边缘化甚至被扭曲和篡改了。20世纪80年代开始写作的铁凝从边缘捡拾起被冷落和曲解的孙犁的风格,大致上确定了自己的创作方向。她一方面心存着对社会意义和精神价值的追寻,一方面又把自己的情愫始终安置在日常生活的情境之中。铁凝显然要比孙犁幸运,她所处的文化环境更为解放和宽松,因此她也就有可能将启蒙叙事和日常生活叙事融合得更为周全,能将这一融合的路子拓展得更为广阔。事实上,她的大量作品就是启蒙叙事与日常叙事的优美和声。

铁凝将两种叙事融合起来的特征大致上可以这样描述:她以日常生活叙事为肉,以启蒙叙事为骨;日常生活叙事是水,启蒙叙事是糖,她把糖充分溶解在水中。但是,从20世纪80年代起,在相当长的时间里,文学界仍被二元对立的思维模式主宰着,各种观念以泾渭分明的姿态在对抗中发展着,越是对抗性强的越是引人注目,而融合的思想往往被视为中庸、和稀泥、两面讨好、缺乏创新,得不到人们的重视。进入21世纪以来,世界文化思潮明显出现一种合作、对话、融合的趋势,在这样一个大的背景下,我们重新解读铁凝的写作,自有一番价值和意义。

哦，香雪

　　如果不是有人发明了火车，如果不是有人把铁轨铺进深山，你怎么也不会发现台儿沟这个小村。它和它的十几户乡亲，一心一意掩藏在大山那深深的皱褶里，从春到夏，从秋到冬，默默地接受着大山任意给予的温存和粗暴。

　　然而，两根纤细、闪亮的铁轨延伸过来了。它勇敢地盘旋在山腰，又悄悄地试探着前进，弯弯曲曲，曲曲弯弯，终于绕到台儿沟脚下，然后钻进幽暗的隧道，冲向又一道山梁，朝着神秘的远方奔去。

　　不久，这条线正式营运，人们挤在村口，看见那绿色的长龙一路呼啸，挟带着来自山外的陌生、新鲜的清风，擦着台儿沟贫弱的脊背匆匆而过。它走得那样急忙，连车轮辗轧钢轨时发出的声音好像都在说：不停不停，不停不停！是啊，它有什么理由在台儿沟站脚呢，台儿沟有人要出远门吗？山外有人来台儿沟探亲访友吗？还是这里有石油储存，有金矿埋藏？台儿沟，无论从哪方面讲，都不具备挽住火车在它身边留步的力量。

　　可是，记不清从什么时候起，列车时刻表上，还是多了"台儿沟"这一站。也许乘车的旅客提出过要求，他们中有哪位说话算数的人和台儿沟沾亲；也许是那个快乐的男乘务员发现台儿沟有一群十七八岁的漂亮姑娘，每逢列车疾驶而过，她们就成帮搭伙地站在村口，翘起下巴，贪婪、专注地仰望着火车。有人朝车厢指点，不时能听见她们由于互相捶打而发出的一两声娇嗔的尖叫。也许什么都不为，就因为台儿沟太小了，小得叫人心疼，就是钢筋铁骨的巨龙在它面前也不能昂首阔步，也不能停下来。总之，台儿沟上了列车时刻表，每晚七点钟,由首都方向开往山西的这列火车在这里停留一分钟。

　　这短暂的一分钟,搅乱了台儿沟以往的宁静。从前,台儿沟人历来是吃过晚饭就钻被窝,他们仿佛是在同一时刻听到了大山无声的命令。于是,台儿沟那一小片石头房子在同一时刻忽然完全静止了,静得那样深沉、真切,好像在默默地向大山诉说着自己的虔诚。如今,台儿沟的姑娘们刚把晚饭端上桌就慌了神,她们心不在焉地胡乱吃几口,扔下碗就开始梳妆打扮。她们洗净蒙受了一天的黄土、风尘,露出粗糙、红润的面色,把头发梳得乌亮,然后就比赛着穿出最好的衣裳。有人换上过年时才穿的新鞋,有人还悄悄往脸上涂点胭脂。尽管火车到站时已经天黑,她们还是按照自己的心思,刻意斟酌着服饰和容貌。然后,她们就朝村口,朝火车经过的地方跑去。香雪总是第一个出门,隔壁的凤娇第二个就跟了出来。

　　七点钟,火车喘息着向台儿沟滑过来,接着一阵空哐乱响,车身震颤一下,才停住不动了。姑娘心跳着涌上前去,像看电影一样,挨着窗口观望。只有香雪躲在后边,双手紧紧捂着耳朵。看火车,她跑在最前边;火车来了,她却缩到最后去了。她有点害怕它那巨大的车头,车头那么雄壮地喷吐着白雾,仿佛一口气就能把台儿沟吸进肚里。它那撼天动地的轰鸣也叫她感到恐惧。在它跟前,她简直像一叶没根的小草。

　　"香雪,过来呀,看!"凤娇拉过香雪向一个妇女头上指,她指的是那个妇女头上别着的那一排金圈圈。

　　"怎么我看不见?"香雪微微眯着眼睛。

　　"就是靠里边那个,那个大圆脸。看,还有手表哪,比指甲盖还小哩!"凤娇又有了新发现。

　　香雪不言不语地点着头。她终于看见了妇女头上的金圈圈和她腕上比指甲盖还要小的手表。但她也很快就发现了别的。"皮书包!"她指着行李架上一只普通的棕色人造革学生书包。就是那种连小城市都随处可见的学生书包。

　　尽管姑娘们对香雪的发现总是不感兴趣,但她们还是围了上来。

"哟,我的妈呀!你踩着我脚啦!"凤娇一声尖叫,埋怨着挤上来的一位姑娘。她老是爱一惊一乍的。

"你咋呼什么呀,是想叫那个小白脸和你搭话了吧?"被埋怨的姑娘也不示弱。

"我撕了你的嘴!"凤娇骂着,眼睛却不由自主地朝第三节车厢的门望去。

那个白白净净的年轻乘务员真下车来了。他身材高大,头发乌黑,说一口漂亮的北京话。也许因为这点,姑娘们私下里都叫他"北京话"。"北京话"双手抱住胳膊肘,和她们站得不远不近地说:"喂,我说小姑娘们,别扒窗户,危险!"

"哟,我们小,你就老了吗?"大胆的凤娇回敬了一句。

姑娘们一阵大笑,不知谁还把凤娇往前一搡,弄得她差点撞在他身上。这一来反倒更壮了凤娇的胆:"喂,你们老待在车上不头晕?"她又问。

"房顶子上那个大刀片似的,那是干什么用的?"又一个姑娘问。她指的是车厢里的电扇。

"烧水在哪儿?"

"开到没路的地方怎么办?"

"你们城市里一天吃几顿饭?"香雪也紧跟在姑娘们后边小声问了一句。

"真没治!""北京话"陷在姑娘们的包围圈里,不知所措地嘟囔着。

快开车了,她们才让出一条路,放他走。他一边看表,一边朝车门跑去,跑到门口,又扭头对她们说:"下次吧,下次告诉你们!"他的两条长腿灵巧地向上一跨就上了车,接着一阵叽里哐啷,绿色的车门就在姑娘们面前沉重地合上了。列车一头扎进黑暗,把她们撇在冰冷的铁轨旁边。很久,她们还能感觉到它那越来越轻的震颤。

一切又恢复了寂静,静得叫人惆怅。姑娘们走回家去,路上总要为一点小事争论不休:

"谁知道别在头上的金圈圈是几个?"

"八个。"

"九个。"

"不是!"

"就是!"

"凤娇你说哪?"

"她呀,还在想'北京话'哪!"有人开起了凤娇的玩笑。

"去你的,谁说谁就想。"凤娇说着捏了一下香雪的手,意思是叫香雪帮腔。

香雪没说话,慌得脸都红了。她才十七岁,还没学会怎样在这种事上给人家帮腔。

"他的脸多白呀!"那个姑娘还在逗凤娇。

"白? 还不是在那大绿屋里捂的。叫他到咱台儿沟住几天试试。"有人在黑影里说。

"可不,城里人就靠捂。要论白,叫他们和咱香雪比比。咱们香雪,天生一副好皮子,再照火车上那些闺女的样儿,把头发烫成弯弯绕,啧啧!'真没治'! 凤娇姐,你说是不是?"

凤娇不接碴儿,松开了香雪的手。好像姑娘们真在贬低她的什么人一样,她心里真有点替他抱不平呢。不知怎么的,她认定他的脸决不是捂白的,那是天生。

香雪又悄悄把手送到凤娇手心里,她示意凤娇握住她的手,仿佛请求凤娇的宽恕,仿佛是她使凤娇受了委屈。

"凤娇,你哑巴啦?"还是那个姑娘。

"谁哑巴啦! 谁像你们,专看人家脸黑脸白。你们喜欢,你们可跟上人家走啊!"凤娇的嘴很硬。

"我们不配!"

"你担保人家没有相好的?"

……

不管在路上吵得怎样厉害,分手时大家还是十分友好的,因为一个叫人兴奋的念头又在她们心中升起：明天，火车还要经过，她们还会有一个美妙的一分钟。和它相比，闹点小别扭还算回事吗？

哦，五彩缤纷的一分钟，你饱含着台儿沟的姑娘们多少喜怒哀乐！

日久天长，这五彩缤纷的一分钟，竟变得更加五彩缤纷起来，就在这个一分钟里，她们开始挎上装满核桃、鸡蛋、大枣的长方形柳条篮子，站在车窗下，抓紧时间跟旅客和和气气地做买卖。她们踮着脚尖，双臂伸得直直的，把整筐的鸡蛋、红枣举上窗口，换回台儿沟少见的挂面、火柴，以及属于姑娘们自己的发卡、香皂。有时，有人还会冒着回家挨骂的风险，换回花色繁多的纱巾和能松能紧的尼龙袜。

凤娇好像是大家有意分配给那个"北京话"的，每次都是她提着篮子去找他。她和他做买卖故意磨磨蹭蹭，车快开时才把整篮的鸡蛋塞给他。要是他先把鸡蛋拿走，下次见面时再付钱，那就更够意思了。如果他给她捎回一捆挂面、两条纱巾，凤娇就一定抽出一斤挂面还给他。她觉得，只有这样才对得起和他的交往，她愿意这种交往和一般的做买卖有所区别。有时她也想起姑娘们的话："你担保人家没有相好的？"其实，有没有相好的不关凤娇的事，她又没想过跟他走。可她愿意对他好，难道非得是相好的才能这么做吗？

香雪平时话不多，胆子又小，但做起买卖却是姑娘中最顺利的一个。旅客们爱买她的货，因为她是那么信任地瞧着你，那洁如水晶的眼睛告诉你，站在车窗下的这个女孩子还不知道什么叫受骗。她还不知道怎么讲价钱，只说："你看着给吧。"你望着她那洁净得仿佛一分钟前才诞生的面孔，望着她那柔软得宛若红缎子似的嘴唇，心中会升起一种美好的感情，你不忍心跟这样的小姑娘要滑头，在她面前，再爱计较的人也会变得慷慨大度。

有时她也抓空儿向他们打听外面的事，打听北京的大学要不要台儿沟人，打听什么叫"配乐诗朗诵"（那是她偶然在同桌的一本书上看到的）。有一回她向一位戴眼镜的中年妇女打听能自动开关的铅笔盒，还问到它的价钱。谁知没等人家回话，车已经开动了。她追着它跑了好远，当秋风和车轮的呼啸一同在她耳边鸣响时，她才停下脚步意识到，自己的行为是多么可笑啊。

火车眨眼间就无影无踪了。姑娘们围住香雪，当她们知道她追火车的原因后，便觉得好笑起来。

"傻丫头！"

"值不当的！"

她们像长者那样拍着她的肩膀。

"就怪我磨蹭，问慢了。"香雪可不认为这是一件值不当的事，她只是埋怨自己没抓紧时间。

"咳，你问什么不行呀！"凤娇替香雪挎起篮子说。

"谁叫咱们香雪是学生呢。"也有人替香雪分辩。

也许就因为香雪是学生吧，是台儿沟唯一考上初中的人。

台儿沟没有学校，香雪每天上学要到十五里以外的公社。尽管不爱说话是她的天性，但和台儿沟的姐妹们总是有话可说的。公社中学可就没那么多姐妹了，虽然女同学不少，但她们的言谈举止，一个眼神，一声轻轻的笑，好像都是为了叫香雪意识到，她是小地方来的，穷地方来的。她们故意一遍又一遍地问她："你们那儿一天吃几顿饭？"她不明白她们的用意，每次都认真地回答："两顿。"然后又友好地瞧着她们反问道："你们呢？"

"三顿！"她们每次都理直气壮地回答。之后，又对香雪在这方面的迟钝感到说不出的怜悯和气恼。

"你上学怎么不带铅笔盒呀？"她们又问。

"那不是吗。"香雪指指桌角。

其实，她们早知道桌角那只小木盒就是香雪的铅笔盒，但她们还是做出吃惊的样子。每到这时，香雪的同桌就把自己那只宽大的泡沫塑料铅笔盒摆弄得哒哒乱响。这是一只可以自动合上的铅笔盒，很久以后，香雪才知道它所以能自动合上，是因为铅笔盒里包藏着一块不大不小的吸铁石。香雪的小木盒，尽管那是当木匠的父亲为她考上中学特意制作的，它在台儿沟还是独一无二的呢，可在这儿，和同桌的铅笔盒一比,为什么显得那样笨拙、陈旧?它在一阵哒哒声中有几分羞涩地畏缩在桌角上。

香雪的心再也不能平静了,她好像忽然明白了同学们对于她的再三盘问,明白了台儿沟是多么贫穷。她第一次意识到这是不光彩的,因为贫穷,同学们才敢一遍又一遍地盘问她。她盯住同桌那只铅笔盒,猜测它来自遥远的大城市,猜测它的价钱肯定非同寻常。三十个鸡蛋换得来吗?还是四十个、五十个?这时她的心又忽地一沉:怎么想起这些了?娘攒下鸡蛋,不是为了叫她乱打主意啊!可是,为什么那诱人的哒哒声老是在耳边响个没完?!

深秋,山风渐渐凛冽了,天也黑得越来越早。但香雪和她的姐妹们对于七点钟的火车,是照等不误的。她们可以穿起花棉袄了,凤娇头上别起了淡粉色的有机玻璃发卡,有些姑娘的辫梢还缠上了夹丝橡皮筋。那是她们用鸡蛋、核桃从火车上换来的。她们仿照火车上那些城里姑娘的样子把自己武装起来,整齐地排列在铁路旁,像是等待欢迎远方的贵宾,又像是准备着接受检阅。

火车停了,发出一阵沉重的叹息,像是在抱怨台儿沟的寒冷。今天,它对台儿沟表现了少有的冷漠:车窗全部紧闭着,旅客在昏黄的灯光下喝茶、看报,没有人向窗外瞥一眼。那些眼熟的、常跑这条线的人们,似乎也忘记了台儿沟的姑娘。

凤娇照例跑到第三节车厢去找她的“北京话”,香雪系紧头上的紫红色线围巾,把臂弯里的篮子换了换手,也顺着车身不停地跑着。她尽量高高地踮起脚尖,希望车厢里的人能看见她的脸。车上一直没有人发现她,她却在一张堆满食品的小桌上,发现了渴望已久的东西。它的出现,使她再也不想往前走了,她放下篮子,心跳着,双手紧紧扒住窗框,认清了那真是一只铅笔盒,一只装有吸铁石的自动铅笔盒。它和她离得那样近,如果不是隔着玻璃,她一伸手就可以摸到。

一位中年女乘务员走过来拉开了香雪。香雪挎起篮子站在远处继续观察。当她断定它属于靠窗那位女学生模样的姑娘时,就果断地跑过去敲起了玻璃。女学生转过脸来,看见香雪臂弯里的篮子,抱歉地冲她摆了摆手,并没有打开车窗的意思。不知怎么的她朝车门跑去,当她在门口站定时,还一把扒住了扶手。如果说跑的时候她还有点犹豫,那么从车厢里送出来的一阵阵温馨的、火车特有的气息却坚定了她的信心,她学着"北京话"的样子,轻巧地跃上了踏板。她打算以最快的速度跑进车厢,以最快的速度用鸡蛋换回铅笔盒。也许,她所以能够在几秒钟内就决定上车,正是因为她拥有那么多鸡蛋吧,那是四十个。

香雪终于站在火车上了。她挽紧篮子,小心地朝车厢迈出了第一步。这时,车身忽然悸动了一下,接着,车门被人关上了。当她意识到眼前发生了什么事时,列车已经缓缓地向台儿沟告别了。香雪扑在车门上,看见凤娇的脸在车下一晃。看来这不是梦,一切都是真的,她确实离开姐妹们,站在这既熟悉、又陌生的火车上了。她拍打着玻璃,冲凤娇叫喊:"凤娇!我怎么办呀,我可怎么办呀!"

列车无情地载着香雪一路飞奔,台儿沟刹那间就被抛在后面了。下一站叫西山口,西山口离台儿沟三十里。

三十里,对于火车、汽车真的不算什么,西山口在旅客们闲聊之中就到了。这里上车的人不少,下车的只有一位旅客,那就是香雪。她胳膊上少了那只篮子,她把它塞到那个女学生座位下面了。

在车上,当她红着脸告诉女学生,想用鸡蛋和她换铅笔盒时,女学生不知怎么的也红了脸。她一定要把铅笔盒送给香雪,还说她住在学校吃食堂,鸡蛋带回去也没法吃。她怕香雪不信,又指了指胸前的校徽,上面果真有"矿冶学院"几个字。香雪却觉着她在哄她,难道除了学校她就没家吗?香雪一面摆弄着铅笔盒,一面想着主意。台儿沟再穷,她也从没白拿过别人的东西。就在火车停顿前发出的几秒钟的震颤里,香雪还是猛然把篮子塞到女学生的座位下面,迅速离开了。

车上,旅客们曾劝她在西山口住一夜再回台儿沟。热情的"北京话"还告诉她,他爱人有个亲戚就住在站上。香雪并没有住,更不打算去找"北京话"的什么亲戚,他的话倒使她感到了委屈,她替凤娇委屈,替台儿沟委屈。她只是一心一意地想:赶快走回去,明天理直气壮地去上学,理直气壮地打开书包,把"它"摆在桌上。车上的人既不了解火车的呼啸曾经怎样教她像只受惊的小鹿那样不知所措,更不了解山里的女孩子在大山和黑夜面前到底有多大本事。

列车很快就从西山口车站消失了,留给她的又是一片空旷。一阵寒风扑来,吸吮着她单薄的身体。她把滑到肩上的围巾紧裹在头上,缩起身子在铁轨上坐了下来。香雪感受过各种各样的害怕,小时候她怕头发,身上沾着一根头发择不下来,她会急得哭起来;长大了她怕晚上一个人到院子里去,怕毛毛虫,怕被人胳肢(凤娇最爱和她来这一手)。现在她害怕这陌生的西山口,害怕四周黑幽幽的大山,害怕叫人心跳的寂静,当风吹向近处的小树林时,她又害怕小树林发出的窸窸窣窣的声音。三十里,一路走回去,该路过多少大大小小的林子啊!

一轮满月升起来了,照亮了寂静的山谷,灰白的小路,照亮了秋日的败草,粗糙的树干,还有一丛丛荆棘、怪石,还有漫山遍野那树的队伍,还有香雪手中那只闪闪发光的小盒子。

她这才想到把它举起来仔细端详。她想,为什么坐了一路火车,竟没有拿出来好好看看?现在,在皎洁的月光下,她才看清了它是淡绿色的,盒盖上有两朵洁白的马蹄莲。她小心地把它打开,又学着同桌的样子轻轻一拍盒盖,"哒"的一声,它便合得严严实实。她又打开盒盖,觉得应该立刻装点东西进去。她从兜里摸出一只盛擦脸油的小盒放进去,又合上了盖子。只有这时,她才觉得这铅笔盒真属于她了,真的。她又想到了明天,明天上学时,她多么盼望她们会再三盘问她啊!

她站了起来,忽然感到心里很满意,风也柔和了许多。她发现月亮是这样明净。群山被月光笼罩着,像母亲庄严、神圣的胸脯;那秋风吹干的一树树核桃叶,卷起来像一树树金铃铛,她第一次听清它们在夜晚,在风的怂恿下"豁啷啷"地唱歌。她不再害怕了,在枕木上跨着大步，一直朝前走去。大山原来是这样的！月亮原来是这样的！核桃树原来是这样的！香雪走着，就像第一次认出养育她成人的山谷。台儿沟呢？不知怎么的，她加快了脚步。她急着见到它，就像从来没见过它那样觉得新奇。台儿沟一定会是"这样的"：那时台儿沟的姑娘不再央求别人，也用不着回答人家的再三盘问。火车上的漂亮小伙子都会求上门来，火车也会停得久一些，也许三分、四分，也许十分、八分。它会向台儿沟打开所有的门窗，要是再碰上今晚这种情况，谁都能从从容容地下车。

今晚台儿沟发生了什么事？对了，火车拉走了香雪，为什么现在她像闹着玩儿似的去回忆呢？四十个鸡蛋也没有了，娘会怎么说呢？爹不是盼望每天都有人家娶媳妇、聘闺女吗？那时他才有干不完的活儿，他才能光着红铜似的脊梁，不分昼夜地打出那些躺柜、碗橱、板箱，挣回香雪的学费。想到这儿，香雪站住了，月光好像也黯淡下来，脚下的枕木变成一片模糊。回去怎么说？她环视群山，群山沉默着；她又朝着近处的杨树林张望，杨树林窸窸窣窣地响着，并不真心告诉她应该怎么做。是哪儿来的流水声？她寻找着，发现离铁轨几米远的地方，有一道浅浅的小溪。她走下铁轨，在小溪旁边蹲了下来。她想起小时候有一回和凤娇在河边洗衣裳，碰见一个换芝麻糖的老头。凤娇劝香雪拿一件旧汗褂换几块糖吃，还教她对娘说，那件衣裳不小心叫河水给冲走了。香雪很想吃芝麻糖，可她到底没换。她还记得，那老头真心实意等了她半天呢。为什么她会想起这件小事？也许现在应该骗娘吧，因为芝麻糖怎么也不能和铅笔盒的重要性相比。她要告诉娘，这是一个宝盒子，谁用上它，就能一切顺心如意，就能上大学、坐上火车到处跑，就能要什么有什么，就再也不会被人盘问她们每天吃几顿饭了。娘会相信的，因为香雪从来不骗人。

小溪的歌唱高昂起来了，它欢腾着向前奔跑，撞击着水中的石块，不时溅起一朵小小的浪花。香雪也要赶路了，她捧起溪水洗了把脸，又用沾着水的手捋光被风吹乱的头发。水很凉，但她觉得很精神。她告别了小溪，又回到了长长的铁路上。

前边又是什么？是隧道，它愣在那里，就像大山的一只黑眼睛。香雪又站住了，但她没有返回去，她想到怀里的铅笔盒，想到同学们惊羡的目光，那些目光好像就在隧道里闪烁。她弯腰拔下一根枯草，将草茎插在小辫里。娘告诉她，这样可以"避邪"。然后她就朝隧道跑去。确切地说，是冲去。

　　香雪越走越热了，她解下围巾，把它搭在脖子上。她走出了多少里？不知道。尽管草丛里的"纺织娘"、"油葫芦"总在鸣叫着提醒她。台儿沟在哪儿？她向前望去，她看见迎面有一颗颗黑点在铁轨上蠕动。再近一些她才看清，那是人，是迎着她走过来的人群。第一个是凤娇，凤娇身后是台儿沟的姐妹们。

　　香雪想快点跑过去，但脚为什么变得异常沉重？她站在枕木上，回头望着笔直的铁轨，铁轨在月亮的照耀下泛着清淡的光，它冷静地记载着香雪的路程。她忽然觉得心头一紧，不知怎么的就哭了起来，那是欢乐的泪水，满足的泪水。面对严峻而又温厚的大山，她心中升起一种从未有过的骄傲。她用手背抹净眼泪，拿下插在辫子里的那根草棍儿，然后举起铅笔盒，迎着对面的人群跑去。

　　山谷里突然爆发了姑娘们欢乐的呐喊。她们叫着香雪的名字，声音是那样奔放、热烈；她们笑着，笑得是那样不加掩饰、无所顾忌。古老的群山终于被感动得战栗了，它发出宽亮低沉的回音，和她们共同欢呼着。

　　哦，香雪！香雪！

没有纽扣的红衬衫

一

我和我妹妹喜欢在逛商店的时候聊天。

说实话,平易市的商店不够我们逛的,尽管它有一千七百年历史,地理位置又优于其他城市——离首都比离省城还近。尽管它有明、清两代皇帝的行宫、书院,有军阀时代中西合璧的官邸花园,有近百年历史的著名学府,算得上是座文化古城,但商店有限。数得过来的几座商店分布在数得过来的几条街道上,老店大都是一两孔拱形门面,一两级青石台阶,门窗的颜色是黄配蓝。新店虽然门窗宽广,台阶高筑,而门窗的颜色还是黄配蓝。加上老店、新店都挂起清一色的葱绿绸窗帘,叫人觉得又热闹,又单调。

几个大而空的商店和我的年龄差不多,都是近三分之一世纪以来的产物。三十年前,这座灰蒙蒙的古城被四周农村紧紧包围着,后来城墙被突破了,才形成了城乡错综的局面。不知怎么的,城墙的突破使我总觉得和我们这一代人的大膨胀有关。现在,穿宽脚裤的青年骑车上班要穿过农村,而驴车又经常在繁华的大街上轧轧前进。冬天,单看自行车后货架上那鼓鼓囊囊的面口袋,就知道要过春节了。这时大小饭馆门前一律是郊区农民的长队,他们买上成百成百的馒头,把能装百八十斤麦子的口袋塞得满满的,然后将它们绑上自行车后货架。这些蒸腾着热气的口袋就开始满街奔跑,在三九寒天的空气里,到处弥漫着发酵面粉的香甜。而城里人这时正驮着鲜肉、大枣、活鸡、韭黄,从很近的集市上往回返。

如果再花点笔墨来描写我们所在的城市，就该算矗立在人行便道上的"小高炉"了。不过那里面冶炼的已不是理想主义的钢铁，而是实事求是的大众食品——白薯。这些被烤得又烫又软的食品，本应不折不扣叫作"热狗"，谁知"热狗"一词偏偏早已被外国食品占有，致使我们这种又烫又软的古老食品只是凭着它那出炉后嗞嗞津出的糖汁，吸引那些夹着提包出差的外地人了。从冬到春，连续两季，马路边高炉林立。那些戴着白套袖、操着长长火钳的主人，不顾炉里高温扑面，把脸贴近炉口，用火钳将烤软的白薯掐腰夹起，在炉口码成一道半圆形的围墙。他们的脸被炉火烤得通红，眼睛淌着泪花。

　　现在，由于季节关系，街上不见了小高炉，位置被更富于现代特征的食品代替着。那是什么？我妹妹会告诉你。

　　"我买膨香酥!"我妹妹望着路边一个戴迈克镜的青年农民说。他推着一辆崭新的"飞鸽加重"，车上是两筐粉黄相间的膨香酥。

　　这种以玉米面、糖精为原料，经过加热膨胀的新型小食品，由于生产工艺简单，近郊农民早已把它作为生财之道了。目前膨香酥已由蚕豆般大小、塑料袋包装发展到拐棍一般长短。并且，根据儿童喜欢恶作剧的心理，生产者真模仿拐棍的样子，在一端弯个大钩，来进一步满足孩子们的好奇心。我以为十岁以下的孩子举着这样一根越吃越短的拐棍，也许有一番情趣，可我妹妹已经十六岁了。我假装没听见她的话，继续往前走。

　　她没有跟上来。当她再次和我并肩行走时，手里真的多了一根"拐棍"。但她没有吃，举着它朝着停放在商店门前的汽车、自行车，朝着路灯电杆，朝着果皮箱，朝着邮筒指指点点。"嘭嘭嘭嘭!"她一边敲打着它们，一边用只有我才能理解的词儿奚落大街上的行人。她管卖冰棍的老太太叫"木刻"，管交通警却叫"卖冰棍的"。迎面走来的一个白脸青年被叫作"贤惠大嫂"，一个戴太阳镜的女孩子她叫她"欢欢"（熊猫）。她管和我们擦身而过的一位香喷喷、暖烘烘的胖女人叫"珍珠鸡"，因为人家穿了一条灰底儿白点子的长裙。她的嘴一分钟也不停，好像有满肚子话要说，好像有话不说出来就堵塞了延续她的生命之路，她立刻就会……怎么说呢？

"嘭！"拐棍断在一个果皮箱上，她顺手把它扔了进去，原来又发现了"新大陆"。她拉着我在一家服装店的橱窗前停了下来。是站立在橱窗里那两位男女模特儿吸引了我们，他们的样子实在叫人不得不多看两眼。在气温高达三十六度的季节，他们还未换下厚呢大衣，二人蓬头垢面，脸色焦黄，目光呆滞，躲在半开半闭的葱绿窗帘里，无可奈何地向街上行人摊着两手。

"怪可怜的。"我妹妹说。

"连衣服也不给换。"我说。

"店里的美工一定在闹情绪。"

"那女的好像有黄疸性肝炎。"

"不——防冷涂的蜡。"我妹妹把"冷"字念得拐了个小弯儿，就像京剧道白那样。

说完，她便大笑起来，一笑又是那么无所顾忌，把嘴张得那么大。这使我又一次想到她的年龄，十六岁，还不懂得什么叫掩饰。我分明看见，两个挎着菜篮的老太太直冲她撇嘴。几个穿"T恤"的小伙子也停下来莫名其妙地朝她张望。

"走吧，安然，去家具店。"我说。安然是我妹妹的名字。

她对家具一向不感兴趣。在这种年龄，家具对她又有什么意义呢？在学校，一只四脚凳，二分之一课桌；在家里，一张完全属于自己的桌子，难道还不够吗？桌子抽屉上要是再带一把小锁，那简直就是奢侈了。我对家具有兴趣，我快步走入店门，她也就毫无怨言地跟了进来，这是平易市唯一一家家具店，里面陈列着一些做工粗糙、木质低劣的板箱、衣柜等。一股鳔胶和劣等油漆的混合气味直扑鼻子。我的眼睛从这些东西上掠过，不自主地盯住了一个角落，那里摆着一张崭新的烤漆席梦思单人床。我一点儿也不否认它吸引了我。在我的年龄，对舒适的床发生兴趣有什么奇怪呢？我径直走到它跟前，看出它不是本地产品。平易市能购进这样一张床，真算是革新之举。

我俯下身子看看商标,产地上海,标价二百二十元。

"我真想买这张床。"我说。

"姐姐,你……结婚吗?"安然小心、警惕地观察着我。

"不是——你没看见,这是张单人床。"

"为你自己?"

"啊。"

"不明白。"

"结了婚就不需要买单人床啦?比方说,两个人吵了嘴,你就可以到单人床上去睡。"我对安然解释着。我什么也不想瞒她,尽管我比她大八岁。

"结婚就意味着吵嘴吗?"

"不能那么说,可世界上没有不吵嘴的夫妻。"

"比如咱们家那两位,二老。"安然立刻接上了话茬,当然是指我们的父母。

我们已经来到街上,我不愿在街上谈论父母,因此没有接下去。她却没完没了:"在他们身上我看不见……就是人们常说的那个爱情。"

"没有爱情怎么会有你我?"我小声说。

"不懂,实在不懂,"安然低头看着脚面,"你说妈怎么会爱上爸?妈那么漂亮;爸那么不漂亮。"

"我不这样看,什么叫漂亮?"

"佐罗就漂亮。"安然把头猛然转向我,就像等待我的反驳。"特别……特别是他的下巴。我顶喜欢佐罗的下巴。"安然说。

我抬头盯住她的脸,她脸红了。我第一次看见她脸红,我第一次意识到,我妹妹是个女孩儿。

二

其实,她是个地道的女孩儿。尽管她爱和人辩论,爱穿夹克衫,爱放鞭炮,爱大声地笑,有时候还爱趁人不备吹一两声口哨。看起来这全是男孩子的秉性,可是,有谁规定过女孩子不许对这些发生兴趣呢?

从家具店出来,我不由自主地重新打量起身边的安然:身高一米六六,体重五十九公斤,穿三十八号半的鞋。头发很好,乌黑、厚密,整齐的刘海儿齐着眉毛盖住了鼓圆的脑门;面孔不漂亮,但招人喜欢——至少招我喜欢。安然的皮肤不算白,却异常细腻、匀净。她常骄傲地告诉我,班里的祝文娟脸上长"青春美丽痘"啦,米晓玲有雀斑啦。而她,从来和这些斑斑点点无缘。在安然胖乎乎的、光洁的圆脸上,紧靠右边的耳朵,有两颗并排的黑痦子,就像排在铅字里的冒号——":",仿佛安然爱说话都是它的缘故。它印在那里,又像专门引逗别人说话似的。每当你瞧见这个":",就忍不住要对着她的耳朵说上点儿什么。

可是,她顶讨厌别人对着她的耳朵小声说话。她喜欢在一定距离内,毫无顾忌地对着你说,也希望你像她一样对着她说。她还喜欢什么?喜欢快节奏的音乐,喜欢足球赛,她知道马拉多纳在西班牙一蹶不振的原因,还知道鲁梅尼格为什么不参加意大利的"尤文图斯"俱乐部。喜欢黄梅戏(怪事儿),喜欢冷饮,能一口气吃七只雪糕。喜欢游泳,喜欢读短篇小说,喜欢集邮,喜欢练习针灸,喜欢织毛袜子(仅仅织成过半只),喜欢体育课上的跳"山羊",喜欢山口百惠。她打开录音机,随着山口百惠朴实、动情的歌声,抄下中文的谐音:

"希拉呀瓦哩卢达塞,撒里希多奎哇,希啦呀瓦哩卢达塞,嗒恩嗒噢……"

这首《温柔的歌唱》叫她给学得惟妙惟肖。

也许因为她具有异常惊人的模仿力,她学外文像是得天独厚。她没有当什么大"家"的奢望,只想做个好翻译;幻想着当她走在那些学者、名流或大政治家身边时,怎样才能把他们的语言准确无误地翻译给对方。她常指着电视里那些风度翩翩的翻译说:"那就是我。"但她对其他功课也挺认真,各科成绩都算突出,我曾经怀疑她的学习态度,因为她总是一边听录音机,一边写作业。她说那是她的习惯,尤其思考物理题时,听着录音机,思维细胞相当活跃、灵敏。但我老是觉得她有点儿煞有介事。

"喂,你必须立刻关掉录音机。"我站在房间一头,像船长命令船员一样向她发布命令。

"那好,你必须立刻给我洗一个苹果。"她服从了我的命令,但又和我讲起条件。

我不能不满足她,因为我喜欢她超过喜欢我的父母,就像她喜欢我那样。我递给她一个苹果,自己也吃一个,然后就坐在桌前开始做自己的事,耳边只剩下清脆的咀嚼声。苹果吃到一半,我抬头看看她,她也刚好吃完一半。

"怎么你今天吃得这么慢?"我嘲笑她。

"哈,对不起,这是第二个了。"她冲我做了个怪相儿。

顺便提一句,我妹妹吃东西也有着惊人的速度。这速度是她小时候跟父母在"五·七"干校,在集体宿舍草铺上养成的。

那时她才三岁,每当宿舍里的妈妈们下地干活时,草铺上的一群孩子就立刻实现了世界大同。他们有福共享,有难同当,各取所需。大孩子瞧见小不点手中的吃食,会蜂拥而上把它们抢走。我妹妹在这个大同世界里慢慢总结出经验:东西要想不被别人抢去,就得快吃。柿饼、黑枣常常把嘴填塞得难以蠕动。这使得她老是闹病,不是肠炎就是胃疼。妈妈发现这点,只好把她送到北京外婆家,那时,我早已寄居在外婆家了。记得那是一个下雪天,她穿着一身辨不出颜色的棉衣和一双紧挤着脚的单鞋,焦黄的头发上沾着干校草铺上的草籽儿,脸蛋儿叫野地里的风给吹得粗糙、通红。她就那样跟在妈妈身后走进了外婆的四合院,扑进了我的怀里。从此,我和安然一直在一起。当时她把头紧紧贴在我瘦弱、单薄的怀里,把我当成她唯一的保护人。尽管那时我也是孩子,我也需要人的保护,可是想到我能去保护一个人,这又是一件多么骄傲的事啊。我敢说,我和一切欺侮安然的大人和孩子较量过;我敢说,那时在我小小的心灵中孕育着的爱是伟大的。我听说吃核桃能使人长头发，就把所有的零用钱攒起来，都给安然买了核桃。我盼望她的头发变得滋润、光亮。现在我常想，她终于有了一头乌黑、闪亮的头发，那是因为小时候吃了我给她买的核桃。安然会不会这样想？我猜也会。可我们谁也没有谈论过这件事。有时越是那些微不足道、看起来荒唐的事，越能使两个人的心紧紧连在一起。

　　我就常这样想，是那段经历使安然变成现在这样的安然，使我变成了这样的我；培养了安然吃东西的速度，也培养了我俩这种特殊感情。也许还培养了我们总是以外来人的眼光，居高临下来看待我们所在的城市，平易市。

　　"姐，你怎么不说话了，你想那张床？"安然问我。

　　"哪儿啊，我在想今天是个星期天。"

　　"是个沉闷的星期天。"

　　"是个快乐的星期天。"

　　"是个害怕的星期天。"安然说完竟停下来不走了。

　　"怎么呢？"

　　"明天进入复习，一星期后就要期末考试了。"安然眼睛看着别处，有些心不在焉的样子。太阳把她的脸烤得通红，鼻尖上沁出一层细密的汗珠。

　　"当学生总要考试。你可不像个害怕考试的人，好了，你看都到家了，我希望你唱着歌上楼。"我推了推安然的肩膀。

　　"唱哪个？"安然脸上出现了片刻的阴转晴。

　　"就是那个'希拉呀瓦哩卢达塞'。"

　　我听着《温柔的歌唱》，心直往下沉。我完全明白安然害怕的不是考试，而是考试后的三好学生评选。我故意安慰她勇敢地迎接考试，其实我怎么能忘记，安然从初一到高一，从来就没当选过三好学生。

　　她害怕评选，刚才在街上那一阵阵欢乐，是忧郁的欢乐吗？

三

我家所在地,是一座陈旧的灰色两层楼房。这种五十年代初建造起来的木结构筒子楼,房间宽敞,但家家鸡犬相闻,似乎缺少必要的遮掩。走廊虽宽,人们又在那里划界为防,垒起各种形状的炉灶、煤池和一些面目不清的家什,将走廊占去大半。冬天,当各家生炉取暖时,烟筒就从门上探进走廊,刹那间便会狼烟四起,伸手不见五指。烟把走廊熏得乌黑,我妹妹就给这座楼起了个外号叫"古堡幽灵"。古堡也罢,幽灵也罢,反正大白天进来也要走"夜路"。

我和安然一前一后迂回着穿过"夜路",刚拐上楼梯,就听到一阵忽高忽低的争吵声。"是二老。"安然扭头告诉我。

"等他们吵完再进去。"我没好气地说。

"咱们不进去,他们就总也吵不完。"安然说着,紧跑几步,推开了家门。

果然是他和她在吵。耐心听听,原来是为熨衣服的事,他说她把他的裤子熨成了百褶裙,她说他对她的要求太苛刻。我径直走过去关窗子,关窗子是为了不叫邻居听见;安然径直回到我们的房间打开录音机,开录音机是为了混淆邻居的听觉。这在我们已经是老习惯了。每当他们大吵起来,我们就充当遮丑的角色。遮丑,这大概是人类的本能吧。

"平常我要求过你什么? 看看我这一身打扮,就这样到大学里讲美术欣赏课,欣赏欣赏我吧!"爸爸一面嚷,一面抖着身上那油彩斑驳的肥裤腿。

"我熨得不好,怎么你不熨呢?"我妈妈用熨斗敲着桌子。

"要是我自己会熨裤子,干吗还跟你结婚?"

"当初你为什么不找个裁缝!"

"那又有什么不好?"

"现在也不晚,我什么都不怕。我又不是家庭妇女,生来专为你熨衣服的!"我妈妈坐到藤沙发上,用蒲扇拍着膝盖。

"你当然不怕,连孩子们笑话都不怕。安静、安然都过来,谁替我说句公道话!"爸爸冲我们嚷道。

"我求求你们,别吵啦! 天这么热。"我心中异常烦躁,根本不打算评出个谁是谁非。

"你少抹稀泥。天热怎么啦? 天热就不存在真理啦? 你有没有自己的是非观?"爸爸抖完裤子,又抖抖贴在身上的背心,冲我说。

"我有看法!"安然走到二老面前,"妈妈不对!"

"怎么不对? 你有什么资格说这种话?"妈妈从沙发上猛地站了起来。

"熨不好裤子,为什么不让人说?"

"你熨得好吗?"

"我? 根本不会熨。"

"那就少教训我!"

"你的逻辑是错误的。我不会熨不等于没资格批评你。"

"我用不着你给我讲逻辑。看你那样子,从哪儿学来的这一嘴油腔滑调,啊? 我辛辛苦苦把你养大,就为了听你在我跟前耍贫嘴教训我吗?"妈妈嘴唇直哆嗦。

"安然,别说了!"我怕事情闹大,推着她的肩膀就往里屋走,尽管我也觉得妈妈是不占理的。

"为什么不说?"安然甩开了我,"不说就等于不存在吗? 爸爸五个扣子掉了三个,叫你缝一下,你反过来问他为什么不自己缝;爸爸的袜子找不到,请你帮忙找一下,你又反问他,为什么不自己去找? 这就是妈妈! 要是有工作的妈妈都这样,那我宁愿要个家庭妇女妈妈!"

"这可都是你说的。没有心肝的东西,你可别后悔。我这就走!"妈妈做了一个要冲出屋去的姿态。当然,我把她拦住了。安然讲理比我勇敢,可每次围、追、堵、截都是我的任务。

"你有心肝,你真正管过我吗!"安然并没有被妈妈悲痛欲绝的姿态所吓倒。也许,任何一种再吓人的姿态,重复多了也就不吓人了。

"怎么没管过? 抱你躲武斗,抱你去干校,抱你满世界奔跑,抱你……"妈妈又返了回来。

"人不能光吃老本!"安然有点故意气人了。

"安然!"我拼命冲她使眼色。

"安然,没你的事!"爸爸也不希望事情一环套一环地恶性发展下去。

"你们干吗不让我把话说完?"安然说,"还记得求你帮我找英文老师的事吗?"

"别说了安然,我求你!"我真上前捂住她的嘴。

她拿掉我的手,一甩胳膊回到沙发上,半天不动。四周突然寂静下来。谁家收音机里传来歌声:

"海风你轻轻地吹,海浪你轻轻地摇……"

找英文老师,是啊,那次也伤了我的心。

我妈妈现在就是一所中专学校的英文教师。但不客气地说,由于种种原因,她的英文程度已达不到教授安然的水平了。安然呢,口语虽好,但语法需要加强。她得知平易市十九中有一位英文教师辅导高考很有经验,曾经培养过不少学生考入大学,这位教师又正好是妈妈当年的大学同学,便和妈妈谈起这件事,要妈妈领她去登门拜访,想利用星期天请老师辅导。妈妈考虑了一下,先说他们好多年不来往了,不便开口;后来,安然再三恳求,她才答应去试试。但不知什么原因,她一直没有去。每次安然提醒,她总是推托。

后来安然自己去了,当然有点儿赌气。她打听到地址,一个人找上了门。当时她只把这件事告诉我一个人。我还帮她挑选了第一次见老师要穿的衣服,帮她拟定了一个"谈判须知",特别嘱咐她要给老师朗诵一段课文,这样准会成功,因为她的口语得到过专家的鉴定。她就那么兴高采烈地走了,从妈妈面前吹着口哨走了。

可她哭着回来了,手里攥着一团揉皱的湿手绢回来了。"他不要我,他不收我!"她扑在床上号啕起来。

"为什么你不给他朗诵?"

"他不听。"

"你应该一定要他听,他一听就会喜欢你的。"我一边说着也流下泪来,我觉得我受了比她更大的委屈。

"他不听,就是不听,就不听!"安然嘟囔着,仿佛在说她自己不想听别人的话。

"你没提妈妈的名字?"

"当然没提。我要凭我自己,凭……"

"我们都太自信了。"我叹着气。

"这有什么不好?"

"可是……"

"可是他留着连鬓胡子,戴一副眼镜,镜片冲我一闪一闪,连眼睛都叫人看不清。唔唔……"安然抽抽搭搭地诉说着。

那天,她哭了很久。在从前和以后,她都很少这么哭过。从此,她学习英文更加刻苦了,除出色完成学校规定和自己设计的作业外,还搬着《牛津英汉双解辞典》翻译了好几首诗,其中有史蒂文生的《风》、《城市的灯火》……接着又毛遂自荐,把译稿拿给平易大学里的英文老师看。到底有人称赞了她,并欣然同意对她进行辅导。

我始终没有弄明白,妈妈为什么不去找那位老师。也许同行找同行,有伤自尊心;也许还搅和着什么陈年旧事;也许什么都不为。但这件事给我和安然都留下了很深刻的印象。在安然和妈妈的关系中也留下了永远抹不掉的暗影。每当爸爸和妈妈之间的争吵发生转化,转成妈妈对安然时,就像刚才那样,安然总是搬出这件事使自己立于不败之地。这时我就暗自同情起妈妈来。人不能得寸进尺。再说,对于妈妈和爸爸的关系,安然又了解什么呢?

当然,我也不是解释他们关系的权威。小时候对于他们的关系印象很淡漠,从幼儿园,从寄宿小学回家,虽然也遇到过他们脸色不好看,晚上睁开眼时,好像谁还到椅子搭的铺上睡过。有时也吵,但比现在要温和,可算温和派。那时爸爸就干他的本行,专业绘画;妈妈在一个农业研究所当翻译。

那时我只觉得妈妈是世界上最好看的人,就像她挂在床头的那张放大照片一样。那是一位站在蓝天白云下的姑娘,她微笑而自信地直视远方;一绺鬟发斜搭在前额上,一件带垫肩的西服随便往肩上一披,风正把衬衫一角掀起。阳光在她脸上印下几个很有分寸的阴影,构成了一个完美、潇洒和富于幻想的形象。有一次我意外地发现照片后面还有她自己写的一首诗:

> 蓝天,白云,
> 我为什么这样热爱你们?
> 因为你们就是祖国,
> 就是拥抱着我的母亲。

诗的逻辑虽稍显混乱,但谁能否认它是出自一个有热情、爱幻想的年轻人之手呢。

如果不是"文化大革命",也许那张照片会永远挂在她的床头。但后来照片不见了,妈妈也像变了一个人,阳光投在她脸上的阴影似乎不那么有分寸了。仿佛是照片的消失,给妈妈引来了厄运。

她把自己的青春贡献给了那个研究所,还在那里度过了那个火红的年龄。谁知运动过后,她不仅没有回到她那个研究岗位,在和爸爸的关系上,矛盾也达到了逐步升级的地步。"运动"像给一架本来就转动着的发动机加大了油门。为什么?我们谁也说不清。可妈妈在运动中的几件小事却总在我脑子里出现。

运动初期,妈妈比爸爸日子好过些。爸爸早已进了"牛棚",妈妈却积极投入了运动。一个"左派会",一本"十六条"都能使她心花怒放。有一次我看到她兴致勃勃地替小将抬着糨糊桶在街上贴大标语,一个字,四整张纸,比我的个子还高许多,写的好像是要打倒谁,火烧谁,气死谁。寒风凛冽,糨糊粘在身上冻成了一片片的硬嘎巴儿,可她仍然昂首挺胸,走在小将前面。每到一处,挥起笤帚呼呼就刷。还有一次她忽然戴回一个红卫兵袖章。这下连我也觉得比她提着糨糊桶乱跑要气派得多。我高兴得差点儿跳起来:我们家到底也进入了红五类的行列。爸爸这下也可以受到这块红袖章的保护了,说不定很快就会回来和我们见面。晚上,当妈妈摘下它时,我就别在胳膊上,在屋里对着镜子举胳膊喊口号。有时还别在刚会走路的安然胳膊上,教她举胳膊。但是后来我才发现,原来这个袖章不是真正的红卫兵袖章,在"红卫兵"三个字下面,还有两个一分硬币大小的字:"外围"。我脸红了好几天,再也不去戴妈妈的袖章了。不久,她也突然摘下了那个有点儿鱼目混珠味道的袖章,愁眉苦脸地抱着安然去了干校。在干校大概还吃过点儿苦头,除了出身偏高,还因为运动前和哪个民主党派有过点儿瓜葛。但绝未构成什么冤、假、错案。之后,更不在落实政策之列。从此,她人很消沉,脾气一触即发,使她那本来就不甚清楚的思维逻辑,更加混乱起来,就像安然说的那样。逻辑混乱的结果,使"温和派"们不温和了。

有时我总想,妈妈倒不如真是个"叛徒"、"特务"或"反动权威"什么的,构成个冤、假、错案,落实政策后不仅能回到她的研究单位,在一定场合,人们还会刮目相看。可惜,一身糨糊,一个"红外围"袖章,给予人的不过是一种莫辨是非的印象。既不曾飞黄腾达,也不会时来运转。

四

我们的家里一场争吵又平息下来了。我打开窗子,安然关掉了录音机。大家胡乱吃点儿东西,安然就坐在了她的书桌前,手里玩着抽屉上一把小锁,"咔哒"、"咔哒"。

天完全黑了下来,潮湿、闷热的风一阵阵吹进屋里,更使人烦躁难耐。我拿起本书又放下,放下又拿起来,最后还是一个人走了出去。在街上,我快步逃过路旁那些乘凉的邻居们,拐上一条僻静的林荫道,才正式思念起一个人来,那是我的男朋友,他在一个不远不近的城市工作。

啊,要是安然知道我现在的思想,一定会感到悲哀的,她自信我永远只想着她。她曾经郑重其事地"警告"过我:

"姐,你可不能结婚!"

"为什么?"

"你结了婚我怎么办?"她说得多么认真。

当时我多想按照她的要求答应一声啊,可我又不敢。果然,这样的事还是没按安然的理解,悄悄闯进了我的生活圈子。我一直拿不定主意是否要告诉她,我害怕我和她的友谊发生变化。我就这么忍着,还用忍耐的形式来安慰自己。是啊,我第一次体会到,世界上不单存在着需要忍受的痛苦,还存在着需要忍受的幸福。我不是已经忍了一个不算短的时间吗?现在我又要一个人在这条林荫道上享受埋藏在我心中的幸福了。

铺在林荫道上的树影就像一架走不到头的梯子,我一步步地攀登着。如果不是有人喊我,我一定会走到尽头。但是有人喊我了。我停住脚步,发现面前站着的是韦婉。她是安然的班主任,我的小学同学。小学分手后我们再没有见过面。那时她在我们中间算大个儿,现在却比我还矮,最高也就一米五八。看看脚上,还有一寸多高的鞋跟。她头发有意无意地向高处蓬松着,穿一条碎花尼龙绸连衣裙,领口开得很低。看来她很知道打扮自己了。我想到小时候她可不是这样,腰带经常耷拉在外面,引起男生的哄笑。可那稍显低哑的声音,那眼光——有些早熟的眼光,却又使我想起我在寄宿小学的那些时光。

那时我和她关系一般,可在宿舍里我们的床却紧挨着。韦婉当时在我们中间个子最高,懂得很多神秘莫测的事情。一年级时,有一天晚上熄灯后,她忽然问大家:"哎,我说你们长大了都想生小孩吗?"大家先是嘻嘻笑了一阵,然后有人小声说:"想啊。"说完又是一阵嘻嘻的笑。韦婉在黑暗里又以神秘的口气说:"生孩子,可不是谁想生就生。"后来她详细告诉我们,那要看肚子上有没有一条竖线,凡是有线的才可以生。不知谁"啪"地打开了电灯,十几个人都从被窝里爬起来,开始察看自己的肚子。韦婉则像个女预言家似的光着脚在地上一一审视着,并指出谁行谁不行。我当时就是第一个被肯定有那条竖线的。当时我是多么骄傲啊,但身上反而一阵痉挛,起了好多鸡皮疙瘩。有个头发黄黄的同学因为没有那条线而流了泪,那时,我们全体都真心实意地替她惋惜。

后来"文化大革命"开始了。

后来"文化大革命"结束了。

后来我在农村插队的时候,只听说她被推荐上了大学。现在,她从外地调回平易市,做了中学教师,正巧还是安然的班主任。按说我们住在一个城市,又是小学同学,又有安然这层关系,是应该有接触的。可不知为什么,从没有往来。小时候我虽然为她对我的肯定暗自高兴过,还增加了对她的敬佩,但也就是从那时起,我对她还产生了几分恐惧心理,我觉得我们并不是一种人。现在碰上了,看来还得站一会儿。

"没想到在这儿碰见。你在等人吧?"我和她站个对面,问她。

"啊。"她显得热情地答应了一声,"早就听说你抽回来了,你看咱们整天谁也见不着谁的面。你也等人?"

"不,我一个人出来走走。"我说。

接着就是有问有答地把小学时的同学都扼要地谈论了一遍,然后把话题转到安然身上。现在要是不谈谈她的学生安然,我们一定会愣在这里的。

"安然在班里表现怎么样?"我问。

"怎么说呢,其实我是准备专门去家里和你谈谈的。"韦婉语气郑重,像是在模仿着我们哪位老师的神情,"她很聪明,也很用功。就是……"

当然我等的就是这个"就是"。

"用形容成人的话来说,就是群众关系不怎么好。"

"她爱讽刺人。"我试探着。

"怎么说呢?"这似乎是她新添的口头语,"安静,你作为安然的姐姐,作为我的老同学,应该协助安然把路子走正。"

"你是说安然她……"我的心一阵紧跳。小时候我从来都是把老师的话作为金科玉律的,韦婉又让我回到了那个年代。

"也许我用词严重了一些,但消防知识里有句话叫'防患于未燃'。"

"到底怎么啦?"我有些沉不住气了。

"班里有个叫米晓玲的同学,最近和安然闹翻了。经过调查,我觉得责任在安然,她不应该用唱歌的办法伤害同学。并且,那支歌也……我不便在这里重复。总之吧,这事不应该发生在她身上。"

原来这样。我长出了一口气。

"还有什么事没有?"我问。

"怎么说呢? 安然除了唱歌讽刺同学,最近还有……怎么说呢。比如,"韦婉说到这里顿了一下,我又在等待那个"比如"了,"比如她总和一个叫刘冬虎的男生在一起。还有,过去她挺朴素,现在也打扮起来了。上星期她好像穿了一件大红衬衫,对了,没有扣子,背后带一条拉链。"

"那是……新买的。"我差点说出那是我给她买的。

"对,问题就在这儿。"韦婉正要说下去,但她要等的人来了,一个呆板的方脸青年。

韦婉忘了给我介绍,我们谁也不便和谁打招呼。一刹那,韦婉像忘记了我的存在,丢下我就走。碎花连衣裙和一件"特丽灵"衬衫保持着一定距离,在树下一闪一闪。

难道她真认为那件没有纽扣的红衬衫刺眼吗? 它真能和"问题"这样的字眼连在一起吗?

我顺林荫路往回走着,路灯夹杂在高大的杨树干里,把树干上那些眼睛模样的疤痕照得很清楚。我在"众目睽睽"下,继续走自己的路。

五

人要是真能按照自己的意志走自己的路,那是一件多么艰难的事啊。它显得荒诞可笑,却又其乐无穷。

拿我爸爸来说,他就是一直在走自己的路,尽管老是像个醉鬼(他不喝酒)一样跌跌撞撞。他是风景、静物画家,五十年代毕业于美术学院油画系,现在省画院搞专业创作。专业创作是个既魅人、又叫人紧张的词儿,它意味着创作时间的充裕和由此招来的精神上的压力。有些年,他的画连省美展都通不过。人家说他的画无法为工农兵服务,人家说从他的画面上看不到社会主义的脉搏在跳动,人家还给他定了一些不成文的流派。总之一句话,他的画起不到齿轮和螺丝钉的作用。他在画院是个不被人注意的角色。我想,一定还会有人暗中埋怨:画院怎么供着这样一个废……物(我愿把"物"改成"人")?

他的画面上不常有人,没有甩开膀子开山的队伍;没有站在棉田里用手背擦汗的大嫂;没有人伸出胳膊做指向前方的姿态;许多画甚至连标志新农村的拖拉机、高压线都没有。有的是北方深秋棕红色的大山,明丽、爽朗的蓝天,缠绵、散漫的河滩、流水,缠绕在山腰间的毛茸茸的小路和那随风战栗的羽毛扇似的小白杨;有的是早春充满生机的果园,那鼓鼓的花苞缀满枝头,正默默地等待时机,只等大自然一声令下,好像就会同时爆炸出颜色和芬芳;有盛夏时节的原野,五彩缤纷的花束:怒放的玫瑰,羞涩的矢车菊,铃铛般的草芙蓉和信手从路边采来的不被人注意的那些金色的星星点点。

不管怎样被议论、冷落,爸爸的画倒是我和安然生活中不可缺少的一部分。我们从这些画面上感受到的是大自然的生机,感受到的是生活的节奏和旋律,它们就在你耳边、眼前洋溢。就是这些节奏和旋律对我们产生了强烈的诱惑,这诱惑也许来自画面上的形象,也许就是他那奔放、朴拙的笔触,热情、斑斓的色彩。总之,祖国、大自然、生活……这些名词在我们脑子里是再具体不过了。

可我有时也希望爸爸的画应时一些,也许那会一下改变他的处境。

"爸爸,您不妨画一些说明性较强的东西。"

爸爸不说话。

"您在画院是专业画家,总得……"

"总得什么?"爸爸扬起眉毛,但没看我。

"我是说——"我是想说总得被人承认啊,可我说不下去了。大凡人在讲违心的话时,心情在充满矛盾时,总是吞吞吐吐吧。时代把我们这一代造就得比父辈要世故,我从来就不否认这点。

"你喜欢吃糖吧?"爸爸没头没脑地问。

"当然。"我说。小时候不是还拔过一颗虫子牙吗。

"你满心欢喜地吃完一块糖,转脸就声明,这糖是苦的,对不对?"爸爸再次扬起眉毛时,看了我一眼。瞧他那神情,倒真和安然挖苦人时差不多。

"我还不是为您,我当然爱您的画,可是……"

"坐下,安静,我明白你。但我想告诉你,假如一个人整天'可是、可是'地过日子,日子就没法过。更不用说去追求点儿什么了。高更当年在塔希提岛上拿自己的画换顿饭吃都没人要。你一定会说,高更先生,饭总归要吃的呀。当然,我不是高更,这太不自量。可也不是他的追随者。"

安然不知什么时候凑了过来。她举起一支油画笔,站在我们面前,神气活现地说:"我,作为一个画家,一辈子要用自己的眼睛,自己的。契诃夫说过:'有大狗,有小狗。但小狗无须因大狗的存在而惶惑。所有的狗都叫,但都按照上帝给予它的声音去叫。'对吗?"她显然是在替爸爸说话。

爸爸不吭声。我总觉得他有点宠着安然。安然的话让我有点无地自容,"还不放下笔!"我无话可说,开始斥责她。

"哼,要是上帝把所有的狗都创造成一种声音,多好!"她放下笔,

"我们班有个女生怕人看她,每次去车棚推车都拉着我。我说,就怪你和别人长得不一样。"安然说完又拿起画笔,找张纸东抹西抹地画了辆自行车。

安然,别又煞有介事,我什么不懂!人活着,应该不断追求,不断思索,不应该去学着迎合。我不禁想起我所心爱的一本书中的一段话:"为什么你认为美——世界上最宝贵的财富——会同沙滩上的石头一样,一个漫不经心的过路人随随便便地就能捡起来?美是一种美妙奇异的东西,艺术家只有通过灵魂的痛苦折磨,才能从宇宙的混沌中创造出来。美在被创造出以后,它也不是为了叫每个人都能认出来的。要想认识它,一个人必须重复艺术家经历过的一番冒险。他唱给你的是一个美的旋律,要是想在自己心里重听一遍就必须有知识,有敏锐的感觉和想象力。"

这些,安然你懂吗?现在你拿起爸爸的笔,重复爸爸的话,只不过是刚刚跟在爸爸后边捡起了路旁的一块石头。你显然没有重复艺术家的冒险,可我已经在经历着了。

后来我和爸爸又以"到底是作者造就读者,还是读者造就作者"为题,没完没了地讨论了好久。结果是不了了之,爸爸还是那句老话:"我要用自己的眼睛去发现,假如我还看得见的话。"

或许是我们经常变换花样的谈话影响了安然;或许是爸爸那一幅幅叫人激动、叫人想跳、想唱的画面滋养了安然的灵魂;或许还有别的什么,我注意到安然最近爱照镜子,过去她可不这样。有一天,我发现她躺在床上,面朝墙,正抽抽搭搭地哭。

"喂,你笑什么?"我故意冲她说反话。这招儿很灵,她真的破涕为笑了。

"我早就知道你们都拿我当男孩子看,其实我是个女的,女的!"她笑了一下,就又变得严肃了。

我也严肃地说:"过去,我对你是有点儿——有点儿男女不分。现在,我觉得你是个完完全全的女孩儿,是个挺不错的女孩儿!"我把她从床上拉了起来,"不信你照照镜子,你瞧你的眉毛多好,皮肤多细。"

"可是我的眼睛小,嘴巴大。"安然一伸手,把一面小镜子举到脸前,冲着镜子挤眉弄眼。

我想这时她内心一定早已平静了,她的脾气属"雷阵雨""茅草火"之类。不过,她后来讲的两句话叫我久久难忘。她说:"现在我怕别人说我像男孩儿,人们可千万别永远拿我当男孩子看。"她的语气十分郑重,她的眼睛里流过一丝很少见的淡淡的忧愁。

我想起那个是非颠倒的年代,那个以被人称"铁姑娘"、"假小子"为荣的年代,那些不男不女的装束,那些不女不男的发型。虽然我没有朝着"铁姑娘"、"假小子"的目标打扮,可也很少注意自己是男是女。插队时,有一次生产队长让我去集上卖豆腐丝,我脖子上系条白毛巾,推起小车就走,没有半点儿犹豫,因为那是领导对你的信任。领导信任就能换来美的享受,何止是美的享受。那是你的前途,简直就是你的一切。哪怕你的领导是个人人皆知的流氓、恶棍。想起那个年代,心里一阵阵发冷。

是啊,随着年龄的增长,安然对美有了新的认识,有了新的渴望。生活在向她微笑,青春正朝她奔涌过来,她的身体在发育,她的年轻的胸脯正悄悄地膨胀。我的安然,难道她的代名词能是"永远的夹克衫"么?

我去南方出差,给她买回了一件红衬衫,一件没有纽扣、带一条纤巧的银色拉链的红衬衫。

"我真漂亮!"她穿上衬衫,毫不掩饰地举着胳膊向爸爸、妈妈和我宣布。

我一向敬佩她的坦率,也许正是这些毫无顾忌的坦率,使我仍然觉得她像个小男孩儿。

可谁能想到,安然的班主任韦婉竟一本正经地提醒我要"防患于未燃"呢。燃烧的"燃"!也许,韦婉真的从这件火红的衬衫里看到了火,想到了消防队。但当我再次想到这件衬衫时,为什么也像真的看到了火这个怪物?看来火又要把安然今年的"三好生"希望给烧掉了吧。不知是想到了这点，还是因为走进了漆黑的楼道，我的心突然一沉。

我摸着黑，熟练地绕过重重障碍走上楼梯，关于是不是要和安然谈话的事，竟一点儿也没有想。

我究竟是用自己的眼睛呢，还是违心地去用别人的眼睛？

六

电扇在安然背后摇头晃脑，安然还是一脸大汗。一盏自制伞式台灯照着她合着的英文课本，大约是默写单词吧，一沓白纸，不留天地写得满满的。她拿笔的姿势叫人看了很累，笔杆握得很低，拇指和食指几乎要触到笔尖，手腕过分用力，仿佛不是写字，而是刻字、刺字。正面笔触凹下去，背面凸出来。或许这是她不断出汗的一个原因吧。

我为她拧了一把凉毛巾。

她擦过脸，一绺头发贴在脸颊上，下巴上还有一道淡蓝色的圆珠笔印。她脸上时常出现颜色深浅不一的圆珠笔印。

"他们呢？"我问。

"妈在楼下乘凉，爸在对面房间备课。"

"裤子呢？"

"等你回来熨呢。"

我立即把扔在桌上的熨斗插销插好。我不愿意爸爸穿着"百褶裙"，像宋代《八十七神仙卷》里的人物一样，去给大学生讲美术欣赏。

夜很深了，安然把笔往桌上一摔，两只手背过去抱住后脑勺，用力往椅子上一仰，椅子的两条前腿跷起来，变成了摇椅。这说明她又累又困了。她摇了一会儿，连手脚也顾不得去洗就要睡觉。

"防患于未燃"！"防患于未燃"！这句话又开始在我耳边重复。

"米晓玲怎么不常来了？"我终于憋不住了。

"她不理我了。"安然脱掉裙子,坐在床沿上,两只黝黑、滚圆的膝盖紧紧靠在一起。

"你冲人家唱歌了,对吧?"

"对呀。"安然平静地说,"你怎么知道?"

"这你别管。"

"别管就别管。我实在受不了了。她老是告诉我,这个男生看她,那个男生看她。好像她是太阳,男生都是向日葵似的。你说,一个女生总说这些干吗?后来我就唱了。"安然把嘴唇一抿,眼皮一垂,又把胳膊背过去扶住床,显然是做好了一切准备。

"唱的什么?"

"《假正经》。"

"你怎么能对同学唱这种歌?"我一听这歌名就火了,放下熨斗,转过身子又说了一遍,"你怎么能对同学唱这种歌?"

"怎么不能啊。她老是缠着我,扒着肩膀跟我说些乱七八糟的事。我一唱歌,她就躲开我了。还真灵!"

"那歌儿怎么唱?"我问。

"你想听?"

我不说话。

> 你不要以为你真美丽,
> 你不要以为我一见你就爱上你。
> 不要太多情,
> 不要假正经,
> 我看你一眼是因为你
> 太滑稽呀太滑稽。
> ……

安然看着天花板,真的小声唱了起来。

说实话,我有点儿想笑,可还是忍住笑,继续保持住刚才的神情说:"你,你太不尊重人了。"

"是她自己不尊重自己。她老是抄我的笔记,动不动就一拍胸脯:'咱姐们儿,没说的!'然后拿起我的练习本就走。你听听,还是个中学生吗?什么'姐们儿、姐们儿'的,腻味!又是同学,你让我怎么办?"安然说完把双腿往床上一放,躺了下来。

谈话不能继续了,刚才像要冲锋陷阵的我,很快就败下阵来,只好转过身去熨衣服。熨完衣服,我回到自己床上,关掉灯,黑暗中浮现出米晓玲的脸。

一张又圆又白的脸。她父亲好像一直没正式工作,今天在这儿刷油漆,明天换个地方给人拉车送煤。她母亲在一家糖果店当售货员。米晓玲是老大,她下面还有三个小弟弟,家庭生活不算富裕。但是,她很爱打扮,她的所有衣服上几乎都绣着金丝银线,据安然讲,她铅笔盒里还珍藏着一枚三毛钱一只的戒指,经常把手伸到桌斗里试戴。每逢星期四她戴手表上学——那天是她妈的休息日。她能分清许多合成纤维衣料的名称,什么涤纶、快巴、弹力呢、美国大纹哔叽……走在街上常指着人家毛衣上的花样说,"大阿尔巴尼亚"、"小阿尔巴尼亚"、"菠萝花"、"太阳花"。她的书包里总是装着几本关于电影方面的通俗读物,她对那些男女明星都熟悉得要命,每次来我家,都给安然带来一些莫名其妙的消息,据她说还都是千真万确的。有一次她来找安然借历史笔记,一进门就说:"你知道吗安然,刘晓庆把她丈夫给杀啦!"还有一次她告诉安然,陈冲有十辆"丰田"。安然靠在藤椅上哈哈大笑,米晓玲还在竭力证明:"真的,赤橙黄绿青蓝紫都有,还有白的,黑的,还有……反正一共十个色儿,信不信由你。"她说得很认真,仿佛是陈冲昨天刚告诉她的。后来她突然转移话题,好像刚才的一切都是些无关紧要的事,然后拿起安然的笔记本走了。

这个孩子给我留下了不好的印象,我奇怪安然为什么会跟她来往。我问过安然,她说:"米晓玲办事说到做到,讲信用,讲真理,还爱打抱不平,面对最难斗的男生,脸不改色心不跳。就这点来讲嘛还是'姐们儿'比'老冒'们强。"

"老师喜欢她吗?"

"老师? 看都不看她。"

我没仔细追究"老冒"都包括谁,也没追究韦婉为什么不喜欢米晓玲,还是规劝安然少和米晓玲来往。

"她又不是流氓。"安然说,"再说,她为什么非影响我不可,我就不能影响影响她吗?"

"影响她的办法就是给她笔记抄?"

"开始没这样。我给她讲题特耐心,后来她老走神,一会儿说商场新来了尼龙绸棉袄,又买不起;一会儿又说不上学了,接她妈妈的班。我有什么办法? 干脆让她抄得了,还省我好多时间呢。"

"还口口声声影响人家呢,早不耐烦了。"我冷静地说。

"我?"安然为我的结论吃惊了。显然,她感觉到我这个简短结论的冷酷,却又千真万确。"谁知道呢。"她嘟囔了一句。

米晓玲好久没来我家了,原来这样。

"你呀,安然! 现在你又失掉了一个群众,评选时你又少了一票!"我在黑暗中不由自主地低语着。回答我的,是安然那一阵阵均匀的呼吸声。

十六岁的女孩子的呼吸,是人人羡慕的,香甜、酣畅,节奏均匀。

七

又是一个闷热的早晨。

安然照例比我早起。床上团着一堆毛巾被,人早跑到楼下跳绳去了——期末复习也没改变她这个多年养成的习惯。

她深信跳绳能使个子长得更高,目前她可以一连跳一百多个"双摇"。

往常,我从来没兴趣下楼欣赏她的"绳技"。除了骑自行车兜风,我对任何运动都不感兴趣。我早晨不愿起床,愿意躺在床上想心事。这时候我的思维细胞分外活跃,我的思绪像一头精力充沛的小鹿，灵妙、敏捷地奔突、跳跃，不受拘束、无遮无拦地四处冲撞。我能从苔丝德梦娜想到烧茄子；能从百褶裙想到萨特的存在主义；能从毕加索的《格尔尼卡》想到插队时有一次半夜里错割了别的生产队的麦子；能从轰动一时的英阿争端想到我的头发该烫了；能从咖喱牛肉想到我的房东大娘当年怎样用小板车拉着我，走几十里土路去县医院看病；能从大熊猫想到中学时期一年一度的忆苦饭……我还常在这短暂的时间里拟定全天工作计划：上午去报社发广告，下午约某青年诗人来编辑部谈稿。这是我的职业——文学杂志诗歌编辑的日常工作。晚上写八封信，读六页《拉奥孔》和《邓肯自传》的最后两章；再用二十分钟时间学会第五套探戈。当然，还想我的朋友，回想他的一句动心的话，那句话执拗地在我心中重复，就像有时候一首歌、几行诗会突然平白无故地在我心中重复起来没完一样。每到这时，我的心便仿佛给分成了两半，一半说："别唱了，别唱了。"另一半却一遍又一遍地唱下去：

> 在路旁啊在路旁啊有个树林，
> 孤孤单单人们叫它撒力登……

这时候，意志真不知藏到哪里去了。直到闹钟告诉我，还有十五分钟就到上班时间，我才猛地从床上跳下来，跑着蹦着梳洗完毕，再往书包里塞六块饼干，然后推上自行车，冲出"夜路"，来到街上。当然，一走上大街，我就变成了十分安静的安静。

不知怎么的，今天我忽然想早起一会儿到院子里去看看安然了。也许还可以继续昨晚的谈话。昨晚，我们等于没谈。

谁家已经扭开了收音机："刚才最后一响，是北京时间六点整。"

现在院子还没有苏醒，只有邻居家笼子里那些鸡朝我咯儿咯儿地打着招呼，还以为我是它们的主人，过来喂食。安然肩上搭着跳绳，站在远处，背对着我正和一个比她稍矮的男生说话。她正教他念英文单词，我听出他把"咳嗽"念成"母牛"。安然顿时大笑起来。笼子里的鸡有点儿莫名其妙地伸出脑袋,警惕地看着她。

这不是那个刘冬虎么,韦婉提到过的那个刘冬虎,他家就住在马路对面,可他从来没到我家来过,平时见到我也总不好意思地贴近墙根儿。我倒是和他聊过几句,还是在火车上。

那是去年冬天,我去北京组稿,安然送我上车。每次我出门,只要她能赶对时间,总要坚持送我。"我要给你占座位。"她威风凛凛地走在我身边,像个保护人似的说。她还会首先冲上车去,架起胳膊,目光专注,勇往直前。即使人很少,也要把我安置在她亲自选定的座位上,再满足地和我并排坐上三、五分钟才离去。那时,我明知安然的举动并不具有什么特别价值,但还是觉得所有座位,唯独我这里最舒服、最安全、最凉快、最暖和、最安静、最方便、最好。

那次,由于春节将至,旅客空前多。我又是中途上车,找个座位简直是不可能的事。而安然好像也没有过去那种热情了,还有点心神不定。不时抻抻衣角,捋一捋头发。我有些奇怪地望着她。她发现后才又赶紧挤到前边去了。其实,我并没有埋怨她的意思。她又不是孙悟空,怎么能有本事对付这么多人呢。我喊她不要再徒劳了,但声音一下就被人声的浪潮给淹没了,安然也被淹没在人潮里。为了从前边截她,我从另一个车门上了车,却还是看不见安然。这时,一个刚坐下的男孩子站了起来。

"刘冬虎!"我认出了他,"先帮我看一下东西。"我把挎包放在他身边,赶快挤过人群又去找安然。我在两段车厢相接处碰见了她。

"安然!别找啦。你们同学刘冬虎让给我一块地方!"我冲她嚷。

"本来我能找到座位,那个乘务员把我……把我给揪下去了。"安然眼睛看着车窗外,嘴唇直哆嗦。

"为什么?"我觉得血涌到了脸上,仿佛被揪下去的是我。

"她说我扰乱秩序。呔!你看,就是她!"安然指指朝我们走来的一位梳两根辫子的胖胖的女乘务员,"我非跟她吵一架不可。"

"别……"我想把安然推下车。

可是,她们已经吵了起来。

"大胖子！你就会欺负我是学生。别人挤，你怎么不敢揪？"安然大声嚷道。

"你怎么骂人？"胖乘务员脸憋得通红。

"就骂你，大胖子！欺负小孩儿，没脸！"

"你还是学生呢，懂不懂礼貌？"

"你还是乘务员呢，靠揪小孩儿立功，那也不给你加奖金！"

"我要维持秩序！"

"就是你堵塞交通！"

"你……你年纪轻轻太不学好！"

"你管不着！反正我姐姐有座位了，你揪了白揪！我姐姐的座位还靠窗户呢。气死你！"

安然这句话逗笑了许多旅客，人们很有兴趣地望着她。显然，谁也没有把她看成一个不学好的女孩子。开车铃响了，我趁势把安然轻轻推下车去。就在这时，我看见两大滴眼泪从她眼睛里滚落下来。接着，更多的泪水又蒙住了她的双眼。车身颤动了一下，徐徐开动了。安然站在月台上，扬着冻得通红的脸，嘴里吐出一团团白色的哈气，一边流泪，一边挥舞着一只胳膊，朝着火车指指划划。她的嘴唇飞快地动着，她在发泄。因为没给我占上座位吗？被人揪了下来吗？还是因为——事到如今我才突然明白，那是因为有人当着一个男同学，一个叫刘冬虎的男同学伤了她的自尊心。当着一个男生被揪，还有比这更有伤自尊的吗？

开车后，我和刘冬虎都没有提刚才的事，我只是随便问了问他的功课。后来他把座位让给了我，自己站得远远的。当时也许只好这样。

今天呢，是他主动找上门的，还是她约他来的？他每天早晨都来，还是偶然相遇？我为什么要追究这些？现在我忽然觉得，我怎么变得这样鬼鬼祟祟？我应该向安然学习。

我走到他们跟前："你好呀刘冬虎。"

"您好。再见！"刘冬虎一看见我，卷起书本赶紧走了。

安然对我的突然出现,显然没有思想准备。她像是有点儿遗憾。

"你怎么不把他叫住?"我说。

"叫他干吗。发音……简直,没治!"

"同学向你请教。你应该耐心。"我说。

"噢,谁让我耐心我都耐心!你没听见吧。愣把'咳嗽'念成'母牛'。还 cow 呢!"

"我觉得刘冬虎很有礼貌。那回在车上……"

"一个男生光有礼貌也没劲。你没看见他长得那样。根本就不像个有礼貌的人:嘴唇那么厚,腿又短,脖子又黑……"安然一边说着,又跳起了她的"双摇"。

我只是微笑着看着她,眼睛已经告诉她:"得了安然,干吗跟姐姐撒谎啊。"

安然看懂了我的眼神。她埋下眼睛,跳绳不知什么时候都缠到胳膊上去了。后来她终于抬起头来对我说:"其实,帮他复习英语是我约他来的。我觉得和男生在一块儿讨论功课比和女生在一块儿还好,废话少。我觉得没什么。"

"可不没什么。"

太阳升起来了,带着令人头昏目眩的光环。阳光照耀着安然的脸,照耀着她脸上纤细的茸毛,就像一层金色的丝绒。

我接过她的跳绳,也跳了几下"双摇"。

一个二,

两个二,

三个三,

……

八

由于早起,时间显得很充实。我和安然梳洗完毕,吃过早饭,各走各的路。

往常，我骑车到编辑部只需十五分钟，今天却在路上费了半小时。我骑得很慢，吸吮着夏日的晨风，或者说享受着晨风的吸吮。

我们的城市没有受人称道的法国梧桐，有的是朴素、平凡、七月放花的中国槐。女中学生在树下从容、自信地走着，那样子就像只有她们才配占有槐树下的阴凉。一些顶着阳光赶路的男生，仿佛是从便道上被挤下来似的，一只肩膀高高地挑着沉甸甸的书包，显出男子汉的宽容和大度。可女学生对他们还是做出不屑一顾的样子。但我相信，她们勾肩搭背地小声议论着的，并非和男孩子无关。我就记得我上中学的时候，教男生跳起"大寨亚克西"来，是那么不辞劳苦，甚至觉得那些机械、僵硬的动作也有几分可爱之处，而对女生却缺乏应有的热情。那时有个跳"亚克西"的瘦瘦的男生跳完舞总来找我，每次都揣着一个不大不小的理由。他长得很纤巧——原谅我对男性使用这样的形容词，后来我好像也总盼望他来（在这里用"盼望"来形容，分量重了些）。为此，爸爸还严厉斥责过我。他竟然也运用着他很不擅长的政治术语说："你，你的思想……复杂啦！"这样的词虽然我听过不少，但经他一用，还真有些恐惧。那个年龄，那个时代，谁不怕人家说你"复杂"。"复杂"联系着什么？当然不是革命，不是雷打不动的"天天读"，不是带头多吃一碗忆苦饭。"复杂"联系着的是落后和路线，想到这些，我真不理那个纤巧的男生了，可心里却盼他出现（现在用"盼"较合适）。幸亏后来他没毕业就当兵走了。临走那天晚上，还来向我告别。那天家里只有我自己，这才觉得事情更加复杂了。我惊慌失措地用三言两语就把他轰走了。谁知，他临走又从裤兜里掏出一只装有磁石的泡沫塑料铅笔盒，说要送给我作个纪念。还记得那天全楼停电，我借着蜡烛发出的昏黄、战栗着的光盯住那个纪念品，心中升起了一种模模糊糊的、可怕的满足。当然，最后我还是又想起了那个有点儿背叛味道的词儿："复杂"。我毫不犹豫地把铅笔盒还给了他。他是怎么接过去的，又是怎么摸黑下楼的，我一概不知道。我只是又感到一种莫名其妙的、可怕的满足。

几年后我们长大成人，曾在街上碰过面。原来他参军后入党、提干,还被保送到一所什么学院学习过。不知怎么的,他人更显得纤巧了,那满身经过修饰的气质,给我留下了很不好的印象。面对这样一位同学,我突然感到委屈。爸爸为什么连这么个识别人的机会都不给我?如果多接触一下,对人我会有能力鉴别的。用一个"复杂"去堵塞我的思想,反而增加了我对一切的神秘感。那时我也十六岁。

我想着,车子加快了速度。

编辑部到了。这是一座北方城市常见的旧四合院,据说当年是一位绸缎资本家的偏房的住宅。我的办公室在西耳房。尽管目前生存空间的危机几乎威胁着三分之二的中国人,但在我们这种中等城市,这种危机还不甚明显。十平方米的办公室,只有两个人。这比起大城市那些令人生畏的编辑部,十来个人挤在一起,摩肩接踵,午休时连那些上了年岁、头发斑白、受人尊敬的老编辑都要爬上办公桌,枕着报纸、杂志去睡觉,不是显得优越多了吗?

组长老马早已坐在办公桌前了。我跟他打了个招呼,他头也不抬,继续低头看稿。老马是这间西耳房的另一位主人。他高度近视,因此我把靠窗那张桌子让给了他,我自己则占领着靠北墙的那只旧写字台。老马多次建议我把桌子也移到窗前,可我还是坚守着这块阵地。我不喜欢和人面对面地办公,尽管那里光线明亮,老马也叫人尊敬。

老马在省里算老诗人了,"文革"前出过三本集子。当然,这并不是我尊重他的全部原因。还有什么呢?是因为他发现了我?那时他到我插队的村子去体验生活,我把我写的一首叫"浇地歌"的诗拿给他看,他笑着把诗装进手提包里拿走了。其实,当时我并没有想叫它们变成铅字的奢望,不过是想得到老马的指教而已。谁知后来它们不仅真变成了铅字,出现在《繁星》上,我还因此被调回来,在《繁星》当了编辑。

老马发现我那是千真万确的,只是现在我使用"发现"二字有点儿不自量。因为这个词通常只在绝对相反的两种人身上使用,一种是"天才",一种是"坏蛋"。我当然不是坏蛋,那么天才呢?更不是。

变换一种说法,为了突出老马吧,说他是伯乐? 后果是我又成了千里马。我算什么千里马啊,不过是骑一辆"大凤凰"整天四处奔跑的一个普通编辑。再说当编辑后,我连《浇地歌》那样的诗也很少写了。老马之所以叫我敬重,是因为他还能和我们对话,他从不以审判者的姿态出现在哪位年轻诗人跟前。有一次他读了外省一位年轻女诗人的一首长诗,竟激动地擂着桌子大叫道:"完蛋了,我们完蛋了! 世界是你们的,太阳是你们的……"诗人的激动并不叫人诧异。我当时平静地望着他想到,凭着老马这样真挚、坦率的激动,就足以证明他和年轻人的心是相通的;他愿意理解我们,就说明他的心还年轻。

"怎么了安静? 坐着发愣。"老马问我,眼睛仍然盯着稿纸。

我冲他笑笑,说着无关紧要的话。就开始翻阅摆在桌上的诗稿。我一首接一首地读着,映入眼睛的,首先是作品的各种字体:圆的,方的,长的,斜的,疏的,密的,还有那种龙飞凤舞型的。遇到这样奇形怪状的字体,你血管里的血液简直就控制不住地往头上涌。你一边读诗,就觉得作者仿佛一边向你呼喊:瞧我这一手字怎么样? 还挺帅吧! 就凭这一手字,你也得考虑考虑吧?

按说,一个合格的编辑是不应该对作者抱有成见和偏见的,但说也奇怪,操这种字体的作者,写的大都是那么一类诗句,什么"姑娘的笑靥里升起绚丽多彩的醉人的朝霞"啦,他将"把一颗炽热的红心双手托着抛入水中"啦等等,外加无数删节号和惊叹号。我常常忍不住扭过头去,给老马高声念上一两句。老马仅是微微笑着,并不像我那么义愤填膺。这使我忽然意识到,我是多么缺少修养,多么不够格啊!

今天,当我又看到"姑娘的笑靥"们时,赶紧翻过去放在一边,想等冷静下来再慢慢拜读。下一首,下一首叫作《我们是新时期的急先锋》,字体还工整,内容是写青年应如何站在"四化"建设的前列,甩开膀子大干特干的。但那满篇慷慨激昂、时代感不怎么清楚的诗句,又使我想到了那些帽檐朝天的红卫兵小将,想到了在漫山遍野的红旗下搬石头、造平原的场面。我往下读着,喉咙像要冒烟。"加强修养加强修养"，我暗暗勉励自己，到底读完了最后一行。谁知当我冷静下来寻找作者的名字时，竟在诗的末尾发现了"韦婉"二字。再翻过去，是她给我的一封短信，信写得很矜持，很有分寸。大意是说，她近半年来对诗发生了兴趣，作为语文教师，这也是必要的锻炼。现寄上一首，希望听到编辑部的意见，不能用也不必为难。

读完信，把手边的稿子清理开，我重新读韦婉的诗。不知为什么，嗓子不那么干燥了。不知为什么，稿纸上的诗意也开始萌发。不是吗，要表现出我们这个伟大时代的伟大人民，需要的不正是这样的诗吗？再读下去，又发现作者显然是在追求新意了：

> 我高攀着民族灵魂的火箭，
> 我执着光丽的赤诚，
> 用自己的痴情，
> 遥望那布满宇宙的红旗。
> 啊，甩开膀子，
> 去创造明天的壮丽画卷！
> ……

好诗，就是一首好诗。我对我的心说：你瞧，调子多明快，立意也高，一点儿也不隐晦，比起那些"朦胧派"，不是要壮丽得多吗！应该送审，可以发表。我简直像对着我的心叫卖了！现在我才体会到，为什么有人在说谎话时，反而把声音提得那么高。

当我的心勉强迎合了我的叫卖后，又一个忧虑出现了：怎么往老马那里送呢？难道他也会认为这是一首好诗？难道他相信这是我选出来、送上去的？两个月前，老马的一个在供电局工作的外甥送来一首七律，不是叫我铁面无私地给退回了吗？不，慎重啊，慎重，慎重中出修养。现在既不是送审的时候，也不能退稿。现在，现在我应该做的，是先给韦婉写信。

我铺开印着《繁星》编辑部的信纸，笔开始在纸上滑动。开头稍作寒暄,之后便称赞起那首诗了,还说做些小的改动就可送审。天哪,鬼才知道这算一封什么信。

下班时,我几乎是躲闪着老马走出了办公室。街上,炽热的太阳烤得人昏昏欲睡,柏油路面变得像柔软的海绵。这时你才体会到,清晨对于奔波在大街上的人是多么珍贵。清晨使我在今天有这么好的心绪,使我的"修养"在慢慢加强,使我发现了那首"光丽""赤诚"的甩膀子诗。这就是生活。生活逼着你在不想笑的时候也要笑,不想哭的时候也要哭,不认为好的时候也说好。生活隔开了你和你喜欢的人们的交往,却牵着你去亲近那些你不想亲近的人。不,这不是生活的全部,这是此时此刻置身于生活漩涡里的我。

安然的学校再过十天就要评选三好学生了。清晨,一个把跳绳缠在胳膊上的女孩子的形象,会永远印在我的脑子里。

九

语文考试结束了,全家陪着安然松了一口气。为了不影响安然的情绪,爸爸妈妈这些天还算温和。有一回双方的面色刚有点儿激动,我立刻横眉立目地说:"你们别忘了现在是什么时刻!"两人的情绪果然稳定了下来。

考试打破了我家以往的气氛,全家仿佛都紧张地、全神贯注地进入了一种角色,走路踮起脚尖,说话打起手势,房间里安静得像没有人。直到每天中午安然放学回家后,我们三人才不由自主地迎去,欢腾一阵。

"今天怎么样? 题难不难?"

"有偏题、怪题吗?"

"检查得仔细吗? 看没看错题?"

……

接着又是问这个、那个考得怎么样,直把我们知道的同学名字重复一遍,才算了事。

安然拿起筷子,敲敲刚摆上饭桌的饭碗说:"女士们,先生们,请不要大声喧哗,按次序提问。"然后把书包往椅子上一摔,就在饭桌前坐了下来。那神色已经告诉我们她的考试结果了。于是我赶紧给她盛饭,爸爸把好菜换到她面前,妈妈也动了感情,早把菜夹到安然碗里了。

安然端起碗开始大口吃饭,我们却像忘记摆在眼前的饭碗了。当她再也忍不住时,才举着筷子,回答我们刚才的提问:"……我看看表,离交卷还有十五分钟,就开始从头到尾检查卷子。哎呀,不好!漏了一道大题!做完这道大题,起码得用二十分钟。怎么办?我毫不犹豫,连想连答,写得飞快,终于答完了。就在这时,坏啦!"她忽然停住不说了。

"怎么了?"妈妈先表现出恐慌,嘴一下张成"O"形。

"看把你吓的!"安然接着说,"怎么也没怎么,铃响了,我交了卷和同学一对题,哈,就错了一个字。"

"作文呢?"妈妈又问。

"唉,你这问题太……不合时宜。作文是活的,我怎么对得出来?那句话怎么说:'世界上没有两滴相同的水'。"安然说。

"妈妈问的是作文题目。"我赶紧替妈妈解释着,其实未必。

"是啊,当然是问作文题目。"妈妈历来喜欢顺水推舟。

"题目是《记你熟悉的一位同学》。"

"你写的谁?"这次是我问了。

"我们的班长。"安然说。

"什么?"我一放筷子,嘴大概也成了"O"形。

班长是谁?班长不就是韦婉喜欢的祝文娟吗?

"怎么了?"安然有些不耐烦地盯了我一眼。她把"了"的调子挑得很高。

怎么了?不怎么。一个普通的中学生,一个普通的班长,一个普通的祝文娟,有什么不可以写的?但此时我却觉得她俨然是一个了不起的、不能碰的大人物。贵族?女皇?总理?文部大臣?也许比这些都显要。

"快吃饭,快吃饭,别刨根问底了。吃过饭再让人家讲作文也不晚。"爸爸说。他这种故作镇静还能瞒谁,其实,遇事最沉不住气的是他。

"你怎么不喝汤?"我问安然,实际是想冲淡一下即将紧张起来的气氛。

吃过饭,在我再三追问下,安然讲述了作文的大概。果然不出我所料,她在作文中对祝文娟那些致命的缺点很表示了一番不满。她差不多是按原文背了一遍:

在我很小的时候,爸爸就告诉我,对人要诚实。后来我慢慢懂得,诚实是人的美德。可是,有人总在受表扬,却并不具备这个美德。

一些同学谈起我们的班长时,总说她尊重老师,团结同学,从不和人吵架、红脸,仿佛已经具备了做人的美德。我不这样认为。原来班长把同学们那些小小的缺点都捅到老师那里去了,甚至连谁上课讲话、谁在走廊吹口哨、谁叫了女生的外号她都不放过。但是,遇到关键问题却缺乏起码的勇气和正义感。一次,全班在校外操场打排球,王红卫勾来外校男生打了刘冬虎。事后刘冬虎把经过告诉老师,老师去问班长,班长当时明明在场,却一口咬定她根本没看见。这是为什么?就是因为王红卫站在她跟前,就因为怕报复。一个班干部连这点起码的诚实和正义感都不具备,我对这样的干部很不以为然。

我以为,青年很重要的两种品质是正义感和诚实。我愿意和诚实的同学交朋友,哪怕他们有别的这样那样的缺点……

安然的作文大体背完了。我看看妈妈,妈妈正盯着爸爸。我看看爸爸,爸爸不动声色地"嗯"了一声。

有什么可"嗯"的?"嗯"不就是肯定吗?

"就凭这作文,韦婉还会给你好分数?"我忿忿地说。

"那是她的事。"

"那还用问。可分数出来后你总不能去找老师吵架。"我说。

"那要看她公平不公平。"安然说。

"你说过,作文是活的,还不全在老师掌握。"我提醒了一句。

"今天你怎么啦?"安然皱起眉头瞧着我,"外语和化学还没考哪,你可别把我情绪全给破坏了。"

"好吧,不说了还不行。"

是啊,安然说得对,我这是怎么啦?正义感、诚实,难道我不也整天在教导安然吗?后来我想起下班时韦婉给我来过的电话。我们有问有答,那友好气氛可以说是空前的。但双方都没提安然,就像安然从来没有在这个地球上存在过一样。我们心照不宣:只有不提她,这友好气氛才能持久一些。最后韦婉还邀请我到她家去玩。我竟然答应了。如今,安然这篇作文肯定会破坏我们那种日益增长起来的"友好"气氛。

幸好,安然有一天举回一张成绩单,我的心才算稍平静。成绩单是这样的:

数学	语文	外语	物理	化学	政治	历史	体育	总分	平均
97	99	100	95	87	99	97	86	760	95

十

安然的语文是九十九分,在我预料之中,又在我预料之外。这使我忽然想到了那首"甩膀子"诗的"社会效果"。那诗经我大改特改,除了作者名字还是"韦婉"二字外,其他拼拼凑凑,主编通过,已经发排了。想起韦婉的名字就要变成铅字,我心中升起一股又苦又甜的滋味儿。下一步呢,下一步是在评选之前嘱咐安然老实做人,别得意忘形。

现在,她穿着红衬衫歪在沙发上,正一面啃桃子,一面翻着一本外国画册。

"哎,我希望你这阵儿老实点。"我说。

"我又怎么啦?"安然用两个指头捏着桃核问。

我斟酌片刻,终于更明确地提示了她一下:"你最好先别穿这件衣服。"我的眼睛看着别处,故意显出若无其事的样子。

"哈!"她发出了一个怪声,怪声里所包含的意思远非几句短话能说清。

"别冲我这样,我是真话。"我说。

"这衣服怎么啦? 不是你买的吗? 不是你夸了半天漂亮吗? 真的,我还舍不得穿呢。可就冲你一说,我非连着穿三天不可,考完了,庆贺一下。"

"学校有反映。"

"说是奇装异服吗? 不就是红泡泡纱吗? 不就是前边没扣子、边一条拉链吗? 噢,非得穿花的确良、狗舌头领才算不奇异? 哈!"她又来了那么一声。她把如今多见的那种又长又尖的领子叫"狗舌头"。

"你们哪天评选?"

"哪天评选我就哪天穿!"

"别穿,太红!"我声音很低,但很果断。

"不要太多情,不要假正经……"

她竟然哼哼着唱起来。

"别觉得你考得不错就这么放肆,就、就目空一切。想想你对同学都是什么态度吧:讽刺人家米晓玲,还有你那作文。虽然韦婉放过了你,可下一步呢,你知道? 在这种事上占上风多没意思!"我终于给

048

自己找了个不高不矮的台阶。何止是台阶呢，显然还占了主动。我做出旁若无人的样子，开始看书。

我感到她正斜着眼角在看我。我没抬头。

"姐，"安然终于换了口气，"我知道我不是什么都好。就说对米晓玲吧……唉。"她短叹一声，"米晓玲要走了，你知道吗?"

安然现在已经端端正正坐在书桌前的硬木椅子上，眼睛有点儿出神。

"搬家?"她到底还是勾出了我的话，其实我对米晓玲的事并不关心。

"不，是上班，接她妈妈的班。"

"她妈妈还很年轻吧?"

"年轻有什么办法。米晓玲知道考不上大学，连高中都不想上了。也许这叫顶班吧，把她妈妈给顶下来了，这还不是常事。"

"也好。"我说。

"这两天我总想过去的事，越想越觉得对不起米晓玲。我想，请她到家里来玩。"

"那好啊。"

"我还想请她来吃饭。"

"那倒没必要。"

"你怎么这样说? 你不是刚批评我，说我对她不好吗?"

"那也不一定用吃饭的方式表示对她的友好啊。"真的，就这么个米晓玲，难道让我们全家陪她吃饭，听她给我们讲哪位男演员又杀了他的妻子吗? "你可以送她一样礼物。"我说。

"不，就请她吃饭。你的同学、同事能来，为什么我的同学不能来?"

"那是我们。"

"我们也是我们。"

"你们还小。"

"我们不小，十五岁以上就是青年。"

"那好吧。不过你还是放假以后再穿这件衣服。"我说。

"你怎么还想这件事？如果你用衣服和吃饭作交换条件，那我宁可不叫米晓玲来吃饭也得穿这件衣服。"安然说得很果断，像在朗读宣言。

"你……"

"求求你，姐。"她走过来，碰了碰我的手臂。

我躲开了她。尽管我们很亲近，却很少使用这种亲昵的表示。我怕她搂我、碰我，那时我的心一下就会彻底软下来。果然，现在一闻到她身上那股淡淡的汗香味，瞧着她由于穿着红衣服更加显得容光焕发的脸，我已预感到一切都将由她了。

安然呀安然，我对你又有什么办法，谁叫你是安然呢！

穿衣、吃饭我都让了步。

第二天一早我就开始张罗。爸爸自然不管这些，然而和妈妈怎么也达不成协议。她坚决不同意在家里招待安然的什么同学，说要搞你们搞，她一天不回家。她要在学校判卷子。

采买的事自然落到我头上。为了叫安然高兴，我尽力按着招待同学的规格买了些东西。下班回来，谁知爸爸早忙上了，这在他来说是非常少见的。现在他正蹲在煤气罐旁边，笨手笨脚地择着青蒜、扁豆，两只手显然缺乏必要的目的性。和他站在画架前真是判若两人。

"爸爸，您可别把该留的扔了，该扔的留着。"我说。

"哪有的事！"他很严肃，像在完成着一件了不起的事业。"谁离开谁也能活。"他自己叨叨着，这当然是冲妈妈来的。

"那，我给您系个围裙吧。"

爸爸站起来，让我替他围了条花围裙。

中午，我和爸爸终于把饭菜准备停当，这时，安然和米晓玲一前一后进了门。

"米晓玲，你好呀。"爸爸摘下围裙，恭恭敬敬地招呼米晓玲。

"您好。我……"米晓玲显得十分紧张，特别是当她看到爸爸也上了阵，就更是一副受宠若惊的样子。

今天她穿得很朴素，身上没有那些金丝银线。但脸上却搽了薄薄一层粉，尽管她的脸本来就很白，雀斑被模糊起来，倒失去了自然。

吃饭时安然话多极了，显然是为了叫米晓玲松弛下来，因为她不是把汤匙碰到桌上，就是把菜翻到桌上。有一回一个丸子没夹住，又落到盘子里，油汁溅了我一脸，可我却装作不在意。爸爸也不时开个小玩笑来调节气氛，有时米晓玲真能笑得上气不接下气。果然，她话也多了。

"你马上就上班吗?"我问。

"是啊。还是我妈妈那家商店。其实你们常去，挨着家具店那家。"米晓玲说。

"那个店不小，货挺全的，有时好像还有天津咖啡糖。"我说。

"那当然了，全市第三大。新修的门脸，都换成钢窗了。听我们经理说，还要装霓虹灯呢。"米晓玲自豪地讲述着，俨然一副老营业员的派头。

"到时候我一定常去看你。"安然诚心诚意地说。

"咱姐们儿……"她看了看我，"咱们老同学，没说的。我们那儿处理罐头，处理水果特多，杏酱才五毛钱一瓶。我保证给你留着。"

"太棒了，买它十瓶!"安然大笑起来。

"来什么新鲜货，我就给你打电话。那天我妈领我去熟悉环境，我一看，不错，还有电话。就在鲜货、糖果那边。唉，我要能分到糖果组就好了，可以随时给你打电话。"

"你多美，想什么时候打就什么时候打。"安然说。

"那可不，整天守着哪。我们电话是4723。咱们学校呢?"

"我不知道。我没在学校打过电话，怕传达室大爷说我。"

"他不说，连着叫他两个'大爷'，高兴着呢。"

安然你听，这就是你身上缺少的。

"哟，那是一张画吧? 可真大。"米晓玲忽然发现了我爸爸那张未完成的创作。

顺便说一下，爸爸的画室就是厨房的一半。

"是啊,你知道它叫什么名字吗?"安然问。

"那是树,那是树叶,还没画上人吧。画上人我就能猜得出来。"米晓玲看着眼前那张正在铺满颜色的画布说。

"这幅画永远也不会有人。不过它已经有名字了,它叫……"安然稍微考虑了一下。

"叫什么,叫落叶呀?"米晓玲蛮有兴致地问。

"叫——《吻》。"安然清清楚楚地说。

"叫什么?"米晓玲没听明白。

"《吻》。就是一个'口'字加一个'勿'字。"

"你可真行啊安然! 你都能说出这个字来!"米晓玲满脸通红。

"这有什么,哪个字生来不是为了让人念。"安然说着走到画布前,"你看,深秋时节,挺拔、俊秀的白杨树叶子黄了。它们就生长在这块肥沃的平原上,大地养育了它们,大地就是它的母亲。夏日,它们把阴凉献给大地;秋天,当大地不再需要这种安慰时,它们才开始用金子般的颜色来打扮自己。其实,把世界上所有的黄金都集中起来,也不够打扮一树叶子。现在,它们就是穿着这种盛装飘向大地,去亲吻母亲的胸膛。你看,母亲也敞开胸膛,在欢迎它们的归来。这就是它们献给母亲最好的礼物——一个庄重、深重的吻。"

"怎么不说了?"原来安然的描述也吸引了爸爸,他早已聚精会神地站在画布跟前了。

显然,连爸爸也没想到,安然对美术作品的分析竟是这样内行。我都有点嫉妒了,我是写诗、编诗的呀。

"不说了,一阵胡说八道。米晓玲,你喜欢它吗?"安然转过身问米晓玲。

我把目光也转向米晓玲,看她的反应,没想到她哭了,泪水把脸蛋上薄薄的香粉冲开两道小沟。我和安然互相看看。

"怎么了米晓玲?"安然问她。

"我……看你多好,懂那么多。说得我都……你以为我就那么想上班吗? 刚才我是胡说,好像我多高兴,其实我是怕叫人瞧不起。你不知道现在我多后悔，为什么当初我不好好学习。现在你们全家陪着我，送我上班。你知道，我多怕同学们到商店找我去呀，你们都背着书包，我却站在柜台里，站着约这、约那。"米晓玲突然趴在桌上，毫无顾忌地哭了起来。

现在我倒有点认识米晓玲了，我后悔没有多买回些好吃的来。

"别哭了米晓玲，我去看你时保证不背书包。"安然拿块毛巾给她擦着脸。

……

爸爸不知什么时候已经拿起了画笔。他望着他的画布沉思着，眼光久久不动。安然的分析乃至米晓玲的哭似乎给了他新的启示。

艺术是什么？是认识的不断形象化和这种形象一次又一次的飞跃。

十一

爸爸在画布前一直站到黄昏。当室内的光线再也不允许他画下去时，他才把笔擦干，浸入松节油里，然后垂下两只大手在藤椅上坐下来。不知是由于黄昏光线的照射，还是由于握笔时间过久，他两只大手松弛着搭在膝盖上，显得很疲劳。

我和安然都崇拜爸爸这双大手。手指又长又直，指尖饱满，仿佛凝聚着无穷的智慧。它们常使我想起罗丹那件著名雕塑《上帝创造亚当和夏娃》。罗丹创造的就是一双这种类型的手，富于弹性的手指充满激情地塑造着人类的祖先。记得爸爸曾经告诉过我们，罗丹的雕塑也是以一个艺术家的手为模特儿的。

其实爸爸的手并不一定只能成为艺术家所独具的，本来很可能成为另一种手。抗日战争时他是一所后方医院的小鬼。缠绷带，自制土蒸馏水，配制各种软膏……那时这双手虽然还没有发育定型，也许就已经显示出它们的智慧了。如果当时不是接触了一位曾在东京学过美术的日本伤员，我相信今天他会是一名出色的外科医生。是那位伤员的出现,使他那在当时只装着敷料的脑子里,又多了和战争不相干的幻想。解放后党号召青年向科学文化进军时,他没有投考医学院,却报考了美术学院。

有时我会突然觉得,爸爸当外科医生更合适。外科医生除了具备内科医生应该具备的一切外,还需要一双灵巧的手。再说,还会省去多少烦恼啊。就说眼前这幅高两米、宽两米的风景创作吧,在我们眼里它无疑是一幅杰作。可是画展需要它吗?而爸爸还偏要给它起个带有刺激性的名字。换了我,至少要回避一下这个最容易产生麻烦的字眼,尽管经安然一分析,它是那样切题。是啊,《吻》,这个叫人听来心跳的字眼,难道只能是男女恋情的专利?它的内涵,远比那些要深厚、庄严得多。现在这里包含的难道不是画家对中华民族的赤子之心么!既是赤子之心,又怎么能躲躲闪闪地去表露这种痴情呢?李贺就曾用"有酒惟浇赵州土"这样的诗句来表达他对家乡土地的那种深厚的感情。也许李贺的时代还没有这个字,不然他可能就不用"酒""浇"这两个字去抒发他的热情了。可中国古代建筑上作为装饰用的"兽吻"又起源于何时呢?"兽吻",这分明是中国古代建筑家、艺术家把自己的感情凝聚于飞檐、屋顶的象征。

可我还是觉得换个名字好些。我的心常常分裂成两半,两半心常常发生激烈的辩论,有时这一半得胜,有时那一半得胜。此时此刻,当我再次端详爸爸那双累得不打算再抬起来的大手时,才意识到应该放弃这种争论,现在是让他吃点儿东西的时候了。

我点着液化气,坐上锅,一阵铿锵声过后,饭菜准备好了:腊肠炒饭,西红柿鸡蛋汤,一碟盐渍黄瓜,当然还有一碟炒花生米。花生米是他必不可少的一道菜,一碟花生米几乎代替了他所有的嗜好。

我的手虽然不具备爸爸大手的魅力,但做起饭来还是力争色香味俱全的。我刚把菜摆好,妈妈一掀竹帘走了进来。

不知怎么的,我对手的思索还没结束,我一眼就盯住了妈妈的手。她的手又短又宽,小拇指还弯曲着,显出乏力和没有主意。我心里忽然升起一股无名火,暗想:今天你可真有主意,在外面一躲一天。

"黄瓜撒盐了吗?"妈妈放下手提包,奔到饭桌前,煞有介事的样子。

"你就会干些锦上添花的事!"我模仿安然的口气愤愤地说。

妈妈看我,没说话。

"你跑到学校一躲一天,家里都快忙死了。"我接着说。

"我有声明,我是有工作的人。党的教育事业和请同学吃饭,哪个重要?"妈妈一面说着,从手提包里掏出一沓卷子重重地按在桌上。

"谁没工作,爸爸没工作?照样跟着忙。为了什么,你心里明白就行了。再说,你知道我手下多少稿子等着看吗?"我嚷着。

"我早说过没这个必要,那是你们自找。"

"你还是妈妈呢!"

"你混!妈妈怎么啦?妈妈就一定得是家庭妇女?我还没当够哇,一当就是十年,满脑子油盐酱醋,还得跟着喊,举着红旗喊,举着语录喊,举着刷子喊,举着……举着……喊!"

"你扯到哪儿啦,谁让你跟着喊啦?"

"谁?你!"妈妈狠狠盯住我。

"我?"

"就是你!"

"妈妈说得对,为了使你我不变修。"原来安然出现了。

妈妈一时没答话,好像还没有意识到安然的出现。可当她猛然转过弯来,矛头立刻就指向了安然。

"又是你。别觉着考得不错就……就不知天高地厚。我还有话要跟你谈呢!"妈妈说完掀起帘子穿过走廊,直奔对面卧室。

我像暂时获得解放,安然却又紧追过去。爸爸只是低头吃饭,好像眼前什么也没发生。最后,我当然还是尾随过去。

果然,安然和妈妈又开始了激烈的对话:

"你说呀!"妈妈盯着安然,脸上似乎掠过一丝难以觉察的得意。

"不是你要说吗!我听着还不行。"安然坐在床沿上悠打着双腿。

"我说,可以。考完体育那天下午,你到哪儿去了?"妈妈终于摊牌了。我倒松了一口气,我是了解一切的。

"我反对你这样审问我。"安然还是悠打着双腿。

"反对?反对也得问。别当我什么都不知道。"

"妈,你既然什么都知道,干吗还拿人一把?"我实在看不下去妈妈那种故弄玄虚的样子。

"我就知道你得站到她那一边。当姐姐的,当姐姐的……考完体育,不抓紧复习,去划船,还跟男孩子!"

妈妈终于披露了"爆炸性"的要闻,重点自然不在于划船,而在于男孩子。

"那又怎么样!我们考完了,累了,不能玩玩吗?"

"为什么偏跟男孩子玩?就你一个女生。"

"就一个女生,更得找男生保护。船翻了怎么办?遇到坏人怎么办?"安然分明要狡辩了。

"安然!"我拉拉她的胳膊。

安然做了个若无其事的表情,看来不想说了。可妈妈的话还没完:"那也应该跟我打个招呼,何必那么偷偷摸摸的!"

也许妈妈的话是脱口而出的,也许是在语言逻辑上又发生了问题,但这下把安然彻底激怒了:

"好啊,原来你这样想我。告诉你,妈妈,我从来不会偷偷摸摸,我恨死偷偷摸摸了。我……"她嘴唇哆嗦着,眼里蒙上一层泪花。但她竭力咬住嘴唇,像是要咬住就要夺眶而出的泪水。泪水还是滑了出来。"妈妈,我看不起你!"

安然说完,头也不回地跑了出去。

"妈妈,你不对。"我说。

"怎么不对?"妈妈反问我,但声音不高。我想她没有预料到事情会这样演变下去。

"你不懂得尊重人!"爸爸不知什么时候奔了过来。

"专找男生玩,你考虑过影响没有?"妈妈问爸爸,但声音更低了。

"什么叫专找?我看你真像上个世纪过来的人。"爸爸说。

"有个男生我认识,叫刘冬虎。"我说。

"那你了解现在的孩子吗?复杂着哪!"妈妈又转向我。

争论到此结束。现在我到底又从自己的长辈嘴里听到了用这两个字来形容自己的孩子。我不愿再讲话,扔下爸爸妈妈,又跑到对面房间。

那边又传来爸爸的声音。

"我不能不说几句。今天的事是从请同学吃饭说起的,咱们就说吃饭。引起你不满的根源,也在这里。你走了,满以为地球停止转动,谁知地球不但没停,还转出了一桌饭菜。这就难免引起一个人在自尊心上的那个……那个受不了。可为了维护自己那点儿自尊心,也不能毫无分寸地去伤害孩子。我尤其不愿听你在孩子身上使用什么'复杂'二字。记得有一年安静她……"

嘭!对面屋子关上了门。

我坐在爸爸的画布前面,没有更多地想过去的一切,想在那个漆黑的夜晚,一个纤巧的男孩子给我送过铅笔盒。那像是十分遥远的事,就像我听来的历史故事。我只想到那双创造亚当、夏娃的手。它们不仅充满激情地创造了人类,在那一个个关节里、指尖上,还包藏着矛盾和哀伤。它们仿佛预感到了人类将来的一切,创造了他们,而他们又将去趾高气扬地互相厮杀。因为什么?就因为他们是那双手创造出来的人类,又都有一双只有人类才具备的手。

我还想起了什么?我还想起了安然。

十二

我在附近一家冷饮店里找到了安然。她正靠着柜台吃雪糕,估计是第六根了。

店里人很多,坐着的,站着的。挤在一起摩肩擦背,举着那些方块形、圆棒形的水和一些填料的凝结物咬着、说笑着。悦耳的、极富抑扬顿挫的高音和粗鲁的、夹杂脏字的低音在烟雾里缭绕,在四壁跌撞。这里分明是个温暖的大熔炉，只有迎门那台企鹅牌柜式冷冻机的呼呼声，还能使人想到这里和"冷"联系着。

安然站在冷柜旁边，脸朝里吃着，柜台里那位白衣白发老师傅，不时好奇地打量着她，但眼光里显然没有恶意。

我上中学时，从来没有一个人进过什么冷饮店。平易市那时也还没有学会做雪糕，更没有门口画着企鹅和冰块的店铺。有的只是写着"南饮""北饮"的冰棍车。三分一根小豆的，五分一根牛奶的。"南饮""北饮"是它们所属公司的缩写。就是因为多这"南""北"二字，两个推车妇女还会为地盘问题发生争执，用"老×""小×"或更不堪入耳的字眼叫骂一阵。最后其中一人从腹前的白围裙兜里掏出语录说："都是一根藤上的苦瓜，这是何苦。打开，咱俩学一段。""没那工夫！""你再说一遍！""没那工夫！""好，等的就是你这句话。"这时那个大喊没工夫的，才自知说话有失，看看众人，赶快推车溜走。

是啊，当时一个戴着红卫兵袖章、在学校正闹批林批孔的学生，难道能举着这种东西边走边吃吗？我虽然没想到有损英雄形象，起码也有损于我们这一代红卫兵小将的形象吧。再说，不知为什么，那时候我一见到举着冰棍边走边吃的同学，总是和孔老二接受人家的腊肉那件事联在一起，当然这种联想还见于其他方面。比如哪个女同学穿了一双尚在初级阶段的单丝袜，哪个同学拉练时多吃了半根咸萝卜，哪个同学吃忆苦饭时脸上稍有难色……我都会很自然地和孔老二接受腊肉联系起来。一直到后来插队当农民后，见点上有人到社员家偷偷摸摸买花生往家里捎，我还想到过那几条用麻绳系着的干东西。当然，后来就那么不知不觉地忘了。在挖菜窖、刨白薯、熬粥、烙饼、赶驴车、翻山药蔓儿、闹意见、劝解、思索……的疲劳中忘记了。

宣传的力量。我常想。对，我那时就是团支部宣传委员。

安然不管这些。孔子接没接过别人的腊肉，在她看来就和刘备卖没卖过草鞋一样无关紧要。她甚至胆大包天地对我说："哼，柳下跖怎么成了法家？有没有这个人都值得怀疑。"

是啊，谁让你比我晚生八年呢？谁让你是安然呢！

因为你是安然，现在你才不仅一根接一根地靠着柜台吃雪糕，还居然和卖雪糕的老大爷攀谈起来。

"老师傅，你们的雪糕应当改进。"她说。

"哦？吃着不对口吗？"老师傅把两只又白又瘦的手扶在柜台上，笑眯眯地看着安然，真像要虚心请教一番似的。

"牛奶、鸡蛋少，香精太多，比北京的差多了，可价钱一样。"

"小同学，你说得对。冷库里的鸡蛋不新鲜，多放点儿香精，遮遮腥味儿。得改进，得改进。"我想，老师傅一定会惊讶安然的味觉。

"香精放多了还发苦哪。总之么，你们应该去北京取经。"安然简直要得寸进尺了。

我走了过去，挤在安然旁边说："师傅，您别听我妹妹瞎说。你们这儿的雪糕做得不错。"我说完拉起安然就走。

背后传来老师傅的声音："这孩子，有意思，有意思。"他声音很柔和，我猜他一定还在微笑着。

我们一来到街上，立刻就接上了家里的事。

"爸爸对划船的事怎么看？"安然吃完最后一口雪糕，把那根又扁又粘的木片顺手投进路边的果皮箱。

"你觉得呢？"我说。

"我猜不透。大人的心，没把握，猜不透。"

"你这是不信任爸爸，也不信任你自己。你干吗这么没精打采。"我看着她那垂头丧气的样子。

"我是想不通，妈妈为什么拿我当特务似的。"

"可是爸爸和我都信任你。妈妈嘛，她算是邪火。有时我们也应该体谅她。过分单纯，五十岁了还像个孩子。过去跟人家变换着花样喊了半天，耽误了业务不算，原单位还总排挤她，不让她回去。"

"那也不能整天信口开河啊！"

"咳，我们是没处在她的地位。走，放心回家吧，不是爸爸派我来揪你的。”

“真的？”

“当然！”

她忽然攥住了我的手，带动我前进了。可我，我又想起了那首诗，韦婉二字将用几号铅字排，有没有题图、尾花……伸着长颈的路灯向马路投下橘黄的光，一群金牛子围绕光柱横冲直撞，有的竟然使出那样大的力量，把高高的椭圆形灯泡碰得乒乓作响。我总觉得我们的美编，一定会为那首诗画一幅带路灯的题图。

“其实，谁也不理解我。”安然说。

“也包括我吗？”

“当然不。我有好多话要跟你说。你知道吗，原来我满以为刘冬虎没有缺点呢。后来，就是那天下午去划船，我发现根本不是那么回事。他总想占便宜。买门票，少买一张，还把租船票的时间往后改。坐在船上吧，还爱出个风头，大声念英文，发音又不准。整整一下午，我的心里很不是滋味儿。现在我心里忽然特别平静了。姐，现在我向你承认，从划船那天起，不，从吃了八根雪糕以后，我才真正把刘冬虎当作一般同学了。我感到骄傲，因为我靠自己的眼睛、自己的分析能力，可以独立去认识同学、认识朋友了。今后我还会和刘冬虎在一起学习，不过，他只是我的一般同学。真的，你信不信？”

“我信。”我说。心里却七上八下，眼圈也有些湿润。我装作看路灯，围绕灯泡飞翔的除了金牛子，还有蠓虫。

“你信，韦老师就不信。你俩还是同学呢，又教了我那么长时间。是真不理解我，还是假不理解，真不懂。你跟她说刚才那番话吧，她准说你狡辩。你一看她脸上那种表情，就什么也不想说了。”

“你有不尊重老师的地方吗？”不知怎么的，我不愿让她再谈刘冬虎的事了。我心里委屈，就像那天晚上接不接铅笔盒一样委屈。

“也有吧。”安然想了想说，“有一次韦老师讲《吕氏春秋·察今》时，把‘镆铘’念成‘镆邪’。我发现念错了，祝文娟也在下边小声说：‘错了，错了。’她就坐在我前一排，桌角上还有一本《新华字典》呢。

这下我有了把握，就举手站起来，指出了韦老师的错误。"

"她怎么样？"

"她愣了一会儿说：'你说的也不一定对。先按我的讲，下课后查查字典再说。'我告诉她课堂上就有字典。韦老师脸红了，突然硬声硬气地说：'那好吧，谁有字典请拿出来。'我往祝文娟桌上扫了一眼，发现她的字典不见了。'哎，祝文娟，你不是有字典吗？'我冲着她的后背说。'没有，我没有字典。'祝文娟扭过头来告诉我，还冲我使了个眼色。我根本没想到她会这样，我站在那儿真不知道怎么办了。全班同学的眼光都聚集在我身上，好像我是个故意捣乱的人。那是什么滋味儿，你尝过吗？"

"后来呢？"

"后来我还站着不动，又对祝文娟说：'不，你有，我看见你带来了。''你看错了。那是《英汉小辞典》。'祝文娟这次是对着韦老师说。'坐下！'韦老师看看手表，对我命令道。我差点儿哭出来，拼命想着：不能哭，不能哭。我狠狠抓住铅笔盒，总算没哭出来。我不记得那天韦老师还讲了些什么，只听见她讲了有的同学专爱表现自己等等。"

"原来是这样。"我自言自语着。

"回家后我立即查了字典，韦老师就是错了。可是，她再也没提起这件事。如果说不尊重老师，这算一件吧。"

"这不叫不尊重，这叫……这叫，是她欺负人！"我语无伦次地嚷道，已经失去了最后一点儿冷静。我竟然嚷出了一串根本不该对着安然说的话："祝文娟心眼太多了，这样的班长应该撤！她简直不像个中学生，简直……诡计多端。太不可思议了，像她这样的人竟然年年是'三好'！"

"是啊，韦老师最喜欢她了。不过，她学习不错也得承认，特别是古文，反正她学得比我好。还有历史，入迷。讲《三国》她一套一套的。"

"学习好，这有什么可标榜的。关键是她们的灵魂……可怕就可怕在这儿。算了,咱们往回走吧。"我说。我觉得我的声音有点儿变调儿。

我们又走上了那条林荫路。一对对恋人从身边走过,我的心不时紧缩一下。我忽然攥住了安然的手,尽管她的手叫雪糕给弄得很粘。我觉得有她走在身边还踏实些。她对我赤诚、坦白,现在我多想把我的一切都告诉她啊,我实在憋不住了:"安然!"我站住了。

"干吗?"她冲我歪了歪头。

"我……你对这次评选把握大吗?"我忽然又把话题转到"三好"评选上去了。

"没把握。算了,不当了!"

"凭什么不当?就得争一下。哪天开始评选?"

"明天。"

明天,一个迫在眉睫的可怕的日子。我们进入了"古堡"。

临睡时,我把她脱下来的红衬衫洗干净挂好,然后走到她床边说:"明天别忘了穿。"

"唔。"安然翻了个身,把脸埋在枕头里。

半夜,我忽然觉得有人摇我的胳膊,睁眼一看,原来是安然。她两手扶住我的床沿,脑门顶住我的枕头说:"姐,我睡不着。给我半片利眠宁吧,就吃半片。"

"不许你吃那种药,对脑子不好。"我侧过身子拧开了台灯。

安然还弯曲在我枕头旁边,就像一只小狗、小猫。脸上,平时嘲弄人的神情完全没有了,挂上了一层忧愁。

我找不出一句安慰她的话。

"快去睡吧,啊。"我抚摸着她的头发。

"我选不上倒没什么,可是有人就更得意了。比如……我也不说谁了。她们会说,那是因为我总和男生在一起,影响不好造成的。"

"别想那么多了,别人爱怎么说就怎么说。瞧你耳朵边上那个冒号,不就是为了听人说话吗?"我撩起了她耳边的头发,两颗黑点在灯下十分清晰。

她笑了，捋了捋头发，轻轻回到自己床上。

不久，安然就睡着了，我却一直醒着，直到天蒙蒙亮。

十三

上午一进编辑部，我就看见桌上压着一张电影票。一定是老马留给我的，他今天去听报告。

这种淡粉色的特大号电影票，是电影公司发下来的。每次接到它，编辑部都少不了一阵欢腾。因为谁都知道那意味着什么，那不是一般电影。不是参考片，就是外国过路片，或者干脆说是一般人看不到的片子。能拿到它的，在我们这座不大的平易市也算是个"特权阶层"了。

我捏着它到隔壁问了片名，果然是两部我没看过的进口片，时间是下午两点。

我把这张已经属于我的"特别通行证"暂时压在台历下边，就开始看稿。于是各种类型、各种风格、各种行距的字迹又开始在我眼前流动起来。有希望的挑出来，没希望的附上一张印好的退稿信，放在一边待退。这叫筛稿。

筛啊筛，我的眼睛不知为什么总是从稿纸上溜下来，盯住台历下面那张红纸头。或者说它像一个有生命的东西，不时在窥测我，忍不住要告诉我点儿什么。哦，想起来了。我推开稿子，向电话机走去。

通常，人们都说大脑支配行动。但此刻，我的手指已经在拨动号码盘子，大脑还没明白过来我要干什么。这完全是受了那张粉纸片的驱使罢了。

"喂，你找谁?"对方已经有人讲话了。

"请找韦老师，韦婉老师讲话。"

一阵杂乱声音过后，韦婉的声音就贴上了我的耳朵。我告诉她下午有两个内部电影，问她去不去。她说当然想去，又问我为什么不去。我告诉她这两个片子我都看过了,是去年在北京科影礼堂看的。她微微喘着气,声音通过电流更显低哑,像是高兴,又像有些紧张。她说下班时拐到编辑部来拿票,然后就挂断了电话。

话筒还在我手里握着,仿佛是为了再次提醒我:刚才我确确实实给韦婉打了电话。我这才急忙丢开了它,就像扔掉了一件烫手的东西。其实那话筒的颜色很冷——银灰色的。弹簧似的电话线也缩成一团。回到办公桌前,我喝下半杯冷开水,才使心绪稳定下来,接着筛稿。

筛完诗稿,原来下面还有一沓要校对的清样。这又是老马给我留下的。一看到清样,我立刻想到了韦婉那首"甩膀子"诗,还有已经变成铅字的"韦婉"二字,因为它们就在其中。现在我很害怕看到它们,索性将清样卷进书包,准备回家关在屋子里校对,这样也许心情会坦然一些。

现在我应该干点什么?应该等韦婉,假如刚才我真打电话的话。我多么希望刚才的行动是一种幻觉啊。

翻报纸,翻杂志,翻参考:人口普查,台湾社会透视,波苏贸易的后果,八一年诺贝尔文学奖金获得者卡内蒂,非洲第三大语言斯瓦希里语,英国的"格拉摩根号"驱逐舰在福克兰群岛被击中,中国的大熊猫在外国一个什么公园产仔,托尔斯泰的遗产之争……差一刻十二点,她来了。

我请她坐下,替她倒杯凉开水,尽量显出既随便又庄重的样子。别小看这个小四合院,在拥有六十万人口的平易市,这是多少人向往的地方!如果再加上它和全国各地的诗人、作者关系,它简直要算宇宙里一颗小小的恒星了。现在我和韦婉就坐在这颗小小的恒星上,谈了谈天气越来越热,谈了谈西瓜却又落了价。还谈什么?我们都在思考着。今天她也显得拘谨起来,那种女预言家的眼神似乎有些犹豫不定。她可能也预料到,再谈,不是"甩膀子"诗,就是学校评"三好"的事了。可我们好像都不打算接触这两件事,是因为它们太重大了吗？重大得都不值得一提了。她，嘴在茶杯边上抿了一下，推托要赶回家做饭，就从椅子上站了起来。我也急忙从台历下取出电影票，再次强调了它来之不易，嘱咐她千万别浪费掉，才交到她手中。

韦婉把电影票折起来藏进钱夹。没再做什么寒暄就向我告了别。我送她到门口，无意间打量了一下她的装束。今天她可比那天黄昏要朴素得多。天蓝色尼龙绸衬衣里面，连胸罩都没戴，只穿了一件如今已不多见的大背心，一见这个"朴素"的大背心，真想跟她吵一架，最好像两个女中学生那样，尖着嗓子，不顾声音高低地吵一架。

韦婉没有侵占我的下班时间。我回家之后，爸爸不在，妈妈正忙着炒菜。安然一个人坐在饭桌前，捧着一本军事幻想小说《第三次世界大战，苏军在日本登陆》，见我进来，头也没抬。联想到韦婉刚才在编辑部那种忐忑不安的样子，我已预料到评选的结果了。

还有脸来拿票，小市民！我愤愤地想着。

但我们谁也不提这件事，就像世界上从未存在过什么评选之类的活动。

我把比平常显得鼓的书包，不放心地这儿放放，那儿放放，最后还是放在自己要坐的椅子上，然后坐在了它前面。

"书包里有什么？"安然把眼睛从书上挪开。

"没什么，清样。"我说。

"得了，别骗我了，肯定是吃的。肯定是给我这个三好学生带来了奖赏。"

听了安然的"反话"，一股无名火涌上心头："那是清样。"我竭力镇静着自己。

"给张，看看。"安然放下书，走过来要拿书包。

"别动！"我到底涨红了脸，声音异常粗暴。

"干吗这么激动？"安然回到自己的座位，脸也通红，莫名其妙地看着我。

"不信，你就看吧。"我主动掏出一沓清样，放在饭桌上。

我想，难道你真能从这一叠厚厚的、没头没脑的纸上发现什么吗？谁知天不长眼，第一页就是那首诗。安然一眼就盯住了四号方黑体的"韦婉"。她茫然地看看我，拿起最上面这一页，用她那曾经参加过全市朗诵比赛的喉咙和"感情"，把那首诗从头到尾一字不落地朗诵了一遍。

天哪，此时我才第一次懂得什么叫恨天无路，恨地无门。哪怕上帝把我造成个苍蝇、蚊子，让人整天驱赶着我，也比做个驱赶它们的人好。可安然还不饶我。她朗诵完，恭恭敬敬地把清样放回原来的位置，往椅背上一靠说："这可真是怪事。莫非这是伟大的编辑发现了一个伟大的天才诗人？只可惜李贺、杜牧、郭沫若都已不在人世，不然，也可以得到个学习机会呀！"

安然离我很近，我却觉得她的声音离我很远，就像远在天边。现在她没有用那古怪的眼光盯着我，她的目光有些涣散，很难说清它们表现着什么。如果不是亲眼看见，我怎么也不能设想一个十六岁的孩子会有这样复杂的、难以捉摸的目光。

"你不懂这是怎么回事吗？"我听见我在一个很遥远的地方说，"这是为你。"声音更遥远了。

"噢，我懂了。"安然说，"也懂了，也该是替你脸红的时候了。"

她站起来，大步出去，回到我们的房间。

我想了想，也跟了过去。我后边是妈妈，她不知又发生了什么事。

"看你那个样子。"妈妈摇晃着炒菜铲子，"没当上三好，冲人家撒什么气！"

"我就知道你得过来。"安然说，"可是，妈妈同志，对不起，你又错了，错得更远啦。不是我撒气，是因为有人不尊重自己。"

"越说越糊涂。"妈妈说。

"妈，你就出去吧！"我把妈妈推出了屋。

房间里一片寂静。我低下头，眼睛盯着自己的手。两手碰在一起，一个大拇指抠着另一个大拇指。随着那细小的声音，全身一阵有节奏的悸动。

"安然，你能再听我说几句话吗？社会就像个……"

像什么？安然如果这样追问我，我一定回答不好。

但她没问我，或者说她饶过了我。她正趴在床上用两只枕头堵住耳朵，变得无声无息。看到她那宽阔的后背。我的后背好像突然萎缩了，脑子也一下空空如也。我只是拼命想找出一个形容词形容自己。

十四

"三好生"评选之后，家里的生活节奏随之发生了变化。全家那种紧张心情不见了，代之而来的是少见的"轻松"。大家围着饭桌一坐下，爸爸的话就格外多起来：古典主义、巴比松画派、后方医院是怎样配制硼酸软膏的、摩西为什么要出埃及、红汞是什么、为什么有的毛笔叫"七紧三羊"、在解放区一针盘尼西林要二斗小麦、他第一次坐火车坐的是闷罐车，并没感到不舒服，还满以为那就是客车呢……

我们都了解爸爸，他创造出来的这种气氛，说是轻松，倒不如说是在酝酿苦酒。但我们还是附和着，有时还装出些兴趣。只是谁也没有发现，我和安然已经四十八小时不讲话了。这在我俩是史无前例的。我几次试探着找个理由和她开始对话，她总是一言不发。不说话可作多种解释，有人说无声就是默许，有人说沉思便是最大的蔑视，还有人说以沉默表示抗议。我实在不愿把安然的沉默想成是后面两条，可又不能相信那是前者。

现在我唯一的渴望就是了解安然。四十八小时，她在想些什么呢？四十八小时，同步卫星已经伴随地球两圈了；四十八小时，我仿佛经历了两次人生。渴望变成了对自己的折磨。从窗子到门，从门到窗子，每逢安然不在家时，我就这么走着，像一个掉队在草地里的红军战士一样一脚一陷地走着。有时坐在我的书桌前遥望安然的书桌，就像遥望一个我永远也走不到的神秘孤岛。那桌上的伞形台灯也许是印第安人村寨里的棕榈树吧。树下是什么？练习本？课本？三洋盒式录音机？集邮册？还是村寨里的房屋和沙丘？

有一天，就是这个孤岛上忽然多了一样东西，像一艘红色的舰船停在了"沙丘"附近。就是这只红色的"舰船"才使我一下回到现实中来。那是安然丢在桌上的日记本。忍不住，我还是奔了过去。

安然啊，我愿意了解你，也希望你能像过去一样愿意了解我，包括我现在的行动。我的目标当然是关于评选的事，你写了些什么？又有多少是关于我的？我心跳着，眼前出现了安然那种长而斜的"凹板"字体：

"我真傻，昨天晚上为了评选的事睡不着觉，还向安静要毒药（利眠宁）吃。我为我自己脸红，有时我的样子一定像个小丑。

"今天评选结束了。全班四十八人，我得二十一票，和去年同期相比增长了百分之十一。祝文娟票最多，也是空前的——四十票，比我多十九票，当然入选。我祝贺她，也替她庆幸，庆幸那么多人注意到了她的优点。可缺点呢？对于她那些不易被人发现的缺点，我保证在任何时候也不替她张扬。让别人自己去认识。我愿意别人相信我认识问题的能力，我也应该相信别人认识问题的能力。比如那天关于带没带字典的事，课下有许多人问我，我闭口不谈，因为要说的我已经在课堂上说过了。

"那天在课堂上的事就算是我的缺点大暴露吧。

"我的缺点被那么多人了解，可以说是件好事。让别人用自己的认识能力去认识我，这又有什么不好？但我所忍受不了的，是有人在课堂上替我当众'总结'，这也像是一种'拔苗助长'的行为。同学们的认识果然一下就'提高'了不少。纠正'错'字、写作文的事在评选会就成了我的主要罪状：

①爱表现自己，不自量，当众纠正老师的错字；

②爱贬低同学,丑化班干部,并写到试卷的作文里去。这也是自我表现的表现。

"我不明白,既然自我表现是我的主要缺点,韦老师为什么偏偏还在课堂上念我的作文,还说是优秀作文。其实,这不过也是当众宣扬我的缺点罢了。除了能挑起祝文娟对我的仇恨,挑起祝文娟的拥护者们对我的仇恨,还有什么作用呢?

"好了,大功告成!!!"

我继续看下去。

"现在我很高兴,因为我没为评选的事去乞求过谁,也不懂得拉帮结伙,当好货物去拍卖自己(可怜)。我高兴,还为我的票数增加了百分之十一而高兴,因为又有百分之十一的同学真正了解了我。

"三好学生为什么非等别人评选?自己给自己定个标准不行吗?按照我给自己定的标准,我已够了条件。在评选会上,我没有勇气为自己举手;在这里,我为自己举手,我同意自己当选为本学年三好学生。"

我合上了安然的日记。

为自己高兴:没有乞求谁……不,安然,了解你的,比百分之十一还要多,还有我。过去我对你不是了解,而是溺爱,是手足之情的偏爱。

坐下来,闭起眼睛等安然。等她回来先把看日记的事告诉她。然后,我怎么能预料然后呢? 这然后是属于安然的。

爸爸推开门,递给我一封信。这是他来的,那个我常常思念的人。

关于他,爸爸妈妈是知道的。不,应该说是知道一些。知道他爱我,我也喜欢他,这些最通俗易懂、现在最为流行的几个字。知道尽管他是学化学的,和我这个"半瓶子"诗人、"半瓶子"编辑还有话可谈,或者叫作有共同语言。真的,不知为什么,每当我看到小说中一写到那些搞理工的人,全是一副呆呆傻傻,架一副"瓶子底"眼镜,就火冒三丈。这等于丑化人。生活可不是这样，机智和幽默感往往就在这些人身上。我还认识一位骨科大夫，他总是把年轻人的骨头比作春天的树枝，还以"春天的树枝"为题给我们写过一首诗。当然诗写得并不高明，但这和只把人看作一副骨头架子，外面包些皮肉，再填进些心、肝、肺什么的人相比，不是要好多了吗？这是什么？这是感情，是人对于人的感情，再不是人（大夫）对于一堆肉包骨头（病人）的冷漠了。春天的树枝可以任人剪接、栽培，又用它们体内流动着的津液去抚育花蕾和果实。这就是诗了。当然，来信人的幽默也许还不仅这些。

爸爸对我能认识这样一个人，除了感到有点儿奇怪，还没有明确表示过什么。

"怎么认识的？"他问我，"组稿组到化学家头上了，想约点儿科幻小说吧？"

我告诉他，是去年在省青联会上认识的（我可不是代表，是去采访），可以说是一见钟情。爸爸说："唔，也并不坏。"我心想，爸爸，你先别来这幽默感。我们农村里有句土话叫"出水才看两腿泥"。等待你的决不是"并不坏"；等待我的也决不是"科幻小说"。

妈妈自然有妈妈式的角度。她听说后首先问我他在哪儿工作？形象怎么样？个子多高，你到他哪儿？鼻子以上还是以下？去年调级有他吗？是啊，货卖两张皮，也算是妈妈对我的关怀。

我背着安然拿出照片请他们过目，一面按次序回答妈妈的提问：在省城工作，个子一米七八，我在他鼻子以下。工资么，我说，还没好意思问，不到那火候。但他们谁也没预料到，我隐瞒了最关键的一部分（可你们也没问我呀），他有过妻子，四年前死于难产。她给他留下了一个小女孩，孩子当然是四岁。

也许世上没有刚结婚就愿意被别人喊妈妈的人，可刚结婚就被人喊妈妈的人并不是没有。谁能讲清这里面的理由？那理由听起来也许玄妙得令人难以置信，也许乏味得不值得一提。但如果有人问到我,我的回答将是再简单不过了:这为什么不能呢?有"蜂成群、蝶成对"的比喻,有些人的结合是"蝶",另一些人的结合就一定要双方一凑,成为一群"蜂"吗?

我打开了信。天下真有这样的巧事,信中正好是关于他女儿的事。他急切地告诉我,他的女儿得了中毒性痢疾,生命垂危。他一个人承受不住这种灾难,问我愿不愿替他分担,比如说亲自到他那里去一趟。"当然,"他在信的末尾还是使用了这么两个字,"如果感到不方便,或家里不同意,也不必勉强,以上仅是我的希望而已。"

我拿着信慌慌张张地奔到爸爸妈妈面前,向他们说明我必须立刻去省城。

"他那里出了什么事?"爸爸问。

"我怎么看你神色不对?"妈妈有些诧异地问。女人最能观察女人的神色。

"有点儿急事,他的小孩病了。"我一边收拾东西,故意轻描淡写地说。就像告诉他们今天我不回家吃饭一样。

"你先别收拾。什么孩子?"妈妈又表现出比爸爸敏感。

"他的孩子。他和他妻子的孩子。"我真有些平静了。

嫁出去的女,泼出去的水。现在我真自觉地把我比作一盆水,从家里泼出去了。这是一种姿态,当然我也清楚地意识到等待我的是什么。

"他妻子?那不就是个女的吗?"爸爸到底反应过来了。

"死了。"

一阵沉默。我又开始东抓件衣服,西抓一条毛巾。

"孩子多大?"这又是妈妈。

"四岁。"我对答如流。

叮咣!身后是什么响?原来是爸爸碰倒了他的油画箱。各种颜色的锡管、各种型号的画笔撒了一地:黑马头、白马头、雄鹰、松鼠乱成一团,仿佛代替爸爸向我提抗议。我扔下手里的东西,走过去替爸爸捡。

"你别动!"爸爸叫道,"我有手!"

果然,我等待的时刻到来了。爸爸的手扶在桌子上,开始神经质地到处摸索。我很清楚,这是一种征兆。就像雷雨之前,天空四处游走着闪电。

我原以为大雷雨要开始于妈妈呢,因为她愤于风吹草动,看来一点小小的风吹草动,将被这滚滚而来的阴云压下去。

不知为什么,暴风雨没有骤然而至,爸爸只是语无伦次地低声自言自语:

"然而,安静……安静,然而……"

"爸,这件事是应该早告诉你们的。可现在……等我回来再说不行吗?"我提起旅行袋站在爸爸面前,又可怜,又威武。

"我需要的是你立即把东西放下,放下!"爸爸终于暴跳了起来,那声音像要摧毁这座"古堡",不,摧毁宇宙。

我放下提包,一切都从眼前消失了:家具、墙壁、爸爸、妈妈……只剩下了那张大画。我看见金黄的叶子正纷纷飘落。它们飘落在那块散发着泥土馨香的土地上,安静地吻着母亲的胸膛。

啊,《吻》,在这里又变成了另一种专利的代名词。

十五

喜事很少接着喜事,灾难却总连着灾难。祸不单行,地球上真像是有个幽灵在四处游荡,专拣"祸窝"落脚。

我没有走。

家里却没有因为我暂时不走而平静下来。没到中午,爸爸和妈妈就为什么事大吵起来,双方态度的激烈程度是空前的。我深知酝酿成这场恶战的根本原因是什么。尽管这样,我再也没有过去关窗子或开录音机。我就这么沉默着,坐着。我的沉默不是默许,也不是抗议,我的沉默包藏着一种强烈的报复心理。

果然,在没有我和安然作为调解人的情况下,妈妈终于一甩门走了。留下一句话:"告诉你,一切由你负责!"

我不了解妈妈这句话的含义,也许这是指他们关系中的后果,也许是指其他,比如指我。就算是指我吧,"负责"意味着什么?意味着让我这只蝴蝶再去抖动着翅膀寻找另一只蝴蝶吗!

人哪,我们的正义感为什么那样廉价;我们做人的准则,为什么又是那样容易被击溃。爸爸对于安然和男同学去划船的事,可以表现出那样超脱、大度,而我在他面前却变成了洪水猛兽。当然,划船就是划船,就是坐在船上用几只桨激荡着水面的游戏。不富哲理,更不蕴藏着伟大的奥妙。可你又用什么准则构思了你那张那样富于人情味的画呢?还为它起了个那么别致、那么富于刺激性的名字。但是现在,当一件实实在在的爱情事件波及你们(实际是我)时,你,为什么又那样惊慌失措,不能容忍呢?一个男人带着一个幼小的女儿,需要重新开始生活,就成了大逆不道吗?叶公好龙——我终于看到这个典故在我们家变得形象化了。

我也想把这样两个字形象化:创造。冲出这个"古堡",迎着暴风雨去创造一切。可几次拽门,又缩手缩脚。仅仅是害怕那双哆嗦着的大手吗?不是。那是因为一个人的目光总在我眼前闪现,我才又停止不前的,那是我意识中的安然。

她回来了。穿着红衬衫,哼着"希拉呀瓦哩卢达塞"。一见我,故意把嗓门提得更高,然后目不斜视地从我身边蹭过,向她的"塔希提岛"走去。

我就要告诉她看日记的事了。

又有人敲门。我镇静一下自己,过去开门,站在我面前的是一个没见过面的女孩,一个彬彬有礼的瘦高个儿,脑后梳起两把很普通的短刷子,裙子也不怎么合身,脸蛋上还有几颗红疙瘩。祝文娟,我一下就意识到了。安然到底也迎了出来。我赶紧闪到一边。

"有事吗?"安然站在离祝文娟两米开外的地方问。

"没事,我想找你谈谈心。"祝文娟并不理会安然对她的态度,人显得落落大方,说完还看看我。

"快进来吧!"我说。

祝文娟走进房间,自己找到椅子坐了下来。那神情使我想起那些憨厚的、不会察言观色的中年妇女来。

"你觉得有可谈的吗?"

听这口气还能是谁!

祝文娟不说话,两只眼睛求援似的看着我。

"再说,该谈的作文上都谈了,韦老师在课堂上也念了。你不是也听了吗?"安然站着,两眼盯着桌子。

我实在有点儿过意不去了,拿过一盘洗好的桃子放在祝文娟眼前:"来,吃桃子吧。"

"谢谢您。"祝文娟冲我点点头。

"安然,其实你有许多地方做得也不够好,比如……"祝文娟转向安然,也不避我。

"比如什么?"安然打断人家的话,又追问人家。

"比如,有时候过分爱面子。"

"得,得,你们哪年不是这样。平时眼观六路,耳听八方,当上'三好'后又到处征求意见,腻透了!"

我冲安然使个眼色,安然没看我,也没任何反应。我都沉不住气了,可祝文娟却没有因安然的态度而有所不安或紧张。我暗自想着:在老师眼里——不,应该说在韦婉眼里,这当然是个再合适不过的班干部。如果不是发生意外,祝文娟再坐上这么一会儿,安然的态度一定会软下来,说不定真可能再给她提点儿什么。安然,别看你张牙舞爪,和祝文娟比起来,你只不过是个"傻闷儿"。但偏偏就在这时。一件百年不遇的事发生了。

我们家着火了。

写到这里，我很紧张。我的紧张不是因为那毫不留情的魔怪降临我家，我是为害怕读者而紧张。聪明的读者一定会说，你这是不好收尾了才撰出个火警来。我也看过不少写英雄人物的小说、电影，结尾时总是来个救火、抢险之类的场面：主人公奋不顾身，推开众人，或抢出国家物资，或救出长者幼儿，然后是身负重伤，然后又睁开眼睛说一声"不要管我"。安然每次坐在电视机前遇到这种场面时，总是把这类语言说在"英雄"张口之前，说完还得补充一句："没劲!"所以，我是多么不愿写出个"火"字来呀。但偏偏这个时节，偏偏安然的班长祝文娟来访时，火，在我们家着起来了。好在我们眼前没有什么英雄，都是些普通人。

　　火在哪儿? 火在对面的厨房兼画室里。火是从哪儿着起来的? 是从煤气罐。煤气罐是由爸爸不小心点着的。

　　救火这个平凡而惊险的场面，我原以为只能在小说和电影里才能出现呢，没想到它会如此真实而具体地出现在我的生活里。

　　当我、安然、祝文娟冲出门时，爸爸正奓着两手站在走廊里，那神色就像个闯了祸的儿童一样惶恐。浓烟翻滚，弥漫了整个"古堡幽灵"式的走廊。穿过浓烟，我看看厨房，煤气罐正把压缩在肚子里的热能化作火焰向外喷射。火舌直冲房顶，反转下来又扑向四周，屋里的一切都在经受考验，爸爸那幅即将完成的作品也在经受考验。

　　正是上班时间，邻居家大都无人。但几个妇女、儿童还是蜂拥赶来，并且根据"水火不相容"这个普遍真理，端来了盛满水的锅、碗、瓢、盆。他们奋不顾身，一盆盆、一碗碗，站得远远地向那个罪恶的东西泼去。然而火是那样嚣张、傲慢，水是那样软弱、无力。况且这点水对于燃烧着的石油又有什么作用呢?

　　也许是想到了这座木结构的筒子楼马上就要从平易市、从地球上消失，我们真将变成"古堡"里的"幽灵"；也许是同楼的妇孺感动了我，我不知从哪儿来了那么一股劲儿，冲进厨房，机械地动作起来。但又实在搞不清眼前出现了什么，我又该做些什么。半天，我只清楚地看到了两件事。一是当火舌一次一次舔向爸爸的画布时,画布真的变成了落叶。它们一片片飞上屋顶,又翻滚下来。现在它们不是吻着大地,而是和火舌嬉闹着互相亲吻,拥抱,那么热烈,那么浪漫,就像一群没有任何道德标准的小鬼儿向人类进行不怀好意的挑衅,简直是猥琐的精灵对人类的亵渎。我还看到了什么?我还看到刚才还下意识地做着一些救火动作的爸爸,此时彻底垮了下来。他被人架到对面房间去了。

有人善于把复杂的事物简单化;也有人善于把简单的事物复杂化。现在不知为什么,周围的人一下都变成了后者:火是从煤气罐喷出的,罐被阀门控制着。要是关上阀门呢?火源不就掐断自灭了吗。最后,人群里还是出现了一个善于把复杂问题简单化的人。不知谁高喊了一声:"关阀门!"在慌乱中我听出来了,那是一个生疏的女孩子的声音:

"我想找你谈谈。"

"你有时太爱面子。"

"关阀门!"

我又在暗自钦佩她头脑的冷静了。我也才想到罐子顶端那朵"梅花"——我每天都摸儿遍的那个铁东西。现在那儿就是火的起点。可我的手又怎么能按上去呢?我忽然想到了安然,想到只有她能帮助我,只有她有办法帮助我。但我又怕她出现。我怕那件红衬衫,怕那红衬衫像那些金色的叶片一样飞入火海。再说我面前已是一颗地地道道的炸弹了,爆炸也许就在一秒钟之内。

跑上去,退下来,退下来,又跑上去。我没有勇气向那朵"梅花"伸手。

就在这时,不知谁狠狠抓住我的肩膀,又狠狠把我向门外甩去。我意识到这是谁使出了平生之力的。我被摔倒在门口。

熊熊火势骤然而止,像《一千零一夜》故事中的那些鬼怪被收进了魔瓶。那腾空的烈焰、火舌一下子不见了,只有烟雾和被火舌舔光,变成片片灰烬的画布、杂物还在飘舞。我朦朦胧胧地看到,在浓烈的烟雾中,有一条银色拉链,像时钟的秒针一样慢慢改变的角度:九十度、四十五度、三十度、二十度……

救火车呢?顺便提一句,我们平易市有消防队,可惜他们只做了些"锦上添花"的表演——把一场火灾变成了一场水灾。

啊,想起了韦婉那句话:"防患于未燃。"

十六

灾难可以毁灭生活,也可以把一些破碎的心联结在一起。我们家到底发生了什么事?我常常扶着那扇烧焦的门出神。大火毁掉了那里能用眼睛看到的一切,剩下的是声音。有科学证明,人在离开人间时,最后听到的也是声音。我们谁都没有离开人间,声音倒成了重新唤起我们互相爱怜之情的媒介。

二十几年的声音现在都一股脑装在这个烟熏火燎,四壁如墨的黑屋子里。过去的、现在的、激烈的、温和的、沉闷的、欢乐的、男人的、女人的……像无伴奏合唱在延续。在这合唱里,一个声音总是最突出,仿佛统领着这个庞大的合唱队。那就是安然的声音。

"灯、灯!"那是她八个月的声音。

"卖东东喽!"那是她一岁半的声音。

"咱俩学'毛选'吧。"那是她两岁的声音。

"木、米、大、力、土、个、禾、儿、去……撕布、割谷子……"她七岁了。

……

安然现在在哪儿呢?按照一般发展规律,她应该躺在医院里。对,现在她就躺在那个能使人起死回生的地方。幸喜她伤不重,并不需要医生的起死回生术。只是右手和胳膊被烧伤,右边脸颊被烧伤,一头又黑又密的头发烧去一部分。现在她头部和胳膊都缠着绷带,身穿住院病人的蓝条睡衣,躺在床上不声不响地看天花板。

妈妈整日眼泪汪汪,不管拉住哪位穿白大褂的,也是以乞求的眼光询问人家点儿什么,问题提得既具体又可笑。她还整天为着火时她不在家而表示遗憾。说:"要是我在家,哪用得着他去点煤气。我知道罐子漏气,减压阀螺口松。要不是两人整天赌气,早就告诉他了。再说,火着得那么大,怎么谁都没看见屋里就有一桶水?"好像只要发现那桶水,就能免去这场横祸一样。

爸爸倒没有为他半生劳动的毁灭而疯狂,也没有怨天尤人的牢骚。他整天像个闯下祸的孩子那样观察着人们的脸色做事,还总是替妈妈干点儿什么。

我呢,连可怜他们的心情都顾不得表达了,差不多总是守在安然身边,从早晨到深夜。她总是大睁着眼睛望着天花板出神。绷带包得严严的脸,似乎一下失去了过去的稚气,显得既平静又严峻,像是经历了人生旅途的大半。

我思念过去那个安然,举着膨香酥,"嘭嘭嘭嘭!"

我思念过去那个安然:"哈,这是第二个了。"

我忘记我俩是从什么时候开始对话的,但中断了几十个小时的对话到底还是开始了。只是上帝把我们安排到这么个不吉利的地点。不,也许这是个中立地带,就像两个敌对国对话时寻找的那种中立地带:日内瓦、维也纳……

"姐。"她轻轻叫我。

"啊。"我轻轻答应着。

"我怕死。不,不能这样说,这样说对自己不尊重。是不愿死。"

"……"

"开始我真给吓破了胆,和祝文娟一起躲在别人后面,像个什么样子。"

"可最后还是你呀!"我轻轻抚摸着她胳膊上的绷带。

"那是因为我突然看到了你。"

难道我成了救火的英雄？居然是安然向我学习了么？不知是惭愧还是难过，我觉得眼泪就要涌出眼眶，赶紧转过脸去。

"不，你先别受感动！"安然发现我的样子，"在那一刹那，我并没有把你看成救火的英雄，请原谅。也不是替你去死……你猜是为什么吗？"

我没敢扭过脸来，生怕她的什么话引起我更大的悲痛。

"当时我只想到，在你脸上不能落下一点儿疤痕，一小点儿也不能。因为你比我好看，真的。这几天我躺在床上就想了这么一件事。"

泪水到底涌出了我的眼眶，几天来这是我第一次流泪。我原以为我的眼泪已经随着大火被烤干了呢，谁知在我心房深处，还蕴藏着那么一部分，这最不易流出来的一部分。如果不是在这个"中立国"，我一定会放声痛哭的，就像个不懂事的孩子那样号啕大哭。我相信我心中那涌泉似的眼泪永远也流不完。但是此刻，在这种场合，我只能把脸埋在手掌里。

"其实，也许不光是为了这些。"安然接着说，"好看要是光为了给自己看，那又有什么意思。为了给一些不相干的人看也没什么意义。比如有人把自己打扮得花枝招展，在街上追求'回头率'，无聊。"

我好像预感到了什么，抬起泪水模糊的脸望望她，想从她脸上看出她到底发现了什么。

"安静。"她有时这样叫我。声音很深沉，"你回答我一个问题。"

"行，行。"

"你说我长大了吗？"

"当然。十五岁以上就是青年。"我想起安然的话。

"那你有事为什么瞒着我？不够朋友。"

"瞒……"我支吾着。

"一米七八，C.（读 C 点儿）。"

她微笑了。我猜，假如脸上没缠绷带，她一定又是在大街上奚落人时的那副表情，说不定还要给我起个外号呢。但是现在，连轻轻的微笑都使她难以忍受。她做了个痛苦的表情，闭上了眼睛，但话没停止：

"我愿意让你结婚，带着现在这副容貌去结婚。天下没有比这件事更使我自豪的了。噢，他一米七八，仪表堂堂，难道让你变个丑八怪，叫他去迁就你？……现在伟大的人物一定说我渺小；大公无私的人一定说我自私：仅仅为了她那好看的姐姐……"

她脸上又显出了痛苦，扭过脸去。是因为伤痛，还是想起了过去我向她宣布过的无声的"誓言"？她再没有转过脸来。我相信，在她这个年龄，是重视那些天真而美好的誓言的。

不知为什么，我现在倒有点儿恨我自己了。不是恨我没把这件事原原本本告诉安然，而是恨我根本就不该遇到那个一米七八的"C."。没有他的出现，怎么会有安然的痛苦呢？

安然啊，因为现在你就在我面前，我更加思念你。

几天之后，我还是去了省城，当然是在安然的再三催促之下。

当我再次和父母交涉这件事时，妈妈红着眼圈打开食品柜，拿出一盒酥糖塞进我的提包。爸爸却坐在沙发上不动。也许是看到我去省城已成定局吧，他才两眼盯着地板说："先去一趟也行，可我的话还没有完。"

十七

这几天，同学中第一个赶来看安然的就是祝文娟。她站在安然的病床边，没有表示出过分的关切和难过，也没有过多的安慰话。她只是告诉我，那天她也慌了，在别人后边站了半天才想起关阀门这个道理来。要是早想出来，就不至于这样。还有，喊了关阀门才想起去打电话叫救火车。

原来这样。关阀门，叫救火车，这两个关键步骤都是这个祝文娟想起来的。她还说，安然写作文的事，她永远也不会怪她。她自己是有许多缺点，比如那天光喊"关阀门"，就是不敢冲上去。

"我胆小。"祝文娟说，"每逢老师一瞪眼，我更胆小。"

祝文娟的话似乎使我改变了一些对她的看法。是啊，人的胆量有大有小。比如有人怕耗子，有人怕蛤蟆，有人怕热，有人怕冷、怕感冒、怕穿堂风……你能说他不应该怕，或者说是品质问题吗？当然，胆小和胆小鬼不是一码事。有人宁可因循守旧工作一辈子，也不愿迈错一步，这就有点儿胆小鬼的味道；带没带字典那件事，也有点儿胆小鬼的味道。但是面对熊熊烈火，能镇定自若地想到我们那一群人都没想到的事，这能说是由于胆小吗？那时胆小的倒像是我们，而胆略在这时分明是属于祝文娟的。对祝文娟，这有限的接触，我还没有能力去判断、了解这个孩子。我只是想到，社会不能没有她（们）。有了她（们），社会才显得完整。难道社会只需要像我爸爸那样的人：站在画布前海阔天空一阵，而当自己的劳动成果遭受厄运时，竟惊慌失措得像个儿童。那样清一色的社会怎么可以设想。

安然对祝文娟的到来没有任何表示，对于她的关于胆小的"赤诚坦白"也没加可否。祝文娟说话，她只是听着。但祝文娟走时，她脸上还是显出了她现在力所能及的热情。

第二个来看安然的是米晓玲。她拎个大网兜，装一堆没贴商标的各式罐头。她扶着安然的床头小柜说："真没想到。那天我看见救火车过去了，没想到是往你家开。这回你救的要是别人家的火，明年的'三好'还不稳拿！"她把罐头一个个掏出来，摞在床头柜上。"处理的，我给你开一个吧。"米晓玲说着就要找刀子开罐头，我拦住了她。

"好好养着。评选的事我全知道了，还是那一套。别看咱巴结不上，不稀罕！我表姐那人，不怎么样。"

"你表姐？"我问。

安然也转过头。

"韦老师,韦婉。"

"啊?"安然更莫名其妙。

"没几个人知道。她不让我说,嫌我功课不好,给她丢脸。其实她那点儿水平,不说啦,咱姐们儿心里明白得了。"米晓玲没再纠正关于"姐们儿"的称呼,说完看着我笑笑,吐了吐舌头。

"知道吗?升教导主任啦。"

"谁?"我问。

"我表姐呀。"米晓玲说,"先当个副的,就不愁正的。又红又专,人人皆知。别看'没邪(镆铘)、没邪'地讲语文,会当领导。对,还会写诗哪。有个顾客丢到我柜台上一本杂志,我随手一翻,嗬,'韦婉'。什么'我扒着火箭'如何如何,对,是时代的火箭。这样的干部哪儿找。又年轻,又合乎要求。"

米晓玲一面说着,还是从什么地方翻出一把万能小刀,就着窗台撬开一罐水果罐头,又用上面的小叉子叉出一块,实心实意地递给了安然。

对于米晓玲带来的消息,我和安然只是小小地表示了一下惊讶。是啊,凭着她从小就已具备了的对人类的那种识别能力,凭着她现在管理学生的原则性,凭着她在学校连自己衣着都不顾的"忘我"精神,还有她的诗才(一般老师所不具备的),这又有什么奇怪呢?今天米晓玲的到来,无非是给我们揭开一个谜底罢了。

米晓玲看看手表,合上小刀,提起网兜告别了。出门后,她手扒门边扭过头来对安然说:"好好养着,过两天我还来!"

后来又来过不少老师同学,其中也有刘冬虎。他提个大西瓜,在门口站了半天,最后还是我把他领进来的。他抱个西瓜左放不是,右放不是,我给他安排了个地方。安然很大方地问了些学校的事,刘冬虎局促不安地一一回答着。人家离开后,安然说:"都是装的。"

"也不能那样说。"我赶紧关上了门。

至于安然的班主任、新上任的副教导主任、我的小学同学韦婉么，我们也见了面。但不是在医院里。

这几天我一直怕她的出现，我无法想象我们三人单独在一起的情景，我想也许那是人生中最难忍受的时刻。好在我们是在街上碰到的，这给我们各自都带来不少方便。在街上，彼此都可以做到心不在焉。

在平易市的大街上，在离安然学校不远的地方，她迎着我走了过来。我打算就那么走过去了事，可她却冲我打招呼了。我只好停住。她灵巧地穿过自行车的洪流，飞速跃上我这边的人行便道，站得离我很近地说，她曾经去看过安然，谁知记错了医院，病房走廊里的一位护士还拦住她，把她斥了一顿。现在总算知道了确切的地方，一半天她就去。还说，过去对安然的要求也太严了点儿，现在总觉着对不起她。

"不过么，怎么说呢？"韦婉用眼角瞟着便道上的行人说，"对她好像是应该严格要求，谁让她是你的妹妹呢。不然你也不会饶我。就说那件衣服吧，我们还是重视不够，没想到她在评选的关键时刻还穿它。头一天我要是嘱咐她一句呢？这话只能咱俩说。在教育战线上工作可不比你坐编辑部，你一时想不到，就可能给工作造成不必要的……影响，都眼巴巴地看着你哪。同学的工作、家长的工作，还得对上边负责。当初咱们住校的时候，哪会想这些。抓羊拐、跳皮筋……"我注意到她在说话时总把肩上那只人造革书包往身后背来背去。我清楚地看到那里边一本《繁星》，就是刊有"甩膀子"诗的那期。听一个熟人说，她好像在市群众艺术馆还给一群青年以"诗和现代"为题做过报告，报告中不断举出自己的创作经验来论证。

关于安然，我们没再多谈。分手时我只告诉她，那首诗原稿上有个错字，就是第二十七行中那个"弁"字，应为"奔"字。即"奔四化"，而不是"弁四化"。"弁"在字典里被解释为古代一种帽子。不知她注意到了没有。

听到这件事，她脸上大有惊讶之状。红着脸，也忘记了临别的寒暄，就慌慌张张穿过马路，跃上了那边的人行道。

我庆幸我们没有在医院碰面，还是让她和安然单独谈谈方便。遗憾的是韦婉再也不会看到安然那件"防患于未燃"的红衬衫了，它已成为碎片。

我像是又看到了火，但这是另一种火。看到它，我没再想到"防患于未燃"。只是觉得，人类的生存不能没有它，它点燃人类的热情，给人类以希望。

十八

我和安然好久没有在大街上聊天了，仿佛过了一个世纪。其实仔细算算，才不过半个多月。现在我一个人在街上前进，但不是步行，是在公共汽车上，是躺在医院的安然把我逼上车的。我将大模大样地去趟省城。

汽车在自行车的洪流里扭捏着前进，一排排橱窗缓慢地、磕绊着从车窗外挪过。还是黄加蓝、蓝加黄；葱绿窗帘斜垂着半开半闭，"患黄疸性肝炎"的男女模特儿还在向行人摊着手；旁边还是淡黄色、淡粉色的"拐棍"。米晓玲的糖果店装上了霓虹灯。笔杆粗细的玻璃管在一块大牌子上复杂地交错着，到了晚上，那里面一定会有一番出乎平易市人预料的表演。家具店也重整了门面，一辆载重卡车停在门口，有人正从车上卸货，货物用草袋包得严严实实。那是什么？是钢丝床，还是外地新式家具？看来他们也懂得千篇一律的鳔胶、永明漆是和时代不相称的。别瞧不起那些四棱四角的草包，那里面包括了生活的步伐。明天那两个穿厚呢大衣的模特儿也一定会装扮得应时一些的。

车停了，上来几个举雪糕的人。他们风尘仆仆，像来自外地；边谈、边吃，对雪糕大加诽谤："嘛玩意儿，和凉粉儿差不多！"一面说着，汤汤水水顺手往下滴落,几只扁平的三接头皮鞋交错着躲闪。

我不时扭头看看他们。虽然我也知道我们的雪糕需要改进,但还是希望他们从我的眼睛里领略到点儿什么,让他们知道站在他们面前的是个平易市公民。可我没有安然那种勇气跟他们对答几句:"想吃凉粉儿啦?别忘了随身装几瓣蒜!"

话是想好了,但这话显然不是我应该说的。要是安然在我身边,我该多么自豪!我愿赶快从省城赶回来,把刚才的一切告诉她,看她将用什么语言对付这些大城市来的"观光者"。不,也许安然再也不会在街上、在大庭广众之下高谈阔论了。我觉得她真的变成了大人,就像今天我离开她时,她对我说话时那样。

"我希望你再给我买件红衬衫。"

我笑着点点头。

"准备明年评选时穿!"她怕我没听懂。

"你不是……"我差点说出看日记的事。

"我太天真。"她说,"我写过一篇日记,写着我自己给自己订个三好条件,还要自己评选自己,自己给自己举手。自己订条件嘛,当然应该,可自己评选自己就太可笑了。我是害怕评选,跟那次向你要药吃一样。那可真成了胆小鬼。高二、高三,我还有两次参加评选的机会。再说,我也有需要克服的缺点。就说对祝文娟的缺点吧,不采取那样的办法也能帮助她。人要想看清自己,就得多看看别人。这次评选加上失火,我看到了一些没看过的东西。我是用自己的眼睛看到的。你知道吗?"

我没问清安然从这些事件里看到了什么,我没有勇气去问,因为那里面也有我。

是啊,难道这样的安然还会站在大街上毫无顾忌地奚落人吗?

汽车在大街上缓慢前进,低垂的槐枝不断划过车头,淡黄的星星点点的花朵顺着车窗飘洒着;洒在人行道上,洒在那些举着毕业证书回家的女学生头上,装点着她们的青春。今天是放假的日子。

汽车驶进车站广场，没想到爸爸、妈妈早在等我了。进站上车后，没等开车，我还是打发他们走了，我愿意多留些时间想事。"二老"有些遗憾地互相看看，离开了站台。下地道时，我分明看见是谁还搀扶了谁一把。

就在这时，一副眼镜反着阳光从地道口飘了上来，戴着它的人原来是老马。老马手提一网兜桃子，开始沿窗寻找。昨天我找他请假时，怕他送我，故意没说车次，但他还是赶来了。我喊了他。

老马把桃子隔窗递到我手中说："刚才我看到你父母来送你，才彻底放心了。"

"也许还不会那么彻底。"我说。

老马背过手想了想，笑着低声说：

> 谁要是快乐就能笑，
> 谁要是做就能成功，
> 谁要是寻找就能得到。

他告诉我："这是一首老诗，送给你。"在开车铃声中，老马和我握了握手。

火车开出站后，吼叫着加快了速度。小时候坐火车，总觉着火车是倒着开。这种感觉许多年没有了。不知为什么，现在我忽然又感到火车不是开向省城，而是向平易市开。我就要扑向安然身边，她已取下绷带，耳边只落了个不大不小的疤痕。但那个"冒号"还很清晰——像是要对我说些什么，又像是要我告诉她。

我诚惶诚恐地看着站在面前的安然。

麦秸垛

当初,那麦秸垛从喧嚣的地面勃然而起,挺挺地戳在麦场上。垛顶被黄泥压匀,显出柔和的弧线,似一朵硕大的蘑菇;垛檐扇出来,碎麦秸在檐边耀眼地参差着,仿佛一轮拥戴着它的光环。

后来,过了些年。春天、夏天、秋天的雨和冬天的雪……那麦秸垛湿了又干,干了又湿,却依然挺拔。四季的太阳晒熟了四季的生命,麦秸垛晒着太阳,颜色失却着跳跃。

一

太阳很白,白得发黑。天空艳蓝,麦子黄了,原野骚动了。

一片片脊背亮在光天化日之下。男人女人的腰们朝麦田深深弯下去,太阳味儿麦子味从麦垄里融融地升上来。镰刀嚓嚓地响着,麦子在身后倒下去。

队长派了杨青跟在大芝娘后头拾麦要儿捆麦个儿。大芝娘边割麦子边打要儿,麦要儿打得又快又结实,一会儿就把杨青丢下好远。

杨青咬牙追赶着大芝娘,眼前总有数不清的麦要儿横在垄上。一副麦要儿捆一个麦个儿,麦个子捆绑好,一排排躺在裸露出泥土的秃地上,好似一个个结实的大婴孩儿。

杨青先是弯腰捆,后来跪着捆,后来向前爬着捆。手上勒出了血泡,麦茬扦破了脚腕,麦芒在脸上扫来扫去,给脸留下一缕缕红印,细如丝线,被汗蜇得生疼。

大芝娘在前头嘎嘎地笑,她那黑裤子包住的屁股撅得挺高。前头一片欢乐。

四周没有人了，人们早涌到前边的欢乐里去。杨青守着捆不尽的麦个儿想哭。

要是四年以前，杨青就会在心里默念"一不怕苦、二不怕死"，然后身上生出力气，或许真能冲上去。那时候她故意不戴草帽，让太阳把脸晒黑。那时候她故意叫手上多打血泡——有一次最多是十二个，她把它们展览给人看。大嫂们捏住她的手，心疼得直"啧啧"。杨青不觉疼，心直跳。那时候过麦收，她怕自己比不过社员，有一回半夜就一个人摸到地里先割起来，天亮才发现那是邻队的地块儿。

那时候就是那时候。现在她好像敌不过这些麦子，这块地。

日子挨着日子，是这样的一模一样，每一个麦收却老是叫端村人兴奋。人们累得臭死，可是人们笑。汗水把皱了许久的脸面冲得舒展开来。

太阳更白了，白得人睁不开眼。队长在更远的地方向后头喊话，话音穿过麦垄扑散开去："后头的，别茶懈着！地头上有炸馃子、绿豆饭汤候着你哩，管够！管饱！"

年年都一模一样。年年麦收最忙的几天，各队都要请社员在地头吃炸馃子。四年前，杨青插队的头一年麦收就赶上了吃馃子。那时社员们在地头围严了馃子筐箩和绿豆饭汤大桶，杨青就躲到一边儿去。队长喊她，她说不饿；大芝娘把馃子塞到她手里，她说钱和粮票都在点儿上。人们被逗乐了，像听见了稀罕话儿。后来一切都惯了。甚至，每逢麦收一到，杨青首先想到的就是炸馃子。现在她等待的就是队长那一声鼓动人心的呐喊。在知青点，她已经喝了一春天的干白菜汤。

杨青没有往前赶，就像专等大芝娘过来拉她过去。大芝娘到底小跑过来。

杨青抬起脸，大芝娘已经站在她跟前。这个四十多岁的女人从太阳那里吸收的热量好像格外充足，吸收了又释放着。她身材粗壮，胸脯分外地丰硕，斜大襟褂子兜住口袋似的一双肥奶。每逢猫腰干活儿,胸前便乱颤起来,但活计利索。

杨青望着大芝娘那鼓鼓的胸脯,腿上终于生出些劲。她擦了擦眼,站起来。

"快走吧,还愣着干什么!"大芝娘招引着杨青。

杨青跟上去,发现前边净是捆好的麦个儿。分明是大芝娘接了她。

地头上,人们散坐在麦个子旁边那短浅的阴影里,吃馍子、喝汤,开始说闲话解闷儿。那解闷儿的闲话大多是从老光棍栓子大爹那双翻毛皮鞋开始。那皮鞋的典故,端村人虽然早已了解得十分详尽,但端村总有新来人。比如谁家从外村请了帮工,比如谁家的新媳妇在场,再比如城里来插队的学生。

皮鞋是真正的日本货,硬底,翻毛。那是闹日本时,栓子大爹从炮楼上得来的。村里派当长工的栓子给鬼子送过一趟麦子,栓子赶着空车回来,就捎带回这么一双鞋。刚得到这鞋时,栓子走起路来"咯吱咯吱";年代久了,皮底掌了又掌,走起路来变成了"咯噔咯噔"。

日本投降了,栓子还一直穿它。解放了,栓子还一直穿它。人们问:"栓子叔,你恨日本鬼子不?"

"兴许就你不恨。"

"那还穿这鞋?"

"谁叫它是鞋呢。"

"这可是日本货哩。"

"你叫它应声儿? 我不恨鞋。"

栓子大爹的回答理直气壮却并不周密。许多时候,端村人就是从这双鞋上来审度形势的。那鞋有时也会变得理不直气不壮起来。"文化大革命"开始前,那鞋便销声隐迹过好一阵。后来,公社的造反派到底为鞋来到端村,勒令栓子大爹三天之内必须交出。否则他也将被踏上一只脚,闹个永世不得翻身。栓子大爹受了些皮肉之苦,造反队却终究没有找到那鞋。再后来,本村造反队包下了此案。栓子大爹把鞋亮给本村的造反队,他们却没有把它当作胜利果实拿走,就因为那是端村的造反队。眼下他们虽然造反披挂,但端村人的习性难变,他们生性心软。

寒来暑往,栓子判断了形势,端村终于又响起了那鞋声。

这是栓子和鞋的故事,却是外来人对鞋的粗浅了解。外来人很少明了那鞋的另一半故事,那一半,没有人在公开场合撺掇栓子大爹。了解那一半,除非你是真正的端村人。

栓子年轻时做长工,恋过村东老效的媳妇。麦收时常常背着东家给那小媳妇送麦子。

栓子恋那媳妇,就是愿意把东家的麦子送给她。

老效在外村窑上干活儿,会烧窑,会针灸,会给女人放血治病。他默默烧窑,扎针、放血却在一方有名。一针下去,有人还阳,也有人半日后归阴。病主人质问老效,老效几句话能把主人噎得哑口无言:"不是放血半天后才咽的气吗?要是不放血,能活那半天?这叫手劲。"主人自讨了没趣,老效却争得了一个传名的机会;是老效的针术又使那就要归阴的女人多活了半天。老效的针有手劲。

老效在外烧窑、扎针,一集回家一次。一次老效回来,看见家里的新麦子,逼问媳妇。媳妇害怕,说出了栓子。老效不露声色,白天只是和媳妇吃饭、行事。天黑他邀了栓子出来,走近村头场边一个麦秸垛。老效靠在垛上,半晌不响。

黑暗中栓子被吓出了魂儿,那魂儿就在他周身哆嗦。

后来老效开口了:"兄弟,别怕。你想什么我知道。可你那麦子我不稀罕。"

栓子不言语。

"听出来了呗,不稀罕。"

栓子还是不言语。

"这么着,咱换吧。"老效说。

"换?换什么?"栓子还是听不出来。

"把你那皮鞋给了我,我就让你一回。"

栓子听懂了，便不害怕了。只觉浑身的血全冲到脸上，又沉到脚后跟。他捏紧了拳头，直往老效跟前凑。

这时散在脚前的麦秸堆一阵窸窸窣窣，老效弯腰抓起一个人来。栓子细看，正是那媳妇。她被绳子绑了，嘴叫毛巾堵着。

"就在这儿，行不？你脱鞋，她这儿由我脱。"老效抓住媳妇的裤腰，媳妇翘趔着歪倒在垛前。

栓子再也忍不住，又往前凑凑，猛然朝黑暗舒出了一个拳头，老效仰翻在麦秸堆上。栓子又是一拳，又是一拳，又是一拳。老效没了响声儿。

栓子给那媳妇松了绑，拽出嘴里的毛巾，指着老效对那媳妇说："他、他不算个汉们家，他畜生不如！你不能跟他。你，你跑了吧！"

老效媳妇一跺脚跑了。栓子把半死的老效背回家，扔在炕上说："忙给你个人扎一针吧！"

老效媳妇再也没回端村。栓子几年不去村东。

…………

杨青了解那后一半故事，四年后她已经算个端村人了。

馃子笸箩被人们吃得露了底。众人四散开，一片脊背朝着太阳。

黄昏，大片的麦子都变成麦个子，麦个子又戳着聚拢起来，堆成一排排麦垛，宛若一个个坚挺的悸动着的乳房。那由远而近的一挂挂大车频频地托起她们，她们呼吸着黄昏升腾起来，升腾起来，开始在柔暗的村路上飘动。

杨青独自站在麦田里，只觉着脚下的大地很生。她没有意识到麦垄里原来还有这样多的细草野花。毛茸茸的野草虽然很细、很乱，但很新；大坂花宛若一面面朝天的小喇叭，也欢欣着响亮起来。被正午的太阳晒蔫了的她，现在才像蓄满了精力。那精力似从脚下新地中注入，又像是被四周那些只在黄昏才散放的各种气味所熏染。又仿佛，是因了大芝娘那体态的施放。那实在就是因了不远处那些坚挺的新麦个儿，栓子大爹那半截故事就埋在那里。杨青身心内那从未苏醒过的部分醒了。胸中正膨胀着渴望，渴望着得到，又渴望着给予。

　　杨青在黄昏中挪动着脚步,靠了那矗立着的麦个儿的牵动。远的、近的、那被太阳晒得熟透的麦个子。她朝它们走去,一整天存进的热气立刻向她袭来。她感应到那里对她的召唤,那召唤渗透她,又通过她扩散开去。她明白了过去不曾明白的感觉,她明确了过去不敢明确的念头,她一定是爱他,她一定要爱他,那个身材高高的陆野明。

二

　　这两年不比早先。一过麦收知青点上电报便多起来。知青们拿上电报净找队长请假回平易市,躲过麦收才回来吃新麦子馒头。

　　陆野明也接到了家里的电报。他不找队长,却来到女生宿舍找杨青。

　　"杨青,你出来一下。"他说。

　　"你进来吧,就我自己。"杨青在宿舍里说。

　　陆野明顶着门楣走进女生宿舍,杨青便掏出指甲刀剪指甲。

　　"电报。"陆野明把电报亮给杨青看。

　　杨青只顾剪指甲,并不关心陆野明手中的东西。

　　"家里让我回去。"陆野明又说。

　　"噢。"

　　杨青继续剪指甲。她剪得很轻快,很仔细,很苦。

　　"你说我回去吗?"陆野明问杨青。

　　"我说你应该回。"

　　"为什么?"陆野明对杨青的回答没有准备。

　　"因为来了电报。"

　　杨青还在剪,剪完又拿小锉一个个锉起来。陆野明第一次发现杨青的手指修长,椭圆形的指甲盖很好看。

　　"我不回。"陆野明把电报叠了又叠,叠成钝角,又叠成锐角。

"你不回?"

"因为你不回。"

"你怎么肯定我不回?"杨青锉完指甲,把剪刀放进衣兜,双手交叉起来,显得格外安详。

"你也回去?"

"大家都回。"

"那,我也去请假。"陆野明把电报展开、抚平,转身就往外走。

"你回来。"杨青叫住陆野明。

陆野明站下来。

"你的头发还不理? 该理了。"杨青说。

陆野明将了将头发,觉出有一撮向上翘起,很有弹性。他没敢看杨青,又往外走。杨青却又叫住他说:"快走吧,我可不走。"

"你……"陆野明又转回身,疑惑地望着杨青。

"哪年麦收我回过家? 嗯?"杨青声音很轻,轻成没有声音的暗示。

陆野明回味一下杨青的话,总算从暗示里领略到了希望。他把电报揉成一团故意丢在屋角,很重地推了门,很轻地跑出屋子。

杨青很愉快。因为身在异乡,有一个异性能领略自己的暗示。再说那仅仅是暗示吗? 那是驾驭,驾驭是幸福的。

下乡第一年,杨青就格外注意陆野明。当时她并不想驾驭谁,只想去关心一个人。早晨起来,陆野明头发上老是沾着星星点点的碎棉球,杨青便知道他的被子拆了做不上。她替他做棉被,还把他划了口子的棉袄也抱过来。缝好,又叠着抱过去。她提醒他理发、洗刷,还常把"吃不了"的饼子滚到陆野明的饭盆里。

陆野明很久才感觉到那关心的与众不同,他也回报着她。

杨青对"1059"农药过敏,那次喷棉花回来就发起高烧。村里唯一的赤脚医生上县培训去了,不知谁请来了老效。那老效急急赶进知青点,从怀里掏出油腻的布包,双手在裤腿上蹭掉些土末儿,往杨青脑门上使些唾沫,抽出一根大针照着印堂就扎。陆野明一把攥住老效的手腕说:"谁让你来的? 这是治病? 这是祸害人。"他夺过老效的针,替他包裹好,连推带搡把老效请出知青点。他找了辆破车,自己拉着,两个女生护着,一去十二里,把杨青送到县医院。

一路走着,陆野明一看见杨青那光洁、饱满的前额就想哭。他想,老效就在那里抹过唾沫。

谁都知道杨青在关心陆野明,谁都不说杨青的闲话,就因为关心陆野明的是杨青。杨青懂分寸,因为想驾驭。

一次,队长把杨青和陆野明单独分在一起浇麦子。陆野明很高兴,叫上杨青就走。杨青却着急起来,左找右找,总算临时抓到了花儿做伴。

花儿是小池的新媳妇,春天刚跟人贩子从四川来到端村。

陆野明一路气急败坏,杨青和花儿又说又笑。她引她说四川话,问她为什么四川人都爱吃辣椒。

陆野明的气急败坏,花儿的四川口音,都给了杨青满足。

绿色麦田里,灌了浆的麦穗很饱满,沉甸甸地扫着人的腿。陆野明看机子,杨青和花儿改畦口。改几畦就钻进窝棚里坐一会儿,像是专门钻给陆野明看。陆野明跟前只有柴油机。

越到正午,陆野明越觉着没意思。他揪了几把麦穗塞到柴油机的水箱里煮。煮熟了自己不吃,光喊杨青。杨青到底来到井边,陆野明递给她一把熟麦穗。

碧绿的麦穗冒着热气。放在手里搓,那鼓胀的麦粒散落在掌上,溅得手心很痒痒。杨青嚼着,那麦粒带一点咬劲儿。心想剩下几穗给花儿。

"好吃吗?"陆野明坐在麦垄里问杨青。

"好吃。"杨青没有坐。

机井旁边的麦子高,麦穗盖过陆野明的头,齐着杨青的腰。

"跟谁学的?"杨青问。

"你坐下,我告诉你。"

杨青想了想,没有坐。

陆野明又往杨青身边挪挪，他的肩膀碰着了她垂着的手背。杨青往旁边跨了跨。陆野明不知怎么的就攥住了杨青的手。

柴油机的声音很大。

陆野明攥得很死。

杨青努力想抽出自己的手。抽不出。

"你应该放开我。"杨青声音很低，看着远处。

陆野明不放。

杨青突然大声喊起了花儿："花儿，陆野明给咱们煮麦穗了！"

陆野明不放。

"你应该放开我！"杨青声音更低了，被机器震得有些颤抖。

陆野明抬起头，急不可待地想对杨青说几句什么。在太阳直射下，他忽然发现杨青唇边那层柔细的淡黄色茸毛里沁出了几粒汗珠，心里一下乱起来。他到底放开了她的手。

"我愿意你放开我，我知道你会放开我。"杨青眼睛向下看，不知是看陆野明的脚，还是看地。"我该找花儿去了。"她说。

杨青迈过了一个麦垄，那正在孕育着果实、充盈着生命的麦棵在她脚下倒下去，又在她身后弹起来。

"陆野明，机器该上水了！"杨青跳过麦垄，回身对陆野明说。

杨青又迈过几垄麦子，顺着凉爽的垄沟朝花儿跑去。

陆野明心里很空旷，他知道她是对的。许久，他眼前只有那几粒汗珠。

他更爱她。她能使他激动，也能使他安静。激动和安静使他对日子挨着的日子才有了盼头。原来在这块土地上不仅是黄土和麦子；不仅是他们以往陌生的柴、米、油、盐；不仅是电影《南征北战》，还有激动中的安静和安静中的激动。

田野还在喧嚣。

陆野明坐在院里，过着一只大笸箩擦麦子。身边放着铁笤，笤里水不多，而且很浑。他把一块屉布在笤里涮过，拧成半干，擦着新麦粒上的浮土。

陆野明擦好麦子，一簸箕一簸箕地撮到布袋里，准备扛到钢磨上去磨面。沈小凤来到他面前。

沈小凤是刚下来不久的新知青，家也在平易市。家门口有一面"手工织毛衣"的小牌，那是她母亲的活计。沈小凤有时也帮她母亲赶活儿。

过麦收沈小凤接不到家里的电报，家里不需要她回去，也不听她支使。家里和点儿上相比较，沈小凤也愿意待在点儿上。

沈小凤个子挺矮，皮肤细白，双颊常被晒得粉红。两条长过腰际的大辫子沉甸甸地垂在脑后，使她那圆润的下巴往上翘。她爱哭、爱笑，看到蝎虎子嚷着往别人身上扑。

"陆野明，你擦麦子呀?"沈小凤用自己的辫梢摔打着自己的手背。

陆野明只看见一双穿白塑料凉鞋的脚。

"废话。"他不抬眼皮。

"怎么是废话?"

"你不是早看见了。"

"看见了就不能再问问? 让我看看擦得怎么样。"沈小凤去扒麦子口袋。

"别动。"陆野明喊。

"怎么啦怎么啦?"沈小凤只顾在口袋里扒拉。辫梢扫着了陆野明的脸。

陆野明心里痒了一下，便是一阵莫名其妙的烦躁。

"你看这是什么?"沈小凤从麦子里捡出一粒土坷垃，举到陆野明眼前："能磨到面里吗? 让我们吃土坷垃?"她一边说，和陆野明蹲了个对脸，满口整洁的白牙在陆野明眼前闪烁。

"那你说怎么办?"陆野明盯住沈小凤。

"得用水淘，起码淘两遍，晾成半干再磨。咱俩淘呀，去，你去挑一挑水。"沈小凤伸手就拽陆野明的胳膊。

"干什么你!"陆野明站了起来。

"让你挑水去。"沈小凤也站了起来。

"告诉你,这星期是我当厨,不用你操那份心。"陆野明说完抓住布袋口,想抢上肩。

沈小凤却把一双柔软的手搭在陆野明手上:"我就不让你走。"

杨青头上沾着碎麦秸跑了进来,看见陆野明和沈小凤,她远远地站住脚。

陆野明突然红了脸。沈小凤脸不红,她懂得怎样解围。

"杨青,我俩正商量淘麦子哪。陆野明就知道拿布擦。光擦,行吗?"沈小凤说。

"淘淘更好。"杨青说。

"看我没说错吧。"沈小凤白了陆野明一眼。

杨青走近他们说:"沈小凤,队长叫我来找你,你怎么说不去就不去了? 后半晌场上人手少。"她只对沈小凤讲,不看陆野明。

"我不想去了,我想在家帮厨。"沈小凤说。

"行,那我跟队长说一声。"杨青像不假思索似的答应下来,转身就走。

"杨青,你回来!"陆野明在后边叫。

"有事?"杨青转回头。

"统共没几个人吃饭,帮什么厨! 我用不着帮,麦子也不用淘。"陆野明说得很急。

杨青迟疑一下,没再说什么,只对他们安慰、信任地笑了笑。陆野明从来没见过她那样的笑,那笑使他一阵心酸,那笑使他加倍地讨厌起紧挨在身边的沈小凤。

杨青镇静着自己走出院子,一出院子就乱了脚步。她满意自己刚才的雍容大度。可是他面前毕竟是沈小凤。她抓他的手,说不定还要攥起雪白的小拳头捶打他……

街里到处是散碎的麦秸。街面显得很纷乱。

走出村,她又走进那弥漫在打麦场上的金色尘雾。

三

地里的活儿清了,场上的活儿没清。脱粒机响得不倦。

杨青抢在脱粒机前入麦子。

大芝娘急得白了脸:"忙闪开,给你个筢子搂麦秸吧。"

大芝娘递给杨青筢子。脱粒机吐出了新麦秸,杨青就拿筢子搂。新麦秸归了堆,有人用四股杈垛新垛。新垛越垛越高,两个半大小子不住在垛上跳腾,身子陷下去又冒上来,冒上来又陷下去,垛心眼看实着起来。

新垛还没高过那旧垛,却把那旧垛比得更旧。

歇完畔,杨青又抢到脱粒机前入麦子,大芝娘又把她喊了回来。

大芝娘不让杨青上机器。

大芝娘心里有事。

大芝娘就是大芝的娘。

大芝娘结婚三天丈夫就骑着骡子参军走了,几年不打信。村里人表面不说什么,暗地里嘀咕:准是在外头提了干部,变了心思。

后来丈夫回了村,果然是解放省城后提了干部,转到地方。丈夫说着一口端村人似懂非懂的话,管夜了个叫"昨天",管黑介叫"晚上"。

大芝娘给他烧好洗脚水,他把脚泡在大瓦盆里只是发愣。

"怎么来,你?"大芝娘问。

"也没什么。"丈夫说。

"使得慌?"

"不是。这次回来主要是想跟你谈一个问题。"

"没问题。"大芝娘说。

"这么给你说吧。"丈夫说,"就目前来讲,干部回家离婚的居多。包办的婚姻缺少感情,咱俩也是包办,也离了吧。"

大芝娘总算弄懂了丈夫的话,想了想说:"要是外边兴那个,你提出来也不是什么新鲜。可离了谁给你做鞋做袜?"

丈夫说:"做鞋做袜是小事,在外头的人重的是感情。"

大芝娘说:"莫非你和我就没有这一层?"

丈夫说:"可以这么说。"

大芝娘不再说话,背过脸就去和面。只在和好面后,又对着面盆说:"你在外边儿找吧,什么时候你寻上人,再提也不迟。寻不上,我就还是你的人。"

丈夫的手早就在口袋里摸索。他擦干了脚。趿拉着鞋,把一张女人照片举到大芝娘眼前。大芝娘用围裙擦干净手,拿起照片仔细端详了一阵,像是第一回接触了外界的文明。

"挺俊的人。也是干部?"她问。

"在空军医院当护士。"丈夫说。

大芝娘的眼光突然畏缩起来。她讪讪地将照片摆在迎门橱上。

她不知护士是什么,如同她不知道丈夫说的感情究竟包涵着什么一样。她只知道外边兴过来的事,一定比村里进步。

当晚,大芝娘还是在炕上铺了一个大被窝。

丈夫又在远处铺了一个窄被窝。

她同意和他离婚。第二天,丈夫把大芝娘领到乡政府办了离婚手续。

他没有当天回去。晚上,在一明两暗的三间房里,她住东头,他住西头。夜里大芝娘睡不着,几次下炕穿鞋想去推西头的门,又几次脱鞋上炕。她想到照片上那个护士,军帽戴在后脑勺上,帽檐下甩出一绺头发;眼不大,朝人微笑着。她想那一定是个好脾气的人。

大芝娘披着褂子在被窝里弯腰坐了一夜。

第二天,丈夫一早就慌慌地离开端村,先坐汽车,后坐火车,回省城岗位上去了。他万没想到,第三天大芝娘也先坐汽车、后坐火车来到省城。她又出现在他跟前。丈夫惊呆了。

"可不能翻悔。离了的事可不能再变!"他斜坐在宿舍的床铺上,像接待一个普通老百姓一样警告着她。

"我不翻悔。"大芝娘说。

"那你又来做什么？"

"我不能白做一回媳妇，我得生个孩子。"大芝娘站在离丈夫不近的地方，只觉高大的身躯缩小了许多。

"这怎么可能？目前咱俩已经办了手续。"丈夫有点慌张。

"也不过刚一天的事。"大芝娘说。

"一天也成为历史了。"

大芝娘不懂历史，截断历史只说："孩子生下来我养着，永远不连累你，用不着你结记。"

丈夫更意外、更慌张，歪着身子像躲避着一种浪潮的冲击。

"我就住一天。"她毕竟靠近了他。

丈夫站起来只是说着"不"。但年轻的大芝娘不知怎么生出一种力量，拉住了丈夫的手腕，脑袋还抵住了他的肩膀。她那苗壮的身体散发出的气息使丈夫感到陌生，然而迷醉；那时她的胸脯不像口袋。那里饱满、坚挺，像要迸裂，那里使他生畏而又慌乱。他没有摆脱它们的袭击。

当晚他和她睡了，但没有和她细睡。

早晨，丈夫还在昏睡，大芝娘便悄悄回了端村。

果然，她生下了大芝，一个闺女。闺女个儿挺大，从她身上落下来，好似滚落下一棵瓷实的大白菜。

大芝在长个儿，大芝娘不拾闲地经营着娘儿俩的生活：家里、地里，她没觉出有哪些不圆满，墙上镜框里照样挂着大芝爹的照片。连那位空军护士的照片，她也把她摆在里面。她做饭、下地、摆照片，还在院子里开出一小片地，种上一小片药用菊花。霜降过后收了菊花，晒干，用硫黄熏了卖给药铺，就能赚出大芝的花布钱。大芝在长个儿。

六○年，大芝娘听说城里人吃不饱，就托人写信，把丈夫一家四口接进端村。在那一明两暗的三间房里，他们住东头，她和大芝住西头，直把粮食瓮吃得见底。临走时，那护士看着墙上镜框里的照片不住流泪,还给她留下两个孩子的照片。大芝娘又把他们装进镜框里。她觉着他们都比大芝好看。

大芝长大了,长得很丑。只是两条辫子越发的粗长,油黑发亮。两条粗大的辫子仿佛戳在背后。别人觉着累赘,大芝对它们很爱惜。

大芝长大了,也长着心眼儿。她就是仰仗着这两条辫子,才敢对村里小伙子存一丁点儿幻想。终于她觉出有人在注意她的辫子了,那便是富农子弟小池。她的心经常在小池面前狂跳。

那年过麦收,大芝盘起辫子、包着手巾守着脱粒机入麦子,队长派了小池在旁边搂麦秸。大芝的心又开始狂跳,心跳着还扯下了头上的手巾,散落下小池爱看的两条辫子。

麦粒和麦秸都在飞舞,大芝的辫子也分外的不安静。

后来,那辫子和麦个子一同绞进了脱粒机。一颗人头碎了,血喷在麦粒堆上,又溅上那高高的麦秸垛……

天地之间一片血红,打麦场哑了。

收尸、埋大芝的果然是小池。

埋了大芝,人们来净场。有人说那溅过血的麦秸垛该拆,可人们都不敢下手。后来瓢泼大雨冲刷了麦秸垛,散发着腥热气的红雨在场院漫延。天晴地干后,地皮上只剩下些暗红。

没人再提拆垛的事。只是,女人们再也不靠在那垛脚奶孩子;男人们也不躺在垛檐下打盹儿、说粗话。该发生在那垛下的一切,又转移了新垛。

大芝娘把自己关在家里,关了一集才出来做活儿。没见她露出更大的哀伤,她只跟女人们说些无关紧要的话儿。没人跟她提大芝的事。在端村,大芝的事不同于栓子大爹的皮鞋。

秋天,药菊花仍旧盛开在大芝娘的小院里,雪白一片,开出一院子的素净。大芝娘收了菊花,使硫黄熏。小池站在门口说:"哪天我进城,替你卖了吧。"

"不忙,我个人能行。"大芝娘让小池进院,小池只是不肯。

大芝娘独个儿就着锅台喝粥。墙上,她有满镜框相片。

四

麦收过后,麦子变作光荣粮,被送进城,车、人、牲口、麦子都戴着红花。留给端村的倒像是从那行列里克扣出来的一星半点。端村人开始精心计算对于那一星半点的吃法。

空闲下来的田地展示着慷慨。

远处,天地之间流动着风水,似看得见的风,似高过地面的水。风水将天地间模糊起来。

知青们回了点儿,点儿上又热闹起来。

沈小凤向人们展示着收获。她竭力向人们证明,麦收期间"点儿"是属于她和陆野明的。现在当着众人她开始称呼他为"哎";背后谈起陆野明,她则用"他"来表示。他还是经常遇见她那火热的眼光,人们听见的却是他和她之间一种不寻常的吵闹。

陆野明要挑水,沈小凤便来抢他的担杖。陆野明不让,骂她"腻味"。

陆野明洗衣服,沈小凤早已把自己的衣服排列了一铁丝。陆野明把沈小凤的衣服往旁边推推,沈小凤便尖叫着打陆野明的手。

陆野明寻机和杨青说话,愤愤地也用"她"来反映着沈小凤的一切。杨青机警地问:"她是谁?"

陆野明愣住了,这才发现自己也用"她"称呼起沈小凤了。

杨青不再追问,只是淡淡一笑,对陆野明轻描淡写地谈着自己的看法:"她比我们小,我们比她大。人人都有缺点,是不是?"

"我们"又感动了陆野明,"我们"又验证了她对他的信任。他的心又静下来。只有杨青能使他的心安宁,占据他内心的还是杨青。

然而在深深的庄稼地里,在奔跑着的马车上,在日复一日千篇一律的动作中,在沉寂空旷的黑夜里,沈小凤那蛮不讲理的叫嚷、不加掩饰的调笑,却时常响在陆野明的耳边。她的雪白的脖梗,亚麻色的辫梢,推搡人时那带着蛮劲儿的胳膊,都使他不愿去想,但又不能忘却……她不同于杨青。

他爱杨青,爱得不敢碰她;他讨厌沈小凤,讨厌了整整一个夏天。

秋天了。

大片的青纱帐倒下去,秋风没遮拦地从远天远地奔来,从裤脚下朝人身上灌。吹得男生们的头发朝一边歪,姑娘们绯红的面颊很皱。

砍了棒子秸的地块儿被耀眼的铧犁耕过,使了底肥,耙了盖了,又种上了麦子。端村人闲在了许多。人们想起享受来。

"会儿多不看电影儿了!"谁说。

"请去!"干部们立时就明白了乡亲的心思。

"请带色儿的!"谁说。

"请带色儿的,不就他娘的四十块钱吗!"干部说。

过去,十五块钱的黑白片《南征北战》、《地道战》在端村演了一次又一次。片子老,演起来银幕上净哗哗地"下雨"。但是村东大壕坑里还是以"二战"压底儿,早就变作包括邻村乡亲在内的电影场。坑沿蜿蜒起许多小路,坑底被人踏坐得精光。

到底请来了带色儿的新片,花四十块钱端村还用不着咬牙。端村人自己过得检点,也愿意对邻村表现出慷慨。

带色儿的电影使人们更加兴奋,许多人家一大早就打发孩子去外村请且(亲)戚。天没黑透,壕坑就叫人封得严严实实。人们背后是没遮拦的北风,坑里升腾起来的满是热气。

大壕坑也给知青点带来了欢悦。这时他们也和端村人一样盼天黑,在壕坑里和端村人一样毫不客气地争地盘,和端村人一样为电影里哪个有趣的情节推打、哄笑……

知青们踩着坚硬的黄土小道出了村,沈小凤提着马扎一路倒退着走在最前头。她拿眼扫着陆野明,学外村一个大舌头妇女说话。

"哎,俊仙寻上婆家啦,你们知道吗?"

"你怎么知道的?"有人问她。

"我们队的事,当然我知道。"沈小凤说。

"哪村的?"男生在挑逗。

"代庄的。"

"俊仙同意了?"

"早同意了,一见代庄的人就低头。"

"你看见了?"

男生那挑逗的目的不在于弄清问题的结果,而在于对沈小凤的挑逗。沈小凤从那挑逗里享受着尽情,具体描述着俊仙的事。

"就是那天下午,我们摘棉花,"沈小凤说,"歇畔时走过来一位妇女,看见我们就停住脚,脱下一只鞋往垄沟背儿上一摆,坐下说:'走道儿走热了,歇歇再走。'

"俊仙问:'你是哪村的呀?'

"那妇女说:'代庄的'。

"俊仙脸一红,不问了。听出来了吧?"

"听出来了!"有人大声说。

"听出来就好。"沈小凤更得意起来。

"后来呢?"男生又开始撺掇。

"后来俊仙不问了,那妇女倒问起俊仙来。"沈小凤清清嗓子,"哎,你们群(村)有个叫俊仙的呗? 我们大伍至(子)大组(柱)寻的是你们群(村)俊仙。我细(是)他大娘。我们大组(柱)可好哩,大高个,哑(俩)大眼,可进步哩,尽开会去。你们群(村)那闺女长得准不蠢,要不俺们大组(柱)真(怎)么看桑(上)她咧?"

沈小凤讲着讲着先弯腰大笑起来,大笑着重复着"大高个,哑大眼……"

笑声终于也从知青群里爆发开来,男生回报得最热烈,有人用胳膊冲撞陆野明,女生们也笑,但很勉强。

杨青走在最后,故意想别的事。她确实没有弄清男生中爆发出的那笑声的原因。她只知道,晚风里沈小凤那甩前摆后的发辫,那个白皙的、不安静的轮廓,都是因了陆野明的存在。

电影很晚才开演,片名叫《沂蒙颂》,真是部带颜色的新片子。鲜艳的片头过后,便是一名负了伤的八路军在乱石堆里东倒西歪地挣扎,一举一动净是举胳膊挺腿,后来终于躺在地上,看来他伤得不轻。

又出来一位年轻好看的大嫂,发现了受伤的八路军,却不说话,只是用脚尖捣碎步。后来大嫂将那八路军的水壶摘下来,捣着碎步藏到一块大石头后面去了,一会儿又举着水壶跳出来。她用水壶对着战士的嘴喂那战士喝,后来战士睁开了眼。人们想,这是该说句话的时候了,却还不说。两个人又跳起来。人们便有些不安静,或许还想到了那四十块钱的价值。

放映员熟悉片子,也熟悉端村人,早在喇叭里加上了解说。他说这部片子不同于一般电影,叫"芭蕾舞",希望大家不要光等着说话。不说话也有教育意义。然后进一步解释说,这位大嫂叫英嫂,她发现受伤的战士生命垂危,便喂他喝自己的乳汁。战士喝了英嫂的乳汁,才得救了。"请大家注意,那不是水,是乳汁!"放映员喊。

"乳汁"到底使几乎沉睡了的观众又清醒过来。

"乳汁是什么物件儿?"黑暗中有人在打问。

"乳汁,乳汁就是妈妈水呗!"有人高声回答着。端村也不乏有学问的人。

那解释很快就传遍全坑,最先报以效果的当是端村的年轻男人。在黑暗中他们为"乳汁"互相碰撞着东倒西歪。

老人们很是羞惭。

那些做了母亲的妇女,有人便伸手掩怀。

姑娘们装着没听见那解说,但壕坑毕竟热烈了。

沈小凤并不掩饰那"乳汁"对自己的鼓动,心急火燎地在黑暗中搜寻着陆野明,她愿意他也准确地听见那解说。在黑暗中她找到了他,原来他就坐在离她不远的地方。他那高出别人的脑袋,以及脑后竖起的一撮头发……都使她满足。

后来电影里的英嫂又踮着脚尖在灶前烧了一阵火,战士蹦跳着喝了她递给他的汤,终于挺胸凸肚地走了。

电影散了,壕坑里一片混乱。女人们尖声叫着孩子,男人们咳嗽着率领起家人。

月亮很明,照得土地泛白。人们踏着遍地月光四散开去,路上不时有人骂上一半句,骂这电影不好看,并为那四十块钱而惋惜。但"乳汁"的余波尚在继续,半大小子们故意学着放映员的语调高喊着"乳汁!乳汁!"撒着欢儿在新耙平的地里奔跑。是谁在月光照耀的漫地里发现一件丢掉的"袄"。"谁丢了黑袄咧!"嚷着,弯腰便抓,却抓了一手湿泥。举手闻闻,原来是抓了一泡屎。许多人都骂起了脏话,那脏话似乎是专门骂给后面的姑娘听。

知青们裹着满身月光,裹着半大小子的脏话,绕道村南,像端村人一样朝村里稀稀拉拉地走。陆野明和沈小凤不知为什么却落在了最后。沈小凤分外安静,不时用脚划着路边黄下去的枯草。陆野明离她很近,闻见由她挟带而来的壕坑里的气味。

安静并不持久,无话的走路很快便使他和她莫名其妙地紧张起来。他们只觉得是靠了一种渴望的推动才走到一起来的,这渴望正急急地把他们推向一个共同的地方。

忽然他们停住脚。却没能意识到迫使他们停住脚的是那座伫立在场边的麦秸垛。月光下它那毛茸茸的柔和轮廓,它那铺散在四周的细碎麦秸,使得他们浑身涨热起来。他们谁也没弄明白为什么要在这里停住,为什么要贴近这里,他们只是觉得正从那轮廓里吸吮着深秋少有的馨香和温暖。他们只是站着不动……

许久,他们才发现站在麦秸垛前的不是两个人,是三个人。那一个便是杨青。

还是杨青先开口了。她躲开陆野明的轮廓,只对沈小凤一个人说:"我知道你落在后边了,就在这儿等你。"

沈小凤很含混地作了一声回答。

杨青先走,沈小凤紧跟了上去。陆野明努力回忆着刚才发生的一切。

第二天大风。灰蒙蒙的旷野上远远地蠕动着三个人影儿。

是生人。

辽远的平原练就了端村人的眼力,远在几里之外他们就能认出走来的是生人还是熟人。

正在拔棉花秸的栓子大爹望了一会儿说："都是汉们家,一准儿是奔咱村来的。看那架势,来者不善哩。"

人们一下都想起了队里的小池。

五

十岁的小池在听叔伯兄弟讲女人。

冬天、早春地里人少,他们把被太阳晒暖了的麦秸垛撕几个坑洼,卧进去,再把铺散下来的麦秸盖在身上。身上很暖,欲望便从身上升起来。

小池个儿小,出身又高,他不敢在正垛上为自己开辟一席之地,只仰卧在铺散开来的麦秸上,再胡乱抖几根盖住肚子和腿。他表现出的规矩谁都认为有必要,他表现出的规矩谁都感到方便。

他不知道弟兄们为什么专讲前街一个叫素改的女人,那女人很高,很白,浑身透着新鲜。那时她正是刚过门的媳妇,现时她已是俊仙的娘。

他们都宣称和那女人"靠"过,把一切道听途说来的男女行为,一律安在自己和那女人身上,用自己的"体味"去炫耀自己,感染别人。讲得真切,充着内行。

小池对他们的行为,乃至现时他们身上富足的麦秸,都产生着崇敬。看看自己身上的单薄,越发觉出自己的平庸。然而他们的故事并不仅仅包含着炫耀自己、感染别人,感染了,有人还将受到检验。受检验者当属于那些平庸之辈。弄不清什么时候,弟兄们便一跃而起,按住小池就扒裤子。小池的裤子被扒掉了,只是捂住那儿围着麦秸垛乱跑。

他们还是看见了小池的不规矩之处,小池的脸红到耳根。

小池决心不再来听他们和女人。谁知当他再次发现叔伯兄弟出了村时,却又蔫蔫地跟了上去。他不敢再见素改,碰见她时脸一红就跑。

成年后，弟兄们相继成了家，小池也才明白那时的一切。原来那只是些渴望中的虚幻，虚幻中的渴望。

女人的标准却留给了小池，那便是前街的素改。后来他看过大芝的辫子，甚至毫不犹豫地埋葬过她。但他认为，无论如何那大芝不是女人的标准。

女人的标准和他的富农成分，使小池在郁闷和寂寞中完成着自己的成年。

小池爹说："不行就打听打听远处的吧。"

仿佛四川人就知道冀中平原有个端村，常有四川女人来这一带找主儿。小池爹出高价，前后共拿出两千五，人托人领来了四川姑娘花儿。

花儿坐在小池对面，小池不敢抬眼。

小池娘站在窗外好久听不见音响儿，急得什么似的，用唾沫舔破了窗纸，直向里嘘气儿。

小池望望窗纸，终于看见了对面的女人。这女人还年轻，很瘦小，短下巴短鼻子，耳边垂下两根干涩的短辫；黄黄的脸，一时看不准岁数。

她感觉到小池的注视，也注视起小池。小池看见，那是一双柔顺的大眼睛，目光里没有他想象中的羞涩，只有几丝自己把握不了自己的企望。那目光里有话。

她并不是女人的标准，可她是个实际的女人。童年的虚幻就要在眼前破灭，然而破灭才意味着新的升起。小池忽然明白，女人的标准，应该是女人对自己的依恋。那女人的眼光里就有依恋。他明显地感觉出身上的力气，希望有人来分享它。末了，他对她说："咱这儿，饭是顿顿吃得饱。"

小池娘在窗外松了一口气，赶紧又到供销社给花儿扯了一丈二紫红条绒。家里已经有了涤卡、毛线和袜子。

花儿和小池结了婚，饭吃得饱，恋自己的男人，一个月气色就缓了上来。脸上有红是白，头发也生了油性。她很灵，北方的活儿摸哪样哪样就通，做起来又快又精细，在地里干活儿常把端村人甩在后头。

麦子浇春水时要刮畦背儿，花儿非去不可。小池说："你们那边儿，麦地没畦背，这活儿你做不了。"

花儿不吭气。小池前脚走，花儿扛了刮板后脚就跟上去。到了地头用心看着，占上一畦就刮。很快，人们就聚过来看花儿的表演了，端村人重的是勤谨、伶俐。

饭吃得饱，恋男人，结婚两个月，花儿的身子就笨了。晚上，她老是弯腰侧着身子睡，像是怕小池看出她的大肚子。

小池说："往后你就摸索点儿家里的活儿吧。"

花儿不听，嘟囔着说："你怕的哪个。"

小池说："我是怕……"

花儿说："你怕个啥子哟！"

小池说："身子要紧，咱家不缺你这几个工分儿。"

花儿说："家里有男人，哪有不怀胎的女人。不碍。"花儿又说起了端村话。

小池不再说话。他不再去想花儿下地不下地的事。不知为什么，多少年来他第一次想到了叔伯兄弟在麦秸垛里的一切。那时弟兄们的荒唐话曾骗过他，现时什么荒唐话还能骗过他？他是她的男人，一切都是真切的。

小池在黑暗中笑了，花儿的气味又包裹了他。

花儿还是下地了，还净捡重活儿干：拉排子车，上大坡，下大坡，净争着领头。

刨地，光着脚丫抡圆一把大镐，脚丫在新土里陷得很深。

挑水，挑满了水缸，又浇院里的菜畦。

人们开始瞅着花儿的笨身子笑小池，笑他这样不知深浅地使唤媳妇。

大芝娘问小池："花儿是笨了不是？"

小池低下头光是笑。

大芝娘说:"看是吧。"

小池还是低头笑。

大芝娘说:"还笑,你就缺那俩工分儿?"

小池说:"我说过。是咱摸不透外路人这性子。"

大芝娘说:"外路、内路都是女人,该悠着劲儿就悠着点劲儿。"

小池听懂了,有了决心,觉得自己羞惭。

花儿干了一整天活儿,晚上又曲着身子躺在小池身边。炕上,一炕的汗腥味儿。小池仰脸跟花儿说话。

小池说:"花儿,大芝娘说我哩。"

"说你哪样?"花儿问。

"说我不疼你。"

"还说你哪样?"

"说我就缺你那俩工分儿? 大芝娘都看出……你的身子来了。"

花儿没说话,喘气时哆嗦了两下。

"你听见了呗?"小池问。

花儿还是不说话,喘气时又哆嗦了两下。

"一村子人谁也不嫌你是外来的。连大芝娘的话你也不信?"小池翻了一个身,和花儿躺了个脸对脸。

花儿还是没话。小池立时觉得花儿变了样。平日她不是那种少言寡语的人,干活儿、说话都不比端村人弱。现在她不仅不说话,喘气也越来越不均匀。

"花儿,花儿!"小池摇了摇她的肩膀。

花儿"哇"的一声就哭起来。小池不知缘由,先捂住了她的嘴。他怕正房里的爹娘听见。

花儿的哭声从小池手指缝里向外挤着,那声音很悲切,捂是捂不住的。

"你怎么了,花儿?"小池嘴对着花儿的耳朵说,"是不是嫌我说得晚了,心里委屈?"

"不……是!"花儿捶打着自己的胸口。

"还是嫌我的成分问题?"

"不……是!"花儿又去捶打小池。

"那……嫌肚里是我的孩子?"

花儿不说话了,一下止住了啼哭,翻了个身,两眼瞅着黑漆漆的檩梁。

小池也翻了个身,两眼也瞅住黑漆漆的檩梁。他又想起少年时麦秸垛里那一切,原来他终究没有成为身上堆盖着丰厚麦秸的富有者,他身上仍然胡乱抖落着几根麦秸。他还是那个被人追着跑的、受检验的小池。花儿本不应该跟他,属于他的本该是这伸手不见五指的黑夜和这黑夜里的檩梁。

花儿正在悲痛中掐算着那些属于她的日子和属于他的日子。初来小池家时,她常常觉得躺在身边的是另一个人。她时时提醒着自己,她是端村人,是小池的人。她调动起一身的灵性,去熟悉他,审视他,热恋他。很快她就相信了,相信了她身边只有小池,只有过小池。然而这不容置疑的相信还是被破坏着,那便是她那越来越笨的身子。对于端村人,她是四川姑娘花儿;但对于小池,花儿并不是四川的姑娘,在四川她有过男人。是家乡的贫穷,是贫穷带给那四川男人的懒惰和残忍,才使她怀着四川的种子逃往他乡。在从大西南通往中原地带的漫长路上,她得知除了四川还有冀中平原,冀中平原有个端村,端村还有个叫小池的人。

是小池把花儿又变成了花儿,但花儿不能把这个"小四川"留给小池。她将留给小池的应该是小小池。

姑娘也有自己的道听途说,包括女人们怎样就可以毁灭那正在肚子里悸动着的生命。也许很小的时候她们就了解那神秘而又残忍的手段了。花儿也想寻机会来施行。

直到窗纸发白,小池才明了花儿肚子里的真相。花儿从炕上滚到炕下,跪在地上扶住炕沿,直哭成泪人。

小池在黑暗里摸索着卷烟抽。他卷得娴熟、粗拉,叶子烟的烟灰在花儿身边雪粒似的散落。花儿等待着小池的判决。

小池的判决听来空洞,就像他们初次见面时,他告诉她"饭是顿顿吃得饱"一样,现在小池说:"把那小人儿生下来吧。"

小池下炕扶起了花儿,在炕墙上捻灭了最后一根用报纸卷成的叶子烟。

人们看不见花儿下地了。

在地里,大芝娘打问花儿,小池只说:"她就是想吃辣的。"

"几个月了?"大芝娘又悄悄地问。

小池只是张了张嘴。眼里显出一片空白。

大芝娘从小池那空白的眼神里,早已悟出了什么。她想起花儿那突然显笨的身子,暗暗掐算起花儿来端村的日子。

大芝娘还是给花儿送去了辣椒。辣椒,端村不种,集上不卖。她想起知青点来。知青点墙外常扔着些装辣酱的瓶、罐。孩子们捡回家注上水,插枝菊花摆上迎门橱。大芝娘找杨青讨换。杨青给了她从平易带来的辣椒酱。

大芝娘没有透露花儿的姓名。

花儿三月进端村,九月生下一个男孩儿叫五星。

小池一家很安静。

五星满月,花儿干起活儿来更不惜力气。

六

小池家安静着,小池爹娘却老拿眼扫花儿的肚子,拿眼审视小池的神情。小池顶不住了,就找爹娘去"交代",觉着是自个儿对不住爹娘。他说:"白让家里拿出来两千五。这、这叫什么事。"

爹娘的疑心被证实了,一阵子长吁短叹。

爹说:"也不怨你,都怨咱走得背时,喝口凉水也塞牙。"

小池说:"要不咱们分家吧,爹娘落个体面。让我一个人在外头挨骂吧。"

"跟谁分家?"爹问。

"你就那么能耐!"娘说。

"也是不得已。"小池说。

"什么不得已。"爹说,"队里都敲钟了,还愣着干什么!"爹轰小池去上工。

爹轰走了小池,小池在爹娘跟前才有点儿放心。

小池踏着钟声集合出工,一出门便遇见一片眼光。他们看见小池故意提高嗓门咳嗽,有人咳嗽着还唱起一首现时最流行的电影插曲:

> 咱们的天,
> 咱们的地,
> 咱们的锄头咱们的犁。
> 穷帮穷来种上咱们的地,
> 种地不是为自己,
> 一心要为社会主义,
> 嗨! 社会主义……

他们努力重复着最后几句:

> 种地不是为自己,
> 一心要为社会主义,
> 嗨! 社会主义!
> 社会主义……

男人们大开心,女人们笑时捂住嘴。

小池立刻就明白那歌词的矛头所指,他落在人们后头好远。

歌声刚刚平息,村里人又开始议论五星的长相。说那小人儿脸扁、耳朵多,见人就笑,笑起来一脑门抬头纹。

大风天,那三个生人当中也有一个脸扁、耳朵多、一脑门抬头纹的人。三人走近,栓子爹一看那长相,越发觉出来者不善。

　　来者眼看着进了村,见了端村人连个招呼也不打,就直奔大队部去了。

　　三个人跨进大队部,又捶桌子又摔板凳。端村人悟出了他们的来头,那些捂着嘴笑小池的女人去给花儿送信儿;那些冲小池唱歌的男人则叫来了民兵。民兵们进门也不善,把那仨人捆住,摁了个嘴啃泥。那仨人只是挣扎,为了表示他们的光明正大,嘴里骂着,喊着花儿。民兵们直装糊涂,吆喝他们说:"端村没这个名儿,趁早儿滚蛋!"生人嚷着:"老子就是不信!我们有证据,县公安局就在后边,你们等着吧!"

　　一辆吉普车真的开进端村。公安局来人给端村干部摆了花儿来端村的缘由,说:"花儿是从四川逃出来的人,花儿还得回四川。"

　　县公安人员轰开民兵,给那仨人松了绑,领进了小池家。

　　端村人也涌进小池家。院子里人挤人,栓子大爹、大芝娘、叔伯兄弟们,连俊仙娘素改也挤在里头。知青们被卡在了门外。

　　小池站在屋门口,大芝娘和乡亲们紧护着他。

　　县公安人员叫着小池的名字说:"你也看出来了,人家的人,还得让人家领走。"

　　小池在大芝娘身后捶胸顿足地说:"人,人在哪儿哩?唉!"小池把脚跺得山响,浮土笼罩了他。

　　"我们要进屋看看!"

　　"我们要看个明白!"

　　来人得理不让人,猜出小池是谁,举胳膊冲他吆喝一阵,拨开大芝娘就往屋里冲。

　　"站住!"栓子大爹一扭身立在他们眼前,"这不是四川,这是端村!"

　　"要人不能抢人,私闯民宅这不成了砸明火?"大芝娘说。

　　"小池,说给他们,人就是领不走。连个女人都养不住,跑到端村来撒什么野!"素改也在后头冷一句热一句。

公安人员跳上院角的糠棚,向端村人交代政策:"你们得讲政策!人是从她男人那儿逃出来的,现时人家男人找来了,咱们得让人家领回去。限制人家不符合政策!"

"那两千五百块钱呢,为什么不交给我兄弟?"小池一个叔伯哥高喊着。

"两千五百块钱叫人贩子克扣去了,人贩子现已在押,已经立了案。钱,早晚得如数交出来。"公安局的人说。

"玄!"那个叔伯哥说。

大芝娘看形势发展对小池不利,拽拽小池的胳膊,暗暗对他说:"花儿呢?"

"早不见个影儿了,五星也不见影儿了!"小池压着嗓子,又跺起了脚。

四川人见院里安静下来,才扒开人群冲到屋门口。他们向屋里探着脑袋,屋里只有小池的爹娘。爹坐在炕沿上捂着头,娘在炕角脸朝墙坐着不动。

三人到底冲进屋,屋里只有花儿一件旧衣裳。

公安人员再次询问小池关于花儿的下落,小池只是跺脚、叹气。后来,他们从屋里叫出那三个人,让他们先回县里等待,端村的工作由公安局继续做下去。

土改时小池爹娘挨批斗,院里热闹过;现在人们都忘了小池家的成分。他们竭力安慰着小池和他的爹娘。傍黑,叔伯哥给小池端来一瓦盆面条,小池和爹娘没心思吃,面条糟在了盆里。

入黑,很静,蹲在当街吃饭的人,不说话,光喝粥。整个端村像经历着一场灾难。

寻找花儿的人四处游走着,四处打问着。月亮升起来了,人们在那些黑影里搜寻。黑影里只有朝着黑夜盛开的零星花儿,没有花儿。

大芝娘去麦场找栓子,栓子坐在碌碡上抽烟。烟锅里一明一暗,他抽得很急。

"这孩子莫非出了端村?"大芝娘说。

"不能。"栓子大爹说,"端村可没亏待过她。"

"怎么就是不见个着落儿?"

栓子大爹的烟锅抽得更急,好似拽着风箱的炉灶。

他们身后那麦秸垛里一阵窸窸窣窣。

"有人!"栓子大爹警惕起来,急转过身,盯住那垛脚。

忽然,从垛根拱出两个人来,正是花儿和五星。

花儿顶着一脑袋麦秸跪在二位老人面前,摁住五星让五星也跪。五星不会跪,直往花儿身后鞴。大芝娘抱起了五星。

"我跟他们去吧。都是我连累了小池,连累了乡亲。"花儿说。

栓子一时不知说什么好,大芝娘一手抱紧五星,一手拽花儿起来。花儿抬起让眼泪糊住的双眼,那眼里满是委屈和惊恐。

月亮下去了,黑暗领来了小池。黑暗将这一家三口在麦场上裹了一夜。

第二天花儿把五星箍在怀里,走进大队部。那男人一见花儿,上去便揪住了花儿的头发。

花儿说:"放开你的手,我走。专等你回家去对我撒野。端村人哪个要看你耍把式!"

男人放开了花儿。

"走吧!"花儿说,"从今日起,我们娘儿俩跟定了你。"

那男人这才发现花儿怀里还有个孩子。他注意审视了一阵花儿怀抱的小生灵,忽然露出一脸恐慌说:"我找的是你。娃娃是谁的归谁。"

"你说娃娃是谁的?"花儿追问他。

"我……我不晓得。"那男人说。

端村人又堵了一院子。大芝娘早就堵在屋门口,听见那男人的话,她大步跨进门,从花儿怀里抢过了五星。

"畜生不如! 孩子谁的也不是,是我的!"大芝娘嚷。

大芝娘抢出五星,五星从人群里一眼就认出了小池。他号啕大哭着就朝小池扑了过去,小池接过五星,钻出院子。

三个男人领着花儿上了路,他们走得很急。花儿低头看着刚拱出土的麦锥儿,看着刚耙过的地,却没回头再看端村,生怕自己昏倒在地里。

花儿一早就换上了刚进端村的那身衣裳。袖子短,裤脚短,又露出了穷气。衣服狭小了,人们才看出她那又在隆起的肚子。肚子明确地撑着前襟,被撑起的前襟下露出了一截裤腰。

小池从后头追上来。追上花儿,强把一个大包袱塞给她。那里有她常穿的衣裳,还有那块没来得及做的紫条绒。

花儿不接包袱,小池就一面倒退着,一面往花儿怀里塞。直到那男人抓住包袱就要往地上扔,花儿才劈手夺过来,紧紧搂在怀里。

花儿扔下了小池,端村的田野接住了他。小池没有闻见深秋的泥土味儿,只觉着地皮很绵软。

远处的花儿变得很小。她身边仿佛没了那三个男人,只有一个小人儿相伴。小池知道那是谁,那是他的小人儿,一个小小池。昏暗的天空像口黑锅扣着她们娘儿俩,她们被什么东西朝什么地方拽着……

一个村子眼泪汪汪,小池的心很空。

大芝娘抱着五星站在村口,扳过五星的脸叫他朝远处看。五星梗着脖子盯死了小池,见他走近,忽然很脆地叫了声:"爹!"就和端村人叫爹的音调一样。

一村子人听见那叫声,一村子人心惊肉跳。

七

一切又静下去。

冬闲时节,端村冷清了,知青点也冷清了。女生们常常抓几把秋天刨下的花生散在炉台上烘烤,然后上铺将脚伸进各自的棉被,开始织毛衣、纳袜底,各色的绣花线摊了一铺。她们不时把端村的姑娘请来出花样子,一个新样子博得了大家的欢心,于是争着抢过描花本,一张复写纸你传给我,我传给你,将花样拓下来,再描到袜底上拿花线纳。纳完自中间割开,一只变作一副,花样也彻底显现出来。大家惊叹着自己的手艺。

离年近了,端村的姑娘们不再来了,整日坐在家里给自个儿纳。还变着法儿讨来对象的脚样给对象纳。顷刻间她们都定了亲。

一股惆怅从女生们心底泛起。她们不再惊叹自己的手艺,手中的袜底便显得十分多余。

男生们关在宿舍里,整日在铺上抽烟、摔跤、喝薯干酒。他们愿意出一身大汗,还愿意让对方把自己的棉袄撕烂。破棉絮满屋子飞扬,人们不笑。

沈小凤从供销社买来一团漂白棉线,用钩针钩领子。领子钩到一半,晚上跑到男生宿舍去找陆野明。

自从那回看电影之后,人们发现,沈小凤不再找茬儿和陆野明争吵。一种默契正在他和她心中翻腾,时起时伏,无法平息。就像两个约好了走向深渊的人虽然被拦住,但深渊依旧摆在他们面前,他们无法逃脱那深渊的诱惑。陆野明暗自诅咒沈小凤这个魔鬼,却又明白只有她才能缩短他和那诱惑的距离。怀了莫可名状的希望,他愈加强烈地企盼超越那距离,到那边去体验一切。

沈小凤走进陆野明的宿舍,站在"扫地风"炉边,手里的钩针不停。炉火烘烤着她的手和脸,那脸染上橘红,雪白的领子也染上橘红。手指在上面弹跳,手腕灵活地抖着。

陆野明在地上来回地走,高大的影子不时被灯光折弯,一半横在地上,另一半蹿上顶棚。

"过来,让我比比长短。"沈小凤停住手,用心注视着陆野明。

陆野明只是来回地走,不搭茬儿,也不看沈小凤。

"过来呀……"沈小凤又说。

"告诉你件事,"陆野明忽然打断沈小凤,"明天晚上有电影。"

陆野明说完甩下沈小凤,推门就走。

沈小凤的手一哆嗦，白领子掉在炉台上，差点掉进炉膛。她麻利地捡起领子掸掸炉灰，在钩针上绕了两圈，揣进棉袄口袋。

第二天后半晌，喇叭里果真传来了电影消息。

放电影如同开会学习，历来要用大喇叭通知到全村。党员、团员、贫下中农均在通知之列：

"全体的党员，全体的团员，党员团员党团员！全体的贫下中农！今儿黑介放电影，今儿黑介放电影！电影叫'尼迈里访问中国'，就是外国人访问中国。尼迈里是个外国人，啊，外国人！外国人访问中国就是到咱们中国来访问。啊，来访问。党员团员党团员，贫下中农们！都要提高革命的自角（觉）性，要按时到场，按时到场！看的时候也不要打闹，也不要起哄，啊，不要起哄！"

电影消息一遍又一遍地在端村上空回荡，杨青坐在屋里静听。只觉得那声音里充满了提醒，充满了煽动。

上次《沂蒙颂》后，三个人沉默着走回知青点。接着，便是沈小凤和陆野明之间的沉默。那沉默令杨青十分不安。只有她能准确地体味那沉默意味着什么，那是沈小凤对陆野明的步步紧逼，那是陆野明的让步。

杨青内心很烦乱。有时她突然觉得，那紧逼者本应是自己；有时却又觉得，她应该是个宽容者。只有宽容才是她和沈小凤的最大区别，那才是对陆野明爱的最高形式。她惧怕他们亲近，又企望他们亲近；她提心吊胆地害怕发生什么，又无时不在等待着发生什么。

也许，发生点什么才是对沈小凤最好的报复。杨青终于捋清了自己的头绪。

天黑了，杨青提了马扎，一个人急急地往村东走。

电影散场了，杨青提了马扎，一个人急急地往回走。她不愿碰见人，不愿碰见麦秸垛。

电影里那个身穿短袖衫的外国贵宾在中国的鲜花和红旗里，尽管走到哪里笑到哪里，却终究没能给端村人留下什么可留恋的。端村人纷乱地扑向四周的黑暗中，半大孩子们则在黑暗里穿插着奔跑，嘴里仍然高喊着"乳汁","乳汁"！那声音传得很远,很刺人。

杨青走在最前头,将那声音甩下很远很远。

陆野明和沈小凤却甘愿经受着那声音的激励,决心落在最后。直到叫喊着的孩子进了村,他们还远离着村边场上那个麦秸垛。

他们一前一后地走着,陆野明的步子渐渐大起来。沈小凤紧跟眼前的黑影,也加大了步子。

无言的走路没有使他们发生上次那样的恐惧,黑夜只是撺掇他们张狂,大胆。"乳汁"变作的渴望召引着他们,脚下的冻土也似乎绵软了。他们仿佛不是用脚走,是用了渴望在走。

他和她并没有看见那硕大的麦秸垛,却几乎同时撞在了那个沉默着的热团里。沈小凤只觉得心在舌尖上狂跳。忽然,她把手准确地伸给感觉中的他。

那黑沉沉的"蘑菇"在他们头顶压迫,仿佛正向他们倾倒,又似挟带他们徐徐上升。一切的声音都消失了,只有人的体温,垛的体温。

…………

起风了,三三两两的知青奔进屋来,将马扎扔到屋角去。陆野明的宿舍敞开着门,杨青身上一阵阵发冷。她跑进那扇敞开着的门里,给"扫地风"添煤。

炉膛里的底火很弱,煤块变作灰白色。杨青身上更冷。她一眼便看见陆野明的空床铺,看见空铺上那件扯破的油棉袄。她扔下煤铲抱起那袄,故意将脸贴在油腻的领子上,一股陌生而又刺人的气味立刻向她袭来。她断定那气味此时也正在袭击着另一个人。

她抱着袄回到自己的宿舍,开始在灯下缝补。现在她只需要闻着那气味进行缝补,缝补才能抵消那里正在发生着的一切。

那里。该发生的都发生着;该发生的都发生了。

很晚,杨青把缝好的棉袄搭在身上过夜。

早晨的空气干冷干冷,院里坚硬的土地裂开细纹,像地图上的山川、河流。

处处覆盖着细霜。

杨青嘴里冒着哈气,踏着霜雪抱柴火做饭,又踏着霜雪下白薯窖拿白薯熬粥。

风箱在伙房里呼搭、呼搭地叫起来,青烟丝丝缕缕地由屋顶的烟囱冒出去。

陆野明拱出棉门帘,站在门口很仔细地刷牙。

沈小凤的门紧闭着。

街上往来着挑水的人。筲系儿吱咽咽叫着,似女人的抱怨,似女人的咿呀歌唱。

家家都冒着青烟。

端村一切照旧。知青点一切照旧。

八

有人向大队交出了一只半截领子,一个村子暗暗沸腾了。

一位起五更拾粪的老汉,详尽地诉说着那领子的事。

演电影的第二天,在打麦场上,在麦秸垛下,有一个无霜的、纷乱的新坑。老汉看见坑里有团东西白得耀眼,起初以为是几朵白棉花,弯腰拾起,才发现那是半截领子和一个钩针。老汉猜出了那里的一切。他没想声张,可那消息却不胫而走。大队干部找到他,命令他将领子交出来。

干部们判断了那东西的来历,立刻想到知青点。

早饭前,女生们被叫到队部认领子。她们见到那个熟悉的白线团,知道事情已经非同小可,纷纷躲闪着不说话。

杨青最后一个进门,队干部又问杨青。杨青说:“那不是沈小凤的领子吗。”

女生们互相看看,然后冲她使着眼色。

杨青看见了那眼色,但她故意表现着迟钝。她又拿起那领子举到干部们眼前说:“是,这是她的。怎么在这儿?”

杨青和女生们出了大队部,才觉得脸上发烧。她想起一个宗教故事里有个叫犹大的人。原来报复心理和忏悔心理往往同时并存。

沈小凤是耶稣吗？

女生们走在街上先是沉默，后来有人说幸亏杨青认出来了，该让那家伙暴露暴露。又有人开始骂，说大伙都跟着那家伙丢脸。没有人责怪杨青，杨青从来不愿弄清、也不愿回忆她在大队部到底说了些什么。

妇联会主任找到沈小凤。沈小凤一切都不否认，还供出了陆野明。她甚至庆幸有人给了她这个声张的机会。

县"知青办"很快就来了一男一女。男名老张，女名小王。端村知青点成了典型，这"典型"彻底沸腾了。

先是腾出两间空房审问当事者。老张审陆野明，小王审沈小凤。

其余男女生，白天练队、晚上学习、"熬鹰"。从《路德维希·费尔巴哈和德国古典哲学的终结》一直学到各级政权的红头文件。

老张和小王一遍又一遍宣讲着那练队的意义。然后全体知青由本村一名穿戴整齐的复员军人率领，练稍息，练立正，练向后向左向右转，练齐步走，练正步走和匍匐前进。

队伍走得很混乱，男生们边走边起哄。有人故意操起平易话问老张："我们哪儿错啦？为什么当事人有病，让我们老百姓吃药啊？"

老张严肃地追问："谁是病人？"

"这还能难倒我们？"有人将头冲沈小凤的屋子一偏。

"不对！"老张说，"从广义上讲，都有病。发生这件事。不是偶然的，必定有它的客观基础。你们……你们也太松懈了，摔跤、喝酒……"

"还钩领子！"有人尖起嗓子嚷。

"不许添乱！要说有病，都有病！"老张很严肃。

"哎哟妈哟！我的肚子真疼起来喽！"有人捂住肚子弯下腰。

复员军人撇着京腔发出了口令："卧倒！"

知青们哗啦趴了一院子。鸡飞上了房，瘦猪在圈里怪叫，看热闹的村人立刻就堵死了知青点大门。

"起立!"一院子人又哗地站起来。

"正步走!"

男生们走起正步,盯住复员军人那身在柜底压出死褶的军装,举手喊起口号:"热烈欢迎,老赶进城……"

审问每天都在进行。从一开始陆野明表现得就十分顽固。老张问得很详尽,不厌其烦地让陆野明重复着那些细节。陆野明涨红着脸低头不语,但对老张提示给他的那些细节并不否认。

"几次?"老张问他。

陆野明又不说话了。他觉得这种面对面的盘问,比他在沈小凤面前所表现出的那些要难堪得多。终于,干部开始让他交代思想根源。他没头没脑地说:"因为我腻歪她!"

"不合逻辑。既然腻歪,怎么还会有事?"

"不腻歪就不会有事。"

"照你的逻辑,你就是因为腻歪她才跟她那个?"

"是这样。"

"要是不腻歪呢?"

"就不会这样。"

老张永远也弄不清陆野明的回答,每次都说他不老实。

夜深人静时,陆野明独自躺在这间用来隔离他的屋子里,眼睁睁地望着漆黑的檩梁,垛下的一切好像已很久远。他甚至连他和她是否真去过那里都回忆不起了。只记得黑暗中他和她分明都撞在那个温暖的"蘑菇"上。若是再努力回忆,眼前出现的倒是杨青那恬静、平和的面容。每天的审问过后他都要生出一个念头,他只想面对这个恬静、平和的面容大哭。他愿意让她看他哭,看他那失却男人气概的软弱,看他那只能引起异性厌恶的丑态。一切在人前要掩饰的,他都要一股脑暴露在她面前,让杨青来认识他、鉴别他。

夜里失眠,他清晨恶心。

另一间房子里,沈小凤是个不示弱者,逻辑也无可挑剔。她向小王一遍又一遍地重复着细节,并不时和小王发生口角。

123

"是我主动的，"沈小凤说，"是我主动叫的他，是我主动亲的他，是我主动让他跟我那个……"

"好啦，情节我都清楚了，你不要再重复了。现在是你好好认识错误的时候。"小王在"认识"二字上加重着语气。

"我没有错误。"沈小凤说。

"乱搞还不是错误？"

"我不是乱搞。"

"这不叫乱搞叫什么？你和他什么关系？"

"我们是恋爱关系。"

"这和正当恋爱不是一码事。"

"是一码事。"

"怎么是一码事？"

"什么事还没个发展。"

"你……你太没有自尊了。"

"我有。我就和他一个人好。"

"好，可以，但是要正当。"

"是正当的，我喜欢他。"

"喜欢也要有分寸。"

"我想……我想先占住他。"

"那……他有这样的想法吗？"

"他？他……我不知道。"

她们忽然沉默了。小王盘算着下一步该问些什么。她的话终究提醒了沈小凤：他有没有这个想法？为什么她连这一层也没想到？

吃饭时他和她都可以去伙房打饭，沈小凤暗中观察陆野明：他有没有这个想法？从陆野明那张没有表情的脸上，她一点也看不出来。

那没有表情的脸使杨青获得了前所未有的舒畅。她明悉那没有表情的表情，那分明是对沈小凤永远的厌恶。她忽然觉得，陆野明就像替她去完成过一次最艰辛的远征。望着他那深陷的两颊，她更加心疼他。她深信，驾驭陆野明的权利回归了。

练队在继续。

一星期之后,那两间紧闭的房门打开了,陆野明和沈小凤同时出现在门口。太阳照耀着两张发青的脸,他们被批准参加练队。

本来没有精神的队伍,由于这两人的归队振奋了起来。雄壮的步子践踏着脚下的黄土、柴草,垂着的胳膊也甩过了胸脯。堵在门口的孩子们呼地拥进院子,在队伍中穿来穿去,看陆野明和沈小凤的脸。

男生们没有计较陆野明的到来,但挨着沈小凤的女生故意和她拉大了距离。那个空隙立即被齐腰高的孩子占领。

"注意距离!"复员军人又撇起京腔。

"注意距离!"孩子们也学舌着,不满意他的京腔。

他们倒退着,不错眼珠地看着沈小凤的脸。谁推了谁一把说:"起开点儿起开点儿!放了屁还往人堆里挤!"

"臭,臭!"有人附和着。

"臭屁不响!"孩子们哗地大笑。

沈小凤终于被排挤在队外。

脚们依然跺得起劲。

沈小凤低头看着那些七上八下的脚们。

那群小脚丫又聚到沈小凤跟前,它们故意将浮土和柴草跺起来呛沈小凤。

脚们依然跺得起劲。

沈小凤一扭身回宿舍去了。

孩子们顿时感觉到那队伍的单调。他们撤离队伍,一窝蜂似的拥出大门,向麦场跑去。

在那高高的麦秸垛下,他们像几个考古学者那般努力搜寻起那个"遗址"。"遗址"早已被破坏,但他们还是判断出了它的方位。他们蹲下来开始幻想、推理,议论起那里发生的一切。讲得真切,充着内行。

"就是这儿!"

"你看见了?"

"栓子爷看见了。"

"不是栓子爷,是老起爷拾粪看见的。"

"老起爷给你说的?"

"给我哥哥说的。"

"你哥哥还告诉你?"

"不信问去!"

"你哥哥说什么?"

"说那个女的先到,后来那个男的来了,就……"

"就什么?"

"算了,我不说了。"

"不知道了吧?"

"我不知道你知道?"

"说不说的吧!"

"什么样儿?"

"想知道,你也找去!"

"他找过,找过! 人家不要他,嫌他岁数小!"

那小者的脸一下红到耳根。大者们一拥而上,又要去检验那小者的不规矩之处了。

…………

沈小凤们关注的永远是陆野明们。她们不曾想到,她们还常常受着一群不起眼的"男人"的关注。爱和恨,嫉妒和复仇,美妙、神奇、荒唐、狂热的梦便是从这里开始的。她们是他们永远的话题。

那话题永远的隐秘,却世代相传。

九

春节快到了,大芝娘抱着五星在炕上说话。

那天大芝娘从队部抢出五星来,便没往小池家还。小池爹娘太老了。

"老爷儿正南了，做饭呗？"她问五星。

五星不多胳膊不蹬腿，也不说话，只把后脑勺往大芝娘胸前蹭。这胸脯还是那么肥大，那里仿佛永远会有充盈的乳汁。乳汁就要迸射出来，能喷小五星一脸。

大芝娘摸透了五星的脾胃。五星得了大芝娘的滋润，脸比花儿离村时鼓峥了许多。当初，五星不爱吃饭，每天光喝几口菜白粥。大芝娘掰一小块饽饽塞在他手里，五星攥着那饽饽就是不吃，从早晨攥到中午，一脸愁苦相儿。大芝娘往饽饽上抹了黄酱，夹上葱白，五星攥起饽饽放在鼻下闻闻，还是不吃。急得大芝娘忙去供销社给五星买饼干，买回来解开纸包双手捧着，叫五星自己抓。五星冷眼望着那珍贵物件，连手都不伸。

大芝娘拍着炕席说："可怜见！真把我愁死？这么个吃法，多咱才能长成个男人，哎？"

五星听懂了大芝娘的话，鼻子一皱，嘴一咧，"哇"的一声啼哭起来，脸更黄了。

大芝娘赶紧把五星揽进怀，撩开衣襟叫他叼奶头，那大而实的奶头。"委屈了我孩子！委屈了我五星！"她轻轻地摇着身子，摇着五星，摇得五星住了嘴。五星抽噎着，那奶头直在嘴里逛荡。

小池来了，看个小坐柜坐下，望着五星那一脸愁相，忽然对大芝娘说："婶子，我记起来了，这小人儿……怕不是也喜好辣的吧。"

大芝娘立时被提醒起来，抱着五星走进知青点，见了杨青，急得话都跟不上了。

杨青把大芝娘让进屋，问："婶子，这么急，有事儿？"

大芝娘说："有点儿事，找你，找点儿东西。"

"找什么你就说吧。"

"是这么回事，"大芝娘说，"花儿那工夫害口，不吃东西，不是找你讨换过辣椒酱？这孩子现时也不吃东西，莫非也随他娘？"

杨青明白了，赶紧从桌上拿起半瓶豆瓣辣酱，举到大芝娘眼前说:"咱试试。"

杨青用指尖从瓶里勾出一点辣酱,在五星眼前晃了晃,五星的一双小眼马上就亮起来。杨青把酱抹进五星嘴里,五星便呲磨着嘴,高兴地又举胳膊又弹腿,张开嘴还要。

大芝娘乐了,杨青也很高兴。一个女生跑进伙房掰了块饼子,抹上辣酱递给五星,五星使劲攥住那饼子,张大嘴就咬。

"瞅瞅,这么个没出息的货!"大芝娘乐着,拍着五星的屁股。

几个男生、女生都把自己的"存货"拿出来,交大芝娘带回家去。

五星胖了,笑时脸上连褶子都不显。小池来了,大芝娘对小池说:"忙抱五星进城照张放大相吧。挂在家里谁看着都喜兴。"

小池嘴里"嗯哪"着,抬头看见大芝娘那一镜框相片。镜框玻璃被烟熏火燎,里面的人很模糊,分不清谁是谁。只看见有人笑,有人不笑。不知怎么的,小池忽然觉得花儿也在镜框里,她身子很笨,最模糊。小池把眼从镜框上挪开,对大芝娘说,他正在家起圈,是出来找铁权的。说完便起身出门。

老爷儿真的正南了。大芝娘松开五星,到院里麦秸垛上撕几把麦秸,回屋填进灶膛点着,火苗一哄而起。大芝娘趁着火势,再塞上一把棉花秸。被引着的棉花秸在锅底下噼噼剥剥直响,屋里显得很热闹。

五星仰着脸在炕上踢腿。

知青点传来练队的脚步声。尘土飞扬。

又过了些天,知青大院空了。分了红,每人又分了二斤棉花,十来斤花生,人们回城过年。

沈小凤不回家。

几个女生开始劝说。沈小凤还是不肯,说:"我知道你们怕我出事。你们不是不放心吗? 这么着吧,我先走,我有地方去。"

沈小凤真的卷起铺盖卷儿就往外走。女生们跟到街里,看见她进了大芝娘的门。

杨青说:"既然她是进了大芝娘的门,咱们也就放心了。"

沈小凤走进大芝娘家,一眼就望见了冲门那个被掏空了一半的麦秸小垛。她不再往里走,声音哆嗦着叫起"婶子"。

大芝娘高声应着,从灶坑前站起来,看见是抱着铺盖卷儿的沈小凤。

"婶子!"沈小凤又叫。

"快进来,有话屋来说。屋来!"

沈小凤进了屋,仍然抱着铺盖站着。

"想和婶子就伴儿啦?"大芝娘去接沈小凤的铺盖。

沈小凤犹豫着松开手,站在当地不动。

"快坐下。我再多添一瓢水,咱娘儿仨压饸饹吃。"

大芝娘去添水,沈小凤依着炕沿坐下。她看见五星冲她笑,就去捏五星的脸蛋儿说话。

大芝娘在外间不停地拉风箱,伴着风箱的节奏说:"一口猪杀了一百五,这集刚卖了半扇。剩下半扇,一半拿盐搓了腌起来,一半咱娘儿仨留着过年,打着滚儿吃也吃不清。"

沈小凤和大芝娘一起吃饸饹,谁也没有提那件事。

沈小凤在大芝娘家住下来,从年前一住住到二月二,闺女回娘家的日子。

晚上,大芝娘睡得很早,晚饭前就铺好了被窝。被窝里放一只又长又满当的布枕头。沈小凤盯了那被磨得发亮的枕头看,大芝娘说:"惯了。抱了它,心里头就像有了着落。"

沈小凤并不完全能够体味大芝娘的"着落",那个又大又饱满的枕头只叫她又想起自己那生涩、迷茫的爱情。她常常在半夜醒来,每次醒来都看见大芝娘披了袄,点着油灯坐在被窝里纺线,纺累了就再去和那枕头亲近,然后坐起来再纺。直到窗纸发白。

黑夜,端村人都见过大芝娘窗纸上的亮光,都听见过那屋里的纺线声,却很少有人了解大芝娘为什么不停地纺线。就像没人能明白那个大而饱满的枕头在她的生活中有什么意义一样。对于大芝娘来说,也许没有比度过一个茫茫黑夜更难的事了。她觉得黑夜原本应该是光明的。于是她才发现了自己那双能做事的手。她不停地做着,黑夜不再是无穷无尽。她还常常觉得,她原本应该生养更多的孩子,任他们吸吮她,抛给她不断的悲和喜,苦和乐。命运没给她那种机会,她愿意去焐热一个枕头。

纺车一次又一次叫醒了沈小凤,又一次次催她睡熟。有一夜她梦见和陆野明结婚,婚礼就在端村,一切规矩都是端村的老规矩。她被杨青搀着,踩着红毡,从女生宿舍走到男生宿舍,腰里掖着大芝娘塞给她的一本黄历。她牢记着大芝娘嘱咐过她的话,一进门就要将那黄历压在炕席底下。她照着做了,那炕席底下铺着麦秸。陆野明正对她笑,她终于看见了他的笑容。她很幸福。人们很快都不见了,原来他们给了他和她机会。他拥抱了她,那拥抱温柔而又有力,她的心颤抖着,用双臂绕住他的脖子……县"知青办"的干部冲进来了。

沈小凤醒了。醒着,哭着,紧闭起双眼。她想再做一次哪怕是同样的梦。

纺车吱吱地叫。

大芝娘说:"闺女,快醒醒。准是做了噩梦。"

"婶子,不是噩梦,是好梦。"沈小凤睁开眼说。

"好梦、噩梦左不过是梦。梦见他了?"多少天来,大芝娘第一次提起他和她的事。

"嗯。"沈小凤说。

"人活一世,谁敢说遇见什么灾星。一个汉们家。"大芝娘停住话头,停在纺车,摘下一个白鸭蛋似的线穗子。那穗子已放满一小筐笒。

"婶子,那不怪他,怪我。"沈小凤说。

"他不知道要挨批判呀?让一个闺女家受牵连。"

"我不在意这个。"

"不在意也是闺女家。有二十啦?"

"过了年就二十。"

"看,二十岁的大闺女让人家审问。"

"我不怕。只要以后我是他的人，我不怕人家审问我。"

"闹不清城里怎么提倡，村里要是有了这事儿，那男的不娶也得娶。"大芝娘说。

"都得娶?"

"不娶，算什么汉们家? 叫闺女嫁给谁?"

沈小凤再也睡不着了。度过了被审问的日子，她仿佛掉进了一个无底洞。现在大芝娘才又给了她新的勇气。天明她给他涂涂抹抹地写了一封信。

写信费了半天时间，她不知道怎样称呼他。她不想连名带姓一块儿叫，那样太生硬;她又不敢另叫他的名字，也许他会恼她。于是她开头就写:"你一猜就知道我是谁。"她继续写:"发生了那样的事，我并不后悔。我爱你，这你最知道。我有时表现不好，喜好和人们打闹，但我是干净的，这你最知道。自从那件事后，更坚定了我的决心。我要永远和你在一块儿，这你最知道。平时你不爱搭理我，我不怪你。都怪我不稳重。这你最知道。现在我和五星一起住在大芝娘家，我尽可能的每天都很高兴。真希望你们过完年就快点回来。给我写一封信吧，盼望来信。"

写完信，沈小凤借来小池的自行车，去县邮局粘牢信封，粘牢邮票，把信投进邮筒。她终于体验到寄信的愉快。

寄完信，她又去县城商店给大芝娘买了桃酥，给五星买了糖块，给自己买了漂白线和够做两对枕头的白十字布。

晚上，当大芝娘的纺车又开始响时，沈小凤鞧在被窝里问大芝娘:"婶子，我想问你个事。"

"就等你问哩。"大芝娘摇着右胳膊，甩着左胳膊说。

"我打算绣两副枕头，绣什么花样合适?"

"男枕石榴女枕莲。"大芝娘立时就明白沈小凤的用意。

"去哪儿找花样?"

"我给你替。"

第二天大芝娘就给沈小凤替来了花样。

131

一个正月，沈小凤坐在炕上绣枕头。在石榴和莲花旁边，她还组织下甜蜜的单词，用拼音表示出来。把大芝娘看麻了眼。

一个正月，窗纸上有时是阳光，有时有寒风。有时没有阳光，也没有寒风。

十

太阳很白，白得发黑。天空艳蓝，麦子又黄了。原野又骚动了。

一片片脊背朝着太阳。男人女人的腰们朝麦田深深地弯下去，太阳味儿麦子味儿从麦垄里融融地升上来。镰刀嚓嚓地响着，麦子在身后倒下去。

队长又派杨青跟在大芝娘后头拾麦鞴儿捆麦个儿。大芝娘边割麦子边打鞴儿，麦鞴儿打得又快又结实，一会儿就把杨青丢下好远。

杨青不再追赶大芝娘。她只觉得这麦田、这原野，大得太不近人情了；人在这天地之间动作着，说不清是悲是喜。

人们又向前涌去，前头一定是欢乐。新上任的队长又朝后头喊话："后头的，别茶懈着！前头有炸馃子、绿豆饭汤候着你哩，管够！管饱！"

杨青索性坐在一个麦个子上。大芝娘也没跑过来招引她，她们离得太远了。如今她觉得离她最近的是平易市。她把那个天地想得很具体：马路边上每一棵中国槐，每个商店门窗的颜色，甚至骑车上学时，车轮在哪里要轧过一个坑洼……那里，那一街一街的旧门窗里，终将是他们的归宿。他们会在那里搭个窝儿。

他们，她是指她和陆野明。

春节过后，陆野明一直没回端村。人们说他正在外地伺候他生病的父亲——一个害风湿病的退休干部。

春节时，杨青找过陆野明。还邀他出来去过一个被大雪覆盖着的公园。开始陆野明不去，推托家里有事，推托自己感冒，推托要等一位同学。后来那些推托在杨青面前到底变成了推托。他跟她去了那公园。

杨青想和陆野明并肩走,陆野明总使自己落后一步,仿佛是对杨青的忏悔。

雪很厚,他们那深陷下去的脚印十分明确。脚在深雪里陷着,发出咯吱吱、咯吱吱的声响。陆野明走在杨青身后,朝那一路新雪狠狠地踩着。他愿意把那咯吱吱、咯吱吱的声音变成对她的诉说,他一时一刻也没有喜欢过沈小凤。有了那一夜对她的厌恶,才有了对她永远的厌恶。终于,脚下的"咯吱吱"变成了愤怒的语言:那个人,那个人!

杨青理解那"语言",却小心地在前边踩。她脚下的声音很小,像在劝慰着陆野明:我懂,我懂!

雪地的行走才使杨青彻底放下心来。在端村,他们默默驾驶起的那条小船,终于到达了彼岸。她和他完整无损,她和他都没有失掉什么。日子报复的不是他们,她还深有所得。现在他到底是属于她的,那来自身后的声音便是证明:

咯吱吱、咯吱吱!

那个人、那个人!

咯吱、咯吱!

我懂,我懂!

一个轻柔的回答。

…………

镰刀又在杨青的不知不觉中挥动起来,男人女人的腰们又朝着麦垄深深地弯下去,一片脊背向着太阳。脊背们红得发紫,有的爆着皮。

那脊背的虔诚感动了蓝天,蓝天忽然凉爽下来。远处滚起雷声,雨丝也开始在田野里织罗。人们直起脊背,抱住双肩,朝着刚刚戳起的新麦垛奔去避雨。

杨青选了一个最近的麦垛。那个由横三竖四的麦个子摞成的小垛,容纳了她。身后是麦秆,头上是沉甸甸的麦穗。雨水顺着麦穗往下滴落,在杨青眼前形成一片闪烁着的珠帘。杨青用手接雨水,很难接满一捧;然后就用脚接,雨水顺着脚面流到脚腕,再溅上小腿。她发现自己的脚丫儿很宽、很白。细碎的汗毛稀稀疏疏地贴在小腿肚子上,雨点溅上去,很惬意。

后来有个人站在她跟前。这个垛离有人的地方分明很远。

杨青先看见一双男人的脚,又看见一张男人的脸。是陆野明。

"我看见你在这儿避雨。"他说。

"你回来了?"她问。

"嗯。"他答。

"刚到?"

"刚到。"

"没想到下雨。"

"没想到下雨。"

陆野明站在雨中,背对正在淅沥着的原野,脸朝着这个充实而又无声的堡垒。雨水顺着他的眉毛往下滴。

雨水把他的眼睛冲刷得很亮。那眼睛像对杨青说:我能进来避一下雨吗? 你看,我正站在雨里。

杨青放下裤腿往旁边挪了挪身子,也用眼睛对他说:这还用问,这儿有的是地方。

陆野明闪过那面闪烁着的珠帘,一弯腰,坐在杨青旁边。

他们眼前更加朦胧起来。四野茫茫,一时间仿佛离人类更远。

这里分明就是一个世界。

杨青又想起那个使她苏醒的黄昏。充实和空旷都能激动起人的苏醒。她想,发生点什么,难道不正是这个时候? 她微微闭起眼,切盼起来。

她像在熬日子过。

一切的一切都告诉她,没有发生什么。什么也没有发生。雨停了,雨滴仍然顺着他们头顶上的麦穗闲散地溅落。这儿那儿,他们四周是一整圈小水坑。

陆野明在距杨青一拳的地方抱腿坐着。杨青发现,有几个脚趾头从他那双黑塑料凉鞋里探出来。杨青觉得它们很愚昧,就像几个弯腰驼背的小老头。她莫名其妙地怨恨起它们,仿佛是它们的愚昧,才使得陆野明忘记了她的存在——多好的淅淅沥沥的细雨。

太阳很快就出来了。人们的脊背又从四面八方的麦秸垛里露出来。他们吆喝着,感叹着,怨那雨的短促,怨那雨的多余。

大芝娘又在招呼杨青,那声音在雨后的原野上格外迅速,格外嘹亮。

杨青站起来,抻抻自己的衣裳,转身对陆野明说:"叫我呢。你先回点儿上换件衣服吧,我包袱里有你的背心。钥匙在老地方。"

杨青说完扑着身子向前边的欢乐奔走,刚才的遗憾被丢在那个横三竖四的小垛里。

找到大芝娘,杨青又回身向后看。陆野明正在麦茬地里大步走。

"看,陆野明回来了。"杨青对大芝娘说。

大芝娘看着陆野明的后影,一时找不出话说。她想起沈小凤那两对枕头。

杨青身上有了劲,她决心跟紧大芝娘。

第二天陆野明回队割麦子,一天少话。收工时沈小凤在一片柳子地里截住了他。陆野明想绕过去,沈小凤又换了个地方挡了他的去路。

麦茬地上升起一弯新月,原野、树木正在模糊起来。

"你就这么过去?"沈小凤说,口气就像通常那些对着自己男人的女人。

"不这么过去,怎么过去?"陆野明索性站住,面对沈小凤。

"我以为你不回来了。"她说。

"不回来到哪儿去?"他说。

"我不希望你对我这么说话。"

"怎么说?"

"像那天晚上一样说。"

"那天晚上我说了好多话,你要哪句?"

"要你最愿意说的那句。"

"我最愿意说'你走开,我过去'。"

"你没说过这句。"

陆野明不言语，两手插在裤兜里，眼睛死盯住那越来越模糊的地平线。脚下有一群鹌鹑不知被什么惊起，扑扑拉拉飞不多远，跌撞着又落下来。

"我那封信呢?"沈小凤又开始追问起陆野明。

"我收到了。"

"收到了为什么不回信? 让我好等。"

"你愿意等。我不能一错再错。"

"你错了?"

"错了。你没错?"

"我没错。"

"没错写什么检查?"

"那是不得已、不情愿。不情愿就等于没写。"

"我愿意写。"陆野明说。

"这么说，你不爱我?"

"不爱。"

"不爱，为什么把我变成这样儿?"

"所以我错了。"

"你回来就是要对我说声错了?"

"就是。"

"那以后，我还是你的吗?"

"不是。"

"我是，就是，就是!"

黑暗中，陆野明又感受到了那双小拳头的捶打，比平时要狠——那双雪白的小拳头。接着，那头亚麻色的头发也泼上了他的胸膛。

"你……"陆野明站着不动。

"你什么? 你说，你说。"沈小凤死死抵住他的胸膛。

"你是你自己的。"陆野明到底推开了她。

他绕过一蓬柳树棵，踏着沙土地，大步就走。

陆野明疾步走，想赶快逃出这片柳子地。他用心听听后面的动静，沈小凤好像没有追上来。陆野明这才放慢脚步，无意中却又来到那个麦秸垛旁。当他意识到这是个错误路线,沈小凤早从垛后转出来截住他。

顷刻间沈小凤已不再是刚才的沈小凤。她扑到他的脚下,半卧在麦秸垛旁,用胳膊死死抱住他的双腿,哆嗦着只是抽泣。陆野明没有立即从她的胳膊里挣扎出去。他竭力镇静着自己,低头问她:"你……你还有什么话要说吗?"

"有。"沈小凤说。

"那你说吧。"

"听不完你不许走。"

"我不走。"

"你真不走?"

"真不走。"

"我……不能白跟你好一场。"

"我不懂你的意思。"

"我想……得跟你生个孩子。"

"那怎么可能!"陆野明浑身一激灵。

"可能。我要你再跟我好一回,哪怕一回也行。"

"你!"陆野明又开始在沈小凤胳膊里挣扎,但沈小凤将他抱得更死。

"我愿意自作自受。到那时候我不连累你,孩子也不用你管。"沈小凤使劲朝陆野明仰着头。

"你……可真没白在大芝娘家久住。"

"就是没白住,就是!"

"我可不是大芝爹。我看你简直是……"

"是不要脸对不对?"

"你自己骂出来还算利索。"

陆野明趁沈小凤不备,到底从她那双胳膊里抽出自己两条腿,向旁边跨了一步,说:"我希望你和我都重新开始。"

陆野明走出麦场,沈小凤没再追上去。

她没有力气,也不再需要力气。她只需要静听。她又听见了"乳汁""乳汁",再听便是那彻夜不绝的纺车声:吱咛咛,吱咛咛……那声音由远而近,是纺车声控制了她整个的身心。

当晚,沈小凤没回知青点。大芝娘家没有沈小凤。

第二天有人为沈小凤专程去过平易市,平易市没有沈小凤。

端村,太阳下、背阴处都没有沈小凤。

远处,风水在流动,将地平线模糊起来。

又是一年。

知青们要选调回城。那知青大院就要空了。临走前,人们又想起那好久不喝的薯干酒。晚上,有人领头敲开供销社的门,打来一暖壶。女生们也参加了,还托出她们保存下的冻柿子、冰糖块、榆皮豆。人们只是喝酒、吃柿子,没人开始一个话题。

后来,不知谁起了个头,大家便齐声唱起那个电影插曲:

> 咱们的天,
> 咱们的地,
> 咱们的锄头咱们的犁。
> 穷帮穷来种上咱们的地,
> 种地不是为自己,
> 一心要为社会主义,
> 嗨,社会主义!

他们一遍又一遍地唱着,唱到最后只剩下了男生,并且歌词也作了更改:

> 咱们的天,
> 咱们的地,
> 咱们一大群回平易。
> 上来下去为什么呀,
> 你问问我来我问问你,
> 一心要为社会主义,

嗨,社会主义!

……

陆野明没唱。

杨青也没唱。

陆野明抄起煤铲添炉子。他狠狠地捅着炉子,狠狠地添着煤,像是要把那一冬的煤在一个晚上都烧掉。

杨青端着茶缸喝了一口薯干酒,没觉出那酒的过分刺激。接着她又喝了一口。

陆野明扔了煤铲,蹲在墙角吃冻柿子。墙角很黑,柿子很亮。

第二天又是个霜天。一挂挂大车载着男生女生和男生女生的行李,在万籁俱寂的原野上走。牲口的嘴里喷吐着团团白色哈气。

近处,那麦秸垛老了;远处,又有新垛勃然而立。

十一

四月柳毛飘,卖鱼儿的遥街叫。

大芝娘又在院里开地。栓子大爹隔着半截土墙问:"把院子都开成地?"

大芝娘说:"他叔,你说辣椒这物件,莫非咱这片水土就不生长?"

"学生们都吃,想必这不远的地方就有种的。"栓子大爹说。

"我估摸着也是。是种籽儿,是种秧?"大芝娘问。

"兴许是栽秧。"栓子大爹说。

"你不兴打问打问?"大芝娘说。

"莫非你想试试?"栓子大爹问。

"你给我找吧。"大芝娘说。

栓子大爹背了荆条筐,赶了几个近集,又去赶远集。走在集上他不看别的,单转秧市。葱秧、茄子秧、山药秧他都不眼生,见了眼生的便停住脚打问。

栓子大爹终于从远集上托回两团湿泥,两团湿泥里包裹着两把

139

辣椒秧。

大芝娘在菊花畦边栽下辣椒,栓子大爹留出几棵,栽在麦场边。

麦子割倒,辣椒秧将腰挺直。

棒子长棵,辣椒也长棵。

棉花放铃,辣椒开花。

后来辣椒花落了,显出一簇簇豆粒大的小生灵,都朝着天。

有人隔着半截土墙问大芝娘:"莫非这就是辣椒?"

大芝娘说:"由小看大,闻着就像。"

有人在场边问栓子大爹:"莫非这就是辣椒?"

栓子大爹说:"也不看看谁买回来的秧子!"

大秧谷黄了,辣椒红了。东一点,西一点,仿佛谁在绿地随意乱上的红手印。

菊花白了,辣椒更红了。红白一片。

五星串着畦背儿乱跑,不掐白菊花,只捡红辣椒揪。

第二年,栓子大爹从干辣椒里削出籽儿,种出秧,逢人就说:"栽几棵吧,栽个稀罕。"

端村人在菊花旁边种起辣椒。秋天,端村的原野多了颜色。

十二

春日春光有时好,

春日春光有时坏,

有时不好也不坏。

在端村时,点儿上一个男生写过这么一首诗。杨青觉得那诗既滑稽又真切,止不住常在心里背诵。

如今,写诗的和背诗的都回了平易,杨青依然重复着那首诗。平易市悄悄地接受了他们。

杨青也说不清为什么要用"接受"二字来形容这伙人的复归,他们原来就是平易人。现在见了面还要互相打问:哪里接受了谁,或者谁不被哪里接受。直到杨青像平易人那样骑车上了班,才觉出眼前的豁亮——春日春光有时好。

那时车轮碾轧在不算平坦的马路上,不算稠密的旧商店从她眼前缓缓滑过,小胡同里还不时传出对于香油或豆腐的叫卖声。她觉得这才是平易人应该享受到的。就连过十字路口不小心闯了红灯,警察把她叫上便道罚款训话时,她也能生出几分自豪。假如你不是个平易人呢,假如你还在端村呢?端村没人为了走路罚你的款,端村也没有红灯。

你付给警察五角钱,警察撕给你一张收据。你又开始骑车,店铺又从你眼前滑过——有时不好也不坏。

有时,豁亮也能从你眼前消失。一走进接受了杨青的那家工厂,一走上那间水泥铺成的潮湿、滑腻的车间地面,她立刻就想起那诗的第二句——春日春光有时坏。

那是一个不算大的造纸厂,在离车间不远的一片空地上,挺挺地戳着几个麦秸垛。那旧垛的垛顶也被黄泥压匀,显出柔和的弧线,似一朵朵硕大的蘑菇;新垛的垛顶只蒙一张防雨帆布。那布的四角被绳子拉紧,坠着石头。

新垛很快就变作了纸浆,变作了纸,总是剩下那几座老垛。垛顶的黄泥慢慢变成了青泥,碎麦秸在檐边参差,不再耀眼,不再像一轮拥戴着它的光环,像疯女人的乱发。

它们诱惑了她,又威慑着她;唤醒过她,又压抑着她。如今,它们仿佛是专门随了她来到这里,又仿佛,她本不曾离开端村。

世界是太小了,小得令人生畏。世上的人原本都出自乡村,有人死守着,有人挪动了,太阳却是一个。

杨青常常在街上看女人:城市女人们那薄得不能再薄的衬衫里,包裹的分明是大芝娘那双肥奶。她还常把那些穿牛仔裤的年轻女孩,假定成年轻时的大芝娘。从后看,也有白皙的脖梗、亚麻色的发辫,那便是沈小凤——她生出几分恐惧,胸脯也忽然沉重起来。

一个太阳下,三个女人都有。连她。她分明地挪动了,也许不过是从一个麦场挪到另一个麦场吧。

冬天,人们把自己裹得很厚。杨青在街上仍然盯了人们看,骑车的人,步行的人。

一日,三个步行的人走出长途汽车站,往火车站走。两个大人牵着一个小人,那小人扁脑袋,歹耳朵。杨青立刻认出了他们,还认出了那双大皮鞋:牛皮、翻毛、硬底。走在城市的便道上,城市的声音虽然淹没了它的声音,但那声音一定比在黄土小道上清晰得多。另一个男人背上斜背一只花土布包袱。包袱很沉,赘得那人脊背向一边倾斜,弓着。

杨青骑车绕到三人面前,紧紧刹住闸,故意不言语,让他们辨认。

老少三人迟疑了好一阵,显得很慌张,以为是他们走错了这个世界的规矩。杨青笑了。

"栓子大爹,小池大哥,你们不认识我了?我是杨青。这是五星吧?"她低头盯住那个死攥住小池衣角的小人儿。

"可不是杨青!"栓子大爹恍然大悟,一脸的喜出望外。他万没想到在这个人挤人的大地方,还有人能认出他们。

"你们这是……"杨青打量着小池的包袱。

"出趟远门。"栓子大爹说。

小池规规矩矩地把说话的机会让给了栓子大爹,他牵着五星的手只是笑。笑时嘴角两边多了几条皱纹,"括弧"一般。

杨青猜出了他们的去向。端村人不做大买卖,不攀大单位、大干部,通常没什么远门可出。

"是不是去四川?"杨青问。

栓子大爹没有立时回答。小池涨红了脸。五星怯生生地看着杨青,将头靠在小池腿上。

"我送你们去车站吧,来,快把包袱夹在后衣架上。"杨青去摘小池的包袱。

小池说:"不沉,不沉。"

杨青还是摘下那包袱,夹上后衣架。他们在杨青的带领下,恐慌地躲着车辆和行人。

到了火车站,杨青替他们看好车次,让小池排队买票。栓子大爹这才跟杨青说起去四川的事。

"你看,说话间五星都长大了,可那边还有咱端村的骨肉。叶落归根,好比命该你们还得回平易一样,那边的骨肉终得归咱们端村。"栓子大爹说。

"那,五星呢?"杨青问。

"先让五星见见娘,再看花儿的意思。花儿也是个底细人,亲的热的,就是亲的热的。"

栓子大爹说得很婉转,但杨青还是听懂了那意思。她想,五星就要留在花儿身边了。她不知道应该高兴还是难过。

五星的两眼很茫然。杨青又想起他小时脸上常有的那种愁苦相儿。

小池买来车票。杨青从站前小摊上给五星买了两根膨香酥,一包江米条;给栓子大爹买了一包黄蛋糕。也觉得和他们相遇,一切做得都得体。

五星将那两根拐棍似的膨香酥使劲搂在怀里;那俩"拐棍"一红一黄。

栓子大爹双手捧着那包蛋糕。

五星的那包江米条,被小池用小拇指勾住,悬得很高。有人撞在上面。

上车的人很多,栓子大爹和小池挟着五星,旋即就被挤车的人卷走。他们憋红了脸,不惜力气地挤着,栓子大爹那皮鞋踩着别人的鞋,也叫别的鞋踩着。

后来站台上只剩下杨青。她想起刚才他们向她打问了所有的男生女生,唯独没提沈小凤,也没提陆野明。

陆野明和杨青不常见面。离开端村,杨青便失却了驾驭谁的欲望。陆野明也不再得到那种激动和那种安静。见面就是见面,如同上班、吃饭。但每次见面他们都能给对方留下恰如其分的印象,似乎都想对得起在端村的日子。晚上,他们走在一条条有着稀薄林荫的林荫道上,注视着装点在那里的男女,寻找、模仿着他们应该做出的一切。

　　陆野明像所有男者一样,把自行车支在路灯不照的地方,半个身子斜倚在后衣架上,有分寸地抽烟。杨青站得离他很近,又不失身份地显出点淡漠。谈话也总是由远而近。

　　"我们厂定了新规矩,出门、进门都得下车。"陆野明说。

　　"噢。"杨青说。

　　"你们厂呢?"陆野明问。

　　"我们厂随便走。"杨青说。

　　"你说有必要吗?"陆野明问。

　　"麻烦。"杨青说。

　　两人愣一会儿,杨青又说:"热了。"

　　"越来越热了。"陆野明说。

　　"反正厂里得防暑降温。"杨青说。

　　"我们车间发了茶叶、白糖。"陆野明说。

　　"我们厂还没信儿。"杨青说。

　　又愣了一会儿。

　　终归,他们接触到那个不可少的实质性问题,又是陆野明吞吐着先开口。他用了最微弱的眼光看杨青,语气里带着试探和要求。端村,"尼迈里"访问过的那个黑夜,仿佛留给了他永远的怯懦。

　　杨青没有说过"行",也没有说过"不行"。

　　他们还是如约见面,听音乐会,看话剧,游泳,划船,连飞车走壁都看。每次,陆野明总是把一包什么吃的举到杨青眼前。陆野明托着,杨青便在那纸包里摸索着,嚼着,手触着食物,触着包装纸。那包装纸总是分散着杨青的注意力。她想,她触及的正是她们厂生产的那种纸,淡黄,很脆。那种纸的原料便是麦秸。

　　每天每天,杨青手下都要飘过许多纸。她动作着,有时胸脯无端地沉重起来。看看自己,身上并不是斜大襟褂子。她竭力使活计利索。

　　一个白得发黑的太阳啊。

　　一个无霜的新坑。

孕妇和牛

孕妇牵着牛从集上回来，在通向村子的土路上走。

节气已过霜降，午后的太阳照耀着平坦的原野，干净又暖和。孕妇信手撒开缰绳，好让牛自在。缰绳一撒，孕妇也自在起来，无牵挂地摆动着两条健壮的胳膊。她的肚子已经很明显地隆起，把碎花薄棉袄的前襟支起来老高。这使她的行走带出了一种气势，像个雄赳赳的将军。

牛与孕妇若即若离，当它拐进麦地歪起脖子啃麦苗时，孕妇才唤一声："黑，出来。"

黑是牛的名字，牛却是黄色的。

黑迟迟不肯离开麦地，孕妇就恼了："黑！"她喝道。她的吆喝在寂静的旷野显得悠长，传得很远，好似正和远处的熟人打着亲热的招呼："嘿！"

远处没有别人，黑只好独自响应孕妇这恼，它忙着又啃两口，才溜出麦地，拐上了正道。

远处已经出现了那座白色的牌楼。穿过牌楼，家就不远了。四下里是如此的旷达，那气派、堂皇的汉白玉牌楼宛若从天而降，突然矗立在大地上，让人毫无准备。即使对这牌楼望了一辈子的老人，每逢看见蓝天下这耀眼的存在，仍不免有种突然的感觉。

孕妇遥望着牌楼，心想多亏我嫁到了这儿啊。每回见到牌楼，孕妇都不免感叹她的出嫁。

孕妇的娘家在山里，山里的日子不如山前的平原。可孕妇长得俊。俊就是财富，俊就叫人觉得日子有奔头儿。孕妇的爹娘供不起闺女上学,却也不叫她做粗活儿,什么好吃的都尽着她,仿佛在武装一个能献得出手的宝贝。他们一心一意要送这宝贝出山,到富裕的平原去见他们终生也见不着的世面。

孕妇终于嫁到了山前。她的婆婆自豪地给她讲解这里的好风水:这地盘本是清朝一个王爷的坟茔,王爷的陵墓就在村北,那白花花的大牌楼就属于那个王爷。孕妇并不知王爷是多大的官,也不知清朝距离今天有多么远,可她见过了坟墓和牌楼。墓早已被盗,只剩了一个盆样的大坑,坑里是疯长的荒草和碎砖烂瓦。孕妇站在坑边,望着坑底那些阴沉的青砖想着,多亏我嫁到了这儿啊。这大坑原本也是富贵的象征,里边的宝贝虽已被盗贼劫空,可它毕竟盛过宝贝。这坑、这牌楼保佑了这地方的富庶,这就是风水。

孕妇在这风水宝地过着舒心的日子,人更俊了。没有村人敢耻笑她那生硬的山里口音。公婆和丈夫待她很好,丈夫常说,为了媳妇,什么钱多他就干什么。如今的城市需要各式各样的高楼大厦,农闲时丈夫就随建筑队进城作工。婆婆搬过来与孕妇就伴儿,净给她沏红糖水喝。红糖水把孕妇的嘴唇弄得湿漉漉地红,人就异常地新鲜。婆婆逢人便夸儿媳:"俊得少有!"

孕妇怀孕了,越发显得娇贵,越发任性地愿意出去走走。她爱赶集,不是为了买什么。而是为了什么都看看。婆婆总是牵出黑来让孕妇骑,怕孕妇累着身子。

黑也怀了孕啊,孕妇想。但她接过了缰绳,她愿意在空荡的路上有黑做伴儿。她和它各自怀着一个小生命仿佛有点儿同病相怜。又有点儿共同的自豪感。于是,她们一块晃着骄傲的肚子上了路。

孕妇从不骑黑,走快走慢也由着黑的性儿。初到平原,孕妇眼前十分地开阔,住久了平原,孕妇眼里又多了些寂寞。住在山里望不出山去,眼光就短:可平原的尽头又是些什么呢?孕妇走着想着,只觉得她是一辈子也走不到平原的尽头了。当她走得实在沉闷才冷不丁叫一声:"黑——呀!"她夸张地拖着长声,把专心走路的黑弄得挺惊愕。黑停下来,拿无比温顺的大眼瞪着孕妇,而孕妇早已走到它前头去了,四周空无一人。黑直着脖子笨拙而又急忙地往前赶,却发现孕妇又落在了它的身后。于是孕妇无声地乐了,"黑——呀!"她轻轻地叹着,平原顿时热闹起来。孕妇给自己造出来一点儿热闹,觉得太阳底下就不仅是她和黑闲散地走,还有她的叫嚷,她的肚子响亮地蠕动,还有黑的笨手笨脚。

像往常一样,孕妇从集上空手而归,伙同着黑慢慢走近了那牌楼。太阳的光芒渐渐柔和下来,涂抹着孕妇有些浮肿的脸,涂抹着她那蒙着一层小汗珠的鼻尖,她的鼻子看上去很晶莹。远处依稀出现了三三两两的黑点,是那些放学归来的孩子。孕妇累了。每当她看见在地上跑跳着的孩子,就觉出身上累。这累源于她那沉重的肚子,她觉得实在是这肚子跟她一起受了累,或者,干脆就是肚里的孩子在受累,她双手托住肚子直奔躺在路边的那块石碑,好让这肚子歇歇。孕妇在石碑上坐下,黑又信步去了麦地闲逛。

这巨大的石碑也属于那个王爷,从前被同样巨大的石龟驮在背上,与那白色的牌楼遥相呼应。后来这石碑让一些城里来的粗暴的年轻人给推倒了。孕妇听婆婆说过,那些年轻人也曾经想推倒那堂皇的牌楼,推不动,就合计着用炸药。婆婆的爹率领着村人给那些青年下了跪,牌楼保住了。那石碑却再也没有立起来。

石碑躺在路边,成了过路人歇脚的坐物。边边沿沿让屁股们磨得很光滑。碑上刻着一些文字,字很大,个个如同海碗。孕妇不识字,她曾经问过丈夫那是些什么字。丈夫也不知道,丈夫只念了三年小学。于是丈夫说:"知道了有什么用? 一个老辈子的东西。"

孕妇坐在石碑上,又看见了这些海碗大的字,她的屁股压住了其中一个。这次她挪开了,小心地坐住碑的边沿。她弄不明白为什么她要挪这一挪,从前她歇脚,总是一屁股就坐上去,没想过是否坐在了字上。那么,缘故还是出自胸膛下边的这个肚子吧? 孕妇对这肚子充满着希冀,这希冀又因为远处那些越来越清楚的小黑点而变得更加具体——那些放学的孩子。那些孩子是与字有关联的,孕妇莫名地不敢小视他们。小视了他们,仿佛就小视了她现时的肚子。

孕妇相信,她的孩子将来无疑要加入这上学、放学的队伍,她的孩子无疑要识很多字,她的孩子无疑要问她许多问题,就像她从小老是在她的母亲跟前问这问那。若是她领着孩子赶集(孕妇对领着孩子赶集有着近乎狂热的向往),她的孩子无疑也要看见这石碑的,她的孩子也会问起这碑上的字,就像从前她问她的丈夫。她不能够对孩子说不知道,她不愿意对不起她的孩子。可她实在不认识这碑上的字啊。这时的孕妇,心中惴惴的,仿佛肚里的孩子已经跳出来逼她了。

　　放学的孩子们走近了孕妇和石碑,各自按照辈分和她打着招呼。她叫住了其中一个本家侄子,向他要了一张白纸和一杆铅笔。

　　孕妇一手握着铅笔,一手拿着白纸,等待着孩子们远去。她觉得这等待持续了很久,她就仿佛要背着众人去做一件鬼祟的事。

　　当原野重又变得寂静如初,孕妇将白纸平铺在石碑上,开始了她的劳作:她要把这些海碗样的大字抄录在纸上带回村里,请教识字的先生那字的名称,请教那些名称的含义。当她打算落笔,才发现这劳作于她是多么不易。孕妇的手很巧,描龙绣凤、扎花纳底子都不怵,却支配不了手中这杆笔。她努力端详着那于她来说十分陌生的大字。越看那些字就越不像字,好比一团叫不出名称的东西。于是她把眼睛挪开,去看远处的天空和大山,去看辽阔的平原上偶尔的一棵小树,去看奔腾在空中的云彩,去看围绕着牌楼盘旋的寒鸦。它们分散着她的注意,又集中着她的精力,使她终于收回眼光,定住了神。她再次端详碑上的大字,然后胆怯而又坚决地在白纸上落下了第一笔。

　　有了这第一笔,就什么都不能阻挡孕妇的书写和描画了。她描画着它们,心中揣测它们代表着什么意思。虽然她不知道它们是什么意思,她却懂得那一定是些很好的意思,因为字们个个都很俊——她想到了通常人们对她的形容。这想法似乎把她自己和那些字联得更紧了一点儿,使她心中充满着羞涩的欣喜。她愿意用俊来形容慢慢出现在她笔下的这些字,这些字又叫她由不得感叹:字是一种多么好的东西啊。

夕阳西下,孕妇伏在石碑上已经很久。她那过于努力的描画使她出了很多的汗,汗浸湿了她的袄领,汗珠又顺着袄领跌进她的胸脯。她的脸红通通的,茁壮的手腕不时地发着抖。可她不能停笔,她的心不叫她停笔。她长到这么大,还从来没有遇见过一桩这么累人、又这么不愿意停手的活儿,这活儿好像使尽了她毕生的聪慧毕生的力。

不知什么时候,黑已从麦地返了回来,卧在了孕妇的身边。它静静地凝视着孕妇,它那憔悴的脸上满是安然的驯顺,像是守候,像是助威,像是鼓励。

孕妇终于完成了她的劳作。在朦胧的暮色中她认真地数了又数,那碑上的大字是十七个:

忠敬诚直勤慎廉明和硕怡贤亲王神道碑

孕妇认真地数了又数,她的白纸上已落着十七个字:

忠敬诚直勤慎廉明和硕怡贤亲王神道碑

纸上的字歪扭而又奇特,像盘错的长虫,像混乱的麻绳。可它们毕竟不是鞋底子不是花绷子,它们毕竟是字。有了它们,她似乎才获得了一种资格,她似乎才真的俊秀起来,她似乎才敢与她未来的婴儿谋面。那是她提前的准备,她要给她的孩子一个满意的回答。她的孩子必将在与俊秀的字们打交道中成长,她的孩子对她也必有许多的愿望,她也要像孩子愿望的那样,美好地成长。孩子终归要离开孕妇的肚子,而那块写字的碑却永远地立在了孕妇的心中。每个人的心中,多少都立着点儿什么吧。为了她的孩子,她找到了一块石碑,那才是心中的好风水。

孕妇将她劳作的果实揣进袄兜,捶着酸麻的腰,呼唤身边的黑启程。在牌楼的那一边,她那村庄的上空已经升起了炊烟。

黑却执意不肯起身,它换了跪的姿势,要它的主人骑上去。

"黑——呀!"孕妇怜悯地叫着,强令黑站起来。她的手禁不住去抚摸黑那沉笨的肚子。想到黑的临产期也快到了,黑的孩子说不定会和她的孩子同一天出生。黑站了起来。

孕妇和黑在平原上结伴而行，像两个相依为命的女人。黑身上释放出的气息使孕妇觉得温暖而可靠，她不住地抚摸它，它就拿脸蹭着她的手作为回报。孕妇和黑在平原上结伴而行，互相检阅着，又好比两位检阅着平原的将军。天黑下去，牌楼固执地泛着模糊的白光，孕妇和黑已将它丢在了身后。她检阅着平原、星空，她检阅着远处的山近处的树，树上黑帽子样的鸟窝，还有嘈杂的集市，怀孕的母牛，陌生而俊秀的大字，她未来的婴儿，那婴儿的未来……她觉得样样都不可缺少，或者，她一生需要的不过是这几样了。

一股热乎乎的东西在孕妇的心里涌现，弥漫着她的心房。她很想把这突然的热乎乎说给什么人听，她很想对人形容一下她心中这突然的发热，她永远也形容不出，心中的这一股情绪就叫作感动。

"黑——呀！"孕妇只在黑暗中小声儿地嘟囔着，声音有点儿颤，宛若幸福的呓语。

对　面

　　我从北门市搬到南门市，多半是为了逃离肖禾的追逐。

　　我第一次接触的女人便是肖禾，那时我们念高三，肖禾被我们男生称作"洋马"。她那高大蓬勃的身材和手臂上浓密的金色汗毛，以及微微上翘的圆屁股，使很多人想入非非。加上她那个既天真幼稚、又欠庄重的坏毛病——吮大拇指，更使校园里的气氛时不时地显出焦躁和压抑。

　　我与肖禾是邻居，她家住在我家的楼上。高考之后等待录取通知书的一个下午，她打电话叫我上楼，说要让我看一样东西。我上楼按了她家的门铃，她吮着大拇指给我开了门。那个长期被唾液浸淹着的大拇指离我很近，味儿很酸，很膻，使我心中突然像多了点儿累赘，虽然我也同许多男生一样，为她做过一些想入非非的梦。

　　她请我坐下，从桌上的铅笔盒里取出一张纸条塞给我说："你自己看吧。"说完就进了厨房，就像有意给我腾出看纸条的时间。我打开纸条，上面写着"肖禾我想和你性交"。以我当时不满十九岁的年龄，很为这几个字感到羞惭，感到震惊，感到太阳穴嘣嘣乱跳，还感到一种欲望的不可扼制。虽然这纸条不是出自我手，却直白地表述了我意识的深处。虽然肖禾大拇指上的气味儿破坏了我对她的整体感受，此刻我却急迫地想再细看看整个的肖禾。她从厨房里出来了，神情有点犹豫不定，两眼却坚定地望着我。她挨着我坐下，默不作声地低着头。好像那小纸条使她蒙受了天大的耻辱，只有我才能帮她抹去这耻辱。或者干脆那小纸条就是我写的，而她甘愿为我照纸条上所写的去做——和我做。她说此刻她爸她妈不在家。见我没反应，她又强调了一遍她爸她妈不在家,这之前我与肖禾甚至连朋友也说不上,可是突然间她把我弄得必须得为她做点什么。在这里我用"为她"一词好使我显出和她在意识上的区别,实际真要做起来,我也是为我——虽然看上去我像个无辜者。

她又说了一遍她爸和她妈不在家。果然,我的精神和欲望被这暗示抖擞起来,一套只有我和肖禾的房子和一张只有我俩看过的纸条使一切都不在话下。房间骤然变得窄小了,我似乎顶天立地,浑身说不出的憋闷,下巴一个劲儿哆嗦。我伸手试着去摸她的脸颊,她闪开我,站起来领我走进她的房间,然后我们在她那张整洁的小床上做了我们想做的。对于事情的全过程我一直缺乏细节的记忆,尽管细节肯定存在。我完全不记得那天她穿的衣服,也不记得她是怎样在我面前把自己脱光(或者没脱光)。我只记得我怀着战胜了所有男生的得意,怀着邪恶的激动匍匐在一堆白花花的物体之上忙活了一阵。我手忙脚乱却装作充满活力;我害羞腼腆却装作见过世面的大男人。因为要装见过世面的大男人,一直沉默不语的我还忽然脱口而出地说了一声"亲爱的"。在我的间接经验里,这三个字似乎是文明的做爱必不可少的内容之一,这初次对它的脱口而出使我对自己恼恨万分,因为它是那样地做作,那样地口是心非。这装腔作势的模仿是那样拙劣,我盼望肖禾根本就没有听见。但是她听见了。

我的"亲爱的"使肖禾那闭着的双眼睁了开来(当她睁开眼时我才发觉她一直闭着眼),她伸出双臂搂住我的脖子,被男生们向往过的那些汗毛蹭着我汗津津的脸,使我心中升起一股无名火,因为我觉得她这么搂我也是一种模仿。我们模仿着又在心中揭穿着彼此的模仿行为(至少我是这样),直到像两个陌生人一样分开。我们快速穿好衣服,闹了别扭似的谁也不看谁。又愣了一会儿,我离开肖禾回到自己家。一连几天,我们碰面时不说一句话,仇人一般。我初次领会到做这事不仅可以紧密地结合男人和女人,更可以残酷地分离男人和女人。我为我这初次的领会感到一种无处诉说的委屈:我不曾与谁做爱,我只是在猝不及防的机会到来时"做事"。

很久之后我偶然地读过一段"荆轲刺秦王"的野史,其中写到燕太子丹为了笼络荆轲使之为其效力,绞尽了脑汁。比如荆轲骑千里马游玩归来,偶然提及千里马的肝分外鲜嫩,燕太子丹马上叫人杀马取肝,烹调成菜献给荆轲;又如荆轲夸赞一位给他斟酒的宫女手长得好看,燕太子丹立即叫人砍掉宫女双手,放在铜盘中献给荆轲。这使我想起了我在肖禾家度过的那个下午,那个白花花的身体与肖禾本人并无关系,那只是一堆纯物质的皮肉,好比宫女那双放在铜盘里的手。那双美丽的玉手倘若不复长在宫女身上,它便只能具有标本的意义。当我们用自己最初的全部柔情,用自己最敏感、最脆弱的心灵,小心翼翼地注视着我们一无所知的神秘的少女,以无限朦胧而又丰富的想象编织我们与她们之间的故事时,这少女突然直截了当地脱去衣裙朝我们逼来,爱和柔情便逃遁了,剩下的只有明白的欲望和粗鲁。更何况,我对肖禾从来就不曾发生"脆弱的柔情",事后我甚至怀疑那张小纸条是她自己写的,她假借别人之口说出了她想要我做的,我则利用了这"假借"。我的虚荣我的好奇我满脑瓜的胡思乱想和这"假借"纠缠在一起,助我完成了这初次的毫无意思的体验。为此我憎恨肖禾,她的手段使我领略了也丧失了我应该体味和享受的一切:细致的顾盼,美妙的暗示,彼此相见时那心花怒放的情绪甚至平淡无奇的琐碎对话。

后来我等到了大学录取通知书去了北京,肖禾没有等到。四年之后我大学毕业又回到北门市,肖禾早在北门市一所大学的实验室找到了工作。我们仍然是邻居,在校园里肖禾仍然被人想入非非,其中有涉世未深的学生,也有稍具阅历的教师。有一次她坦率地告诉我,她已经和几个男人有过交往,他们使她体味了这件事情的快乐,也使她学会了如何快乐。她却因此而更加想念我。她要弥补从前我们那苦涩而又尴尬的经历,她要像个真正的女人那样把我应得的一切给我。每次见面谈话,我们都是先绕着这个主题,可结果还是归到这个主题之下。说这话时她已不像当年那么拘谨、生硬,却仍然吮着大拇指,有一瞬间我觉得她像个淫荡的白痴。白痴并不是不能激起人的欲望，有时候在街角垃圾桶旁坐着的女乞丐、女傻子会莫名其妙地引起男人理直气壮的冲动，使我相信人有时候会有一种自然的企盼淋漓尽致地亵渎自己的妄想。

肖禾并不是乞丐、傻子，她所以又激发起我的兴致，正因为她声称她和除我之外的一些人干过，而他们给了她快乐。这使我恨不得立刻将她按倒在地立刻讨伐她，以证实我的出色。此时我的状态好比两个为了吉尼斯纪录而比赛喝啤酒的人，起决定作用的并非他们对啤酒的爱，而是战胜对方的渴望。肖禾就是啤酒，我必得通过这啤酒来挽回从前的手忙脚乱，从前的羞涩腼腆，从前那一声虚假做作之至的"亲爱的"。

我们重复了那个下午的事情。事后肖禾夸奖了我，她甚至激动得哭起来，任鼻涕眼泪乱七八糟地往下流。她说她相信这几年我肯定也有过女伴，但她不在乎，她要用跟我结婚来证实她的不在乎——这时仿佛我又成了那比赛中的啤酒。

我还不想结婚，尤其不想同肖禾结婚。她的坦率能勾起我的性欲，她的坦率也使我比任何时候都更加明确了：我不要这个女人。

这个女人却打定主意要跟我，到处散布我和她睡觉。她想用睡觉来证明我和她关系的严重性、深刻性。有时你确实觉得性行为和睡觉有所区别，人世间大部分性行为是达不到睡觉的深度的。一个男人和一个女人真正心甘情愿、坦然无忌地睡在一起（这里的睡没有性的意味）是不容易的，这很可能是人类最难的几件事情之一。肖禾把它看得过于轻易，她轻易就想用睡觉的舆论来迫我就范。在那些日子里我成了厚颜无耻的不负责任的诱骗女性的公子哥，我的父母也多次规劝我要认真地对待生活。我无法向世人表明我的认真，倘若我说，除了肖禾我还和好几个女人"睡过"，但我并没有通过这些"睡"找到爱情，因此我还在继续寻找，而这正是我的认真之处，他们肯定会大骂我的下流。

说到对待生活的认真，我母亲可说是个典范。她在规劝我娶肖禾时，除去列举肖禾的诸多优点，还指出肖禾的人中长得又深又长，说这种女人生育能力强并且头胎多半是儿子。这话的含义虽不再是中国民间的"多子多福"论,起码也是暗示我,肖禾女人特征之出众吧。我立刻想起"洋马"那个外号,而我的母亲则是牲口市上的行家。

很长一段时间我被肖禾忽冷忽软忽而硬、忽而悲戚万状、忽而强悍野蛮的行径包围着,我甚至惧怕听到楼上她家传来的脚步声,不管那是谁的脚步都使我一律地想起马蹄嘚嘚,这"马蹄"还使我开始厌恶我生活的这座城市。

人是可以因了厌恶存在于这城市中的一个人,继而厌恶整座城市的。我已无法容忍北门市,我花费了两年的努力,才从北门搬到南门。

南门市被很多人看作单调、乏味,甚至连自己的口音都未形成的城市。她的历史短暂,不像其他城市那样,总能从犄角旮旯找出点历史的痕迹:一块石碑啦,一间小庙啦,几处名人的公馆啦……便值得骄傲了。倘若基建时再挖出几个坛子罐子,一座城市就更加非比寻常。南门没有这些,基建挖坑时连块古瓷片也没见过。但这并没有妨碍南门市成为一个大城市。她没有阅历,也就没有包袱;她拿不出值得子孙后代骄傲的古董,也就不那么任性。不那么任性,才使南门市能够更快、更少麻烦地接纳新事物:房地产、高科技开发、三资企业、股票市场接踵出现,乃至聘请外国专家规划市容,街上连自动柜员机也有了。而大批外地、外省人的流入,终于使南门市有了自己口音的雏形。这是一种以原装南门口音为基础,杂以京、津味道的"普通话"。所谓原装的南门口音,实际是一百年前这块土地上种棉者的乡音,那时南门尚是几十户人家的小村。那乡音有点生硬有点愣,但对话极为简练,有着直出直入的风范。比如有骑车者在街上撞了人,警察过来干预。

警察问:"为什么撞人?"

南门人答:"莫(没)铃儿(指车)!"

警察又问:"为什么不安铃儿?"

南门人答:"莫(没)空儿!"

九十年代的南门口音里，"莫"已经进化成了"没"，这种对普通话的质朴向往和顽强靠拢还使南门人养就了较为厚道的待人习性。他们不排斥外人，因为实际上南门是个被外人占领的城市。它无法引人怀旧，却能诱人寻找机会。我常常以为在一个充满怀旧意蕴的古老城市，机会终究不会太多。特别像我这样一个揣着狼狈的麻烦从故里逃脱的人，更是愿意在一个彼此纠缠不深的环境里寻找我的一切可能。目前我在一个被称作设计院的大单位工作。

　　我为之服务的这家设计院是个颇具规模且保密性很强的单位。据老同事们讲，过去各科室、各车间之间都不了解彼此的任务，外人进院办事，要自带档案。由于它的规模和性质，使它地处南门市的最边缘，与郊区的乡村土地接壤。它仿佛是被南门市抛掷出去的一个庞然大物，又仿佛是南门市继续向外扩张自己的一个急先锋。连接南门市与这"急先锋"的，是每隔二十五分钟开来一辆的公共汽车。汽车把粉末儿一样干细的黄土带进市区，又从那里载回一些大院里我已熟悉的面孔。除非特殊需要我难得乘公共汽车去浏览一次市区，因为这设计院好比一座微型小城，吃、穿、用、玩的设施基本齐备，它无时不在告诉我这儿就是我需要的一切，何必要用乘公共汽车来证实你在南门市的存在呢。我只乘公共汽车去过一次市中心的大仓酒店，一位大学同学发了财，路过南门市在那儿请我吃饭。

　　这同学是倒腾电脑发起来的，身边伴着一位女郎。女郎脸上涂抹着疲惫的脂粉，脖子上争先恐后地绕着好几圈金项链。我以为这是他的太太，他却大大方方地告诉我说不是，但比太太更亲密。女郎大腿压在二腿直乐，两条腿神经质地抖个没完。这同学问我是不是已经给什么人做了丈夫，我说没有，他说这就对了——不过就算当了丈夫也用不着怕谁。什么叫丈夫？丈夫丈夫就是一丈之内是你的夫，一丈之外立即作废。那天我们吃了不少也喝了不少，彼此又说了些哥儿们义气之类的废话，一瞬间我感到我自己挺没意思。

　　当我从酒店乘车归来，当汽车驶出市区，我在车上遥望着矗立在原野上的设计院那白色的楼群，它就像行走在平静海面上的一艘巨轮,衬托着它的似乎将永远是风平浪静。

我打算就在这"巨轮"上从容、自在地活上一阵,而且我已经在这里发现了几个有些姿色的女性,比如设计院幼儿园的一个阿姨——后来我知道她叫林林。这是个黑眉毛白脸的小个子姑娘,在人前装得文文雅雅,领着孩子们在甬路上散步时,走到僻静处就伸手到白大褂兜里摸零食吃。或许正是这个摸零食吃的动作吸引了我,使我有时候很想把她拥在怀里,像喂孩子一样喂她吃点什么。这个俗不可耐的想象总鼓动着我寻找机会接近林林,比如算好时间故意在她带孩子散步时走过来。那时我装得步履匆匆,"匆匆"到简直就像没看见身旁有一队孩子和一个漂亮姑娘。有一次当我一无所获地白白穿过了林林的队伍,在我身后却突然爆发出孩子们齐声的招呼:"叔——叔——好!"我无比激动地回头看林林,她正低头弯腰给一个孩子擦鼻涕。她装作对一切浑然不知,那仅仅是装作,我怀着百分之百的把握想。果然,当她以为我已远去时就慢慢抬起头来,我正好放肆地迎住了她的目光。她很矜持地冲我笑笑,只有我知道这分明是久已对我有过观察的笑。假如不是这期间我出了点事,很快我就会邀请她去我的单身宿舍做客了,但事情就出在我的宿舍里。

起初宿舍独属于我个人,也许正因为它曾经独属于我,才使我产生搂着幼儿园阿姨喂她零食吃的念头。但好景不长,正当我和林林有了交往可能的时候,这宿舍不再独属于我,行政处给我塞进来一个名叫罗欣的人,从此这个戴眼镜的孱弱的瘦子成了我的同屋。我得承认罗欣基本是个善解人意、不惹是生非的"舍友",而且他对我有一种莫名其妙的敬意。每当我坐在自己桌前翻着闲书喝几口白酒时,他总是拿出他的啤酒很诚恳地说:"喂,喝点儿啤的吧。"我讨厌有人把啤酒说成"啤的",但我竭力压抑着心中的厌恶,竭力谴责我这种挑剔他人用词的毛病。况且罗欣与我相比真是不堪一击的样子,若是将他剥光了去给画家当模特儿,画家们肯定无法找出他身上的哪块肌肉在哪儿。于是我可怜起罗欣,捎带着也可怜起他那句"喝点儿啤的吧"。

但罗欣的另一个习惯却使我越发不能容忍,便是他每晚必须一次的洗刷他的那个玩意儿。为此他的床下总备着一个稍大于饭盆的搪瓷小盆,盆内总扔着一块乌七麻黑的小毛巾。我相信这决不是出于卫生的需要,因为离我们不远就有浴室,每晚我们都可以去洗热水澡或冷水澡。罗欣的洗刷在熄灯之后。当月光透过轻薄的窗帘使房间从漆黑一片转向朦朦胧胧,罗欣便蹑手蹑脚到床下取他那个小盆,然后是一阵撩水声。那声音谨慎而忸怩,那声音使我辗转反侧,使我常像遭到猥亵。我想发无名火,想探出谁是罗欣的未婚妻然后赶快把罗欣的事告诉她。我还想出其不意地把罗欣痛打一顿,最好就在他正洗得起劲的时刻。后来打人的念头终于把我弄得十分快乐,浑身的肌肉一阵阵发胀。一日,当罗欣又在使用他的小盆时,我一跃而起"啪"地拉开了灯。正蹲在屋角的罗欣吓得跳了起来,双手捂住腿裆。当他想拽过一条毛巾围住自己时,我几拳就把他打出了门。罗欣的眼镜跌在地上,使他连还击都找不到目标。我一边痛打罗欣,一边不忘将他那小盆踢到走廊。我的举动惊醒了熟睡的人们,当我被保卫处的人强行拽走时,罗欣已是鼻青脸肿。我一路后悔着没有踢到他的裆里。

　　我打罗欣,实属蛮不讲理,便想闪出一朵道德的火花——自己把责任完全担起来。当保卫处审问我这次事件的原因时,我对罗欣那个毛病只字未提,只说是因为我晚上喝醉了酒。后来保卫处、行政处(可能还有院领导)研究对我的处理,我便写了该写的检查,接受了该接受的处分。我毫无怨言,最后只声明一点:决不搬回宿舍去住。行政处问我不回宿舍回哪儿,我说去看仓库。

　　设计院的这个仓库,是一座远离办公楼区、紧挨院墙的独立建筑,灰砖三层楼。我早就注意到平时很少有人光顾这里,这使它显得孤立而冷清。原以为这库里存放着单位的一些秘密,其实不然,这里塞满了早被替换下来的桌椅、柜橱、旧床和铺板,像个家具库。徜徉其中,我常常百思不得其解:一座住房紧迫的城市,为什么能够容忍一座好端端的楼房专供存放破旧的桌椅?这些蒙着厚厚灰尘的桌椅乱七八糟地相互交叠着腿脚,像是一场恶战刚刚开始,又仿佛它们从前的主人无休止的争论之后留下的遗迹。主人中有的虽已故去,但灵魂还会在夜深人静时飘游而来,寻找他或她坐过的椅子,寻找他或她存放过秘密的带锁的抽屉。或者还要寻找他或她用过的某一张床,回味发生在床上的他们那不可言说的事,好比我同肖禾发生在她床上的那样。你可以永远不理睬这些灵魂的飘游,但你却不要妄图毁灭这飘游本身。越是貌似没用的家什,对人越是有一种不可言说的威力。因此看守还是必要的,派专人看守这满楼的烂木头虽说有点煞有介事,却也显出了一种庄重和正规,谁能保证那些家什有一天不会拔腿出来给社会添乱呢。

当我进驻了仓库,才知道或许我是第一个正规看守它的人,也才知道行政处为什么挺痛快地答应了我的请求:这仓库其实就没人看守过。这意味着我忽然获得了一种无边无际的自由,有的是桌椅供我用,床也任我挑,可以打着滚儿地睡了这张睡那张。我携着行李来到行政处指定给我的房间,房间在三楼。这里的桌椅相对少一些,使我从门到窗户可以顺畅行走。共有三张单人床可供我选择,我毫不犹豫地把行李扔在靠窗的床上。这时我才闻见满屋子那种辛辣、潮湿的尘土味儿。我用力推开几乎锈住的窗户,正对着这窗户的,是一个用钢窗封起来的明净的后阳台。后来我才知道,这是南门市医学院的一座宿舍楼,我的仓库与这幢宿舍楼仅一墙之隔。距离是如此地迫近,以至于我都能闻见对面阳台上做饭时飘来的阵阵米香。米香飘过来,迫使我朝着有米香的地方观测。我看见对面阳台的煤气灶上有一只中型不锈钢锅,有气从锅里冒出来。那么,锅里煮的肯定是大米粥。后来,锅噗潽了,乳白色汤汁顶起锅盖往外溢,引出一个披头散发的女人。她从房里(厨房)冲出来掀开锅盖,热气还嘘了她的手,她夆起手来放在嘴边直吹。

我目瞪口呆。

我所以目瞪口呆,是因为这个女人只披了件浴衣。所谓"只",是因为她实在是光着身子的。她冲出厨房时,裸体就被我一览无余。

我觉得眼前很亮，像被一个东西猛地那么一照。常有消息说，一种天外来的飞碟就是赫然放着光明一划而过。她放着光明一划而过，但还是给我留下了观察的机会。我猜她不再是情窦未开的姑娘，有三十吧，三十出头吧。但她体态很棒。棒，不光是美。有人很美但不棒。她的脖子、乳房、肚子、大腿……我看到的一切都很棒。这使你觉得最打动人的女人不是美，实在是棒，男人的目瞪口呆只能是面对一个棒女人。面对肖禾我从不目瞪口呆，还没有女人使我目瞪口呆过。

我开始研究她的行为逻辑，发现她那一头湿漉漉的短发。这显然是正在洗澡，想起阳台上的锅，才迅速从卫生间抓件浴衣就奔了出来。那么，是什么原因使她不把浴衣穿好呢？显然，她早就知道她面对的是一座从无人问津的大仓库，她完全可以对它视而不见。于是她放心了，无拘无束了。人在放心时，在无拘无束时也愿意把自己暴露给自己。

这是五月的一个黄昏，南风把麦子吹黄的季节。麦海在这陈旧仓库的周围汹涌。我感谢我的选择，感谢行政处为我指定的这个房间。我悄悄地关起窗户，又蹬上桌子拧下灯泡，并且把灯绳用力拉断。我愿意在黑暗中生活，愿意让对面——以后我一直这样称呼她——以为她面对的仍然是一座被大自然包围着的老仓库。

我在北京念书的第二年暑假，因为无所事事，就受了一则电视广告的怂恿，乘火车去两百公里之外的一道大峡谷旅游。在峡谷入口处，我和当地向导因为价钱发生了争执，这时有个姑娘赶过来说，如果我不介意可以与她合雇一个向导，每人就能少拿一半儿钱。我看了她一眼，立刻表示同意。我已断定在我和她之间注定要发生点什么。她是合我心意的那种女性，不张狂也不忸怩，身材消瘦，脑后束着马尾辫；脸上的两三粒小黑痦子使她的面孔显得俏皮、动情；眼睛不大但挺亮，总像在为什么事而激动。

我们走进凉森森的峡谷，陡峭的崖壁上正盛开着浓密的海棠花，远看去像飘逸的云。底处尽是鹅毛笔一样的羊齿苋和叶片圆圆的独根草,逆着珍贵的阳光,它们格外剔透。向导是老实巴交的当地农民,操一口当地土话,舌头该打弯时打不过弯来。他笨嘴拙舌地给我们介绍完海棠花和羊齿苋,又讲起当地的故事传说,许多故事都和明朝的朱棣(燕王)联系着。有一个故事说,燕王扫北时,这峡谷周围的山村野舍也颇受兵荒马乱之苦。一日他正率兵骑马追赶闻风而逃的山民,发现一个逃命的妇女怀里抱着一个大小孩,手中牵着一个小小孩。燕王心中奇怪,勒马问那妇女,为什么让小小孩走路,却把大小孩抱起来?妇女说小小孩是自己亲生的,大小孩是丈夫的前妻所生。燕王听后感慨万端,惊奇这穷山恶水之中竟有如此善良仁义之人,随即告诉妇女不必再出逃。燕王让她回村后在院门口插一桃枝,士兵见到桃枝便会绕过她家。妇女回到村里将此事挨家相告,第二天燕王的队伍一进村,发现家家门口都插满了桃枝,燕王只好命士兵放过整个村子。后人为了纪念这妇女的德行,年年四月都在门口插桃枝,久之,又将桃枝换作了桃符。

我只对这故事的后一半感兴趣,春风和煦的四月,在一个荒僻的山村里到处插满着含苞欲放的桃树枝,这景象颇似美国那个著名的故事——"幸福的黄手帕",使人觉得再过一百年当它被人重复时,依旧会充满一种激荡人心的吉祥境界,一种人类心心相印的古老魅力。我对故事的前一半颇不以为然,觉得那女人对待两个孩子的态度实在做作。何必呢,为了向世人证实自己的贤惠,偏要费劲拔力地抱着大孩子,却将一个没有行走能力的小孩扔在地上。若将两个孩子的位置换一换,说不定母子三人都能逃脱追赶——当然也就没有了这故事的后一半。

向导弯腰拔了一棵蝎子草,告诫我们不要碰它,它的叶面有一层毛刺,人的皮肤碰上去会立刻红肿一片疼痛难忍。说有些游客不知蝎子草的厉害,蹲在石头后边拉完屎就拿它当手纸用,他亲眼见过他们是怎样被蜇得一蹦老高,眼里转着泪花哇哇大叫,蝎子草的故事令我和她很开心,我俩大笑起来,我趁她笑得浑身颤抖时伸手扶在她的腰上。她对这试探性的一扶没有显出介意,似乎不知不觉,我随即用力搂住了手下那一围纤细的腰肢。

我闻到她身上一股好闻的气味,像青草,像小溪撞在石子上溅起的那种凉味儿。我低头问她用的是什么香水,她说用的是水味儿香水。怪不得我闻见了水味儿。这更叫我对她另眼相看。

当我对自己向往的姑娘揣摸不准时总是焦虑和急躁,总是盼望着一件事情赶快结束、下一件事情赶快开始,好让我有可能继续新的试探。现在我已不再急躁,也没有焦虑,我和她肩并肩地走在一起,心照不宣地说些不关痛痒的废话,心花怒放而又从容沉着地检阅着峡谷。峡谷没有白来,这对我果然是一条幸福的峡谷。我开始悉心品味幸福到来之前的一切琐碎过程,而这过程本身其实也就是幸福的一个内容。

当晚我们合伙吃了晚饭,还合租了当地旅游公司的"鸳鸯帐篷"。帐篷里并排放着两只用来作床的淡蓝色气垫,我们躺了上去,我迫不及待地闭掉了吊在帐篷顶上那支发着灰白光亮的节能灯,刚才围灯飞舞的小虫们立刻就在脸上碰撞起来。我带着被小虫子碰撞的激情去触摸黑暗中的她,她说:"先别,先说点儿别的。"我闻着她的气味问她别的什么,她问我是不是读过那么一篇小说,她说出小说的名字和一个有名的作家。很可惜我没读过这篇小说也没听说过这个作家,但我却一迭声地说着我知道我知道。此时我想用我知道我知道来打断她可能要开始的讲述,因为我已热血沸腾,我已按捺不住地想立即得到自己要得到的。她却完全不顾我的热望,一味地自言自语般地讲起那个小说:一个男人和一个女人在一艘客轮上偶然地相识,当客轮停泊在一个热带小岛时他和她心照不宣地下了船,他们在岛上的一家小旅馆度过了销魂的一夜。第二天当男人醒来时女人已离他远去,船也离岛,船带走了那于他来说无比亲近又万分陌生的女人。他甚至不知她的姓名,只在他们温存过的床上找到一枚她失落的发针。于是那发针一直陪伴着这男人,他终生都在渴望通过这枚发针找到那个他心爱的女人。

我们都被这个故事弄得失魂落魄,一时间我们都成了小说中的人物,彼此相爱又永不相知,说不定明天早晨这帐篷里也会留下她的一枚发卡。她的故事引导着我尽可能做到既风流又温柔,在她这浪漫故事的笼罩下我刻意使自己让她满意。但是也许我太年轻了,年轻到还没有学会如何疼爱手中的女人,我一味地折磨她使她从自造的浪漫中回到了现实。她开始指责我,说你是多么地粗糙啊!她的指责深深地刺伤了我的自尊,好像我一下子成了她在感情上的试验品。我粗糙,那么就必然有比我细致的。我忽然像憎恨肖禾一样地憎恨起她,而男女之间气氛的突变是难以快速转换的,它必须要一方首先作出牺牲。我作出了牺牲,暂时牺牲了我的自尊又一次亲近了她,但先前的浪漫就化作了生理上单纯之至的达到目的。这时她小声告诉我说现在是她的危险期,要我保证决不给她带来麻烦。我说我一定保证保证一定,然后我们就像两个签了约的人那样大松心地度过了后半夜。最后,最后我终于淋漓尽致地将"麻烦"带给了她。也许当我向她作过保证后就决心要麻烦她一下了,在这件事上男人永远掌握着主动男女永远无法平等,而我使用的这个卑劣手段正是要报复她对我的"粗糙"的指责。

第二天早晨我醒来时她已经不见了,属于她的那只淡蓝色气垫上果然遗落着一枚黑发卡,正符合了小说里的情节。

这种故意的遗落使我觉得我真地又一次进入了圈套,虽然她的圈套远比肖禾的圈套要高雅。使她感兴趣的不是我本人,而是在一种特定氛围中的我。当我配合着她完成了她梦幻般的经历,确有其事地把她变成了她盼望成为的小说中的人,我的存在便已不具意义。如果在我制造麻烦的一刹那内心曾对自己生发过谴责,那么这事后的分析使我变得坦然了,我甚至原谅了自己从一开始就对她抱有的不负责任的企图。

我捏起那枚发卡,发卡上还挂着她的一根头发。我再次意识到我永远不会看见她了,假如由于我,她身上真的有了麻烦,也永远没人来逼我负责。一切正因了她的浪漫,正因了我们彼此终不相知。这念头令我窃喜,又使我微微地不安。当岁月流逝我粗糙的心灵变得有了一点细腻的模样，我才敢正视我曾经多么地虚伪和下流。

那枚发卡被我揣在口袋里，没出半个月我就掏出来扔了。我可不想跟那篇小说里的男人一样，捏着个卡子捉迷藏似的把那女人找上一辈子。我庆幸自己连她的姓名也没问，只记住了那意味深长的桃符。

我的对面通常在早晨六点半推开阳台的窗子，这使得本来爱睡懒觉的我也随之调整了作息时间，我愿意赶在六点半之前起床。

我看见她穿着只有两根细带子的白色睡裙来到阳台上，乳房在睡裙里若隐若现。她的眼里分明还带着蒙眬的睡意，这使她在挂窗钩时，手显得很不准确。打开窗户她便闪回房间，我的视线也跟着穿越阳台，穿越厨房大开着的门向里跟踪。她已弯进卫生间去洗漱自己，我只能看见一小段走廊和厨房对面那个房间的一角。那个房间也经常开着门，有一块棕红色发亮的东西贴墙而立，好像是钢琴的一个侧面。

这时对面又出来了，头发整整齐齐，满脸湿润的新鲜，我觉得我甚至能闻见她嘴里的牙膏味儿。她带着一身新鲜开始点着煤气灶热奶，热完奶就用平底锅煎鸡蛋。从时间上判断，她把鸡蛋煎得很嫩，煎完小心翼翼地用木铲盛进盘子，像是怕破坏鸡蛋的完整。她这种对待食物的认真态度，叫人立刻想到家里正坐着一位等待她伺候的丈夫，可是一连数日她家就她自己。

对面把阳台改作厨房，和阳台毗连的厨房却被布置成一间小形餐室。我看见她坐在高脚圆木凳上吃早饭，就着光明可鉴的白色操作台。晚饭时她才坐在餐桌旁边。尽管独自一人，对于进餐的形式她也一丝不苟，台布、餐巾、筷子、刀、叉，秩序从不紊乱。当牛奶正冒着热气时，便有面包片从一只小匣子里跳出来。我知道匣子叫作吐司炉，能把面包烤得微黄，我在北京时认识了它。她吃得挺多，挺仔细，然后常以一个西红柿作为早餐的结束。她仿佛从来没有厌烦过这种在常人看来十分讲究的早餐形式——我欣赏她的讲究，这也是文化之一种吧，我常常研究是什么经历培养了她这种半中半洋的吃饭习惯。我听说过"大家闺秀"这个词，可我接触过的女人实在连"小家碧玉"也比不上，有时我突然觉得，她们只配用蝎子草当手纸。后来天气渐渐变热，她的穿着也越来越简单，身上被遮挡的常常只有那三点。对于那三点，与其说是为了遮挡，不如说是为了特意暴露。设计这些只用来作遮挡玩意儿的人实在是聪明，它们给人类增加的色彩，实在不仅仅是这些玩意儿的本身。

面对这个讲究到极致的随便或者随便到极致的讲究的女人，我常常怦然心动。奇怪的是我并没有要结识她本人的打算，我只想知道她的来历她的家庭她的丈夫和她的孩子，我像等待灾难一样地等待着他们。但，这个家里从来也没有出现过丈夫样的人和孩子样的人，于是我又猜测她的丈夫正在出差，而她们可能还没有孩子。那么，在医学院工作的究竟是谁呢？房主如果是她丈夫，什么事情使他连续一个多月（我已有一个月的看守仓库的历史）外出不归呢？如果是她本人，为什么她经常不回家吃午饭——在医学院工作意味着有条件回家吃午饭。如此说来，在这所大院里工作的还是她的丈夫，她应该另有职业。

我一时看不准她的职业，我看到的仅仅是她在厨房里和阳台上那些微乎其微的作为。

她剥葱剥蒜、擦洗煤气灶；她也美容，有时候她会带着一张涂了面膜的大白脸站在阳台上削土豆皮，像鬼怪，却令我感到亲近，似乎这是她专为我而扮的一个"鬼脸儿"。

还有一天，我看见她在家里整整忙了一个下午。她收拾鱼、肉，把杯盘弄得叮当直响。她肩上搭条毛巾，不时拽下来擦脸上的汗，稍有空闲便翘起手指欣赏自己手上的戒指。这使我想到，她的忙活一定和这枚戒指有关，她的忙活应该是为了迎接一个人，一个送她戒指的人。这人决不是她的丈夫，迎接丈夫用不着如此郑重，我想。果然，她在餐桌上摆了两套餐具。

天色暗了下去，我缩在窗前把自己埋没在黑影里，其实我的身体并不曾缩着,"缩"只是人在暗处的一种形象感觉。身在暗处窥视他人,这本身就有一种缩头缩脑的味道。我缩头缩脑地等待着,就像等待电影里一个跌宕的情节。

当对面的阳台灯火通明时,我的视线里终于出现了一个高个子男人。他静悄悄地出现在对面厨房里,出现在对面的身后。他伸出双臂猛然拢住她的腰,就势歪过头吻住了她的脖子。对面的手中正攥着一只尚未打开的酒瓶,她胡乱地把酒瓶放在桌上,试图转过身去拥抱这个男人。这男人只一味地拥挤着她,不许她转身。这举动,这景象,再次证明我的判断是对的:这人决不是她的丈夫。中国的家庭没这规矩,没这层次。回来就回来,放下手里的东西该干什么就干什么去,吃饭就说吃饭。冷不防,她终于转了过去,他们立刻抱在一起,没完没了地接起吻来,吻到不可收拾时,他把她抱起来离开了厨房。

当他们再次出现在厨房时显得平静多了(干完了)。他们坐下来喝酒、吃鱼。他们吃得很香,很少说话。冷清时(我猜)就停下来隔着饭菜亲吻一下,他的一只手握住她的一只手(那戴着戒指的手)。

我站在窗前感受到双重的饥饿,却在心里起劲儿地笑这一男一女的煞有介事。我再次揣测那男人决不会是对面的丈夫,直到有人怯生生地敲门。

这是我住进仓库后所听到的第一次敲门声,但我不想开门。我默不作声——屋里既然没灯,有人没人谁看得出来?敲门声却持续地响着,并且有人叫着我的名字。我听出是林林,才摸着黑开了门。林林站在门口不进来,说:"你怎么不开灯啊?"

这使我无言以对,因为从来也没人问过我这个问题。但对于一个正派的女孩子,这个提问是再正常不过了。现在我不准备回答她的问话,只想先把她拽过来。我拽过了她,把门反锁上。不用问,林林对我连打带骂,她骂我是流氓。但她的骂声很快就消失了因为我用我的嘴堵住了她的嘴。我把她紧紧抱在胸前任她像条愤怒的小蛇、小猪一样扭来扭去。拥抱林林堵林林的嘴,这实在是个权宜之计,我不愿意让她和我一起看见对面的阳台。就为这,狗急跳墙,我

"跳"到了林林身上。果然,林林一慌便什么也看不见了。我还趁机对着林林的耳朵说:"你知道我和罗欣为什么打起来么? 就为了你。"林林不再那么惊慌失措了,但仍要从我怀里挣脱出来。这时我觉得一个硬邦邦的东西直撞我的腿,顺腿摸去原来是一只饭盒,是林林提着的一只饭盒。林林趁势挣脱我说:"你让我出去,这饭盒给你。"只听咣当一声她把它放在桌上。

房间忽然比刚才又黑了一层,我发现这是因为对面阳台已经熄灯。我放下心来,一场虚惊总算过去了。可林林没有走,黑暗中我看不见她的表情,只听她再一次问我:"你为什么不开灯呀?"我说灯泡坏了再说开灯招蚊子,再说多一个灯泡多一份热。林林不再提开灯不开灯的事,只告诉我饭盒里是馅儿饼。我摸到饭盒拿出个馅儿饼咬了两口,仿佛我早就在等着她的这盒馅儿饼似的。我请林林坐下。

林林在黑暗中挨我坐了下来,问我刚都说了些什么。显然,黑暗中的一切使她产生了惊险的愉悦,才迫不及待地追问我刚才的话。我只好又重复一遍关于我和罗欣都对她如何如何。她叹了口气(我想这是得意的一叹),说只感到我对她有意思,没想到罗欣。她问我愿不愿意她常来看我,我说我当然愿意,不过最好晚上别来,中午比较合适。她问我晚上怎么啦? 我说,怕对她不好,没灯。对我倒没什么。她小声儿笑了,说:"只要你高兴就行。"这是句会说话的女孩子的话,会说话的女孩子都会这么说。分手时,她站在门口连连说了几次"我走了",这当然是一种暗示,暗示我重演她进门时的那一幕。但我只是替她开了门,摸了摸(不是握)她的手。林林唰唰唰地大步下了楼,我觉得精疲力竭。

月亮升起来,对面还是一片漆黑。我躺在床上想着刚才的一幕幕,想着对林林的一次"权宜之计"换来的将是什么? 肯定是她将不断提着馅儿饼来看我的事实。想了一会儿即将来临的"事实",我又想起了对面的明天,明天,出现在对面的将是一个人,还是两个人?

天刚亮我就从床上坐起来,觉得嘴里又苦又臭。可我不想刷牙洗脸,我一动不动地盯住窗外。

对面的窗子打开了,又是挂好窗钩,又是消失,又是对自己的漱洗,又是有秩有序的早餐。看上去她心绪很好,饭后又从厨房拎出高脚凳,登上凳子擦玻璃。她穿着一件旧衬衣和一条短裤,她哼着歌,翻来覆去地总是那么一句:"咕咕、咕咕……"像鸡叫。但她的口形因此而变得有意思了,仿佛正热切地亲着什么。

那个男人没有出现,我的猜测已得到证实。他不是她丈夫,他没有在此过夜。他们只是熟人,熟到他随时可以来,随时可以走。我心中突然一阵阵疼痛。

念大三时我有过一次比较正式的恋爱,我喜欢低班一个名叫尹金凤的女生。有一回宿舍楼洗漱间的下水道堵了,污水溢到走廊里来。男生女生们都夯着胳膊吱哩喳啦地叫,只有尹金凤挽起袖子脱了鞋,光脚走进洗漱间,掀开下水道篦子伸手就掏,掏出一大堆烂头发、牙膏皮什么的。脏水泡着她白净的脚丫,原来尹金凤长得很出众。很快我就打听到她是从边远山区考来的,正应了"深山出俊鸟"那句俗话。

我开始追逐她,一边得意着我的眼力。她很少参加校内娱乐活动,整天泡在图书馆看书。我于是也追她到图书馆,我们终于友好地认识了。我惊奇她的普通话讲得那么好,只有细听才会发现个别咬字的发音带着山里味儿,比如她老是把"二"念作"恶"。但这更使她显得娇憨,似乎在无意识地对人撒娇。她坦率地向我讲述了小时候贫穷的日子,说那时吃不饱饭,他们兄弟姐妹五个人,每天中午放学后都比赛着往家跑。谁先到家谁能抢上锅里的稠米汤,谁后到家谁就捞不着米了,盛到碗里的只是汤。学校离家有三里地,每次他们都跑得上气不接下气。她的讲述更激起了我"骑士"一般的热望,我多么乐意尽我的所能使她永远不回首那抢着喝稠米汤的日子。我频繁地送她东西,有一回甚至把母亲家传的一枚翡翠项坠偷出来取悦她。我记得那次她抱住我大哭起来,当时我也很激动,我为她擦着眼泪试图去亲她的脸,但她很警觉地推开了我。她对我防范很严,这种防范更把我折磨得六神无主,这段时间一个名叫表妹的人又掺和了进来。

这表妹其实是我同宿舍的表妹。表妹的父亲是个做化妆品发了财的企业家,他们那个化妆品系列里有一项还得过布鲁塞尔尤里卡发明奖。不过用表妹的话来说,中国的化妆品就像中国的酒一样,都在某个地方得过奖。她经常提着一大袋子男用面霜、粉刺灵什么的到学校来分送给一些人,唯独不给我。这举动常常把我弄得很忐忑。有一次我问她为什么不送我,她说因为我爱你,怎么能把白拿的东西送给心爱的人呢?我会送你东西的。

表妹开始送我东西,我也开始接受表妹的东西。其实我接受表妹的东西是为了拿过来转赠尹金凤。手表、打火机、运动鞋、真皮钱夹、名牌衬衫……我无一遗漏地都送到了尹金凤手上。我让她寄回山里老家,说这是我给她兄弟姐妹买的。表妹接下来就开始约我吃饭,去"肯德基",去"王府",去"香格里拉"。有一次在饭桌上,她竟然把一粒樱桃叼在嘴上让我用嘴去接,这动作有点刺激,却把我弄得非常别扭,一时间仿佛她嘴里叼的不是樱桃而是揦布——就算是樱桃,我怎么能咽下一个陌生女人嘴里的东西呢,这太不可思议了。我装着没反应,表妹倒也没生气,嚼着樱桃说我没见过世面。我心想这动作也配叫世面?

表妹继续向我进攻,有一回约我出来在"昆仑"吃饭,当着我的面,她花八千块钱买了一条24K金的蓝宝石项链,说是送给我母亲的。我推辞不要,表妹云山雾罩地说,不要就是看不起她爸。她告诉我,她爸爸最近跟她谈了一次,说他们家有的是钱,表妹嫁人就不要再嫁给钱了,最好嫁给知识,知识加钱,两辈子花不完。

我不得不佩服这个做雪花膏的老家伙的远见,我也十分地明白这表妹简直是提着一条宝石项链向我求婚。可我的心里只有尹金凤,假如她那个野天鹅一般的脖子上有这么一条项链该是多么不同凡响!我不记得那天我究竟说了些什么,只记得酒后的我们跌撞着来到她家,进了她的房间,上了她的床。过后我提着那条项链想:我这不是做了一回男妓吗!

第二天我迫不及待地把项链献给了尹金凤。当我亲手将它围在尹金凤的脖子上时，我对她第一次产生了不可扼制的冲动。这冲动也许是基于我对自己的怜悯：我觉得我付出的太多太多了，我需要回报需要尹金凤的亲近。我给她戴上项链就去扯她的上衣，谁知她扬手给了我一个耳光，那一刻我才算真正领教了山里人的力气。有一会儿工夫我眼冒金星什么也看不见，尹金凤趁机跑了，临走她小声说："我会对你好的。"我想，有这样的女人，对这种人你心急不得。

　　令人可恼的是，在不久以后的新年联欢会上，我看见那条蓝宝石项链竟然戴在一个绰号叫作"一比四"的女生脖子上，"一比四"是尹金凤的同班好友。我忍耐不到散会就把尹金凤叫出来，在操场上我声色俱厉地请她给我解释清楚。她无声地笑笑（即使操场漆黑我也知道她在笑），承认"一比四"脖子上的项链是我送她的那条。她说她所以送给"一比四"项链是在巴结"一比四"，她所以巴结"一比四"是因为"一比四"的父亲是北门市副市长——"就是你们那个城市"，她提醒我。停了一会儿她又说："最重要的是'一比四'的母亲刚去世，你明白了吧？"

　　我说我不明白，尹金凤说那我就说白了吧，我要向他们家进攻。

　　我说这回明白了，你想给"一比四"当后妈。

　　尹金凤说应该是我想嫁给"一比四"她爸。

　　有什么不一样吗？我问。

　　尹金凤说怎么解释都行，反正我告诉你了，这是相信你。

　　我说那咱们算怎么回事？

　　尹金凤说咱们怎么了？

　　（也是，咱们怎么也没有怎么）

　　我说，这么说我还得感谢你对我的信任？你一边和我不清不楚，一边又借花献佛想给副市长当老婆。我告诉你，北门市的市民可不把"二"念成"恶"，见面时别忘了先改口音。

　　我想你不仁我也不义，先污辱污辱你再说。我以为我会激怒尹金凤，她却十分镇静地说，我正在努力把"恶"读成"二"，我还要努力

170

修正身上的其他缺陷。"改正缺点,修正错误",毛泽东说的。知道我钻在图书馆净干什么吗?我通读了全世界两百多个总统、总理、政治家的传记。我喜欢权力,如果我得不到权力我也得站在有权力的人身边。从小到大我受了那么多罪,只有权力可以免除我再受这样那样的罪——也包括不再受你这样的人的奚落。

我说我……

尹金凤说你奚落我的口音,这才是你们这种人的原形毕露。你以为给我们点儿小恩小惠我们就得把自己献出来?他妈做梦!

我说这总比又要当婊子又要立牌坊好。

尹金凤说我不是婊子,我还清清白白地留着我自己呢(给那个副市长留着)。你才是婊子,男婊子,"一比四"把什么都告诉我了。戴你的项链还嫌脏脖子呢。

好家伙!我已无地自容。在这个山里姑娘面前我还能再解释什么说什么?她的精明和野心已够我的脊梁骨寒冷一阵子了。分手时我只说了一句"祝你成功",没想到又招出她一堆话来。她说我会成功的,还记得那次我在洗漱间掏下水道吧,总有一天我会指挥着别人去掏下水道去干这干那,因为我自己干过、会干,我更知道怎么指挥别人干。哎,你等等,你先别走!她叫住我。

我停住脚,她站在我的对面,身子直挺挺的,伸出脖子轻轻亲了一下我的下巴,宛若秋风把一片干枯的树叶吹上了我的脸。亲完她对我说,我说过我会对你好的,言而无信非礼也。

暑假的时候"一比四"邀请尹金凤去了北门市,毕业后尹金凤果然如愿以偿,作了市长太太。

我回到北门市以后,表妹曾经开车从北京来看我。这使我的良心深受谴责,我觉得最倒霉的莫过于这个表妹了,花了钱又献了身。我不想再这么和表妹支吾下去就把实情告诉了她,我甚至还说出了与这无关的从前的事情,比如肖禾,比如峡谷里的浪漫,以证实我的不可救药。表妹说她自己也不是什么好东西,还打过一次胎呢。她挥挥手一副很潇洒的样子,好像以挥手的姿势帮助我赶走了从前那些乱七八糟的纠缠。然后她说我只想告诉你一句话:就算你不爱我,我也不后悔,真的,虽然我这回是真心。

我看见她眼里噙着泪,可她没让眼泪掉出来就开车走了。我回到家来才发现我的桌子上有一千块钱,这他妈是什么意思? 想救济我还是怎么的。那时候项链有点用,现在钱有个什么用。操你妈! 我在心里大骂。我骂的不是表妹,可我得骂一声。

中午林林来了,把自己刻意拾掇了一番,一尘不染的样子。她给我带来几个桃子,据她说都是洗好并用洗涤灵消过毒的。我俩并排坐在床边吃桃子,一时竟想不出什么话来。我竭力回忆着初次遇见她的情景,就因为她喜欢在背人的地方吃零食,我才想把她拥在怀里喂她吃。回忆给了我一点儿感觉,好像我们已经认识了很久。现在人和零食都在眼前,难道我不该喂她吃个桃子么? 我拿了一个桃子送到她嘴边,把手臂搭上她的肩膀。她并不推开我,扭脸看了我一眼,我想我终于如愿以偿。接着我喂起她来,手臂也把她箍得更紧了。虽然我觉得这一切并不十分高级,有点俗,有点表演成分,可我猜林林还是需要这点表演的。

林林大概没有把这看成表演,昨晚我对她的粗鲁加"规矩"也许反而促使她倍加信赖我。她微闭着眼,一口口地嚼桃子,显得心醉神迷。我趁她不备,趁她正心醉神迷,往她嘴里塞了一个桃核。她一咬,睁开了眼,攥起拳头就捶打我。她骂我"讨厌",还说要打死我。男人等待的简直就是女人嘴里这个"讨厌","讨厌"实在是个信号,要是听着"讨厌"再挨上两拳头,就更货真价实了。林林一捶我,我就势往床上一躺说,既是讨厌不如死了算了。林林又给了我两拳,头也顶了过来,顶在我肩膀上、胳膊上,然后便说我的衬衫都馊了,要给我洗衬衫。

一听说眼前的女人要给我洗衣服,我心中一阵悲凉,就仿佛我已经是一个丈夫了。对于"丈夫",我还是要提高些警惕的。我必须悬崖勒马,适可而止。我们刚正式接触过两次,再过几天说不定她就要替我领工资还得限制我一天抽多少烟。

对面的阳台空荡无人我感到孤立无援。我弄明白了我需要林林就像需要一个妹妹，我愿意逗她开心，愿意她欣赏我适可而止的自我表现——一个好心大哥、"博学多才"大哥的自我表现。但我决不愿意再让她拿头顶我，骂我"讨厌"，事情发展起来会无止境的。那么，我决定把她的注意力引开，比如领她参观这座满是灰尘的大仓库。

我们走进了这仓库的每一个房间。我指着如山的桌椅、如山的柜橱、如山的木床对林林说，这儿是个博物馆，联系着人类学的博物馆。你别以为它们就是桌椅板凳，它们都有各自的生命各自的记忆，人类早就遗忘的事，它们却记忆犹新。我一边说着，哗啦拽开一个抽屉，把林林吓得一激灵。我说不必惊慌，请看这是什么：两张点心票（指甲盖大）是一九六〇年印制的。当时中国正值天灾人祸，所有食品一律凭票购买，点心已成了稀奇，每人每月只能得到一张半斤的点心票。也有不少能人为此毁掉半生的，便是造了假点心票，其罪过如同当今造假钞、走私大麻一样。不过这两张是真的。至于主人为什么慷慨而粗心地把它们遗忘在这里，你能解释吗？

林林作了几种解释，都被我否定了。林林问我：你说呢？我说只有抽屉知道。接着我又哗地拉开一个抽屉，里面有张纸条，上写："四月三日大丽借我奶票两张"。我问林林这又是怎么回事，林林说也是一九六〇年的陈年老账吧。我说并非，那时节哪有牛奶可买，奶牛早被杀吃了。现在的关键是这个四月三日，这个四月三日究竟是哪一年的四月三日，这倒是我们一个长期的研究课题。接着我又拉开一个抽屉，这抽屉里没有点心票，也没有欠条，只在抽屉边沿上刻着几个黄豆大的字——"同胞们，警惕小芝"，后面有个惊叹号，刻得最深。我和林林脑袋挨着脑袋看了半天。我说，懂了吧，现在电视台的小品越编越乏味，就是因为缺乏这类线索。这里的每个线索都能编出一个上等小品。

在我的启发下，林林也给我讲了一个和抽屉有关的故事，说有一个工程师是设计院出了名的怕老婆，经济上没有一点自主权，工资全部由老婆代领，花两分钱买火柴都得提前向老婆申请。后来这工程师去南方出差时飞机失事，死了。另一个工程师搬进了他的办公室占用了他的办公桌。过了好几年那办公桌的一个抽屉掉了底，工程师才发现在那抽屉缝里有一个叠成窄细长条的存折。打开存折看看，上面有五千多块钱。你猜那存折是谁的？是死了的工程师的。那死了的工程师是谁？是我爸。

林林说那些钱是她爸发表论文的零散稿费，说现在的抽屉主人当即就把钱送到了她们家。来人以为林林的母亲会喜出望外，谁知她母亲却要求这人把那张桌子的所有抽屉都拆下来看看，说没准儿还能翻出存折来呢。我对林林说你母亲挺叫人扫兴的，林林说可不是吗，如果我是那个工程师，拿到这个存折根本就不往死者遗孀手里交。你好心交给她，她反倒怀疑你指不定还昧起来几个呢，反倒怎么也说不清了。

我说就是，我说这也是一个上好的故事，说不定这桌子就在我们眼前，至于是哪张，也许已经无关紧要。我说林林，现在你应该懂得我领你参观仓库的含义了吧？今后有的是时间，我们应该把所有的家具都作一番调查，说不定能写出一部比"三言二拍"更伟大的小说来。我一边说一边哗啦哗啦地拽抽屉，林林也开始拽。她看上去比我认真，那是因为她比我更相信那个与她们家有关的故事。这拽抽屉的运动持续了好几天，所有房间的尘土都被我们搅了起来，所有的抽屉都被拽开而我们却不知道将它们合上，致使这座仓库好像塞满了因上吊而吐出舌头的死尸。我们一无所获。

林林对此逐渐失去了兴趣，好几天不来了。我这样折腾她，这样跟她瞎"白话"，纯属为了排遣和填充午间的寂寞。我实在是厌烦中午，我期盼的是傍晚的来临。

黄昏了，对面亮起了灯，有时是她自己，有时也有那个高个子男人。在我的视野里，我从未漏掉过一次她和他的拥抱、亲吻、说笑，也有过争吵：她从围裙兜里拿出一封信给他看，他看了几眼扔在地上，然后弯腰捡起来再看，看完把信撕掉。她从他手里夺那撕碎的信，脸涨得通红，突然从无名指上褪下那枚戒指开窗便扔了下去。这使我不禁想到，尹金凤即使在给了我一耳光之后，也不曾有勇气把那条宝石项链一并扔给我。我看见那男人惊愕着冲她喊了一声，接着就冲到阳台上和她一起探着头往下看。她闯了祸一般抽身回到厨房,然后就不见了。男人继续向下探着头,我猜对面肯定是下楼捡戒指去了。这时男人脸上渐渐有了笑意,一定是戒指找到了。过了一会儿,对面举着戒指出现在厨房里,男人从她手中夺过戒指,攥住她的手,为她重新戴戒指。他和她都笑了。后来男人就帮她洗碗,她从他的身后为他系围裙,他又扭过头来亲她,像往常一样。

我想,这没什么,恋人(或情人)之间常有的事。但那封信却非同一般,它一定联系着另外一个人。我终于在一个本该是安静的中午发现了对面有新情况。

这个中午林林仍然没来。我无比轻松,洗了两根黄瓜,打开一瓶啤酒,坐在窗前开始吃午饭。这时对面突然出现在阳台上。跟在对面身后的是个男人,这不是那位高个子,这人比高个子岁数大,身体偏胖,也许五十岁,也许五十多岁。他尾随着对面来到阳台,对面向窗外指点着,我猜是向他介绍四周的环境。他有分寸地点着头,然后他们一起回到厨房。看得出这男人对这里并不熟悉,厨房里的一切也令他感到陌生而有趣。他拿起一些瓶瓶罐罐向对面询问着什么,她微笑着回答得有分有寸。可是当对面伏在水池前洗手时,他猛地抱住了她的腰。对面显然反抗了两下,但反抗得并不果断,于是那胖子将她扳了过来……我不知道后来发生了什么,因为关键时刻有人敲我的门。我以为是林林,气急败坏地开了门,门口站着肖禾。

我惊讶地问她是怎么找到这儿来的,她说哈萨克斯坦她都去过了,索契也去过了,区区一个设计院怎么就找不到?她还说开始她找到了我的正式宿舍,有个姓罗的告诉她,我住在仓库里。我听着肖禾说话,眼睛却死盯住对面,阳台上已空无一人就像我刚做过一个噩梦。肖禾说喂!看你那神不守舍的样儿!我这么远来看你。

我让她坐下,还给她倒了一杯啤酒,只觉得心乱如麻。我说我现在这个德性实在不值得你看望。肖禾说我就知道你得这么说,放心吧,我不是来逼你结婚的,我只是来看你。

她大口喝着啤酒,一口下去半杯,告诉我说她已经辞了职,眼下正和俄罗斯做生意,倒腾服装,什么都倒。她说你知道吗,有一回我在哈萨克斯坦遇见一个小伙子长得特别像你，就为这个我跟他白话了半天，语言又不通，他说他的我说我的，但是凭直觉我觉得我什么都懂他也什么都懂了，天哪，分手时我的心都碎了，我想回国以后第一件事就是找到你看你一眼，你信不信？

我说我信，但我可是地道的国粹怎么会像洋人。肖禾说旁观者清啊。她说她还带给我一样东西，是在国际列车上从一个俄罗斯倒爷手里买的，我说拿出来看看。她拿了出来，是一架仿古单筒望远镜，尺把长，拿在手中沉甸甸的，像一枚大号手榴弹。她替我把它拉长，给我对对焦距，递给我说，你四处看看，带微距的。我举起望远镜向窗外一扫，一下就扫到了对面的阳台，心中一个颤抖——我不是走上对面阳台了吗！阳台无人，我只看见厨房餐桌上有个瓶子，写着番茄沙司，一瓶啤酒是豪门干啤。

肖禾见我喜欢这望远镜，顿时也喜洋洋的，她告诉我虽然望远镜外观笨拙，但镜片是德国蔡斯，出自二战后德国向苏联赔款造的工厂。

我拿着望远镜故意装作对于对面的若无其事，当肖禾也想用它看看对面时，我立即用望远镜瞄准了肖禾。我说肖禾你猜我看见什么了？肖禾说看见什么了？我说我看见你胃里的俄国列巴还没消化完呢。还有……还有我不说了。肖禾说净放屁，这又不是 X 光。我俩都乐了。我们都不再提望远镜。我说肖禾，望远镜我也看了，现在我可是想领你参观参观这座仓库。肖禾说这儿有什么可看的，我说这儿有秘密，我是想把肖禾调开，我不愿意她也窥测对面，不得已时我就给她讲那些空抽屉。我边说边往外走，肖禾还真傻乎乎地跟了上来。

我领着肖禾楼上楼下乱转，走了好几个房间。当我们又进了一个房间时，肖禾一眼就发现这里全是床。

是的，到处是床，散发着被冷落的寂寥，也散发着勾人欲念的诱惑。而密布着蜘蛛网和灰尘的空间更使这一切宛若战后废墟或者阴湿的巢穴。有时能唤起人欲望的正是这些废墟和巢穴，在废墟和巢穴里人更要以百倍的疯狂来证实自己的生命。就因为站在眼前的是肖禾,我第一次意识到这些布满尘埃的床比抽屉可爱。

肖禾在一张床前站住,我绕到她的背后,低头亲亲她的后脖梗,然后伸手将她拥在怀里,我的胸膛紧贴着她那汗津津的充满弹性的脊背,我想起这姿势分明是从对面那个高个子男人那儿学来的。我不知道为什么我要模仿他的姿态,只感到这模仿的必要。肖禾对我的行为或许有些意外,或许有些不意外。她愣了一下便转过身来用力使我倒向一张床,我又闻见了她大拇指上的唾沫味儿。

我们在床上滚着尘土,事后肖禾对我说,她很后悔把我从北门市逼到了南门市,说现在我不必怕她了,她思路开阔多了,早晚会跟别人结婚。但假如她和我偶然相遇,希望我也别拒绝她,这就够了。我说你看上谁啦?她说她希望能看上这设计院的一位,这样就离我近了。我说真要结婚,还是要慎重的。她说你是谁?你管得着吗?

我是谁呀,她的确也不用我管。她的话倒是卸掉了我多年的重负,我才说些慎重什么的。当我心中不再有负担反而对肖禾产生了一种说不尽的滋味,我们又换了一个房间又换了一张床,肖禾有时哭有时笑。我们又换了一个房间,我把肖禾扒得光光的,我也光光的,也很深入,直到我们变成两个泥猴。我们土鼻子土眼儿的裸体坐在床上,我头一回觉得肖禾有那么点可怜。可肖禾却是一副满意相儿,两只脏奶在胸前翘着,还不时扭扭这儿,弄弄那儿。观察了一会儿这房子,她没头没脑地说:咱俩开旅馆呀。我说在哪儿,她说就在这儿,先给它起个名儿叫"爱神"。我说多难听呀,听上去像妓院。肖禾说何必这么刻薄,要不就叫"路人之家"——过路的谁住都行。我说听上去像收容所。最后肖禾说我没诚意,说她永远也不知道我脑子里在想什么。我说人之常情吧,我说人所以为人,就是具备了这点聪明,全人类都一样。肖禾说是啊,可是为什么我想什么你都知道? 我说那是你乐意告诉我。肖禾说就算是吧。

她说着,猛一转身把我压在她的身子下边,两条胳膊紧紧箍住我的脖子仿佛要掐死我。我感觉有人进了房间,我看见林林站在床前。她穿着白大褂,双手插在口袋里,满脸通红,竭力想证实眼前是怎么回事。后来她终于弄清了,张了几次嘴,没发出音来,两只拳头在口袋里一鼓一鼓的。奇怪的是我并不尴尬,只一门心思地琢磨为什么她不把拳头从口袋里拿出来。

林林走了。过了一会儿肖禾也走了。我回到自己的房间朝对面望去,觉得对面已被我遗失了一百年。我迫不及待地独自用望远镜向对面巡视,窗内仍然无人,煤气灶很白,灶上有只打火器,打火器上有一行小字:MADE IN JAPAN……

清晨,我等待着对面出现在我的镜头里,我早把模糊已久的玻璃擦亮了一小块。把望远镜顶在玻璃上。我甚至提前刷了牙洗了脸,我愿意让一个干干净净的自己去注视一个新鲜的对面。

她推开门走到阳台上,随便穿了一件大背心,头发有点乱。当她猛然间把脸转向我时,她的脸就仿佛一下子贴在了我的脸上,甚至比贴还近。我发现她确实已不年轻,眼角已有了浅显的鱼尾纹。但嘴唇饱满,脖子结实,腮边有一粒黑痦子。她坦然地盯着我就像有意迎接我的瞄准,我心跳了几下就平静下来,因为我发现她并没看我,她的眼光正穿越了我和我身处的这座仓库,凝视着房后的原野。那里,麦子已经收割,秋庄稼尚未长成,田野一片豁达。她凝视了半天才收回眼光,这时我看见她眼里满是泪水。我第一次发现了她的眼睛的与众不同,眼泪使它们闪烁出一种娇媚的玫瑰色。

她独自对着窗外,就那么默默地流了一会儿泪,不像有什么大不了的悲痛。给人感到这种人即便有大不了的悲痛,她也会不在话下。果然,一切都恢复了正常,在这个时间该做的,她又开始做起来,当她坐下来吃早饭时,一切又是有秩有序。

至于对面的两个男人,我却不愿意用望远镜瞄准他们。起初我想把这解释成不屑于,实际我是不愿意他们的脸在我的视线里呈现出不容置疑的清晰,我讨厌这种清晰就像讨厌他们的存在。这时我已明了我是那样地讨厌他们,若在他俩之间再作选择,我对那矮个儿男人更是充满憎恶。这一高一矮两个男人轮番出现,却没有碰面的时候。我很想弄清他们出现的规律:高个子每星期什么时间来,矮个子每星期什么时间到。这段时间我为搞清他们出现的规律而心神不宁,搞清这件事简直成了我的生活目的。我曾经把某人假定成一、三、五,把某人假定成二、四、六,不对。我又把某人定为一、二、三,把某人定为四、五、六,又不对。我把每周的七天一次次地颠倒排列,一次次地失败。那么他们是无规律的,可无规律就要撞车。有时我觉得我简直成了私家侦探。后来我只搞清了一点,就是高的和矮的谁都不曾在这儿过夜。我想,女人和男人能睡在一起终归是不易的。找到了这个信条,我便从中得到了些许安慰。肖禾散布我和她的"睡觉",也就成了地道的无稽之谈,我真愿意落个:你是谁呀!

谁知我的信条也有被打碎的时候:有一个深夜我被对面惊醒了,惊醒我的是对面的灯光。我从床上爬起来朝窗外望去,原来深更半夜对面阳台上亮起了灯——确切地说,是阳台的厨房里亮着灯。对面正在喝饮料,只穿着一件宽大的男式衬衫,衬衫下摆齐着大腿,给人一种里边什么也没穿的感觉(穿没穿谁知道)。令我不能容忍的是,那矮个子男人就站在她的身边,他也举着一杯饮料不慌不忙地喝着,还一边俯身去亲她的胸脯。对面对他没有激情,但有一种温和的接纳。我感到周身热血沸腾,就仿佛对面和这男人一道欺骗了我。

我开始像憎恶那矮个子男人一样憎恨起对面,心中闪过我能够记住的所有五花八门的道德箴言。从痛打罗欣到现在已经两个多月,我心甘情愿在黑暗中熬着时光,忍受着恶浊的空气,难道就为了欣赏这个女人和两个男人的鬼混么?我从来也没有像此刻这样渴望电灯的光明和洪亮、宽广的声音,假如不是处在深夜我会立刻拔腿出去找总务处要灯泡。找灯泡、把屋子弄亮的念头持续了一夜。

第二天一早我就直奔总务处,在幼儿园门口碰见了林林,她正领着孩子们往外走。我有些不知所措地冲她笑笑,她瞪了我一眼(这是我意料之中的)。但当我快步走过了她和她的孩子们,身后却响起了一片嘹亮的童声:"叔——叔——好!"(这是我意料之外的)

我不得不回过头来答应着孩子们,顺势再冲林林点点头。她又瞪了我一眼,这次不如刚才狠,我感到她有话要说。我迎过来,背对孩子们,她说她有件事想告诉我,说肖禾找过罗欣。原来这家伙到底流窜到了南门市,为什么不去再找找那个哈萨克斯坦人?但林林的消息正中我的下怀,而她却当作一枚小炸弹投掷给我,这正是许多天真姑娘的令人心酸之处。显然,我与肖禾的裸体同林林的相遇,反而成了我和林林关系的催化剂,她才用了个激将法,好激起我对肖禾的愤怒。实际肖禾赶紧找个主儿比什么都强。

林林紧紧盯住我看我的反应,我只装了满脑瓜子灯泡和流行歌曲的旋律,光明加上音乐已是能叫人神魂颠倒。我用应付的口气对林林说,肖禾有这个自由啊,我不在乎。林林马上追问我究竟在乎什么。这话问到了根本,我想说我最在乎的就是窗外那个阳台,但我鬼使神差地说我最在乎的是你,可我现在有事,过一个星期咱们约个地方谈谈。

林林却说一个星期可不行,一个月我也不一定和你谈。你在乎我,我就得在乎你?

我说那就算我自作多情吧对不起。林林张张嘴还想说什么,我已经拔腿走远了。

在总务处,我向处长申请两只五百瓦的灯泡。处长问我要那么大的灯泡干什么,我说我是看仓库的,仓库亮点儿防贼。

处长说据他所知那个仓库从来就没进过贼,贼不会惦着一堆破桌椅烂板凳。这么好几十年了,他们只抓过一个附近农村的老头。处长说那时他刚从部队转业,分配在院保卫处。有一次他们绕着院墙巡逻,发现有个老头正用砖头砸墙角上的灯泡。处长说那时候的设计院戒备森严,院墙上隔不远便有个大灯泡。天一黑,灯泡都亮起来。处长说他们冲着老头追过去,问老头为什么砸灯泡。老头说我们村的电不够使,你们这儿的电多,截你们点儿电,正合适,光电线里存的这点儿电也够我们使了。处长说你老人家懂不懂电啊,电根本不是你说的那个道理。老头说你说电是个什么道理?有一回我去钢磨上磨面,出家门时拽拽灯绳灯还亮着,一到钢磨上就停了电。我对磨面的闺女说,停电了不要紧,电线里存的那点儿剩余的电正够磨我这二十斤麦子。那闺女也和你一样,说我不懂电,我怎么不懂?浇地的工夫停了电,垄沟里还能存住一股子水呢,电线里怎么就存下不一点儿电?老头把处长给说乐了,处长说后来他还推荐这个老头作过设计院的传达。

这故事虽有几分幽默，但对我毫无意义，我又提出领两只五百瓦的灯泡。处长说给你讲了半天老头砸灯泡的事，就是告诉你那个仓库不用防贼，要灯泡照明有个四十瓦的也足够了。

我拿了四十瓦的灯泡，一出楼门就把它摔在台阶上，然后上街专门去买。我在五金商店买了四个五百瓦的灯泡，还买了灯口、电线一大堆。从五金商店出来我又去音像商店买磁带，我在如潮的录音带里扒拉来扒拉去，最后抓阄儿似的闭着眼拿了一盒。这是一盘从前的旧歌，有《阿佤人民唱新歌》，还有《红太阳照边疆》、《北京的金山上》什么的。

我带着这堆东西回到仓库回到我的房间，忽然有一种前所未有的激昂之情，像是一台晚会的策划正审视舞台，又好比就要登场的演员在后台酝酿情绪。我接好电线电源，将四个灯泡一溜排开悬在窗口，打开录音机(我有一台燕舞收录机)放进新买的盒带，专心等待深夜那个时间的到来。

一天天过去，我只在白天见那高个子男人来过两次，但来去匆匆，我知道我等待的是那矮个子，也许那矮个子得了个暴病死了，突然死了，这倒也干净利索，解气！我想。但我仍然不敢掉以轻心，不错眼珠地立在窗前空守了好几个黑夜，心中感到气馁又有些安慰。但愿那男人当真不来了吧，但愿我那四个灯泡就此作废！

可是，有一天深夜，当我已经开始犯迷糊时，对面的阳台亮了！透过厨房的玻璃，我看见对面一丝不挂地站在洗碗池前洗桃子。这是我第一次完完整整地看她，她显得更加光芒四射。接着有个男人也进了厨房，正是那个矮个子。他光着上身，只穿一条中式短裤。他打开冰箱拿出一罐可口可乐，坐在高脚凳上悠闲地喝起来。他边喝边欣赏对面，对面也毫不在乎地请他欣赏。他好像又一次被她的美丽所激动，放下饮料就把她拉了过来……

一种邪恶的快感立即传遍我的全身，就像开幕的铃声已响我必须果决地登场。矮老头儿，别他妈怪我不仁不义了！我想着，一个箭步蹿下床，啪的一声拉动了电灯开关，同时把录音机打开。骤然间刺眼的光明直奔对面而去,紧接着"红太阳照边疆,青山绿水披霞光……"响彻夜空。我看见我推开一扇久未开启的窗户蹬上窗台,手中握着望远镜,故作轻松地朝对面望去。我看见那男人沉重的后背凝固了一般僵持在我眼前,我看见我的对面正麻木不仁地和我对视,这是受了极度惊吓后的麻木不仁。我还看见她的嘴角微微牵动着,像在发出无力的抱怨:你是这样年轻,为什么会这样残忍?

啊,正因为我这样年轻,才会这样残忍。

我在极度兴奋中忘记我的演出是怎样结束的。

我再也没有见过对面,阳台一直空着,厨房的门一直紧关着,自那个"光明"的深夜之后她就消失了。

我把窗户关上,拧下所有的灯泡重又过起黑暗的日子。我时常感到我的低下,我的卑鄙,我的丑陋,我的见不得人。我好比是个趁人不备从后面捅人一刀的歹徒,这种歹徒最大的资本就是趁人不备。

又过了些天,对面仍然没有动静。阳台上却出现了一个男人,不是那个高个子,也不是那个矮个子,凭直觉我断定他才是这阳台的主人——他随随便便地站在阳台上煮方便面,面色很难看,白胳膊白腿的。他坐在厨房里吃面,不时停下来发一会儿愣。吃完把碗扔进洗碗池也不刷,洗碗池里已经摆满了脏碗筷。我眼前突然出现了对面一丝不挂地站在洗碗池前洗桃子的样子。

有一天中午林林来了,手里拿着一个报纸包。她很拘谨,又竭力装作忘记了从前的不快。我对她说今天她这条连衣裙特别好看,林林显得高兴起来,打开报纸包说她最近在学剪裁,给我做了一件圆摆衬衫。我努力作出专注而感激的样子从林林手中接过衬衫,想到有天夜里,对面穿的就是这种圆摆男衬衫。接着出现在我眼前的便是对面的脸。

我愿意相信这是幻觉,但事实上这不是幻觉。对面的脸的确出现在那张皱巴巴的报纸上。我拿起报纸才意识到我已经好几年不看报纸了,我甚至忘记这城市还有这么一张《南门晨报》。我放下衬衫拿起报纸,在报纸的一个角落印着对面的照片,照片下边有一些文字,文字报道了南门市著名游泳教练、市政协常委的逝世,说是因心脏病猝发于某月某日不幸逝世年仅三十九岁。下面还有一些赞扬之词,有文字说她不受金钱、名利之诱惑,安心国内甘当无名英雄,并几次放弃出国与在国外读博士的丈夫团聚……

我推算了一下,某月某日正是我大放光明的那天深夜。

林林发现我对着报纸出神,问我,你认识这人?

我说我不认识从来没见过。

我的确不曾认识《南门晨报》所介绍的这个对面,更不知她还有这么一大堆眼花缭乱的事业。我所认识的仅仅是我眼里的那个对面,但我敢说世界上再也没有人比我更认识对面了,再也没有第二个人知道对面的真正死因了。

对面死了,阳台上已换上了那个白胳膊白腿的男人。但我总像有事业未竟:我依旧固执地想着那高个子和矮个子出现的规律。为此我决定作一次"微服私访",我必须亲临对面的空间去发现一些蛛丝马迹。我找了个帆布工具袋背在肩上,里边装了些改锥、钳子之类,扮作水暖工去造访对面的家。我来到医学院宿舍区,走到最后一排楼进了对面的单元,为我开门的正是吃面的男人,从国外回来奔丧的丈夫吧?他开了门,一脸沮丧地问我找谁。我说你是房主吗?他说是的,我说我是水暖工,例行公事检查下水道。他无可奈何地先把我引进了厨房,便干自己的事去了。我熟悉地(我想我应该是)走进厨房敲敲这儿弄弄那儿,看看墙看看柜,看看我熟悉的一切。当我站在洗碗池前拧动水管时,看见墙上有两行用铅笔书写的数字。字虽特别小,但我凭着感觉还是觉出了它们的存在。第一行是2、5、7,第二行是4。我恍然大悟:2、5、7是属于高个子的,那个4属于矮个子。可对面为什么不把这字记在心里,却写在墙上呢?这或许属于心理学家的研究范围。

我决心用沾了水的手抹掉这些数字,就像要隐匿起对面留在人世的最后的痕迹,隐匿起她的那些不方便、那些"阴暗面";就像我早就知道这面墙上有几个数字,而我的造访就是专为着消灭它们的。我抹掉那些数字来到阳台上,站在对面经常站的位置上张望着对面——我那肮脏的窗户紧闭着,而陈旧的仓库就好比一个貌似忠厚的阴谋家,无辜的对面曾经一览无余地把自己交给过这个阴谋家。

我从厨房里出来,站在过厅里,发现男主人正在卧室整理东西,像是要出远门。在他眼前的衣物中,也有我所熟悉的那些:一件圆摆衬衫啦,几件女人的小玩意儿啦。我对他说您的厨房真干净我很少看见这么干净的厨房。他说你这是什么意思? 说着脸上似有愠色。他的脸色使我发觉我的确说了反话,因为眼前的厨房实在不干净,洗碗池里的碗盘们都长了绿毛。但我的确不是故意,这是我意识中的习惯成自然吧——我曾经无数次站在对面欣赏过这间条理分明、整洁新鲜的厨房,或者说,它实在是有过我对男主人形容的那种时光。我抱歉地冲男主人笑笑告辞了这陌生的房子,我想我与他原本是没有对话基础的,我永远也无法向他陈述我的歉疚,正如同他永远也不可能向我复仇。

我不止一次地反省自己,又不止一次地为自己的行为辩护,说招致对面厄运的只能是对面自己,即使窥测本身就是低下的犯罪行为,可谁让她自己给我提供了窥测的可能呢? 那么我究竟是谁呢? 当我有意惊吓她时,与其说是要张扬正义不如说是出于私欲,我是什么? 我不过是在那一高一矮两个男人后面,对她充满欲望的第三个男人罢了。那个深夜,我采取的那貌似光明的"措施"本身不也是一种假象。假象如同体面的鸦片迷惑既定的秩序,它操纵着人类的大部分生活,也缓解着生活本身带给人的无尽的压力。

无论如何我摧毁了一个女人最后一个个人的角落,我又庆幸我的确亲眼见过一个女人生活中最真实的片断。她使我领略到人在逃离了人类注视时那份无可比拟的自如的魅力,她在无意中教我学会了欣赏和疼爱生活中那些不为人知的自然。这一切其实是从她的背后而得,虽然她每天与我面对着面。原来人类之间是无法真正面对着面的。

我搬出仓库搬到我该去的地方,第一件事就是找到林林,明确表示我不爱她更没有与她结婚的设想,我让她尽可能把我往最坏处想。她低着头,半天才问了一句:那你到底爱谁呢? 这的确是个问题,但我觉得我和林林之间没有探讨这个问题的基础,我说不清她也听不明。也许我从来就没有爱过,也许我根本就不曾具备爱的能力。爱的确是一种能力,我初次体味到这本是一种值得花费心血去郑重寻找的能力。我望着林林的后脖梗,望着她那从白大褂里露出一圈的花衬衫领子,领子已被磨损得露出了发白的经纬,但出奇地干净,就像整日接受着清水的漂洗和太阳的照耀。一股柔情从我心中油然而生,眼前的林林正好比一株色泽滋润的嫩绿植物,使我相信她应该有自己美好的生活。而生活应该是美好的,生活本身面对着我们就像大自然面对着我们,只有它们能与我们永远平等相待。当我有时被深夜的光亮偶尔惊醒时,会想起那个被我扼杀的女人,一种久违了的让自己变得好一些的愿望,在这时犹如远空的闪电嘹亮地划过我的心胸。

黄昏时分我愿意到墙外的庄稼地去散步,我愿意去呼吸空气里那又苦又甜的菜味儿,看垄沟里的水是怎样悄悄洇湿每一畦青菜。有一次我被一个强悍的农妇截住,她把浇地的铁锨横在腿前高声喝道:"站住,这儿不让过!"我知道她们讨厌我们这些人在菜地里乱走,就顺从地转身撤退,农妇却又从背后喝住了我:"回来!那儿不让过!"我站在那儿开始不知所措了,听着这种吆喝心想难道我又走上了一个阳台?最后农妇终于给我指出一条明路,我冲她点点头感激地向前走去,原野渐渐安静了。我来到一片玉米地前,地边的垄沟上盛开着淡紫色的小喇叭花和金黄色的矢车菊,有两辆自行车并排倒在垄沟边上,一辆男车压着一辆女车。小花青草簇拥着它们,在朦胧的光线里我听见远方有鸟儿啼鸣……

我小心地远离了自行车走上回程,我为之工作的白色楼群宛若一艘即将离港的巨轮正在等待它的乘客。当我穿越田野向它步步逼近时,忽然想起行政处长抓过的那个老头。停电以后电线里剩下多少电才够磨他的麦子呢?人类或许再也不会产生这原始的浪漫了,但被嘲笑的究竟应该是谁呢?

对面一片清明。

棉花垛

引　子

这里的人管棉花叫花。

种花呀。

摘花呀。

拾花呀。

掐花尖、打花杈呀。

…………

这里的花有三种：洋花、笨花和紫花。

洋花是美国种，一朵四大瓣，绒长，适于纺织；笨花是本地种，三瓣，绒短，人们拿它絮被褥，经蹬踹。洋花传来前，笨花也纺织，织出的布粗拉但挺实。现在有了洋花，人们不再拿笨花当正经花，笨花成了种花时的捎带。可人们还种。就像有了洋烟，照样有旱烟。

紫花不是紫，是土黄，和这儿的土地颜色一样。土黄既是本色，就不再染，织出的布叫紫花布。紫花布做出的单衣叫紫花汗褂、紫花裤子，做出的棉袍叫紫花大袄。紫花大袄不怕沾土；冬天，闲人穿起紫花大袄倚住土墙晒太阳，远远看去，墙根儿像没有人；走近，才发现墙面上有眼睛。

五月、六月、七月，花地和大庄稼并存，你不会发现这儿有许多花。直到八月、九月，大庄稼倒了，捆成个子上了场，你才会看见这儿尽是花地，连种了一年花的花主们也像刚觉出花就在身边。花地像

186

大海,三里五乡突起的村落是海中的岛屿。那时花叶红了,花朵白了,遍地白得耀眼。花朵被女人的手从花碗儿里一朵朵托出来,托进倚在肚子上的棉花包。棉花包越来越鼓,女人们你看看我,我看看你,互相笑,彼此都看到了大肚子。一地大肚子,有媳妇的,也有闺女的。媳妇们指着媳妇们的肚子问:"几个月了? 还不吃一把酸枣儿。"闺女们扭着脸。

摘花时,花主站在房上喊:"摘花呀,摘花呀!"喊来当村儿的闺女媳妇,摘完过秤付工钱。

米子和宝聚

米子做媳妇前也凑群摘花,那时米子也有过这雪白的大肚子。后来她不摘了。她嫌摘的多,工钱少。她有理由不摘,她长得好看:明眉大眼,嘴唇鲜红,脸白得不用施粉。她穿紧身小袄,钟一样的肥裤腿,一走一摆一摆。那时肥裤腿时兴,肥到一尺二,正是一幅布宽。一条棉裤要一丈四尺布,但臀部包得紧。这款式不是谁都敢穿。

米子的裤腿越来越肥,走起路来像挟带着春风,把村里男人、女人的眼都摆得直勾勾的。男人心动,女人嫉妒。可她不再摘花。遇到谁家摘花时,花主站在房上一迭声地喊,米子也不出来。摘花人走过米子家的土院墙,就撺掇年轻的花主喊米子。花主不喊,花主自知米子不出门的缘故。

米子不种花,不摘花,可家里也有花。里屋的炕头上,油黑的墙旮旯里,她常有一小堆。花被一张印花包袱盖严。米子不愿人看到她的花,她自知那花色杂,来路不正,可它来得易。花碗儿不再刺她的手,她愿意男人看见她的手嫩。

米子和爹两人过日子。她爹叫宝聚,摆糖摊儿、卖煤油,晚上"摇会儿"。黄昏了,宝聚推出小平车,点起四方四正的罩子灯。车上摆着脆枣、糖球、山里红、花生、烟卷,鸣锣开张。"摇会儿"的锣叫糖锣,响铜做成,有碗口大,敲起来比大锣高亢,比戏台上的小锣暗哑:噹、喤喤喤,喤、喤喤!

宝聚敲开百舍的夜,这村叫百舍。

敲阵糖锣,宝聚念诵出口成章的口诀:

> 抽抽签,摇摇会儿,
> 哪年不摇两亩地儿。
>
> 赢的东西不算少,
> 哪能见好就要跑。
> …………

"摇会儿"的车子被紫花大袄围严,人往车上扔铜子毛票,拿起宝聚的竹签筒,哐哐摇。开会儿了,宝聚对照你摇出的会儿底,该给烟的给烟,该给糖球的给糖球。烟不强,就"双刀"和"大孩儿";糖球花色多,有红有黄有绿,一个色儿一个味儿,扭着螺丝转儿,像蚕茧大。

宝聚是个细挑高儿,公鸭嗓。先前他在村里唱本地秧歌,演青衣、花衫,唱时调门高,尾音拖得长。看家戏是"劝九红",他演九红。九红被贪财的父亲劝,要九红嫁给一个财主老头儿。九红不听劝,和爹讲理,唱着"跺板":"有九红坐在了正房儿上,禀老父听女儿细说端详……"振振有词地诉说这门亲事的不般配,批判父亲的贪财思想。扮父亲的演员比宝聚矮,穿着紫花布做的偏领员外衣,下摆拖着地。嘴上没有髯口,用酒泡松香沾几朵洋花瓣。九红梳着大头,榆皮贴鬓,但行头含糊:裙、袄都是白布染成,水袖打挺儿,甩不起来。可宝聚有嗓子。

九红的哭诉、批判没有感动爹爹,却感动了台下邻村一个闺女,生是嫁给了地无一垄的宝聚。过门后夫妻恩爱,生了米子,那闺女却得了产后风,死了。如今人们听见宝聚的呐喊,如同听到了九红在爹面前的哭诉。

宝聚"摇会儿"收铜子、毛票,也收花。他收的花和米子的花一样不整状。米子不让宝聚的花归里屋,宝聚就把这花笼统地倒在外屋水瓮旁。那儿潮,卖时压秤。

米子和明喜

洋花的成色好,使花主们更看重花。三伏天缺水,花主扔下大庄稼不管,净浇花地。井水浸着干渴的土垄沟,土垄沟渗水,水头像是不动弹。可水在流,流进花地,漫过花畦,花打起精神,叶子像张开的巴掌。花桃湛绿,硬邦邦打着浇花人的小腿。

花主明喜在看水。明喜躺在花叶下睡,花搭搭的阴影在他光着的胸脯上晃。明喜不真睡,他估摸着水势,畦满了,便从花叶下蹿起来,改过畦口,再躺下。他浇得水大,浇得仔细。明喜最惦记他的花地,他盼花地今年比往年好,他盼大庄稼快倒了。那时他就会有一个看花的窝棚,那时他就从媳妇炕上卷起一套新被褥来花地看花。明喜愿意看花,虽然看花要离开媳妇,媳妇又是新娶的。可媳妇知道这花地的娇贵,知道这事不能拦,索性就不拦,还把新被褥给明喜准备出来。新被褥是娘家的陪送,洋花纺线、鬼子绿、鬼子紫、煮青和槐米染线,四蓬缯织布。

明喜要看花了,媳妇总是和明喜恩爱着一夜不睡,就像明喜要出征,要远行,要遇到不测风云,那不测风云就是窝棚里的事。她知道现在丈夫对她的热情都是提前给予她的歉意。明喜和媳妇高兴一阵,翻个身,叹口气,像在说:看花,祖辈传下来的,我又不能不去。要看花,莫非还能不搭窝棚,还能不抱被褥,还能不离开你,还能……他不再想,仿佛不想就不再有下文。

明喜八月抱走被褥,十月才抱回家。那时媳妇看看手下这套让人揉搓了两个月的被褥,想着发生在褥子上面,被子底下的事,不嫌寒碜,便埋头拆洗,拆洗干净等明年。

谁都知道米子钻窝棚挣花,也不稀罕。这事也不光米子,不光本地人。还有外路人,外路女人三五结伴来到百舍,找好下处,昼伏夜出。

　　花主们都有这么个半阴半阳含在花地里的窝棚。搭时,先在地上埋好桩子,桩子上梆竹弓,再搭上箔子、草苫,四周戳起谷草,培好土。里面铺上新草、新席和被褥。这窝棚远看不高不大,进去才觉出是个别有洞天:几个人能盘腿说话,防雨、防风、防霜。

　　花主们早早把窝棚搭起来,直到霜降以后满街喊拾花时,还拖着不拆。拖一天是一天,多一夜是一夜。就是宝聚用糖锣敲醒的那种夜。

　　宝聚用糖锣宣布了夜的开始,旷野里也有了糖锣声。旷野里的糖锣比宝聚的糖锣打出的花点多,但更暗哑,像是带着夜这个不能公开的隐私在花地里游走。糖锣提醒你,提醒你对这夜的注意;糖锣又打扰着你,分明打扰了你的夜。它让你焦急让你心跳,你就盼望窝棚不再空旷。

　　在旷野敲糖锣的人叫"糖担儿",但他们不挑担儿,只扛一只柳编大篮,篮子系儿上绑个泡子灯。篮里也摆着宝聚车上的货,烟比宝聚的好,除了"双刀"、"大孩儿",还有"哈德门"、"白炮台"。他们用好烟、大梨给窝棚"雪里送炭",他们知道,窝棚里的人在高兴中要"打茶围"。

　　有个糖担儿每天都光临明喜的窝棚,明喜的窝棚里每天都有米子。糖担儿来了,挑帘就进。那帘子叫草苫儿,厚重也隔音,人若不挑开,并不知里面有举动。糖担儿挑开了明喜的草苫儿,泡子灯把窝棚里照得赤裸裸。明喜在被窝里骂:"狗日的,早不来晚不来。"他用被角紧捂米子。米子说:"不用捂我,给他个热闹看,吃他的梨不给他花。"糖担儿掀掀被角,确信这副溜溜的光肩膀是米子的,便说:"敞开儿吃,哪儿赚不了俩梨。"他把一个凉梨就势滚入米子和明喜的热被窝。明喜说:"别他妈闹了,凉瘆瘆的。"米子说:"让他闹。你敢再扔俩进来?"糖担儿果然又扔去两个,这次不是扔,是用手攥着往被窝里送。送进俩凉梨,就势摸一把长在米子胸口上的那俩热梨,热咕嘟。米子不恼,光吃吃笑。明喜恼了,坐起来去揪糖担儿的紫花大袄。米子说:"算了,饶了他吧,叫他给你盒好烟。"明喜说:"一盒好烟,就能沾这么大的便宜?"米子说:"那就让他给你两盒。"明喜不再说话。明喜老实,心想两盒烟也值二斤花,这糖担儿顶着霜天串花地也不易,算了,哪知米子不干,冷不丁从被窝里蹿出来,露出半截光身子,劈手就从糖担儿篮子里拿。糖担儿说:"哎哎,看这事儿,这不成了砸明火。"米子说:"就该砸你,叫你动手动脚,腊月生的。"说着,抓起两盒"白炮台"就往被窝里掖,糖担儿伸手抢,米子早蹿到被窝底,明喜就势把被窝口一摁,糖担儿眼前没了米子。糖担儿想,你抢走我两盒"白炮台"我看见了你的俩馋馋不赔不赚。谁让你自顾往外蹿。我没有花地,没有窝棚,不比明喜。看看也算开了眼。

明喜见糖担儿不再动手动脚,说:"算了,天也不早了,你也该转悠转悠了。我这儿就有几把笨花,拿去吧。"明喜伸手从窝棚边上够过一小团笨花,交给糖担儿。糖担儿在手里掂掂分量、看看成色说:"现时笨花没人要。还沾着烂花叶,留给你媳妇絮被褥吧。"明喜说:"算了,别来这一套了,我不信二斤笨花值不了仨梨两盒烟。"糖担儿不再卖关子,接过花摁进篮子,冲着被窝底说:"米子,我走了,别想我想得睡不着。赶明儿我再来看你。"明喜说:"还不快走。"糖担儿这才拱起草苫儿,投入满是星斗的霜天里。明喜披上衣服跟出来,他看见糖担儿的灯顺着干垄在飘,看看远处,远处也有灯在飘。他想起老人说的灯笼鬼儿,他活了二十年还从来没见过灯笼鬼儿什么样。可老人们都说见过,说那东西专在花地里跑。

糖担儿用糖锣敲着花点,嘴里唱着"叹五更"。

明喜见糖担儿已经走远,钻回窝棚。米子在被窝里蹿着。明喜掀开被窝对着里面说:"米子,出来吧,糖担儿走了。"米子不出来,只伸出一条白胳膊拽明喜,让明喜也蹿到被窝底。明喜先把腿伸进被窝,摸黑儿在枕头上坐一会儿,然后褪下大袄向下一溜,也溜到被窝底。米子早用头顶住了他的小肚子,顶得明喜想笑。明喜把米子推开,米子打个挺儿舒展开身子说:"你顶我还不行。"明喜不说话,也用头去顶米子。米子说:"扎死我。"说着扎,她捶着明喜的背,搂着明喜

191

的脖子。明喜的脸贴着米子的身子一愣:我操! 敢情米子的身上这么光滑,我怎么这会儿才知道。明喜觉着自己的手糙、脸糙、身上也糙,米子生是和明喜的糙身子滚……

　　两人觉出身上冷才知道被窝散了许久。明喜歪起身子掖被窝,米子说:"我该走了,也省了你左掖右掖了。"明喜说:"这就走?"米子说:"你也乏了,睡吧。"明喜说:"看你说的,别把我看扁了。"米子说:"扁不扁的吧,莫非你听不见你的呼噜?"明喜不说话。米子早已摸黑穿好了棉裤棉袄,又摸到自己的鞋,跪在明喜身边说:"你睡吧,我走了。"

　　明喜躺着不动,只说:"外边有洋花,干草挡着哩,你自己抓吧。哎,可不许你再到别处串了,干草底下的花你尽着抓。你听见没有?"

　　米子答应一声,从窝棚顶上拽下她掖在那儿的空包袱皮,拱开了草苫儿。明喜听见她在掀干草抓花。

　　米子把明喜捂在干草底下的洋花尽搋入包袱,系上包袱便松心地蹲在花垄里撒尿。尿滋在干花叶上豁唧唧地响,明喜被这响声惊醒,知道米子还没走,披上大袄拱出窝棚两步迈在米子跟前。米子从花垄里站起来挽腰系裤说:"又起来干什么?"明喜说:"我还得嘱咐你一句,你听了别烦。可不许你再往别处去了,快回家吧。"米子说:"我不是答应过了!"明喜说:"我没听见。"米子说:"那是你没听见。"米子把一包捶布石大小的棉花抡上了肩,她觉得,明喜留给她的花还真有些分量哩。

　　米子望望四周,糖担儿的泡子灯又出跳了一个窝棚,糖锣打着花点。她迈过几条花垄,跨进一条干垄沟。明喜盯着米子的背影,看见米子并没有朝村里走。米子只朝村里走了一小截就斜着拐了回来。明喜想,说话不算数,还钻。赶明儿看我还给你留好花。

　　赶明儿米子来了。明喜问:"怎么总是说话不算话,不是说回村吗?"米子说:"是回村了。"明喜说:"得了吧,别哄我了,走了一小截就往回拐。又串了几处?"米子说:"你愿意听?"明喜说:"不。"米子说:"不愿意听还问?"明喜说:"问是得问,不问问还能给你留好花?"

米子说:"就那儿把洋花,也有脸说。你别给我留了,你娶了我吧。娶了我,就不要你的花了,还让你敞开儿打我。"

国

国跟他爹来百舍赶集买花,国他爹开花坊。这年国十二,头上留着"瓦片儿"。

花市设在茂盛店里。茂盛店临街,三间土坯房,房前常年搭着罩棚。棚下设两张白茬长桌,赶集的、住店的在棚下吃豆芽焖饼、喝糊汤。有个卖咸驴肉的在棚下操刀卖肉,有人买了肉,借茂盛的盘子盛,还找茂盛要醋蒜。茂盛不用徒弟,自己掌勺自己跑堂。

茂盛店面狭窄,后院宽敞,一带土坯院墙圈起两亩大的院子。院里常年滚着牛马粪,人和牛马把墙的边边缘缘蹭得溜光。贴墙几棵老椿树让牲口啃光了皮,可树照样疯长,瘦高。这里晚上留宿过往车马,白天清静,只在逢五排十大集时才热闹——花市占着。外地开花坊的在这儿收花,给茂盛好处。

国他爹沿着一溜摊开的花包查看,和卖花的讨价还价。他不急于买进,只等行市。太阳正南时才是收花的好时辰:卖花的都急着回家,放松花价。

国替他爹守着花堆。刚买进两份,花堆还小,花堆前横着大秤和杠。国坐在花堆上玩秤砣,提起秤砣往花上扔。秤砣沉入花堆,国就插进胳膊找,找出来再往里扔。他一次比一次扔得高,秤砣一次又一次沉得深。

米子在卖花,穿着藕荷小袄,黑薄棉裤,头上蒙块素白羊肚手巾。米子不蒙花手巾,她觉着花红柳绿反倒贫气。这手巾两头各有一行红字,这头是"祝君早安",那头是英文老花体的"Good morning"。这儿的人都蒙这种手巾,这儿的人都不深究这两行字的含意。可人们都假装研究米子的手巾。米子知道人们不是看手巾,是看她。

每次米子卖花,宝聚都叫米子连外屋水瓮旁边的花一块儿包走。

米子不。她只顾自己,这是体己。外屋的留给宝聚卖,那才是她和爹的缠缴①。哪怕缠缴不够时米子再往外拿,她也要攒体己。她钻窝棚也想着以后,她要寻人,她要生儿育女,她不愿意只带着一张穷嘴走。

宝聚的花包小,在花市尽头。

国他爹从米子跟前走了好几趟,不看米子的花包,也不看米子的手巾。米子拿眼瞟他,心想:充什么大尾巴牲口,你不就是开花坊的。你那小算盘我知道,左不是耗人呗。

米子看见国他爹在远处抓挠着卖主的花和卖主杀价,知道他杀价杀得狠。可等钱用的卖主还是扛起花包跟着国他爹走。

也不知转了多少趟,米子到底憋不住叫住了国他爹。米子说:"哎,我说买花的,怎么光走,也不怕把鞋底子磨出窟窿呀。"国他爹站住,说:"你的花我收过,被伤②。"米子说:"谁被伤?"国他爹说:"开花坊的被伤,买主被伤。"米子说:"怎么被伤?"国他爹笑笑,又走了。米子觉出有点讪。她想着等这个汉们再过来怎么对付。她觉着太阳走得很慢,日子过得很慢。

国他爹又走来了,这次米子不再叫他,倒把脸狠狠一扭,一行"Good morning"正对准国他爹的眼。国他爹觉出了眼前这行字。他头上也有一块这样的羊肚手巾,却从未觉出手巾上有字,可眼前有字。他捉摸这行字像什么,像蛐蛐,他想。像蛐蛐爬。

像长虫吧。

像蛐蛐。

米子知道买主在看她的背影,腾地转过来说:"转够了,转饿了,咱俩到前头吃焖饼喝糊汤去,我掏钱还不行。"

米子一句话把国他爹说红了脸,不知是因为私看了米子的手巾还是米子说要请他吃焖饼。他打算站住,打算和米子认真点。可他

---

① 缠缴:生活费用。
② 被伤:不划算。

一时叫米子的话给说闷了，寻思一阵，伸出胳膊就到米子花包里抓花。米子说："哎、哎，放下放下，不卖不卖。"国他爹把弓下的腰又直了起来，把伸出的手又缩了回来，不敢正眼看米子，说："不卖撂这儿作什么，撂这儿就能看。"米子说："递说你不卖就是不卖。"国他爹说："莫非你的花和别人的花两样?"米子说："还三样哪。"国他爹说："四样我也得看看。"

他看了一眼米子，米子正拿眼睛直勾勾地盯他。可她不恼怒，像受了谁的屈。国他爹心里说："敢情你早盯了我半天。莫不是我说话说走了嘴? 我说的两样不是那个意思，你分明是多了心，才'三样''四样'地拿话点我。花，也来之不易，我收了吧。"国他爹又去抓花，米子说："怎么还抓?"国他爹收住手，拍拍说："我要了。"米子说："你要，还有个我卖不卖呢。就不兴不卖?"国他爹说："出个大价还不行?"米子说："纵然给匹金马驹也妄想扛走。"国他爹说："怎么这宗买卖越说越远?"米子说："刚知道。"国他爹猜不透米子的心思，干吃米子的话头，也讪了。他看了米子一会子，看不出什么，心想走吧。

国他爹刚走，米子却说："你回来。"国他爹站住了，说："还有事儿?"米子说："怎么不扛你的花?"国他爹说："不是说不卖? 这死说活说。"米子说："不卖花谁在这儿站着，站得都腿酸。"国他爹说："扛过来吧。"米子说："还没出价呢。"国他爹撩起大袄。拽住米子的手，把两人的手捂住说："这整，这零儿。"这里买花，买牲口有唱码成交的，也有拉手成交的。国他爹搜米子的手不算过分，可他拽住了米子的手。米子想想这价倒不算小，嘴里却说："就算白扔给你吧。"国他爹说："还不快扛过来。"米子说："让谁扛?"国他爹说："你扛。"米子说："扛不动。"国他爹看看米子，扛了米子的花包。

卖主们都在笑这宗买卖。

国他爹扛着米子的花包走，排列在地上的花包拍打着他的腿。米子在后头跟着，钟样的薄棉裤腿拍打在花包上。

国他爹放下花包用大秤钩住过过，解开就往花堆上倒，花堆高了。国他爹给米子数钱，国把扑散下来的花往上攒，指着花对他爹说:"爹,你快看。"米子知道国让他爹看什么,就斥打着国说:"有什么看头儿。"国他爹信手从堆上抓起一把笑笑说:"杂"。米子说:"杂?是不是花?!再给你扛一包袱好的去。"

米子把一叠老绵羊票掖进衣兜,跑着去找宝聚,一路想着她那花的不整状。在买主雪白的花堆上,她的花像故意寒碜她,洋花里掺着笨花,还有人头大一团紫花。

宝聚的花还没卖。米子扛过宝聚的花包,硬逼着国他爹过秤。国他爹抗不过米子,米子旋风般地把宝聚的花也倒上花堆。国又指着花让他爹看,国他爹又信手抓起一把说:"怎么又使潮又使白土?"

乔和小臭子

后来米子寻了当村一个鳏夫,带着体己从东头嫁到西头,不再钻窝棚,一心想跟丈夫生儿育女,却几年不生。丈夫说她是钻窝棚钻的,可不打她。米子说:"没听过这说法。我那地方什么也没缺。"又过了几年,米子果然生了一个闺女,叫小臭子。小臭子不如米子好看,小鼻子小眼儿,爱找比她大的闺女玩,爱听大闺女说大人的事,十岁上净跟着十五的乔玩。

乔家有个大院子,院里净是枣树:大串杆、二串杆,还有灵枣。那灵枣个儿不大,像算盘子儿,细甜。孩子们就在枣树底下凿拐、跳房,玩做饭饭过日子。乔不爱玩,爱坐在远处看着他们想事:蜜蜂拱住枣花餐,家雀掐架,鸡配对……她都要想。乔家的鸡病了,被她娘她爹杀了,煺了毛,开了膛,她就偷看鸡的屁股。她想,公鸡、母鸡屁股那地方都一样为什么还有公母?不像人,也不像狗,也不像牛羊、骡马。人、狗、牛、羊、骡、马她都看过。

乔爱想事,长得快。胸脯早早发了鼓,屁股和从前也不一样了,腰却显出细来,生是想事想的。凿拐、跳房的孩子都觉着乔好看,乔也知道自己的出众,当着众人更显些好看:细眉下面的黑眼总是很亮,脸很粉,连牙都显白。

小臭子愿意找乔，就是盼望自己长得和乔一样。她想，她娘米子为什么不给她起个名儿叫乔，却叫个最最难听的小臭子。

谁都知道乔爱想事。乔的爹娘去花地拔草了，乔想着想着就锁门儿走了。孩子们从墙外看着被乔锁上的两扇门，打问乔呢？乔呢？没人知道。小臭子知道。小臭子也不在。

乔拉着小臭子早去了东头。东头新开了一座主日学校，每逢礼拜，有位神召会的外国牧师骑八里地自行车，从城里来百舍一趟。这牧师叫班得森，他先给大人传教布道，然后就教一班大小不等的孩子背诵金句。那是《新约全书》上的一句话，印在一张比烟盒大点的电光纸片上。那纸片一面是字一面是洋画，画上净是穿着宽松衣衫的外国男女。女人都好看，都白，有的还半露着胸脯。班得森让孩子们背诵上张的金句，谁背过了就能得到一张新的。孩子们管上主日学校叫"背片儿。"

乔来主日学背片儿。乔背片儿是为了正面那张洋画。她并不多想金句上的"神爱世人，甚至将他的独子赐给他们"是什么意思，也不想"虚心的人有福了"多么重要，她只爱惜正面的洋画。回得家，她把洋画压在枕头底下，等家里只剩下她和小臭子时，才拿出来看。只有一次背面的金句引起了乔的注意，那金句说：淫乱的人终归要下地狱。正面的画是爱淫乱的人在地狱里的受难图，有下油锅炸的，有被锯子锯的。

小臭子也记住了班得森教人念的淫乱，从主日学校回来问了乔一路，问乔淫乱是什么意思。乔光拿手打小臭子的后脑勺，打得小臭子直纳闷儿。回到家乔才把小臭子款待到炕上，倚着墙角一堆笨花说："你就喊吧，一喊一道街，也不怕有人听。"小臭子说："不是片儿上的？"乔说："片儿上的事也不是谁都能听。"小臭子说："那班得森还说，还教人背？"乔说："班得森说行，他是牧师。"小臭子说："班得森能说，咱们就能说。淫乱、淫乱就淫乱。"乔说："好，你还说，看我下回还带你去背片儿。"

小臭子一听乔不带她去背片儿了，才从花堆里坐了起来，赶紧说:"乔,我不说了还不行。"乔说:"这还差不多。知道淫乱是什么意思吗?"小臭子说:"好,你说。"乔说:"我是要递说你。你不是问那俩字是什么意思? 就是啊……来,你先躺下我才递说你。"小臭子又躺上花堆,使劲挤住乔。乔说:"把你那耳朵对住我的嘴。"小臭子把耳朵对住乔。乔像往小臭子耳朵里吹气一样,说:"就递说你一个人,可不兴你递说第二个人。你要是递说第二个人,我知道了就扭你。"小臭子说:"我不说还不行。"乔说:"递说你吧,淫乱就是配对儿。"小臭子说:"就是狗配对儿?"乔说:"不算狗。"小臭子说:"算鸡不算?"乔说:"也不算鸡。"小臭子说:"算牛不算?"乔说:"不算。"小臭子说:"算猪不算!"乔说:"不算。"小臭子说:"那羊、驴、骡子哪?"乔说:"不算不算,你别问了。"小臭子说:"都不算天下哪还有配对儿的物件?"乔说:"再猜你也猜不着。递说你吧,指的就是人。"小臭子一听说是人,便纳闷儿起来:"人也配对儿?"乔说:"是男女就配对儿。不信回家问问你娘。"小臭子说:"我娘打我。"乔说:"就别问了,指的也不是你爹和你娘,是别的。"小臭子说:"别的是什么?"乔说:"指的是汉们串门儿娘儿们养汉。知道了吧?"

乔、小臭子和老有

老有上身穿一件白细布汗褂,下身穿一条紫花单裤,站在乔家墙外打量乔家的枣树。他看见有几个大串杆红了"眼圈儿",想起大人常说的一句话:"七月十五红眼圈儿,八月十五挨枣杆儿。"现在刚七月,老有头上有汗,白布汗褂穿在身上也沾肉。

老有是明喜的兄弟,是老生。明喜的年纪像老有的爹,可他爹在城里二高当校长,教国文和地理,通音阶,会按照简谱填词:"麦已收割,豆已收割……"他跟班得森做朋友,主张信徒对主虔诚,儿童们殷勤,却不信教。班得森也请他为主日学校作歌词。

手舞足蹈唱新诗,

赞美真活神，
　　米珠薪桂够我用，
　　应该学殷勤。

　　老有爹教老有殷勤，也教老有文明：不许老有吃集上的饸子、咸驴肉，不让他买切开的西瓜，不让他坐在剃头挑子上剃头，领他到城里理发馆留分头，衣裳也比别人穿得严谨，不能敞怀挽裤腿，更不许光膀子。老有常觉着自己是个大人，可他才十岁。

　　老有平时不敢出门，怕人看，怕别的孩子拿坷垃投他。他没事就一个人到花地边上散步，他知道散步就是闲溜达。老有散步，顺便察看全村的花情，用竹劈儿做把尺子丈量花的长势。他看见城里"棉产改进委员会"的人都这么丈量，量出花棵的高度就把尺寸记在纸上。他不知那是为什么，可他丈量，他记。棉产改进委员会里有两个日本人，穿西服，和班得森的西服一样。有一次他在散步察看花情时碰见小臭子，小臭子问他量青花柴干什么，老有看看小臭子，却不理她。小臭子说："知道你是跟人家学，有什么用。"老有把纸和尺子装进口袋就走。小臭子在后面说："看这架势，快跟丈量棉花的走吧。"老有走远了。他在花地畦背上走，两只手插在口袋里。小臭子觉得他有点大模大样，还有点罗锅。

　　老有不理小臭子就是嫌她净找乔。老有管乔叫表姑，怎么个表法儿他不知道，反正他知道不近。不然为什么他家的花地一眼望不到边，值得他哥明喜看，乔家的花地才有乔家的两个院子大呢。老有家常年吃二八米窝窝，而乔家不到春天就吃起干马勺菜团子。可老有喜欢乔，喜欢乔就更不喜欢小臭子。乔拉他去上主日学校，他抹不开，可他不喜欢小臭子跟乔去。

　　老有在墙外看枣树，听听院里没动静，才推开乔家的街门。他不像别人，有门不进，专爬乔家的墙头进院子。他进门。

　　老有走进乔家不再看枣儿，却看见地上有厚厚的一层椿树花。椿树正落花，花像小星星，比黄米大点，有花瓣也有花心，闻起来有点臭有点香,臭椿的花最臭,茂盛店里的椿树就是臭椿。除了臭椿,还有香椿、菜椿。乔家的这棵是菜椿,能吃,不如香椿香。春天乔她娘给老有他娘送一把嫩椿芽,他们就吃,可不香。在椿树里,菜椿长得最高,木头暄。它长过房顶,长过枣树、槐树,树干树枝朝天竖着,像朝天烧的香。爬到椿树顶上的人不多,小臭子能爬上去。

老有蹲在椿树底下,敛一捧椿树花,从这只手倒进那只手,再从那只手倒进这只手——星星在闪耀。香味和臭味不住往他鼻子里钻,他爱闻这味儿。

老有玩椿树花,他后面正站着乔。乔一说话吓了老有一跳。

乔说:"老有,看你那一身汗。快,我给你擦擦吧。"

老有扔下手里的椿树花,转过脸看乔,乔很高。乔拽起了老有,提起大襟就给老有擦汗,老有的头刚齐到乔的胸脯。乔给老有擦汗,老有却闻见了乔身上的汗味儿。他觉得乔出的汗比他出的汗好闻,他很快就忘了椿树花味儿。

乔给老有擦完汗,放下衣襟又胡噜老有的分头。老有不愿让人注意他留着分头,他不愿意和别人有什么不一样。可乔胡噜。老有知道乔不嫌他,还递他说,不让他把分头推了去。老有几次想推,一想起乔的话,就算了。心想留就留着吧,反正乔喜欢。老有知道乔是他表姑,可不叫,他叫她乔。

乔胡噜老有的分头问老有:"你没去背片儿?"老有说:"没去。"乔说:"怎么不去? 这张片儿和别的片儿可不一样。"老有说:"不一样在哪儿?"乔说:"画着地狱,你没见有多吓人。"

原来小臭子正在屋里。她知道老有不待见她。就不敢乱栖乎。乔跟老有说起话,小臭子才从屋里出来,一出来接上茬儿就帮乔说背片儿的事,说:"片儿上画着炸人的、锯人的,生是淫乱的过。"老有白了小臭子一眼说:"什么的过?"小臭子:"淫乱的过。不去背片儿,连淫乱都不知道。"乔推了小臭子一把说:"行了,行了,没人拿你当哑巴卖。当人家不知道你嘴快。"乔把小臭子推出老远对老有说:"走,我给你看片儿。"

乔领老有进屋看片儿，小臭子又跟了进来。乔让老有上炕，老有不上。乔掐住老有的胳肢窝把老有一举，小臭子就势抱住老有的腿往上一搋，才把老有搋上炕。老有说："叫我先脱了鞋呀。"

老有不上炕是嫌自己的鞋破。人不上炕谁也不看谁的鞋，一上炕一抬腿就看出了鞋的好坏。老有裤褛洁净，鞋头却有窟窿。他娘说他的大拇指长，拱的。做新的做不过来。乔和小臭子搋老有上炕，搋了老有一个"仰摆饺子"。老有就势把鞋一扒，扔到远处。

老有要看乔新背的片儿，乔从枕头底下抽出一张给他。老有研究一番正面的洋画，就背过去认后面的金句。他认不下来，也忘记了刚才小臭子在院里说的那俩字，就问乔，乔把脸贴住老有的脸小声说："我单独递说你吧。"她躲开小臭子把老有拉到炕角，对住老有的耳朵说出了那俩字。小臭子在炕这头忙不迭地喊："噢，噢，闺女和小子小声说话。噢，噢！"乔对小臭子说："看张致的你吧。小声说话怎么啦？"小臭子说："闺女和小子玩，迈门槛儿，门槛高，一摔摔个仰摆饺。"老有说："那你还净找人家，巴不得人家听你小声说话。"乔说："算了，算了，别搁气了，咱仁玩一会儿吧。小臭子，还不插上门去。"小臭子说："他怎么不去？"乔说："他不去行，你不去就不要你了。"小臭子慌忙站起来说："我这不是去了。"小臭子也不穿鞋，咕咚一声跳下炕，插了门。

乔、小臭子和老有

小臭子又爬上炕，乔就问老有和小臭子："你们说咱们玩什么吧？"小臭子抢着说："玩卖花，现成的花。"乔不说话，看老有。老有也不说话，嘟噜着脸嫌小臭子抢话说。乔说："先玩一会儿卖花也行。这样吧，我跟老有卖，小臭子买。"小臭子又抢着说："不，都是娘儿们卖，汉们买。"乔说："也行。老有，你买吧。"

小臭子把炕角的笨花用几块铺衬包成包，在炕席上排列起来。乔看看小臭子已摆开花市，也转到小臭子一边当卖主。老有光脚踩着炕席,转悠着买花。小臭子净要高价,还让老有伸出手在衣襟底下和她摸手。老有伸出手和她摸,她又说老有摸得不对。她纠正老有的手势,说:"九勾子,八杈子,七撮子。不信问问乔。"乔说:"是,九勾子,八杈子,七撮子。"乔让老有把手伸到她衣襟底下和她摸手,老有觉出乔的手很热,手心有汗。老有的手背蹭着乔的裤腰。

小臭子卖花计较,乔却任老有出价,任老有扛。老有扔下小臭子的花不买,把乔的花一包一包扛走倒上花堆。

乔由着老有扛,乔觉出这玩的没意思。

直到快晌午,太阳才穿过枣树把光洒上窗纸,树叶和阳光在窗纸上晃成一片,几只家雀在细枝上跳,窗纸上便有了家雀的影子。

乔说:"算啦,咱们不玩卖花了。你们看家雀在干什么。"小臭子说:"掐架。"乔说:"光掐架? 再看看,看清了再说。"

窗纸上有四只家雀,两只在掐闹;两只在配对儿:公的掐住那母的脑袋,摁住母的脊梁,就是不下来。母的挣扎着跑了,公的又追了上去。小臭子和老有都看清了。小臭子说:"这是配对儿,还没配上呢,配上了公的就不赶母的了。"老有说:"也不嫌臊,臊煞你。"老有踢了小臭子的花包,还要打小臭子。乔拉住老有说:"老有,别闹了,她说得也对。咱们快玩咱们的吧。"小臭子拧着身子说:"还玩,那花包呢?"乔说:"不是说好玩别的呀。"小臭子说:"这回你说,我可不说了。"乔说:"我说还不行? 我对你俩一个一个的说。"小臭子说:"为什么非得一个一个的说?"乔说:"这你就别管了。"小臭子说:"那得先跟我说。"乔说:"行,你先过来吧。"

乔趴在花堆上等小臭子,小臭子闪过老有也趴在花堆上,把耳朵送给乔。乔把嘴对住小臭子的耳朵小声说话。小臭子一面听一面拿眼瞟老有。乔跟小臭子小声说了好一阵,又大声说:"你先盖房去吧,盖上房盘上炕。"小臭子站起来又闪过老有,开始从山墙根搬枕头搬包袱"盖房"。

乔又叫过老有。老有也趴在花堆上把耳朵对住了乔的嘴。乔又把对小臭子说的话跟老有讲了一遍,没想到老有红着脸就跑。乔搂住老有的脖子又把他搂回来，说："你先别跑，我的话还没说完哩。都是假装的。"老有说："假装我也不干。"乔想了想说："我还有话哩。你把耳朵伸过来，这句话连小臭子我都不递说她。"

乔又和老有小声说话。小臭子一看乔对老有说的话多，一撅嘴说："我不盖房了，净瞒着我事。"乔说："给你说的话够了。他是汉们，和咱们的事不一样。"小臭子才又放心去"盖房"。也不知乔又对老有说了什么，老有不再想跑。可脸还红着。乔说："老有，也用不着臊，咱们这是过日子。大人过日子怎么过，咱们就怎么过。大人过日子有什么事咱们就有什么事。莫非谁还长不成大人。"老有想了想，觉着乔的话也对，就去和小臭子一块儿"盖房"。

乔也开始"盖房"、"盘炕"。小臭子抢走了她的枕头，她不能用枕头当墙，就捋了一抔笨花掐成一溜"墙头"，只搬个包袱堵住墙的豁口当门，再抱个被窝叠得方方正正作炕。小臭子也叠个被窝当炕。

现在乔家的炕上是两处院子、两个家，两处院子隔着一条街。小臭子又举过一把扫炕笤帚往自家"门口"一靠，说："这是棵香椿。"小臭子叫臭子，愿意自家门口长香椿。她又拿过个量米的升子放在乔家"门口"对乔说："这是块上马石。我们家门口有棵香椿，你们家门口有块上马石。"乔说："行，我喊一二，咱们就起头玩儿，都按我说过的做，谁也不许走样，谁也不许不干，要不一辈子不跟他玩。"

小臭子知道乔的话是说给谁的，那是给老有听的。乔说老有，小臭子高兴。

乔又问："都听见了呗？"小臭子说："听见了。"老有也说："听见了。"乔说："都听见就是了，插门吧，我也该插门了。"

乔挪挪包袱挡住那豁口。小臭子不插门，她让老有插。老有说："怎么你不插？看人家都是娘儿们插门。"小臭子说："没看见她家男人不在家。"乔在这院赶紧接上说："老有，是该你插门。小臭子说得对，汉们在家就得汉们插门。"老有这才学着乔挪包袱的样子把门插严。

乔插上门，一个人盘腿在炕上"纺花"，右胳膊摇，左胳膊拽，两条

203

胳膊在胸前很忙。

老有插上门只在墙角蹲着打火镰抽烟。他知道右手拿火镰,左手拿火石火绒。打呀打,光打不着。嘴上叼根筷子当烟袋,空叼着。

小臭子早脱成光膀,躺在炕上扇扇子。扇子是一小块做鞋的袼褙。

这都是乔规定下的。

小臭子翻了个身,打个呵欠叫老有:"天这咱晚啦,睡吧。光熬油。"

老有说:"谁熬油? 又没点灯。"

小臭子忽地坐起来说:"不都是假装吗,不兴乱改话。"

老有看看那院"纺花"的乔,想起乔的话,就说:"行,你从头说吧。"

小臭子重复乔的规定。

小臭子说:"天这咱晚儿啦,睡吧。光熬油。"

老有把烟袋在地上磕磕说:"嗯,睡。"他站起来吹灯,朝一边吹了一口气,就趿拉着鞋往炕边走。老有坐上炕沿,脱掉汗褂,蹁腿上炕,抱腿坐在小臭子一边,叹了口气。

小臭子说:"怎么光坐着发愁?"

老有说:"花卖不出去。"

小臭子说:"再赶个城里集吧。"

老有说:"家里没小车。"

小臭子说:"不兴借个。"

老有说:"到谁家借,都用。"

小臭子说:"找东邻家吧。"

老有想了想,说:"行,我去试试借给不借给吧。"

小臭子说:"先睡吧,天明再去。"

老有说:"不行,天明借车的多。"

小臭子冲里翻了个身,一脱脱个光屁溜儿,拽个被单盖住说:"我先睡了。"

老有说:"睡吧。"

小臭子摇着扇子睡,老有披上汗褂出了门。他推了推东邻家的门,心想乔对他说过不让他由门进院,让他跳墙进。他看看墙外有块上马石,便蹬着上马石翻墙。

乔还在纺线,两条胳膊还在眼前空抡打。听见老有跳墙,乔便说:"不是让你先咳嗽两声嘛。"

老有说:"我忘了。"

乔说:"再从头来吧。"

老有说:"行。在墙外头咳嗽,还是在墙里头咳嗽?"

乔说:"先跳墙后咳嗽,假装你眼前还有屋里门。"

老有返回街上,重新跳墙。他跳过墙,咳嗽两声,果然乔不再纺花,推开纺车就给老有开门。

老有跟乔进了屋。

乔说:"这回对了。说吧,往下接着说。"

老有四周看看,坐上炕沿说:"就你一个人在家?"

乔说:"嗯。"

老有说:"你女婿哩?"

乔说:"到外县卖穰子推煤去了。"

老有说:"小车在家呗?"

乔说:"他推走了。"

老有说:"我走吧。"

乔说:"你走了就剩下我一个人?"

乔挨着老有坐下,挨得很近。老有觉出乔的屁股挤住了他的腿。

老有说:"你想我啦?"

老有的心跳起来。

乔说:"一村子汉们,也不知为什么单想你一个人。"

乔用胳膊一搂搂住老有。老有觉着搂得很紧,他心跳得更快。

乔撒开老有一蹁腿上了炕。挂着胳膊斜躺下来,给老有使了眼色说:"还不上来。"

老有也一蹁腿上了炕。

乔开始解扣。

老有也学着乔开始解扣。

乔脱了个光膀。

老有也脱了个光膀。

乔躺下拉过条被单把自己盖住，撩起一个角让老有也往里钻。

老有钻进来一摸，摸到了乔的两条光腿。乔的光腿蹭着老有的裤子。

乔说："你怎么不脱裤子就光一下膀子呀，不想玩了？不是说得好好的嘛。"

老有说："就这样吧，盖着被单脱不脱的谁知道。"

乔说："这不是为的别人知道，是咱俩知道。这就是咱俩人的事。"

老有还不脱。乔就去替老有解裤带。老有说："你别解了，痒痒。我个人脱吧。"

乔从上到下摸老有，老有身上光了。

老有说："然后呢？"

乔仰面躺平，说："我躺成这个样，你该什么样，莫非真不知道？连猫狗都知道的事。"

老有有点明白了，可还是平躺着扳着胳膊不动。

乔从上到下摸老有，她摸到了一个地方，停住手说："你想想，你这儿为什么多一块儿，我那儿为什么少一块儿？多那一块儿为什么，少那一块儿又为什么？都说明了，还不知道？你就傻吧，傻死你吧！看以后我还要你。"

乔一面说，手在老有那个地方停着只是不走，老有就觉出裆里有乔的手。乔把老有的身子拧过来，老有眼下是乔的一张红脸。这是老有从来没见过的红，鼻子尖上还有汗，鼻孔一翕一翕。老有觉得现在的乔最好看。他忘了他是个借车的。他忘了他正和乔钻在花垒墙、包袱当门的一间假房子里，他觉得真房子、真炕才能配真人。

有人敲"门"喊老有,是小臭子,是老有媳妇找老有。老有和乔"受着惊吓"冷不丁都坐了起来,被单出溜到脚底下。屋里的老有和门外的小臭子都看见了乔的光身子,他们都觉得乔比穿着衣服还好。小臭子想了想,不能光看乔,她现在要骂,那骂也是乔规定下的,她不能忘。

小臭子在门外一跺炕席,大喊了一声:"出来!养汉老婆还不出来,俺家汉们哪?"

乔站了起来,一边系扣一边往外迎。她用被单把老有一盖盖严,对小臭子说:"你骂谁哪?"

小臭子说:"谁养汉骂谁。"

乔说:"谁养汉?"

小臭子说:"你。"

乔说:"没有凭据,别胡呲,我还说你养汉哩。"

小臭子说:"没凭据敢堵着街门骂。"

乔说:"凭据在哪儿?"

小臭子说:"就在被单底下盖着,不信你看。"

小臭子又使劲跺了两下炕席,席缝里的浮土扬起来。她把乔推开,进屋就掀被单,她勇猛地抓出了老有。

老有说:"完了没有?"

乔说:"完了。"

小臭子说:"没完。敢情光你俩,不能完。"

乔对老有说:"你跟小臭子回家吧。"

小臭子说:"不是小臭子,是他媳妇。"

乔说:"快跟你媳妇回家吧。"

小臭子拽住老有的胳膊,老有趔趄着被小臭子拽回了家。

既是媳妇拽回了女婿,既是媳妇从养汉老婆的炕上拽回了串门的汉们,既是乔也说了让老有跟媳妇回家,那么媳妇就自有媳妇的气势。

媳妇要女婿来确认自己的位置。

两口子回到家,媳妇就在炕上脱光衣服躺了个仰面朝天。她也问老有:"为什么你那儿多一块儿,为什么我那儿少一块儿,这都是为什么?"

老有真当了一回小臭子的女婿。他趴在小臭子身上回头看乔,看见乔的眼里含着真泪,鼻尖上的汗久久不退,鼻孔翕着。

吃中午饭时,老有才回他的真家。他掰着二八米窝窝总闻着手臭。想着小臭子和小臭子的味儿,他用水瓢舀水一遍遍洗手。

国和老有他爹

过了六年小臭子十六。头秋,小臭子给个人絮了一件花洋布棉袄。做了一件阴丹士林棉裤。她娘米子帮她绗。米子知道小臭子絮新棉裤棉袄干什么。想着每天后半夜小臭子扛回来的花包。卖的时候一定也有人说"杂"。

这年棉花刚摘头喷就赶上事变,日本人七月占保定府,八月占石门。花主来不及搭窝棚,跑了。大花主把洋钱蒸在饼子里日夜兼程下西安;小花主用小平车推起铺盖口粮只是向南走,走不动就住下,走得动还走。

不久,日本人占了县城,老有他爹辞了二高校长回了百舍。临走他去看班得森,班得森请他喝羊奶,吃土豆蘸盐,和他一起分析中国的前途。羊奶膻,可老有爹喝。他想班得森能喝,他就能喝,也是文明。两人喝着羊奶,不约而同地想起先前日本人那个"棉产改进委员会"。班得森问老有爹:"你说那个委员会的真正目的是什么?"老有爹说:"我也正在想这件事。"班得森说:"我想这就是日本人的……"班得森想不出准确的中文,就说瑞典话,班得森是瑞典人。老有爹说:"或许应该叫经济渗透。"班得森说:"对,应该翻译成渗透。日本人在这里搞棉田改进,就像在东三省让中国人种植鸦片一样,是渗透。是经济的,也是文化的、军事的。"老有爹说:"你分析得透彻。"喝完羊奶,班得森把老有爹送出东门外,二人握手告别。

老有爹回了百舍,班得森不再来主日学校上课。

花主们打听到老有爹还在村里,哩啦着都回了村。一时间土匪军头们都打起了抗日的旗号,趁机找花主索要给养。他们晚上砸门,花主们有钱的隔着门缝往外塞钱,没钱的就把花包系上房扔到街上。遇到不给钱也不给花的花主,土匪们就搭人梯进院绑票。他们把花主绑到邻县水泊里,摁进小船,捎信让家人去回回人就得倾家荡产,带着花柴卖花地。这年花地没收成,这年花地易主多。

又过了两年,有个姓范的人来找老有爹。这人二十多岁年纪,个儿不高,赤红脸,短脖子,刷子眉。姓范的见了老有爹开宗明义地说:"我是上级派来开辟工作的,当前离城远的村子都建立了抗日政权。百舍离城虽近,迟早也得建立。要建立就得宣传群众,组织群众。我们知道你具有爱国思想,应该为宣传群众尽力。"老有爹知道姓范的说的"我们"是指谁,便说:"当如何尽力?"姓范的说:"我们了解你是当地名士,爱国心切。抗日政府要实行统一战线,一致对敌,统一战线里少不了各类爱国人士和人才。打个比方吧,你教书有经验,还会谱歌,为抗日出力的前途宽阔得很。将来政府要成立参议会,你就是政府的参议员。"老有爹说:"我纵然办过教育,可眼下你来我往也不是办校的时候。"老范说:"也不尽然。外村就有先办起夜校的,咱不妨也办个夜校。"老有爹说:"要办也不难,本村倒有一班男女青年都荒废着。可教材呢?经费呢?"老范说:"目前政府没有统一教材,你自选课文达到识字的目的就行。政治课本我们解决。你讲讲反封建也是政治呀,尤其闺女媳妇,不打破封建思想,大模大样地上学都很难。其他方面就得因陋就简。"老有爹不再推托。

姓范的在老有家一住三日。老有已长大成人,哥哥明喜和他分了家:花地以垄沟为界一劈两半。老有爹娘跟老有吃饭。老有给姓范的端饭,觉出姓范的面熟。姓范的光笑也不说。过了好久,姓范的和老有爹接触多了,才吐露了真名,说,他不姓范,姓安,本县代安人,和百舍相距四十里,可也没出县。他家以前开花坊,小时候还跟他爹到百舍赶集买过花。他的小名叫国。

事变那年国正在保定上师范,在学校入了党。事变后回县接上了关系,现在区里担任青联抗助理员。

老有爹配合国利用主日学校的旧址,办了一所夜校。人们改不过口,都还叫主日学。这是一家闲宅院的三间北房,屋子高大空旷。原先屋里只有几张旧方桌,几条长凳。班得森对着方桌上课,跟老有爹说,这格局像中国私塾。现在老有爹叫人搬走了方桌,用土坯垒成墩儿,搭上木板当课桌,课桌后面再搁上条凳,买高丽纸把窗户糊严实。学生们还效仿着村里唱秧歌的戏台上的照明方式照明:他们把新秫秸的粗头劈四瓣,编个马莲座,把头弯个对头弯插到梁缝里。马莲座上放只吃饭的黑碗,添上花籽油,用好花搓捻儿,点起来。主日学校三间房子十来盏灯,高灯下明。

学生中闺女居多,也有半大小子,他们坐在后排很是不显眼。闺女居多的地方,小子就不显。

上课时,老有爹在堂上讲课,闺女们从头上摘下卡子不住拨灯。灯花掉在纸上、本儿上,她们就一惊一乍。秩序乱了,老有爹就在堂上拍桌子,说没见过这样的学生。

老有爹教她们识字,讲什么是封建,如何反。没有合适的识字课本,他就用一本半文言的实用国文代替。这实用国文的第一课是:国旗。"国旗者,一国之标志也。无论何处如见本国之国旗,必表行礼。某日学校开学,悬国旗于堂上,教员率学生向之鞠躬者三。礼毕,随开课。"课文里还有"曾参之子泣","雁,候鸟也"。后来国拿来油印小册子《新民主主义论》让老有爹讲,可识字还得用实用国文。课文对于闺女们虽然深不可测,但老有爹讲得明白,学生对字们也认得死。有时国来百舍也坐在后面听得入神。遇到老有爹拍桌子镇不住学生时,国就站到堂上讲话。他说:"不遵守课堂秩序,就是对抗日政府办夜校还没有起码的认识。让你们坐在这儿不是光让你们拿卡子拨灯来了,掉个灯花也值得大呼小叫?坐在这儿就要想到抗日,想到爱国。我问你们想脱产不想,你们都说想。想脱产就得先明白夜校对你们的意义,夜校也是个抗日摇篮。你们要是再不明白,我就给你们作个时事报告。"学生们一听国要作报告,才安静下来。国说:"就目前的形势而言,形势是残酷的,而且越来越残酷。别看骑马的日本兵还没到百舍来,光是骑自行车的新民会催促老百姓种花,还贷给洋泵、肥田粉,可日后你的花必须交给日本人低价收购。这也是侵略,也是搜刮掠夺。你们琢磨琢磨是不是这个道理。都安心听讲吧。"

国镇住了课堂,转到后头坐下,听见还有个别女生在黑影里吃吃笑着和男生打闹。国朝黑影使劲找,看见一个身穿新洋布棉袄、小鼻子小眼、个儿不高的女生。国想,个儿不高可不往前坐。

老有爹一字一句地念《新民主主义论》,当念到"反共声浪忽又甚嚣尘上"时,课堂一下又乱了,人们忍不住互相打问什么叫"甚嚣尘上"。国从后面站起来说:"什么是甚嚣尘上,你们这就是甚嚣尘上。知道了吧?"

学生们听懂了,不再甚嚣尘上。

每天下课前学唱歌。老有爹参照"渔翁乐"、"苏武牧羊"的曲牌填了几首有抗日内容的歌词教唱,国说不如找两首本地瞎子歌曲的牌子唱起来上口,还说县里刚发下来一首,就是"卖饺子"的调。他取代老有爹站起来亲自教:

> 棉花籽,
>
> 两头尖,
>
> 城里的公事往外传。
>
> 乡下宣传的新民会,
>
> 呀儿哟,
>
> 强迫咱老百姓多种棉一个呀儿哟。
>
> 棉花籽,
>
> 土里生,
>
> ············

小 臭 子

　　小臭子和乔都在夜校里。

　　放学时，小臭子站在院里等乔。乔走出屋对小臭子说："你先走吧，老范找我还有点事哩。"小臭子说："什么事还不能公开?"乔说："你就先走吧，不用管了。"小臭子和人们推打着走出院门。

　　乔返回屋，屋里就国和老有爹，他们夹坐在课桌中间。乔也坐下，说："一上课就像乱了营似的，生是让个别人给闹的。"国说"黑影里有个穿花洋布袄的闺女叫什么?"乔："你说的准是小臭子。"国说："她就是? 光听说这仨字就是对不上号。她没有大名?"乔说："上学登记时上了个大名叫贾凤珍，就是没人叫。"国说："你们妇救会应该带头叫大名。总不能光叫小臭子，十七大八的。"乔说："妇救会起头也不一定能叫起来，一叫她大名她先笑个没完。"老有爹插话说："都是根里不行，少知无识的。"国有些疑问，说："她的家庭情况呢?"乔说："他爹倒是老实人，平时不言不语。"老有爹接上说："摆杂货摊，卖花椒、茴香、榆皮面儿。"国又问："她娘呢?"乔和老有爹都不说话。国说："莫非还有点问题?"乔连忙说："让臣大哥说吧。"老有爹叫臣，在村里有叫他臣大伯的，有叫他臣大哥的。老有爹说："问题也不大，都是当闺女时候的事。"国懂了，不再问。乔说："她比她娘可疯。别看小臭子平时爱和我一块堆儿，我也不赞成她那样儿。现时村里对她的风言风语更多了，要不咱夜校别要她了，省得一块肉坏满锅汤。我去递说她，叫她别来了，她也能考虑通。"国想想，制止说："也不必。能团结的还得团结，对小臭子的风言风语也要注意，心中有数就是了。形势也许很快就要残酷起来，敌人要开始扫荡，日本人要实行'三光'政策。"

　　国谈了形势，又谈了夜校和妇救会的任务。乔是新选的妇救会长。

　　村里对小臭子的风言风语都有根据，现时她正和一个叫秋贵的人靠着。先前秋贵家开着摸牌场,招一群娘儿们。秋贵也和娘儿们坐在炕上摸牌,一摸半宿。秋贵媳妇缺魂儿,一辈子不会认牌,就给摸牌的人烧水买包子。秋贵是小臭子的邻居。小臭子看秋贵家半夜还常亮着灯,忍不住就蹬着梯子爬上秋贵家房顶,再从椿树上出溜到秋贵家学起了摸牌。她兜里没钱,就到秋贵裤边底下拿。秋贵看见假装没看见。自此秋贵和小臭子就靠上了。遇到秋贵那个缺魂的媳妇不在家,小臭子就翻房过来找秋贵。两人尽兴时秋贵出言不恭地问小臭子:"臭子,整天从椿树上往下出溜也不怕蹭破了你那裤裆。"小臭子就扭秋贵,手碰到哪儿扭哪儿。一边扭一边骂:"真不成款,得(děi)煞你!你给拉条新的去,还不进城给拉新布。"秋贵蹬达着腿说:"好啦别扭啦。疼着哩。赶明儿进城给你拉几尺哗叽还不行。"小臭子说:"谁没见过哗叽。"秋贵说:"拉织贡呢吧。"小臭子说:"也算好的?"秋贵说:"那拉什么样的?"小臭子说:"拉毛布,要葱绿的。"秋贵说:"行。"小臭子松开手。秋贵便赶紧说:"也得煞你。你知道穿上那物件怎么走道儿?"小臭子又扭住秋贵说:"就你知道,就你知道。"

秋贵进城给小臭子拉来了毛布,再买块新手绢包住,看个空儿递给小臭子。小臭子掂着分量,心想,这不是块裤料,比裤料长。她准备做件毛布大褂。她看见城里的日本娘儿们都穿毛布大褂,警备队上的太太们也穿。毛布是日本布。

这一年秋贵家不再开牌场,秋贵经常进城不回来。小臭子没抓挠才找乔报名上了夜校。她不愿意听老有爹讲"国旗",讲"曾参之子泣",她愿意听反封建,愿意听妇女解放。老有爹说,妇女们大门不出二门不迈,看见男人就脸红就低头,整天围着锅台转,讲三从四德,这都是封建,封建就是主张把妇女先封住。小臭子兴奋,她听着讲光想站起来,心想,你们都快听听吧,我从来都是反封建的。

小臭子跟秋贵要毛布,也受着抗日的吸引。晚上,当抗日干部开始活动时,小臭子也尽量效法抗日干部那样打扮自己。有一阵子抗日干部不论男女都披件紫花大袄,小臭子也披件紫花大袄,胳膊在袄里裹着走路,大襟拖落着地。孩子们跟着小臭子起哄,喊:"八路过来喽,八路过来喽!"小臭子不理,只往前走。有一次秋贵回家,小臭子披着紫花大袄去找秋贵。秋贵说:"先脱了你那大袄,穷酸相儿。快投奔八路去吧,八路就要你这模样的。"小臭子自知此时的穿着有误,把大袄一扔扔到迎门椅子上,才敢上炕。

秋贵在炕上靠着被摞问小臭子:"臭子,我问你,你还去上夜校?"小臭子说:"你成年价没踪影儿,没个抓挠。那儿人多,怎么也是个抓挠。"秋贵问:"那个姓范的还常来不?"小臭子说:"不常来了。"秋贵又问:"乔还跟你好呗?"小臭子说:"好。"秋贵想了想说:"他们说话不瞒着你?"小臭子说:"也不能什么事都递说我,人家是会长。"秋贵说:"还是吧。"

小臭子和秋贵说着话,看见有块红绸子从秋贵腰里嘟噜出来,上手就拽。一拽拽不动,顺藤摸瓜摸到一个枪把儿,抓住枪把儿又拽枪。秋贵打了一下她的手说:"哎哎,怎么什么物件都上手拽,这也是你拽的?"小臭子说:"还没见过哩,村里人都说你腰里掖着盒子炮。"秋贵问:"都这么说?"小臭子说:"反正有人说过。"秋贵:"我掖枪他们怎么知道。"小臭子说:"人,精猴一样。再说,你那红绸子整天在屁股后头扑甩扑甩的,还能瞒过一村子人的眼。"秋贵说:"看见就看见吧,早晚也瞒不住,再说日本人占在这儿也不是一天两天的事,让人们知道知道我也好。"

小臭子跟秋贵说了一阵子话,抽了秋贵两根烟,就从炕上下来披大袄。秋贵说:"又去上你那夜校。"小臭子说:"还点名哩,我叫贾凤珍。"秋贵说:"我说贾凤珍,我整天也不回个家,你就这么着走?"小臭子把紫花大袄披上肩,拿眼角扫着秋贵说:"你媳妇哩?"秋贵:"给她娘上坟去了,后天寒食哩,从城里过才叫我回家看门。也得走两三天。"小臭子说:"那乔要是点名点到我呢?"秋贵说:"什么正经学校,我上二高那会儿说不去还净不去哩。你卖给夜校啦?再者说,你们那夜校也不知还能办几天。"

小臭子一听秋贵的话碍着了夜校,就赶紧问秋贵:"夜校不办了?

可范同志给俺们作报告说,目前是持久战,夜校也要持久。"秋贵说:"你人儿不大中毒还不浅,也给我讲起了持久。咱俩持久持久吧,你还不进来。"

原来小臭子和秋贵说话时,秋贵早在炕上斜码着身子铺下了被窝,把带绸子的盒子炮压在炕头底下。小臭子又把大袄扔回椅子上,也不脱鞋就先迈上炕。秋贵就去摸索她的棉袄扣儿。

小臭子偎到秋贵一边,坐着枕头吹灭灯,从枕头上出溜下来。小臭子的嘴拱着秋贵的被头,闻到一股新洋布味儿,就说:"被窝倒不赖,新里儿新面儿,没见你盖过。新做的?"秋贵说:"可不新做的。要不是和你谁舍得盖。"小臭子隔着新被里又抓了抓絮花,絮花也很绵软,心想,是洋花,也舍得絮被窝,到底不一般,怨不得他媳妇站在当街顾头不顾尾地喊:"看这日子,吃什么有什么,花钱儿有钱儿。"

后半夜,街上有闺女们在走,闺女们在笑。小臭子想,放学了,她们正往家走哪,乔也不知回家了没有。她推推秋贵,秋贵脊梁冲着她正睡,她就觉着个人像丢失了点什么,心里空得慌,窗户上有月光,她扒头看看他们盖的被窝,才看清了这花洋布被面的颜色和花样,也看清了被窝旁边正堆着她一小堆棉裤棉袄。心想准都给我压皱巴了,刚才也忘了放到远处。

小臭子坐起来够过棉袄想穿,秋贵嘟囔着说:"你过去呀。"小臭子说:"嗯。"秋贵说:"往后也许我回来的就更少了。"小臭子说:"怎么啦?"秋贵说:"让我去代安哩。"小臭子说:"四五十里地,去那儿干什么?你不在新民会了?"秋贵说:"这你就别问了。还有,你甭去上夜校了,长不了啦!"小臭子没搭理他,穿好衣服开门去爬椿树。

乔

秋贵去了代安,代安临着封锁沟,是日本人的一个大据点,住着日本人也住着警备队。秋贵当了警备队,在代安当班长。

敌人开始扫荡,环境果真变得残酷了。封锁沟隔断了八路军的活动,警备队死守着据点。老百姓要过沟都得受盘查。

国由区青联抗调到县敌工部。

百舍的夜校应了秋贵的言,散了。老有爹沾抗日,开始东躲西藏。乔要脱产,代替国去青联抗。晚上国找乔告别。

国说:"通过这个时期的接触,我们逐渐熟悉了。区里让我推荐脱产干部,我推荐了你。青联抗的工作你也不陌生,抗日离不开这个部门,它直接联系着各界群众。临走我只嘱咐你两句话:注意团结,提高警惕。人本来就难理解,环境一残酷,人的脾气秉性更不好摸。常言说老百姓老百姓,百人百姓百脾气。"乔说:"我努力吧。你一走反正心里是没了主心骨。"国说:"我相信你的工作能力,在夜校又识了不少字,抗日觉悟也有所提高,还懂了政策。"乔说:"要说也是,多亏了你和臣大哥。臣大哥对抗日还是有认识的。"国说:"是主要的团结对象。"

乔把国送出村,又送过一个壕坑,还往前走。国停住脚步说:"回去吧。越送越远,四周也没个青纱帐遮掩。"乔说:"我想再听你说几句话,光想听你说话。"乔背着他,低着头,用脚踩搓路边的茅草。霜后的茅草黄了,挂着霜。国也用脚踩搓茅草,说:"一时我也不愿离开百舍。"

月亮正南,国和乔的影子都很短,铺在一条黄土小道上。月光下黄土小道显得很明亮,人影挺黑。乔也不看国,说:"老范,我想问你一句话,你离开百舍还想百舍不想?"国说:"你怎么专捡不该问的话问。你说呢?"乔把齐肩的黑发往脑后一摇,才朝国歪过头说:"谁知道。你不是说百人百姓百脾气。谁知你是什么脾气秉性?"国说:"这句话并不适用于自己的同志和战友。"乔说:"我是你的战友?"国说:"那是。"乔说:"我听的就是这句话。你走吧。"国说:"天明我还得走到代安附近,一两天过沟,县委会和敌工部要过沟到分区开会。握握手吧。"

国向乔伸出了手,乔也向国伸出了手。乔已经学会了握手。

国转身不走大道,蹬着一块干花柴地向远处走去。哪知走了几步乔又喊住他。乔跑了上来。

国听见有人蹚花柴，停下来，扭头又看见乔站在跟前。国说："怎么又跑过来，莫非还有事?"乔说："还有件事，也不重要。"国说："就说吧，别吞吐了。"乔说："我想动员你一样东西。"国看看自己身上说："你说吧。"乔说："不是钢笔就是皮带，看你舍得舍不得吧。"国迟疑了一下，说："那就送给你一条皮带吧。"乔说："皮带也行。我还以为你准得送我钢笔呢，谁承想你舍不得。"国说："也不是舍不得，这杆钢笔我正用。"国把别在口袋上的钢笔摘下来放进文件包。乔说："逗逗你，看把你吓的。"国说："也不是吓的，是怕丢在路上。现在分别吧。"乔说："你还没见过我系上皮带什么样呢，就走?"国说："我倒真想看看。"

乔把国送给她的半新皮带系在黑棉袄上，立上畦背把胳膊一抿对国说："看吧。"

国面前的乔是一个崭新的乔，皮带把乔系得很英气。月光下国才像第一次看清了乔的身材、乔的眉眼，心想战争中人总是忽略人自己。好看。他想。

国再次和乔握了手，乔再次把手伸给国。国握着乔的手看乔，乔的鼻子尖上有汗，鼻孔一翕一翕。

乔系上皮带往百舍走，觉得离抗日更近了。她不知是因为贴身系上了国的皮带，还是她就要脱产。也许两方面都有。她想，要是只脱产没有皮带，一时间和老百姓也没什么区别，并不属于国说的自己的同志，战友;要是只有条皮带系着不脱产，也有点张致，就像小臭子，非得披个紫花大袄让孩子喊她女八路，可她本是个老百姓。

乔系上皮带脱产，还想去见见老有爹。现在她像抗日干部进村一样，专绕着村外走，走到老有家门口轻轻敲门。老有给她开门，乔问老有："臣大哥在家呗?"老有说："在哩，在屋里看《聊斋》哩。"

乔进了屋，看见灯下的老有爹和《聊斋》。这两年老有爹光说眼不好也配不上镜子，灯离他的书很近。

乔说："臣大哥，这么晚还看书，灯也不明。"

老有爹说:"没事,抓本闲书看。进步的书籍都坚壁了,人不能一下闲起来,要闲出病来。"

乔说:"除非臣大哥。现在的形势谁还有心思看闲书。"

老有爹说:"其实闲书并不闲。世间哪有闲着的知识。看来是消遣,总比光坐着发愁强。"

乔说:"臣大哥说得对。我就要走了,这两年多亏了臣大哥,让我懂了多少事。"

老有爹说:"也在自个人。上着夜校也有不走正道的,还少呀。"

乔说:"什么时候也断不了,任你青联抗、妇救会也管不住。"

老有爹说:"乔,说说你吧,你哪天走?"

乔说:"走不走,我还是围着百舍转,多会儿也离不开臣大哥帮助。形势一转,我看还得把夜校办起来。下面还有小一阀的呢。"

老有爹说:"我想得远。办夜校总是个权宜之计,抗日终有一天会胜利,到那时候就不再是办座夜校的问题。国计民生,国计民生,终究离不开教育。"

乔说:"还是臣大哥说得透彻。"

乔跟老有爹说话,老有只在旁边听,不插嘴。老有没上夜校,他自修的文化不必再上夜校。他能看懂《纲鉴易知录》,有时乔认不下来的字也找老有。但老有大了不愿再找乔。现在老有听说乔要脱产,心里也自有些舍不得,就想从家里找一样东西送给乔。老有在灯下左看右看,一眼看见了他爹放在条几上的自来水笔,心想,这倒是个稀罕儿,干部们都四处动员这物件。老有看看笔又看看乔,心里怦怦跳,知道这也是爹的心爱。老有心跳一阵,话还是脱口而出:"爹,乔姑要走了,不送给乔姑一样东西哟?"老有爹说:"就看乔缺什么了。"老有说:"准缺杆钢笔。"乔不说话,心里一阵酸楚。心想老有怎么知道我的心思,刚才我还想动员老范的哪,可万万想不到动员臣大哥的。

老有一提条几上的钢笔,倒提醒了他爹。这虽是件稀罕儿,但也是抗日干部们的朝思暮想。他眼前又是乔。老有爹攥住那钢笔说:

"这物件我虽心爱,给了你吧。是对你脱产的支持,也是我对抗日的贡献。它也来之不易,班得森送我的,美国派克。"

乔接过自来水笔说:"万万也想不到。叫我给它勾个笔套吧。"

小 臭 子

日本一个小队、警备队一个中队来了百舍,没搜出八路,烧了夜校,拉走了不少花。他们把花装上车,让百舍人套上牲口送,送到城里连牲口带人一齐扣住,再让百舍人拿花回人回牲口。

乔和老有爹都提前转移到外村。

国一行人没能过去沟。他们沿着横在眼前的这条两房多深的大沟转悠了几天寻不到机会。领导见硬过不行,商量出新的方案,派国回百舍找乔。

乔不在百舍,国就插野地一个村子一个村子的找,才找到。乔正在一个村里给民兵们讲形势,国让人把乔叫过来。乔看见突如其来的国说:"怎么这么稀罕,刚走就转回来啦?"国说:"会没开成,过不去沟。没想到形势紧张起来,给行动添了这么多困难。"乔说:"是不是不过啦?你还是回来好。你看我,顾了这村顾不了那村。"国说:"你说得天真。过还得过,上级派我回来就是找你商量这件事哩。"乔说:"找谁商量?"国说:"找的就是你。"乔说:"我还能有什么锦囊妙计?又没经过什么事。"国说:"不是说你有什么锦囊妙计。找到你,咱俩还得去找贾凤珍。"乔说:"小臭子有什么用。"国说:"你别小看谁。上级认为小臭子完成这件事最合适。"乔说:"你怎么越说越糊涂。"国说:"也不必糊涂。我只提醒你一个线索你就明白了。你忘了,你们村秋贵在代安据点上。"乔愣了一会儿问国:"莫非让小臭子找秋贵?"国说:"就是这个计划。"乔想想,又说:"我不相信这种人还能为抗日尽什么心,都死心塌地哩。"国说:"也要看我们的本事,也是对我们的考验。再说我们也分析过秋贵这个人,只是生性浪荡,这几年对百舍也没形成危害。他去代安也是为躲开家门口,兔子不吃窝边草。再说他媳妇还在百舍,做事也不会太过分。让小臭子去找他,他又是班长,找俩兄弟见机行事给放一下吊桥,不是没有可能。再说后头还有我。"乔说:"你也去,上代安据点?"国说:"也不足为奇,这也是搞敌工的本职工作。现在要紧的是说服小臭子。"乔没再说话,和国连夜赶回百舍。

当晚乔敲开小臭子家的门,把小臭子叫到乔家。国正在炕沿坐着,脸上很严肃,看到小臭子也不像平时在夜校那样热情,只拿眼把小臭子上下打量了一遍。之后,乔也不知说什么。小臭子一看眼前的阵势,知道不一般,心里便扑腾、扑腾乱跳起来,心想我这是犯了什么案,像审人一样。莫非有人说了秋贵送我毛布的事?也怪我,做大褂不偷偷地缝,还非到城里成衣局扎不可。扎完又在百舍可世界找绦子边儿沿大襟,这就是暴露了目标。小臭子想到这儿,忍不住就先说了那块毛布的事,说:"那块毛布也不是我张嘴要的,是他许的。"国和乔互相看看,还是不说话。小臭子就说:"不论要的吧,许的吧,反正穿在了我身上。人家别人怎么不穿?这不是,他也走了,和他的事我都坦白了吧,也没当着外人。都怪他家的后山墙靠着俺家的院子。"

小臭子开头就说她和秋贵的事,倒给国做小臭子的工作辟了捷径。国这才显出点和颜悦色,刷子眉一挑一挑地想笑。国说:"贾凤珍。"小臭子一愣怔。这次她没笑,可不知国平白无故叫她贾凤珍干什么,莫非动员她也脱产? 国又说:"你做了一件毛布大褂?"小臭子说:"嗯。"国说:"什么色儿的?"小臭子说:"葱绿的。"国说:"沿着什么边儿?"小臭子说:"藕荷绦子边儿,绦子上还有小碎点儿。"国又问:"你有皮底鞋没有?"小臭子看看国又看看乔说:"有一双,充服呢面的。"国说:"赶明天都穿上,头上再使点油,别俩化学卡子。"小臭子说:"这是干什么?"国说:"待会儿我走了让乔递说你,你们再具体谈谈。"

国先走了,住在东头一个堡垒户家里。当晚小臭子没走,住在乔家。乔在那领老炕席上展开俩被窝,和小臭子对脸说话。乔说:"有时候我还想起咱俩小时候的事。"小臭子说："你也长，我也长，看你长的，看我长的。就像早有鬼神给定规下的，你说是不是主定规的？莫非真有魔鬼牵着我往地狱里走？"乔说："看你说的，可别这么说。眼下我脱产了是抗日的需要，也不是谁给定规的。谁信主？你没脱产也不一定是废人。不过你也不能光由着个人的性子做事，由着个人的性子做事收都收不住。你看你跟秋贵的事，就不能说恰当。秋贵是什么人？你要过人家的毛布？"小臭子说："他说给我块哗叽，我说给哗叽就不如给毛布。谁稀罕哗叽，比洋布也强不了多少。谁愿意净挨他糊弄。"乔说："还觉着你沾了多大的便宜一样。"小臭子说："反正毛布比哗叽强。"乔说："你还说。"小臭子不再说，便咕哝着裹被子。她把自己裹严，只把一张小脸对着乔。乔想：不应该光跟小臭子说这种没原则的话，是该给她布置任务的时候了。

乔给小臭子布置任务。开始小臭子推托着不干，说她害怕，说没见过这场面，明火执仗的，要是有人认出她和国来，人家还不把她崩了。乔说："也不必那么害怕，代安离百舍远，没人认识她。国虽是本地人，可从小跟他爹在外头开花坊，后来又去保定上学。再说，一切都要看她和秋贵的联系。秋贵也不敢不保护他俩，常言说好狗护三邻，好汉护三村。都是麻秸秆儿打狼两头害怕。他人在代安，家属还在百舍。"

小臭子接受了乔的布置，睁了一夜的眼。

第二天一早从百舍走出了小臭子和国。小臭子穿着葱绿毛布大褂。黑充服呢面的皮底鞋，用生发油把头发挹光，找俩粉红化学卡子把两边卡住，脸上施些脂粉，再把一块白纱手绢掖进袖筒。这毛布大褂细袖管，卡腰，下摆紧包着腿，把小臭子的体形卡巴得都哪儿是哪儿。先前小臭子只是试过，没正经穿过。现在穿上，一时还真有点迈不开腿。她在国后头走。

国在前头推辆半新不旧的"富士"二六自行车，上身穿前短后长、圆下摆的西式衬衣，把下摆掖进裤腰里。这裤子也不抿腰，是卷裤脚的西服裤，用条弓弦编的腰带系住，像是从大城市来的一个文职。

小臭子和国走了十里才走上直通代安的汽车道。国看小臭子走得吃力，就说："来，坐在大梁上吧，我驮着你。"二六车子不高，小臭子把身子一欠便坐上大梁。国蹁上腿骑起来。

小臭子没被人驮过，后面又是正经八路，她在车上扭着身子直较劲。国说："你完全可以放松一点儿，不必太较劲。现在我既是你舅舅，你既是我外甥女，咱就得有这个架势。要是赶到据点上你还缓不过来，就得让敌人看出破绽。"

小臭子随即起来，手扶着车把不再较劲。她问国："赶到跟秋贵说成了，咱俩哩？是去沟那边儿，还是回沟这边儿？"国说："当然要先过沟那边儿。不是说好你跟你舅舅过沟回老家，咱就得先过去。待到半夜里，秋贵让人放下吊桥，你再就势回沟这边儿。"小臭子说："我个人回家？深更半夜里。"国说："你过了沟走五里下汽车道，那有个村子，东口杨树上有俩老鸹窝。你进村找武委会一个姓高的，宿一宿再走，我们早作了布置。天明换下你这身衣裳再回百舍，这身衣裳扎眼，路上容易出事，汽车道上人杂。"

小臭子在前头一迭声地答应，脂粉气不住向后飘。

正午，小臭子和国赶到代安据点。炮楼顶上站岗的打老远就问："干什么的？还不站住！"小臭子和国站住。小臭子冲那站岗的喊："俺找秋贵。"站岗的说："秋贵是你什么人？"小臭子说："是俺邻家，叔伯哥。"站岗的不再喊。小臭子和国走到吊桥边，又一个站岗的撂下吊桥。

秋贵一听有人找他，早从炮楼里迎了出来，站在吊桥那头往这头儿看。这头站着小臭子，是邻居，叫他叔伯哥也可以，怎么后头还有一个人？秋贵还没闹清吊桥这头儿的事，人已迎到生人跟前。国一看秋贵和站岗的拉开了距离，便抢先说："我姓范，知道你净打听我。现在我是小臭子她舅，从石门来，找你有事。快领我们上楼。"秋贵还没顾得说什么，小臭子又喊："渴煞人！快叫俺们上去喝口水再走吧。"国也跟着说："还不领我们上去？"

222

乔

在代安据点上,国说服了秋贵,便和小臭子装着探亲先过了沟。

当晚秋贵当班,又串通他班上一个弟兄放下吊桥,开会的人也过了沟。国在沟那厢把人迎过来,就势又把小臭子送过沟。小臭子走五里果真看见了两个老鸹窝。

后来,抗日的人来往过沟又让小臭子找过秋贵,有赶上花白的时候,有赶上花放铃的时候。

小臭子找了几次秋贵,觉着为抗日作了贡献,有了资本,就去找乔,说她想脱产。乔请示了区里,区领导说不行,一来是她脱产对抗日阵营的威信有影响,二来她就这么着对抗日倒有用。乔只把后一句话告诉小臭子,保留了前一句。小臭子不知道前一句,乔和国给她任务她从不推托。她去代安、进城去警备队都不憷。她摸到了敌人的动向,就把消息带回来。百姓们害怕扫荡,没头苍蝇似的瞎跑,小臭子碰见就说:"还不回来,十天之内日本不来百舍。"果然十天之内日本人净隔过百舍走。人们大多不再嫌小臭子的毛布大褂不顺眼,他们找乔分析形势,也找小臭子分析形势。小臭子说:"回家等着吧。等着我一声令下,你们再跑也不迟。"

百姓们等着小臭子下令。小臭子说,快跑吧,别愣着了。百姓们前脚躲进青纱帐,日本人后脚就进了百舍。敌人来抓干部、抢花,几次扑空。

代安据点向城里报告说,有个穿葱绿毛布大褂、个儿不高的女人净找秋贵。把守城门的也报告说有个穿葱绿毛布大褂、个儿不高的女人净进城。日本宪兵队问警备队,警备队了解到这女人进城找的是大队上一个副官。有一次这女人又来警备队找这副官,却碰见一个日本人和一个翻译。他们把这女人问了个底朝天,也翻了个底朝天,却又叫人端来槽子糕和日本汽水给她吃喝。吃完喝完,那个翻译对她说:"你既是露了馅儿,就该给日本人做点事。不立功赎你的罪,日本人当场就崩了你。"他们知道了这女人叫小臭子。小臭子一听身上发毛，上牙磕起了下牙，心想，怪不得我早就想过日本人要崩我，正是应了言。可不能挨枪崩，小小不言给他们点好处也不算过分，莫非我对抗日立的功劳还小？她吃了眼前的槽子糕，喝了眼前的汽水，她看见汽水瓶上贴着个红日头。那汽水有点辣有点甜有点咸，直蜇舌头。可她觉着味儿新鲜……

敌人又来了一趟百舍，没扑空，抓走了区里粮秣助理和村武委会主任，还抢走了一部分花——百姓们听了小臭子的话，说最近敌人不来，产生了麻痹，忘了躲藏，忘了坚壁。

敌人走了，晚上乔回到百舍，在一个堡垒户家里住。小臭子知道乔回了村，就去找乔。乔说："我也正要找你。这次敌人可来得蹊跷，事先也没有一点情报。损失点花倒没什么，抓走两个同志实在叫人心疼。"

小臭子说："谁说不是，那头儿生是没有一星点儿风吹草动。咱不知为什么。"

乔说："上回你进城，去过警备队？"

小臭子说："去过，那些个不要脸的还请我吃槽子糕喝汽水，蜇得我舌头生疼，就是什么正经事也不说，一个个都像封住了嘴。"

乔说："你什么也没听出来？"

小臭子说："吐一个字我也能猜出个八九，生是一个字也不吐露，我还问他们哩。"

乔说："也不能愣头愣脑地张口就问敌人的行动。"

小臭子说："我净绕着问，先前就是。"

乔说："这就是了。"

小臭子说："这次见面还给我任务不给？"

乔沉吟片刻，说："眼下倒没什么具体任务需要你跑。你先回去吧，有事我再找你。"

小臭子说："看这世道，进了村生是连自个儿的家都不敢回了，也不能多跟你说会子话。"

乔说:"环境残酷虽是暂时的,可也得作长期准备,说不定再过几天连村子也不能进了。越残酷,蹊跷事也就越多。对抗日群众不能乱怀疑,可汉奸也出在抗日群儿里。"

小臭子说:"谁说不是。"

小臭子走时,乔不让小臭子走街门,让她跳后墙,绕道村外回家。乔把小臭子送过墙。

一连个把月乔没回村,一连个把月小臭子没出村。当块儿的找小臭子问情况,小臭子就和人搭讪:"没看见我整天坐在家里纳底子?想知道城里的事,个人怎么不找警备队问去,要不就直接找日本人问。"

秋贵回来了,插上门对他媳妇说:"今天你回趟娘家吧,我要叫小臭子过来。我给你明侃了吧。这是公事,你也不用吃醋。"他媳妇没言声儿,只跟秋贵要了几张准备票。

晚上秋贵跳房过来敲小臭子的窗户,小臭子开了门说:"我还当是乔呢,是你。是哪阵风又把你吹回来?"

秋贵说:"你就知道乔,怎么还不让你脱产?你过来吧,我那厢严实,说话方便。"

秋贵在前小臭子在后,翻到秋贵家。

秋贵不敢点灯,插上门让小臭子上炕,小臭子只在迎门桌前坐着不动。秋贵在炕上说:"怎么叫过来不过来,生分了?"小臭子说:"我这心里太乱,乱煞个人。"秋贵说:"乱什么,不比我在炮楼上强。在炮楼上你一趟一趟地找我跑事,我这心里也不清静。让八路军也占了不少便宜。"

小臭子不说话。

秋贵说:"你怎么不说话?"

小臭子说:"也指不定谁占谁的便宜。我也说不清。你没听说前些日子百舍出的事?"

秋贵说:"还能听不见。不就是抓了他们两人。"

小臭子说:"算了,不说它了。"

225

秋贵走到迎门桌前把小臭子拦腰一抱,抱上炕。

秋贵说:"我换防了,又回城里警备队。"

小臭子说:"不兴不回来?"

秋贵说:"军令如山倒。哎,你为什么不愿让我回来?"

小臭子说:"怕。"

小臭子听见秋贵也躺在炕上叹气,就想:为什么不仁不义光扫人家的兴,也是常年不回来,难得见一面。

小臭子和秋贵去亲热。只在鸡叫三遍时,秋贵又说:"我不能等天亮走,临走前我还得对你说几句正经话。我不是换防,是单独从代安调回来的。你净去代安,日本人知道了我跟你靠着,让我单独给你布置事。这倒遮人耳目,不让你乱跟别人联系了。上回队上来百舍抓人的事我也知道,连日本弘部都说你的情报准。"

小臭子一听秋贵是为了这件事回来的,一头扎在了秋贵怀里说:"我的天,可别让我干这事了,饶了我吧。"

秋贵说:"也值不当吓成这样,拿出上代安炮楼找我的劲儿来不就是了。"

小臭子说:"我不,我舍不得乔。"

秋贵说:"要不是你先提起了乔,这头一件事我也说不出口,乡里乡亲的,可上边让我跟你交代的就是她。"

鸡又叫了一遍,秋贵扣上街门捏上锁子走了。

秋贵一走,小臭子又躲在家里一躲好些天。当块儿的人都说小臭子躲在家里不出来是害脏病,走不了道儿。

秋贵在城里也给小臭子顶着,有眉有眼地说小臭子害脏病,还专当着人给小臭子买治那病的药。谁知后来日本人又作了调查,知道小臭子是装病,就要下秋贵的枪,赶秋贵去当伙夫。秋贵顶不住了又找小臭子,告诉小臭子装是装不下去了,再装俩人的小命都难保。

不久乔回了一次村,躲在村南一个窝棚里。小臭子给乔送了一趟烧山药,送完山药又进了一趟城。

晚上,一个霜天,月明星稀。有黑压压的一片人猫着腰朝窝棚压过来,用刺刀挑开沉甸甸的草苫儿,绑走了乔。在黑压压的人群里,有日本人也有警备队,秋贵领的路。

这天夜里小臭子睡觉捂着头,捂得严严实实。她不敢闭眼,一闭眼就梦见地狱里油锅炸人的情景。她想那就是淫乱的过。长大她没有再听过这两个字,现在却又想起来:淫乱,啊,淫乱。她想。

乔没有被绑到城里,他们把她绑到一个坍了的枯井里。那井老辈子坍了,是个一房深的大坑,属百舍。警备队在井外站岗,站成一圈儿;日本人下井审问。其实那不是审问,一切无须审问,日本人需要游戏。

有人给乔松开绑,那解放了的乔的手劈手就从衣襟上摘下那杆钢笔死死攥住。有人解下乔的皮带,又有人扒乔的衣裳……

也许连日本人都没想过现在为什么要游戏,然而谁都觉出现在要的就是游戏。于是,人们争先恐后排队,他们贴着枯井壁站成一圈儿,一个象征轮番的圈儿;他们拍打着自己的光腚往前挤,有人扑下去,有人站起来……

这身子底下是俺家的旧炕席吧。乔想。

这身子旁边是笨花垒的那"院墙"吧。乔想。

快蹬住上马石往墙里跳,跳呀。乔想。

你看我躺成这样儿还不懂,连猫狗都知道的事。乔想。

你那儿为什么多一块儿,我那儿为什么少一块儿?乔想。

有人听见乔叫了一声"老有"。

乔只见过老有,乔和老有都没长大过。

又是村里鸡叫三遍的时刻。

井外的岗撤了,井下的人散了。

太阳很晚才晒化花柴上的霜。太阳晒不到枯井,枯井里的霜化得慢。百舍人围住枯井看,眼花了,觉着乔身边的霜是花。有人眼不花,看见流在外面的肠子,心想这是让人用刺刀从裆里挑开的。有人看见乔胸脯上一边一个碗大的血坑,露着肋条,心想这是刺刀旋的。

乔死攥着手,手里有杆钢笔,谁都看见了。

小臭子和国

抗日一次次遭受损失,人们急了。民兵们见洋人就打,见骑自行车的就打。班得森在汽车道上被打了伏击,他骑自行车从邻县布道回来。

班得森死了,他的车子成了民兵们的战利品。他身上背的口袋没人要,口袋里只有一本《新约全书》和一把"金句"。

老有爹装扮成开药铺的先生进城办货,参加班得森的追悼会。班得森埋在自己种的菜园里,有块膝盖高的石碑,上面横刻着:

班得森　瑞典传教士
1897—1942

小臭子真病了,整天对着她娘米子喊头晕。米子不到五十就弯了腰,身上干枯得像紫禾。她给小臭子拌疙瘩汤吃,放上香油葱花。小臭子不吃,说不能闻葱花味儿。秋贵不敢回村,就托人给小臭子捎挂面馓子。

小臭子在家将养俩仨月,好了。脸捂得比过去白,又显出一身新鲜。她不愿再想过去的事,小时候的事,长大了的事。好事坏事她都不愿再想,她一心想嫁个人,嫁远点,最好是沟那边,今生今世也不再回百舍。没有人来说亲,小臭子就盼。

有一天国来了。小臭子有多少日子不见国了,她也不知道,好像是上辈子认识过的人。可这是国,她熟。他装过她舅,她装过他外甥女。

这是个下午。下午,敌人少活动,一般是回城的时候。

国穿一身白纺绸裤褂。国什么衣服都穿,他还在敌工部。

小臭子一见国,不知怎么好,又找烟,又让她娘米子烧水。国说:"我抽根烟吧,不用烧水了,烟囱一冒烟有目标。"国接过小臭子递给他的烟,自己挑开锡纸,闻见一股霉味儿。心想这烟潮了,隔了夏天,没人抽过。他还是拿出一棵,光在桌子上磕,不点。小臭子也不留意。

小臭子病了几个月,就几个月没抽烟。国磕了一会儿烟对小臭子说:"贾凤珍同志,上级让我来看看你。听说你闹了一阵子病?"

小臭子坐在炕沿,把两只巴掌夹在膝盖缝里揉搓。国坐在迎门椅子上。

国又说:"这一阵子见好?"

小臭子说:"好了,利索了。"

国左看看右看看,眼睛绕着屋子看,看见炕上堆着小臭子该洗的衣服,衣服里也有那件毛布大褂,这毛布不洗不熨也不起褶。国看见那大褂上的绦子边儿,想起小臭子对那绦子边儿的形容:上面有碎点儿。国想:先前没留意过,真有碎点儿,是一排十字形小花,黑的。国把眼光停在小臭子身上,小臭子的两个膝盖还夹着两只巴掌。三伏天,小臭子穿着斜大襟短袖布衫,手腕子以上圆滚滚的。

国收住眼光说:"有点事。"

小臭子一愣说:"什么事,莫非还是从前那事儿?"

国说:"也可以这么说。"

小臭子把手从膝盖里抽出来摁住炕沿说:"这些日子我净想别的。"

国笑了笑,说:"怎么,动摇了?"

小臭子说:"也不是动摇,我娘净给我提寻人的事,说我都二十出头儿了。"

国说:"噢,是这么回事。这倒不能阻拦,可也得兼顾呀。"

小臭子说:"你是说不能忘了抗日?"

国说:"你看,一捅就破。"

小臭子说:"我当是闹了阵子病,八路早把我给忘了,敢情还记着哪。"

国说:"看你说的,还能把你忘了。"

小臭子说:"你给我布置吧。"

国说:"这次的事不同往常,我一个人怕说不十分准确,你跟我走一趟吧。"

小臭子说:"莫非去见区长?"

国说:"去县敌工部。"

小臭子说:"就走?"

国说:"就走,天黑得赶到。还有二十里地哩。"

国把没点的烟又插进烟盒,用手推开。小臭子扒着衣裳堆找替换的衣裳。

国说:"也不用换衣裳了,穿这一身出门就挺合适,天这么热。"

小臭子说:"老百姓都不时兴穿短袖的。"

国说:"不碍。"

小臭子思忖片刻说:"一就吧。"她只拿扫炕笤帚把浑身上下扫了个遍,才进屋对她娘米子说,她跟国出去有事,今天不回来也不必着急。有人问,就说上外村染布去了。

小臭子真收拾个包袱一夹,跟国出了门。

三伏天,大庄稼正吐穗,花正放铃。但环境残酷,抗日政府又抵制日本人的号召种花,花在旷野里成了稀有。人们种,不再为了买卖,只为了生产自救,浆线织布,当絮花。

国在前,小臭子在后,他们在大庄稼掩映着的土路上走。今年缺雨,土路坚硬,路上常年少行人,少车马,连浮土都不起。路中间长着"车前子"、"羊角蔓"。

国和小臭子在交通沟里走,小臭子在前,国在后。这交通沟是专为跑情况把老路破开挖成的,一人深,能走大车。人在沟里猫腰走,沟上看不见;直着腰走,光能看见脑袋顶儿。

小臭子在前,国在后。国又看见小臭子裸露着的甩动着的两条胳膊。一件天蓝布衫紧勒着腰,沿腰皱起几个横褶儿。国想,都是这件布衫瘦的过,也许是小臭子的肉瓷实。是瓷实,屁股也显肥,走起来一上一下,两边不住倒替。国又想,那次我驮她上代安,她坐在车大梁上我倒没注意过这个背影,生是离我太近的过。原来人一拉开了距离,反倒能看清一切,算了不看了,走路吧。

国不再注意小臭子,伸手向腰后摸,摸到了他的德国撸子——勃朗宁。他想,这才是战争的需要。

小臭子在前,国在后。走着走着,小臭子突然站住回过头问国:"也不歇会儿?"国说:"累了?"小臭子说:"有点儿。"

国看见小臭子额上的齐眉穗儿浸着汗,粘在脑门上;胸前也有汗,布衫中间湿了一小溜儿,衣裳有点往身上贴。国的心一动,想:刚才我光注意了她的后影儿,把个前影儿忽略了,要不是衣服粘在身上你还当人就只有件衣服呢,人忽略的往往就是衣服底下这个人。

累了,国想。是累了。

国见小臭子站着只是不动,便说:"交通沟里不平整,是容易走累。歇会儿吧。"

小臭子屈腿就想坐,国说:"不行,沟里碍事,总有来往行人。咱不如上去。找个垄沟边儿坐会儿。"小臭子说:"你不怕耽误走道儿?"国说:"你看天还早,太阳还有两杆子高哩。"小臭子说:"也是下坡子日头。"

国早蹬着斜坡出了交通沟,小臭子伸出胳膊让国拽,国一使劲把小臭子也拽出了沟。

挨沟是块玉米地,走出玉米地是不大一块花地。花地四周都是大庄稼,花地在这里像什么? 国觉着像块林间空地,很是幽静。小臭子却觉得像一铺炕。

国说:"这还是百舍的地?"

小臭子说:"是,过了这块地才算出了百舍。"

国说:"这是谁家的花?"

小臭子说:"老有家的。"

国说:"长得倒不赖。"

小臭子说:"也不看是谁种的。你们怎么还不让老有脱产? 放哪儿是哪儿,普天下找不出那么灵便的人儿。"

国说:"也快了,老有早有这要求。"

国看看四处无人便踏进花地,坐下来撩起衣襟扇汗。他的勃朗宁手枪拱着垄沟边上的青草。

小臭子不坐,站在垄沟边上揪星星草。她专捡长的揪了一把,用个草棍儿系住,对国说:"你看这像个什么?"

国说:"看不出来。"

小臭子说:"这是把笤帚,给,拿回家扫地吧。"

国说:"我看看能使不能使。"

小臭子走过来,挨着国坐下,把那把新"笤帚"举到国眼前说:"不能使不要钱,白给你扶①。"

国说:"你是扶笤帚的?"

小臭子说:"是,掏钱吧。"

国说:"我看你一点也不累,刚才还喊累得慌。"

小臭子说:"人一说笑话就不累了,干着高兴的事更不累。"

小臭子比划着手说话,胳膊净往国身上蹭。

国用手兜住后脑勺躺到花垄里,想着小臭子刚才那句话。他想准是无意识说的,不,也许有意识,小臭子不忽略个人。不,是无意识,至少我应该这么认为。他觉出他的枪正硌着他的腰。

国解开皮带,连皮带带枪放在脸前。

小臭子一看国躺在了花垄里,说:"光兴你躺,我也躺一会儿,什么事也是你领导的。"

国说:"你躺吧,这地又不属于我。"

小臭子说:"属于你就不兴躺了? 也得躺。"

小臭子躺下还故意往国这边挤,挤倒了好几棵花柴,说:"这青花柴碍事,叫我拔了它,一垄地躺不下两人。"

小臭子拔花柴,国也不制止。

小臭子躺下,脑袋碰着了国的枪。国把枪够过来说:"可别碰走

---

① 扶:做,专指做笤帚。

了火,压着子弹呢。"

小臭子说:"快拿过去吧,吓煞人。"

国脸朝天喘气,显得很严肃。小臭子侧过身子不错眼珠地看国,看着看着冷不丁说:"你家里有媳妇呗?"国说:"你看哩?"小臭子说:"这可看不出来。先前我光看着有的女干部对你好。"国说:"那是同志式的友谊。"

国面前站着乔。

小臭子面前也站着乔。

乔还没被他俩看清便随风走了。现在国和小臭子就愿意乔快走。

小臭子见国还在看天,就说:"咱俩就不兴来个同志式友谊?"

国说:"那都是自然形成。再说咱俩也用不着那么……那么……"

小臭子说:"用不着什么,快说呀。"

国嘴不说,心里说:用不着那么拘谨吧。战争中人为什么非要忽略人本身?他松开自己的手,扭头看小臭子。小臭子还是小鼻子小眼,可胸脯挺鼓,正支着衣裳,一个领扣没系,惹得人就想往下看。国想,要是再上手给她解开一个呢,人距离人本身不就不远了吗?

国伸手给小臭子解扣,小臭子假装不知道。

国的手不利索,解不开,小臭子才个人去解。

小臭子一个挨一个地把扣儿解完,国看见了她的裤腰带——一条拧着麻花的红绸子。国想,不定系的谁的。他没再等小臭子自己解……

国对此谈不上有经验,家里有个媳妇,常年不见。可早年在保定书摊上看杂书,间接了解却不少。他想起有些书上不堪入目的木版插画:这样的,那样的……难道真不堪入目?他想。

国拱着小臭子心口上的汗,手抓挠着小臭子的腿,紧对小臭子的耳朵说:"来个这样的吧。"

小臭子觉出国在摆她,可她不较劲。

太阳只剩下半杆高时,国才穿好衣裳坐起来。小臭子只是闭着眼装睡,对身上任何地方都不管。

国穿好衣裳,系上皮带,从枪套里掏出枪。他发现枪叫太阳晒得很烫。他拉了一下枪栓,确信顶上了子弹。

小臭子听见枪栓响才睁开了眼。这些年她见过各式各样的枪,听过各式各样的枪栓响。她想:这撸子强,准是个德国造。

小臭子睁开眼,心里说,我一猜一个准儿。她看见国的德国撸子正对着她的脑袋。

小臭子一愣怔,说:"哟哈!可别瞎闹,万一走了火我就没命了。死也不能死在这儿,你看我这样儿。"

国往小臭子身上看,小臭子身上头上滚着细土,尽管她身子底下铺着她的衣裳,头枕着她的包袱。

国的枪还冲她比划。

小臭子说:"怎么还闹?我就见不得这个。"

国说:"今天就是让你见见。这枪和枪子儿都是德国造,没有臭子儿,我不用勾第二下。"

小臭子发现国的脸色不同往常,铁青、瘆人。她猛地坐起来从身子底下拽出布衫就捂胸口。

国说:"不用捂了,快穿衣裳吧,穿好衣裳再解决你。本来我要带你到敌工部听审的,算啦,不带你走了,回去我就说你想跑,你得穿着衣裳跑。跑,莫非还能光着?"

小臭子哆嗦着手提裤子、系扣儿。她系不准,说:"天呀,你这是怎么啦?不是刚才还好好的,把你好成那样儿!"

国说:"不用提刚才了,还是快把你那扣儿系上吧。"

小臭子到底也没把扣儿系准,跪着就去搂国的腿。国向后退了几步,闪开了小臭子。他瞄准小臭子的头,手指抠了一下扳机,勃朗宁只在国手里轻微震动了一下,像没出声儿,漫地里不拢音。可小臭子却瘫在了当地,有血从太阳穴向外冒。

眼下上级有规定,敌工人员办案,遇到以下三种情况可将办案对象就地枪决:拒捕,逃跑,赖着不走。

国在花垄里躺到太阳下山才走出花地,走下交通沟。

这天老有在地里锄高粱,看见国和小臭子进了花地半天不出来,就躲在高粱地里一个人纳闷儿。不知为什么,花地里什么动静他都听清了,唯独没有听见枪响。

天擦黑儿,他看见国一个人闪出花地下了交通沟,便去花垄里找小臭子。

有灯笼大的一团青光从花垄里飘出来,在花尖上转悠。老有头发一竖,心想:灯笼鬼儿,头一次见,先前他哥明喜净跟他讲。后来明喜死了,死于"虎烈拉"。

老有和……

大约四十五年后。夏季的一天,老有上了火车。他找到了他的包厢,他的铺位。

这包厢里数他上车最晚。他看了一下手表,可不,再过一刻钟就要开车了。他想起行前老伴和女儿送他出门的情景,她们轮番往他的箱子里、旅行袋里装衣物,生嫌他带的衣服少。老伴说,海边早晚凉,去年她去疗养,患了感冒不得不提前回来。老伴说着海边,他的大龄小女儿又往他箱子里塞了一条尼龙短裤,说是刚从个体户摊上给他买的。葱绿底儿,印着黑条纹,条纹上还有十字花点。老有想:多余,莫非我还能下海游泳?又这么花哨。可他还是夸了女儿的周到,心想如今说话都得有保留,女儿和游泳裤也不能例外。一句话说不对付,女儿也许就会冲他使性子。老有夸了女儿的周到,又夸了这游泳裤的花色。

衣物总算打点停当,老伴和女儿又要送他去车站。老有拦住了她们,他愿意保持晚节:自己的车自己坐,家里正厅级就他一个人。

老有离休了,要到一个海滨城市去度假。

目前老有自有别的名字,老伴和女儿都不知他曾经叫过老有。

当年他脱产后先在区里当教育助理,抗战胜利后调县教育科当督学。解放初,他不顾近三十岁的年纪又进省城插班上了速成中学,然后还考上了医学院,毕业时只在实习中接触了临床,便留校当了政工干部。先是团委书记,再是系总支书记,离休前是院党委书记。老同志跟老有开玩笑,说他老干部、知识分子全占了,老有说他一辈子就盼拿手术刀,可惜只拉过俩疖子。

软卧的行李龛上已放满东西,老有把一个不大的箱子和旅行袋塞到铺位底下,只在洁白的小桌上留些零星,老有是下铺。

老有放好东西,腾出眼睛打量了一下包厢里的旅客:对面是一位比他年龄还大的男人,上铺是两位妇女。老有这代人习惯称女同志,不管年龄、职业一律称女同志。现在她们一字排开却坐在老有的铺位上。

车刚开,对面的旅客便把自己的旅行杯伸向桌下的气压水瓶,老有也忙把茶杯伸过去"排队"。排队的观念原来总使人变得计较。老有往茶杯里注满水,又打量对面的旅客。对面已把腿伸上床铺,脚上是一双灰尼龙袜,铺前是一双老式皮凉鞋。老有穿凉鞋却不穿袜子,女儿说这倒文明,穿尼龙袜子倒"土"。

两位女同志也光脚穿凉鞋,她们把脚从凉鞋里褪出来再踩上去。老有一时看不准她们的年龄,便想:如今的女同志看不出年龄的居多,又有染发剂。那东西尽管破坏头发的蛋白质,也经常脱销。

老有伸手胡噜一下自己的头发,他的头发是本色,花白,但不秃顶。

对面的旅客秃顶。

没人说话,只有广播,有人唱《三百六十五里路》。

对面的旅客正喝茶,茶叶在杯子里一片一片地下沉。是好茶,新龙井。老有也喝茶。他也有龙井。老有不吸烟不喝酒,喝龙井。如今的"梅特"虽然涨到五百克一百元,可他喝。

两位女同志不喝茶,她们看衣服,看新买的衣服,一位从尼龙袋里抽出一件给另一位看。这是一件分不清男女的衬衫,白底细黄条。

她们把它展开在并着的四条腿上，看得仔细，连个扣子、针脚都不放过。看一阵，又分析起缀在领子下的商标，一位念着"百分之百考特恩（Cotton）"说："纯棉，百分之百的棉啊，好不容易抢到手。"

老有也常听女儿说百分之百纯棉什么的。他下意识拽拽自己的衬衫，一件白特丽灵，便觉出有些背时。莫非尼龙时代已过去？虽然中国的尼龙时代比国外晚了二十年。

"考特恩"，棉。纯棉。纯棉不就是百分之百的棉花吗？棉花——花。

纯的花。

一位女同志又举起一件连衣裙开始辨认。这裙子没商标，两人便有所争论。这位说是纯棉，那位说是混纺，她们都用自己的经验说服着对方，还显出些激动。这争论也吸引了老有，他说："对不起，我能看看吗？"

一位立刻把老有当熟人似的说："您说，这是不是纯棉？"

老有拽过那裙子，两手摩挲一阵说："不见得是。"

一位说："看来您很内行，一定是这方面专家。是服装专家？"

老有说："不是，我只认识棉花。"

一位说："您经营棉花？"

老有说："不，目前我离棉花很远，可我懂，我小时候种过花。对，我们那个地方管棉花叫花。"

火车正经过一个小镇，闪过一家紧贴铁路的轧花厂。在一带红砖墙内，籽棉垛成了垛，像楼房。老有指着那花垛说："棉花垛，洋花。噢，过去人们管美棉叫洋花，好品种。现在有许多新品种，我想都应该属洋花。你们再看那近处的花地，也是洋花。"

一片棉花地从窗外闪过，棉花正放铃，淡藕荷的花铃，温馨着大地和列车。

两位女同志听老有说花，却没显出多大兴致。她们把展开的衣服一件件叠好收起来。

对面的旅客在喝茶，老有在喝茶。老有和对面旅客的目光相遇，发现那人赤红脸,短脖子,刷子眉总是一挑一挑。他喝口茶放下茶杯,打开一只小箱子,从里头捡出两个药瓶摆上小桌,却并不吃。

老有想,好面熟。熟。那时候我脱产他调分区;我进城,听说他南下。四十多年为什么连做梦都没梦见过,今天却喝起了一个壶里的水。现在是认他还是躲他?躲吧,对,躲。老有拿起一张随身带的小报半遮半掩地看,看不见报上的大块文章,却盯住了报缝里一则寻人启事:"某男,戴旧军帽,离家七日不归……"那么得找,不能躲。找就得引他说话,一说话就能百分之百地肯定。说说花,拿花引他。

老有对身边的女同志说:"现在许多花种都失传了。我们那地方的花分三种,除了洋花还有笨花和紫花。"

女同志似听非听。

老有看看对面,对面在研究药瓶上的字。

老有说:"那紫花也并非是紫,是土黄,先前我们那地方的人都穿。"

女同志似听非听。

老有看看对面,对面还在分析药瓶,对瓶上的字读得仔细、认真。

老有说:"那笨花是本地种,绒短,产量低,只能絮被褥。"

女同志似听非听。

老有看看对面,对面放下药瓶哪儿也不看,摘下花镜散着眼光呆起来。

老有又对女同志说:"我给你们唱个歌吧,也是关于棉花的。那时候日本人强迫种棉,抗日政府抵制,这歌是青抗联教的:棉花籽,两头尖,城里的公事往外传……"

老有只唱了两句就扭脸看对面,对面的眼光更散,像不知有人唱歌。

女同志倒笑起来。一位说:"没想到你还会唱歌,有个通俗歌曲就是这个调儿。一定是根据这首歌改编的。"她们开始往上铺爬,要睡觉。上铺一阵窸窣,包厢里静下来。

火车停了一站,又走。

已是晚上,包厢里有广播说火车要经过一个大站。这广播却招呼起对面开始收拾东西了。这是老有没料到的,他原以为对面也在终点下车。

对面的收拾也带动起老有。

车停了,对面的出了包厢下了车,老有也出了包厢下了车。

站台上早有人接过了对面手里的东西,几个人簇拥着他往前走。

老有在后边走,只觉得那人的脖子更短了。他想,你也有七十出头了吧。

出了站,有人殷勤地为那人打开一辆"尼桑"的车门。

老有上了一辆"TAXI"。

尼桑在一所独门独院的旧洋房前停下。

老有也停在这洋房百米以外。

那人进了门,楼上一个大窗子亮了,传出些欢欣的人声,分明是一个大家庭的欢欣。

老有看了一阵听了一阵,就像刚发现眼前有房子,身后有树,脚下是柏油路。这使他终归想起了自己。我这是在哪儿?从哪里来到哪里去?梦游一般。莫不是在寻人?寻谁,一个老熟人?一个老同志?一个老……他就一准是?是又怎么样,不是又怎么样?他忽然想起百舍人常说的一句话:是不是的吧。四十多年为什么没想起这人、这话。

现在老有去哪儿?回车站,去度假。他身旁闪过许多灯。无论如何他是见过灯笼鬼儿的。那天黄昏,鬼在花尖上狠飘了一阵子。后来鬼走了,老有才走进花地。他看见小臭子身下有几棵青花柴,湛绿的花桃硌着她的肉。

老有往车站走,身旁闪过许多灯。他想这分明是灯,只能是灯。为什么非要有青花柴、绿花桃,还有赤红脸、短脖子什么的不可。一切都是因了火车上那个"考特恩",百分之百的"考特恩"。

对面那人的个子也许并不矮,进轿车时,老有分明看见他深深地弯了一下腰。

午后悬崖

　　最近几个月里，我接二连三地到殡仪馆去。一些人相继离世了，先是我的奶奶，这位活了九十岁的老太太，五十年代做过我们这个城市的市长。四十年过后，这个城市知道她的人已经不多，但在她的遗体告别仪式上还是来了不少人。大部分人我都不认识，多是她从前的战友、部下吧。遗体告别之前，他们轮番到休息室向我们家的人表示慰问。作为遗属，我们家的人都流着泪——除我之外。我不是不想流泪，我奶奶生前是很疼我的。我有一只和平鸽牌袖珍闹钟，就是我奶奶五十年代末访问苏联时专为我带回的，尽管那时我还不识字，时间对我还不具备什么意义。我之所以无法流泪，是因为我奶奶的长子——我父亲流了太多的泪，一个将近七十岁的男人，就那么当着众多的熟人生人，咧着大嘴放肆地嚎哭，鼻涕眼泪以及他那因悲哀而扭曲的脸都使我感到难为情，也许是难过。后来《哀乐》响起来了，告别仪式开始了，我们站在灵堂一侧，继续接受慰问和握手。我以为我会在这个时刻流泪，但眼泪它还是下不来，因为我的精神一直不能集中。我盯着玻璃棺材里我奶奶的遗容，发现她居然被化妆师给涂了两个边缘明显的红脸蛋儿。化妆师当然是好意，是想让死者看上去和活着一样。问题是我奶奶活着的时候从不这样，她一生不用化妆品，绝想不到死后会被化妆师在脸上大做文章。她的红脸蛋儿阻止了我的眼泪，《哀乐》也使我走神儿。因为这一曲举国上下沿用至今的《哀乐》，本出自我奶奶的小叔子、我父亲的二叔、也就是我的二爷爷之手。抗战时期他在贺龙领导的西北战斗剧社当指导员兼作曲，他创作的小歌剧《新旧光景》在当时可说是脍炙人口，《哀乐》便是取材于其中的一段插曲。当然,它后来之所以能流行全国,想必是又经人作过了加工整理,才更加丰富和完整。但《哀乐》的主创者是我的二爷爷,这是个事实。这个事实逗弄得我在有《哀乐》的场合总是三心二意。不止一个人告诉我,《哀乐》的成功就在于它能使所有听见它的人要哭,不管你眼前有没有一个活生生的死人。于是我就想,正因为有了《哀乐》,人类才没有了判断眼泪真伪的可能。《哀乐》是要唤起人所有的悲伤细胞为之活跃的,我仿佛因为与其作者有亲缘关系,才逃离了这种被唤起。我常在应该悲哀的时候刻意欣赏《哀乐》作为一首"经典"乐曲的成功之处,我还想起我那位创作了《哀乐》的长辈,当他去世前是怎样叮嘱家人千万不要在他的遗体告别式上播放《哀乐》。他真是聪明,他愿在死后还原成一个生活中的真人吧,那便用不着让人拿他创作的《哀乐》再为他增添些戏剧性的悲伤。

后来几次的殡仪馆之行,我都没有眼泪。有一次适逢省内一位文化界资深官员逝世,因了他的德高望重,佳绩昭彰,前来告别的人空前地多。百十辆汽车堵塞了殡仪馆门前的道路;拥挤在院内等待告别仪式开始的人们寒暄着互问近况,说着该说的或不该说的,让人爱听或不爱听的话。诸如"老刘啊可要多注意身体啊"——仿佛下个就轮着老刘了;诸如"老马呀多日不见你脸色可不好,该去医院检查就得去,别犹豫"——仿佛老马也很危险。更多的人则说着与死者告别全无关系的家长里短,社会新闻。人声嘈杂人头攒动,像集会,又像某个新开业的酒店等待剪彩。若不是《哀乐》猛地响起,这嘈杂还不知要继续到哪里。我敬重这位官员,他生前鼓励过很多年轻人的创作,本人也在被他鼓励关怀之列,以至于在当年能从一名普通下乡知识青年被调入作家协会,成为半职业作家。我又有什么理由不在这大庭广众之下、这记者云集的场面表露我的哀伤呢(注意:此想法已属做作)。我踏着《哀乐》的节奏排队走向灵堂,《哀乐》又使我开始走神儿,我为我的泪水迟迟不来感到焦虑。这时乐曲忽然中止了,是录音机接触不良所致。人们都停了步子,仿佛没有音乐他们就无所适从不知以怎样的节奏向死者鞠躬。我的眼泪本来可以在这片刻的空白中涌上眼眶的,但是录音机被人捶打了几下又恢复了正常,于是《哀乐》继续,人们的行走便也继续。这当儿我走近了灵堂门口,门口举着大把假花的殡仪馆工作人员向每一位进厅者发放假花,给人感觉是以盈利为目的的强迫性行为。我被迫接住了一枝脏乎乎的白尼龙绸假花(不知被用过多少回),花梗的铁丝扎破了我的手。我的手流了血,我的眼就流不出泪了。

有时候我会想起我那天举着一枝铁丝毕露的脏绸花,有些恼火地献到死者遗体旁的尴尬样儿,幸亏《哀乐》掩饰了这尴尬,《哀乐》的功效还在于,它不仅能激发人的悲伤,也能掩盖悲伤之外的所有其他。但,我仍然没有眼泪。走出灵堂时我听见两个眼熟的记者对我的议论,他们说起向我奶奶遗体告别那一回,说那回我就从始至终没落一滴泪。

记者们好眼力。在这样的场合我不仅无法哭泣,我甚至说不清自己的心绪:慌乱,空洞,烦躁,惶惑,无名火……也许都不是,也许兼而有之。我因此常常愿意在离开殡仪馆之后一个人到烈士陵园去。

我们这座城市的烈士陵园是整个华北地区最大的墓园,占地近三百亩,埋葬着在抗日战争和解放战争中捐躯的烈士。陵园内树木很多:雪松,银杉,丝柏,法国梧桐,白丁香,紫丁香,还有那些将陵园分割成棋盘状的整齐油亮的冬青。树木簇拥着烈士的墓碑,墓碑下是他们的墓穴,一排排隆出地面的长方形墓体从东向西,从南向北一望无际,像士兵整齐的列队。除了清明,这里可能是整个城市最安宁的地方。当我从嘈杂的殡仪馆踏入烈士陵园的大门,当我坐在随便哪位烈士那半人高的墓碑之下,墓道两侧巨大的法国梧桐枝叶交错搭起蔽日的天棚,为我和烈士们遮着阴,这时候我的心便豁啦啦静下来。眼泪常常不期而至,我任凭它去流淌,因为这时我的泪水可靠从容,没有雕饰也不暧昧。不像在殡仪馆里,那地方即令有泪也给人一种来得急去得快之感。在烈士陵园这样的地方,地面上没人认识我,墓中的人又是那么谦虚那么善解人意,我流泪就用不着为了什么。我只看见这里的树很壮美,我还坚信墓中人个个年轻英俊。这里没

242

有哀乐，也没有我奶奶被化了妆的红脸蛋儿，也没有那么多活人的寒暄，因此这里也没有死亡。引人上心的，都是些活生生的对生命的想念。我经常在条条墓道之间走来走去阅读碑文，阅读那些生命和他们短暂得有些残忍的历史。我曾经在一块墓碑上读到过一名烈士的简介，这烈士名叫王青，冀中第××军分区年轻的副司令。一九四五年"八一五"日本投降第二天，王青在全区百姓庆祝抗战胜利的大会上作了鼓舞人心的报告之后，归途中被一冷枪击中牺牲，年仅二十六岁。每次我读王青的墓碑，总是莫名其妙地坚信那个打他黑枪的人物还活在世上逍遥法外。这想法让人毛骨悚然但并不荒唐：人世间，我们真正知道的事实又有多少呢？这种打黑枪的人，他们比战场上与我们面对面拼杀的敌人更叫人仇恨，他们在茫茫人海里也有可能隐匿得更深。

坐在烈士的墓前，我找回了我对离世的那些亲人、熟人准确真实的想念，我也能比在其他任何地方都更加明晰地想我的奶奶。我的童年是在奶奶家度过的，小学时班里同学问我怕不怕我的市长奶奶，我不回答他们，只是想起我爷爷对我奶奶的不怕。我爷爷是个给地主扛长活出身的大老粗，战争年代也流过血负过伤的。他不仅敢打我的奶奶，还撅折过她的眼镜腿儿。他的口头禅是："白天谁怕咱，晚上咱怕谁！"——他打我奶奶一般在晚上。长大之后我才逐渐地弄清他这口头语的含意，我不喜欢我的爷爷。有一回我读到过一段有关丹麦女王玛格丽特一九七二年登基的描写：在王宫阳台上，站在玛格丽特公主身边的丹麦首相大声喊了三遍："国王已经去世，女王玛格丽特二世万岁！"聚集在王宫广场的两万名丹麦市民沉浸在悲喜交加的情绪中。这时新女王的丈夫亨里克来到阳台上，彬彬有礼地吻妻子的手，对她表示尊敬。这一事先并无安排的举动感动了成千上万的国民，他们把这看成是自豪、感激和信任的标志。这描写令我想起了我的爷爷，尽管我奶奶不是女王，可我爷爷在人前人后实在是对她缺乏起码的尊重。如果不是后来的"文化大革命"我会厌恶我爷爷终生的。但是"文化大革命"开始了。红卫兵小将到我家揪斗我奶奶时，我爷爷将我奶奶护在身后，和那些小将大打出手。据一位目击者回忆，当时我爷爷邪劲十足，只几分钟便将数十名小将打倒在地躺了一院子。后来我爷爷就是因此被红卫兵打死的，慢慢地，你一皮带、我一拳头地被打死的。不能不说我爷爷是为我奶奶而死，他一生不会去吻我奶奶的手，但他却能不假思索地为她豁出生命。若是我爷爷早死二十年，或许他也会被安葬在烈士陵园这苍松翠柏之间的，他本来就和长眠在这里的人们是一代人。也许这是我亲近烈士陵园的另一个原因。有一回我听说陵园管理处因为经济效益不好（参观者一向很少，门票才五毛钱一张），欲在园内辟出一块地方开办歌舞厅，顿觉怒火中烧。幸而此设想被陵园的上级主管——省民政厅及时否定，陵园才得以继续一如既往地庄重和清静。

当我来陵园的次数多了，我还发现这庄重和清静吸引的不止我这样的人。这个中午，我坐在墓碑前读着一本闲书，有一男一女从我眼前走过。他们所以引起我的注意，是因为他们与这园内的一切格格不入。女的二十岁左右，身材臃肿，卷发湿淋淋（保湿摩丝所致）地堆在耳边；脸上涂抹着很厚的劣质化妆品；一条黑呢长裙，裙裾上缀着一些金属亮片。男的三十多岁，头发上明显地蒙着尘土，穿一身棕色西服，拎着大哥大包，像来自乡镇。他们渐渐地走近了，一路说着话。我下意识地低头把视线落在手中的书上，却分外留意着他们的声音。我听见女的说，二十不行。男的说，门票和可乐还是我买的呢，再添五块，二十五。女的说，五十二你也是做梦。男的说行了吧，也不撒泡尿照照你那脸。女的说那你别跟着我呀。可是那男的还是跟着那女的，看来他是决心在价格上做些让步的。

这一男一女，借了这里的苍松翠柏僻静安宁，就光明正大地走在烈士的墓道上谈着皮肉生意。他们走着"嚼清"着，行至墓道尽头停住脚犹豫着，像在选择合适的交易地点，又仿佛价格还没有最后谈妥。过了一会儿，我抬头向墓道尽头张望，那里没了他们。又过了一会儿，我听见身后一阵窸窸窣窣，我转身向后看，原来那一男一女绕到了我身后的那条墓道上。借着墓碑的遮拦，透过低垂的柏枝的缝隙,我看见这一男一女选择了一块枝叶掩映的墓基,在距我仅五六米的那块地方,巴掌大的梧桐叶片几乎将那座墓遮住一半。然后他们做了他们想要做的:在阳光下,在那座光洁柔润的汉白玉烈士墓上,女的撩起裙子四仰八叉,男的将脖子上那根廉价的"一拉得"领带转到脖子后头,便扑在女人身上。然后女人站起来数钱——大约比五十二要多,男人头也不回地走了,他那根领带——转向脖子后头的领带也没顾得再扭到胸前来,这使他的背影显得滑稽而又愚昧。我很惊奇我居然能注意到这个细节,很久以后,当我看到街头小商店挂着的那些"一拉得"领带,还能清晰地想起那个领带耷拉在后背上的脏头发男人。

我羞于将这件事说给任何人,包括我的丈夫。只想着当时我若冲上去突然向他们大喝一声该会有什么结果。我千百次地想着冲上去,可生活中的我并不是冲上去的那种人,我不是我的爷爷。

那个中午,当那一男一女离开后,我很想走近去看一看那是什么人的墓。但是一种气味和颜色阻止了我;不洁的,丑陋的,浊恶的……我坚信我嗅到了看见了它们,或者说我的皮肤先于我的视线嗅到了看见了墓上那浊恶的气味和不洁的颜色——有科学证明皮肤不仅能嗅到气味,也能看见颜色。我没有立刻上前并非由于我有多么高尚,是由于什么呢?我只记牢了如林的墓体中那座墓的方位,第二天我才专门来到那座汉白玉墓前读了墓碑上的文字。我知道了这墓中葬着一位八路军敌工部的女除奸科长,她是在五一大"扫荡"中由于叛徒告密,被日本人从一堡垒户中抓出活埋的,活埋前敌人挖去了她的双眼和双乳。她叫刘爱珍,牺牲时年仅二十二岁。为她撰写碑文的人怀着对烈士的景仰之情,运用了一些与碑文文风明显不符的形容,譬如言及刘爱珍性格倔强且貌美时,还用了"大眼睛双眼皮"这类的句子。但这没有妨碍我对刘爱珍的钦佩,还有哀伤——每当我想起仰躺她墓上的那一男一女。

当我读着刘爱珍的墓碑时,一个对我久已有过观察的女人冲着我走过来。若不是这个女人,也许我会隔很长时间再来烈士陵园的,直到那一男一女在我脑子里淡下去。可我认识了这个女人,并且出于某种原因,和她连着几天在陵园里会面。

　　这是春天的一个下午,我站在刘爱珍烈士的墓前,读着她的英勇事迹,读着有关她"大眼睛双眼皮"的描述,一个女人从墓地尽头款款地向我走来。她身材高挑儿,穿一件长及脚踝的"97"欧洲款乳白色风衣,戴一副品牌为佐佐木系列的"十级方程式"太阳镜,椭圆形的灰蓝色镜片把她的脸衬得神秘、冷俏。她的走动没有运用时装模特儿在T形台上夸张的猫步,但她行进在烈士墓道上的整个姿态,却给人感觉她是行进在时装展示会的T形台上。她款款地、却是不容置疑地向我走来,她并且在走到我跟前时停住,摘下太阳镜顺畅而肯定地叫了声我的名字,就像所有熟识我的人那样的叫法。但我不认识这个女人。

　　这女人站在我的对面,她说你不必怀疑自己的记忆力,你的确不认识我,可我知道你,也读过你写的几本书。我知道作家协会在哪儿,还跟踪过你几回,知道你常来这儿,为此我买了烈士陵园的月票。她问我:"这儿埋着你亲近的什么人么?"她说着,问着,一屁股坐在刘爱珍的墓上,从质地柔软的咖啡色麂皮大手袋里拿出一包骆驼牌香烟,抽出一支用一只细巧的状若小号口红的打火机点上,抽起来。"我只服'骆驼'的味儿。"她说,"虽然这烟粗俗,在美国属于搬运工那样的劳动人民。"她一只手很潇洒地托着烟,两只眼有些神经质地然而决无恶意地看着我。她的指甲修剪得很精致,指甲油是漆光浅豆沙色。她的举着烟的那只手的无名指上有一枚白金钻戒,钻石大似黄豆,在阳光下闪烁着泛青的错综复杂的锋利光芒。她的指甲、钻戒,与腕上那价值三万块钱的深灰色特种陶瓷表带环绕的方款永不磨损雷达表呼应成一种贵重不俗、可也谈不上大雅的格调。她长得不难看,一时难以看准年龄,可能是四十二岁,也可能是二十八岁,或者是这两个年龄之间的任何一种年岁。她留着齐肩的直长发,发印由正中分开,头发顺前额两侧垂下,清水挂面式吧——在这个年龄留这种头发需要胆量和时间,不过看上去这两样她都不缺:时间和胆量。换另外与她同龄的人留这种发式,可能会显得十分萎靡苍老。

我对这个陌生女人说不上反感,但也不打算与她深谈。我对被一个陌生人熟练地叫出名字有一种本能的提防,尽管她说了她是我的一个读者。我因此就犯不上回答她抽烟之前的提问:"这儿埋着你亲近的什么人么?"我对她说我只是随便到这儿走走,她马上对我说,她是决心要告诉我一些她本人的事情,才特意来和我会面的。她还说她忘了把她的名字告诉我,这很不礼貌。她告诉我她叫韩桂心。在我听来这名字不像瞎编的,但是用在这女人身上有点不老不少,似欠妥帖。当我知道她叫韩桂心时我们已经离开了刘爱珍的墓,我朝陵园大门的方向走着,一边敷衍地问她想说什么事情,一边有意加快着步子,想以此叫她感觉到,其实我对她——韩桂心的事情没有兴趣。她也随我加快了步子,她说是这样,是关于她杀过人的事。这话果然奏效,我站住了,注意地看了她一眼(职业性的)。她脸上闪现出瞬间的满足。为了终于引起我注意,也为她在此情此景中制造的气氛:墓地,跟踪,杀人。她说她知道我和她一样,是在这个城市出生;她还知道我奶奶做过这里的市长。她问我上幼儿园时玩过滑梯么,不等我回答她又说你肯定没玩过,因为自从一九五八年以后这个城市所有的幼儿园都拆除了滑梯,拆除滑梯的命令就是当时的市长——你奶奶颁布的。知道为什么要拆滑梯么?韩桂心又问我,不等我张口她又说,拆除滑梯是因为一九五八年的某日下午,在本市北京路幼儿园,一个中班男生玩滑梯时不慎从滑梯上跌下致死……

我听着韩桂心的讲述,走着,不知不觉调转头离开大门的方向,又走到了刘爱珍烈士墓前。只见韩桂心很习惯地坐住墓体一角,又一次从麂皮手袋里掏出一支"骆驼"点上。也许她这种坐法是出于无意,仅仅因为刚才我就坐过它。但我却不打算让她在这儿坐下去,我提议我们换一个地方说话,她马上服从地站起来问我"去哪儿",她说她特别高兴我能对她提出建议,这说明我已经打算听她的事情了。她不仅站了起来,还迫不及待地补充说一九五八年某日的那个下午,中班男生从滑梯上跌下去的时候她正站在他的身后,她,韩桂心,当时五周岁,和那个男生是北京路幼儿园中班的同班小朋友。

也许我的确对她的事情产生了兴趣:一九五八年,北京路幼儿园,滑梯,男生的死亡,市长颁发的命令……这些句子于我并不陌生,我本人就是北京路幼儿园的孩子,不过比韩桂心晚几年罢了。由此推算,她已年过四十。我记得我上幼儿园时,园内的确没有滑梯,后来我的确也听说过,一个男生从滑梯上摔下来当场死亡,这是当年这座城市里一个妇孺皆知的事件,特别当我奶奶颁布了拆除全市幼儿园滑梯的命令,这命令和男生死亡事件相继在报纸上出现之后。我和同我一起入园的小朋友们都被阿姨领着,在园内参观过曾经矗立着滑梯的那块旧址。阿姨领我们参观是要告诫我们注意安全,在任何地方也不要做攀高活动。那时的我对滑梯这种东西的确产生过恐惧,但也有渴望,甚至应该说恐惧越深,渴望越大,直至长大成人。成年之后在一些游乐场所我试着滑水、滑沙或滑别的什么,我想这些运动带给成人的刺激一定如同滑梯带给幼童的刺激,我为我终于补上了这幼年空缺的一课感到心满意足。于是从前的一切遥远了,我看重前边的景观。可是这位韩桂心,显然她还陷在从前的死亡里不能自拔。是因为她亲眼所见,是因为死者就是排在她前边的同班小朋友,还是因为——前边她说了她杀过人?总之,我打算静下心来听听韩桂心的讲述,也许一切没什么意义,可又能坏到哪儿去呢?我想。

我引韩桂心离开刘爱珍的墓,我们来到正冲大门的一条宽阔的鹅卵石甬路上,在路边的梧桐树下,选了一把有着巴洛克风格的墨绿色铁制长椅坐下来。韩桂心再次打开麂皮手袋,拿出一只 TRC55DM 型号的三洋录音机,又拿出一大盒排列整齐(饼干似的)的微型录音带。她对我说你最好把我的话录下来,用这个。她这种准备有序的行为使我有点不舒服,好像我一步近似一步地钻入她的圈套。再者,她这种不顾对方习惯张口就要求录音的做派也刺激了我的那么点自尊心。我对她说用不着,一般情况我不动用采访器(我有意以此称谓来蔑视她的"TRC55DM")。但是韩桂心向我声明说她不是一般情况,她请我录音正是为了证明她的郑重,她会为她的话负责。我于是作了让步说，那么我们明天开始谈吧，明天我带自己的工具来。

第二天上午我和韩桂心如约在老地方——那只巴洛克风格的绿椅子上见面，我带来了自己的三洋 TRC500M，打开，它记录了韩桂心的话。

录音之一

我这个人，说来你也许不信，我生下来五分钟之后就长大了。我想这原因要归结于我母亲。从我能听见声音，我听见的就是我母亲的声音。她像对一个大人那样对我说话，说的也都是大人的事，也不征得我的同意，就认定我能听懂。她的长篇大套的话一般在给我喂奶时进行。她怀抱着我，我的嘴含满她的奶头，脸蛋儿贴住她温暖的乳房，她就开始说话。她主要的话题是跟我骂我父亲，她对我说："韩桂心啊（我刚出生我母亲就这么称呼我），不是我不想让你有爸，我实在是跟他一天也过不下去了。按说我怀着你的时候不该跟他提出离婚，这时候跟他离婚咱们娘儿俩今后的日子该有多难哪。可是不行，我实在是等不及了，你还没有体会过什么叫等不及，听我说说你爸的为人你就明白了。我怎么会爱上他怎么会跟他结婚？想来想去当初我就是爱上了他一双手。我俩是在公共汽车上认识的，当时我坐着，你爸站着，一手扒住我前边那把椅子上的扶手。我一直盯着那只手，从我眼前有了那只手直到终点站。开始是没有意识，到后来，我觉得我的眼睛已经离不开那只手了。那是我见过的最好看的手：干净，修长，灵秀，有力量……总之我迷上了它。也不知过了多长时间，当它突然从扶手上拿开，我才发现车上的乘客都走光了。我急忙下了车，那手的主人——也就是你父亲，他正站在车门口等我。后来我才知道，当我盯着他的手的时候，他也正低头盯着我。我俩就这么认识了，而且很快就结了婚。结了婚，我才发现你爸脾气太大了，并且一只耳朵有点聋——谈恋爱的时候我怎么没觉出他耳朵聋？说来他也有他的不幸：他的耳聋是小时候让你爷爷给打的。用你爸的话说，你爷爷是个汉奸,年轻时留学日本,回国后定居北京,在日伪时期的'华北政务委员会'当过官。那时候他们家住按院胡同,几进的四合院,汽车,花园,都有。你爸挨的那个耳光,就是住在按院胡同的时候挨的。那时候胡同里住着一家日本商人,商人家有个和你爸年龄差不多的孩子,十一二岁吧。用你爸的话说,那时候全北京,全中国,除了你爷爷那样的人物,谁不恨日本人哪。这样,你爸和他的大哥二哥就盯上了那个日本孩子。有一天中午放学回来,哥儿仨坐在家里接送他们的包车上,看见那日本孩子正独自在胡同里走,就从车上跳下来,让车夫先回了家。然后他们跟着那孩子,看准了胡同再无别人,就一人上去给了那孩子一个耳光。打完,哥儿仨一口气跑回家,插起大门,溜回自己房间,慌得连午饭都不敢去吃。没过几分钟,那孩子的母亲就找上门来了。后果是什么我不说你也猜得出,你爷爷恭敬地把那日本女人让进上房,又差佣人单把你爸喊了来,当着那女人,给了你爸一个耳光。你爸说那个耳光打得实在是有技术,整整把他打得转了一个三百六十度的圈儿,好比当今舞台上那些舞蹈演员转的那样的圈儿。从那儿你爸的左耳听力明显下降,那时候他正迷恋钢琴,做梦都想当大音乐家。他恨你爷爷,他跟我说其实他早就预感到你爷爷欠着他一个超级耳光,因为你爸自小就不讨你爷爷的喜欢。这耳光今天不来,明天、后天、大后天也会来的。让你爸感到憋气的是,他的耳朵,不是因为别的,而是因为那么个日本小孩就给聋掉了。你爸他音乐家是当不成了,大学毕了业,他分配到咱们这个城市。你知道他现在当什么?有个音乐杂志叫《革命歌曲大家唱》的,他在那儿当编辑。你猜怎么着韩桂心,我觉得是不是耳朵有毛病的人脾气都坏?像你爸这种人,他真是心比天高,哪儿甘心在一个小小的音乐杂志做编辑啊。他的目标原本是那些世界级的大人物,他连自个儿的缺点都愿意跟大人物一样。比方我说他脾气太坏,他便对我说:'就跟贝多芬似的。'比方我说他丢三落四,他便对我说:'就跟爱因斯坦似的。'比方我劝他少吃去痛片(开始用于抑制神经性头疼,后来吃上了瘾),里边含吗啡,快和吸毒差不多了,他便告诉我:'就跟陀思

妥耶夫斯基似的。'

"我们结婚以后，几乎没有一天不吵架的。有时候为一点儿小事，有时候什么都不为。比方有一回，就因为我一不小心站在了他的左边跟他说话——平时我已养成习惯跟他说话时站在他右边，他便攥起拳头——那双漂亮的手攥成的拳头，狠打我一顿。他打我时一般我不吭气，因为我觉得当男人打你时就已经是在解他最大的气，我盼着挨打之后的平静。可是你爸他不是这样的人，我渐渐发现他打我只是一场恶战的序幕，打完他还要我开口，而他要我开口的最终目的是让我永生永世向他认错。他不断地问我'为什么你非得站在我左边跟我说话你想看我的笑话，你想让所有的人都知道我耳朵有毛病是不是？你说你说是不是是不是是不是！'我说不是我只是一下子忘了我以后会注意的。他马上说'你拿什么证明你是忘了几点上班几点吃饭你怎么忘不了呢？你想用忘了来减轻这件事本身的分量么，你！'我说这件事到底有多大的分量我实在看不出来你不是已经打了我么你还要怎么样！他就提高嗓门儿重复我的话说——'你还要怎么样，啊，我总算听到了你这句质问。你敢质问我，可见你前边的承认错误全是假的，你想让我知道是我用武力才使你被迫认错而你本来没有错是不是！'我对他说我只是不想再吵下去了我认为你嚷你打我都是对的我真的会好好想想我的……我的错误的。哪知他立即抓住了一个'嚷'字，他说'你说我嚷是不是？你凭什么说我嚷，我为什么会嚷？凡事要追根寻源你不站在我左边我会嚷么现在嚷倒成了万恶之源。我嚷我光明正大道理充分，你嘴上没嚷可你心里正在嚷我看见你心里嚷了你连嚷都不敢你虚伪透顶！'韩桂心你知道吗？每逢这时我便生出一种绝望之感，我已知道我开口即错：如果我真嚷起来他会说'瞧啊本性大暴露了是不是早知道你憋不住。'如果我坚持着沉默他便说'假文明一种假文明，不开口不算本事今天你不开口咱们谁也别想走。'你爸他说到做到，有好几回他阻拦我正点上班。韩桂心你还不知道我的职业，我的学历不如你爸高，幼儿师范毕业后，我在北京路幼儿园当老师。我热爱自己的职业也应该按时上班，可是你爸他自有他的钟点,他闹不够钟点决不放你走。他插上门,抓过一只大暖壶,倒上满满一杯白开水大口地吞咽着,喝一口水,便猛地把茶杯往桌上蹾那么一下,水花肆无忌惮地溅在桌面上。他的大暖壶,他那蹾来蹾去的茶杯,他那无限放大的咕嗒咕嗒的咽水声,和他那铁定了心要拿我来消磨时光的一脸亢奋是那么强烈地刺激着我的神经,我没有由来地浑身发抖,牙齿磕得嘚嘚响,我下意识地攥紧拳头仿佛不把它们握紧它们就会自行从我的胳膊上飞出去。我想一个人在决定是不是自杀或者是不是杀人的时候也不过就是我这副样子吧。我抖着,每到这时你爸才从抽屉里摸出纸来说:'写保证书,写了保证书就让你走。'我在纸上写下一行字,无非是保证今后不在他左边站着说话之类的句子。他拿过纸扫上一眼便会轻蔑地撕掉说:'你以为我会信你的鬼话?凡事不挖出思想根源是不会印象深刻是不会保证以后不犯的。你应该写出根源:你忘了应该站在我右边,为什么你会忘了?肯定是你心里在想别的。为什么跟我说话时会想别的?是因为当时你想的那件事比我本人更重要。那么还有什么能比咱们这个二人家庭中重要的一半更重要的呢?今天你忘了站在我右边,明天你就可能连我说话都听不见了,你到底是怎么了在外边碰什么人了吗挖出来都挖掘出来我挺得住……'我在你爸那永不厌烦漫无边际的絮叨声中重新书写保证书,毫无道理地挖掘着那并不存在的思想根源,比信徒向上帝忏悔更加一万倍地绞尽脑汁。我觉得大地就在脚下咔咔地开裂,我就在黑暗中写着看不见的字,一边随着屁股底下的椅子向绽裂的地心下沉。有一瞬间我忽然觉得我不是你爸的妻子,在他眼中我其实是你爸的爸,是你那个汉奸爷爷。一定是你爷爷被镇压枪毙之后他的魂儿附在了我身上,可叫你爸找到了报仇的对象。我笑起来,我告诉你人在彻底无助的时候才能明白什么叫自由,什么叫真正获得了自由。以往我和你爸所有的争吵都因为我老想求助于什么,求助于我们能吵出个道理彼此达到沟通。老想求助于什么本身就是不自由的。现在我笑着,人在彻底无助的境况下才会有这么坦荡的无遮无拦的大笑。我一定笑得声音非常大,因为我看见你爸忽然跳起来奔到门口打开门上的插销,用他一只灵活有力的手捉住我的后脖领说:'出去!'我于是立刻止住笑,脸上一派平静地出门上班去了。连我自己都惊奇我为什么会一派平静,我哪儿来的这戛然而止的本事呢我是不是精神不正常了我?后来我想明白了,我太爱面子了,爱自己的面子也替你爸撑着他的面子,因为他对外人一向和颜悦色,在单位里从没跟人红过脸。这说明他完全有控制自己的能力,他是有意隐藏着积攒着他在这个世界上所有的郁闷不快,回到家来关起门向我宣泄。等你长大了自己去印证一下,大凡在单位里温文尔雅的那些男人,十有八九在家里都像凶神恶煞。有一阵子我特别害怕下班回家,我经常盼着幼儿园有家长接不走的孩子,那样我就可以陪他们一直待下去。韩桂心啊你不吃奶了,唔?我让你受了惊吓是么⋯⋯"

我靠在我母亲的胸上吮着她那有点甜有点咸的奶汁,竭力分析着她的语言的含意。我想我一定是听懂了,因为我记得我那一直闭着的眼睛睁了开来——就在听到那声"出去"之后,我还把嘴从我母亲的奶头上移开,我仰起头看着她,紧接着我感到有大滴冰凉的水珠砸在我脸上,是我母亲哭了。她哭着,把怀里的我掉个过儿,把我的脸从她的左奶移到右奶,她试图把奶头塞进我的嘴,可我扭扭脸,仍然怔怔地盯着她,似乎告诉她我明白她有多么苦,我也愿意继续听她讲。就为了我那时的表情,我母亲好一阵把我狠抱,她一定是受了我的感动吧,她搂抱着我,继续讲下去,她说:"我就知道你能听懂韩桂心,在这个世界上,能有你跟妈一条心,妈还有什么可怕的,哪怕是跟你爸离了婚——我们的确离了婚。自打那回他抓住我脖领子让我'出去'之后,我的后脖梗便经常莫名其妙地红肿一片。我去医院看医生,医生说可能是神经性皮炎。我用了医生给的药,卤甘石水剂什么的,不见效。以后我才明白,这皮炎的因由不是别的正是你爸那双手,那双漂亮得可怕、可憎的手,我一看见它脖子就立刻肿起来,奇痒难耐。有一次我痒得没有办法几乎就大声喊起来,我想冲你爸说只要你再胆敢伸手抓我的后脖领我就剁掉你的手!我心里喊着,简直由从前的害怕吵架到盼着他寻机闹事了，简直由从前的不愿回家到一下班就准点奔回家来了，那真是一种恶意的企盼阴毒的快感啊我多么想剁掉你爸的手。终于有一天，我和他再次大吵起来，那时候我已经怀上了你，四个多月了吧，为一点儿小事：早晨我给他煮鸡蛋时把四分半钟错当成了三分半钟，三分半钟是他的煮鸡蛋的最佳火候儿，三分半钟的鸡蛋，蛋黄不软不硬，是半透明的糖心儿，可那天早晨的鸡蛋，蛋黄已经熟透，很硬，吃起来沙少的。你爸对煮鸡蛋的火候一向要求严格，那个早晨，当他把鸡蛋小头朝上地放在他的专用鸡蛋杯上，用不锈钢小勺磕开顶端的蛋皮，一勺舀到蛋黄时，我不等他发话，就抢着说这鸡蛋我多煮了一分钟。他问我为什么，我本想实话实说，说我记错了时间，可我却有点故意地说'不为什么'心想反正也没什么好了。果然他把勺子啪地往桌上一拍说：'实在是新鲜，你竟敢向我挑衅。'他说完忽地站起来奔到我跟前，向我扬起那只令我千百次诅咒的手，我闭起眼睛想着：我的机会就要到了。这时候有人敲门。你爸垂下胳膊去开门，来人是我们的邻居，他们杂志的主编，跟我们借白矾的，说是要煮绿豆稀饭。我去给主编找白矾，你爸他去干什么了呢？他手忙脚乱地给主编找茶杯沏茶，尽管大清早的这完全没有必要，主编不是登门拜访，他不过是来要一小块白矾。你爸他却是那么热情忙乱，热情到有点卑下，忙乱到把一只茶杯掉在地上摔碎了。我心想他是多么惧怕主编啊，可他凭什么要惧怕呢？他为人正派历史清白，他爸爸是汉奸可他不是，难道主编会把他也镇压枪毙了不成？但你爸他真是害怕，在这个世界上他除了不怕我，什么都有可能叫他产生害怕。主编走了，我蹲下来收拾地上的碎茶杯，以为你爸会接着提起鸡蛋的事，我想错了：你爸他已经忘掉了鸡蛋，刺伤他自尊的是主编的到来吓得他摔了茶杯，而他的这种被吓，完全彻底地让我给看见了。他让我放下碎茶杯，他说'你少给我装模作样地收拾，你以为缺了你我连个茶杯也收拾不了么你不要高兴得太早。'我争辩说我有什么可高兴的，他说'你当然高兴，高兴高兴你就是高兴，我早就知道你天天盼着我在外人眼前出丑，我就是出丑了就是害怕了你能把我怎么样你要把我怎么样你说你不说别想出这个门!'他说完就像从前那样拽过一只大暖壶,他坐在桌边,倒上满满一杯开水大口吞咽着,咽一口,便猛地把茶杯往桌上那么一蹾,水花肆无忌惮地溅在桌面上。他的大暖壶,他那在桌上蹾来蹾去的茶杯,他那无限放大的咕嗒咕嗒的咽水声,和他那铁定了心要拿我来消磨时光的一脸亢奋使我的后脖梗顿时一阵阵热痒难耐,我知道我的脖子正在发红发肿,汗毛孔张开好比厚硬的老橘子皮。如果说刚才他在主编眼前打碎茶杯让我有那么点心酸,那么现在,愤怒和仇恨压倒了一切。我两眼直直地瞪着他,我冲他第一次也是唯一一次毫不含糊地说:'胆——小——鬼!'他愣了,接着便扑上来薅住了我的头发,第一次也是唯一一次打起我的耳光,正像他的父亲当年打他吧。我被他打着,清醒地引他向厨房走,我们扭打着进了厨房。我伏身扑在案板上看清了菜刀的方位,我右手抄起菜刀,左手以平生之力搂住你爸的右胳膊,把他的右手按在案板上,我不等他反应过来就举刀砍去,我闭了眼,刀落下去,当我睁开眼时我看见我砍断了你爸右手的小拇指。"

录音机停了。我换录音带,韩桂心说,"今天就到这儿吧,我晚上有个约会。要是你方便,我愿意明天继续。明天咱们可以早些来,上午九点怎么样? 如果你方便。"我说可以,不过我很想知道你父亲……你父亲——我在选择合适的词,韩桂心替我说,"你是问我父亲小拇指掉了之后作何反应吧?"她停顿了一下,很过瘾地深吸了一口烟:"出人意料,他给我母亲跪下了,他叫她停止,STOP! 他摆动着他那缺了小拇指的血淋淋的手,像根本不觉疼痛似的。他央告我母亲今生今世停止吵架,他愿意先发誓,为了我母亲肚子里的我。可我母亲不答应,那阵子她像着了魔,非离婚不足以平心头之怨恨,哪怕今天离婚明天等着她的就是死她也得离。他们离了婚,我母亲腆着肚子搬进幼儿园的单身宿舍,我就生在那儿,北京路幼儿园。"那么你父亲没有为手指的事对你母亲采取什么行动? 我问韩桂心。她说没有,她说她父亲一直跟外人说是自己不留神弄伤的,就这点讲,他还像个男人。韩桂心说着,手袋里的手机响了,她接了个电话,对我说她真得走了。我也随她站起来，我们一块儿出了陵园大门。我看见她走向停车场的一辆白色"马自达"，掏出钥匙打开车门，钻进车里娴熟地开车拐上大街，汇入了拥挤的车流。

第二天在陵园，韩桂心继续她的讲述，从上午九点一直讲到下午六点。这天她穿得比较随便，套头羊绒衫，牛仔裤，平底帆布鞋，手里拎个长方形带盖子的柳编篮子。她的心情也不沉重，好像昨天讲的全是别人的事。她的装束和她提的大篮子，给人感觉她就是来作一次文明轻松的郊游。近中午，当我觉出肚子饿时，韩桂心便打开篮子，托出两套保鲜纸包好的自制三明治，她递给我一套，又忙着拧开不锈钢真空保温壶，往两个纸杯里冲咖啡。"意大利泡沫咖啡。"她一边告诉我，一边殷勤地把一杯热腾腾的、坚挺的泡沫已经鼓出杯口的咖啡递给我，并不忘在杯底垫上一小块餐巾纸。咖啡的香气和它那诱人的弹性形状，以及三明治的松软新鲜，都引起我的食欲。联想起她昨天讲过她父亲对于煮鸡蛋火候的严格要求，我想他们父女可能从未在一起生活过，但他们的生活习惯却有着血缘带来的抹不掉的痕迹。吃完喝完，她又拿出几粒大若牛眼的据说是智利的葡萄请我品尝。我尝着智利葡萄，虽然觉得比当地的"巨丰"之类的品种也好不到哪儿，却还是客气地表示了欣赏——我感觉韩桂心这种女人比较希望听到别人的欣赏。果然她挺高兴，她说："谢谢你这么耐心听我说话，已经有很长时间没人听我说话了。"韩桂心讲这话时神气比较诚恳，甚至可以说软弱，这一瞬间不太像从昨天到今天我认识的她。

录音之二

我母亲名叫张美方，从我会说话那天起，我就对我母亲直呼其名——我想是她教我这么叫的。我叫她张美方妈妈，她叫我韩桂心女儿。听上去既欠礼貌又少教养，但细细品来，你会觉得这恰是我们母女关系最真实的写照:平等,散漫,再加几分不容置疑的同心同德。我必须和张美方妈妈同心同德,因为这世界上没人能帮我们。这道理从小我就明白,而且让我明白这道理也是我母亲的愿望。自从她失掉了丈夫,就把注意力完全集中到我身上,她死心塌地地爱我,爱得让我起疑:我认为这里有和我父亲——她的前夫较量的成分,她要让他看看,她并不是离了他不行,她单枪匹马也能把我抚育成人。为此她尽可能让我生活得愉快。可什么是愉快呢? 我有我的理解。我是一个追求特殊的孩子,做梦都想出人头地。对我来说,只有特殊,只有出人头地才是愉快。到了上幼儿园的年龄,我被母亲领着进了北京路幼儿园。其实所谓进幼儿园,在我不过是从幼儿园后院转到了前院。北京路幼儿园你是知道的,在当时可说是一所贵族幼儿园。明亮的教室、游艺室和幻灯室,香喷喷的专供小朋友淋浴的卫生间,干净的宿舍和每日一换的床单枕套,由营养护士严格把关的营养配餐,还有花园、草坪、秋千、转椅、滑梯、木马,以及跷跷板、攀登架……这所有的一切都展示在前院里,后院则是厨房、锅炉房和两排教职工宿舍,我们就住在后院。据我母亲说,我能进北京路幼儿园是不容易的,全靠了她在这里当老师——类似今天所讲的走后门。北京路幼儿园通常只接收本市范围极小的高级干部高级知识分子子女。我母亲的话应该使我知足,但我却觉得反感,因为自此我知道了我不是属于那一小部分中间的,我比他们低,我本不该被这里接受的,我连从正门走进幼儿园的权利都没有,我只配每天从后院绕到前院去。特别当我看见有的小朋友是乘坐大人的小汽车由大人陪着来考幼儿园,是坐着大人的小汽车被接走又被送来时,我吃惊得差点嚎叫起来(笔者感到惭愧,因为笔者小时候也乘市长奶奶的汽车上过幼儿园),差点儿冲我母亲大叫"张美方妈妈我恨你!"我承认我的血管里流着我父亲的血。我是多么不愿意像他啊,我应该对我母亲好。我终于没有嚎叫,因为我母亲握住了我的手,领我从后院出来,走上了幼儿园绿茸茸的草坪。我闻见她手上廉价蛤蜊油的气味,一股子西药房加肥皂的混合味儿,黏黏歪歪的——直到我上中学,我母亲还擦这种三分钱一盒的蛤蜊油,却一直给我买两毛钱一盒的"万紫千红"雪花膏。当我走上草坪的时候,是我母亲手上的气味平静了我小小的混乱的心。我做出格外有礼貌的样子和同班小朋友互相问好,最后还特别问候了我的母亲——张美方妈妈——我幼儿园中班的张老师。我向她鞠了一下躬,大声说"张老师好!"然后我抬起头,看着我母亲的脸。我看见她的两眼泪光闪闪,她竭力向后仰了仰头,仿佛要眼泪顺着泪腺倒流回去。然后她弯下腰对我说:"韩桂心小朋友好!"

我和我母亲就这样开始了我们初次的共同面向社会。在幼儿园我从来不喊她妈妈,小朋友谁也不知道我们是母女。这正是我擅自做主规定下的一个小秘密,而我母亲她完全同意。我不想让他们知道我是幼儿园老师的孩子,一个照顾他们、侍候他们的人的孩子。

一年的幼儿园生活是我认识世界的开始,也是我嫉妒心成长、发育的开始。我在三四岁的时候就体味到了嫉妒的滋味,它是那么强烈,那么势不可挡。它不是一种情绪,就我的体会,它完全是一团有形的物质,我常常感到这团物质在我脑子里和肚子里撞来撞去。长大之后看见菜市场出售的一种名叫芥菜疙瘩的菜,我忽然地找到了嫉妒这种物质的形状,它就像芥菜疙瘩,并且它也有颜色,像芥菜疙瘩那样黄不黄绿不绿的。芥菜疙瘩形容古怪好像全身四面八方都生满小脚指头,我真难相信世界上还有这么丑的菜。芥菜疙瘩有多么丑陋嫉妒就有多么丑陋;芥菜疙瘩有多么巨大的生命力嫉妒就有多么巨大的生命力。在我三四岁的时候,我心里就经常堵着这种名叫嫉妒的芥菜疙瘩。我不能容忍别的小朋友比我穿得好——而她们一般都比我穿得好。有一次班里有个女生头上别了一枚湖蓝色软缎蝴蝶结,那真是一个美丽无比的蝴蝶结,那么光滑,那么巨大,那么前所未有。当我一看见那个蓝蝴蝶结,我的心就开始发疼,我难受得要命,芥菜疙瘩在我心里一分一寸地胀大起来,它身上那四面八方的小脚指头开始中伤我。当时小朋友们都在夸那只蝴蝶结,甚至连张美方妈妈也在夸。我听见那女生说蝴蝶结是她外婆从一个叫上海的地方寄来的。"上海在中国吗?"有一个小朋友还问。我躲在一边不问

258

什么也不夸什么,但我脸色一定很难看。我多么希望张美方妈妈能看出我的心情,能猜出我也想要一个蓝色软缎蝴蝶结。她应该能猜出来,她必须猜出来,因为我不能主动对她提出来,那样我就太不懂事了。我知道我们没有这种去上海买蝴蝶结的能力,可我又是多么想要那个来自上海的蝴蝶结啊。结果我母亲她什么也没观察出来。在那天晚上我发烧了,四十多度,把我母亲吓坏了,她把我背在身上去医院,打针,输液,吃药,医生却查不出任何原因。我高烧三天才退,我知道这要花去我母亲一些钱。我有点惊奇那时我的心情就是如此阴暗,我想假如我得不到蓝蝴蝶结我也得叫我母亲从另外的地方为我花一笔钱。可我怎么能够想发烧就发烧呢?直到今天这也是个谜。

不久以后我开始仇恨同班一个名叫陈非的男生,这是我有生以来恨的第二个人,第一个是我父亲。我们都知道陈非是印尼华侨的孩子,五十年代我们这座城市接纳了不少从印尼归国的华侨。当时我们不知道印尼和华侨是什么意思,但我们都看出陈非很奇特。他梳小分头,穿西式吊带短裤,皮鞋,还有齐膝的白袜子。他衣兜里总有外国糖果,他每剥一次糖,小朋友们就围住他抢糖纸。和我通常吃的一毛钱九块的白薯干似的水果糖相比,与这种水果糖粗糙、简陋的糖纸相比,陈非的那些糖纸是多么华贵不凡,那完全是来自另一个世界的信息,那就是童话。为了能得到陈非的糖纸,小朋友们对他用尽了阿谀奉承之能事——原谅我对一些四五岁的孩子使用这样的形容词,不过你若是和我同上过这样的幼儿园,你就会觉得我的形容并非那么过分。陈非因此而趾高气扬,他让小朋友们排队等糖纸,今天张三,明天李四……你或许能猜出我不会做这种排队等糖纸的事,陈非也发现了,他对我说,韩桂心你见过我这样的糖纸吗?我对他说,我们家有满满一抽屉!他说别以为我不知道你们家住在哪儿,你敢现在领我们去你家看外国糖吗?他的话把我给说蒙了,我为我的谎话无地自容,我为陈非对我的揭穿而更加憎恨陈非。第二天,仿佛是为了故意气我,陈非从家里带来一个名叫“小猴要钱”的电动玩具。事隔近四十年,如今当我想起那个"小猴要钱",仍然有着极为深刻的印象。那是一只十五厘米高的长尾铁皮猴,穿着红衬衫蓝裤子,头戴一顶黄草帽,双手端着一只铁脸盆,脸盆里固定着几枚代表钱币的金属片。陈非一按开关,小猴便蹦跳着双脚,转着圈开始向大家讨钱了。它的长长的尾巴随着身体的节奏摇摆着,脸盆里的"硬币"也随着它蹦跳的节奏发出叮叮咚咚的音乐声。"小猴要钱"震动了我们整个幼儿园中班,大家在游艺室地板上参观着、追赶着那只精灵一样满地蹦跳的猴子。陈非高声告诉大家说,这个玩具是英国生产的,英国。

我要说这次陈非彻底把我打败了,我的矜持、我的不屑和我的故作清高被这只铁皮猴打得落花流水。我央求陈非让我单独玩一会儿铁皮猴,我尤其对小猴手中的铁脸盆里那几枚"硬币"感兴趣。我要摸一摸它们,我要知道为什么它们能在盆里舞蹈却掉不到盆的外边去。陈非说他同意让我玩一会儿铁皮猴,不过我必须答应捡起他的一张糖纸。他说完吃了一块糖,把糖纸扔在地上等待我捡。这种交换条件是我不曾料到的,一时间让我不知所措。但结局只有一个,那就是我没有去捡陈非的糖纸,也不再看我正在"热恋"的铁皮猴。我独自向排在窗前的那排奶黄色小木椅走去,双手紧紧攥成拳头,就像我在襁褓中吃奶时听我母亲讲过,她也会在某种时刻紧紧攥拳。这时我又与我的母亲相像了。我沉默了一个上午。午睡时我做了一个梦,我史无前例地梦见了我的父亲,我梦见我父亲拎着一只蒙着丝绒的洋铁桶到幼儿园看我来了,他是那么和蔼可亲,那么高大完美,那么十指齐全,双手的小拇指都好好地长在各自的位置上。他向我走过来,掀去丝绒,顿时从桶里蹦出一群叮咚作响的铁皮猴。我欣喜若狂,高声叫着陈非陈非你睁眼看看,你有这么多铁皮猴吗……可惜的是陈非没有睁眼,而我自己却被自己的声音喊醒了。

那是一个刻骨铭心的下午,太阳很好,我的心很疼,为了美梦的惊醒,也为了铁皮猴的消失。我们午睡起来洗过脸,喝过橘子汁,在张美方妈妈的带领下去做户外活动。我们排队来到滑梯跟前,又排队逐级登上滑梯。那个下午我排在陈非身后。按我们中班的惯例,我本不该排在陈非后边,陈非身后再有两个女生才轮到我。但是那个下午,我不知道为什么我要排在陈非身后紧挨着他,更不知道为什么谁都没有发现我排错了队。我就那么紧跟着陈非,一步一步地登上了滑梯,踏上了连接着滑槽的那块平坦的木板,经由这块木板,我们才能开始滑行。我的妈妈张美方,此刻就站在滑槽底端接应着每一个从高处滑下来的孩子。经常的日子,每当我踏上这滑梯的最高点,都会有一种又喜又怕又想撒尿的感觉。我喜欢向高处攀登,也喜欢从高处快速向深渊滑行,滑行的瞬间给我快感,我整个的生殖系统都会因之而阵阵眩晕。我还会以一些别人做不了的姿势从滑梯向下滑,比如趴在滑槽里像青蛙那样滑下去;比如侧着身子,用一条胳膊枕住脸,像睡觉那样滑下去。那时我闭着眼,心里得意得不行。为此张美方妈妈批评我,她说姿势不正确是要出危险的,我必须双腿紧并向前平伸,坐得端端正正向下滑。我接受了张老师的意见,但每当我下滑开始的一瞬间,总是快速改变主意。我依旧按我的姿势滑下去,心里想着,请让我保留这个自由吧,这是我在中班唯一能展示自己出色的地方。但是在那个下午,我并不想打滑梯,也不想以此赢得小朋友们的羡慕。那个下午我登上滑梯似乎就为了挨着陈非跟住陈非。排在他前边的小朋友已经蹲下准备滑了,再有几十秒钟就轮到陈非了。陈非洋洋得意,打滑梯时还不忘拿着他的英国铁皮猴。正是陈非手中的铁皮猴坚定了我的决心——这时我方才明白当我午睡醒来,当我排在陈非身后走向滑梯的时候,我是有一个决心的。现在我的决心就要实现了,也许还有一秒钟。我环顾四周,阳光透过银杏树扇形的叶片洒向我们的幼儿园,草坪上有斑斑驳驳的光影;我母亲张美方正专心致志地在滑槽尾巴上弯腰接应陈非前边那个小朋友。我觉得嗓子很干,我向陈非左边移动了一小步,我伸出了右手……陈非在我眼前消失了。我看见他头朝下地栽了下去,他没有落进滑槽,他从滑槽右侧翻向半空,落在一堆废铁上。我听见了"噗"的一声,我看见陈非头上冒出血来,我想他是死了。当我把视线转向滑槽时,我看见我的母亲张美方瞪大双眼正仰头看着稳稳地站在滑梯上的我。就在我们母女眼光对撞的一刹那，我知道我母亲什么都明白了，她是真正的目击者，而在场的其他任何一个孩子都无以对此事产生作用。她冲我竖起右手的食指，把食指紧紧压在嘴唇上。我立刻意会那是一个信号，一个叫我别做声、同时也强令她自己别喊出来的信号。从此我母亲瞪着大眼把食指压在唇上的那个姿态几乎终生陪伴着我。那是一九五八年的一个下午，我五岁。

韩桂心讲到这儿便开始神经质地抖动双腿，这与她的衣着打扮不太相称。但我愿意原谅她这个失控的小动作，那个名叫陈非的五岁男生的死亡使我逐渐对韩桂心认真起来。我向她提出了几个问题，我说当时滑梯上其他小朋友是否看到了你推陈非，他们有什么反应？韩桂心说她不知道别的小朋友看见了什么，但当时四周安静极了，滑梯上下的孩子没有一个人吭声，也没有一个人哭。似乎所有的孩子都知道事关重大，又似乎所有的孩子都被这重大的事件吓蒙了。这些四五岁的孩子既没有叙述一件突发事件的能力，也没为一个死亡事件作证的资格。韩桂心说和她同班的那些男生女生，如今她已经完全不记得他们，即使见面彼此也不相识。几十年前与她同班的陈非死亡的目击者们，几十年来没有一个人曾经对当年的韩桂心小朋友提出质疑。也许他们的确不记得她了，有哪个成人能够把幼儿园同班小朋友的名字牢记在心呢？韩桂心说她有时会从心里感谢那些终生不再谋面的小朋友，她不知道那究竟是一群孩子的大智若愚，还是他们真的对她当时的行为浑然不知。我又问韩桂心说，你刚才讲到陈非从滑梯上栽下去落在一堆废铁上，依据北京路幼儿园的优美环境，怎么能容许一堆废铁堆在滑梯下边呢？韩桂心说这正是我要对你讲的。那是一九五八年，全中国都在大炼钢铁，全中国都在盼望十五年内超过英国。当时赫鲁晓夫的目标是十五年内赶上美国。咱们这座城市，开始了全民炼钢，全民修水利，对了，还有全民写诗，这段历史你应该了解（对笔者）。那两年几乎全中国的人都成了诗人，或说都有可能成为诗人。诗每日的产量在乡村是以车为单位计算的，听我母亲说，那时候报纸经常报道郊区某村农民拉着一车一车的诗作往市作家协会送。城乡上下，几乎每个单位都垒起小高炉，街道号召各家各户贡献废铁，幼儿园老师和阿姨也四处搜罗园内工具房里的旧铁管、旧铁车、三角铁，甚至报废的秋千链、铁转椅……至于为什么会有一堆废铁堆在滑梯底下，我从未与我母亲作过探讨，我只知道幼儿园后院也垒起了小高炉，老师和阿姨分作两班日夜守在炉前炼钢。我私下猜测废铁堆在惹人注目的游乐区内，多半是给来参观的人看的吧，那时北京路幼儿园经常接待各级参观者——包括你奶奶（韩桂心突然指着笔者）。幼儿园领导愿意让参观者进得园来便立即看到幼儿园并不是个世外桃源，这里和全中国一样也满是大跃进的气氛。哪一个领导者不懂得制造气氛的重要，他就不是一个称职的领导。那么，还有什么比废铁堆在游乐区的草坪上、堆在小朋友上上下下的滑梯旁边更具热气腾腾的大跃进氛围呢？难道那仅仅是废铁么？无论幼儿园领导还是前来参观者，都会从这堆废铁中看见一炉炉好钢，因为小高炉就在后院。当眼前的废铁源源不断地投入小高炉之后，我们离英国佬美国佬为时不远矣。到那时制造一只小小的"铁皮猴要钱"又算得了什么——韩桂心说这最后一句话是她过若干年之后才想起来的。

录音之三

在我五周岁以前，我和我母亲的生活是比较轻松、简单的。我们清苦，没有多余的零花钱，粮食和全国城市人口一样也是限量的，而且在定量里有一定比例的粗粮，比方红薯面要占据成人定量的百分之五。我母亲是个粗粮细做的巧手，她会把红薯面外边包一层白面擀成饼来吸引我的食欲。在冬天，她还会做一种名叫"果子干"的大众冷食。她把柿饼、黑枣、杏干、山里红用凉开水泡成糊状，盛入搪瓷小锅放置户外，吃时搅拌上奶粉和白糖，"果子干"就成了。每天晚上我们从幼儿园回到家里，吃过晚饭，洗过脸洗过脚，我们围坐在炉边，我母亲往炉盘上烤几粒红枣，为的是熏出一屋子枣香。我守着热炉子,吃着冰凉的果子干,我们娘儿俩再一块儿说一阵子我父亲的坏话,然后刷牙,然后就上床睡觉。一般是由我母亲开头说我父亲的坏话,我是坚决地随声附和者。我母亲说我父亲是天下少有的暴君,我就说:"暴君!"我母亲说我父亲和她打架的时候那种抓起什么摔什么的行为简直能把人气死,我就说:"气死我了!"我母亲说像他这样的人谁还敢再跟他结婚呢? 我就说:"谁还敢呢!"我母亲说什么人跟他结婚也不会好的,我就说:"不会好的!"每到这时我母亲反而冲我笑起来,说我是个傻孩子。我也冲着我母亲笑,虽然我弄不清我笑的是什么。到后来,每天说一会儿我父亲的坏话成了我们娘儿俩一个雷打不动的固定节目,我母亲的那些坏话也说得越来越轻描淡写,越来越充满一种恶毒的善意和排斥的亲近,给人觉得她是在用这种形式想念我的父亲。这种形式也使没有父亲的我自觉从来就没有离开过父亲,他一直固执而强大地生活在我们的坏话里。

这样的生活终于在我五周岁的时候结束了。那个下午,当滑梯上的我把右手伸向陈非,当陈非跌落在一堆废铁上,当我和我母亲的目光对撞的一瞬间,当我母亲瞪大双眼将食指紧紧压在唇上之后,嫉妒这种物质暂时从我体内排出了,我变成了一个懦弱的鬼鬼祟祟的孩子。陈非之死在相当一段时间内,是这座城市一个妇孺皆知的话题。新闻报道说北京路幼儿园中班的陈非小朋友不慎在打滑梯时从梯上跌下因头部撞在地面一块三角铁上当场致死。

这是一场意外死亡,所有的人都这么看。

在那些日子里,去我们家串门的人很多,因为我母亲是这个事件的唯一目击者——串门的人从未把那天在场的孩子放在眼里,包括我。我深知我母亲在那些日子里的艰难,她必须一遍又一遍地回答各种来访者的各种询问,甚至别人不问她也加倍主动地诉说并且说起来滔滔不绝。仿佛只有主动地光明磊落地大讲陈非的死亡过程才可能转移所有人的注意力,才可能保全我永远的不受怀疑。她的诉说一般是以这句话为开头:"太可怕了!"然后她长叹一声,接着便讲起她怎样先听见"噗"的一声闷响,然后就看见陈非满头是血地倒在地上，手里还拿着一只铁皮玩具猴。我母亲特别强调了玩具猴对陈非安全的妨碍，她一般在结束讲述之前提到玩具猴。她说陈非不应该拿着玩具上滑梯，这样他的精神便缺乏必要的集中。我母亲侧重对玩具猴的讲述，起初我以为她是暗地里替我鸣不平，因为玩具猴的确是导致陈非死亡的原始理由。但我又想起我并没有跟我母亲说起过玩具猴对我那不可遏制的吸引力以及由此引发的我对陈非的仇恨，我把这一切藏进心里仿佛已预感到它的事关重大，它与前次的蝴蝶结事件不同，它们不属于同一量级。到后来，很多年之后我才明白我母亲在一九五八年大肆渲染玩具猴在陈非死亡过程中所起的作用是多么精明，就像很多年之后她也能更改叙述角度，避开玩具猴，又大肆叙述滑梯下的废铁与陈非死亡的紧密关系。我发现我们有些中国人真是本领高强，像我母亲，她几乎无师自通地知道哪些话是时代要她说的，哪些话她应该避开时代的不高兴。一九五八年她本可以针对滑梯下边那堆废铁发表看法的：一个孩子从滑梯上摔下来，如果他没有落在废铁上而是落在草坪上，或许他不会死亡。但恰恰是废铁导致了他当场死亡，却没有人对废铁堆放的位置提出异议，提出异议就等于否定一个时代，或者简直就等于阻挠中国人民在十五年内赶上英国。于是我母亲和有关领导有关新闻媒介本能地淡化了废铁，转而向陈非坠地时手中的英国铁皮猴提出质疑。我母亲说陈非为什么会抱着玩具猴上滑梯呢因为他太喜欢这件玩具了，不仅他喜欢，班里很多小朋友都喜欢。这是一件时髦的外国玩具，它来自老牌资本主义英国。众所周知，二次世界大战之前垄断玩具市场的一直是欧洲，不可否认我们中国到现在还不具备生产这种玩具的条件，因此我们不得不羡慕英国，连他们的玩具都羡慕，羡慕到不分时间场合地爱不释手。假如我们自己可以大批生产这样的玩具，一只英国铁皮猴就不会对陈非小朋友产生那么大的吸引力，那么他的死亡就说不定是可以避免的。由此更加看出了全民大炼钢铁以提高综合国力的必要，只有我们的国家强大了我们的一切才有保障……然后我母亲再检讨一下自己，她说作为中班老师这也是她最失职的地方，她事先竟然没有看见陈非手中有玩具,为此她无论如何不能原谅自己。这时她多半会流下泪来,流着泪的时候她开始夸陈非的聪明和干净,好像他要是不聪明不干净死了就不可惜似的。我躲在角落里,装得像个局外人似的一遍又一遍听我母亲念经一般的絮叨。她的嗓子嘶哑,嘴唇爆着白皮;她的脸色憔悴,眼珠在眼眶里永远无法稳定似的移动着。她的絮叨延续到后来竟至有不知情的外人偶尔到我家小住——某次我的姨姥姥路过此地住在我家,我母亲也迫不及待地向她(完全没必要)讲起陈非的死。啊,那时我是多么无地自容羞愤难当。与其说这是我母亲对我奋不顾身的保护,不如说她是为了我的平安在虐待自己。当来人散尽家中只剩下我和她时,我们相对无言。我母亲居然还会对我流露出一点儿尴尬和愧色,仿佛因为她的表演并不尽如人意,而这不尽如人意的表演让我点滴不漏地看了去。然后她再一次向我重复那个下午的动作:竖起食指紧紧压在唇上。我立刻为这个动作感到一种沉重的寒冷,因为这是一种充满威胁的爱,一种兽样的凶狠的心疼。我将在这种凶狠的被疼爱当中过活,我,一个五岁的罪犯,靠了我母亲真真假假神经质的表演才能得以平安度日。我本应为此对我母亲感恩戴德,我本应为此与我的母亲更加亲密无间无话不谈,但是你想错了,我没有。我为我这"没有"感到深深的内疚,内疚着,却非要"没有"下去不可。我对我母亲出乎寻常地冷漠,我甚至由此拒绝她的拥抱。我对她给予的巨大庇护越来越毫不领情,她那一遍比一遍啰唆的"死亡叙述"直听得我头皮发炸双手发麻。因为她每说一遍我都会在心里告诉自己一遍"这是假话",而我母亲正是由于我的存在才不得不如此作假。她的假话使我有一种强烈的要脱离她的企望,可我之所以无法脱离她,正是因为她手中有我一生的罪证。我有时也会惊奇我在五岁时就有这种分析自己的能力,我还感觉到正是陈非的死更加亲密了牢固了我和我母亲的关系。我母亲在虐待自己的同时是否也感到些许快乐呢?她丢弃了丈夫,从此把我当成她的唯一。如果陈非不死她便没有为我献身的机会,现在她如愿以偿:我失掉了,她得到了。她的絮叨便是在告诫我牢记我的罪过,我为此快要发疯了。

我的"发疯"基本上是以少言寡语和沉默来体现的。自那个下午之后我们母女的生活便再无乐趣可言——我们甚至不再说我父亲的坏话。这时我才明白说人坏话也是需要情致的,而我们不再有从前那种积极而又单纯的情致,哪怕是小市民式的。我母亲似乎也有意避免单独和我在一起,她向幼儿园领导提出要求,除了白天的正常上班,她还要求每天晚上参加炼钢。园领导说你的孩子还小晚上怕不方便吧,我母亲便说大炼钢铁赶超英国是第一位的,孩子是第二位的。园领导答应了我母亲的请求。从此她每天晚上在火光熊熊的小高炉前一守就是大半夜。她和其他一些大人往炉子里填着废铁,她额前的一绺头发都被烤焦了。有一天我从家里偷偷跑出去看她炼钢,我看见她从废铁堆里拣出了陈非那只英国产的玩具猴子,勇猛地扔进了小高炉。那时她的表情有一种如释重负之感,似乎因为陈非留在北京路幼儿园的唯一痕迹已彻底被销毁。我看见了她的这种表情,她也看见了正在看她的我。不知为什么在一些关键时刻我和我母亲的眼光总能相遇。那一刻她非常不高兴,她涨红着脸跑过来对我说:"你应该在家睡觉,回去!"我扭头就往家走,一进家门我就把自己藏了起来。我用我的被子裹住我自己,钻到床底下去睡。我不知道我为什么要这样,可能是故意要让我的母亲着急。后半夜我母亲回来了,当她发现我不在床上,果然急了。幸好她及时看见了露在床边的我的被子角,赶紧从床底下把已经昏睡了很久的我抱出来,要不然她一定会歇斯底里狂呼大叫的。她抱我出来把我晃醒,她摇晃着我,一边小声地然而怒气冲天地对我说:"韩桂心你为什么要跟我过不去,你什么时候才能知道生活有多么艰难,你什么时候才能让我不再担惊受怕呀你!"我紧紧闭着眼不说话,耍死狗一样全心全意和张美方妈妈作着对,从小我就有这种在必要时一言不发的本领。当我练就了这种本领,我和我母亲的位置就颠倒了一下:陈非的死仿佛是我母亲一手制造,而我反倒根本与此事无关。

我相信我这个人从本质上就是一个坏孩子,不然我为什么会如此不近人情？陈非死亡近一年的时候，这件事在大家心里已经淡了下去，幼儿园的滑梯也已经拆除，不仅北京路幼儿园，全市幼儿园都不再有滑梯这种东西。但我却渐渐不甘心起来。第二年，临近六一儿童节的时候，女市长——也就是你奶奶，陪外省一个妇女参观团来北京路幼儿园参观，这时我们中班已升级为大班。我们大班的小朋友被告知，当市长和客人来到游艺室时，由一位小朋友给客人讲一个故事。这种出风头的事是轮不到我的，我对此也就漠不关心。但是，当市长陪同客人走进游艺室，那个被指定讲故事的小朋友却由于过度紧张，怎么也说不出话了。张美方老师蹲在她眼前启发诱导，并且替她把故事的开头讲了出来，小朋友低着头一声不吭。我忽然感到我的机会来了，我搞不清那是一个什么样的机会，是出人头地的机会还是恐吓张美方妈妈的机会，总之这是一个机会。我于是走到客人面前大声说："我给大家讲一个故事。"我说："在一个中午，我午睡起床之后来到一座山上……"我一边讲一边看张美方妈妈，我看见她的脸"刷"地变白了，我还看见她几乎站立不住，她的身子微微晃着。她仿佛知道我要讲什么，她一定猜出了我要讲什么。我高兴看到她这种样子，我继续讲："我来到一座山上，山很高，比天还要高，我就……我就……"我看见张美方妈妈的脸已经成了一张白纸，我终于看见她艰难地把食指竖在了苍白的唇上。几秒钟之内我妥协了，我应该向张美方妈妈表明我的妥协，我继续讲："我就……我就从山上下来了。"讲完这句我就闭了嘴。我的故事肯定让客人们莫名其妙，但大家还是很客气地鼓了掌。有人称赞了我的想象力，说"山比天高"，这就是想象力。市长还抱住我吻我的脸蛋儿，并送给我一盒十二支装的彩色蜡笔。

又有一次，幼儿园园长到我家来，我母亲给她沏了一杯茶，她们很亲切地说着话。我知道客人是我母亲的领导，是领导就能掌握我母亲的某种命运。这时我又突发奇想地站在园长跟前，我对她说我要给你讲一个故事："在一个中午，我午睡起床之后来到一座山上……"我开始讲，我母亲端着茶杯的手开始发抖。我继续讲："我来到一座山上，山很高，比天还要高……"我母亲突然放下茶杯——她以为她把茶杯放了桌上，但是她放空了，茶杯落到地上，碎了。这使我想到了我父亲，我在我母亲怀里吃奶的时候就听我母亲讲过，当我父亲的杂志主编到我家要白矾时，我父亲是怎样慌张得打碎了茶杯。难道今天我对我母亲的威力就像当年那主编对我父亲一样？茶杯碎了，我母亲蹲在地上，双手抓挠着地上的碎杯子，两眼却直直地看着我。我还要继续讲么？我心里斗争着。其实我并不像自己以为的那么胆大，我真正要看的，不过是我母亲的恐惧表情罢了。她恐惧着我就主动着，我常在这时觉得我能操纵我们的命运。碎茶杯打断了我的故事，我不往下讲了。园长本来就似听非听，我不再讲，她也就不再听了。不久以后我母亲升做副园长，我得知那天园长到我家，就与这件事有关。

我不明白我母亲为什么会被提升，谁都知道一年前在她负责的中班死过一个孩子。后来我猜测也许因为她炼钢太积极了吧，她毫不利己，昼夜加班，把几岁的孩子(我)扔在家里一扔就是一夜。她炼钢不仅烧焦了头发，有一次还被炉中火燎去半条眉毛。炼钢是第一位的，对一个孩子的生命负责，在大跃进的年代对一个幼儿园老师来说，也许并不那么举足轻重。

慢慢地，我知道了我今后该怎样达到自己的目的。当我需要一件灯芯绒罩衣而我母亲不给我买时，我就开始讲："在一个中午，我午睡起床之后来到一座山上……"我母亲立刻会满足我的要求。遇到我不爱吃的菜，比如芹菜，如果我母亲非要我吃不可，我就放下筷子说："在一个中午，我午睡起床之后来到一座山上……"我母亲便不再劝我。上小学之后我经常逃学，因为我不合群，我不喜欢和同学们在一起。每个班里都有"王"的，男生里有男王，女生里有女王，这些"王"威力无比，同学们要看他们的眼色行事，兜里有什么零食要首先贡献给他们吃。"王"说和谁玩就和谁玩，"王"说不理谁大家就都不理谁。我讨厌我们班的女王。其实不仅在小学，在成年人里，在生活中，你总会发现有些人是与你终生不合的，也没有什么特别的理由，只是一见面就觉得你们彼此看着都不顺眼。我和班里的女王之间便是这样，我因为不喜欢她也不愿服从她的命令而逃学。我早晨不起床，我母亲一遍又一遍催促我，我就慢条斯理地开始说："在一个中午，我午睡起床之后来到一座山上……"我母亲不再吭声，班主任家访时我母亲还替我撒谎说我病了。

我觉得那几年我一直以折磨我母亲为乐事，因为没有人来折磨我。童年的我虽然还不懂法律，不懂"杀人偿命，欠债还钱"这最简单的人生常识，但我本能地知道我本应受到惩罚的，我本应受到我该受的折磨。我母亲不遗余力地阻挡了我的被折磨，我不折磨她又折磨谁呢？直到"文化大革命"开始。

有那么一会儿，我没有听见韩桂心的话，因为打我们眼前走过的一男一女引起了我的注意。我认出那女的就是前两天在刘爱珍烈士墓上做皮肉生意的那位，男的已经换了他人。我目送着这一男一女，直到他们行至甬路尽头让大树掩住。韩桂心问我在看什么，我说没看什么。韩桂心说我刚才说的话你听见了么？我说听见了，你说"文化大革命"。

录音之四

"文化大革命"中我和我母亲被弄到乡下去了，原因还是陈非的死。北京路幼儿园一些想打倒我母亲的老师说出了她们的怀疑。她们本来就不满意我母亲被提拔为副园长，她们说为什么张美方在工作中出现了那么严重的失误还能当副园长？为什么中班别的小朋友都没从滑梯上掉下去，偏是华侨子弟陈非掉了下去呢？有谁能证明这不是一起迫害华侨子弟的恶性案件？进而又有人论证说，假若真是如此，这恶性案件将会造成多坏的国际影响张美方你担待得起么？也许不是"将会造成"而是已经造成，众所周知那些年中国和印尼关系本来就欠好，陈非之死简直就是给两国关系、给中国人民和华侨之间再造阴影……还有人竟举出我母亲的前夫我父亲为例,说,经查,张美方的公公是个汉奸,张美方能跟汉奸的后代结婚足见其思想意识的反动。我母亲于是被批斗被责令重新交代陈非死亡过程。我母亲死不改口,坚持了从前她"看见"陈非死亡的所有说法。但她的公公是汉奸,这是确凿无疑的,由不得我母亲瞎编。我母亲她一定是快要承受不住这压力了,于是她说她公公的确是汉奸,但她不是和汉奸的儿子离了婚么。她说就因为前夫是汉奸的儿子所以她恨他,从一结婚就恨,恨到拿起刀来剁掉了他的小拇指。不信你们可以去调查,看他是不是少了一根小拇指。难道这还不能说明我的阶级阵线是分明的么——若不是当时他躲得快,我早就剁掉了他的右手——汉奸儿子的右手!

对于我母亲的同事来说,这倒是个新闻。这个只有我父母和我,我们三个人知道的事实被我母亲公开了,我母亲的那些同事,她们第一次知道她们的女副园长竟能举刀砍人。那么,如此凶狠的女人谁又能保证她真的不会把一个孩子推下滑梯呢? 问题转了一个圈,又回到了开始:陈非之死。一切都没有凭证,但在那时,怀疑本身就可以是凭证。总之张美方被打倒了,我们母女跟随市政府(这时我才知道北京路幼儿园属于市政府系统)的一批有问题的干部下放到深山,我们在一个名叫黑石头的村里住了一年。一年之后,有消息传来——是北京路幼儿园倾向我母亲的一些老师传来的有利于我母亲的消息。消息说一九五八年那个死去的陈非的父亲是华侨却不爱国,他其实是个美国特务,前不久因偷听敌台被公安局抓起来了,在他家里搜出了美国军用毛毯和军用罐头,以及刻有U·S·A字样的美国军用刀叉。也许这些物品已经是惊人的罪证了,我们这座城市的居民,并不知道五十年代初期,在北京的隆福寺市场,美军的一些军需用品是以低价公开出售的。以此类推,当年买过这些用品的顾客,在"文革"中均有可能被打成美国特务。那么,张美方副园长凭什么还要为一个美国特务的儿子的死亡没完没了地负责,并且下放到深山呢?于是我和我母亲卷起铺盖,离开"黑石头"重返我们的城市。

那年月我真感谢陈非的爸爸是美国特务,因为他成了美国特务,我和我母亲才得以逃离黑石头村的彻骨的寒冷。要是你没有在黑石头村的破土地庙里住过,你根本不会知道什么叫寒冷。我们进村时正是初冬,被分配住在村口一座土坯垒就的破土地庙里。庙里土地爷和土地奶奶的泥塑已被村里造反派砸烂,除了一扇关不紧的破木门和两扇没有窗纸的窗户,庙里什么也没有。我们抱来几摞砖,把随身带来的一块铺板支上,这便是我们的家了。没有煤,也没有炉子,晚上睡觉我们从来不脱衣服,我们合衣而眠,盖上我们的所有,仍然冷得打战。那情景令我想起儿时母亲给我讲过一个讨饭花子们聚在一块儿比穷的故事,好像是四个人,每人用四句话来形容自己的穷日子,看谁穷得厉害,穷得彻底。第四个人讲得最精彩,前两句我忘掉了,后两句他形容自己晚上睡觉的情景时说:"枕着砖头睡,盖着大胯骨"。枕着砖头睡还略嫌一般,叫人难忘的是"盖着大胯骨"。当我和我母亲睡在黑石头村土地庙的铺板上,我充分体会到了什么叫"盖着大胯骨"。我知道了我的胯骨在哪儿,我由衷地恐惧这种"盖着大胯骨"的日子。我还想起一九五八年的那天深夜,当我母亲从小高炉上回来,把我从床底下拽出来摇晃着我,对我说的生活艰难的那些话。现在我冷着,手脚和耳朵长满冻疮。沟壑里的野风恣意地呼啸着钻进破门破窗,像刀子一样削我们的脸,我们的脸生疼生疼。这种刀割似的疼痛一直延续到我长大,有一回我和我丈夫开车去五台山玩,台怀镇上那些卖刀削面的铺子,那些做出种种花样儿,表演一种"嗖嗖"地削面进锅的把式让我的脸和我的身上一阵阵跳疼。那不是刀削着面,那本是风割着人肉啊。人肉割尽,剩下的就是骨架子,我看见了我的白生生的胯骨。

我冷着,冷使我初次真正明白了我母亲的不容易。我记得有一天晚上我忽然抱住她,我对她说,我再也不讲那个故事了,那个午睡起来登上一座高山的故事。我以为我母亲会有很强烈的反应,似乎许多年来她盼的就应该是我这样一个知情达理的表态。我的这个表态,对我母亲来说甚至应该有点雪中送炭的味道。但是她没有什么强烈的反应,她只是没头没尾地对我说:"反正是没有证据的,你记住。"我立刻明白了,以我的分析能力,我有能力弄明白我讲故事的徒劳,儿童式的幼稚计谋吧。即使我像"文革"中盛行的"天天读"那样每日每时地讲下去,即使我讲的不是上山,就是上了一座滑梯就是向陈非伸出了手,证据呢?谁看见了?即使有一个××小朋友看见了,谁来为我判罪?法律不会为一个五岁的孩子判罪。我的母亲,其实她早于我明白了这一切,因此她已不在乎我是否还要继续把午睡起来上山的故事讲下去。现在她冷,冷压倒了一切。冷后来使她成了一个终生的热爱棉被狂。

"文化大革命"结束后,我母亲重返北京路幼儿园,并很快升作园长。老师、阿姨大部分都已换了新人,新颜旧貌一同呈现在人们眼前,我母亲感慨万端。这是一个思想解放的时代,我母亲自觉她苦难深重,她必须说话,她要找到一个突破口申冤报仇宣泄自己。在这个时代我母亲仍然选择了一九五八年陈非的死,因为幼儿园新来的老师和阿姨都曾向园长提及园内为何不设滑梯。这正好给我母亲提供了机会,她在大大小小各种会议上讲述三十多年前那个倒霉的下午,她不再提及陈非手中的英国铁皮猴,她只说堆在滑梯下的那堆废铁。她说这分明是整整一个时代的荒唐导致了一个孩子的死。假如没有大跃进,幼儿园就不会大炼钢铁;假如不大炼钢铁,滑梯下的草坪上就不会有废铁堆出现;没有废铁堆,就算一个孩子不慎从滑梯上摔下来,也并不意味着非死不可。我母亲的听众都认为她的分析是深刻的,这是一个荒唐时代才有的荒唐悲剧,所有的人由此更加庆幸那个时代的终告结束。我母亲并且以此教育年轻的教师,幼儿园工作的中心只有一个,便是一切以孩子为中心,因为孩子是一个民族的未来。我决不想说我母亲在讲假话,可我又知道她说的不真。陈非死于我的嫉妒之手,这件事却可以和每个时代紧密相连,唯独与我无关。我真不知这是上苍对我的厚爱,还是上苍对我的调侃。我慢慢长大起来,有时我憋得难受,我很想和我母亲摊开此事,但我们之间注定没有共同面对此事的可能:或者我也想临阵逃脱,或者我母亲也想终生回避。

我慢慢长大起来,知道了我母亲孤身一人的诸多苦恼。我很想让她组织一个家庭,找个好脾气的男人。可我母亲是个有传闻的人,许多人都知道她曾举刀砍断过前夫的手指。谁敢指望和这样的女人在一起生活呢?我母亲似乎也深知这点,她曾对我说过,要是再结婚,她还是跟我父亲最合适。可我父亲早就有了新家庭,并且他的新生活也不像我小时候和我母亲诅咒过的那样"好不了"。他的新家庭挺好,据说我父亲在他的新太太跟前从不大嚷大叫。这信息肯定让我的母亲失望,有时候她会突然冒出一句:"这真叫作卤水点豆腐,一物降一物啊。"我知道她在说什么,也不搭腔,意思是让她正视现实,用当时流行的说法叫作"一切向前看"。我不清楚我母亲最终朝哪个方向看的多,我只知道不久之后她便开始与棉被恋爱,她的业余时间都花在了采买棉花、采买被里被面和缝被子上。她告诉我说,这世界上什么都是靠不住的,能给你温暖的只有棉花。她说"韩桂心你不知道啊,那年在黑石头村冷得我受不了时,我就想象以后我如果有了钱,就拿它全买了棉花全做了被子,做一屋子棉被,任凭咱们娘儿俩在被垛上打滚儿。任凭天再冷、雪再大,再需要咱们去哪个村儿,咱们拉上它一车被子! 韩桂心你不知道我真是叫冷给吓怕了。"我对我母亲说现在不是从前了,没有人逼你到乡下去,做那么多被子有什么用呢?我母亲就像没听见我的话一样,继续她的"棉被狂"运动。她选择的被里被面都是纯棉的——百分之百 COTTON,被套更要纯棉,她排斥现在流行的太空棉、膨松棉之类,她说它们不可靠。隔长补短她就做起一床被子,即使棉花是网好的网套,她也要以传统手法,每条被子绗上五至七行均匀的针脚。我曾出主意说买个被罩罩上会省很多事,我母亲鄙夷地说那也叫被子? 九十年代纯棉制品越来越少了,这还促使我母亲注意留神卖棉布和棉花的地方。有一回她在电视上看见一则广告,说是本市一家专营棉花制品的商店明日开张欢迎光顾,第二天我母亲就奔了去,买回几十米纯棉花布。那天她顺便还拐进了一家军需用品商店,见货架上摆着对外出售的军用棉被,便也毫不犹豫地买下两床。说起来也许你觉得不可思议，如今我们家有一间专门放棉被的房子，我母亲这些年积攒的棉被从地板摞到天花板，几百条吧，密不透气地拥挤在这间屋子里。我母亲还曾为了棉被的安置问题跟我商量要我丈夫给她买房——我丈夫是个做房地产生意的。我母亲说，现在的两间小平房（北京路幼儿园的小平房）每间才十平米多一点儿，可她至少需要一个很大的房间才够存放棉被。我丈夫特意给她买了个一大一小两居室的单元，或者应该说是特意给我母亲的棉被买房。大房间三十平米，小房间十二平米，如今我母亲的那些棉被就满满地堆积在那个三十平米的大房间里。

我母亲还有一个记录棉被的账本，账本大约包括如下内容：购买时间、地点，购买商品名称、数量、价钱……比如："一九七八年十一月四日大众土产杂品店购买六斤被套一床，五点二零元；在丽源商场购买单幅被里布一点四丈，六点六零元，直贡缎银灰碎花被面一条五点二零元共十七元，于十一月十八日做成此棉被。因被套网得密实，故绗被子时用七行减作五行。"比如："一九九五年三月三十日在双凤街布店见宽幅（宽五点五尺）漂白布，大喜，购四点五米，花七十二元，可做被里两床；购六斤被套一床六十八元……"我母亲退休之后，闲来无事就乐意翻弄她这本记录多年的"棉花账"。在我看来这种记录毫无意义，既没有人要求她上缴她缝制的某床棉被，她也没有出售和租借棉被的意思，这账本的意义在哪儿呢？或者账本上呈现的一些数字会引起经济学家的注意，它记录了十余年间棉花棉布的价格差异和它们的上涨幅度，比如一九七八年窄幅（宽二点七尺）被里布零点四四元人民币一尺，一九九六年已升至两元一尺；一九七八年做一床棉被需人民币十七元，到一九九五年一床棉被所需人民币已升至一百元至一百二十五元。棉被价格的上涨意味着棉花价格的上涨和棉花的短缺。华北平原本是中国几大产棉区之一，但如今我们的一些纺织厂却要从新疆大批购进棉花以完成生产指标。棉农越来越不愿意种棉花：风险大，生产周期长，投入多，令人头疼的棉铃虫害……还有那些急功近利、舍弃土地暴发起来的各色乡间人士，都时时影响着棉农的心思。我母亲自然想不到这些，手握一本棉被账簿，也许换来的是她心里的踏实，甚至可以说，那是一本她随时可以把玩的、比棉被本身还要确凿的温暖事实。有一天我回家看望我母亲，见她正在家中那间三十平米的"棉被屋"门口，冲着半开半推的门一阵阵手舞足蹈、拳打脚踢，却原来她在试图把一床新做成的棉被塞进屋去，而那屋中的上下左右，棉被和棉被拥挤着已然没有空隙。我叫了声"张美方妈妈"，我母亲扭过脸来。她满脸是汗，头发上沾着棉花毛；她神色慌张，一副心永远塌不下来的样子。棉被们就在她的身后汹涌着，仿佛随时可能奔腾而出将我的母亲淹没；又仿佛我母亲已经生活在一个火药库里，只需一点点火星，那膨胀着棉花的房间就会爆炸。可我母亲她仍然顽强地和手中那条新棉被搏斗着，她推搡它挤压它，妄图将它塞进屋去。我深知她这一辈子是宁愿叫棉花淹没也不愿再叫寒冷淹没，我上前帮了她，两个人的力量终于使那条厚墩墩的新棉被进了屋。

录音之五

每座城市都有一些带斜面屋顶的楼房或者平房，站在城市的高处看这些屋顶，我常常感觉到心里很不舒服。后来我才发现因为这些屋顶像滑梯，好比一架架无限放大了的滑梯矗立在城市的空中，随时提醒我的注意，让我无法真正忘记一九五八年那个午睡醒来的下午。有一种洗涤剂名叫"白猫"的，瓶上印着两行小字"柠檬清香怡人，洗后不留异味"。每次我洗碗、洗菜时都下意识地把这两行小字在心中默念一遍，每次我都把柠檬清香怡人，洗后不留异味念成柠檬清香怡人，"死"后不留异味。为什么我一定要把洗后念成死后呢？是我要死，还是我盼望一个与我有关的人死后真的没有留下什么异味儿？若有，那异味儿便是我了，异味儿能唤起人的警觉和追忆。我还对公共汽车售票员的某些广播语言分外敏感，有时我身在车上，当车通过一些十字路口时售票员便会用扩音器向路人呼喊："九路车通过请注意安全,九路车通过请注意安全……"声音枯燥而又尖利,在我听来那就是一种让乘客防范我的暗示,和我在一起的人是须格外注意安全的,不是么?我竭力掩饰着我的不安,偷眼观察我前后左右的乘客,我和谁也不认识,也并没有人做出防范我的架势。我为什么要怕?证据在哪儿?我母亲已经说过了:没有证据。与我同班的那些孩子都已成人,大约很多都已不在这个城市,我为什么要怕?我母亲劝我结婚,我想,我真是该结婚了。

前边我说过,我丈夫是个做房地产生意的,这几年发了点财。但我认识他时他还没做生意,那会儿他刚从部队复员回来,可能正准备干点什么。我呢,没考上大学,在一个区办罐头厂当临时工。我们是经人介绍认识的,他的身高大约是一点六零米,我的身高是一点七二米。他比我大两三岁,属于老三届吧。不知为什么,当我们初次见面时,我首先对我丈夫的身高十分满意。我本能地害怕比我高大的人,从前经人介绍我也认识过一两个篮球运动员,他们总使我觉得自己处在危险之中,他们的力量和身高似乎随时可以置我于死地。这想法与一般女孩子的择偶标准完全相反,可我本不是一般的女孩子啊,我心中终有我的鬼祟。我满意我丈夫的身高和他仰脸看我的样子;我想我丈夫也满意我的身高,以他的身高能娶到我这种身高的人他无疑应该是一个胜利者。不过,促使我和他结婚的,除了身高还另有缘由,那便是他向我袒露了他的秘密。我们认识之后,他为了取悦于我,常送给我一些在我看来十分奇特的东西,比如有一天他一下子送给我两块男式欧米茄金表。我问他为什么要送给我两块表,他说一块是给你母亲的;我问他为什么不买女表,他神秘地笑笑说,这表根本不是他买的,是"文化大革命"他当红卫兵时抄家抄来的,像这类手表他还藏着五六块呢。过了些天他又把一枚白金钻戒——就是现在我手上这只(韩桂心举起她那只戴着钻戒的手给笔者看)——戴在我手上,我知道这也是抄家抄的。我丈夫对我说,当初他不认识白金和钻石,他只认金子,还差点把这玩意儿扔了呢。他说后来他请人给它估过价,现在这钻戒少说也值十二万人民币。就在那一天,我的手指套上了抄家抄来的钻戒那一天，我答应了和我丈夫结婚。他一高兴，领我到他家参观了他的百宝匣：一只貌不惊人的小箱子，像医生出诊的药箱那么大吧，白茬柳木的。他打开箱子，里边装着很多珠宝首饰，在箱底上，还码着一层形状不一的金条。我被惊呆了，心中所有的欲望都被唤起，我想起了一九五八年陈非死之前所有的日子。若在那时我就有这么一箱子珍宝，区区一个陈非又怎么能引起我的嫉妒呢，他便也不会死在我手中。啊，"柠檬清香怡人，死后（洗后）不留异味"。

　　我丈夫对我说从今以后这箱子就是咱俩的。他还说谁也不知道这件事，包括他的亲妈。他告诉我这是他父亲立下的规矩：有些事是终生不能让家里老娘儿们知道的；有些东西是终生不能传给家里老娘儿们的。"但是我愿意把什么都告诉你，"他补充说，"因为我有一种预感，你是一个什么也不会说出去的人。"他仰脸看看我，像一个孩子在看一个可信的大人。那一刻我真有点感动，我多想把我五岁的秘密告诉他，把这重负卸在他身上啊，可我没有。我丈夫告诉我，箱底的金条有一部分是他抄家抄来的，有几块金条和一包金牙是他父亲临终前秘密传给他的。但是据我所知我那未曾谋面的公公是一个老红军呀，解放后直至"文化大革命"之前他一直是这省里的厅级官员。一个老红军，一个党的高级干部他怎么会有金条和一包金牙呢，这太让人不可思议了。我丈夫对我说，他父亲参加红军（大概是红四方面军）之前当过绿林豪杰，经过商，充其量也就是一家杂货店。后来杂货店倒闭他走投无路才投了红军。我丈夫猜测金条金牙可能是他父亲经商时弄到手的。至于这个绿林豪杰出身的老红军怎样在几十年风风雨雨中保存下了金条和金牙，我这位公公至死也没告诉他的儿子。金牙使我恶心，后来我丈夫听从我的建议，在一次去温州的时候，找了个南方首饰匠用那包金牙打了个金锁。我丈夫用这金锁贿赂了一名当时对他来说至关重要的官员，从此我丈夫的事业起步了。他的起步就是由贿赂开始的，而他的贿赂又是那么不同凡响，他在八十年代初期就敢以白金钻戒或翡翠镯子赠人。忘了告诉你，我后来清点我们的"百宝箱"时,发现除了我手上的钻戒,里边还有两枚白金钻戒,钻石均小于我这枚,十几年前的抄家物资为我丈夫的生意开路,他十分懂得怎样从银行贷出国家的钱来干自己的事。他以便宜得惊人的价钱买了城郊的一些土地,他在土地上建各种各样的房子又想方设法把它们出手。他不断遇到麻烦,但奋斗十年他已在这座城市织成了一张坚实的网。得意之时他跟我笑谈他的经历,他说:现在讲什么三陪、四陪小姐,我他妈十年前就是三陪。我望着我丈夫那张夸夸其谈的小瘦脸,忽然想起我读过的一本小说中的一句话:"这人实在没有什么了不起,他趁的不过就是一点儿小聪明和一个大钱包。"我丈夫还不断跟我说起那包金牙,他说,他真正沾着光的还是他父亲的那包金牙,我丈夫事业起步的助跑器吧。他说就为这,他也得活出个人样儿来叫九泉之下的他父亲自豪。他一边感叹他父亲死得太早没赶上被他孝敬,每当我们因为生意而出入北京的"昆仑"、"长城"、"凯宾斯基"的时候,每当我们因为无聊而游荡新加坡、香港、泰国等等地方的时候,我丈夫便作这样的感叹。他一边又庆幸他父亲死在了"文革"之前。他说他父亲要是不死,"文革"开始他当过绿林那点儿老账一定会抖出来,红卫兵不把他弄个半死也得抄我们的家。那么金条呢?金牙呢?一切便不复存在了。我丈夫说,"他死得好啊,正好轮到我去抄别人的家了……"他肆无忌惮地评价着他那死去的父亲,也从不为"百宝箱"里他昧来的那些东西而感到内疚。有一回我对他说,说穿了我们不过是发了横财的窃贼罢了,只有窃贼才会发横财。我丈夫说谁又能保证别人不是窃贼呢?在这个世界上凡是没被发现的都不能叫错误——话又说回来,真正被发现的错误又有几桩呢?我丈夫的话立刻使我闭了嘴,我恐怕我的丈夫会有所指,虽然我明知他根本无从了解我在五岁时的那件往事。若说窃贼,难道我不也是么?我在五岁时就敢窃取一个男生的命,以安抚自己的虚荣。后来,我丈夫为了强调他这一观点的精辟,还领我到他母亲家的一间地下室转了一圈。那是他父母住了几十年的一幢独院,有四间西式平房并设有一间二十平米的地下室。我随我丈夫走进地下室,见地上竟堆着一大片捆绑整齐的草绿色军便服,"六〇式"斜纹卡其布的。我丈夫告诉我,"文化大革命"武斗最厉害那几年,他和几个同学初中毕业闲着没事到处闲逛,有一天晚上他们逛到一家被服厂,砸开窗户跳进一个大房间,打开手电照照,才知道他们是跳进了一间军服仓库,不知为什么这仓库竟没人看守。我丈夫他们心血来潮便开始偷军装,几个人往返十几趟,折腾了大半夜,扛着大包袱出出进进居然没被发现。我丈夫说现在他就盼着哪家电影厂拍"文革"当中军队的大场面,他们家地下室里这点儿老式军装足够装备两个营的吧。我对他说你真敢把军装交给电影厂? 我丈夫说当然不敢了,没告诉你发现了就是错误了么。他说其实偷军装的时候他们谁也没想到拿它干什么,偷就是好玩,好玩就要偷。谁知道现在成了负担:又不能当礼品赠人,自己又不能穿,一把火烧了又怕目标太大。这些老军装存放在地下室,它唯一的意义似乎就是能告诉你"文化大革命"是真的,这一摞摞永不见天日的军装就是证明。

我丈夫滔滔不绝地对我说着,我望着他那虽然瘦小却充满活力的身子,心想绿林也未必都是彪形大汉一脸连鬓胡子,绿林也有如我丈夫这般小巧玲珑之人。他身上流着绿林的血,这或许是他能在八十年代末期发达的重要根基,我望着他那瘦小却充满活力的身子,心中还感受到一种前所未有的轻松,因为我发现这世界上不为人知的事件太多太多,仅我丈夫的一只百宝箱和他们家地下室那几摞永远拿不出手的军装,就包含了多少隐秘啊。这些陈年的隐秘似乎冲淡了我在五岁的那个犯罪事实,和他们这些事相比,我在一九五八年那个下午的失手(我开始有意把我向陈非伸出的手形容成"失手")当真那么沉重那么真实么? 我当真向一个同班男生的后背伸出过手么?

我想念我的丈夫,为了他向我暴露的这一切。从前我们做爱时我总是莫名其妙地紧张,现如今我慢慢学会了放松自己。我欣赏我的放松,放松能使我身心愉悦;我欣赏我的放松,我只有放松着才顾得上欣赏我的丈夫。我承受着他那并不沉重的躯体,我像一株树那样听凭他在上边攀来爬去。在他的身子下边我感觉不到风险和不安，我和他本是差不多的人，都不太光明，可也坏不到哪儿去。我想为他生个孩子，好好过我们的让许多人眼热的生活。我知道我丈夫频繁地在我身上劳动也是急着想要孩子，我俩一有时间就做这事。我早就不工作了，我丈夫说过我用不着出去工作，我应该待在家里生孩子，养孩子，享福。但是这么多年过去了我们没有孩子，我们去医院做过检查，我和我丈夫都没问题。究竟是为什么呢我几乎不愿想下去，因为我觉得我又拐到了一九五八年那个不可言说的下午：一个孩子死在了我的手下，上苍便不屑再赐孩子于我了吧？我偷着想，我偷着思量这久远的惩罚终于来临了：他们不让我有孩子。

我丈夫近两年开始疏远我，我自嘲地想他这是爬厌了我这棵傻高的直挺挺的大树，一棵不能开花结果的秃树。这时我才发现我不仅想念我的丈夫，我其实是爱上他了。结婚十几年来，不是没有男人想对我好，但他们顾忌我丈夫的钱和势力，不敢对我怎么样——假如我想对他们怎么样倒是可以的。但我的注意力越来越多地放在了我丈夫身上。我为他而打扮，投他所好，渴望引起他的注意和欲望。他却不再注意我，他在外边女人很多。他只是不断送给我比较贵重的东西，以此来安抚他的良心。每当他送我重礼时我就知道他又有了新女人，我名下那些礼物的件数便是他的女伴的人数。我感觉到他也许会同我离婚的，那些女人都有可能怀上他的孩子。我怎样才能引起我丈夫的注意，怎样才能让他重新正视我的存在？像我这么一个连孩子都生不出的女人。前些天我发现了一个机遇，这机遇恰恰又不可逃脱地联系着一九五八年那个死在我手中的陈非。

陈非的父亲，当年那个印尼华侨，"文革"中他曾被当成美国特务抓了起来。"文革"结束后，这"特务"的伯父在美国去世，他便去了美国继承了一点儿遗产，成了一个比较有钱的美籍华人陈先生。陈先生近期抵达这个城市，有点故地重游的意思：怀旧，伤感，炫耀，多种情绪兼而有之吧。他打算在北京路幼儿园附近买下一块地，兴建一座大型水上公园。话说到这儿我不得不再次提及你的奶奶（不客气地对笔者），当年就因为一个孩子死于滑梯，你奶奶便下令拆除全市所有滑梯，就剥夺了全市儿童打滑梯的乐趣。与其说这是为了安全，不如说这是一种历史的退步，是你奶奶他们那一代人的共有思维。陈先生懂得让历史进步，他不仅要在水上公园建造滑梯，水中滑梯、空中滑梯，蜗牛形的、波浪形的，他还知道在设计时充分考虑它们的安全性能，这就是进步，你说对不对（笔者不置可否）？也许你不便于表态，那么我接着说。陈先生此次的合作伙伴便是我丈夫的公司，他要建水上公园的那块地，现在属于我丈夫名下。只有我知道他为什么要在北京路幼儿园旁边建一座水上公园，那是他对爱子陈非的一种纪念形式吧。我终于找到了使我得以解脱的出口：我应该面对死者的父亲陈先生，告诉他一九五八年那个下午的全部真相，告诉他让他难受让他恨我。只有他恨起我来我才能真正解脱，我解脱了或许也才有可能怀上我丈夫的孩子。告诉他，我决心要告诉他。

春日的傍晚，烈士陵园比别处黑得要早：这里大树遮天，刚过六点钟，光线便一层一层地暗下来。我已觉出阵阵凉意，韩桂心却丝毫不显倦怠，她显然在为自己那个"告诉他、告诉他"而激动不安。作为局外人，我似乎没有必要鼓励她"告诉他"或者阻拦她"告诉他"，我只是暗自作了一个假设：假如我是韩桂心，我会选择"不告诉他"。既然法律并不能惩罚三十多年前一个孩子的罪行，既然法律也根本无以拿出对这孩子判罪的凭证，韩桂心如今的向死者亲属披露真相又有什么实际意义呢？为什么她要勾起一个男人（美籍华人陈先生）平复了三十多年的哀伤，有必要让这位陈先生打碎从前的结论，对爱子之死开始一个全新的让人心惊肉跳的猜想吗？对于陈先生这太沉重了，对于韩桂心这太轻佻了——我无意中用了"轻佻"一词，我很想叫韩桂心知道，正是她后来的叙述使我想到了这个词。我把录音带倒回去，我们重又听了一遍韩桂心准备告诉陈先生事实的理由："……我应该面对死者的父亲陈先生，告诉他一九五八年那个下午的全部真相，告诉他让他难受让他恨我，只有他恨起我来我才能真正解脱，我解脱了或许也才有可能怀上我丈夫的孩子。告诉他，我决心要告诉他。"

我对韩桂心说，你听清你这段话的主题了吧，删除所有枝蔓直奔主题这主题只有一个：说出往事以换取你的怀孕。韩桂心冲我怔了一怔，接着她说："你在研究我。"我说是啊，你不是正希望这样么？韩桂心说她不反对我研究她，但是我总结的主题未免太尖刻太冷酷，无论如何这里还有忏悔的成分。是忏悔就需要勇气，时间是次要的，无论事隔三十年，四十年，一百年，一千年，敢于忏悔本身就是勇气。我对韩桂心说你指望我赞颂你的勇气么你错了。我们再假设一下，假设你婚后顺利怀了孕生了孩子，你的丈夫也没有对你失掉兴趣，你还会有这种忏悔的欲望么？无论如何你的全部录音给我一种这样的印象：四十年前陈非的死抚平了你的嫉妒心；四十年后陈非的父亲却得承担你的不怀孕。韩桂心马上以一种跋扈的，一种暴发户惯有的比较粗蛮的口气对我说，你尽可以随便研究我质问我，我不在乎。我还可以替你补充：除了怀孕，我还要引人注目，特别是引我丈夫注目，就像我从小、从上幼儿园就有的那种愿望。弄死一个人和承认弄死这个人都是为了引人注目，你能把我怎么样呢？你难道不觉得这件事有其独到的新闻价值么，你难道不愿告之你那些报界的朋友，叫他们在各自的版面抢发一条这样的新闻么，我连题目都替他们想好了——当然，在你面前这有点班门弄斧的嫌疑，不过我还是想说出来，这条新闻的标题就叫：

"四十年前本市男童滑梯坠死有新说，四十年后大款之妻墓园深处道隐情。"

韩桂心虚拟的小报新闻标题趣味不高，但正合那么一种档次，使我一下子游离了事件本身，想着这女人若是朝这类新闻记者的方向努努力，倒说不定是有发展的呢。标题中"本市男童"、"大款之妻"和"滑梯坠死"、"墓园深处"这类的词很有可能对市民读者产生招引的吊胃口的效果。

啊，这真是一个没有罪恶感的时代，连忏悔都可以随时变成噱头。

韩桂心见我不置可否，就说我肯定是在心里嘲笑她。我说没有，我说我可以答应她，介绍本市那张名叫《暮鼓》的晚报记者采访她。我说着，心里已经想要躲开韩桂心这个人和她的事了，有那么一会儿我觉得我自己挺无聊。韩桂心说："那么我们约好，明天下午三点钟还在这里怎么样？明天中午陈先生和我丈夫有一个工作午餐，我丈夫邀请了我出席。我会在这个工作午餐上向陈先生宣布陈非之死的真相，然后我赶到陵园会见《暮鼓》的记者。"我说这又何必呢，邀请记者一起吃饭不就得了。他可以旁听，你也可以少跑路。韩桂心马上反对说："商人都有自己的商业秘密，记者怎么可以旁听。"我说那你可以在午餐之后约记者去找你。韩桂心说她就选定了烈士陵园。她说："你忘了我拟定的那个标题了么：四十年前本市男童滑梯坠死有新说，四十年后大款之妻墓园深处道隐情。叙述这件事我追求一种氛围，墓园深处就是我最理想的氛围。你不是也喜欢这儿的氛围么，你不喜欢你为什么总到这儿来？"我对韩桂心说我的确喜欢这儿，我喜欢这儿的大树；我喜欢这儿沉实平静的坟墓；我喜欢这儿永远没有人来坐的那些空椅子；我喜欢这儿的空气：又透明又苦。我还喜欢这儿正在发育的一切，丁香们抽新芽了你没看见么，那些小米大的嫩粉色新芽就像婴儿的小奶头，对，婴儿的小奶头……韩桂心打断我说："我更喜欢坐在墓园里的你——我要请你和记者一块儿来，你做见证人。你一出场，这事的新闻价值就变得更加不言而喻了。"我告诉韩桂心我已经没有再同她见面的必要，韩桂心说她要想找我就能找得到，她还知道我家里的电话。

天黑得更厉害了，我和韩桂心已经看不清彼此的脸。黑天和我眼前她那张不清不楚的脸使她刚才那番话更有了几分威胁的含意。我试着怜悯她，试着在心里承认这一切并不纯粹是无聊。我还想起了她的母亲，那位陷进棉被不能自拔的张美方女士……分手时我答应韩桂心，明天下午三点钟和《暮鼓》的记者一起在烈士陵园和她会面。

第二天下午三点钟,我如约来到烈士陵园,但是没有约什么记者。昨晚回家之后,我又把计划稍作了修改。也许我的世故使我本能地不愿意让别人借我的名义把他们自己的事炒得沸沸扬扬,我不想为此付出什么,也没有义务一定要付出什么。或者缘由还不止于此,我有一种预感,我预感到韩桂心的"告诉他"后面大约还有麻烦。她怎么能预测和把握陈先生和她丈夫闻听此事后的反应呢? 她又怎么能保证事情会有板有眼地沿着她设计的轨道发展下去呢:怀上她丈夫的孩子并成为新闻人物。

远远地,韩桂心向我走过来。今天她穿了一身纯黑丝麻西服套装,裙子很短,鞋跟很高,这使她的行走显得有点摇摇晃晃。她的步履不再像我们初次见面时那种 T 形台上的风范,她有点像赶路,又有点像逃跑。她又戴上了那副灰蓝镜片的"十级方程式"太阳镜,让我看不清她的眼,但我却看清了她的嘴:她那夺目的口红已经很不均匀地溢出唇线,显然是饭后没有及时补妆,这使她看上去好似刚刚呕吐过带血的物质。她奔到我跟前,连坐都来不及就问我记者呢,记者来不来? 我不置可否地说来又怎么样,不来又怎么样。韩桂心说记者最好别来了,事情有些麻烦。我对韩桂心说记者不会来的,因为我根本没约记者。韩桂心这时已经坐下,她点上一支"骆驼"问我:"你是不是什么都知道了?"我说我什么都不知道。韩桂心加重语气说:"本来你就什么都不知道。"

我忽然意识到我的预感应验了:韩桂心的"告诉他"并没有收到令她满意的效果。我于是连自己都没有准备地说出了带有挑衅意味的话:"可是我知道了一部分。""那是我瞎编的,"韩桂心马上说,"就像编小说一样。""是么?"我说。我想我的口气是冷冰冰的,接着便是一阵不长不短的冷场。

韩桂心抽完一支烟,长叹了一口气,首先打破了冷场,就像决心说出一切似的请求我把所有的录音带都还给她。她说:"你知道,刚才,吃午饭的时候我告诉他了,他们,陈先生和我丈夫。结果,陈先生一句话也不说。我丈夫,他走到我跟前扶我起来,他对陈先生道歉,他对他说我精神不太好,刚从医院出来,可能还要回到医院去。他说着,用他的双手攥住我一只胳膊,用他手上的力量令我站起来离开餐桌。他强迫我走出房间走进他的汽车,他让他的司机开车强迫我回家。你知道这意味着什么?这意味着我已经患有精神病了,我的话因此是不可信的,终生不可相信,这意味着他有了更充足的理由离开我,有更充足的理由让别的女人替他生孩子你明白么?为什么我就没有料到结果是这样的呢!所以请你把录音带还给我。"我说我可以把录音带还给你,不过我只想弄清一点:你的录音真是瞎编的,还是你丈夫说你有精神病才使你认为你的录音是瞎编的?韩桂心沉吟了片刻(笔者感觉是权衡了片刻)说:"我想我的录音本来就是瞎编的,即便我在五岁的时候有过消灭陈非的念头,我也不可能有消灭陈非的力量,他是男生……他……总之我不会。我可能做过梦,梦是什么?有个名人说过梦想是这个世界上唯一不用花钱的享受。我五岁的时候我们家钱少,我们家钱少的时候我的梦就多。也许我享受过梦里杀人,是梦里而不是事实,所以我没杀过人。请你把录音带还给我你听见没有……啊?"

韩桂心语无伦次絮絮叨叨,但后来我渐渐不再听见她的絮叨,我只想着那个倒霉的陈先生,想着一个女人一次狂妄的心血来潮,就这样随随便便地摧毁了他已平复了半生的一个结论,然后这女人又能如此随便地否定她这残酷的摧毁。我还想尽快离开这个韩桂心,我站起来朝着墓园深处走,我不知不觉走到了刘爱珍烈士的墓前。午后的阳光透过巨大的梧桐叶,把柔和的沉甸甸的光芒斑斑驳驳洒向墓体。太阳和坟墓是这般真实,墓中的刘爱珍烈士是这般生机盎然。她赤裸着自己从墓中升起,我看见了她的大眼睛双眼皮,也看见了她那被日本人挖去了双乳的胸膛依然蓬勃响亮。那胸膛淌着血,一股热乎乎的甜腥气,有形有状,盖过了这陵园,这人间的一切气味,让人惊惧。我相信墓中这个女人她不会有太多的梦,她就是为了一个简洁单纯的理想而死,就为这,她使我们这些活下来的复杂多变的人们永远羞惭。

韩桂心追上我重复着刚才的话,要我把录音带还给她。我一边返身往回走,一边想起我其实早已把那些录音带带了来,就像我早有准备她会突然向我讨要。但我忘在椅子上了,那只巴洛克风格的绿椅子,录音带连同装它们的一只小帆布包。我对韩桂心说,我当然乐意还给你,不过我的包丢在椅子上了,你如果愿意可以自己回去拿。韩桂心说:"你这是什么意思,想支开我然后自己脱身?实话跟你说你就是不给我录音带,你就是掌握着那些录音带也没什么意义,说到底一切是没有证据的,说到底你不能把我怎么样,谁也不能把我怎么样。"我停住脚告诉韩桂心,请她不要把自己估计得过高,的确没有人能把她怎么样,也许从来就没有人想把她怎么样。我还说我对她的录音带根本没有兴趣,眼下我的注意力正在别处。韩桂心问我在哪儿,我伸手指向一个地方说:"在那儿。"

在那儿,在距刘爱珍烈士墓不远的一处灌木丛里,在低垂的一挂柏树枝下,有一个屁股,有一个赤裸裸的正在排泄粪便的屁股。灌木丛和柏树枝遮住了那屁股的主人,但谁也不能否认那没被遮住的的确是人的而不是别的什么的屁股,它就暴露在距我和韩桂心三四米远的地方。这个屁股在这世上存活的历史少说也有七十年了,它灰黄,陈旧,蔫皱的皮肤起着干皱的褶子,像春夏之交那些久存的老苹果。在那两瓣"蔫苹果"中间有一绺青褐色条状物体正断断续续地垂直向地面下坠并且堆积,他或者她正在拉屎,就在洁净的墓穴旁边。我想起了那个身材臃肿、与她的"客人"讨价还价的女郎,想起了那个将领带扭到脖子后头的脏头发男人,想起了我的沉默寡言我的无法冲上去。现在这个肮脏的屁股就在我的眼皮底下,如此没皮没脸如此胆大妄为。我应该走上去呵斥这个屁股制止这个屁股,我能够走上去呵斥这个屁股制止这个屁股。我像验证我自己似的向那个屁股走过去,我走了过去,我低了头,压低视线对着它说:"请你站起来!"

我眼前的屁股在听到呵斥之后似乎惊悸了一下,然后它消失了。接着灌木丛一阵窸窸窣窣,从柏树枝下钻出一个身材瘦小、头发蓬乱、面目混沌的男性老者。他双手提着裤腰，一条黑色抿裆裤的白色裤腰；肩上斜背着一只流行于七十年代的鼓鼓囊囊的黑色人造革书包。那书包已经十分破旧，几道拉链四处开裂，用“皮开肉绽”形容它是不过分的。奇怪的是在这只皮开肉绽的书包上，在书包上的那些永远合不拢的坏拉链上却锁着一些各式小锁，那些小锁煞有介事地垂挂在这破书包上显得悲壮而又无奈。或许破书包的主要目的是想以这些锁来表现书包本身的严密性和重要性的，可它们到底还能锁住什么呢？

我断定这老者是个乡下来的流浪汉，或者遭了儿女的遗弃，或者受了什么冤屈，或者什么也不是，他就是个好吃懒做的闲人。总之不管他是什么，我看见他在烈士陵园拉了屎，他的拉屎勾起了我所有的不快所有的愤怒所有的烦躁，我简直想跟他大打出手。现在他提着裤腰站在我跟前，他还一脸无辜地问我怎么了。我对他说你不应该在这儿拉屎。他说什么叫不应该呀他在这儿拉过好几回也没见有人说不应该，他一高兴晚上还睡在这儿呢，像在自个儿家似的有什么不应该。我说陵园里有厕所你为什么不去厕所。他说厕所是收费的去一回两毛钱，他没钱——有钱他也不会把两毛钱往厕所里扔。我要他跟我走，我逼迫他跟我走，我说今天你不跟我走你终生也别想出这陵园的大门。他竟乖乖地跟着我走起来。也许他以为我是陵园的工作人员吧，大凡人在别人的地盘上犯了事，总会有几分不那么理直气壮。他在前，我在后，我把他领到陵园管理处，我向管理处的值班员介绍了押他前来的理由。值班员也很气愤，同时也惊奇，我想他惊奇的是我这样一个女性，何以能够对一个老流浪汉的拉屎如此认真。值班员立刻要罚老者的款：二十元。老者说他没钱。为了证实他的没钱，他让值班员搜他的衣服，那身散发着酸霉气味的衣服。然后他又掏出一串小钥匙逐一打开他那个破书包的小锁们，打开他那原本用不着打开的一目了然的破书包让值班员看。我看着他在破书包上开锁，就好比看见一个人把我领到一幢已然倒塌的空屋架跟前，这空屋架打哪儿都能进去，可这人偏要告诉我：“门在这儿。”老者的破书包里塞着两只瘪易拉罐;一条脏污的毛巾;几张报纸;三个素馅包子,其中一个已被咬了一口;还有一只塑料壳手电筒。没钱。值班员将一把扫帚和一只铁皮簸箕交给老者,要他清扫刚才他拉过屎的那条墓道。这也是惩罚形式的一种,我想。

老者收拾起他的破书包,又依次把那些勉强依附于书包的小锁们锁好,拿起扫帚簸箕出了门。值班员转向我问道:"您是谁?"

我不想告诉值班员我是谁。我离开陵园管理处,一路走着一路想着,假若刚才我看的屁股不是那么灰黄那么陈旧那么干瘪,假若我看见的是一个健壮的咄咄逼人的屁股,我敢走上去叫它"站起来"么?也许我不敢,即使再愤怒我也不敢。如此说,我呵斥这流浪的老者"押解"这流浪的老者,也不过是完成了一次没有危险的发泄而已。

我不知不觉走向我和韩桂心坐过的那只绿椅子,椅子上赫然地放着我那只装有录音带的帆布小包。我隔着帆布包摸摸,录音带还在。韩桂心呢? 她为什么不把它拿走? 当我押送拉屎的老头的时候我把她给忘了。

那天我也没有拿走丢在椅子上的那些录音带——连同那只帆布包。这仿佛使我和韩桂心在某种意义上成了同伙:面对那些录音我们有种共同的逃离感,或者因为它太虚假,或者因为它太真实。

我久久记住的只是墓中的王青烈士、刘爱珍烈士那永远年轻、永远纯净的躯体,还有我对这座墓园的不可改变的感受:我喜欢这儿的大树;我喜欢这儿沉实平静的坟墓;我喜欢这儿永远没人来坐的那些空椅子;我喜欢这儿的空气:又透明又苦;我还喜欢这儿正在发育的一切:丁香们抽芽了,那些小米大的嫩粉色新芽就像婴儿的小奶头……而我们,这些人间的路人,面对着所有这一切有时的确会感到一阵阵力不从心。

后来,我再也没有见过韩桂心这个人。

安德烈的晚上

　　这座城市和棉花有着亲密的关系。在它四周的乡村,农民几百年来靠种棉为生。所以,当有一天这座城市突然在棉田的包围中矗立起来,人们就想,让我们拿什么来作这城市发展的根基呢? 我们有棉花,也许我们应该建造纺织厂。于是,从五十年代开始,这座城市在苏联老大哥的帮助下,一口气建造起近十家纺织厂。说它一口气,仅用此形容神速。好比我们形容那些身大力不亏的强壮妇女,说她们一口气生了多少个孩子。这些纺织厂,不仅设备、厂房、技术由苏联人提供,就连生活区的建造也由苏联专家一手设计。很快的,这些纺织厂和由它们派生出的生活区就占据了这城市近一半的面积。如今,当九十年代的我们经过这些由苏联人设计的纺织工人住宅区的时候,我们一面端详着那些面目相近、老旧而又略显笨拙的楼群,端详着楼房顶端那一溜溜熏得乌黑的排烟道,一面仍能体味出苏式建筑的用料实惠、宽大沉稳和向往共产主义的浪漫热情。比方说每一片生活区内整洁规矩的绿地花园;比方说与花园似相匹配的职工俱乐部。在每一个俱乐部屋顶上,都竖着两个相隔很远的龙飞凤舞的红色大字:舞——会。远远看去,这两个站立了四十多年的瘦削的大字,好似两个彼此相望,却永远也走不到一起的孤独的舞者。

　　接着,有外地工人为支援纺织厂的生产一批批进入这城市了:天津工人的到来使这个城市的居民学会了吃鱼;上海工人的到来使这个城市的居民体味了糯米的奇妙。这是一个由纺织工人填充起来的城市,一个让苏式住宅覆盖了的城市。安德烈就出生在这座城市里。

　　安德烈姓安,名叫德烈。安德烈的出生年月大概是一九五四年三月左右。安德烈这名字是父亲为他所起,名字本身也是当年中苏友好关系的一种体现。安德烈的父母就是响应政府的号召,由上海迁入这里支援城市建设的,他们都是中学教师。父亲穿过苏联印花布衬衫,母亲也穿过苏式"布拉吉"。当年他们都向往过苏联老大哥的美妙生活,他们也希冀着小安德烈长大之后能够去苏联留学。当然,他们想不到国际局势和国内局势的快速变幻,使安德烈不再会有去往苏联的可能。不过,假设真要能去,安德烈真想去么?他的父母从没问过他有什么打算,他的打算对他们也许并不重要。

那么,安德烈究竟属于一种什么样的人呢,他似乎属于那种年龄越往前走,思维越往后退的人。他很少自己做主选择什么,他就读的小学、中学都是父母替他选择的。小学三年级,有段时间他很迷恋朗诵,曾经想要报名参加学校业余朗诵小组,父母得知后立即作了阻止:意义不大。他们说。安德烈便停止了朗诵。到了后来"文化大革命"开始了,社会一片混乱,学校停了课,大部分同学都去了农村插队,安德烈却由于母亲一个熟人的关系,进一家区办罐头厂当起工人。这在当时特别叫人羡慕。但让安德烈高兴的并不是他留在城市作了工人,而是同班的李金刚也留了下来。

安德烈和李金刚从小学一年级就是同班同学,后来又一块儿上了同一所中学。小时候,他们永远坐同桌,他们一块儿写作业,他们合伙组装矿石收音机,他们互相串门——多半是安德烈到李金刚家去。李金刚的父母都是来自天津的纺织工人,他们家在纺织厂的某一片苏式住宅区里。安德烈喜欢李金刚的居住环境,那些一模一样的楼群和一模一样的楼间花园给了他一种生活本身的宽厚和稳定感,无论从哪一个单元里出来的居民都是笑吟吟的,叫人感觉这些大楼的哪一扇门都可以是李金刚的家。安德烈的家是不具备这种气质的,他家住在父母为之工作的中学宿舍区,有点严肃,叫人拘谨。安德烈和李金刚从小区大门口那个冰棍车上买过冰棍喝过汽水,也在周末的夜晚,溜进戳有"舞会"大字的职工俱乐部看过大人跳舞。他们还在小花园里剥过一只死猫的皮(猫系李金刚掐死)。文化大革命刚一开始,高年级的一些造反同学曾经在校园里堵住安德烈,质问他为什么起一个"苏修"才叫的名字,安德烈回答不出,旁边的李金刚挺身而出地替他作了回答:"为嘛不能叫? 知道安德烈的'德烈'是哪个德哪个烈么? 是朱德的德,列宁的列!"高年级同学被朱德和列宁震住了,李金刚的天津口音也使他显得格外理直气壮。李金刚的机智勇敢更是将安德烈深深折服。从此在相当一段时间内,安德烈把自己那个烈字去掉了下边四个点。日月如梭,李金刚始终是安德烈须臾不可缺少的挚友。他们从两个男生长成了两个男人,成家立业生儿育女。安德烈娶了自己的表妹,李金刚一直在纺织厂当电工,和一名纺织女工结了婚。

安德烈的表妹是安德烈姨妈的女儿,因为父母早逝,她从小就生活在安德烈家里,安德烈对表妹很好,表妹也十分依恋安德烈。安德烈的父母早已看出了这种依恋,出于对这女孩子的怜惜,他们愿意安德烈娶她为妻。或者,这种考虑还出于上海人的清高和对这座城市的提防,他们愿意一家人还是一家人。他们暗示安德烈,安德烈接受了这暗示。当他接受了这暗示的时候,他第一次试着用打量恋人的眼光打量他的表妹,结果他发现无论如何她更像是他的妹妹而不像他的恋人。她苍白,纤弱,下颏尖尖的,老爱半张着嘴像是对什么事表示不理解,又仿佛随时要你告诉她什么事应该怎么做。安德烈望着他的表妹,执拗地想起他刚当工人那会儿,十七岁吧,有一天和李金刚一块儿到纺织厂浴室去洗澡。那是一间男女合用的浴室,男女轮流使用。他们进来的一小时前,女工们刚刚使用过这间浴室。虽然浴池里的澡水已经换过,但室内仍然蒸腾着让男人敏感的女人的体味儿。安德烈就在迈进浴池的时候,就在一团团热乎乎的女人气味中,发现浴池边缘散落着几枚女工遗忘的黑色发卡,其中一枚还缠绕着一丝纤细的长发。他长久地盯着它们,体内突然涌起一股从未有过的冲动。他几乎无法自持,他把自己潜入池中以遮掩自己的羞涩。他冲动着,头脑里闪过班上一些女生的样子,他发现他头脑中的女性里没有他的表妹。

292

爱情是什么呢？爱情是怎样的？安德烈不知道，可是他已经决定结婚了。父母为他们搞了一个小小的订婚仪式，没请外人，就是家中原班人马和一桌有别于平时的晚饭。那是食物比较匮乏的年代，桌上摆一瓶八毛五分钱的红葡萄酒，已能看出格外的喜庆。全家人都喝了一些酒，表妹也兴奋地猛喝一大口，结果她让酒给呛着了。酒呛得她剧烈地咳嗽着，单薄的肩膀抖得厉害。当她终于平息了咳嗽，却半天说不出话来。她靠在椅背上，微微闭住眼，淡青色的眼皮不停地跳，眼皮上的毛细血管清晰可见。安德烈注视着表妹跳动的眼皮，他看见有一颗眼泪从她稀疏的睫毛下边钻出来，顺着眼角流到了颧骨上。表妹的眼泪使安德烈有种重任在肩之感，他就仿佛是要替他的全家、也替他死去的姨父和姨妈承担起照顾这孤女一生的义务。他认可了这个事实和义务，一边又有点心酸。他抽空儿去了李金刚家。当他走进那片熟悉的楼群，当他推开李金刚家那扇被他推过无数次的门时，他几乎落下泪来。李金刚知道他要说什么，拉着他到小酒馆喝酒。但是安德烈什么也没说，他也没有掉泪。他只是需要看见李金刚，和李金刚待一会儿。在安德烈的生活里，从前没有，以后也再没有别的男性朋友了。

后来，安德烈有了女儿。女儿是先天性心肌炎，妻子在生产之后又患了风湿性心脏病。安德烈需要照顾两个病人，对此他却没有更多的抱怨。也许因为他是个健康的男人，他体态匀称，行动敏捷，方方面面都很正常，具备这样的健康他理应照顾病弱的亲人。也许不仅仅因为他健康，是他那后退的思维使然吧：生活要我这样啊。有时候他想。他上班，下班，照顾妻女，买菜做饭……到了九十年代中期，安德烈已经是罐头厂有着二十多年工龄的"老"工人了。

安德烈进厂之初，罐头一词在中国还是与奢侈一词连在一起的，它不仅标志着食品的一个至高无上的档次，也常见于某人用于揭发批判某人的腐朽生活方式，诸如："某某一家不顾世界上还有三分之二的劳动人民处在水深火热之中，竟然常常拿罐头当饭吃，甚至把吃不完的罐头倒进垃圾箱，是可忍，孰不可忍……"等等。罐头是尊贵的,罐头又似乎应该受到鄙视。可罐头毕竟是馋人的,于是做罐头的工人便也不可小视。那时安德烈每月都能从厂里带回一些免费的罐头给妻女享用:糖水蜜桃、糖水山楂、糖水鸭梨……这是厂里给工人的优惠。这种时候他从不忘记李金刚,他常在下班之后回家之前,拐到李金刚家也给他放下两听糖水蜜桃什么的。在这样的一座城市,市民能够吃饱饭,还能隔长补短地享受一个罐头,生活就显得挺安稳。安德烈和李金刚比上不足,比下有余,他们对生活是满意的。

但是时代不饶人。商品经济的发展带来了全球商品的大流通,糖水蜜桃仿佛在一夜之间就失去了往昔的魅力。当这个城市忽然有一天连美国苹果和委内瑞拉香蕉都在水果摊子上随处可见时,当人们口袋里的人民币也渐渐多起来时,人们为什么还要光顾那些吃着不新鲜,开起瓶来又费劲的糖水蜜桃罐头们呢。安德烈的罐头厂只能生产千篇一律的水果罐头,没有上马新品种的技术、资金和设备,它就只能走下坡路。到了后来,工资发不出来,厂里就用罐头顶工资,每月发工资那天,工人们只能把几箱罐头领回家。

安德烈在封盖车间干活儿,从前他坐在传送带前看无数玻璃瓶从眼前流过,他坐着,手下的瓶瓶罐罐被封盖机咬住瓶口,密封之后再从机器下滑出来,闭着眼他也能毫无差错地将它们各归其位。这种简单的重复性的劳动无需动用强体力,却尽可动用体力之外的语言——闲聊天,久而久之这车间的工人就把聊天当作了劳动的一部分。安德烈的对面坐着一个名叫姚秀芬的女工,和安德烈差不多同时进厂。因为坐对面,安德烈和姚秀芬说话最多。二十多年之后,当有一天安德烈决定离开罐头厂时,他发现他生命的二分之一时间,却原来是和姚秀芬一起度过的。聊天使他们知道了彼此的家境,彼此的经历,甚至彼此爱吃的食物。姚秀芬知道安德烈的父母虽然都是上海人,可他最爱吃饺子;安德烈知道姚秀芬没有什么不爱吃的东西。姚秀芬知道安德烈有个朋友叫李金刚,纺织厂的电工,还会修半导体收音机。安德烈知道姚秀芬是本地人,她的爷爷奶奶就在这城市的周围种棉花。他们聊着,直聊到彼此都结了婚,他们吃了彼此的喜糖,还聊了姚秀芬知道安德烈的女儿有心肌炎;安德烈知道姚秀芬夫妇和瘫痪的公婆一起住,她有时候迟到,是因为给老人换尿褥子……他们有一搭无一搭、有上句没下句地聊着,姚秀芬羡慕安德烈好听的普通话,却不修饰她的本地口音。她还使安德烈知道了很多这城市独有的词,比如她把"告诉你"叫作"递说你";请人拿好一件东西时,她会说成"捉住它"。姚秀芬的本地话使安德烈觉得真实而有生气,她的口音伴随着封盖机单调的"咔哧、咔哧"声,从不使安德烈感到沉闷。中午了,当他们更熟一些的时候,也交换彼此饭盒里的午饭。在这时姚秀芬比安德烈表现得要主动,当她得知安德烈喜欢吃饺子以后,她的饭盒里有时候就装着饺子。她把饺子换给安德烈,从安德烈饭盒里要过一些似是而非的食物:一块烙糊的饼,或是两个蒸得碱大的馒头。她观察着安德烈制造的食品,告诉他制作面食的一些常识,比如饼糊的原因可能有两个,一是火急,二是面硬。还有什么"软面的饺子硬面的面"这类的口诀。有一个中午,车间里只有安德烈和姚秀芬在吃饭,姚秀芬咬着安德烈饭盒里一块又干又硬的葱花饼,突如其来地落下眼泪。她似乎是在替他委屈,她似乎是对着嘴里的硬饼说:你是一个男人,可你过的是什么样的日子啊。但是她什么也没说,她从不随意品评别人的家庭。安德烈却还是从姚秀芬那不期而至的眼泪里发现了一种关切。这使他感到陌生,又有点不安。多年来他好像已经成了一个不需要被关切的人,他更是一个不需要让异性为他落泪的人。当时他很想抬起手为她擦擦眼泪,犹豫之间,却见姚秀芬自己很快地把泪擦干,并努力对他笑笑。他们的眼光碰在一起,安德烈发现姚秀芬那端正的鼻子让泪水冲洗得很晶莹。

后来市场上出现了速冻饺子。有一天安德烈带来一盒速冻饺子,想以此阻止姚秀芬再为他包饺子。姚秀芬却对安德烈的饺子嗤之以鼻:贵。她说。也不香。她说。她撇着嘴,像一个家庭妇女在家庭利益受到侵犯时表现出的那样。

安德烈说,包饺子太麻烦。

姚秀芬说,你高兴我就不嫌麻烦。

安德烈说我挺高兴。

姚秀芬说你高兴我就高兴。

安德烈说你高兴我也高兴。

姚秀芬说你高兴我更高兴。

安德烈说你高兴我更更高兴。

至此,他们突然打住不再说话,就像被彼此这畅如流水的对答吓住了。

这样的日子,安德烈和姚秀芬持续了二十多年。直到有一天,封盖车间闲散的聊天气氛没有了,人人都在急躁地激烈地讨论着怎样才能离开这半死不活的罐头厂。只有安德烈和姚秀芬闭口不谈这个话题,虽然他们知道,这话题于他们也是万分紧要的:物价在涨,医疗没有保证,堆在家里权作工资的水果罐头没法处理——眼下谁也怕一日三餐拿罐头当饭吃,安德烈念初中的女儿又因病休了学……他们却不谈这个话题,仿佛要共同坚守住他们持续了二十几年的闲聊,或是生怕因此谁会比谁先离开一步。这时候李金刚到安德烈家去找安德烈了。

李金刚最近也一直在为离开纺织厂奔走。时代的发展使棉农们越来越不愿意种棉花,他们或是捡着好伺候的种,或是干脆离开土地外出去做生意:钱要来得快,日子才有吸引力。这城市的纺织厂原料就奇缺了,工人的工资也是有了上月没下月。李金刚在为自己找出路的时候,看见报纸上有一则广播电台招聘播音员的广告,他立刻想到了安德烈,便撺掇安德烈去试试。他鼓励安德烈说在小学你朗诵就比别人好,说不定能考上。从实际出发,离开罐头厂生活才有希望。

是啊,从实际出发,离开罐头厂生活才有希望。安德烈也这么想。他觉得他已经很长时间没有"希望"这个概念了,他又觉得广播电台对他是太遥远了,是李金刚的提醒才使他回忆起小时候他的确酷爱过朗诵。他还在这时想起了姚秀芬。他想着,又竭力打断着这想念,姚秀芬是他的什么人啊。就在他怀疑、畏缩、自卑的时候,李金刚又自作主张为他报了名,并陪他去应试。结果安德烈被广播电台选中。

安德烈是封盖车间第一个找到新职业的人,并且这新职业是如此地让大家觉得不可企及。他们要他请客,在一个青工的提议下,他们还"揍"了安德烈一顿。"不打你一顿真是咽不下我们心里这口气啊!"他们嘻嘻哈哈地把安德烈推来搡去,他们的话又热乎又知己。姚秀芬和两个女工在一边看着,笑得比别人更厉害,她有些夸张地拍着手,把腰弯得很低。安德烈从来没听她这么高声地笑过,他觉得他的心都要碎了。

姚秀芬的笑声还使安德烈忽然有一种久违了的冲动,他非常希望能有一个清静的地方,能有一个单独的时间和姚秀芬在一起。他奇怪为什么二十多年他们从来没有设想过单独在一起那么一次,二十多年他们就像两根平行的铁轨那样,距离是如此迫近,却永远平行着伸向不知去处的远方。就在这天下班前,他叫住了姚秀芬,问她打算怎么办。她知道他是问她的以后,就告诉他说,她和丈夫可能去乡下给承包了果园的一个亲戚打工,辛苦是辛苦,钱比罐头厂有保证。他仍不放她走,断断续续地说着词不达意的意思,那是一个幽会的意思,是一个多年来始终被他们有意无意不断掩埋的意思。但是姚秀芬立刻领会了,她知道这将是他们的告别,而这告别不是为了再见。她没有忸怩,只问了一句:"你觉得哪天好?"他告诉她,他打算去找李金刚。

晚上安德烈找了李金刚,李金刚为此作了一个切实可行的策划:明天,晚饭以后,七点钟之前,他会把老婆孩子引到岳丈家中,空出房子给安德烈,时间是三个小时。也就是说,明晚七点至十点,李金刚家是独属于安德烈和姚秀芬的。李金刚说完当即把家门钥匙给了安德烈。安德烈攥住李金刚的钥匙,就像攥住了一个暧昧而又确凿的事实,这事实让他突然糊涂了一下,也突然惊怕了一下。

第二天一上班,安德烈就把晚上的安排告诉了姚秀芬,姚秀芬的脸立刻涨得通红。一个白天,他们很少讲话,心中擂着鼓,脸上却加倍地漠然。中午，姚秀芬一反常态连午饭也不吃，说是要回趟家。她的回家使安德烈禁不住一阵阵胡思乱想，他想她是躲了我吧，他想她是后悔了吧。直到下午上班姚秀芬准时出现在车间里，安德烈才定住神。

下班了，安德烈和姚秀芬骑上自行车各走各的，他们在李金刚家附近一个电影院门前碰了头，一块儿把车存上，再步行着往李金刚家走。这是安德烈的主意，他觉得把车骑到李金刚的楼门口目标太大。

这是初春的一个晚上，乍暖还寒的气候，华灯初上的时刻，安德烈和姚秀芬向着李金刚的家，向着纺织厂那片生活区走。他们走得很急，像是怕被熟人认出来，又像是怕这宝贵的三个小时耽误在路上。他们似乎都知道他们奔了李金刚家要去干什么，这共同的知道又使他们不约而同地有点慌张和惭愧。就这样，只半站地的路，他们却像是走了一辈子。

终于，安德烈看见了那片黑沉沉的苏式住宅区，几十幢大楼规矩而又错综地隐蔽在夜幕下。他看见了进入住宅区的大门口，从前停着冰棍车的位置，现在是一间闪着霓虹灯招牌的美容厅。他们从美容厅门前走过，拐进了楼群。他们正在接近目的地，但是安德烈忽然走不动了，因为他发现他忘记了一个致命的问题：李金刚家究竟是哪座楼是几单元几层几号。几十年来他就像出入自己家一样地出入李金刚的家，他不用也从来没打算记一记李金刚的门牌号码。他对李金刚家的熟悉是一种无需记忆的熟悉，就像一个每天吃饭的人，当他用筷子把食物送进嘴里时，他用不着提醒自己"别送进鼻子里去"。可是这个晚上，这个本该独属于安德烈的晚上，他丧失了记忆。他仰望着在夜色中显得更加一模一样的笨重的楼群，仰望着那些被漠不关心的灯光照亮的窗，甚至连李金刚家那座楼的方位也找不准了。他就像掉进了一个陷阱，一个荒诞无稽的噩梦。他被急出了一身冷汗，冷汗濡湿了内衣，夜风吹得他打战。他手握李金刚的钥匙，那钥匙几乎被他攥出水来。站在他身旁的姚秀芬默默地、无限信任地看着他，更让他焦虑无比。他走进一处楼间花园，妄想以此唤起记忆。但是他发现这里的花园一模一样，站在花园里他无所收获，这里没有丝毫痕迹能让他发现李金刚的家之所在。他们出了花园，又走上了楼间甬路。偶尔有人打他们身边匆匆走过，安德烈几次下决心开口打听，却几次放过了眼前的人。因为他是安德烈，他觉得他无法开口。可他们不能总是在这儿转来转去，安德烈逼迫自己必须硬着头皮朝一幢可能是李金刚家的楼房走。他们走进了那楼，安德烈假装着记起了单元、楼层和房号，就算是为了安慰姚秀芬他也要假装。他假装着已经找到了门，伸出钥匙去捅那扇门的锁，但他没能捅开，因为这扇门里有动静。接着门哗地开了，房内传出麦克尔·杰克逊的歌声，一个二十岁出头的年轻人站在门口冲安德烈说："你想干什么！"年轻人那张营养很好的脸上是公开的敌意。安德烈愣在那里，就像小时候遭到高年级同学质问时那样答不上话来。身后的姚秀芬却显出少有的镇静，她说这不是李金刚的家么，我们是李金刚的亲戚，住在他家的。年轻人说什么李金刚啊这楼里没有叫李金刚的。说完呼地关了门。

安德烈和姚秀芬逃也似的出了楼，只有再次把自己投进黑暗。钥匙仍然握在安德烈手中，他却不敢再去试着捅一扇没有把握的门。哪一扇门里都可能有人，哪一个人都可以理直气壮地问他为什么乱捅别人家的锁，必要时他们完全有可能被扭送到派出所。这想法让他们气馁，也使他们狼狈。他们没有目的，也没话要说，只沉默着在楼群之间乱走。安德烈走着，差不多把几十年来他和李金刚在这里做过的所有事情都想了一遍，每一件小事都历历在目，这历历在目的事情却没有一样能帮他忆起李金刚的家。时间在奔跑，他们不敢看腕上的手表，但他们都知道，时间已经不早了。

时间在奔跑，十点钟就这么来到了。十点钟让安德烈作出决定，他们应离开这里了。安德烈追随着远处的霓虹灯，朝着那间美容厅走。在一盏路灯下，他扭头看了一眼姚秀芬，他发现往日里红润健壮的姚秀芬，似是因了这楼群的折磨，一下子矮小憔悴了许多。他看着她，像是问：咱们在哪儿分手？姚秀芬看明了安德烈的意思，她只把手中的一个饭盒递给安德烈，对他说："饺子，你的。"安德烈就去接饭盒,心中想着,却原来姚秀芬连晚饭都准备好了的啊。他奇怪一个晚上他竟没看见她手中拿着一个饭盒,他也才明白了姚秀芬中午回家的缘由。他接了饭盒,但没接住,饭盒掉在地上,盖子被摔开,饺子落了一地,衬着黑夜,它们显得格外精巧、细嫩,像有着生命的活物儿。安德烈慌着蹲下捡饺子,姚秀芬说捡也吃不得了。安德烈还捡,一边说你别管你别管。姚秀芬就也蹲下帮安德烈捡。两个人张着四只手,捕捉着地上那些有着生命的活物儿。四只手时有碰撞,却终未握在一起。也许他们都已明白,这一切已经有多么不合时宜。

安德烈离开了罐头厂,去广播电台报到。他将在经过一个月的短训后,成为该台一个经济栏目的播音员。这晚他独自去了李金刚家,像要验证自己,像要考试自己。他顺利地走过了那间美容厅,顺利拐进黑沉沉的楼群。他无遮无碍地继续前进,不知不觉就走进了李金刚的楼,敲响了李金刚的门。门开了,李金刚站在门口,迫不及待地告诉安德烈,今天他闲得无聊,在街上花四块钱买了两张社会福利奖券,居然连中两辆自行车!安德烈似听非听,只自言自语般地说着:"我以为我再也找不到这儿了。"

这晚他没有走进李金刚的家,他向他的挚友道了别,下了楼,又独自在楼房的阴影中站了一会儿,听着不远处职工俱乐部里传来的节奏激烈的音乐声,说不清心中是安静还是疼痛。他已经出人意料地逃离了那个半死不活的罐头厂,可他分明觉得,他连同他那个背时的名字——安德烈,又被一同网进了这片苏式旧楼。他和这些旧楼有着一种相似的背时,所以他和它们格外容易相互愚弄。他想起连李金刚也要离开这些旧楼了,李金刚准备辞职开一间家用电器修理部。安德烈家的冰箱已经坏了两个月,他打算过几天让李金刚帮他修修冰箱。这才是他的生活。

他骑上车往家走,车把前的车筐里摆着姚秀芬那只边角坑洼的旧铝饭盒。安德烈准备继续用它装以后的午饭。他觉得生活里若是再没了这只旧饭盒,或许他就被这个城市彻底抛弃了。

秀　色

　　沿太行山西麓一直向上,向上吧你就一直,是这个名叫秀色的村子。秀色山高路陡,树木也欠繁茂,只聚集着几十户人家,可秀色有名。

　　秀色有名,不在于它的山高路陡,不在于它的村民稀少,也不在于它这别致的称谓——秀色。深山老峪里别致的称谓很多:村名有叫居士、学府的,人名有叫张品、李哲的。这些奇而不俗的名字不知源于何人之口,但在山里人听来并不一乍。他们麻木不仁地招呼着张品、李哲们,也麻木不仁地向远来的生人报上自己的村名:秀色。在他们看来,这些名字又与狗剩儿、拴柱、马家沟什么的有何高低之分呢? 然而秀色实在是有名。

　　秀色的出名,在于它的缺水。老辈子人说,远自光绪年间,这里的水源就绝了。人说皆因有一年“二月二”龙抬头那日,村中有人犯了忌讳,放筲下井提了水。筲落井中,砸伤了龙王的眼,龙王一怒,给秀色断了水。但是祖祖辈辈的秀色人就这么活下来了,他们无一户迁徙,就那么渴着自己,茫然而又孤傲地守着干涸的家园,守着村里唯一的一眼枯井。老辈子人说,这口井闹日本那时候就是干的。说它是井,不如说是个井的意思,一个曾经有水的象征。秀色的人家就生活在水的象征里,正应了“望梅止渴”、“画饼充饥”这样的典故。

　　吃水要走一百里路下山去背,一百里外的半山腰有一股芦苇粗细的泉眼,是秀色人的命根子。秀色村里的男人们背上半人多高的木桶,揣上干粮,日夜兼程地赶到泉眼。那时的泉眼跟前多半已有早到的村人正排着队。于是后来者排在人后,一边伸长脖子吞咽着干粮,一边用两辈子的耐心注视着那芦苇粗细的泉水是怎样缓慢又艰难地灌满一只只硕大的木桶。排队,等水,从天亮等到天黑,在秀色的男人们是平常的事情。他们一个整天也没人说话。他们闭住嘴,用耳朵听着泉水,就仿佛枯干已久的耳朵也需灌满水声。待到自己的木桶也终于满得不能再满时,他们会疯了似的匍匐在泉眼上,敞开喉咙再把自个儿灌个死去活来。然后他们背桶上身,腾出位置,或单独,或搭伴地重返原路,日夜兼程地回到秀色。回程是艰辛的,水的重量自不必说,紧要的是水的金贵。男人屏息敛气地在山路上跋涉,力争不让一滴水丢落在途中。跋涉令他们很快就耗尽了体内的水分,他们受着脊背上那水的诱惑,恨不能跳进桶里淹死自个儿。但因为他们是男人,他们想到了责任。他们至多会在歇脚时探头桶内看一看这水的形状,嗅一嗅这水的气息。清亮的泉水照见了男人皴皱的脸,也似乎映出了一家人渴望的容颜。于是他们鼓起力气,再次启程,拨开精瘦的双腿赶路。也有人家使毛驴下山驮水的,可更多的人家觉得不划算。在秀色,多一个畜生与人争水,就不如没有这畜生。

水被男人长途跋涉背回家来,是要上锁的。在秀色,值得上锁的东西只有水。家家都有阔大的桦木水橱,木桶安放进水橱,水橱用铁锁锁住。三几寸长的铁钥匙挂在一家之主的腰间,显示着主人的尊严,也显示着水的神圣不可侵犯。秀色人都知道那条与邻人相处的规矩:借米借面不借水。外村人来秀色串亲戚,也都知道不带米不带面只需带水,水就是最珍贵的礼。大人拎个大瓦罐,小人拎个小瓦罐,拎着水瓦罐的亲戚在秀色会被待为上宾。

秀色人使水也讲究,须使到极致方可将水"放"走。一瓢水先是洗脸,再是洗菜,然后馏锅。等锅里的馎馎蒸熟,舀出馏锅水或喂猪,或待到下顿饭再折回锅里。

说到洗脸,那大半是姑娘家的事。娘儿们、汉们是不洗脸的,他们已经没有洗脸的概念。只是那些有姑娘的人家,姑娘在一家之主掏出钥匙打开水橱的锁时才会请求一声:"叫我先洗把脸吧!"她们一边请求,一边为自己这奢侈的心思感到愧疚;愧疚着,又非要说出这奢侈的请求不可。水的匮乏使她们的眼睛失却着光泽。她们面色黯淡,呼吸也不够清爽,发辫荒草一样纠缠在头上。水的匮乏不仅截断了秀色人的欢颜,还使秀色人即令在悲痛时刻也悲痛得不那么彻底,不那么专注。他们会在痛哭的高潮中猛地发现眼里流出来的是水而不是泪,他们便想方设法让眼中溢出的咸涩液体井然有序地再流进自己的嘴。而姑娘们大哭时更注重的是容貌的需要,她们不失时机地伸出双手以泪洗面。以泪洗面之后的姑娘,容貌异常鲜灵,加之眼皮的微红,鼻翼的微肿,上了艳妆一般,在村眉土眼的乡亲中间,闪电似的,煞是耀眼。悲痛在这时就退到了一个尴尬的角落。悲痛是什么,还有比没水更大的悲痛么?

秀色人是名副其实地靠天吃饭。村口最洼处垒了个蓄水池,他们盼望夏日池中有雨水,冬季池中落白雪。虽然这两样东西在秀色并不多见。下雨的日子是秀色人狂欢的日子,他们会倾巢出动,站在大雨中淋浴,娘儿们汉们一律半裸着自己。而后是搬出家中所有的器皿迎雨水进家。下雪的日子也是秀色人狂欢的日子,他们会倾巢出动,不分男女老幼地趴在雪地上,没时没晌地吞咽积雪。他们往往被雪撑胀了肚子,孕妇一般叉开腿歪坐在雪地上,吭哧唉哟地叫着,难受得不行。难受着,手却止不住,手依旧大捧地往嘴里填着雪;难受着,才想起把吃不尽的漫坡大雪归入村口那长年空旷的蓄水池。雪在池中结成了冰,村干部便将冰块砸碎,拿秤约着分给村民。有个叫李老哲的村长,文化大革命让村人斗得不轻,罪名便是那年腊月村里分冰块,他倚仗权势给自家多分了十斤。秀色村也搞过文化大革命。

秀色的名声更远了,方圆百里的村寨,那些当娘的吓唬闺女时就说:"小丫头片子再不听话,长大把你嫁到秀色去!"众人哄笑起来,秀色的现任村长李哲(李老哲的儿子)便怀了小地方的自尊和不快正色道:"论风水,别处还比不了我们秀色,唐朝李家做皇帝时给选下的地方。"有嘴快的人就说:"风水风水得有风有水,你秀色还缺着风水里的一大项哩。"李哲便道:"除了没水,我们什么没有哇?"有人就更显尖刻地说："连水都没有,还能有什么呢?"一句话噎得李哲羞愧难当。

连水都没有,还能有什么呢! 这是咒语。那么,该找水脉吧,该打井吧,该上县、上省请打井队吧。从前那些年,李老哲当村长的时候,这些事都办过。本县的打井队一听秀色就犯怵,且不说井打得成打不成,就是走一趟秀色,又有多难! 没有路,只有一个窄窄的陡坡,从县城出发一趟一百五十里,机器又怎么上去? 李老哲就从三百里外的山前请来一个外县打井队。打井队进了村,村人像皇上一样地供着。男人们成群结队地背上木桶远征百里之外专为打井队背水回来,尽他们吃喝洗刷;女人们则变着法儿地为打井队琢磨秀色最好的饭菜。秀色活泛起来了,扭曲的龟背石街道整日鸡飞狗跳。可是,男人脊背上的泉水和女人精心炮制的饭菜拢不住打井队的心,只二十天,他们便熬不住了。他们抱怨,住得不济,吃得粗糙,还有水的拮据。也怨不得他们呀! 没住过秀色,就不知道什么叫水。他们有点后悔自己的不知底细,他们料定在这儿打不出水。在一个早晨,当秀色的男人们又一次成群结队下山为打井队背水的时候,打井队就打算不辞而别了。对一个少了男人的村子,他们怎么做就怎么是。他们以为。

他们没有想到,他们被几个妇女截在了村口。为首的一个媳妇人称张二家的,也不急也不恼,只斜开臂膀冲着打井队的头把式说:"回去吧,嗯,你们走不了。"

头把式打量着眼前这几个蓬头垢面的妇女,回敬张二家的说:"什么叫个走不了? 怎么个走不了?"

张二家的仍旧斜着臂膀,仍旧不急也不恼,她说:"我说走不了就是走不了。"

外县这走南闯北的打井队,有土闹儿的技术,更兼一身的匪气,眼下却一时想不好如何对付这几个不愠不火的妇女。

他们退回到村里。

当晚,张二家的砸开桦木水橱的铁锁,将木桶里的存水挥霍一空,把自己洗了个通体透亮。那橱中的水本是她一家三口半个月的用项。另几个与她有约在先的媳妇,也都砸了自家水橱的铁锁,仔细洗过自己。然后,她们相跟着出了家门,涌进了打井队的窝棚。

她们进得窝棚,像高空的霹雳,像沟壑里的野风,像乱坟岗上擦着荒草飞翔的幽灵。她们的突如其来和这突如其来的一身光彩令窝棚里的男人猝不及防。他们被吓着了。直到张二家的又重复起早晨的话:"我说你们走不了就是走不了。"把式们才认出这便是早晨村口上那几个蓬头垢面的妇女。水把张二家的涤荡得如此夺目,像山妖,又好比丛林中面颊丰饶的仙女。她脱掉四蓬综织出的花格布罩衣,露出洗尽泥垢的健硕的胸膛。她整个儿地俘虏了打井队的头把式……"只要你给我们打出水来,只要你给我们打出水来!"她在他的身子底下大义凛然地说。

打井队的其余人,掳走了其余的媳妇。

打井队留下来了,又留在秀色二十天。井架又支起来了,夯声又响起来了。整整二十天,秀色的女人昼夜心甘情愿地贡献着自己的身体。她们出着大力,思念着她们那背着水桶跋涉在山间的出着大力的男人。背水回来的男人们看看水橱上砸落的锁,看看女人的气色,他们闭一闭眼,把心一横,并不找女人的茬子,只拼了命似的去帮把式们打井。

女人笼络了打井队的精气神,打井队却笼络不了那深奥的水脉。他们在女人身上和井身上都使绝了力气,秀色终是无水。

打井队走了,走得自惭形秽。他们走南闯北给秀色扬名。他们说,在秀色打井是没门儿,忘不了的是秀色的娘儿们呀。人问怎么个忘不了?他们说:"少有的热。嘴热,心热,还有……哪儿哪儿都热,烫死你呢!"

秀色的名声更远了。私下里,人们传播着秀色娘儿们的烫人之处;当着秀色人,就只说些李老哲贪污过十斤水的事。李老哲的儿子,现任秀色村长李哲听见过这公开的调侃,也明悉那些私下的议论。他熟记在心的是那句咒语:连水都没有,还能有什么呢!

打井!他想。

妈的打井！他想。

请正儿八经的打井队，妈的！他想。

李哲就去了县水利局。从大跃进到今天，水利局长少说也换了十几任，每一任局长都熟知秀色的事情。水利局长冲着李哲嗄牙花子。这时一个新来的技术副局长人称李技术的，专注地听了李哲的讲述，说："秀色，好名字。"

"名字好，人也不赖哩。"有知情者暧昧地对李技术说。

"李技术去吧，李技术去最合适。"又有人暧昧地撺掇着。

他们跟这个从省里下来的年轻领导开着并不当真的玩笑。他们心说，天老爷，敢去秀色，是闹着玩的？

他们不曾料到，李技术跟上李哲，花半个月的时间仔细勘查了秀色山脉的走向，找准了水脉。他说他料定秀色有出水的希望，他决定带齐人马上秀色打井。这时他还想起了那句有名的话：世界上怕就怕认真二字。

秀色本无行车的路，李技术就差人到城关村里去借驴。打井的机器该拆的拆，该卸的卸，由一只驴队驮着上了山。

早春时节，水利局打井队进驻了秀色。李哲不让打井队住帐篷，把他们精心地散到户里去。李技术被他安排在张二家的东屋。张二家的有个十七八的大闺女叫张品，是秀色的姑娘里出众的人物。

男人们成群结队地背上木桶远征百里之外专为打井队背水回来，供他们吃喝洗刷；女人们变着法儿地为打井队琢磨秀色最好的饭菜：蒜泥"苦累"，黄米蒸糕，荞麦窖饹……秀色又一次活泛起来，扭曲的龟背石街道整日鸡飞狗跳。

李技术领导的打井队却不似从前的那一支。他们像秀色人一样地怜惜水。他们不洗脸，也免却了刷牙的习惯。李技术常把张二家的端进东屋的水又端回去，对张二家的说："锁上，细水长流吧。"

张二家的说："给水上锁，叫外人笑话呢。"

李技术说："谁是外人，是我？"

张二家的说："你不是外人也是个客。"

李技术说:"共产党什么时候成了老百姓的客?"

张二家的闭了嘴,仔细端详李技术。短短数日,李技术的脸也蒙上了尘垢,头发老长,胡子拉碴,与秀色人相差无几了,扔到秀色人堆儿里,不好认他出来。

二十天了,井是越打越深,人是愈来愈瘦,还是不见有水。村里的气氛渐渐地慌乱了,张二家的也有些沉不住气,嘀咕着:莫不是,又到了从前经历过的那关口?

越是沉不住气,张二家的便越是一趟趟地到李技术的东屋去。她从不空手,她给李技术端一碗水。她看着他那裂着血口的嘴和裂着血口的手,对他说:"你要不是客,就当着我的面把这碗水给我喝了。"李技术笑笑,不喝。

不喝,就还是个客。是客,还不是想走就走么。一碗水再金贵,也留不下一个打不出水来的打井队吧。一碗水摆在李技术眼前,是秀色人寒碜的心意,但也是试探,是诱惑。李技术心领了。他知道张二家的惧怕的是什么,他什么也不多说,心里铆足了劲,井上见高低吧。

做饭时,张二家的对闺女张品说,一天天的不见出水,怕是留不住他们呢。张品说,谁说的? 张二家的说,我说的。张品说,从前娘是怎么做来着。张二家的说,别提了,从前的娘。张品说,不提我也知道。可全村老幼,谁敢戳你们脊梁? 张二家的说,你怎么想? 张品说,小学三年级,老师给我们讲过一个词:壮烈。张二家的说,什么叫壮烈? 张品,娘,你不懂,你老了。

张二家的老了,张品不老,正是待放的花朵。再不见水,秀色就没了指望了,她想。再不见水,她的青春也就灭了,她想。张品小学毕业,知道青春是什么,更知道青春在秀色的位置,是次于水的。

晚上,张品望着正屋里上了锁的水橱,对娘说:"叫我砸了它吧。"张二家的问她干什么,张品低了头说:"洗洗。"

张二家的明白了,却不下手。

张品亲手砸了铁锁,将水挥霍一空。

后半夜,李技术从井上回来了。进了东屋,灯也不点,烂泥似的合衣倒在炕上。井不出水,他也有些灰心:莫不是自己心高气盛一味逞能,该不会在秀色的乡亲跟前打了眼吧。他翻身、叹气,叹气、翻身。这时炕角一阵蠕动,李技术惊问道:"谁!""嚓"的一声火柴响,灯芡里的油灯亮了,从丘陵似的灰褐色羊毛毡里拱出一个雪白的人儿。

来到秀色,李技术还没见过雪白的东西。秀色村民那久不见水的脸使他们看上去一律地面目不清。这些面目不清的脸常使李技术一阵阵心酸。现在他看见一团白光从他的炕角冉冉升起,他想,这是个人吧。他终于看清了,这是房东的女儿张品。

李技术问张品为什么在这儿,问着,他本能地跳下炕,背过脸。

张品不说话,索性抖落掉羊毛毡的遮掩。

李技术感觉到了她这抖落,也知道了此刻在他的炕上有一个赤裸的姑娘。这事实让他意外,他只一味背着脸说:"你的衣裳呢? 快穿起衣裳。"

身后的张品回话说:"今儿黑夜我没有衣裳。"

有了第一句,就不怕再有第二句了。一直在炕角发抖的张品这时忽然镇静住了自己。她盘起腿,坐直了身子。她的身子映着油灯,衬在乌黑的墙上是如此巨大而又明媚;她那张从未见过天日的小脸,是方才那撒泼似的使水,才把它弄成这样熠熠发光。她的呼吸是清洁的,她的嘴唇丝绸一样可人,她的长发受了水的滋润,无比柔韧地缠在肩上。她在勾引一个男人,光明磊落,直白放肆而又纯净无邪。她毫无经验,心中只有信念。她要完成她娘那辈没有完成的。她要活命,而水才是秀色人祖辈的命脉。她希望自己能够摆布李技术,或者去受李技术的摆布。她又对他说:"今儿黑夜我没有衣裳。"

李技术仍然背着脸说:"别胡来啊,没有衣裳也要穿起衣裳!"

张品说:"胡来! 我是胡来?"

李技术说:"不是胡来你为什么这样?"

张品说:"我为什么这样? 就为了给你看看。我使尽了全家半个月的水,就为这。你敢不看一眼么？你还敢说胡来!"

李技术鬼使神差地转过脸来。他诅咒着自己的软弱,但他看见了他一辈子也没见过的美好的东西。一个称谓响雷似的滚过他的脑际:秀色! 他的心中一阵阵痛楚,他退到门口,很快就又低了头,只一连声地对张品说着:"快走快走!"

张品稳坐炕上,她说:"你不答应我就决不快走。"李技术问答应什么。张品说答应我睡在你的炕上。李技术说那么你睡,我走。张品问你往哪儿走。李技术负气似的说:"往山下走,下山,回家!"

张品忽地窜到炕沿,她跪着,咬着牙说:"这才是你的心里话。我早就看出来了,白搭! 纵是把一村子人的心挖出来,也换不来你们给打一口井。白搭! 该给的都给了,没给的就剩我们这些闺女了,你……"

"你不能这样,你不能!"李技术截断张品的话,不忍再往下听。

"你害怕了?"张品说,"你不敢要。你敢不要,怕是不行!"说着,腾地站了起来,她赤子一般站在这狭小的炕上,油灯骤然间把她的影子放得如此巨大,铺天盖地,活像个自天而降的女巨人。李技术须仰视才能看清她那因愤怒而涨红的脸。他从门口奔过来制止她,"坐下坐下!"他说。她就势扑进他的怀,双手箍住他的腰。他一阵紧张地挣扎,心在擂鼓。他激她似的喊着:"放手啊你,你怎么是这样没有廉耻!"

李技术的话终于使张品松了手。她又退回到炕角的羊毛毡上。她说:"在没有水的地方,你还指望谁有廉耻呢?"

李技术心中一惊:没有水的地方,人们确是迟早要丧失廉耻的吧。

"可是,没了廉耻,就有水了吗?"李技术反问张品,并趁机再次退到了门口。他注视这个热烈而邪性的姑娘,奇怪地发现自己已不像最初那样慌乱。他们互相看着,张品又一次开始了她的进攻。"我要睡在你的炕上。"她说。

"我不能。"他说。

"为什么他们都能就你不能?"她说。

"谁们?"他说。

"从前的打井队,我娘的时候。"她说。

"我是……我是个……"

"你是个共产党的干部。"她说。

"你不相信共产党?"他说。

"我就相信共产党的干部也是人。"她说。

"人和人不一样。"他说。

"那你用什么保证打不成井就不离村?"她说。

"我用共产党的名义保证。"他说。

"从前的村长李老哲也是共产党,他给自己家多分过十斤水!"她说。

"李老哲的儿子李哲也是共产党,不是他把我们领来了么。"他说。

"那是李哲。"她说,"谁知道你呢。"

李技术叹了口气,他很想跟张品讲一讲人类最基础的社会文明——水利文明;他很想跟张品讲一讲遍及中美洲的玛雅文化后来是怎样毁灭在水的危机之中;他很想跟张品讲一讲汉字"刑"的起因,那本是奴隶社会因水的战争而起的啊。可是他叹了口气,只说:"我老家也是个缺水的地方,我爷爷和两个姑奶奶都是渴死的。我知道水是什么分量。"

天亮了,他们不再有话。李技术揉揉通红的眼往外走。张品问他到哪儿去,"打井!"他说。

隔了一天,李技术从张二家的东屋搬了出去,打井队其余人也从各户搬了出去。他们在井边搭了帐篷,吃住都在帐篷里。张二家的问张品:"这是怎么啦?"张品听着震耳的打井声,对张二家的说:"娘,你老了,你不懂。"

李技术率着打井队疯了似的打井,头发不剃,胡子不刮,身上酸臭扑鼻,山鬼似的。冲击钻狠狠地刺向井的深处,每刺一下李技术就

310

在心里说:这下是为张品的! 这下是为张品的! 这下是为张品的! 这下还是为张品的! 这下还还是为张品的! 这下还还还是为张品的! 他没有想过这一下下地为着张品有什么不妥。张品原本就是一村子的尊严,一村子的青春。九九八十一天,打井队没人下山回家;九九八十一天,他们终于把井打出了水。

是个初夏的艳阳天,秀色人得意忘形的日子。在出了水的井边,他们先是对这井中的甜水又惊又怕,生怕这不过是土炕上的一场大梦。而后他们才放开肚量畅饮,他们让这久违了的甘凉的水给醉得东倒西歪。他们抬起李技术,不断地把他抛向半空。不断在空中翻腾的李技术,这时候非常想在人群中找到张品。他弄明白了一件事:那个羞耻的晚上,羞耻的本不是张品,羞耻的该是他本人。他还感到了一点恐惧,他想着共产党的打井队若是给老百姓打不成井,最后渴死的不是自己又是谁呢!

他想着,挣脱了抛他上“天”的人。他落在地上,拨开沸腾的人群,拨开山道上突然怒放的花丛:酒一样醉红的对叶梅,雾一样摇曳的波斯菊。他跃上路边一块山石,一眼就看见了正仰面看他的张品。他挥一挥手,想作一个发言吧,想把心里的话告诉乡亲吧。他脚下的山石松动了,他仰身折了过去,身后是万丈悬崖。只一瞬间……任谁也找不到他了。

又过了两年,秀色的名声更远了,千里之外竟有人来秀色的水井讨水喝。都知道这是一口不绝的旺井,都知道这井里的水养身又养颜。有专家鉴定过这水的成色,秀色人做起了水的生意,卖水进城了。村人说给水起个名儿吧,反正得注册商标。李哲说秀色,就叫秀色。小学文化的张品说:“叫秀色,点儿,李。”

形成文字就是:秀色·李。

秀色·李是个不伦不类的水名,可秀色人听起来并不一惊一乍,心里都明镜似的。

永远有多远

你在北京的胡同里住过吧？你曾经是北京胡同里的一个孩子吧？胡同里那群快乐的、多话的、有点缺心少肺的女孩子你还记得吧？

我在北京的胡同里住过，我曾经是北京胡同里的一个孩子。胡同里那群快乐的、多话的、有点缺心少肺的女孩子我一直记着。我常常觉得，要是没了她们，胡同还能叫胡同么？北京还能叫北京么？我这么说话会惹你不高兴——什么什么？你准说。是啊，如今的北京已不再是从前，她不再那么既矜持又恬淡、既清高又随和了。她学会了拥抱，热热闹闹、亦真亦假的拥抱，她怀里生活着多少北京之外的人啊。胡同里那些带点咬舌音的、嘎嘣利落脆的贫北京话也早就不受待见了——从前的那些女孩子，她们就是说着这样的一口贫北京话出没在胡同里的。她们头发干净，衣着简朴（却不寒酸），神情大方，小心眼儿不多，叫人觉得随时都可能受骗。二十多年过去了，每当我来到北京，在任何地方看见少女，总会认定她们全是从前胡同里的那些孩子。若是一片树叶，胡同便是这树叶上蜿蜒密布的叶脉。要是你在阳光下观察这树叶，会发现它是那么晶莹透亮，因为那些女孩子就在叶脉里穿行，她们是一座城市的汁液。胡同为北京城输送着她们，她们使北京这座精神的城市肌理清明，面庞润泽，充满着温暖而可靠的肉感。她们也使我永远地成为北京一名忠实的观众，即使再过一百年。

当我离开北京，长大成人，在 B 城安居乐业之后，每年都有一些机会回到北京。我在这座城市里拜访一些给孩子写书的作家，为我

312

的儿童出版社搜寻一些有趣的书稿,也和我的亲人们约会,其中与我见面最多的是我的表妹白大省(音 xǐng)。白大省经常告诉我一些她自己的事,让我帮她拿主意,最后又总是推翻我的主意。她在有些方面显得不可救药,可我们还是经常见面,谁让我是她表姐呢。

现在,这个六月的下午,我坐在出租车上,窗外是迷蒙的小雨。我和白大省约好在王府井的世都百货公司见面,那儿离她的凯伦饭店不远。她大学毕业后就分配在四星级的凯伦,在那儿当过工会干事,后来又到销售部做经理。有一回我对她说,你不错呀刚到销售部就当领导。她叹了口气说哪儿呀,我们销售部所有的人都是经理,销售部主任才是领导呢,主任。我明白了,不过这种头衔印在名片上还是挺唬人的:白大省,凯伦饭店销售部经理。

出租车行至灯市西口就走不动了,前方堵车呢。我想我不如就在这儿下来吧,"世都"已经不远。我下了车,雨大了,我发现我正站在一个胡同口,在我的脚下有两级青石台阶;顺着台阶向上看,上方是一个老旧的灰瓦屋檐。屋檐下边原是有门的,现在门已被青砖砌死,就像一个人冲你背过了脸。我迈上台阶站在屋檐下,避雨似的。也许避雨并不重要,我只是愿意在这儿站会儿。踩在这样的台阶上,我比任何时候都更清楚我回到了北京,就是脚下这两级边缘破损的青石台阶,就是身后这朝我背过脸去的陌生的门口,就是头上这老旧却并不拮据的屋檐使我认出了北京,站稳了北京,并深知我此刻的方位。"世都""天伦王朝""新东安市场""老福爷""雷蒙"……它们谁也不能让我知道我就在北京,它们谁也不如这隐匿在胡同口的两级旧台阶能勾引出我如此细碎、明晰的记忆——比如对凉的感觉。

从前,二十多年前那些夏日的午后,我和我的表妹白大省经常奉我们姥姥的吩咐,拎着保温瓶去胡同南口的小铺买冰镇汽水。我们的胡同叫驸马胡同,胡同北口有一个副食店,店内卖糕点罐头、油盐酱醋、生熟肉豆制品、牛羊肉鲜带鱼。店门外卖蔬菜,蔬菜被售货员摆在淡黄色竹板拼成的货架上,夜里菜们也那么摆着不怕被人偷去。干吗要偷呢?难道有人急着在夜里吃菜么?需要菜,天一亮副食店开了门,你买就是了。胡同南口就有我说的那个小铺。如果去北口副食店,我们一律简称"北口";要是去南口小铺,我们一律简称"南口"。

"南口"其实是一个小酒馆,台阶高高的,有四五级吧,让我常常觉得,如果你需要登这么多层台阶去买东西,你买的东西定是珍贵的。南口不卖油盐酱醋,它卖酒、小肚、花生米和猪头肉,夏天也兼卖雪糕、冰棍和汽水。店内设着两张小圆桌,铺着硬挺的、脆得像干粉皮一样的塑料台布的桌旁,永远坐着一两位就着花生米或小肚喝酒的老头。我觉得我喜欢小肚这种肉食就是从"南口"开始的。你知道小肚什么时候最香吗?就是售货员将它摆上案板,操刀将它破开切成薄片的那一瞬间。快刀和小肚的摩擦使它的清香"噗"地迸射出来,将整间酒馆弥漫。那时我站在柜台前深深吸着气,我坚信这是世界上最好闻的一种肉。直到售货员问我们要买什么时,我才回过神儿来。"给我们拿汽水!"这是当年北京孩子买东西的开场白,不说"我要买什么",而说"给我们拿……""给我们拿汽水!""冰镇的还是不冰镇的?""给我们拿冰镇的,冰镇杨梅汽水!"我和白大省一块儿说,并递上我们的保温瓶。我已从小肚的香气中回过神儿来了,此时此刻和小肚的香气相比,我显然更渴望冰凉甘甜的杨梅汽水。在切小肚的柜台旁边有一台白色冰柜,一台盛着真冰的柜。当售货员掀开冰柜盖子的一刹那,我们及时地奔到了冰柜跟前。嗬,团团白雾样的冷气冒出来,犹如小拳头一般打在我们的脸上痛快无比,冰柜里有大块大块的白冰,一瓶瓶红色杨梅汽水就东倒西歪地埋在冰堆里。售货员把保温瓶灌满汽水,我和白大省一出小酒馆,一走下酒馆的台阶——那几级青石台阶,就迫不及待地拧开保温瓶的盖子。通常是我先喝第一口,虽然我是白大省的表姐。以后你会发现,白大省这个人几乎在谦让所有的人,不论是她的长辈还是她的表姐。这样,我毫不客气地先喝了第一口,那冰镇的杨梅汽水,我完全不记得汽水是怎样流入我的口中在我的舌面上滚过再滑入我的食道进入我的胃,我只记得冰镇汽水使我的头皮骤然发紧,一万支钢针在猛刺我的太阳穴,我的下眼眶给冻得一阵阵发热,生疼生疼。啊,这就是凉,这就叫冰镇。没有冰箱的时代人们知道什么是冰凉,冰箱来了,冰凉就失踪了。冰箱从来就没有制造出过刻骨的、针扎般的冰凉给我们。白大省紧接着也猛喝一大口,我看见她打了一个冷战,她的胖乎乎的胳膊上起了一层鸡皮疙瘩。她有点喘不过气似的对我说,她好像撒了一点儿尿出来!我哈哈笑着从白大省手中夺过保温瓶又喝了一大口,一万支钢针又刺向我的太阳穴,我的眼眶生疼生疼,人就顿时精神起来。我冲白大省一歪头,她跟着我在僻静的胡同里一溜小跑。我们的脚步惊醒了屋顶上的一只黄猫,是九号院的女猫妞妞,常串着房顶去找我们家的男猫小熊的。我们在地上跑着,妞妞在房顶上追着我们跑。妞妞呀,你喝过冰镇汽水么?哼,一辈子你也喝不着。我们跑着,转眼就进了家门。啊,这就是凉,这就叫冰镇。

白大省从来也没有抱怨过在路上我比她喝汽水喝得多,为什么我从来也不知道让着她呢?还记得有一次为了看电影《西哈努克访问中国》,我和白大省都要洗头,水烧开了,我抢先洗,用蛋黄洗发膏。那是一种从颜色到形状都和蛋黄一样的洗发膏,八分钱一袋,有一股柠檬香味。我占住洗脸盆,没完没了地又冲又洗,到白大省洗时,电影都快开演了。姥姥催她,洗好头发的我也煞有介事地催她,好像她的洗头原本就是一个无理的举动。结果她来不及冲净头发就和我们一道看电影去了。我走在她后边,清楚地看到她后脑勺的一绺头发上,还挂着一块黄豆大的蛋黄洗发膏呢。她一点儿也不知道,一路晃着头,想让风快点把头发弄干。我心里知道白大省后脑勺上的洗发膏是我的错误,二十多年过去,我总觉得那块蛋黄洗发膏一直在她后脑勺上沾着。我很想把这件往事告诉她,但白大省是这样一种人:她会怎么也弄不明白这件事你有什么可对她不起的,她会扫你要道歉的兴。所以你还是闭嘴吧,让白大省还是白大省。

我就这样站在灯市西口的一条胡同里,站在一个废弃的屋檐下想着冰镇汽水和蛋黄洗发膏,直到雨渐渐停了,我也该就此打住,到"世都"去。

我在"世都"二楼的咖啡厅等待白大省。我喜欢"世都"的咖啡厅。临窗的咖啡座，通透的落地玻璃使你仿佛飘浮在空中，使你生出转瞬即逝的那么一种虚假的优越感。你似乎视野开阔，可以扬起下巴颏儿看远处夕阳照耀下的玻璃幕墙和花岗岩组合的超现实主义般的建筑，也可以压着眼皮看窗外那些出入"世都"的人流在脚下静静地淌。我的表妹白大省早晚也会出现在这样的人流里。

　　现在离约定时间还早，我有足够的时间在这儿稳坐。喝完咖啡我还可以去二楼女装区和四楼的家庭用品部转转，我尤其喜欢各种尺寸和不同花色的毛巾、浴巾，一旦站在这些物质跟前，便常有不能自拔之感。我要了一份"西班牙大碗"，这厚敦敦的大陶杯一端起来就显得比"卡普契诺"之类更过瘾。我喝着"西班牙大碗"，有一搭无一搭地看身边过往的逛"世都"的人，想起白大省告诉过我，她看什么东西都喜欢看侧面，比如一座楼，比如一辆汽车、一双鞋、一只闹钟，当然也包括人，一个男人或一个女人。白大省的这个习惯有点让我心里发笑，因为这使她显得与众不同。其实她有什么与众不同呢，她最大的与众不同就是永远空怀着一腔过时的热情，迷恋她喜欢的男性，却总是失恋。从小她就是一个相貌平平的乖孩子，脾气随和得要死。用九号院赵奶奶的话说，这孩子仁义着呐。

一

　　白大省在七十年代初期，当她七八岁的时候，就被胡同里的老人评价为"仁义"。在七十年代初期，这其实是一个陌生的、有点可疑的词，一个陈腐的、散发着被雨水洇黄的顶棚和老樟木箱子气息的词，一个不宜公开传播的词，一个激发不起我太多兴奋和感受力的词，它完全不像另外一些词汇给我的印象深刻。有一次我们去赵奶奶家串门，我读了她的孙女、一个沉默寡言的初中生的日记。当时她的日记就放在一个黑漆弓腿茶几上，仿佛欢迎人看似的。她在日记中有这样几句话："虽然我的家庭出身不好，但我的革命意志不能消沉……"

是的，就是那"消沉"二字震撼了我，在我还根本不懂消沉是什么意思时，我就断定这是一个奇妙不凡的词，没有相当的学问，又怎能把这样的词运用在自己的日记里呢。我是如此珍视这个我并不理解的词，珍视到不敢去问大人它的含义。我要将它深埋在心，让时光帮助我靠近它明白它。白大省仁义，就让她仁义去吧。

白大省也确实是仁义的。她上小学一年级的时候，就曾经把昏倒在公厕里的赵奶奶背回过家（确切地说，应该是搀扶）。小学二年级，她就担负起每日给姥姥倒便盆的责任了。我们的姥姥不能用公厕的蹲坑，她每天坐在屋里出恭。我们的父母当时也都不在北京，那几年我们与姥姥相依为命。白大省小学三年级的时候，中国很多城市都在放映一部名叫《卖花姑娘》的朝鲜电影，这部电影使每一座电影院都在抽泣。我和白大省看《卖花姑娘》时也哭了，只是我不如她哭得那么专注。因为我前排的一个大人一边哭，一边痛苦地用自己的脊梁猛打椅子背，一副歇斯底里的样子。他弄出的响动很大，可是没有人抱怨他，因为所有的人都在忙着自己的哭。我左边那个大人，他两眼一眨不眨地盯着银幕，任凭泪水哗哗地洗着脸，一条清鼻涕拖了一尺长他也不擦。我的右边就是白大省，她好像让哭给呛着了，一个劲儿打嗝儿。就是从看《卖花姑娘》开始，我才发现我的表妹有这么一个爱打嗝儿的毛病。单听她打嗝儿的声音，简直就像一个游手好闲的老爷们儿。特别当她在冬天吃了被我们称为"心里美"的水萝卜之后，她打的那些嗝儿呀，粗声大气的，又臭又畅快。"老爷们儿"这个比喻使我感到难过，因为白大省不是一个老爷们儿，她也不游手好闲。可是，就在《卖花姑娘》放映之后，白大省的同学开始管她叫"白地主"了，只因为她姓白，和《卖花姑娘》里那个凶狠的地主一个姓。有时候一些男生在胡同里看见白大省，会故意大声地说："白地主过来喽，白地主过来喽！"

这绰号让白大省十分自卑，这自卑几乎将她的精神压垮。胡同里经常游走着一些灰色的大人，那是一些被管制的"四类分子"。他们擦着墙根扫街，哈着腰扫厕所。自从看过《卖花姑娘》，白大省每次在胡同里碰见这些人,都故意昂头挺胸地走过,仿佛在告诉所有的人:我不是白地主,我和他们不一样! 她还老是问我:哎,除了和白地主一个姓,你说我还有哪儿像地主啊? 白大省哪儿也不像地主,不过她也从未被人比喻成出色的人物,比如《卖花姑娘》里的花妮,那个善良美丽的少女。我相信电影《卖花姑娘》曾使许多年轻的女观众产生幻想,幻想着自己与花妮相像。这里有对善良、正义的追求,也有使自己成为美女的渴望。当我看完一部阿尔巴尼亚影片《宁死不屈》之后,我曾幻想我和影片中那个宁死不屈的女游击队员米拉长得一样,我唯一的根据是米拉被捕时身穿一件小格子衬衣,而我也有一件蓝白小格衬衣。我幻想着我就是米拉,并渴望我的同学里有人站出来说我长得像米拉。在那些日子里我天天穿那件小方格衬衣,矫揉造作地陶醉着自己。我还记住了那电影里的一句台词,纳粹军官审问米拉的女领导、那个唇边有个大黑痦子的游击队长时,递给她一杯水,她拒绝并冷笑着说:"谢谢啦,法西斯的人道主义我了解!"我觉得这真是一句了不起的台词,那么高傲,那么一句顶一万句。我开始对着镜子学习冷笑,并经常引逗白大省与我配合。我让她给我倒一杯水来,当她把水杯端到我眼前时,我就冷笑着说:"谢谢啦,法西斯的人道主义我了解!"

　　白大省吃吃地笑着,评论说"特像特像"。她欣赏我的表演,一点儿也没有因无意之中她变成了"法西斯"就生我的气,虽然那时她头上还顶着"白地主"的"恶名"。她对我几乎有一种天然生成的服从感,即使在我把她当成"法西斯"的时刻她也不跟我翻脸。"法西斯"和"白地主"应当是相差不远的,可是白大省不恼我。为此我常作些暗想:因为她被男生称作了"白地主",日久天长她简直就觉得自己已经是个地主了吧? 地主难道不该服从从人民么? 那时的我就是白大省的"人民"。并且我比她长得好看,也不像她那么笨。姥姥就经常骂白大省笨:剥不干净蒜,反倒把蒜汁沤进自己指甲缝里哼哼唧唧地哭;明明举着苍蝇拍子却永远也打不死苍蝇;还有,丢钱丢油票。那时候吃食用油是要凭油票购买的,每人每月才半斤花生油。丢了油票就要买议价油,议价花生油一块五毛钱一斤,比平价油贵一倍。有一次白大省去北口买花生油,还没进店门就把油票和钱都丢了。姥姥骂了她一天神不守舍,"笨,就更得学着精神集中,你怎么反倒比别人更神不守舍呢你!"姥姥说。

在我看来,其实神不守舍和精神集中是一码事。为什么白大省会丢钱和油票呢,因为九号院赵奶奶家来了一位赵叔叔。那阵子白大省的精神都集中在赵叔叔身上了,所以她也就神不守舍起来。这位姓赵的青年,是赵奶奶的侄子,外省一家歌舞团的舞蹈演员,在他们歌舞团上演的舞剧《白毛女》里饰演大春的。他脖颈上长了一个小瘤子,来北京做手术,就住在了赵奶奶家。"大春"是这胡同里前所未有的美男子,二十来岁吧,有一头自然弯曲的卷发,乌眉大眼,嘴唇饱满,身材瘦削却不显单薄。他穿一身没有领章和帽徽的军便服,那本是"样板团"才有资格配置的服装。他不系风纪扣,领口露出白得耀眼的衬衫,洋溢着一种让人亲近的散漫之气。女人不能不为之倾倒,可与他见面最多的,还是我们这些尚不能被称作女人的小女孩。那时候女人都到哪儿去了呢,女人实在不像我们,只知道整日聚在赵奶奶的院子里,围绕着"大春"疯闹。那"大春"对我们也有着足够的耐心,他教我们跳舞,排演《白毛女》里大春将喜儿救出山洞那场戏。他在院子正中摆上一张方桌,桌旁靠一只略矮的杌凳,杌凳旁边再摆一只更矮的小板凳,这样,山洞里的三层台阶就形成了。这场戏的高潮是大春手拉喜儿,引她一步高似一步地走完三层"台阶",走到"洞口",使喜儿见到了洞口的阳光,惊喜之中,二人挺胸踢腿,做一美好造型。这是一个激动人心的设计,这是一个激动人心的场面,是我们的心中的美梦。胡同里很多女孩子都渴望着当一回此情此景中的喜儿。洞口的阳光对我们是不重要的,重要的在于我们将与这卷发的"大春"一道迎接那阳光,我们将与他手拉着手。我们躁动不安地坐在院中的小板凳上等待着轮到我们的时刻,彼此妒忌着又互相鼓励着。这位"大春",他对我们不偏不倚,他邀请我们每人至少都当过一次喜儿。唯有白大省,唯有她拒绝与"大春"合作,虽然她去九号院的次数比谁都多。

　　为了每天晚饭后能够尽快到九号院去,白大省几次差点和姥姥发火。因为每天这时候,正是姥姥出恭的时刻。白大省必得为姥姥倒完便盆才能出去。而这时,九号院里《白毛女》的"布景"已经搭好了。啊,这真是一个折磨人的时刻,姥姥的屎拉得是如此漫长,她抽着烟坐在那儿,有时候还戴着花镜读大 32 开本的《毛主席语录》。这使她显得是那么残忍,为什么她一点儿也不理会白大省的心呢? 站在一边的我,一边庆幸着倒便盆的任务不属于我,又同情着我的表妹白大省。"我可先走了"——每当我对白大省说出这句话,白大省便开始低声下气而又勇气非常地央求姥姥:"您拉完了吗? 您能不能拉快点儿?"她隔着门帘冲着里屋。她的央求注定要起反作用,就因为她是白大省,白大省应当是仁义的。果然门帘里姥姥就发了话,她说这孩子今天是怎么啦,有这么跟大人说话的吗? 怎么养你这么个白眼儿狼啊,拉屎都不得消停……

　　白大省只好坐在外屋静等着姥姥,而姥姥仿佛就为了惩罚白大省,她会加倍延长那出恭的时间。那时我早就一溜烟似的跑进了九号院,我内疚着我的不够仗义,又盼望着白大省早点过来。白大省总会到来的,她永远坐在一个不起眼的角落,虽然她是那么盼望"大春"会注意到她。只有我知道她这盼望是多么强烈。有一天她对我说,赵叔叔不是北京户口,手术做完了他就该走了吧? 我说是啊,很可惜。这时白大省眼神发直,死盯着我,却又像根本没看见我。我碰碰她的手说,哎哎,你怎么啦? 她的手竟是冰凉的,使我想起了冰镇杨梅汽水,她的手就像刚从冰柜里捞出来的。那年她才十岁,她手的温度,实在不该是一个十岁的温度,那是一种不能自已的激情吧,那是一种无以言说的热望。此时此刻我望着坐在角落里的白大省,突然很想让"大春"注意一下我的表妹。我大声说,赵叔叔,白大省还没演过喜儿呢,白大省应该演一次喜儿! 赵叔叔——那卷发的"大春"就向白大省走来。他是那么友好那么开朗,他向她伸出了一只手,他在邀请她。白大省却一迭声地拒绝着,她小声地嘟囔:"我不,我不行,

320

我不会,我不演,我不当,我就是不行……"这个一向随和的人,在这时却表现出了让人诧异的不大随和。她摇着头,咬着嘴唇,把双手背到身后。她的拒绝让我意外,我不明白她是怎么了,为什么她会拒绝这久已盼望的时刻。我最知道她的盼望,因为我摸过她冰凉的手。我想她一定是不好意思了,我于是鼓动似的大声说你行你就行,其他几个女孩子也附和着我。我们似乎在共同鼓励这懦弱的白大省,又共同怜悯这不如我们的白大省。"大春"仍然向白大省伸着手,这反而使白大省有点要恼的意思,她开始大声拒绝,并向后缩着身子。她的脑门沁出了汗,她的脸上是一种孤立无援的顽强。她僵硬地向后仰着身子,像要用这种姿态证明打死也不服从的决心。这时"大春"将另一只手也伸了出来,他双臂伸向白大省,分明是要将她从小板凳上抱起来,分明是要用抱起她来鼓励她上场。我们都看见了赵叔叔这个姿态,这是多么不同凡响的一个姿态,白大省啊你还没有傻到要拒绝这样一个姿态的程度吧。白大省果然不再大声说"不"了,因为她什么也说不出来了,"咕咚"一声她倒在地上,她昏了过去,她休克了。

很多年之后白大省告诉我,十岁的那次昏倒就是她的初恋。她分析说当时她恨透了自己,却没有办法对付自己。直到今天,三十多岁的白大省还坚持说,那位赵叔叔是她见过的最好看的中国男人。长大成人的我不再同意白大省的说法,因为我本能地不喜欢大眼睛双眼皮的男人。但我没有反驳白大省,只是感叹着白大省这拙笨之至又强烈之至的"初恋"。那个以后我们再也未曾谋面的赵叔叔,他永远也不会知道,当年驸马胡同那个十岁的女孩子白大省,就是为了他才昏倒。他也永远不会相信,一个十岁的女孩子,当真能为她心中的美男子昏死过去。他们那个年纪的男人,是不会探究一个十岁的女人的心思的,在他眼里她们只是一群孩子,他会像抱一个孩子一样去抱起她们,他却永远不会知道,当他向她们伸出双臂时,会掀起她们心中怎样的风暴。他在无意之中就伤了胡同里那么多女孩子的心,当他和三号院西单小六的事情发生后,那些与他"同台"饰演喜儿的小女孩才知道,他其实从来就没有注意过她们,他倾心的是胡同里远远闻名的那个西单小六。为什么一个十岁的小女孩能为一个大男人昏过去呢,而西单小六,却几乎连正眼都不看一下那"大春",就能弄得他神魂颠倒。

二

西单小六那时候可能十九岁,也可能十七岁,她和她的全家前几年才搬到驸马胡同。她们家占了三号院五间北房,北房原来的主人简先生和简太太,已被勒令搬到门房去住,谁让简先生解放前开过药铺呢,他是个小资本家,而西单小六的父亲是建筑公司的一名木匠。

西单小六的父母长得矮小干瘪,可他们是多么会生养孩子啊,他们生的四男四女八个孩子,男孩子个个高大结实,女孩子个个苗条漂亮。他们是一家子粗人,搬进三号院时连床都没有,他们睡铺板。他们吃的也粗糙,经常喝菜粥,蒸窝头。可他们的饮食和他们的铺板却养出了西单小六这样一个女人。她的眉眼在姐妹之中不是最标致的,可她却天生一副媚入骨髓的形态,天生一股招引男人的风情。她的土豆皮色的皮肤光润细腻,散发出一种新鲜锯末的暖洋洋的清甜;她的略微潮湿的大眼睛总是半眯着,似乎是看不清眼前的东西,又仿佛故意要用长长的睫毛遮住那火热的黑眼珠。她蔑视正派女孩子的规矩:紧紧地编结发辫。她从来都是把辫子编得很松垮,再让两鬓纷飞出几缕柔软的碎头发,这使她看上去胆大包天,显得既慵懒又张扬,像是脑袋刚离开枕头,更像是跟男人刚有过一场鬼混。其实她很可能只是刚刷完熬了菜粥的锅,或者刚就着腌雪里蕻吃下一个金黄的窝头。每当傍晚时分,她吃完窝头刷完锅,就常常那样慵懒着自己,在门口靠上一会儿,或者穿过整条胡同到公共厕所去。当她行走在胡同里的时候,她那蛊惑人心的身材便得到了最充分的展示。那是一个穿肥裆裤子的时代,不知西单小六用什么方法改造了她的裤子,使这裤子竟敢曲线毕露地包裹住她那紧绷绷的弹性十足的屁股。

她的步态松懈,身材却挺拔,她就用这松懈和挺拔的奇特结合,给自己的行走带出那么一种不可一世的妖娆。她经常光脚穿着拖鞋,脚趾甲用凤仙花汁染成恶俗的杏黄——那时候,全胡同、全北京又有谁敢染指甲呢,唯有西单小六。她就那么谁也不看地走着,因为她知道这胡同里没什么人理她,她也就不打算理谁。她这样的女性,终归是缺少女朋友的,可她不在乎,因为她有的是男朋友。她加入着一个团伙,号称西单纵队的,"西单小六"这绰号,便是她加入了西单纵队之后所得。究其本名,也许她应该被称为小六吧,她在兄弟姐妹中排行老六。"西单小六"的这个团伙,是聚在一起的十几个既不念书(也无书可念)、又不工作的年轻人,都是好出身,天不怕地不怕的,专在西单一带干些串胡同抢军帽、偷自行车转铃的事。然后他们把军帽、转铃拿到信托商店去卖,得来的钱再去买烟买酒。那个时代里,军帽和转铃是很多年轻人生活中的向往,那时候你若能得到一顶棉制栽绒军帽,就好比今日你有一件质地精良的羊绒大衣;那时候你的自行车上若能安一只转铃,就好比今日你的衣兜里装着一只小巧的手机。"西单小六"在这纵队里从不参加抢军帽、偷转铃,据说她是纵队里唯一的女性,她的乐趣是和这纵队里的所有的男人睡觉。她和他们睡觉,甚至也缺乏这类女人常有的功利之心,不为什么,只是高兴,因为他们喜欢她。她最喜欢让男人喜欢,让男人为她打架。

她的种种荒唐,自然瞒不过家人的眼,她的木匠父亲就曾将她绑在院子里让她跪搓板。这西单小六,她本该令她的兄弟姐妹抬不起头,可她和他们的关系却出奇地好。当她跪搓板时,他们抢着在父亲面前替她求情。她罚跪的时间总是漫长的,有时从下午能跪到半夜。每一次她都被父亲剥掉外衣,只剩下背心裤衩。兄弟姐妹的求情也是无用的,他们看着她跪在搓板上挨饿受冻,心里难受得不行。终于有一次,她的那些同伙,西单纵队的哥儿们知道了她正在跪搓板,他们便在那天深夜对驸马胡同三号搞了一次"偷袭"。他们翻墙入院,将西单小六松了绑,用条红白相间的毛毯裹住扛出了院子。然后,他们骑上每人一辆的凤凰 28 型锰钢自行车,再铆足了劲,示威似的同时按响各自车把上那清脆的转铃,紧接着就簇拥着西单小六在胡同里风一样地消失了。

那天深夜,我和白大省都听见了胡同里刺耳的转铃声,姥姥也听见了,她迷迷瞪瞪地说,准是西单小六她们家出事了。第二天胡同里就传说起西单小六被"抢"走的经过。这传说激起了我和白大省按捺不住的兴奋、好奇,还有几分紧张。我们奔走在胡同里,转悠在三号院附近,希望能从方方面面找到一点证实这传说的蛛丝马迹。后来听说,给西单纵队通风报信的是西单小六的三哥,西单小六本人反倒从不向她那些哥儿们讲述她在家里所受的惩罚。谁看见了他们是用条红白相间的毛毯裹走了西单小六呢,谁又能在半夜里辨得清颜色,认出那毛毯是红白相间呢?这是一些问题,但这样的问题对我们没有吸引力。我们难忘的,是曾经有这样一群男人,他们齐心协力,共同行动,抢救出了一个正跪在搓板上的他们喜爱的女人。而他们抢她的方式,又是如此地震撼人心。西单小六仿佛就此更添了几分神秘和奇诡,几天之后她没事人似的回到家中,又开始在傍晚时分靠在街门站着了。她手拿一只钩针,衣兜里揣一团白线,抖着腕子钩一截贫里贫气的狗牙领子。很可能九号院赵奶奶的侄子、那卷发的"大春"就是在这时看见了西单小六吧,西单小六也一定是在这样的时候用藏在睫毛下的黑眼珠瞟见了"大春"。

这一男一女,命中注定是要认识的,任什么也不可阻挡。听赵奶奶跟姥姥说,那鬼迷心窍的"大春"手术早就做完了,单位几次来信催他回去,他理也不理,不顾赵奶奶的劝阻,竟要求西单小六嫁给他,跟他离开北京。西单小六嘻嘻哈哈地不接话茬儿,只是偷空跟他约会。后来,西单纵队的那伙人,就是在赵奶奶的后院把他俩抓住的。照例是个夜晚,他们照例翻墙进院,用毛毯将裸体的西单小六裹了走,又把那"大春"痛打一顿,以匕首威胁着将他轰出了北京。

胡同里有人传说,说这回西单纵队潜入赵奶奶家后院,是西单小六故意勾来的。她一挑动,男人就响应。她是多么乐意让男人在她眼前出丑啊。这传说若是真的,西单小六就显得有点卑鄙了。美丽而又卑鄙,想来该是伤透了"大春"的心。

赵奶奶哭着对姥姥说,真是作孽啊,咱们胡同怎么招来这么个狐狸精。姥姥陪着赵奶奶落泪,还嘱咐我们,不许去三号院玩,不许和西单小六家的人说话。她是怕我们学坏,怕我们变成西单小六那样的女人。

我就在这个时期离开了北京,回到了 B 城父母的身边。那时我的父母刚刚结束在一座深山里的五七干校的劳动,他们回家之后第一件事就是把我从姥姥家接回来,要我在 B 城继续上学。他们是那样重视与我的团聚,而我的心,却久久地留在北京的驸马胡同了。我知道胡同里那些大人是不会想念我这样一个与他们无关的孩子的,可我却总是专心致志地想念胡同里一些与我无关的大人:卷发的"大春",西单小六,赵奶奶,甚至还有赵奶奶家的女猫妞妞。我曾经幻想如果我变成妞妞,就能整日整夜与那"大春"在一起了,我还能够看见他和西单小六所有的故事。我听说西单纵队的人去赵奶奶家后院抓"大春"和西单小六时,妞妞在房顶上好一阵尖叫。她是喊人救命呢,还是幸灾乐祸地欢呼呢? 而我想要变成妞妞,究竟打算看见"大春"和西单小六的什么故事呢? 以我那时的年龄,我还不知道一个男人和一个女人在一起要做什么事。我的心情,其实也不是嫉妒,那是一团乱七八糟的惆怅和不着边际的哀伤。因为我没像白大省那样"爱"上赵奶奶的侄子,我也不厌恶被赵奶奶说成狐狸精的西单小六。我喜欢这一男一女,更喜欢西单小六。我不相信那天夜里她是有意让"大春"出丑,就算是有意让"大春"出丑又怎样? 我在心里替她开脱,这时我也显得很卑鄙。这个染着恶俗的杏黄色脚趾甲的女人,她开垦了我心中那无边无际的黑暗的自由主义情愫,张扬起我渴望变成她那样的女人的充满罪恶感的梦想。十几年后我看伊丽莎白·泰勒主演的《埃及艳后》,当看到埃及妖后吩咐人用波斯地毯将半裸的她裹住扛到恺撒大帝面前时,我立刻想到了驸马胡同的西单小六,那个大美人,那个艳后一般的人物,被男男女女口头诅咒的人物。

在很长的时间里我都没把对西单小六的感想告诉我的表妹白大

省,我以为这是一个忌讳:当年是西单小六"夺"走了白大省为之昏过去的"大春"。再说,到了八十年代初期,三号院那五间大北房又回到了住门房的简先生手中,西单小六一家就搬走了。她已经消失在驸马胡同,我又有什么必要一定要对白大省提起西单小六呢。直到有一次,大约两年前,我和白大省在三里屯一个名叫"橡木桶"的酒吧里见到了西单小六。她不是去那儿消遣的,如今她是"橡木桶"的女老板。

那是一间竭力模仿异国格调的小酒吧,并且也弥漫着一股异国餐馆里常有的人体的膻气和肉桂、香叶、咖喱等调料相混杂的味道。酒吧看上去生意不错,烛光幽暗,顾客很多——大都是外国人。墙上挂着些兽皮、弓箭之类,吧台前有两个南美模样的女歌手正弹着西班牙吉他演唱《吻我,吉米》。我就在这时看见了西单小六。尽管二十多年不见,在如此幽暗的烛光下我还是一眼就把她认了出来。我为此一直藐视那些胡编乱造的故事,什么某某和某某十几年不见就完全不认识了并由此引出许多误会什么的,这怎么可能呢,反正我不会。我认出了西单小六,她有四十多岁了吧?可你实在不能用"人老珠黄"来形容她。她穿一条低领口的黑裙子,戴一副葵花形的钻石耳环;她的身材丰满却并不臃肿,她依旧美艳并对这美艳充满自信;她正冲着我们走过来,她的行走就像从前在驸马胡同一样,步态悠然,她的神情只比从前更多了几分见过世面的随和。她看上去活得滋润,也挺满足,虽然有点俗。我对白大省说,嗨,西单小六。这时西单小六也认出了我们,她走到我们跟前说,从前咱们做过邻居吧。她笑着,要侍者给我们拿来两杯"午夜狂欢"——属于她的赠送。她的笑有一种回味故里的亲切,不讨厌,也没有风尘感。我和白大省也对西单小六笑着,我们的笑里都没有恶意,我们对她能一下子认出从前胡同里的两个孩子感到惊异。我们只是不知道怎样称呼她,只好略过称呼,客气又不失真实地夸赞她的酒吧。她开心地领受这称赞,并扬扬手叫过了一个正在远处忙着什么的宽肩厚背的年轻人,那年轻人来到我们面前,西单小六介绍说这是她的先生。

那个晚上我和白大省在"橡木桶"过得很愉快。西单小六和她那位至少小她十岁的丈夫使我们感慨不已。我们感叹这个不败的女人,谜一样的不败的女人。白大省就在那个晚上告诉我,她从来就没有憎恨过西单小六。她让我猜猜她最崇拜的女人是谁,我猜不着,她说她最崇拜的女人是西单小六,从小她就崇拜西单小六。那时候她巴望自己能变成西单小六那样的女人,骄傲,貌美,让男人围着,想跟谁好就跟谁好。她常常站在梳妆镜前,学着西单小六的样子松散地编小辫,再三扯两扯扯出鬓边的几撮头发。然后她靠住里屋门框垂下眼皮愣那么一会儿,然后她离开门框再不得要领地扭着胯在屋里走上那么几圈。她看着镜子里的自己,亢奋而又鬼祟,自信而又气馁。她是多么想如此这般地跑出家门跑到街上,当然她从来就没有如此这般地跑出过家门跑到过街上,也从没有人见过她模仿西单小六的怪样,包括我。

那个晚上我望着走在我身边显得人高马大的白大省,我望着她的侧面,心想我其实并不了解这个人。

三

我的这位表妹白大省,她那长大之后仍然傻里傻气的纯洁和正派,常常让我觉得是这世道仅有的剩余。在中学和大学里她始终是好学生,念大三时她还当过校学生会的宣传部长。她天生乐于助人,热心社会活动,不惜为这些零零碎碎的活动耽误学习。我窃想也许她本来就不太喜欢学习本身。她念的是心理系,有时候她会在上课时溜回宿舍睡大觉,不过这倒也没有妨碍她顺利毕业。她毕了业,进了四星级的凯伦饭店,后来就一直固定在销售部。在那儿得卖房,单凭散客和旅行社的固定客户是不够的,得主动出击寻找客源。她的目标是京城的合资、独资企业以及外国公司的代表处,她须经常在这些企业的写字楼里乱窜,登门入室,向人家推销凯伦的客房,并许以一些优惠条件。凯伦的职员把这种业务形式统称为"扫楼"。听上去倒是有一种打击一大片的气势,扫视或者扫射吧,这可不是闹着玩儿的。我简直想不出白大省拿什么来作为她"扫楼"的公关资本,或者换个说法,白大省简直就没有什么赖以公关的优势。她相貌一般,一头粗硬的直短发,疏于打扮,爱穿男式衬衫。个子虽说不矮,但是腰长腿短,过于丰满的屁股还有点下坠,这使她走起路来就显得拙笨。可是她的"扫楼"成绩在她们销售部还是名列前茅的,凭什么呢白大省?难道她就是凭了由小带到大的那份"仁义"么?凭了她那从里到外的一股子莫名其妙的待人的真情?

我领教过白大省待人的真情。那年她念大二,到我们 B 城一所军事指挥学院参加封闭式的大学生军训。军训结束时,我给她打电话,让她先别回北京,在 B 城留两天,到我家来住。那时我刚结婚,幸福得不得了,我愿意让白大省看看我的新家,认识我对她说过一百遍的我的丈夫王永。白大省欣然答应,在电话里跟王永姐夫长姐夫短的好不亲热。我们迎她进门,给她做了一大堆好吃的。回想起小时候在驸马胡同南口买冰镇汽水的时光,我还特意买来了小肚,这曾经是我和白大省小时候最爱吃的东西。我的父母——白大省的姨父和姨妈也赶来我家和我们一起吃饭。大家异口同声地说军训使白大省黑了,也结实了。话题由此开始,白大省就对我们说起了她的军训时光。毫无疑问她是无限怀恋这军训的,她详细地向我们介绍她每天的活动,从早晨起床到晚上睡觉,背包怎么打,迷彩服怎么穿,部队小卖部都卖些什么,她们的排长人怎么怎么好,对她们多么严格,可是大家多么服他的气,那排长是山东人,有口音,可是一点儿也不土,你们不知道他是多么有人情味儿啊,别以为他就会"立正""稍息""向右转",就会个匍匐前进,就会打个枪什么的,那个排长啊,他会拉小提琴,会拉《梁祝》,噢,对了,还有指导员……

整整一顿饭,白大省沉浸在对军训的美妙回味中。她看不见眼前的饭菜,看不见我特意为她买来的小肚,看不见她的姨父姨妈,看不见她的姐夫王永,看不见我们明快、舒适的新家。除了军训、排长、指导员,她对一切都视而不见。此时此刻仿佛她身在何处、与谁在一起都是不重要的,哪怕你就是把她扔到街上,只要能允许她讲她的军训,她也会万分满足。到了晚上,白大省去卫生间洗澡时,我给她送进去一块浴巾,谁知这浴巾竟引得她把自己关在卫生间里哭了一声。我隔着门问她怎么啦怎么啦,她也不答话。一会儿,她红头涨脸、眼泪汪汪地出来了,她说我告诉你吧,我现在见不得绿颜色,什么绿颜色都能让我想起部队,想起解放军。话没说完,她把脸埋在那块绿浴巾里又哭起来,好像那就是她们排长的军服似的。

白大省这种不加克制的对几个军人的想念,实在叫人心烦,也使她看上去显得特别浑不知事。我不想再听她的军训故事,我也担心王永不喜欢我的这位表妹。第二天早饭后我提议和白大省上街转转,她还不知道 B 城什么样呢。白大省答应和我一起上街,可是紧接着她就问我附近有邮局么,她说她昨天夜里给排长他们写了几封信,她要先去邮局把信发出去。她说告别时她答应了他们一回去就写信的,她说要说话算数。我说可是你还没有回到北京啊,她说在当地发信他们不是收到得更快么——唉,这就是白大省的逻辑。幸亏不久以后驸马胡同发生了一系列变化,要不然她对亲人解放军的思念得持续到何年何月啊。

先是我们的姥姥去世了,姥姥去世前已经瘫痪了三年。姥姥一直跟着白大省的父母,也就是我的姨父和姨妈生活,可是因为姨父和姨妈八十年代初才从外地调回北京,所以姥姥和白大省在一起的时间最长。在我的记忆里,她指责、呲打白大省的时间也就最长。特别当她瘫痪之后,她就把指责白大省当成了她生活中一项重要的乐趣。她指责的内容二十多年如一日,无非是我从小就听惯的"笨"呀、"神不守舍"什么的,而这些时候,往往正是白大省壮工似的把姥姥从床上抱上抱下给她接屎接尿的时候。白大省的弟弟白大鸣从不伸手帮一帮白大省,可是姥姥偏袒他,几个舅舅每月寄给姥姥的零花钱,姥姥全转赠给了白大鸣。白大鸣什么时候往姥姥床前一栖乎,姥姥就从枕头底下掏钱。有一次我对白大省说,姥姥这人最大的问题就是偏心眼儿,看把白大鸣惯的,小少爷似的。再说了,他要真是小少爷,你不还是大小姐么。白大省立刻对我说,她愿意让姥姥护着白大鸣,因为白大鸣小时候得过那么多病。可怜的大鸣!白大省眼圈儿又红了,她说你想想,他生下来不长时间就得了百日咳;两岁的时候让一粒榆皮豆卡住嗓子差点憋死;三岁他就做了小肠疝气手术;五岁那年秋天他掉进院里那口干井摔得头破血流;七岁他得过脑膜炎;十岁他被同学撞倒在教室门口的台阶上磕掉了门牙……十一岁……十三岁……为什么这些倒霉事儿都让大鸣碰上了呢,为什么我一件都没碰上过呢,一想到这些我心里就一阵阵地疼,哎哟疼死我了……

白大省的这番诉说叫人觉得她一直在为自己是个健康人而感到内疚,一直在为她不像她的弟弟那么多灾多病而感到不好意思。我还有什么可说的呀,我再说下去几乎就成了挑拨他们姐弟的关系了,尽管我一百个看不上白大鸣。

姥姥死了,白大省哭得好几次都背过气去。我始终在猜想她哭的是什么呢,姥姥一生都没给过她好脸子,可留在她心中的,却是姥姥的一万个好。有一回她对我说,姥姥可是个见过大世面的老太太。那会儿,七十年代末,商店的化妆品柜台刚出现指甲油的时候,白大省买了一瓶,姥姥就说,你得配着洗甲水一块儿买,不然你怎么除掉指甲油呢?白大省这才明白,洗指甲和染指甲同样重要。她又去商店买洗甲水,售货员说什么洗甲水,没听说过。白大省对我说,哼,那时候她们连洗甲水都不知道,可是姥姥知道。你说姥姥是不是挺见过世面?我心说这算什么见过世面,可我到底没说,我不想扫白大省的兴。我只是觉得一个人要想得到白大省的佩服太容易了。

姥姥死后,姨妈的单位——市内一所重点中学又分给他们一套两居室的单元房,属于教师的安居工程。全家作了商量:姨父姨妈带着白大鸣搬去新居,驸马胡同的老房留给白大省。从今往后,白大省将是这儿的主人,她可以在这儿成家立业,结婚生子(或女),永远永远地住下去。在寸土寸金的北京西城商业区,这是招人羡慕的。白大省就在这时开始了她的第二场恋爱(如果十岁那次算是第一场的话)。那时她念大四,她的很多同学都知道她有两间自己的房子。有时候她请一些同学来驸马胡同聚会,有时候外地同学的亲戚朋友也会在驸马胡同借住。同班男生郭宏的母亲来北京治病,就在白大省这儿住了半个月。后来,郭宏就和白大省谈恋爱了。郭宏是大连的家,这人我见过,用白大省的话说,"长得特像陈道明或者陈道明的弟弟"。这人话不多,很机灵,凭直觉我就觉得他不爱白大省。可我怎么能说服白大省呢,那阵子她像着了魔似的。你只要想一想她怀念军训的那份激情,就能推断出在这样的一场恋爱里她的情感会有怎样的爆发力。

四

那时候白大省经常问我,要是你和一个男人结婚,你是选择一个你俩彼此相爱的呢,还是选择一个他爱你比你爱他更厉害的呢,还是选择一个你爱他比他爱你更厉害的呢?——当然,你肯定选择彼此相爱,你和王永就是彼此相爱。白大省替我回答。我问她会选什么样的,她说,也许我得选择我爱他比他爱我更……更……她没再往下说。但我从此知道,事情一开始她给自己制定的就是低标准,一个忘我的、为他人付出的、让人有点心酸的低标准。她仿佛早就有一种预感,这世上的男人对她的爱意永远也赶不上她对他们的痴情。问题是我还想接着残忍地问下去问我自己,这世上的男人又有谁对白大省有过真的爱意呢?郭宏和白大省交朋友是想确定了恋爱关系毕业后他就能留在北京。我早就看出了这一层,我提醒她说郭宏在北京可没家,她说我们结了婚他不就有家了么。

也许郭宏本是要与白大省结婚的,他们已经在一块儿过起了日子。白大省把伺候郭宏当成最大的乐事,她给他买烟,给他洗袜子,给他做饭,招一大帮同学在驸马胡同给他开生日 Party,让所有的人都知道他们的恋爱是认真的,是往结婚的路上走的那种。郭宏家的人来北京她是全陪,管吃管住还管掏钱买东西。她开始厚着脸皮跟家里多要钱,有一次为了给郭宏的小侄子买一只"沙皮狗",她居然背着姨父和姨妈卖了家里一台旧电扇。真是何苦呢。可是忽然间，就在临近毕业时，郭宏又结识了学校一个日本女留学生，打那儿以后郭宏就不到驸马胡同来了。他是想随了那日本学生到日本去的，郭宏一好友曾经透露。这是一个打定了主意要吃女人饭的男人，当他能够去日本的时候，为什么还要留在北京呢。用不着留在北京，他就不必和白大省结婚。

　　直到今天我还记得白大省向我哭诉这一切时的样子，她膀眉肿眼，多着头发，盘腿坐在她的大床上，咬着牙根（我刚发现白大省居然也会咬牙根）说我真想报复郭宏啊我真想报复他，让他留不成北京，让他回他们东北老家去！接着她便计划出一大串报复他的方式，照我看都是些幼稚可笑没有力量的把戏。说到激动之处她便打起嗝儿来，凄切而又嘹亮，像是历经了大的沧桑。可是，当我鼓动她无论如何也要出这口恶气时，她却不说话了。她把自己重重地往床上一砸，扯过一条被子，便是一场蒙头大睡。我看着眼前的这座"棉花山"，想着在有些时候，棉被的确是阻隔灾难的一件好东西，它能抵挡你的寒冷，模糊你的仇恨，缓解你的不安，掩盖你的哀伤。白大省在棉被的覆盖下昏睡了一天，当她醒来之后就再也不提报复郭宏的事了。遇我追问，她就说，唉，我要是有西单小六那两下子就好了，可我不是西单小六啊，问题是——我要真是西单小六也就不会有眼前这些事儿了。郭宏敢对西单小六这样么？他敢！这话说的，好像郭宏敢对她白大省这样反倒是应当应分的。

　　白大省就在失去郭宏的悲痛之中迎来了她的毕业分配，在凯伦饭店，她开始了人生的又一番风景。她工作积极，待人热诚，除了在西餐厅锻炼时（去餐厅锻炼是每个员工进店之后的必修课）长了两公斤肉，别处变化不大。她还是像个学生，没有沾染大酒店假礼貌下的尖刻和冷漠之气。偶尔受了同事的挤对，她要么听不出来，要么哈哈一笑也就过去了。她赢了个好人缘，连更衣室的值班大妈都夸她：别看咱们饭店净漂亮妞儿，我还就瞧着白大省顺眼。多咱见了我们都打招呼，大妈长大妈短，叫得人心里热乎乎的。不怕您笑话呀，现如今我儿媳妇叫我一声妈都费老劲了,哎,我说白大省,今儿个你干吗往衬衫领子下头围一块小绸巾呀,绸巾不是该往脖子上系的吗……更衣室大妈不拿白大省当外人,逮着她就跟她穷聊。

过了些时候,白大省开始了她的又一次恋爱。这一回,对方名叫关朋羽,凯伦饭店客房部的,比白大省小一岁,个子和白大省差不多。他俩是在饭店圣诞晚会的排练时熟起来的,关朋羽演唱美声的《长江之歌》,白大省的节目是民歌《回娘家》。这首《回娘家》白大省大学时就唱熟了。她还有一个优点就是不怯台,这跟在学生会做过宣传部长有关。只是在排练过程中她总是出一些小麻烦,比如当唱到"左手一只鸡,右手一只鸭,怀里还抱着一个胖娃娃"时,她理应先伸左手再伸右手,她却总是先伸右手后伸左手。麻烦虽不大,但让人看着别扭。那时坐在台下的关朋羽就悄悄地冲她打手势,提醒她"先左,先左"。白大省看见了关朋羽的手势,也听见了他的提醒,他的小动作使她心中涌起一种莫可名状的感动,也就像有了靠山有了仗势一样地踏实下来,她遵照关朋羽的指示伸对了手——"先左"。到了后来,再遇排练,还没唱到"左手一只鸡,右手一只鸭"时她就预先把眼光转向了台下的关朋羽,有点像暗示,又有点像撒娇。她暗示关朋羽别忘了对她的暗示:我可快要出错儿了呀,你可别忘了提醒我呀。到了伸手的关键时刻,她其实已经可以顺利地"先左"了,可她却还假装着犹豫,假装着不知道她的手该怎么伸。台下的关朋羽果真就急了,他腾地向她伸出了左手。白大省就喜欢看关朋羽着急的样子,那不是为别人着急,那是专为她白大省一人的着急。白大省乐不可支,她的"调情"技巧到此可说是达到了一个小高潮——也仅此而已,她再无别的花招。

关朋羽和郭宏不同,他是一种天生喜欢居家过日子的男人,注意女性时装,会织毛衣,能弹几下子钢琴,还会铺床。第一次随白大省到驸马胡同,他就向她施展了来自客房部的专业铺床和"开床"技术。他似乎从未厌烦过他平凡的本职工作,甚至还由此养成了一种职业性的嗜好:看见床就想铺它、"开"它。他吩咐白大省拿给他一套床单被单,他站在床脚双手攥住床单两角,哗啦啦地抖开,清洁的床单波浪一般在他果断的手势下起伏涌动,瞬时间就安静下来端正地舒展在床垫上。然后他替白大省把枕头拍松,请她在床边坐下,让她体味他的技术和劳动。他们——关朋羽和白大省,此刻就和床在一起,却谁也没有意识到他们能和这床发生点什么事情,叫人觉得铺床的人总是远离床的,就像盖房的人终归是远离房。白大省只从关朋羽脸上看到了一种劳动过后的天真和清静,没有欲望,也没有性。

他们还是来往了起来。饭店淘汰下一批家具,以十分便宜的价格卖给员工,三件套的织锦缎面沙发才一百二十块钱。白大省买了不少东西,从沙发、地毯、微波炉,到落地灯、小酒柜、写字台,关朋羽就帮她重新设计和布置房间。白大省想到关朋羽喜欢弹琴,还咬咬牙花五百块钱买了饭店一架旧钢琴(外带琴凳)。白大省向父母要钱或者偷着卖老电扇的时代过去了,她远不是富人,可她觉得自己也不算缺钱花。她在新布置好的房间里给关朋羽过了一次生日,这回她多了个心眼儿,不像给郭宏过生日那回请一堆人。这回她谁也没请,就她和关朋羽两个人。她从饭店西餐厅订了一个特大号的"黑森林"蛋糕,又买了一瓶价格适中的"长城干红"。那天晚上,他们吃蛋糕,喝酒,关朋羽还弹了一会儿琴。关朋羽弹琴的时候白大省就站在他身边看他的侧面。她离他很近,他的一只耳朵差不多快要蹭到她胸前的衣襟。他的耳朵红红的,像兔子。白大省后来告诉我,当时她很想冲那耳朵咬一口。关朋羽一直在弹琴,可是越弹越不知自己在弹什么。身边的一团热气阻塞了他的思维,他不知道是一直看着琴键,还是应该冲那团热气扭一下头,后来他还是冲白大省扭了一下头。当他扭头的时候,不知怎么的,他的头连同他那只红红的耳朵就轻倚在白大省的怀里了。这是一个让白大省没有防备的姿势,也许她是想双手搂住怀中这个脑袋的,可是她膝盖一软,却让自己的身子向下滑去,她跪在了地上。她的跪在地上的躯体和坐在琴凳上的关朋羽相比显得有点肉大身沉,尽管这样看上去她已经比他显得低矮。她冲他仰起头,一副要承接的样子。他也就冲她俯下身子,亲了亲她的嘴,又不着边际地在她身上抚摸了一阵。她双手勾住了他的不算粗壮的脖子,她是希望一切继续的,他应该把她抱起来或者压下去。可是他显然有点胆怯,他似乎没有抱起她的力气,也没有压住她的分量。很可能他已经后悔刚才他那致命的一扭头了。他好像是再也没事干了才决定要那么一扭头的,又仿佛正是这一扭头才让他明白眼前的白大省其实是如此巨大,巨大得叫他摆布不了。或者他也为自己的身高感到自卑,为自己的学历感到自卑? 白大省是大本文凭,他念的是旅游中专。也许这些原因都不是,关朋羽,他始终就没有确定自己是不是爱上了白大省。他终于从白大省的胳膊圈儿里钻了出来。他坐回到桌旁,白大省也坐回到桌旁,两个人看上去都很累。

忽然白大省说,要是咱俩过日子,换煤气罐这类的事肯定是我的。

关朋羽就说,要是咱俩过日子,换灯泡这类的事肯定是我的。

白大省说,要是咱俩过日子,我什么都不让你干。

关朋羽就说,你真善良,我早看出来了。

他说的是真话,他明白并不是每个男人都能碰见这份善良的。就为了他早就发现的白大省这份赤裸裸的善良,他又亲了她一次。然后他们平静、愉快地告了别。

他们还没有谈到结婚,不过两人都是心照不宣的样子。销售部的同事问起白大省,她只是笑而不答。白大省到底积累了点经验,她忍耐住了她自以为的幸福。要是我们的另一位表妹小玢不来北京,我判断关朋羽会和白大省结婚的。可是小玢来了。

小玢是我们舅舅的女儿,家住太原。一连三年没考上大学,便打定主意到北京来闯天下。她的理想是当一名时装设计师,为此她选择了北京一家没有文凭、不管食宿、也不负责分配的服装学校。她花钱上了这学校,并来到驸马胡同要求和白大省同住。她理直气壮,不由分说。

五

　　小玢没来过北京，她却到哪儿也不憷，与人交往，天生的自来熟。她先是毫不忸怩地把驸马胡同当成了自己的家，她打开白大省的衣橱，刷拉拉地把白大省挂在衣杆上的衣服"赶"到一边，然后把自己带来的"时装"一挂一大片。她又打量了一阵写字台，把白大省戳在桌面上的几个小镜框往桌角一推，接着不同角度地摆上了几只嵌有自己玉照的镜框；其中一帧二十四寸大彩照，属于影楼艺术摄影那种格调的，她将它悬在了迎门，让所有人一进白大省家，先看见墙上被柔光笼罩的小玢在作妩媚之笑。最后她考虑到床的问题，她看看里屋唯一一张大床，对白大省说她睡觉有个毛病，爱睡"大"字，床窄了她就得掉下去。她要求白大省把大床让给她，自己再另支折叠床。白大省没有折叠床，只好到家具店现买了一张。剩下吃饭的问题，小玢也自有安排：早饭自己解决；晚饭谁早回来谁做（小玢永远比白大省回家晚）；中饭呢，小玢说她要到凯伦饭店和白大省一块儿吃，她说她知道白大省她们的午饭是免费的。白大省对此有些为难，毕竟小玢不是饭店的员工，这是个影响问题。小玢开导白大省说，咱们不要双份，咱俩合吃你那一份就行，难道你不觉得你该减肥了么，再不减肥，以后我给你设计服装都没灵感了。白大省看看自己的不算太胖、可也说不上婀娜的身材，一刹那还想起了比她文弱许多的关朋羽，就对小玢作了让步。女为悦己者瘦啊，白大省要减肥，小玢的中饭就固定在了凯伦饭店。说是与白大省合吃，实际每顿饭她都要吃去一多半，饿得白大省钉不到下午下班就得在办公室吃饼干。

　　凯伦饭店的中饭开阔了小玢的视野，她认识了白大省所有的同事，抄录下他们所有的电话、BP机号码。到了后来，她跟他们混得比白大省跟他们还熟。她背着白大省去饭店美容厅剪头发做美容（当然是免费）；让客房部的哥儿们给她干洗毛衣大衣；销售部白大省一个男同事，自己有一辆"富康"轿车的，居然每天早上开车到驸马胡同接小玢,然后送她去服装学校上学,说是顺路。这样,小玢又省出了一笔乘坐中巴的钱。她心安理得地享受着这些方便,当然她也知道感谢那些给她提供方便的人。她的习惯性感谢动作是拍拍他们的大腿,之后再加上这么一句:"你真逗!"男人被她拍得心惊肉跳的,"你真逗"这个含意不清的句子也使他们乐于回味,可他们又决不敢对她怎么样。动不动就拍男人大腿本是个没教养的举动,可是发生在小玢身上就不能简单地用没教养来概括。她那一米五五的娇小身材,她那颗剪着"伤寒式"短发的小脑袋瓜,她那双纤细而又有力的小手,都给人一种介乎于女人和孩子之间的感觉,粗鲁而又娇蛮,用意深长而又不谙世事。她人小心大,旋风一般刮进了驸马胡同,她把白大省的生活搅得翻天覆地,最后她又从白大省手中夺走了关朋羽。

那是一个下午,白大省和福特公司的客户在民族饭店见面之后没再回到班上,就近回了驸马胡同。这次见面是顺利的,那位客户,一个歇顶的红脸美国老头已经答应和凯伦签合同,他们代表处将在凯伦饭店包租一年客房。这也意味着白大省可以从租金中得到千分之二的回扣。白大省这天的确用不着再回班上了,白大省实在应该回家好好庆祝庆祝。她回家开了门,看见小玢和关朋羽躺在她的大床上。

不能用鬼混来形容小玢和关朋羽,真要是鬼混,事情倒还有其他的一些可能。问题是小玢不想和关朋羽鬼混,关朋羽也觉得他应该娶的原来是小玢。这样,本来可能是白大省丈夫的关朋羽,没出两个月就变成了白大省的表妹夫。

想来想去,白大省不像恨郭宏那样恨关朋羽,让她感到揪心疼痛的是,她和关朋羽交往一年多了都没打过床的主意,可关朋羽和小玢没见过几次面就上了床。那是她的床啊,她白大省的床!

小玢搬出了驸马胡同,一句道歉的话也没跟白大省说,只给她留下一件她亲自为遮掩白大省那下坠的臀部而设计制作的一件圆摆衬衫,还忘了锁扣眼儿。倒是关朋羽觉得有些对不住白大省,有一天他跟小玢要了驸马胡同的钥匙——还没来得及还给白大省的钥匙,趁白大省上班,他找人拉走了白大省的旧床,又给白大省买来一张新双人床,还附带买了床罩、枕套什么的。他认真为她铺好床,认真到比铺他和小玢的婚床更多一百分的小心。他不让床单上有一道褶痕,不让床裙上有一粒微尘。接着他又为她开了床,就像他在饭店客房里每天都做的那样,拍松枕头,把罩好被单的薄毯沿枕边规矩地掀起一角,再往掀起的被角上放一枝淡黄色的康乃馨。就像要让白大省忘却在这个位置上发生的所有不快,又像是在祝福白大省开始崭新的日子。

白大省下班回来看见了新床和床上的一切,那是关朋羽技术和心意的结合,是他这样一个男人向她道歉的独特方式。白大省坐在折叠床上遥望这新大床一阵阵悲伤,因为她怀念的其实正是关朋羽让人搬走的那张旧床,那张深深伤害了她的旧床。倘若她能重返旧床,哪怕夜夜只她单独一人,至少她也能体味关朋羽曾经在过这床上的那一部分——就算不是和她。另一部分,小玢占据的那一部分她甚至可以遮起来不想。在旧床上她的心和身体都会感到痛的,可那是抓得住的一种伤痛,纵然痛,也是和他在一起的。眼前的新床又算什么呢,一堆没有来历的木头罢了。

关朋羽的新床带给驸马胡同的是更多的凄清。好比一个男人,早就打定了主意要背离爱他的女人,告别之前却非要给这女人擦一遍桌子,拖一拖地板,扶正墙上的一个镜框,再把漏水的龙头修上一修。这本是世上最残忍的一种殷勤,女人要么在这样的殷勤里绝望,要么从这样的殷勤里猛醒。

我的表妹白大省,她似乎有点绝望,却还谈不上就此猛醒,她只是久久不在那新床上睡觉就是了。第一次睡她那新大床的是我。那次我来北京参加一个少儿读物研讨会,有天晚上住在了驸马胡同。我躺在白大省的新床上,她躺在那张折叠床上,脸朝天花板跟我讲着小玢和关朋羽。她说小玢和关朋羽结婚后就不念那个服装学校了,两人也没房,就和关朋羽的父母一起住。他家住在一幢旧单元楼的一楼,辟出一间临街开了个门,小玢开起了成衣店,生意还挺不错。

白大省说他们结婚时她没去,她是想一辈子不搭理他们的,那时候天天下班回家就发誓。白大鸣为了支持白大省,自己先作了姿态,他也不与他们来往。可也不知怎么的,临近婚礼时白大省还是给他们买了礼物,一台消毒碗柜,托客房部的人转给了关朋羽。白大省说关朋羽又托客房部的人给她送了一袋喜糖。她说你猜我把那喜糖放哪儿去了,我说你肯定没吃。她指指房顶说我告诉你吧,让我站在院里都给扔到房上去了。

我闭眼想着我们头上那滋生着干草的灰瓦屋顶,屋顶依旧,只是女猫妞妞和男猫小熊早已不在了,不然那喜糖定会引起它们的一阵欢腾。最后白大省又埋怨起自己,她说全怪她警惕性不高啊,一不留神啊……我说这和留神不留神有什么关系,白大省说那究竟和什么有关系呢。

我没法回答白大省的问题,我于是请她看电影。那次我们看了一个没有公演的美国电影《完美的世界》,研讨会上发的票。看电影时我们都哭了,虽然克制但还是泪流满面。我们尽量默不做声,我们都长大了,不像从前看《卖花姑娘》的时候那么抽抽搭搭的。白大省偶尔还打一个嗝儿,憋成很细小的声音,只有我这么亲近的人才能觉察出她是在打嗝儿。《完美的世界》,那个罪犯和充当人质的孩子之间从恐惧憎恨到相亲相近的故事使白大省激动不已,仅在销售部,她就把这部电影给同事讲了四遍。我回 B 城后还接到过她一个长途电话,她说她从来没有像看了《完美的世界》以后那样热爱孩子,她第一次有点从心里羡慕我的职业了,她问我有没有可能托关系把她调到一个儿童出版社,她已经开始考虑改行了。我劝她说别神神经经的,出版社的活儿也不是那么好干。白大省后来没再坚持改行,她不是听了我的劝,那是因为,她仿佛又开始恋爱了。

六

白大省认识夏欣是在驸马胡同,夏欣骑车拐弯时撞了正在走路的白大省。撞得也不重，小腿擦破了一点儿皮，夏欣一个劲儿向白大省道歉，还从衣兜里掏出一片创可贴，非要亲手按在白大省小腿上不可。后来白大省听夏欣说，那天他是去三号院看房的，三号院的简先生要把他那间八平米的门房租出去。本来夏欣有意要租，希望简先生在租金上作些让步，但简先生分毫不让，他也就放弃了。

夏欣认为自己是一个才华横溢的人，只是生不逢时，社会上的好机会都让别人占了去。他毕业于一所社会大学，多年来光跟人合伙办公司就办过八九个，开过彩扩店，还倒腾过青霉素。样样都没长性，干什么也没赚了钱，跟父母的关系又不好，索性想从家里搬出来。他让白大省帮他物色价格合理的房，他说他简直一天也不想再看见他父母的脸。白大省给夏欣提供了几则租房信息，有两次她还陪他一道去看房。看完了房，夏欣要请白大省吃饭，白大省说还是我请你吧，以后你发了财再请我。

白大省把夏欣领进了驸马胡同，从此夏欣就隔长补短地在白大省那儿吃饭。他吃着饭，对她说着他的一些计划，做生意的计划，发财的计划，拉上两个同学到与北京相邻的某省某县开化工厂的计划……他的计划时有变化，白大省却深信不疑。比方说到开化工厂缺资金，白大省甚至愿意从自己的积蓄里拿出一万块钱借给夏欣凑个数。后来夏欣没要白大省的钱，因为他忽然又不想开化工厂了。

我非常反感白大省和夏欣的交往，我不喜欢一个大老爷们儿坐在一个无辜的女人家里白吃白喝外加穷"白活"。我对白大省说夏欣可不值得你这么耽误工夫，白大省说我不如她了解夏欣，说看看夏欣现在一无所有，她看中的就是夏欣的才气。噢，夏欣居然有才气，还竟然已被白大省"看中"。我让白大省将夏欣的才气举出一两例，她想了想说，他反应特快，会徒手抓苍蝇。我向她说，你俩现在究竟是一种什么关系呢？她说还谈不上什么关系，夏欣人很正派，有天晚上他们聊天聊到半夜，夏欣就没走，白大省在里屋睡大床，夏欣在外屋睡折叠床，两人一夜相安无事。

这样的相安无事，可以说洁如水晶，又仿佛是半死不活。是一男一女至纯的友谊呢,还是更像两个男人的哥儿们义气? 白大省也许终生都不会涉足这样的分析。她渴望的,只是得到她看中的男人的爱。夏欣无疑被她看中了,她却怎么也拿不准他那一方的态度。有了郭宏和关朋羽的教训,加上我对她的毫不掩饰的警告,她是要收敛一下自己的,很可能她也假模假式地伪装过矜持。她告诫过自己吧:要慢一点慢慢的斯斯文文的;她指点过自己吧:要沉稳千万别显出焦急;她也打算像个会招引人的女人那样修饰自己吧:小玢的娇蛮、西单小六的风骚,都来上那么一点儿……可惜的是,理论与实践的结合总是不妥帖的时候居多。当她想慢下来的时候她却比从前更快;当她打算表演沉稳的时候她却比从前更抓耳挠腮;当她描眉打鬓、涂脂抹粉时,她在镜子里看见的是一个比平常的自己难看一千倍的自己。她冲着镜子"温柔"地一笑,类似这样的"温柔"并非白大省与生俱来,它就显得突兀而又夸张,于是白大省自己先就被这突兀的温柔给吓着了。

转眼之间,白大省和夏欣已经认识了大半年,就像从前对待郭宏和关朋羽一样,她又在驸马胡同给夏欣过了一次生日。白大省这人是多么容易忘却,又显得有点死心眼儿。谁也弄不清她为什么老是用这同一种方式企图深化她和男性的关系。这次和前两次一样,是她要求给夏欣过生日,夏欣是一个答应的角色,他答应了,还史无前例地对她说了一声:"你真好。""你真好"使白大省预感到当晚的一切将至关重要,她暗中给自己设计了一个从容、懂事、不卑不亢的形象,可事到临头,她却比以往更加手忙脚乱并且喧宾夺主。没准儿正是"你真好"那三个字乱了她的手脚。那是一个星期六,她几乎花了一整天给自己选择当晚要穿的衣服。她翻箱倒柜,对比搭配。穿新的她觉得太做作;穿旧的又觉得提不起精神;穿素了怕夏欣看她老气;穿艳了又唯恐降低品位。她在衣服堆里择来择去,她摔摔打打,自己跟自己赌气。最后她痛下决心还是得出去现买。燕莎、赛特都太远无论如何去不成,最近的就是西单。她去了西单商场,选中一件黑红点儿的套头毛衣才算定住了神。她觉得这毛衣稳而不呆,闹中有静,无论是黑是红,均属打不倒的颜色。哪知回家对着镜子一穿,怎么看自己怎么像一只"花花轿"。眼看着夏欣就要驾到了,饭桌还空着呢。她脱了毛衣赶紧去开冰箱拿蛋糕,拿她头天就烹制好的素什锦,结果又撞翻了盛素什锦的饭盒,盒子扣在脚面上,脏污了她的布面新拖鞋。她这是怎么了,她想干什么?疯了似的。

好不容易餐桌上的那一套就了绪,她才发现原来自己一直带着个胸罩在屋里乱跑。她就顺便低头看了一眼自己的胸,她总是为自己的胸部长成这样而有些难为情。不能用大或者小来形容白大省的乳房,她的乳房是轮廓模糊的那么两摊,有点拾掇不起来的样子。猛一看胸部也有起伏,再细看又仿佛什么都没有。这使她不忍细看自己,她于是又重返她那乱七八糟的衣服堆,扯出一件宽松的运动衫套在了身上。

那个晚上夏欣吃了很多蛋糕,白大省喝了很多酒。气氛本来很好,可是,喝了很多酒的白大省,她忽然打乱自己那"沉着、矜持"之预想,她忽然不甘心就维持这样的一个好气氛了。她的焦虑,她的累,她的没有着落的期盼,她的热望,她那从十岁就开始了的想要被认可的心愿,宛若噼里啪啦冒着火花的爆竹,霎时间就带着响声、带着光亮释放了出来。她开始要求夏欣说话,她使的招数简陋而又直白,有点强迫的意思。仿佛过生日的回报必是夏欣的表态,而且刻不容缓。她就没有想到,这么一来,他人并不曾受损,而她自己却已再无退路。

说点什么吧,白大省对夏欣说,总得说点什么。夏欣就说,我有一种预感,我预感到你可能是我这一生中最想感谢的人。白大省追问道:还有呢?夏欣就说,真的我特感谢你。他的话说得诚恳,可不知怎么总透着点儿不吉利。白大省穷追不舍地又发问道:除了感谢你就没有别的话要说了么?夏欣愣了一会儿说,本来他不想在生日这天说太多别的,可是他早就明白白大省想要听见的是什么。本来他也想对他们的关系作个展望什么的,不是今天,可能是明天、后天……可是他又预感到今天不说就过不去今天,那么他也就顾不了许多了干脆就说了吧。这时他一反吞吐之态,开始滔滔不绝。他说他和白大省的关系不可能再有别的发展,有一件事给他留下的印象太深刻了:那天他来这儿吃晚饭,白大省烧着油锅接一个电话,那边油锅冒了烟她这边还慢条斯理地进行她的电话聊天;那边油锅着了她仍然放不下电话,结果厨房的墙熏黑了一大片,房顶也差点着了火。夏欣说他不明白为什么白大省不能告诉对方她正烧着油锅呢,本来那也不是什么重要的电话。她也可以先把煤气灶闭掉再和电话里的人聊天。可是她偏不,她偏要既烧着油锅又接着电话。夏欣说这样一种生活态度使他感觉很不舒服……白大省打断他说油锅着火那只不过是她的一时疏忽和生活态度有什么关系啊。夏欣说好吧就算这是一时的疏忽,可我偏就受不了这样的疏忽。还有,他接着说,白大省刚跟他认识没多久就要借给他一万块钱开化工厂,万一他要是个坏人呢是想骗她的钱呢? 为什么她会对出现在眼前的陌生男人这样轻信他实在不明白……

夏欣的话匣一开竟难以止住,他历数的事实都是事实,他的感觉虽然苛刻却又没错儿。他,一个连稳定的工作都没有的男人,一个连养活自己都还费点劲的男人,一个坐在白大省家中,理直气壮地享用她提供的生日蛋糕的男人,在白大省面前居然也能指手画脚,挑鼻子挑眼。那可怜的白大省竟还执迷不悟地说:我可以改啊我可以改!

他们到底无法谈到婚姻。夏欣在这个生日之后就离开了白大省。白大省哭着,心里一急,便冲着他的背影说,你就走吧,本来我还想告诉你,驸马胡同快要拆迁了,我这两间旧房,至少能换一套三居室的单元,三居室! 夏欣没有回头,聪明的男人不会在这时候回头。白大省心里更急了,便又冲着他的背影说,你就走吧,你再也找不到像我这么好的人了! 你听见了没有? 你再也找不到像我这么好的人了! 听了这话,夏欣回头了,他回过身来对白大省说:"其实我怕的也是这个,很可能再也找不到了。"这是一句真话,不过他还是走了。白大省这叫卖自己一般的挽留只加快了夏欣的离开。他不欠她什么,既不属于说了买又不买的顾客,也不属于白拿东西不给钱的顾客,他连她的手都没碰过。

很长一段时间，白大省既不收拾饭桌也不收拾床，她和夏欣吃剩的蛋糕就那么长着霉斑摆在桌上，旁边是两只油渍麻花的脏酒杯。夏欣生日那天她翻腾出来的那些衣服也都在里屋她的床上乱糟糟地摊着，晚上下班回来她就把自己陷在衣服堆里昏睡。有一天白大鸣来驸马胡同找白大省，进门就嚷起来："姐，你怎么啦?"

七

白大鸣对白大省当时的精神状态感到吃惊，可他并无太多的担心。他了解他的姐姐白大省，他知道他这位姐姐不会有什么真想不开的事。白大省当时的精神只给白大鸣想要开口的事情增设了一点儿小障碍，他本是为了驸马胡同拆迁的事而来。

白大鸣已经先于白大省结了婚，女方咪咪在一所幼儿师范教音乐，白大省是两人的介绍人。白大鸣结婚后没从家里搬出去，他和咪咪的单位都没有分房的希望，两人便打定主意住在家里，咪咪也努力和公婆搞好关系。虽然这样的居住格局使咪咪觉出了许多不自如，可现实就是这样的现实，她只好把账细算一下：以后有了孩子，孩子顺理成章得归退休的婆婆来带，她和白大鸣下班回家连饭也用不着做，想来想去还是划算的，也不能叫作自我安慰。要是没有驸马胡同拆迁的信息，白大鸣和咪咪就会在家中久住下去，咪咪已经摸索出了一套与公婆相处的经验和技巧。偏在这时驸马胡同面临着拆迁，而且信息确凿。白大省已经得到通知，像她这样的住房面积能在四环以内分到一套煤气、暖气俱全的三居室单元。一时间驸马胡同乱了，哀婉和叹息、兴奋和焦躁弥漫着所有的院落。大多数人不愿挪动，不愿离开这守了一辈子的北京城的黄金地段。九号院牙都掉光了的赵奶奶对白大省说，当了一辈子北京人，老了老了倒要把我从北京弄出去了。白大省说四环也是北京啊赵奶奶，赵奶奶说，顺义还是北京呢!

三号院的简先生也是逢人就说，人家跟我讲好了，我们家能分到一梯一户的四室两厅单元房,楼层还由着我们挑。可我院里这树呢,我的丁香树我的海棠树,我要问问他们能不能给我种到楼上去!简先生摇晃着他那一脑袋花白头发,小资本家的性子又使出来了。

白大省对驸马胡同深有感情,可她不像赵奶奶、简先生他们,她打定主意不拆迁工作出一点儿难题。新的生活、敞亮的居室、现代化的卫生设备对白大省来说,比地理方位显得更重要。况且她在那时的确还想到了夏欣,想到他四处租房,和房东讨价还价的那种可怜样儿,白大省在心中不知说了多少遍呢:和我结婚吧,我现在就有房,我将来还会有更好的房!

驸马胡同的拆迁也牵动了白大鸣和咪咪的心,准确地说,最先反应过来的是咪咪。有天晚上她翻来覆去睡不着觉,就把白大鸣也叫醒说,早知道驸马胡同会这样,不如结婚时就和白大省调换一下了,让白大省搬回娘家住,她和白大鸣去住驸马胡同。这样,拆迁之后的三居室新单元自然而然便归了他们。白大鸣说现在说什么也晚了,再说咱们这样不也挺好吗?咪咪说好与不好,也由不得你说了算。敢情你是你爸妈的儿子,我可怎么说也是你们家的外人。你觉着这么住着好,你知道我费了多少心思和技巧?一家人过日子老觉着得使技巧,这本身就让人累。我就老觉着累。我做梦都想和你搬出去单过,住咱们自己的房子,按咱们自己的想法设计、布置。白大鸣说那你打算怎么办呀,咪咪说这事先不用和爸妈商量,先去找白大省说通,再返回来告诉爸妈。就算他们会犹豫一下,可他们怎么也不应该反对女儿回家住。白大鸣打断咪咪说,我可不能这么对待我姐,她都三十多岁了,老也没谈成合适的对象,咱们不能再让她舍弃一个自己的独立空间啊。咪咪说,对呀,你姐一个人还需要独立空间呢,咱们两个人不更需要独立空间么。再说,她老是那么一个人待着也挺孤独,如果搬回来和爸妈住,互相也有个照应。白大鸣被咪咪说动了心,和咪咪商量一块儿去找白大省。咪咪说,这事儿我不能出面,你得单独去说。你们姐弟俩说深了说浅了彼此都能担待,我要在场就不方便了。白大鸣觉得咪咪的话也对,但他仍然劝咪咪仔细想想再作决定。咪咪坚决不同意,她说这事儿不能慎着,得赶快。她那急迫的样子,恨不得把白大鸣从床上揪起来半夜就去找白大省。又耗了几天,白大鸣在咪咪的再三催促下去了驸马胡同。

白大鸣坐在白大省一塌糊涂的床边,屁股底下正压着她那团黑红点点的毛衣。他知道他的姐姐遭了不幸,他给她倒了一杯水。白大省喝了水,按捺不住地对白大鸣说起了夏欣。她说着,哭着,眼泪像断了线的珠子,白大鸣看着心里很难过。他想起了姐姐对他几十年如一日的疼爱,想起小时候有一次他往院子里扔了一个香蕉皮,姥姥踩上去滑了一跤,吓得他一着急,就说香蕉皮是白大省扔的。姥姥骂了白大省一整天,还让白大省花了一个晚上写了一篇检讨书。白大省一直默认着自己这个"过失",没有揭穿也没有记恨过白大鸣对她的"诬陷"。白大鸣想着小时候的一切,实在不知道怎么把换房的事说出口。后来还是白大省提醒了他,她说大鸣你是不是有什么事来找我?

白大鸣一狠心,就把想和白大省换房的事全盘托出。白大省果然很不高兴,她说这肯定是咪咪的主意,一听就是咪咪的主意,咪咪天生就是个出这种主意的人。她说她早就后悔当初把咪咪介绍给白大鸣,让咪咪变成了她们白家的人。她质问白大鸣,问他为什么与咪咪合伙欺负她——难道没看见她现在的样子吗,还是假装不知道她从前的那些不如意。她说大鸣你真可恶真没良心你真气死我了你是不是以为我这人从来就不会生气呀你!她说你要是这么想你可就大错特错了现在我就告诉你我会生气我特会生气我气性大着呢,现在你就回家去把咪咪给我叫来,我倒要看看她当着我的面敢不敢再重复一遍你俩合伙捏鼓出的馊主意!

白大省的语调由低到高,她前所未有地慷慨激昂滔滔不绝,她就像换了一个人似的言词尖刻忘乎所以。她不知道什么时候白大鸣已经悄悄地走了,当她发现白大鸣不见之后,才慢慢使自己安静下来。白大鸣的悄然离去使白大省一阵阵地心惊肉跳,有那么一会儿她觉得他不仅从驸马胡同消失了,他甚至可能从地球上消失了。可他究竟犯了什么错误呢她的亲弟弟！他生下来不长时间就得了百日咳；两岁的时候让一粒榆皮豆卡住嗓子差点憋死；三岁他就做了小肠疝气手术；五岁那年秋天他掉进院里那口干井摔得头破血流；七岁他得过脑膜炎；十岁他摔在教室门口的台阶上磕掉了门牙……可怜的大鸣！为什么这些倒霉事儿都让他碰上了呢，从来没碰上过这些倒霉事儿的白大省为什么就不能让她无比疼爱的弟弟住上自己乐意住的新房呢。白大省越想越觉得自己对不住白大鸣，她是在欺负他是在往绝路上逼他。她必须立刻出去找他，找到他告诉他换房的事不算什么大事，她愿意换给他们，她愿意搬回家去与父母同住……

她在白大鸣的单位找到了白大鸣，宣布了她的决定。想到数落咪咪的那些话她也觉得不好意思，就又给咪咪打电话，重复了一遍她愿意和他们换房的决定。她好言好语，柔声细气，把本来是他们求她的事，一下子变成了她在央告他们，甚至他们答复起来若稍有犹豫，她心里都会久久地不安。

她献出了自己的房子，驸马胡同拆迁之日，也就是她回到父母身边之时。这念头本该伴随着阵阵凄楚的，白大省心中却常常升起一股莫名的柔情。每天每天，她走在胡同里都能想起很多往事，从小到大，在这里发生的她和一些"男朋友"的故事。她很想在这胡同消失之前好好清静那么一阵，谁也不见，就她一个人和这两间旧房。谁敲门她也不理，下班回家她连灯也不开，她悄悄地摸黑进门，进了门摸黑做一切该做的事，让所有的人都认为屋里其实没人。有一天，当她又打着这样的主意走到家门口时，一个男人怀抱着一个孩子正站在门口等她。是郭宏。

郭宏打碎了白大省谁也不见的预想，他已经看见了她，她又怎么能假装屋里没人？她把他让进了门，还从冰箱里给他拿了一听饮料。

这么多年白大省一直没有见过郭宏，但是她知道他的情况。他没去成日本，因为那个日本女生忽然改变主意不和他结婚了。可他也没回大连，他决意要在北京立足。后来，工作和老婆他都在北京找到了，他在一家美容杂志社谋到了编辑的职务，结婚几年之后，老婆为他生了一个女儿。郭宏的老婆是一家翻译公司的翻译,生了女儿之后不久,有个机会随一个企业考察团去英国,她便一去不复返了,连孩子也扔给了郭宏。这梦一样的一场婚姻,使郭宏常常觉得不真实。如果没有怀里这活生生的女儿,郭宏也许还可以干脆假装这婚姻就是大梦一场,一切都可以重新开始,作为一个男人他还算不上太老。可女儿就在怀里,她两岁不到,已经认识她的父亲,她吃喝拉撒处处要人管,她是个活人不是梦。

此时此刻郭宏坐在白大省的沙发上喝着饮料,让半睡的女儿就躺在他的身边。他对白大省说,你都看见了,我的现状。白大省说,我都看见了,你的现状。郭宏说我知道你还是一个人呢。白大省说那又怎么样。郭宏说我要和你结婚,而且你不能拒绝我,我知道你也不会拒绝我。说完他就跪在了白大省眼前,有点像恳求,又有点像威胁。

这是千载难逢的一个场面,一个仪表堂堂的大男人就跪在你的面前求你。渴望结婚多年了的白大省可以把自己想象成骄傲的公主,有那么一瞬间,她心中也真的闪过一丝丝小的得意,一丝丝小的得胜,一丝丝小的快慰,一丝丝小的眩晕。纵然郭宏这"跪"中除却结婚的渴望还混杂着难以言说的诸多成分,那也足够白大省陶醉一阵。从没有男人这样待她,这样的被对待也恐怕是她一生所能碰到的绝无仅有的一回。一时间她有点糊涂,有点思路不清。她低头看着跪在地上的郭宏,她闻见了他头发的气味,当他们是大学同学时她就熟悉的那么一种气味。这气味使此刻的一切显得既近切又遥远,她无法马上作答,只一个劲儿地问着:为什么呢这是为什么?

跪着的郭宏扬起头对白大省说,就因为你宽厚善良,就因为你纯、你好。从前我没见过、今后也不可能再遇见你这样一种人了你明白么。

白大省点着头忽然一阵阵心酸。也许她是存心要在这眩晕的时刻,听见一个男人向她诉说她是一个多么美丽的女人,多么难以让他忘怀的女人,就像很多男性对西单小六、对小玢、对白大省四周很多女孩子表述过的那样，就像我的丈夫王永将我小心地拥在怀中，贪婪地亲着我的后脖颈向我表述过的那样。可是这跪着的男人没对白大省这么说，而她终于又听见了几乎所有认识她的男人都对她说过的话，那便是他们的心目中的她。就为了这个她不快活，一种遭受了不公平待遇的情绪尖锐地刺伤着她的心。她带着怨怼，带着绝望，带着启发诱导对跪着的男人说，就这些么！你就不能说我点别的么你！

跪着的男人说，我说出来的都是我真心想说的啊，你实在是一个好人……我生活了这么些年好不容易才悟透这一点……白大省打断他说，可是你不明白，我现在成为的这种"好人"从来就不是我想成为的那种人！

跪着的男人仍然跪着，他只是显得有些困惑。于是白大省又说，你怎么还不明白呀，我现在成为的这种"好人"根本就不是我想成为的那种人！

跪着的男人说，你说什么笑话呀白大省，难道你以为你还能变成另外一种人么？你不可能，你永远也不可能。

永远有多远？！白大省叫喊起来。

我坐在"世都"二楼的咖啡厅等来了我的表妹白大省。我为她要了一杯冰可可，我说，我知道你还想跟我继续讨论郭宏的事，实话跟你说吧这事儿很没意思，你别再犹豫了你不能跟他结婚。白大省说，约你见面真是想再跟你说说郭宏，可你以为我还像从前那么傻吗？哼，我才没那么傻呢，我再也不会那么傻了。噢，他想不要我了就把我一脚踢开，转了一大圈，最后怀抱着一个跟别人生的孩子又回到我这儿来了，没门儿！就算他给我跪下了，那也没门儿！

我惊奇白大省的"觉悟"，生怕她心一软再变卦，就又加把劲儿说，我知道你不傻，人都会慢慢成熟的。本来事情也不那么简单，别说你不同意，就是你同意，姨父姨妈那边怎么交代？再说，你把自己的房都给了大鸣，就算你真和郭宏结婚，姨父姨妈能让你们——再加上那个孩子在家里住？白大省说，别说我们家不让住，郭宏他们一直住他大姨子的房,他大姨子现在都不让他们爷儿俩住。所以,我才不搭理他呢。我说,关键是他不值得你搭理。白大省说,这种人我一辈子也不想再搭理。我说,你的一辈子还长着呢。白大省说,所以我要变一个人。她说着,咕咚咕咚将冰可可一饮而尽,让我陪她去买化妆品。她说她要换牌子了,从前一直用"欧珀莱",她想换成"CD"或者"倩碧",可是价格太贵,没准儿她一狠心,从今往后只用婴儿奶液,大影星索菲娅·罗兰不是声称她只用婴儿奶液么。

我和白大省把"世都"的每一层都转了个遍,在女装部,她一反常态地总是揪住那些很不适合她的衣服不放:大花的,或者透得厉害的,或者弹力紧身的。我不断地制止她,可她却显得固执而又急躁,不仅不听劝,还和我吵。我也和她吵起来,我说你看上的这些衣服我一件也看不上。白大省说为什么我看上的你偏要看不上?我说因为你穿着不得体。白大省说怎么不得体难道我连自己做主买一件衣服的权利也没有啊。我说可是你得记住,这类衣服对你永远也不合适。白大省说什么叫永远也不合适什么叫永远?你说说什么叫永远?永远到底有多远!

我就在这时闭了嘴,因为我有一种预感,我预感到一切并不像我以为的那么简单。果然,第二天中午我就接到白大省一个电话,她告诉我她是在办公室打电话,现在办公室正好没人。她让我猜她昨晚回家之后在沙发缝里发现了什么?她说她在沙发缝里发现了一块皱皱巴巴、脏里巴叽的小花手绢,肯定是前两天郭宏抱着孩子来找她时丢的,肯定是郭宏那个孩子的手绢。她说那块小脏手绢让她难受了半天,手绢上都是馊奶味儿,她把它洗干净了,一边洗,一边可怜那个孩子。她对我说郭宏他们爷儿俩过的是什么日子啊,孩子怎么连块干净手绢都没有。她说她不能这样对待郭宏,郭宏他太可怜了太可怜了……白大省一连说了好多个可怜,她说想来想去,她还是不能拒绝郭宏。我提醒她说别忘了你已经拒绝了他,白大省说所以我的良心会永远不安。我问她说,永远有多远?

电话里的白大省怔了一怔,接着她说,她不知道永远有多远,不过她可能是永远也变不成她一生都想变成的那种人了，原来那也是不容易的，似乎比和郭宏结婚更难。

那么，白大省终于要和郭宏结婚了。我不想在电话里和她争吵或者再规劝她，我只是对她说，这个结果，其实我早该知道。

这个晚上，我和我丈夫王永在长安街上走路，他是专门从 B 城开车来北京接我回家的。我从来也没有像今天这样渴望见到王永，我对我丈夫心存无限的怜爱和柔情。我要把我的头放在他宽厚沉实的肩膀上告诉他"我要永远永远待你好"。我们把车存在民族饭店的停车场，驸马胡同就在民族饭店的斜对面。我们走进驸马胡同，又从胡同出来走上长安街。我们没去打搅白大省。我没有由头地对王永说，你会永远对我好吧？王永牵着我的手说我会永远永远疼你。我说永远有多远呢？王永说你怎么了？我对王永说驸马胡同快拆了，我对王永说白大省要和郭宏结婚了，我对王永说她把房也换给白大鸣了，我还想对王永说，这个后脑勺上永远沾着一块蛋黄洗发膏的白大省，这个站在水龙头跟前给一个不相识的小女孩洗着脏手绢的白大省是多么不可救药。

就为了她的不可救药，我永远恨她。永远有多远？

就为了她的不可救药，我永远爱她。永远有多远？

就为了这恨和爱，即使北京的胡同都已拆平，我也永远会是北京一名忠实的观众。

啊，永远有多远啊。

谁能让我害羞

女人吃过早饭就一直在打电话。她打电话不是坐在电话机跟前，她是拿着话筒在房间里走来走去地打——客厅里有一部无绳电话。她这种溜溜达达、东瞅西看的做派似乎基于两个原因：一来可以顺便浏览这套面积不小、亮亮堂堂的新居，哪儿还缺点什么？哪儿还不太顺眼？或者哪儿都顺眼什么也不缺。其次她好像在模仿外国电影里那些打电话的人，尤其是那些女主人公，她们在打电话或者接电话时，大多是提着电话满屋子乱转，长长的电话线在她们脚前或者身后一路扭动，看上去显得潇洒，还有一种心不在焉的自得。女人此刻就有点自得，可她不想承认，她感觉自得是一种轻浮的心态，她感觉她的心态比自得要高。女人不到四十岁，一个模仿欲和创造欲兼而有之的岁数。

溜溜达达的女人拐进厨房，发现饮水机上的那只淡蓝色的空水桶，想起该给水站打电话叫水了，于是尽快结束了眼下这个本来就内容空泛的电话。她开始拨水站的号码，却怎么也要不通，话筒里翻来覆去只有一个不给情面、呆板乏味的声音：您拨的电话号码不存在或已变更。女人的脾气有点上来了，这种名叫"清灵山"的矿泉水是厂家上门推销时被她接受的，几天前她还打电话叫过水，怎么会"您拨的电话号码不存在呢"？要么就是"或已变更"？这就更不像话了——变更了电话号码为什么不通知客户，不知道我们每天要喝矿泉水啊。女人又打"114"查询，"144"说"您查询的号码未作登记"。女人气愤了，"黑店""野店"之类的词汇咕嘟咕嘟直撞心口。她想起就在上次，听从那个送水的小男孩的建议，她从他手里买了十张共一百块钱的水票。当时她也觉得方便，每次付给送水人一张水票，比每次都要预备好合适的钱省事。敢情这是水站的一个小伎俩啊,他们一次性骗走所有用户的人民币,然后就从这座城市消失了。女人想着,随手拉开灶台旁边的一只小抽屉,拿出那沓比扑克牌略窄的、价值一百块钱的水票。是啊,水站的电话号码若是存在,它就还是钱;不然呢,它就只是一沓废纸了。这时女人看见"废纸"上赫然印着"清灵山"矿泉水送水站的地址:本市某区某某路某某号。原来这水站是有出处的,她怎么从来没有注意过水票上的地址呢?当你可以用电话召唤对方为你服务的时候,地址的确显得并不重要。但是此刻它重要起来。女人估算了一下,这个地址距她所在的小区大约六公里左右,在一座中等城市,这是一个不算远也不算近的距离。女人决定按水票的地址去找这家水站。也许是为了那一百块钱(她在心里已经把它作废),也许是为了自己作为顾客的被戏弄。女人有理由认为自己已被戏弄。这感觉她并不陌生,火爆而没有信誉的商业,富裕却并不安稳的生活,经常被她交叉体味。所有的许诺都是可疑的,包括物业公司承诺的二十四小时热水供应也从来没有百分之百兑现过。可是他们却知道先把满院子的保安武装得像那么回事,保安身穿配有金色肩章和绶带的深蓝制服,头戴红呢贝雷帽,时不时地排起队在楼前巡逻一阵子,演戏一般。难道没有满足物业公司和业主双方的虚荣心么,难道还有什么不够?女人呢,最受不了的就是保安头上的红呢帽,特别当她正要洗澡水龙头里突然出不来热水时。她胡乱抓起浴巾裹住赤裸的身子给物业值班室打电话,他们通常的回答是"对不起正在抢修热水管道"。这时女人坚信那个接电话的值班员头上一定也歪扣着一顶红呢贝雷帽,煞有介事而又不伦不类。

就这样,女人想想这儿想想那儿,怀着一腔的不快把自己穿戴整齐,锁好家门,乘电梯下楼,开车去寻找那个可能已经失踪的水站。她顺利找到了某区的某某路,原来这是一条拥挤、嘈杂的肮脏小街,集中着土产批发一类内容的密密麻麻的店铺,笤帚、簸箕、墩布、卫生纸,品质可疑的所谓不锈钢盆、碗,还有菜刀、剪子、铁锅、塑料桶……波浪似的翻滚在小街两旁的便道上;掺杂在其中的小饭馆们也不甘寂寞,炉灶快要戳在了马路中央,大馅水饺、小笼蒸包和油泼面在各自的锅里冒着腾腾热气,笼络着这街和街上的人,致使油腻的地面上处处污水横流。女人放慢车速,留神着门牌号码,她想,正因为这条小街是如此地放肆和热闹,这里的任何一间小铺子或说"公司"才特别容易说没就没。就在这时,她看见了"清灵山"三个字,"清灵山矿泉水某某路分公司"的大字招牌就在一间小门脸的门楣之上,在小笼包子和油泼面的油腻气味中确凿地存在着。女人把车停靠在路边,躲着便道上蜿蜒的污水走进水站。在堆积着水桶的房间里,那个小男孩——上次给她送水的那个,和两个同伴围住一张两屉桌,一人捧着一只比他们的脑袋大不少的青花瓷碗正在吃面,油泼面吧。当他发现女人进屋,把脸从面碗挪开时,腮边还沾着一片墨绿的菠菜。

女人的心定了。看来这水站没有戏弄她,水票上的地址是真实的,而且,那被用来吃面的两屉桌角摆着电话呢,蒙着灰尘的电话。她扫了一眼腮边沾着菠菜的小男孩,不知道该怎样称呼他。他显然还算不上个男人,但用"小男孩"招呼他也太过稚嫩,至少他不是个童工。"小伙子"么?透着点鼓舞和褒扬的意思,女人没有这种意思。他不超过十七岁吧,有点鼠相,有点羸弱,面目和表情介乎于城乡之间,皮色发暗,一个营养不良的少年而已。对称呼这样一个人物其实何必太费斟酌,用得着么?女人于是冲少年"哎"了一声,"你",她说,她对他发表了一些谴责的话,谴责水站变更电话不通知客户。少年解释说从前那个号码是借别人的,现在人家不让用了,老板只好去申请新号,老板说了,新号码很快就能办好。接着他又呜里呜哝向女人道了些个"真不好意思"之类,仿佛刚被这个城市教会,运用尚欠自如。女人不耐烦听他的道歉,只说你不是给我家送过水吗,下午三点以后请你给我送一桶水。你们的顾客登记上有我的地址。少年殷勤地答应说他知道女人的住址:湖滨雅园5栋801。女人心里笑了,不是笑少年那不错的记性,她想这本是一个没有湖泊的城市,她那个小区还非叫湖滨雅园不可,一时间小区连同小区的业主都有那么点虚情假意,那么点连蒙带唬,不是么。女人得意自己这瞬间的自嘲,有自嘲能力的人就是那些在生活中占据主动位置的人。她就是,她觉得。

少年目送女人开车远去,特别注意着她的白色汽车。他不知道那车是什么牌子,但这也许并不重要,重要的是一个开着汽车的女人光临了这个水站,这间破旧、狭隘的小屋。她带着风,带着香味儿,带着暖乎乎的热气站在这里,简直就是直奔他而来。她有点发怒,却也没有说出太过分的话,并且指定要他给她送水。她穿得真高级,少年的词汇不足以形容她的高级。少年只是低头看了看自己,原来自己是如此破旧,脚上那双县级制鞋厂出产的绒面运动鞋已经出现了几个小洞。少年对自己有些不满,有些恼火,他回忆着第一次给女人送水的情景,基本上没想起多少。只记得房间很大,厨房尤其大,简直大过了他姑姑家最大的房间——少年寄居在姑姑家,和表哥挤着一间六平方米的小屋。女人的厨房比六平米大两倍吧,少年弄不懂做饭的屋子为什么非得这么大不可,开间饭馆都足够了,而且,厨房的洗碗池前竟然还铺着地毯(防滑垫),竟然还铺着地毯!给少年留下记忆的还有女人的孩子,那么小的一个孩子——可能五岁——就拿着手机当玩具玩儿,当女人要他放下手机时,他就很悲哀地对女人说,为什么我总是不能痛痛快快地玩呢,为什么我总是不能痛痛快快地玩呢!我要打"110"了……"痛痛快快"和"110"给少年留下了印象,比女人那套让人眼花缭乱的房子留给他的印象要深。房子和房子里的一切毕竟离少年太远了,而孩子所说的痛痛快快倒叫他觉得有趣,他就总想痛痛快快地不送水了,痛痛快快地闲待着。一桶水五十斤重,他送一桶才挣八毛钱。生意最好的时候他一天送过九桶,挣过七块二毛钱,表哥立刻要他请客吃烤羊肉串。他这一天的工资连买一桶矿泉水都不够,一碗油泼面也得两块钱,少年的姑姑家不管饭,他一天至少要在外头吃两碗油泼面。有时候,特别当要水的人家住在五楼或六楼,他扛着水桶一级一级爬楼梯的时候,他就会心生怨懑:这些人为什么一定要花钱喝矿泉水啊纯净水啊,水管子里的水怎么了有毒了么有毒了么?毒死他们才好呢。少年的想法有时候无边无沿。不过他知道他不能去毒死"他们","他们"会打"110"报警。当他在半年前来到这城市谋生时,表哥给他讲过"110"的作用,从此他知道,他独自在外遭遇紧急情况随时可打"110"。问题是他能有什么紧急情况呢,他最大的紧急情况就是缺钱,缺钱就不能痛快,"110"能帮他弄钱吗?但是现在,少年还是准备去给湖滨雅园5栋801的女人送水,这些人如果都不喝矿泉水了,他就连那一天七块二的人民币也挣不出来了。刚才那几个和他一起吃面的同伴在这时冲他开起粗俗的玩笑,找你来了人家找你来了,他们说;看上你了人家看上你了,他们说。少年的心可能为此忽悠了一下,他不能解释他这陌生的忽悠到底源于哪里,他只知道现在他和他的这几个同伴好像不一样了,他也有些后悔跟他们一块儿凑在水站吃那碗油泼面,为什么要让女人看见他手中那碗浮泛着几片蔫菠菜的面条?他还觉得他必须要换一身衣裳了。

女人在下午三点听见门铃响,她开了门。少年肩扛水桶站在门口,显得有些怪异。少年还是那个少年,他的脸相和表情都被她认了出来。女人经过瞬间的审视,发现少年的怪异来自他的打扮。上午她并没有注意他的服装,他的服装他的脸相和那间昏昏暗暗的水站相辅相融为一体,天然的合拍,谁还用得着特别留神他的衣裳呢?此时此刻的少年换了装,穿一身于他来说显然过大的西服,簇新的,面料低劣的,没有经过整理处理的,支支楞楞的,把他的脑袋比照得更小,让女人感觉不是少年扛着水桶,而是这套西服本身扛着一桶水。她让他进来,房间里顿时响起一阵巨大的"咯噔"声,女人看看少年的脚,那脚上是一双偏大的硬底皮鞋——他的崭新行头的另一部分。她提醒他换鞋,他像假装没听见似的咯噔咯噔一路向前然后拐进厨房,他那由于过长而挽起两折的裤脚堆积在鞋面上,单看这两条腿的下部,仿佛这个人已经松开裤腰褪下了裤子。女人没再坚持要他换鞋,经验使她猜测这少年的脚也许很臭,如同物业公司那些来修暖气和水管的工人,每次他们走后她都要开窗换空气。那么,不换也罢,让臭脚就盛在他自己的鞋里原封离开吧。由于这身并不合体的服装,少年干起活来显得笨手笨脚,他自己浑身上下窸窸窣窣窸窸窣窣,撕扯着水桶上的塑料包装膜也窸窸窣窣窸窸窣窣。当他终于鼓捣清楚,想要抱起水桶将它安插到饮水机上时,女人说,等等。

少年放开水桶回转过身,见女人手里举着一块耀眼的白棉花,蘸了酒精的。她对他说,我要把水桶接口的这个地方消消毒。你的手不要再碰这儿了。

少年说,这些水出厂时瓶口都是密封的。

女人说,谁告诉你的?

少年说,我们老板告诉的。

女人不屑地撇了撇嘴,毫不犹豫地用棉花狠擦起水桶,就像以这个动作告之少年,她不会相信他的老板乃至他们工厂里所谓的"密封"。就在今天上午之前,她还没有要给矿泉水桶消毒的打算;就在今天上午之后,她滋生了这个念头。她并不特别责怪水站设在那么一条污水横流的乱糟糟的街上,你以为你在光线明亮、环境舒适的大型超市里购买东西都源自光线明亮、环境清洁的地方吗?女人在电视台作着一个栏目的制片人,对这些事情本来知道不少。她弯腰擦着水桶,视线很自然地落在身边少年的垂着的手上,这是一双多么脏的手啊,就是这样的一双手,到处送着要被人喝进嘴里的水。女人直起腰来,他想,手中这一百块钱的水票肯定是退不掉的,用完这沓水票之后她一定得换一家。那么,少年的手脏与不脏根本上就和她关系不大了,就像他这身大而无当的古怪的西服和脚上的大皮鞋与她无关一样。他为什么要这样,她并不关心也没工夫关心,下次送水的人也许西服更大,双手更脏。

女人完成了消毒程序,指示少年安好水桶,撕给他一张水票,少年却还站着不走。他磨蹭着不走,是因为有点懊丧。这身"行头"是他中午专门回姑姑家偷出的表哥的礼服,他以为这礼服应该能配得上他下午的送水,出入女人那样的人家,应该有他身上现在这样的衣服。还为了什么?用这样的衣服来抵消上午女人对他们水站的造访吗,来模糊女人看见他手捧着油泼面狼吞虎咽吗?少年没有能力归纳自己脑袋里的乱七八糟,只是一个劲儿地懊丧。女人分明没有留意他的新装,反倒使劲擦起水桶那密封过的瓶口,已经是嫌恶他的意思了。而这少年的内心还谈不上十分敏感,判断力也时常出错,他固执地认为自己的"改头换面"尚嫌不够,他又想起了属于表哥的几件时髦玩意儿。这时他听见女人说，你还有什么事么？少年解释说他只是想告诉女人，她如果再要水可以呼他，他有呼机。女人有些奇怪地说，你说什么？

少年很为女人的奇怪表情感到高兴，他愿意她对他产生兴趣。他再次告诉她呼机的事。

女人说，你的意思是不是你们水站的电话还有很长时间不能接通？

少年说不是。

那我为什么要呼你呢。女人说。

我是想说，这几天你要是用水就可以呼我。少年说。

用不着。女人说，五天以后你再给我送一桶就行了。

那你不用记我的呼机号了？少年说。

不用。女人回答得很果断。

她有些厌烦这个送水的少年，他以为他是谁？还让她呼他，难道谁都配被她呼吗。即使她真的断了水，和所有水站都联络不上，家中水龙头里流出来的不也是水吗。时间倒退十年或者二十年，女人以及这城市里所有的人喝的是什么？就是自来水管里流出的水啊。在女人更小的时候，她的童年时代，住在一座筒子式的宿舍楼里，所有人家共用着走廊尽头的一只水管，夏日的晚上她从来不在家洗脚，她总是穿着凉鞋到那个共用的水管子底下去冲脚，冲完脚，再就着水管喝一通生水，这是被大人禁止的，大人要求她喝凉白开。但她和她的朋友们都这么冲脚都这么喝水。她们发育正常，没被毒死，成长得也很健康。回想从前女人心中漾起暖意，不过也仅仅是回想而已。如今她已为人母，她决不想让她的宝宝喝着水管里的未达国际标准的生水长大。她的常驻国外做生意的丈夫年节时回家，甚至都水土不服了，烧开的自来水他喝了都会腹泻。所以女人需要有人送水，最终她才能忍受那些送水人。

五天之后，少年又来了，仍然穿着西服和皮鞋，脖子上又添了一条花格围巾，使他看上去格外臃肿。女人为他开了门，接着，一切如同上次。仅在付水票的时候，女人多问了他几句话。也许她只是念他遵守信用,也许她只是没话找话。她问他送一桶水挣多少钱,他说八毛;她问他一天能送多少桶,他顿了一下,很想同这个女人胡说八道一次。然后他昂起头说,最多的时候,他一天送过六十桶水。他想让她不要小瞧他,还要告诉她,他一天挣的并不少。可惜女人是心不在焉的,她不想知道六十桶水对一个少年意味着什么,意味着他要付出多少时间和多大的体力,也不想算算60乘以8是多少钱。她和他说几句话,只是想填充一下他离开之前的这点空白。所以他胡说八道还是正儿八经对她来说都一样。所以她就顺嘴搭腔地说,噢,六十桶。

女人的顺嘴搭腔以及她搭腔时表情的平淡仿佛伤害了少年,原来他如此巨大的谎话和谎话里如此巨大的数字都不能震撼女人,甚至,就连引起她嗤之以鼻都不可能。这儿没他什么事儿,这儿从来就没他什么事儿啊。可他为什么还不走呢。他觉得口渴,他对女人说他想喝点水。

女人用下巴朝洗碗池那儿轻轻一点,当然只能是洗碗池那儿,在那个配有粉碎机的双槽洗碗池上方,伸出一只造型别致的脖颈长长的炫目的不锈钢水龙头。少年来到那个被指定的地方,有点恍惚地歪过自己那满是尘土和头皮屑的小脑袋,把嘴伸向那个冷冰冰的龙头。

又是五天过去了。少年的日子不太愉快。他的表哥已经发现自己的西服皮鞋之类不断被少年偷穿,而且弄得挺脏,表哥为此和少年打了一架,从此把自己认为值钱的东西都锁了起来。论打架,少年不是表哥的对手,膀大腰圆的表哥一把就能将少年整个揪起来揪得双脚离地。然而打架本身并不可怕,平日里少年最怕姑姑对他说那样的话,姑姑经常抹搭着眼皮对他说,你可是白住在我们家啊,再这样……少年知道下边的意思,他随时可能被赶出姑姑家,要想在这个城市里混,他的前景只能是自己花钱出去租房。但这时的少年,思维是混乱的,情绪处于一种茫然的亢奋,以至于,他刚向表哥讨了饶,表哥刚出家门,他就有一种强烈的要撬表哥的箱子的欲望。他这欲望比他的讨饶更为坚硬,突如其来而又不计后果。他撬了他的箱子,打扮好自己,能披挂的一切都披挂在身上,他不仅围上了表哥那条格子围巾,还胡乱抻出一根花领带系在脖子底下。一串穿着折刀、剪子和假手机的花哨的钥匙串他也别在腰上,最后他胆大妄为地拿起表哥的随身听揣进衣兜,把那副黑沉沉的大耳机套上脑袋堵在耳边,他就这样背着姑姑,鬼鬼祟祟,小耗子一般臃肿而又麻利地直奔水站而去。

少年骑车驮着一桶新水去给女人送水,一路上磕磕绊绊。先是后轮胎不知让什么给扎了,他只好推着自行车找修车的补胎。当他再次上路之后,他的耳朵里就灌满了《心太软》的歌声。音量太大了,快要把他从车座上掀下来。这样也好,因为忽然之间少年和周围的一切都没有关系了,汽车,行人,街道,树木,一切都离他远去,只有耳朵里的歌声带着他前行,也许就是那歌儿在替他骑着自行车。少年的视觉、听觉和感觉因此都有些麻木,他被一辆三轮车挂倒了都不知道。这时歌声断了,周围的一切又回到了少年身边。他和他的自行车倒在地上,水桶也滚出去好远。他爬起来,西服和皮鞋沾了很多尘土,随身听怎么摆弄也不再响了,坏了。挂倒他的三轮车已经跑了,幸好水桶没有摔破。少年用铁钩重新把水桶在后车架上挂好,继续前往湖滨雅园。

这是一个安静的下午,少年在第五栋楼门前停好车,拍拍浑身上下的尘土,扛起水桶走进前厅。他直奔电梯间,不幸的是今天电梯出了毛病暂时停开了。于少年来说,这真是一个不幸:他得扛着五十斤重的水桶爬八层楼梯。也许他应该撤退了,换了别人可以改天再来。但少年觉得自己是没有退路的,他这一身狂热加冒险的来之不易的装束,他这一副虽已摔坏却显示着时尚的耳机,他这一路的颠簸和磕绊,都鼓舞着他不能回头,他必须爬上八楼见到女人。那么,他就开始了。他的过大的皮鞋这时特别显出了不利,沉重而又不跟脚,成为少年上楼的累赘。当他行至五楼时,他觉得耳朵嗡嗡直响,头上满是虚汗,后背已经湿透。他体内的卡路里不足以支付他这种超常的表现,少年休息了三次,才终于登上八楼。

女人听见门铃声,在门镜里认准了少年,打开门。

在她眼里,少年比任何一次都要怪异。他就是一个送水的,而且正在工作中,他这是干什么?一身的西服围巾花领带,耳朵上还扣着一副庞大的耳机。他就像在搬家,或者刚抢劫了一间百货店。肩膀上那桶水反倒退居一切一切之后了。但女人要的就是水啊,这才是她让他进门的理由。

他进了门,有点气喘,直到往饮水机上安好水桶,他一直猫着腰,并且一手捂住肚子。很难判定此时此刻他怎么了,也许肚子疼,也许胃疼,也许哪儿都不疼他只是累坏了。也许他没有累得直不起腰,他就是想用这种姿势引起女人的注意女人的好奇甚至女人的怜悯。引起女人的怜悯,这是妄想了,还有点撒娇的意味,尽管这点意味连少年自己也未必明确。这妄想和这撒娇若被女人看出了,她会轻蔑加恼火,恼火着轻蔑着立即把少年轰出门去。

女人看见了少年的姿势,顺带扫了一眼少年的表情。他说不上阴沉,也不是顽劣,也不像有阴谋,更说不上流里流气——他还根本不具备流里流气的分量。他的脸上有一层似尘似雾的不清洁的薄膜,没有长时间的盯视,很难找出那薄膜后边的稚嫩的底子。这时她是彻底地嫌恶他了。有一瞬间她几乎不觉得他是个人,他是一堆闯进她家的游动着的乱七八糟的怪物。他为什么猫腰捂肚子,她没有兴趣知道。他有病了吗?他又有什么权利在顾客家有病?她递给他水票,告诉他可以走了。

少年接了水票,没有离开的意思。他偷眼看着女人,忽然一阵悲哀。女人今天的头发是蓬乱的,仿佛格外要用这乱蓬蓬的头发来表示对少年这样一个人物、这样一堆"武装"的轻蔑。他就想,凭什么我不能在这儿待一会儿呢。当女人催他离开时,他说他渴了,他要喝点水。他听见了自己的声音,声音有些嘶哑,而那条早已被汗水濡湿的花格子围巾还簇拥在他的纤细的脖子上。他是真的该喝水了。

女人也听出了少年声音的嘶哑,她犹豫了一下,像上次一样,指给他洗碗池。

少年没往洗碗池那儿走,相反他朝贴墙而立的饮水机跨近了一步。我要喝点儿矿泉水。他说。

女人站立的位置在洗碗池和饮水机中间，或者离洗碗池更近些。她和少年面对着面，他们之间的距离大约两米左右。但女人感觉她和他实际的距离比两米要近，因为她感觉到一种模糊而确凿的不祥。敏感的女人在这时仍然愿意自己是强大的，特别在她觉得她受到他人侮辱的时候。少年的要喝矿泉水，就是对她的侮辱。她直盯着少年细小的、目光游移的眼睛说，你不能。

少年猫着的腰直了起来，挑衅似的，好像要有什么举动。

一阵踢踢踏踏的脚步声，是女人的孩子，少年曾经见过的那个五岁的宝宝，在这时捧着他小小的口杯到厨房来了。妈妈我要喝水。他说。你躲开！他又对少年说。

少年瞥了瞥宝宝，想起那次送水时这宝宝对女人不满的责问：为什么我总是不能痛痛快快地玩儿呢！啊，痛痛快快！少年今天就要痛痛快快地不给她躲开。

女人神情严肃地要求她的宝宝回到自己房间去。回去。她说。

宝宝就捧着空杯子走了，他不哭也不闹，他一定也觉出了这里气氛的不同寻常。他回去了，还用小手轻轻掩住自己的房门。

女人更加严肃地对少年说，请你出去。

少年彻底绝望了，他知道他要的不是矿泉水，那么他要的是什么？他到底想要什么？他其实不清楚，他从来就不清楚。现在，就现在，他为他这欲罢不能的不清不楚感到分外暴怒，他还开始仇恨他为之倾心的这套西服，这一身的鸡零狗碎。他开始撕扯它们，他的手碰到了腰间那串穿着折刀、剪子和假手机的钥匙串。他一把将刀子攥在手中并打开了它。刀子不算太长，刀刃却非常锋利。少年用着一个笨拙的、孤注一掷的姿势将小刀指向女人，还忍不住向她逼进一步。他觉得他恨她，他开始恨她的时候才明确了他对她的艳羡。但在这时艳羡和仇恨是一回事，对少年来说是一回事。从艳羡到仇恨，这中间连过渡也可以没有。他就是为了她才弄了这么一身西服皮鞋，而现在这个女人就像西服皮鞋一样地可恨。可是他想干什么呢，杀了她还是要她的矿泉水喝？也许都行。此时的少年不能自持了。他甚至不能区分杀一个人和逼一个人给他一口水喝，哪个罪过更大。他没有预谋，也就没有章法，走到哪儿说哪儿。

女人望着逼近的少年，真正意识到了危险。她判断她遇见了一个入室抢劫者。但是毕竟，环境对她是有利的。她略微整理一下内心，尽可能镇静后退一步倚住灶台，把右手背到身后，够过灶台上的手枪，双手握住，然后出其不意对准少年。那是一支手枪式的点火器，女人的丈夫在国外出差，换飞机时在沙加机场的免税店花四个美元买的。现在女人的心发着抖，她却竭力使握着枪的手不发抖，她必须让自己相信这就是一支真枪，真枪实弹就在她的手中。就这样，拿枪的女人和拿刀的少年面对面僵持着，也许三分钟，也许五分钟。

空气像要爆炸，女人觉得她必须说话。枪在手中，她反而可以把声音压得更低。她压低着嗓音拿枪指着少年说，出去！不出去我就开枪。

枪真的吓住了少年。他连想也没想这枪可能是假的。因为女人是高级的，女人的房子女人的汽车女人的生活女人的一切都是高级的，高级到你可以憎恨你却不可怀疑。少年在产生刹那间的溃败感的同时，也产生了对女人手中那支手枪的不可抑制的惊愕。这就是枪啊，枪就是这样的啊！他望着乌洞洞的枪口，开了眼似的半张着嘴，那支手枪仿佛才是他自卑的真正根源，它使他无地自容。有一刹那他几乎想把自己手中那低档的委琐的小刀抛到身后，它因为低档而更显得委琐，因为委琐而格外低档。少年该怎么办呢？他那攥着刀的手已经汗水淋淋，他却不知道他该怎么办了。

少年的犹豫增添了女人的力量，她斗胆用手指搂了搂"扳机"，那枪"咔嗒"了两声。她要把这枪弄出点响动，以此加大对少年的震慑，以此轰他快走。虽然，这响动也许会让少年识破这枪的虚假，女人犯着嘀咕，却按捺不住又让枪"咔嗒"了两声。

枪的响动再次让少年惊愕，让他仿佛听见了一声无比巨大的嘲弄，他就彻底地无地自容了。他想松开刀子，他觉得自己就要向女人扑去,向那支被他仰慕、让他眩晕的枪扑去,向着于他来说那遥远而又高级的一切扑去。他果真松开了那让他无地自容的小刀,有时候无地自容的人特别具有一种阴郁而又躁乱的爆发力。一辆"110"警车在这时已经停在楼下,警察很快就破门而入了。是女人的宝宝藏在自己的房间里用女人的手机报了警。宝宝终于有机会真的拨打了一次"110"。

女人听"110"的警察聊起对那个少年的审讯,他们指责他这么小年纪就持刀入室抢劫,知道不知道这是犯法。少年说他没想抢劫。警察说那你想干什么?每次问到这里少年总是摇头。警察又问你知道什么叫羞耻么?少年不说话。警察说唉,还有什么能让你害羞呢。少年想了想说,枪。警察说你害怕枪了?少年说不是,她一拿出枪来我就……我只有刀子。警察说你是因为没有枪才害羞?少年又不说话了。在他的脑海里,可能真的镶嵌着一支乌亮的、高级而又神奇的能让他痛快的枪吧,他多么应该是那个持枪的人啊。这时他差不多已经忘记了女人。

女人有时候会怀着凛然的高傲回想起那个少年,他的凶狠和懦弱毕竟给她留下了印象。但他终归不是女人的对手,他甚至不如一个五岁的孩子。并不是所有五岁的孩子都能在紧急情况下口齿清楚地用电话呼救的,女人的宝宝就能。每每想起这些,女人都会紧紧拥抱她的孩子。在以后的日子里,偶尔,当电梯坏了女人只好气冲冲地爬楼梯时,她也会想起那天"110"的警察还告诉她,当时如果不是电梯坏了,他们会到达得更加迅速。那么,那天的少年是扛着水桶爬上八楼的了,女人猜想。少年猫腰捂肚子的形状就会在眼前闪一闪。

那又如何。女人紧接着便强硬地自问。我要为他的劳累感到羞愧么?不。女人反复在心里说。

不!女人在心里大声说。

阿拉伯树胶

一

暮色苍茫的时候，贾贵庚把手搭上小美的肩膀。

他们并肩坐在县城北侧的黑石头山上，据贾贵庚说，论县城的风景，还要数这儿最美，而且也很清静，少有闲杂人。他们在这儿坐了一个下午，讨论着艺术、哲学和对个人未来的设计。他们讨论得很热烈，很尽情，互相欣赏着彼此的才华，并时不时地停下来，对这县城的闭塞、愚昧发一阵嘲弄。虽然他们都是土生土长的本县人，可他们的心气儿，却不知比这个县要高出多少万倍。那时的小美，二十岁刚出头，是县广播局的临时播音员，相貌俊秀，身材也好。因为小的时候跟着在县文化馆工作的父亲学过几天国画，自觉艺术素养远远深厚于他人，县境内的文化名人，全不在她的视野之内。那时的贾贵庚近三十岁了，是县旅游局的一名美工，负责书写、描绘进山的路标啊、景点示意图什么的——这县有一片原始次生林。一次县里举办美术训练班，贾贵庚和小美都参加了，两个人就在这个班上熟悉起来。

贾贵庚在男人里算是长得不出众的，他个子在一米五七左右，烟黄脸，肿眼泡儿，头顶上蓬着一堆粗硬而无光泽的乱发，由于吸烟和卫生习惯不好，嘴里的牙齿呈黑黄色。他的装束也不利落，上衣总是过肥过长，下摆每每挡住膝盖，像是以此来有意模糊自己的身体，也使他的个子越发的矮了下去。在结婚的年龄，他遇到了困难，因为以一座县城的标准来衡量，他几乎没有可取之处。他去一些女同事家串门，常常是院还没进，就被院中的狗撵了出来。虽说各家的狗脾气不尽相同，有厉害些的，也有温柔些的，可这些狗对贾贵庚的态度却十分的一致。它们冲他咆哮，冲他龇牙咧嘴，做扑上去撕咬状。逢这时贾贵庚便腿软地往地上一蹲——绝不是假装捡石头让狗感受他的威胁，贾贵庚在这方面的小常识远不如一般人，他腿软地蹲下是向狗讨饶的意思。那时他的表情是受到突然惊吓后的失神，和失神状态下的自卑；那过于肥大的上衣下摆就扫到了地上，整个儿人就像被罩在了上衣里，或说整个儿人都仿佛卧在了上衣里。小美见过贾贵庚的这种形态——当贾贵庚向她家的狗乞求饶恕的时候。她从屋里跑出来，呵斥着狗，一边把地上的贾贵庚拉起来，请进家门。她觉得他们家的狗和这个县城的人一样。是有眼无珠的。

贾贵庚的才华和趣味，这县里的人又怎能知道？他们也不配知道。比方当这县里的人还不知道什么是油画的时候，贾贵庚就已经知道油画是画在画布上的，而画布在被画之前还须涂上一层底料。让小美敬佩的是，贾贵庚不仅知道画布要涂底料，还知道底料是用一种树胶熬制而成。并且他竟然还知道那树胶的名称——那不是一般的树胶啊。贾贵庚对本县几个热爱美术的青年说。

那是什么树胶呢？一个叫久成的青年问。这位久成，当时也正迷恋着绘画。

贾贵庚不看久成，单看着小美的眼睛，稍微顿一顿，说，那叫阿拉伯树胶。

阿拉伯树胶。

久成听见了，小美更听见了。如果饮食有口感的优劣，那么语言也分口感的美丑。她喃喃地重复着阿拉伯树胶，只觉得这几个字在嘴里翻卷滚动，吞吐迂回，文明而又遥远，奇妙而又浪漫。因为它出自贾贵庚之口，贾贵庚顿时也变得文明、奇妙了。小美这样的女孩子，原本就认定自己的趣味高出这县城，一旦有了这想法，就容易在行为举止上特意与他人不同。阿拉伯树胶使贾贵庚不洁的牙齿，蓬乱的头发，委琐的体态都退到了远处。在小美眼里，这不是一个男人的缺陷,反倒是一个天才落拓不羁的表征。她不顾同龄人的白眼,主动接近贾贵庚,并邀他访问她的家庭。一个秋天,县旅游局接待了省里一位来此地写生的著名画家,贾贵庚负责陪同,小美也常伴随前后。贾贵庚借了局里一架相机,即兴为画家拍照片,后来其中一张还被画家选进自己一本画册里。画家进山写生,贾贵庚就坐在画家身后画,结果他得到了画家的称赞。画家肯定了他的写生和造型能力,甚至还夸奖了几句他对颜色的感觉,鼓励他一定要多画。在画家的鼓励之下,贾贵庚兴奋着胆大起来,与画家高谈阔论,论及他喜欢的和被他藐视不顾的一些中外名家。他在说起某些名家的弱点时,言词尖刻,却能切中要害。比方某某某,他举出一个大名人说:他的画猛一看唬人,细琢磨,到处都是别人的影子或者一些外国人的片断,就是没有他自己。他是在用心画画吗? 我看不是,他是在用一些支离破碎的观念画画。贾贵庚还告诉画家,他在一个游客手里见到过一本《霍克尼论摄影》。贾贵庚说霍克尼作为一个画家能对摄影谈出些不俗的想法,就这一点就让他佩服。可惜他不能从游客手里把那本《霍克尼论摄影》借来……画家有点惊奇,眼前这位其貌不扬的县城青年实在是有些见解的。他再次鼓励了贾贵庚,再次要他多画,争取能参加省里的画展。这位画家担任着各种大展的评委,他对贾贵庚说,只要他送画,画家一定留意他的作品。贾贵庚激动着觉得自己终于碰见了知音。只是,自从画家走后,贾贵庚就再也没有拿起过画笔。他的那张被画家夸奖过的写生作品,一直挂在旅游局他的单身宿舍里,镜框有点歪,使整个房间都显得不稳定,他也不去把它扶正。那张歪在墙上的写生,几乎是贾贵庚绘画天才唯一的物质证明了。

不能说贾贵庚不热爱绘画,他缺乏的是行动上的呼应。他的行动总是在一阵阵激情澎湃的思想之后就停滞下来。比方他反复对小美讲起一张画的构思:深秋的玉米地,地头上堆着刚掰下来的玉米。两个妇女背对着观众,正弯着腰、撅着屁股收玉米,姿态非常忘我。陪衬她们的是充满画面的旗帜一样的金黄色玉米叶……贾贵庚陶醉在自己的构思里,小美也受着这构思的感动。但是三年了不见贾贵庚动笔。据他说,总是有一些事情出现在他的生活中,打断他的行动。比方他抱怨旅游局长分配给他额外的工作:山上的几个新景点要修路,他又不是工程师,局长却要他选出最佳路线,测出这些山路的公里数,数出需要多少层台阶,多少条青石。这一测一数就是大半年。比方这中间他还有过一次不成功的相亲。女方是个颧骨绯红的山里姑娘,牙有点龅,但是很健壮。双方见面的一瞬间贾贵庚甚至有点冲动,女方那种天然的健康让他有种想要啃食的感觉。但那个健康的山里姑娘却没有看上贾贵庚。事后他听说,女方嫌他的手小,于是就连他那国家公务员的身份和每月固定的工资也不顾了。贾贵庚并不恨那个女方,他想,他的手比一般男人是小了些。通常他愿意把手袖在偏长的袖筒里,这使他看上去无所事事而又寒冷,即使在夏天。

现在,在暮色苍茫的黑石头山上,贾贵庚几经犹豫之后把一只手搭上小美的肩膀——他那偏小的手。那手不敢在小美的肩上用力,好像那肩膀是个烫手的馒头。那手就那么半是捂、半是盖,有点躲闪、又仿佛试探地似扶非搭地搁置在小美肩上,直到小美把一直冲前的脸偏向贾贵庚。这是一个信号了,一个不讨厌落在肩上的手,而且还鼓励他继续做些什么的信号。他立刻感觉到了她脸上的温度和她的呼吸,那呼吸有点清苦,像山上一种名叫"黄瓜香"的草的气味儿。这是他们第一次离得这么近,他想她一定也能闻见他嘴里的味儿。他觉得自己身上和嘴里的味儿都是难闻的,他屏住呼吸掉开头去,并且收回了搭在小美肩上的那只手。

也许小美闻见了贾贵庚身上脸上难闻的气味,也许她对他的敬佩足以抵消那些气味对她的搅扰,也许她根本就什么都没有闻见,有些女孩子在有些时刻是能够不顾一切的。但是贾贵庚掉过了脸,缩回了手,并且打岔似的说,你到北京去,学什么都可以,但是切记不要庸俗。像久成,俗,俗不可耐。

小美要去北京发展自己了,这个暮色苍茫的时刻,她坐在黑石头山上是和贾贵庚告别的。当贾贵庚把手从小美肩上缩回来之后,他就花很长时间来奚落那个名叫久成的青年的俗不可耐,好像是久成的俗不可耐打断了小美正在盼望的、他也应该给予的更深的一种情感表示。

二

久成本是这县的一名无业青年,曾经在文化馆的美术短训班学习国画,成绩却一般。后又练习书法,还是不见起色。可是忽然之间久成却在县里出了名,原因是他改了思路,他不再用手画画写字,他改用胳肢窝写字或者画画了。他在家门口支起一张桌子,铺上宣纸,自制了加长的毛笔,用胳肢窝夹住笔,就开始了他崭新的艺术实践。他画豺狼虎豹,写些气壮山河的句子,吸引着路人,也引起县电视台的注意。电视台记者拍摄了一段久成用胳肢窝写字的场面,并即兴采访了他。当问及他为什么要用胳肢窝写字时,这久成不假思索地说是因为双手得了一种奇怪的病呀,突然就拿不起笔呀,本人又是那么热爱艺术,一天不写不画恐怕都会有生命危险。所以他决心用胳肢窝来延续他的艺术实践,在艺术实践中得到生命的延续。然后他又斩钉截铁地表示:假如他的胳肢窝再出了毛病,他还会用他的下半身——比如腿弯处或脚趾缝儿等部位执笔,将他的艺术进行下去。县电视台播出了记者对久成的采访,又引来了市电视台。原来市电视台要搞一台综艺晚会,久成的胳肢窝写字恰好可以算作其中一个节目。久成被请到市电视台演播厅去搞表演,回到县里就出了大名。他不在家门口支桌子了,到街面上租了间房,挂了个牌子,上写:久成书法绘画艺术研究院。他卖字卖画,有时还被县政府的领导召去见客。上边来了什么要紧的人,酒足饭饱之后,县长会说,我们这里有个奇人,一会儿叫他来当场献艺。

当贾贵庚还在通往旅游景点的山路上数石头的时候,久成早就被这县的人公认为名画家了。趁热打铁,久成很快又开了个饭馆,来吃饭的人,都能免费得到一张主人以胳肢窝执笔的签名。开业时久成请了很多本县的头面人物，念及曾在一起上过美术短训班，他也请了小美和贾贵庚。他站在门口亲自迎接，和每个人握手——他的手——那据说是再也拿不起笔的充满悲壮意味的手，说康复就又康复了。那一刻小美和贾贵庚望着春风得意的久成，他们可能受到了某种刺激。他们对久成身上这种堕落的小聪明很是不屑，但他们却从这种堕落里看见了自己的没有长进。小美决定离开这恶俗的环境去北京闯一闯，她在北京有个表姐。贾贵庚呢，他的艺术理想他的奋斗目标在这一刻被重新激发出来，他想起省里那位画家，也想起小美对他的多次鼓动，觉得自己再也不能这样混下去了。旅游局美工这个位置从来就不是他的生活理想，他的理想绝不在这座县城里。他给画家写了一封激情澎湃的信，请求到他身边去，到一个真正的艺术环境里去习画。不久他接到回信，画家告诉他，重要的是要多画，不动笔在哪里也是意义不大的。何况你是个有单位的人，更须冷静思考，不能扔下工作就走。贾贵庚读了回信，反而更不冷静了，他给局里写了停薪留职报告，背上行囊，直奔省城而去。

　　贾贵庚在省城住了五年。最初画家收留了他，让他住在正在装修的画室里。那是一套四居室的单元改造的画室，贾贵庚到来的时候，改造工程刚开始。贾贵庚主动承担了主持工程的任务。所谓主持，就是每天盯一盯装修工人，看看他们有什么零碎需要，缺几号的钉子啦，或者一桶白乳胶什么的，他代替主人给他们买回来。四间居室中有一间无需装修，那是画家的资料库，里边有很多画家收藏的画册，贾贵庚就住这个房间。他很兴奋，因为他立即从诸多画册里发现了一本《霍克尼论摄影》。自此，他便常常手拿这本《霍克尼论摄影》和装修工人聊天。即便不能时时拿在手中，他也要将它摆在众人看得见的地方。他把书往木工案子上一拍，也不管这举动是不是正妨碍着工人的劳作，就追问他们知道不知道这个外国人。工人们自然是不知道，而且也不打算知道。在电锯声、斧凿声和水泥、墙砖们混杂在一起的这种室内工地上，贾贵庚的这种做派显得无力而又可笑，只有一种说法能够解释他这行为：他是想告诉他们，虽然目前我们同居一室,可我和你们是不一样的,我的精神是与这样的艺术为伍的。但是工人们却并没有因此就高看贾贵庚,特别当他要求和他们搭伙吃饭的时候。

对于贾贵庚的吃饭和生活费,画家有过明确交代,他让保姆把米、面、鸡蛋、食用油什么的给贾贵庚送来,另外每月付给他五百块钱,直到装修结束,算是画家对他在这儿"主持"工程的感谢。画家想得周到而实际,贾贵庚却涨红了脸觉得难以接受,他想这样一来自己算什么人呢?画家给了自己这么好的吃住条件,帮画家几个月的小忙还要什么生活费?他坚决不要。画家说,你是需要钱的,在城市里钱就显得更要紧。你画画,总要买颜料、画笔吧,你还吸烟。贾贵庚心虚着却豪迈着语气说:让我家里寄,我妹妹支持我。画家深明就里地笑笑,还是把钱给了贾贵庚。贾贵庚有了生活费,如果每天再用画家提供的米面做饭,就连伙食费也省了。但是前边说过,他是一个懒得动手的人,对钱也并不贪婪。他宁肯顿顿出去吃小馆,把钱都花在吃上。在他睡觉的房间里,米面口袋、篮子里的鸡蛋蒙着厚厚一层锯末和水泥相混杂的粉尘,他看也不看。倒是一个木工看了说,可惜了,这么好的粮食。贾贵庚说,那我就送给你们。工人们每天是要在这画室里烹饪三餐的,他们干活辛苦,装修中的房间又十分脏乱,可他们的烹饪却不马虎,营养、热量搭配得当,哪天烧鱼、哪天炖肉、谁负责采买、谁负责掌勺都有明确分工。贾贵庚奉献了粮食和鸡蛋,就理直气壮地入了工人的伙食。内心里他是有点羡慕他们的,他们是一些有手艺的人,做事一板一眼,明明白白。当他用自己那偏小的手,端起工人在工余时间烧好的饭菜时,或者他也有过瞬间的自惭形秽吧,目前他最不缺少的就是时间,却连给自己做一顿饭的决心都下不了。他的目标在哪里呢?他是来省城学习艺术的,可是他却成了一个闲待着专等着吃装修工人的蹭饭的人。他有很多机会临摹画家的作品,跟随画家去画模特儿,但不知为什么他从来也没有动过笔,仿佛总有一个更朦胧、更高远的目标打断着他的动笔,结果是那高远的目标便更加虚无飘渺起来。

三

后来,画室的改造工程结束了,画家又把贾贵庚介绍给一家出版社。因为读了《霍克尼论摄影》,贾贵庚声称自己对摄影情有独钟。他到了这家出版社,暂时算是画册编辑室的临时工。几年之间他就睡在办公室,他对睡觉的环境是很能将就的。他的待人厚道还使他交了几个朋友。他挣的钱是有限的,却动不动就请人吃饭,时间久了,一些朋友的朋友从外地来省城,也找贾贵庚借宿,和他挤在一间办公室。有时候他随编辑出差,有时候他也被派出去做些无关紧要的零活儿。某县为扩大知名度,要印一本宣传本县的图文并茂的旅游手册,出版社承揽了这活儿,贾贵庚负责去拍图片,穿上摄影记者常穿的那种胸前背后缝着无数个口袋的大背心。他的任务是拍摄几个景点和几款当地土特产,一种宫廷肘子啦,一种百年烧鸡啦……就为拍摄这一盘肘子几只烧鸡,贾贵庚白吃白住在那个某县的旅游局,竟拍了两个多月。对方一催,他就说慢工出细活儿。很久以后,贾贵庚回想自己多年来的生活,一定会格外仔细地品味这两个多月:他在局招待所住着单间,一日三餐有旅游局的人陪着,被尊称为贾记者。他从来没有体验过这样的日子,他的艺术狂想不断在这奢侈的单间里爆发,他那丝毫不逊色于艺术狂想的惰性也更强烈地在这奢侈的单间里蔓延。他经常昏睡不起,早饭要到上午十点才吃。他很想有人分享他这自由而又体面的日子,他开通了房间的长途电话,和北京的小美作了联系。小美还在一个周末,乘高速公路大巴到那个某县看望了一次贾贵庚。

这时的小美已经结婚,她在北京的几年,一直帮表姐经营一间美术用品商店。在这间商店里,小美认识了许多绘画所用的材料,她熟知各种油画画布的底料,她还知道,画家买回阿拉伯树胶自己熬制底料,那是上世纪中期的事情了。现在的画布底料都是现成的,也还有更多的画布,出售时就是涂以底料制作好了的。她有点不忍把这些告诉贾贵庚,她也没有因此就不再看重贾贵庚。她珍视的当然也不再是阿拉伯树胶,她珍视的是当年他们对文明和浪漫那种纯真的向往。又因为现实的小美是现实的,当年坐在家乡黑石头山上那份带点傻气的浪漫就更像是她的一个久远的收藏了。北京的这间美术用品商店没有让小美忘乎所以地认为自己已经浸润在艺术之中,相反她在这里发现了自己和艺术遥远的距离。她客观地想,从前她其实是有些不知天高地厚的。她自尊而又明智地接受了隔壁画框商店那个制作画框的青年的追求,两人结婚后小美离开表姐,靠了那青年的技术和维持住的老顾客,他们自己开了间画框店,直接从韩国进料,价位却低于同类店,信誉也好。他们的日子并不富裕,却是平和。

平和的小美和贾贵庚一直通着信息,她以为他真的调到了省级出版社,她以为他的才华和趣味终于被省城所接受。她像个可靠的老朋友那样接受了贾贵庚的邀请,她对他一直存有一种秘密的感激之情:多年以前在黑石头山上她向他告别的时候,如果不是贾贵庚的正派,借着当时的冲动,她差点就"一失足成千古恨"了。有了些人生经验的小美知道,这样正派的男人已经不多了。她顺利到达那个某县,受到贾贵庚的诚挚欢迎。招待所的单间,贾贵庚身上的大背心,摊在桌面的相机、胶卷、反转片等等,都说明着贾贵庚的现状是不错的。吃中饭时,他还闪烁其词地告诉小美,他本来是被调去画院做专业画家的,但听说那里的画家每年都要配合任务突击作品,妇女节、儿童节、劳动节、国庆节……都要拿画献礼,他便很厌烦,这不符合他的艺术追求。他高声对小美说着,大口吸着烟,一边噗噗地吐着鸡骨头——这县的被他拍摄过的著名烧鸡的骨头。饭后回到房间,小美要求看看他拍的反转片,他把小美引向窗户,让小美就着阳光看胶片。小美看见了好多张烧鸡和肘子。在观察了小美略感失望的神情后,贾贵庚解释说烧鸡和肘子不过是捎带脚的事,对这里的风景他有很多出其不意的构想,只是真的拍摄还需要时间。是的,时间,这是贾贵庚最乐意强调的一个词。

时间不早了,小美该走了,临别前她送给贾贵庚一只休闲手表,阿迪达斯的。她说这表算不上太高级,但适合在户外,也更适合贾贵庚的此时此刻吧。她要贾贵庚伸出胳膊,她亲自把表戴在他的手腕上。她还说卖美术用品那时候,看着来来往往那些买东西的画界的人,有时候她会幻想贾贵庚推门进来,指挥着她买这买那,她会帮他挑选,还会给他批发价。她还知心地说,画框生意的水分是很大的,如果他有作品要配画框,她和丈夫两人会一块儿替他参谋……小美的话几乎让贾贵庚掉下泪来。当小美坐最后一班长途大巴离开之后,好一阵他陷入了真实的自我谴责之中。贾贵庚并不缺乏反省自我的能力,他想他是在什么时刻染上了这样的虚荣心呢? 在小美面前难道他不是像个骗子吗? 可是他又有什么恶劣的目的呢? 他骗她,只是不愿意让她对他失望罢了。建立在这层意义上的欺骗,又何尝不是一种善意啊。在长时间自我谴责和自我辩解的混乱思维中,贾贵庚又昏睡了过去。第二天,他仍在上午十点以后才吃早饭。

后来,那个县的旅游局大概实在受不了贾贵庚这个"慢工",气愤地向出版社作了反映,出版社召回了贾贵庚,并且,他们终于把辞退他的事情提了出来。出版社也在改革,受过良好教育、且有实际工作经验的年轻人多的是,没有人愿意聘用一个效率如此之低、手如此之懒的人,尽管他是被有名的画家所介绍。贾贵庚好像不能在省城待下去了,也许他应该回到他自己的县,自己县里的那个旅游局了。但是小小的县旅游局也在改革,通过竞争上岗,美工的位置已有他人。局里为此早就开过会,按政策,贾贵庚实在算是一个自动离职的人了。而这时,贾贵庚的妹妹——那曾经在经济上接济过他的妹妹,因为自己的孩子要上私立中学,也就不再接济贾贵庚了。贾贵庚去找画家拿主意,画家看着无地自容的贾贵庚说,他最稳妥的去处可能还是回到县里。

四

贾贵庚坐在久成饭馆的包间里喝酒,这是他回到县里的第二天。

五年多来，久成的饭馆生意一直不错，新近还把一层楼接成了两层。听说贾贵庚从省里回来了，久成特意请贾贵庚吃饭。这其中有一点炫耀的成分，更多的还是对老熟人的旧情谊。一座县城就这么小，多年不见，就是仇人，也自会生出几分小地方独有的亲热劲儿呢。久成固然有着被贾贵庚称之为堕落的聪明，可他待人却并不刻薄。贾贵庚本来觉得自己无颜吃请的，他现在真正是四边不靠，什么也不是啊。而且连从前那间旅游局的单身宿舍也没保住，他只能先在妹妹家暂时借住。但是，如若他拒绝久成，会不会让对方生疑呢，好像他不是荣归故里，他没有什么新鲜货色来向这座县城炫耀。那么，他还是应该来久成这里吃饭。

　　贾贵庚戴上小美赠送的阿迪达斯表，穿上出版社辞退他时赠送的摄影大背心，走进饭馆的包间，刚一落座就说，现在我一看见满桌子的菜我就头疼，在省里是天天吃天天吃，一万块钱一桌的席我都吃得不再吃了。久成你这儿有清淡点儿的没有？久成观察着贾贵庚的气势，忙说有啊，凉拌生茼蒿，我给你上一盘。凉拌生茼蒿上来了，久成又叫来两个女服务员专门伺候贾贵庚。久已不近女色的贾贵庚便怀着茫然的兴奋与她们高谈阔论。他觉得他还是要从艺术切入话题，这方面是他的强项。他说你们知道什么叫油画吗？知道油画是画在什么上边吗？知道画油画的布上得涂一层胶吗？知道那胶叫作什么胶吗？

　　女服务员只是哧哧地笑。客人里，干部、商人她们都熟，就是没见过贾贵庚这样的人。她们听不懂他的话，对他那些话也不感兴趣。画布上涂胶和她们有什么关系？至于那胶叫什么名称，难道她们会费心思去猜吗？除非吃饱了撑的。见女服务员不搭腔，贾贵庚终于按捺不住地喊了阿拉伯树胶，"阿拉伯树胶"啊——就像许多年前他对小美和久成的告诉。只是，由于眼前的两位女听众是如此漠然，贾贵庚这一声"阿拉伯树胶"，这一声本是文明的告诉就显得孤独而又落伍。如若这时贾贵庚换一种说法，比方他拿起饭桌上随意扔着的口香糖，对她们说：你们知道口香糖的主要成分是什么吗？是阿拉伯树胶啊！如若这样,也许他还会引起这两个女孩子的注意——口香糖谁没嚼过呀！不错,在中国,嚼口香糖的人已经为数不少,但知道口香糖的主要成分是阿拉伯树胶的人,肯定为数不多。遗憾的是贾贵庚对阿拉伯树胶的知道仅限于油画画布的底料,所以他的存在仍然不能吸引两个县城饭馆的服务员。他有些不甘,又追问女服务员是不是知道阿拉伯国家。地球上的热点呀,伊拉克你们总该知道吧……伊拉克,女服务员倒是知道,正和美国打仗,电视每天都在播,再不知道也知道了。但是这一切和贾贵庚有什么关系呢？他既不是刚从巴格达回来,又不是真正关心这场战争。他关心的是……是啊,他到底关心什么呢？这心里的疑问突然出现,可说是吓了他一跳。但他似乎还不具备承担这疑问的真正勇气,于是他话锋一转,大谈所谓在省里他画过不知多少女模特儿,大多是裸体,贵得很,按小时收费的。这话题倒是引起了女服务员的兴趣,一直出来进去兼顾其他客人的久成也坐了下来,重新打量起眼前的贾贵庚,仿佛在说,就你,当真雇得起她们？就为了久成的眼光吧,贾贵庚突然捋起袖子,向众人亮出了腕上那只阿迪达斯休闲表说,看见这表了吗,一个模特儿送的。白让我画,还送我表。这说明什么？说明层次的不同。人家看重的是艺术,是从事艺术的画家本身！说着摘下手表往桌上一拍道:不过我还真戴不惯这表,表带这种新材料我受不了,受不了啊,皮肤过敏。然后他又拍了一下那躺在桌上的表,仿佛那是他的一个负担,为了成全模特儿情义而不得不承担的一个负担。面对如此确凿的一块手表,久成还有什么可说的？没有。包间里的诸位立刻对贾贵庚深信不疑。这真是一座县城的浅薄,却也真是它的可爱。久成更加殷勤地劝酒劝菜,特别把生拌茼蒿往贾贵庚眼前推。贾贵庚夹了一大口茼蒿嚼着,这时他暗想,他更加需要的也许应该是肉类,自从离开那个拍摄烧鸡的某县后,他的伙食是十分凑合的。可是他却不能在久成这样庸俗的人面前流露他的欲望和他的营养不良。他大口嚼着茼蒿,这时只见门外进来一个服务员对久成说县长来了,进了隔壁包间。久成立刻站起来快步奔了出去,两个女服务员也跟着走了。

这里就剩下贾贵庚一个人了,他手中的筷子可以直奔桌上的肉类而去。可是,本该能够从容吃喝的他,却放下筷子侧耳细听起来,因为隔壁的事让他忽然意识到县长对于一座县城的意义。他侧耳细听着,隔壁响起隐约的寒暄声,久成的声音很突出,和县长挺熟的样子。贾贵庚想到了自己。县旅游局已经把他除名,可他突然发现他实在是需要一个单位的,哪怕局长天天派他去山上数石头,在这时他还无比清晰地想起,当年那供游人蹬踩的几百磴青石台阶凝聚着他的多少汗水啊,为此他是受到过局里表扬的。那么现在,谁能帮他重新回到旅游局呢,无疑是县长这样的人。是的,县长。从前他不把他们放在眼里,如今,如今他倾听片刻又思忖片刻,忽又气馁下来。他自己跟自己怄气似的仍然打算不把他们放在眼里。于是他立刻觉得他这种侧耳细听本身就是一种不高级的行为。他吞了一大口久成的白酒,猛嚼几大口久成的酱牛肉,心里诅咒着久成这种人的庸俗和卑贱,痛下着东山再起的决心——仿佛他曾经有过高耸的"东山"。借着酒的兴奋,他给自己设计了数种奋斗方案,并打算立即行动。如果不是等着和久成告个别,他以为他早就拔脚跑出了这个包间。

以为毕竟是以为。到底,贾贵庚没有跑出去,他醉倒在酒桌上,直到第二天上午十点。我们已经知道,上午十点醒来,这是多年来贾贵庚唯一实施着并坚持住的最有把握的事情了。只是今天的贾贵庚不想睁眼,他知道自己正躺在包间的沙发上,他知道他醉得并不厉害,他知道他不能老是躺在别人的饭馆里,他知道他实在应该把眼睁开了。

可是他睁开眼又能到哪里去呢?

那么,把眼睁开还是继续装睡,这对贾贵庚来说的确是个问题了。

创作要目

1975 年　短篇小说《会飞的镰刀》收入北京人民出版社出版的儿童文学集《盖红印章的考卷》。

1977 年　短篇小说《火春儿》发表于《河北文艺》第三期,后收入北京人民出版社儿童文学集《第一次思索》;短篇小说《蕊子的队伍》发表于《河北文艺》第九期;组诗《丰收纪实》(包括《浇麦小唱》《割麦曲》《分量》三首)发表于《天津文艺》第十期。

1978 年　短篇小说《夜路》发表于《上海文学》第五期。

1979 年　短篇小说《丧事》发表于《河北文艺》第二期;《不用装扮的朋友》发表于《河北文艺》第十一期。

1980 年　短篇小说《灶火的故事》发表于《天津日报·〈文艺〉增刊》第三期,并由《小说月报》第十二期转载;第一本小说集《夜路》由百花文艺出版社出版。

1981 年　短篇小说《罗薇来了》发表于《莲池》第一期;《渐渐归去》发表于《河北文学》第三期;《绿耳朵》发表于《莲池》第五期。

1982 年　短篇小说《哦,香雪》发表于《青年文学》第九期,后获首届(1982—1983)"青年文学创作奖"及全国优秀短篇小说奖;短篇小说《两个秋天》发表于《莲池》第一期;散文《我有过一只小蟹》发表于《散文》第三期;短篇小说《那不是眉豆花》发表于《河北文学》第五期;创作谈《我愿意发现她们》发表于《青年文学》第五期;短篇小说《短歌》发表于《人民文学》第七期;第一部中篇小说《红屋顶》发表于儿童文学丛刊《朝花》第八期。

1983 年　中篇小说《没有纽扣的红衬衫》发表于《十月》第二期,后获第三届（1983—1984）全国优秀中篇小说奖及《十月》文学创作奖，根据《没有纽扣的红衬衫》改编的电影《红衣少女》获本年度中国电影"金鸡奖""百花奖"最佳故事片奖；短篇小说《东山下的风景》发表于《长城》第三期；散文《山野的呼唤》发表于《青年文学》第三期；短篇小说《穿过大街和小巷》发表于《莲池》第五期；散文《洗桃花水的季节》发表于6月3日《人民日报》。

1984 年 短篇小说《六月的话题》发表于《山花》，并被改编为电视短剧，后获第三届全国优秀短篇小说奖；中篇小说《村路带我回家》发表于《长城》第三期，后获第二届河北省文艺振兴奖，后被改编为同名电影；报告文学《美从东方来》发表于《长城》第五期；中短篇小说集《没有纽扣的红衬衫》由中国青年出版社出版；中篇小说单行本《红屋顶》由宁夏人民出版社出版。

1985 年 中篇小说《麦秸垛》发表于《收获》第五期；中短篇小说集《铁凝小说集》由花山文艺出版社出版。

1987 年 中篇小说《村路带我回家》改编为同名电影，由北京电影制片厂拍摄。

1988 年 第一部长篇小说《玫瑰门》发表于《文学四季》创刊号，后获第三届河北省文艺振兴奖；台湾版小说集《没有纽扣的红衬衫》由台北新地出版社出版；英文版小说集《麦秸垛》由中国文学出版社出版；西班牙文版《没有纽扣的红衬衫》单行本由西班牙马德里教育出版社出版。

1989 年 长篇小说《玫瑰门》由作家出版社出版；中篇小说《棉花垛》发表于《人民文学》第二期。

1990 年 散文《河之女》发表于《青年文学》第八期，后获第三届"青年文学创作奖"。

1991 年 散文集《草戒指》由百花文艺出版社出版；中短篇小说集《遭遇礼拜八》由华艺出版社出版。

1992 年 短篇小说《孕妇和牛》发表于《中国作家》第二期，后获《中国作家》优秀小说奖、《十月》文学奖、第五届(1991—1992)《小说月报》百花奖及第五届河北省文艺振兴奖;短篇小说《砸骨头》发表于《十月》第六期,后获第四届《十月》文学奖、第六届(1993—1994)《小说月报》百花奖及首届《中华文学选刊》优秀短篇小说奖;散文集《草戒指》由百花文艺出版社出版;散文集《女人的白夜》由上海文艺出版社出版;中短篇小说集《麦秸垛》由作家出版社出版;中篇小说集《没有纽扣的红衬衫》由时代文艺出版社出版;英文版中短篇小说集《麦秸垛》由中国文学出版社出版。

1993 年　短篇小说《马路动作》发表于《天津文学》第一期,后获《天津文学》小说奖;中篇小说《对面》发表于《小说家》第三期,后获人民文学出版社首届《中华文学选刊》优秀中篇小说奖。

1994 年　长篇小说《无雨之城》由春风文艺出版社出版;散文集《共享好时光》由群众出版社出版;中短篇小说集《甜蜜的拍打》由长江文艺出版社出版;散文集《河之女》由春风文艺出版社出版;散文集《女性之一种》由中原农民出版社出版。

1995 年　散文随笔集《长街短梦》由上海知识出版社出版;中短篇小说集《对面》由河北教育出版社出版;《铁凝散文自选集》由百花文艺出版社出版;"中国实力派作家大系·铁凝卷"《铁凝小说精选》由太白文艺出版社出版;日文版中短篇小说集《给我礼拜八》由日本东京近代文艺出版社出版。

1996 年　五卷本《铁凝文集》由江苏文艺出版社出版;散文集《罗丹之约》由吉林人民出版社出版;散文集《大街上的梦》由河北少年儿童出版社出版;散文集《温暖孤独旅程》由珠海出版社出版。

1997 年　短篇小说《秀色》发表于《人民文学》第一期,后获第八届(1997—1998)《小说月报》百花奖;短篇小说《安德烈的晚上》发表于《青年文学》第十期,后获《小说选刊》优秀短篇小说奖;四卷本《铁凝自选集》由作家出版社出版。

1998 年　获河北省第七届文艺振兴奖最高奖"关汉卿奖";散文集《女

人的白夜》获首届（1995—1996）鲁迅文学奖全国优秀散文奖；散文集《心灵修炼》由江苏人民出版社出版；《铁凝小说精粹》由四川人民出版社出版；散文集《铁凝影记》由河北教育出版社出版；散文集《铁凝随笔自选》由广西民族出版社出版；中短篇小说集《午后悬崖》由百花文艺出版社出版；短篇小说集《银庙》由山东文艺出版社出版。

1999 年　中篇小说《永远有多远》发表于《十月》第一期，后获首届（1999）老舍文学奖优秀中篇小说奖、第二届（1997—2000）鲁迅文学奖全国优秀中篇小说奖、《十月》文学奖、《小说选刊》年度奖、北京市文学创作奖及第九届（1999—2000）《小说月报》百花奖；短篇小说《第十二夜》发表于《长城》第一期，后获第九届《小说月报》百花奖；短篇小说《省长日记》发表于《人民文学》第五期，后获《人民文学》1999 年优秀小说年度奖；散文集《铁凝人生小品》由花山文艺出版社出版；《铁凝小说选（英汉对照）》由外语教学与研究出版社。

2000 年　长篇小说《大浴女》由春风文艺出版社出版；短篇小说集《永远有多远》由解放军文艺出版社出版；散文集《您的微笑使我年轻》由明天出版社出版；散文集《生活在坏话里》由西苑出版社出版；《中国当代作家选集丛书·铁凝卷》由人民文学出版社出版。

2001 年　中短篇小说集《B 城夫妻》由群众出版社出版；中短篇小说集《甜蜜的拍打》由群众出版社出版；《铁凝随笔自选》由广西民族出版社出版；作品合集《马路动作》由中国文联出版社出版；散文集《铁凝散文》由浙江文艺出版社出版；中短篇小说集《中国小说50 强：永远有多远》由时代文艺出版社出版。

2002 年　短篇小说《有客来兮》发表于《人民文学》第七期，后获第十届（2001—2002）《小说月报》百花奖；日文版小说集《红衣少女》由日本东京近代文艺社出版；五卷本铁凝城市小说《镜子里的城市》由河北教育出版社出版；《谁能让我害羞》由新世界出版社出版；《回到欢乐》由河南文艺出版社出版。

2003 年 中短篇小说集《第十二夜》由江苏文艺出版社出版;散文集《遥远的完美》由广西美术出版社出版;日文版小说集《麦秸垛》由东京现代文艺社出版。

2004 年 短篇小说《阿拉伯树胶》发表于《人民文学》第一期,后获第十一届(2003—2004)《小说月报》百花奖;散文集《铁凝日记——汉城的事》由人民文学出版社出版;日文版长篇小说《大浴女》由日本中央公论社出版;法文版《第十二夜》由法国蓝色中国出版社出版。

2005 年 《小嘴不停》入选中国小说学会年度排行榜;《逃跑》获新世纪第二届(2005)《北京文学》奖;散文集《护心之心》由新华出版社出版;中短篇小说集《小嘴不停》由十月文艺出版社出版。

2006 年 长篇小说《笨花》由人民文学出版社出版,后获第三届《当代》长篇小说年度(2006)最佳奖、第十届中宣部精神文明建设"五个一工程"优秀作品奖、第三届中国女性文学奖;《世纪文学60家·铁凝精选集》由北京燕山出版社出版;中篇小说集《棉花垛》由人民文学出版社出版;作品合集《铁凝自选集》由海南出版社出版;中短篇小说集《铁凝小说》由吉林文史出版社出版;九卷本《铁凝作品系列》由人民文学出版社出版;散文集《一千张糖纸》由江苏文艺出版社出版;韩文版《无雨之城》《大浴女》出版;越南文版《大浴女》由越南作家出版社出版并再版;越南文版《无雨之城》、小说集《午后悬崖》由河内雅南文化公司出版;越南文版《玫瑰门》由越南妇女出版社出版。

2007 年 散文《猜想井上靖的笔记本》发表于 6 月 12 日《人民日报》;《当代名家长篇小说代表作:玫瑰门》由人民文学出版社出版;散文随笔集《从梦想出发》由湖南文艺出版社出版;中短篇小说集《第十二夜》由香港明报出版社有限公司出版。

2008 年 《文学是灯——东西文学经历与我的文学经历》发表于 10 月 12 日《文汇报》(此文为 2008 年 9 月铁凝在首届韩日中东亚

文学论坛上的演讲）；四卷本《铁凝长篇小说图文本》由湖南文艺出版社出版；散文集《长街短梦》、中短篇小说集《哦，香雪》由中国盲文出版社出版；韩文版《无雨之城》《大浴女》由韩国实践文学社出版。

2009 年 散文《阅读是有"重量"的》发表于 5 月 6 日《人民日报》；《让森林成为森林》为 9 月"第一届中美文学论坛"所作演讲，《让我们互相凝视》为 10 月法兰克福书展开幕式上所作致辞，《经典与创新》为 10 月法兰克福书展所作主题演讲，《桥的翅膀》为 11 月巴黎首届中法文学论坛所作主题演讲，后皆编入作家出版社出版的《窗口与桥梁 1》；短篇小说《咳嗽天鹅》发表于《北京文学》第三期，后获第十四届（2009—2010）《小说月报》百花奖及第五届（2009—2010）《北京文学》奖，入选韩国语言文化教育振兴院出版发行的《亚洲小说选》（2013）单行本，被评为"最优秀作品"；短篇小说《伊琳娜的礼帽》发表于《人民文学》第三期，后获首届（2010）郁达夫小说奖短篇小说奖、第七届人民文学奖（2008—2009）短篇小说奖；短篇小说《风度》发表于《长城》第五期；短篇小说《内科诊室》发表于《钟山》第五期；散文集《惊异是美丽的》由作家出版社出版；中短篇小说集《铁凝小说选——中国文库·文学类》、散文集《铁凝散文（插图珍藏版）》由人民文学出版社出版；散文集《回到欢乐》由河南文艺出版社出版；共和国文库《玫瑰门》《笨花》《大浴女》由作家出版社出版；"世界当代华文文学精读文库·铁凝卷"《巧克力手印》由香港明报月刊出版社出版。

2010 年 散文《相信生活，相信爱》发表于 3 月 24 日《人民日报》；《期待中国文学自信地融入世界》发表于 11 月 19 日《人民日报》；《爱与意志》为首届中西文学论坛上所作演讲，后选入 2011 年作家出版社出版的中外作家演讲集锦《窗口与桥梁 2》；短篇小说《春风夜》发表于《北京文学》第九期，后入选中国小说学会评选出的"2010 年度中国小说排行榜"；中短篇小说集《第十二夜》由河南文艺出版社出版;散文集《桥的翅膀》由商务印书馆国际有限公司出版;英文版小说集《永远有多远》("文化中国"丛书系列)由上海新闻发展出版公司出版。

2011年　短篇小说《飞行酿酒师》发表于《作家》第五期,后获第三届(2011)"茅台杯"《小说选刊》年度大奖短篇小说奖;短篇小说《海姆立克急救》发表于《江南》第三期,后编选入中国小说学会《2011中国短篇小说年选》,入选"2011年度中国小说排行榜",获第十五届(2011—2012)《小说月报》百花奖短篇小说奖;短篇小说《告别语》发表于《芳草》第五期;《关于文学花盆》发表于1月26日《中华读书报》,此文为1月在第二届中法文学论坛所作演讲,后入选江苏文艺出版社出版的《2011中国散文年选》和作家出版社出版的《窗口与桥梁3》;散文《山中少年今何在——关于贫富和欲望》发表于《江南》第三期,后获《散文选刊》2011年度华文最佳散文奖,选入作家出版社出版的《窗口与桥梁3》;《艰难的痕迹——文学与社会进步》发表于《芳草》第五期,此文为5月首届中国—意大利文学论坛所作演讲,后选入作家出版社出版的《窗口与桥梁3》;《爱与意志》发表于2011年6月12日《文汇报》笔会版,此文为首届中国—西班牙文学论坛所作主题演讲;《七月英雄花》发表于7月20日《人民日报》;散文随笔集《与陌生人交流——铁凝寄小读者》由二十一世纪出版社出版。

2012年　短篇小说《七天》发表于《作家》第七期,后入选《北京文学》(2012)"当代中国文学最新作品排行榜";小说散文集《蝴蝶发笑——名家自选学生阅读经典》由辽宁人民出版社出版;散文集《农民舞会》由线装书局出版;中英对照本短篇小说集《哦,香雪》由外语教学与研究出版社出版;中篇小说集《青草垛》由重庆出版社出版;英文版《大浴女》由美国西蒙·舒斯特出版(美洲版权)和英国哈珀·柯林斯出版集团出版

（欧洲版权）。

2013 年　短篇小说《火锅子》发表于《北京文学》第七期；短篇小说《暮鼓》发表于《作家》第七期，后入选辽宁人民出版社出版的《2013 年中国最佳短篇小说》；《铁凝长篇小说系列》由人民文学出版社出版；"有价值悦读"丛书铁凝中短篇小说集《对面》由人民文学出版社出版；"世界华文作家精选集丛书·第二辑"铁凝小说精选集《伊琳娜的礼帽》由台湾新地出版社出版；土耳其文版《永远有多远》出版。

2014 年　《文学应该照亮心灵》发表于 1 月 2 日《人民日报》第十七版《文教周刊》；散文《天籁之声，隐于大山》发表于 2 月 18 日《人民日报》副刊，此文为作家出版社出版的《贾大山小说精选集》代序；散文《一千张糖纸》入选由新加坡教育部课程规划与发展司主编、名创教育出版社出版的《中学华文（课本·四上）》和中国少年儿童新闻出版总社出版的《2000—2013 年全国儿童文学作品精粹·美文卷》；泰文版《永远有多远》由泰国公主诗琳通翻译并在泰国出版；《铁凝文学年谱》由复旦大学出版社出版；"小说家的散文"系列铁凝卷《我画苹果树》由河南文艺出版社出版；"走进校园走近经典书系"铁凝散文集《让我们互相凝视》由东方出版中心出版；俄文版《笨花》由俄罗斯东方文学出版社出版；中短篇小说集《中国好小说·铁凝》由中国青年出版社出版；《铁凝经典散文》由山东文艺出版社出版；"短篇经典文库"《铁凝六短篇》由海豚出版社出版；铁凝散文集中学生典藏版《山中少年今何在·情怀卷》和《你在大雾里得意忘形·岁月卷》由山西教育出版社出版。

2015 年　《当代》杂志创刊三十五周年，获得"《当代》荣誉作家"称号；"百年经典——中国青少年成长文学书系"铁凝中短篇小说集《没有纽扣的红衬衫》由云南晨光出版社出版。

图书在版编目（CIP）数据

铁凝精选集／铁凝著. –北京：北京燕山出版社,2012.12（2015.5 重印）

ISBN 978-7-5402-3036-4

Ⅰ.①铁⋯　Ⅱ.①铁⋯　Ⅲ.①中篇小说-小说集-中国-当代
②短篇小说-小说集-中国-当代　Ⅳ.①I247.7

中国版本图书馆 CIP 数据核字（2012）第 304583 号

铁凝精选集

铁凝 著

责任编辑／张红梅　张　芸

装帧设计／小　贾

北京燕山出版社出版发行

北京市西城区陶然亭路 53 号　邮编 100054

全国新华书店经销

北京中科印刷有限公司印刷

开本 850×1168　1/32　印张 12.5　字数 336,000

2015 年 5 月第 2 版　2015 年 5 月第 2 次印刷

定价:32.00 元